für Vanessa

Neuausgabe
epubli GmbH, Berlin
www.epubli.de
Umschlaggestaltung: HORI
ISBN 978-3-754926-66-6

Bibliografische Information der Deutschen Nationalbibliothek: Die Deutsche Nationalbibliothek verzeichnet diese Publikation in der Deutschen Nationalbibliografie; detaillierte bibliografische Daten sind im Internet abrufbar.

Ryan R. Ihde

DIE SPRACHLOSEN

Eine deutsche Familienchronik

Roman

epubli Verlag

Wo das Gespräch verstummt, hört das Menschsein auf.
Bert Brecht

O ihr Deutschen, warum sprecht ihr so wenig!
Sprechen ist Wachen, Schweigen ist Schlaf.
Jean Paul

Vor lauter Gequassel merken sie nicht,
dass sie nichts zu sagen haben.
Victor Auerbach

Der Rest ist Schweigen.
W. Shakespeare

Vorbemerkung

Man hat mich gebeten, den ungewöhnlichen Tod des Osram G. zu begutachten. Von besonderem Interesse war dabei die Frage: Kann die Sprechverweigerung dieses Mannes möglicherweise mit seinem Ableben in Zusammenhang gebracht werden? Dieses fünfzehnjährige Verstummen, dem dann der Tod ein Ende setzte?

Aus medizinischer Sicht – man hat den Leichnam auf meine Veranlassung hin gründlich obduziert – liegt kein körperliches Leiden vor, das als Ursache seines Todes in Frage käme. Einzig auffällig war, dass beide äußeren Gehörgänge vollständig von eingedicktem Sekret, gemeinhin als Ohrenschmalz bekannt, verstopft waren. Auch lag eine geringfügige Erweiterung der Ventrikel im Gehirn vor, was allgemein als Hinweis auf das Vorliegen von Schizophrenie gewertet wird, obwohl unser Kandidat keinerlei signifikante Anzeichen eines derartigen Krankheitsbildes aufwies.

Doch zurück zur Todesursache. Hier stellt sich uns, da sonst kein Grund für das Ableben zu finden ist und weder das Alter von 55 Jahren noch das Fehlen von Veränderungen im und am Herzen einen Exitus durch plötzlichen Herztod nahelegen, die Frage: Kann ein Mensch tatsächlich an Kommunikationsdefiziten sterben?

Von Kleinkindern wissen wir, dass sie psychisch und in der Folge auch physisch verkümmern, ja sterben können, wenn man jeglichen sozialen Kontakt mit ihnen unterbindet.

Aber in unserem Fall handelt es sich nicht um ein Kleinkind. Und darüber hinaus war es der Verstorbene selbst, der sich vor eineinhalb Jahrzehnten dazu entschlossen hat, das Sprechen endgültig einzustellen und auch auf andere Kommunikationsmöglichkeiten strikt zu verzichten.

Von Interesse mag sein, dass er in der gesamten Zeit seiner Autoisolation nicht verwahrlost ist. Er achtete stets auf Körperhygiene und saubere Kleidung, bot äußerlich einen durchaus normalen Eindruck. Er aß und trank, wenn auch nur in Maßen. Außerhalb der kurzen Mahlzeiten aber saß er einfach nur ruhig, ja reglos da, vor seinem leeren Tisch, auf dem in den ersten Tagen seines Hierseins das Notebook stand, auf welchem er bis zur Erschöpfung schrieb und schrieb, bis er es irgendwann zuklappte und mit dem Schreiben aufhörte.

Als ich eines Tages bei dem Versuch, den Patienten in einen anderen Raum zu verlegen, wogegen er sich vehement sperrte, vorsichtig das Notebook an mich nahm – ich erhoffte dadurch Hinweise zu erhalten, die das erschreckende Verstummen erklären würden – musste ich feststellen, dass keine einzige Datei abgespeichert war. Er hat sie alle gelöscht.

Erst jetzt, 15 Jahre später, fand sich beim Entkleiden des Verstorbenen in einem ledernen Brustbeutel die Diskette mit der romanhaften Autobiographie, die einen teilweise erschütternden Einblick gewährt in die Geschichte des Toten, in seine Lebensumstände, aber auch, gestatten Sie mir diesen Exkurs, in die `Seelenschieflage´ der Bundesrepublik Deutschland, welche sicher ebenfalls einen Grund dafür lieferte, dass Osram Grahl aus der Lebensbahn geworfen wurde.

Gerade die gesellschaftlichen Aspekte der vorliegenden Darstellung wie auch die ihr nicht abzusprechende literarische Dimension haben mich dazu bewegt, die im Folgenden wiedergegebene Autobiographie dem Gericht in vollem Umfang zur Einsichtnahme zu den Akten zu geben.

Dr. Dr. Jan Jansen sen.

Die Sprachlosen
Teil 1 einer deutschen Familienchronik

1

Am Ende des Tals

All die Jahre hindurch ist es mir nicht gelungen zuzugeben, wie sehr ich ihn vermisst habe. Dass ich mich in seine Nähe sehnte – und ihm gleichermaßen den Tod an den Hals wünschte. Wie oft habe ich nachts, wenn der Schlaf sich weigerte, mich zu erlösen, gedacht: Wäre er nur tot!

Es ist fürchterlich, das zugeben zu müssen. Aber ich tue es, denn endlich muss Schluss sein mit dem Lügen.

Im Übrigen habe ich Derartiges ja gar nicht denken wollen. Wer möchte schon einem Menschen, dem er so viel verdankt, den Tod wünschen oder ihm gar eigenhändig das Leben nehmen?

Nein, es sind die Gedanken selbst. Sie führen ein Eigenleben. Wenn man versucht, sie zu stoppen, zu eliminieren, muss man erfahren, dass man machtlos ist. Mehr noch: Je stärker man sich bemüht, sie zu verbannen, umso präsenter sind sie. Man weiß, dass sie nicht gedacht werden dürfen, sperrt sich dagegen - aber sie denken sich von allein. Sie sind einfach in dir drin.

Mir ist bewusst, dass kein Gericht der Welt unterscheiden wird, ob ich, Osram Grahl, verantwortlich bin oder ob es ein paar Gedanken sind, die sich eigenmächtig und gegen meinen Willen in mir gebildet haben, um mein Denken zu lenken. Wie auch immer: Am Ende sind besagte Gedanken erfolgreich gewesen. Sie haben sich gleichsam materialisiert, sind Taten geworden, die letztlich die Schuld daran tragen, dass meinem früheren Freund dieses grässliche Finale beschieden war.

So gesehen trage ich die Schuld an Thomas Brendels Tod.

Hingegen weiß ich immer noch nicht, ob ich seinen Vater hassen soll. Verdient hätte es dieser Mann. Überhaupt keine Frage. Dabei habe ich auch ihn geliebt, diesen ruhigen, gebildeten, kunstinteressierten Menschen. Aber jetzt, nachdem sich alles verändert hat, darf davon nichts mehr gelten.

Und ich muss erkennen, dass im emotionalen Repertoire des Menschen offenbar kein Gefühl vorhanden ist, das auszudrücken im Stande wäre, was ich diesem Mann gegenüber seit nunmehr sieben Tagen empfinde.

Alles was mir bleibt, ist die Frage, was überhaupt noch zählt. Was noch von Bedeutung ist in einem Leben, das auf knapp sieben Quadratmeter grau gefliesten Fußbodens reduziert worden ist, auf eine Klobrille aus Edelstahl, mein Notebook (das haben sie mir freundlicherweise gelassen!); ein paar Bücher; und auf die ständige Erinnerung an ein Leben, das wie ein Golem auf mir lastet. Dazu ein Stückchen Himmel von der Größe eines leer gegessenen Kuchenblechs. Nicht einmal eine Fliege hat sich in die Sterilität dieses Raumes gewagt.

An Weglaufen ist hier nicht zu denken. Und ich wüsste auch nicht, wohin. Selbst wenn sich mir die Gelegenheit böte, ich würde sie nicht ergreifen. Ich mag nicht mehr; besitze weder die Kraft noch den Willen abzuhauen, vor was auch immer; möchte endlich vor mir bestehen.

Früher war es anders. Zeit meines Lebens bin ich davongerannt. Immer auf der Flucht. Im Davonrennen war ich absoluter Experte.

Das letzte Beispiel liegt gerade erst zehn Tage zurück. In jener Nacht hatte ich nur eins im Sinn: Weg hier, am besten weit weg, aus den Augen und den Fängen dieser gierigen Meute.

Und so bin ich Hals über Kopf losgefahren, um schließlich in einem Nest in den Südtiroler Bergen zu landen, am Ende eines abgelegenen Tales, irgendwo nördlich von Bozen. Doch selbst dort wurde ich das Gefühl nicht los, verfolgt zu werden. Dabei war ich mir ziemlich sicher, alle etwaigen Peiniger hinter mir gelassen zu haben.

Dennoch war mir klar, dass ich keine Ruhe finden würde, lässt sich doch die penetranteste aller Verfolgerinnen niemals abschütteln. Sie ist immer zur Stelle, verfolgt uns bis in die Verästelungen unserer Träume: die Angst. Sie ist da, ist bei dir, stets bereit, im Zentrum deines Lebens Platz zu nehmen, sich breit zu machen und nach allen Fasern deiner Seele zu greifen.

Wie es auch an jenem Tag meiner Flucht war. Denn kaum hatte ich dieses Dorf in den Bergen entdeckt und mich in eine kleine Pension verkrochen, die Vorhänge gut geschlossen – man darf sich nie in Sicherheit wiegen – und damit begonnen, ruhig durchzuatmen, da legte die Angst schon wieder ihre Tentakeln um meine Brust und schnürte sie fester und fester zusammen.

Ich werde sie einfach nicht los. Sie scheint in die brüchige Materie meiner Seele eingewoben zu sein. Irgendwo tief in mir, dort, wo sich das atomare Zwischenlager für Verdrängtes befindet, wird die Antwort zu finden sein. Ganz sicher. Irgendwo in mir liegt er begraben, der Grund dafür, dass schon bei einem kaum hörbaren Knacken irgendwo im Haus mein Herz zu rasen beginnt. Und beim leisesten Klopfen an der Tür fahre ich zusammen.

Diese Schreckhaftigkeit war mir früher fremd. Irgendwann hat sie sich unbemerkt in mein Leben geschlichen. Angst vor leisen Geräuschen! Ich kannte früher keine leisen Geräusche. Sie fehlten in meiner Kindheit.

Zu jener Zeit pflegte man in meinem Elternhaus an die Türen zu pochen, als wollte man sie zertrümmern. Die Grahls kannten so etwas wie Privatsphäre nicht, jedenfalls nicht gegenüber den normalen Familienangehörigen. Nur bei Vater verhielt es sich anders. Der war in mancherlei Beziehung etwas Besonderes. Er hatte sein Zimmer, seinen Schreibtisch, seine Peitsche. Seine schwarz verfärbten Nächte.

Und seine ganz persönliche Einsamkeit.

Natürlich wird Einsamkeit als Wesenszug aller Männer bezeichnet. Doch Vater verfügte über eine Form von Einsamkeit, die nichts mit der üblichen Romantik eines *lonsome wolf* zu tun hat. Vater schien sogar einsam zu sein, wenn er in fröhlichen Runden lachte.

Wenn ich an ihn denke, ihn vor meinen Augen versuche entstehen zu lassen – groß war er nicht, aber stattlich – drängt sich mir das Bild des Kaisers Augustus auf: Augustus von Prima Porta! Dominante Geste, die zeigt, wo's langgeht; glänzender Brustpanzer und undurchsichtige Mimik; für die Römer ein Bild der Vollendung. Ein Gott. Und drunten am Zipfel des Untergewandes baumelt ein kleines, nacktes Kind. Das bekommt von dort unten kaum etwas von dem da oben mit.

Aber es gibt auch einen anderen Augustuskopf: Den Bronzekopf aus Meroe im Sudan. Und da entdeckt sich uns ein eher ängstlicher, skeptischer, introvertierter Mensch, allein gelassen in einer Welt, die ihn zu bedrohen scheint. Da ist er nicht mehr der

Mann, den ich als Kind kannte, als Jugendlicher, zu jener frühen Zeit, als er noch der andere Augustus gewesen war: der von Prima Porta.

Als dann der Tod irgendwann an das vereinsamte Bett des Alleinherrschers tritt, fragt der alte Augustus, vom Leben kaum noch beachtet: Habe ich die Komödie gut gespielt?

Eine Antwort darauf wird er kaum erhalten haben.

Und Vater? Ob er sich jemals solchen Fragen gestellt hat?

Verrückterweise trug er auch noch den Patennamen 'August': August Odin Grahl. Doch gerufen wurde er nur Odin.

Die Namen aller männlicher Nachkommen der Familie Grahl begannen mit einem O. Nach Vaters Meinung stellte das O, letztlich ein Kreis, den Buchstaben der Vollkommenheit dar. Deshalb wurde mein älterer Bruder Ortlieb getauft. Hätte er mit diesem Namen auch nur die geringste Chance gehabt, ein normales Leben zu führen?

Meistens betraten meine Eltern und erst recht Ortlieb ohne Ankündigung die Zimmer. Man musste schon absperren, wenn man nicht gestört werden wollte.

Oder man hockte sich aufs Klo. Wie Opa Astenbeck, Mutters Stiefvater. Der brütete mit Vorliebe auf seinem alten Plumpsklo im Schatten eines üppigen Holunderstrauches am Ende des Hauses; direkt hinter den Schweinekoben, in denen nichts mehr grunzte. Die letzte Sau war gleich nach dem Krieg schwarz geschlachtet worden. Bei Nacht und Notbeleuchtung. Brauchte ja niemand zu wissen, damals. Sind plötzlich alles Freunde, wenn geschlachtet wird, meinte Odin Grahl.

Auf seinem Klo hockend, ließ sich Opa Astenbeck in seine Gedanken- und Traumwelt entführen. Von draußen war sein Gebrabbel zu hören. Und schon quetschten wir die Ohren an die Bretterwand. Doch sosehr wir uns bemühten, wir verstanden kein Wort, doch es wirkte auf uns, als erzähle sich Opa sein Leben.

Opa Astenbeck war sehr zurückhaltend. Er hatte wenig Kontakt zu anderen Menschen. Und dennoch wirkte er, im Gegensatz zu Vater, eigentlich nicht einsam. Er lebte in einer Welt, die jenseits von Begriffen wie Einsamkeit existiert. Oft sah man ihn den ganzen Tag nicht. Ich glaube, er war in all den Jahren höchstens zwei-, dreimal in meinem Zimmer. Und später war es ihm ja nicht mehr möglich.

Opa Astenbeck wollte nie aufdringlich sein oder stören; das war ihm wesensfremd. Ihn durchzog eine tiefe Abneigung gegen das Stören. Und das Zerstören. Gegen letzteres besonders. Kein Wunder bei dem, was er alles hatte erleben müssen. Existenzielle Erlebnisse verändern den Menschen, hinterlassen ihre Spuren, können ihn mit der Zeit sogar in den Wahnsinn treiben, wie wir nicht nur an seinem Beispiel erkennen dürfen.

Vielleicht ist in dieser Richtung auch eine Erklärung für meine Angst zu finden, für mein Erschrecken, das sich meiner bemächtigt, bloß weil mal wieder jemand leise an die Tür geklopft hat. Wie es an jenem Tag meine Südtiroler Pensionswirtin tat – mit dem Erfolg, dass sofort die Bilder der Vergangenheit in sich zusammenfielen. Ich löste meine Stirn von der Fensterscheibe, an der ich mein Hirn abzukühlen versucht hatte.

Was es denn gebe?

Das Wasser sei warm, bekam ich mit deutlichem Akzent zu hören. Schwer zu verstehen. Ich rief: *Ja, danke!*

Dabei hatte ich gar nicht vor zu duschen, war in diese Abgeschiedenheit geflüchtet, um allein zu sein, meine Verfolger weit weg und irritiert zu wissen und die zurückliegenden Wochen zu sortieren.

Ich presste meine Stirn wieder an das kalte Glas. Erste Regentropfen zerplatzten an den Scheiben.

Die gegenüberliegenden Bergwiesen, auf denen ich bei meiner Ankunft noch Kühe hatte weiden sehen, waren der Übermacht der Wolken gewichen. Windböen rasten herbei und rissen an den Geranien, die vor Schreck einen wilden Tanz in den Balkonkästen aufführten. Oder kämpften sie nur gegen die Vergänglichkeit, die der Herbst gerade verkündete? Eine Art Totentanz, wie Victor Auerbach es genannt hätte?

Doch lassen wir den Tod noch ein wenig aus dem Spiel. Er wird früh genug die schäbige Bühne betreten.

Ich wendete mich vom Fenster ab, wuchtete die Reisetasche auf das Doppelbett. Zwei Kopfkissen, zwei Zudecken. Alles doppelt. Nur ich war allein. Wie Goethe in Rom. Auf welcher Seite sollte ich schlafen? Habe ich doch immer den Frauen bei der Seitenwahl den Vortritt gelassen. Aber jetzt war ich solo, musste selbst entscheiden. Bloß je weniger man entscheiden muss, desto einfacher ist das Leben. Jetzt stand ich vor der Wahl, musste mit meinen gut 40 Jahren tatsächlich lernen, selbst zu bestimmen.

Ich vertagte die Klärung der Frage und öffnete die Reisetasche. Obenauf lag das Foto. Hatte es noch schnell hineingeworfen, bevor ich aus der Stadt flüchtete. Und wieder beunruhigte mich etwas beim Anblick des Gesichtes, der ernsthaften Augen. Nichts scheint ihnen zu entgehen. Und dann dieses irgendwie zufällige Lächeln, das so wenig fröhlich ist.

Ich stellte das Bild auf den Nachttisch, direkt neben die Minikassetten, und nahm mir vor, in den nächsten Tagen ein Abspielgerät zu besorgen. Ihn nach so vielen Jahren wieder zu hören! Ich versuchte mir Thomas Brendels Stimme vorzustellen! Doch er blieb stumm in meiner Erinnerung. Längst war seine Stimme in mir verklungen.

Wie der Regen an die Scheiben schlug! Und dazu die dichten Wolken, die das Licht einfach aussperrten. Ich knipste die Nachttischlampe an, beugte mich über die Tasche und nahm den Glaszylinder heraus. Erleichtert stellte ich fest, dass der Inhalt unversehrt war. Hatte sich seit Jahren nicht verändert. Als sei er unzerstörbar. Ein Stück Unsterblichkeit.

Wie paradox das klingt, wenn man nur flüchtig hinhört: ein Stück Unsterblichkeit... Doch wenn man wirklich darüber nachdenkt, jetzt, nachdem alles passiert ist, nachdem ich die Antwort weiß...

Ich stellte das Gefäß aufs Fensterbrett.

Schon in jenen Tagen, als Thomas Brendel und ich unzertrennlich waren, besaß ich das Ding. Rund dreißig Jahre befand es sich in meinem Besitz! Bis es mir vor ein paar Tagen verloren ging. Aber zuvor: all die Jahre war es eine der Konstanten meines Lebens gewesen. Hatte mir Halt gegeben.

Wie oft habe ich allein durch den Anblick des Glaszylinders und seines Inhalts meine Ruhe gefunden! Durch dieses unendlich sanfte Schweben.

Und auch an jenem Tag in den Bergen schwebte der Inhalt auf seine gleichmütige Art und Weise im Formalin auf und ab.

Wie die Fensterläden klapperten! Die Scheiben vibrierten, als wolle ein Titan ins Zimmer eindringen! Und kälter war es auch geworden. Vielleicht sollte ich doch eine warme Dusche nehmen.

Ich stieg die Treppe hinauf zum Badezimmer, drehte das Wasser an und entspannte mich. Ließ ein paar harmlose Bilder von der Herfahrt vorbeiziehen, um innere Ruhe zu finden. Das Penser Joch, die Tasse Kaffee, das rotbackige Mädchen, das ihn mir brachte, die Hochgebirgsspitzen, die ihre schroffen Köpfe in zerfranste Wolkenfetzen steckten. Ab und zu ein Stück paradeblauer Himmel. Und dann hinab ins Sarntal. Irgendwann ein Wegweiser, der mich nach Osten dirigierte. Links tobte ein Reiseprospektwildbach über Felsgestein und ein Fahrradgestell, das in Rostrot glühte. Autos gab es kaum. Dagegen Berge ohne Zahl, Wiesen; Alpentäler, die sich verengten. Die ansteigende Straße hörte irgendwann einfach auf, ein Parkplatz, eine Brücke, ein See. Letzter, steiler Anstieg zu einem kleinen Ort. Valdurna. Durnholz.

Dort beschloss ich zu bleiben, in diesem unbekannten Dörfchen mit dem Luxus zweier Namen. Und dem Luxus zweier Sprachen. Auch wenn man fast ausschließlich das harte Südtiroler Deutsch hörte.

Plötzlich wurde mir bewusst, wie heiß das Wasser auf meiner Haut brannte. Der Raum war von Dampf gefüllt und mein Körper glühte rot wie ein Hummer im Sud. Ich drehte das Wasser ab, tastete im Nebel nach dem Badetuch, hüllte mich ein. Keine Geräusche im Haus. Alles wie verlassen. Nur draußen der große Sturm.

Ich frottierte mir den Körper, rieb ihn, als gälte es, ihn zu häuten, kehrte in mein Fremdenzimmer zurück. Hoffentlich befand sich das Unwetter nur auf der Durchreise, wollte ich doch den kleinen Tisch mitsamt Stuhl auf den Balkon stellen, das neue Notebook drauf, und schreiben, damit endlich Ordnung in mein Leben käme. Doch im Augenblick war nicht daran zu denken. Schwarze Wolkenungetüme, schwer bepackt mit Wasser, rannten gegen den Ort an.

Und Jesus segnete die Kinder. Auf den Bildern. Fast überall im Haus hingen diese religiösen Öldrucke. Auf etlichen von ihnen gab es perfekte Gloriolen, die um Köpfe kreisen; wie die Monde um den Saturn; oder wie einst die Hula-Hoop-Reifen, die sich um Hüften und Hälse drehten.

Was für einen verklärten Gesichtsausdruck der Maler den Kinder auf den Bildern verpasst hatte! Auch auf dem über meinem Bett. Ein lächelnder Jesus inmitten einer Schar andächtiger Kinder, denen der Maler Gesichter auferlegt hatte, die an Wachsfiguren erinnerten. Seltsam alt wirkten sie. Oder besser: ernst; so wie beschwipste Erwachsene ernst daher schauen, wenn sie nach Würde streben, während sie sich an irgendetwas festklammern müssen, damit sie nicht straucheln.

Wie alt mochten die Kleinen wohl sein? Fünf vielleicht? Oder sechs? Auf einem der Bilder reckten sie ein Spruchband in die Höhe: *Und Frieden auf Erden*. In goldenen Buchstaben, mit Schnörkeln und Ranken. Die Kinder mit den todgeschminkten Gesichtern schauten andächtig empor, dorthin, wo die Menschheit Gott vermutet. Einige beteten, andere umarmten sich. Und bis auf die Kinder, die das Spruchband hielten, lagen fast alle auf den Knien.

Was machen wir Erwachsenen nur aus all den Kindern? Ein paar Tage zuvor hatte ich einen Bericht im Fernsehen verfolgt, in dem ebenfalls Kinder eine Rolle spielten. Irakische Kinder. Sie hatten ganz anders gewirkt als die Öldruckkinder, kämpferisch, enthusiastisch, weil Soldaten der US-Armee mit Waffengewalt unterwegs waren, um das Böse aus der Welt zu tilgen. Wie ferngesteuert wirkten die Kleinen, von fremden Wünschen fanatisch gezeichnet. Abbild ihrer Väter.

Verführte Kinder! Alle. Sowohl die Kinder auf den Bildern unter dem Tiepolohimmel, als auch die unter der vibrierenden Sonnenglut des Irak. Auch sie hielten ein Spruchband hoch, vom heißen Wind gebläht: *Kill them*!

Überall auf der Erde werden Kinder missbraucht. Körperlich und seelisch, heute wie früher. Warum hätte man da mit mir eine Ausnahme machen sollen?

2

Der Tanz ist aus

Zwielichtige Welt. Feuchtkaltes Schattenreich. Und vor mir rannte schemenhaft ein Junge. Alles in Grau. Dazu der Schneeregen. Doch ich spürte ihn nicht, besaß nur Augen für die kleiner werdende Gestalt dort vorne. Mir war kalt. Trotz des Laufens, der Anstrengung. Und weiter ging's, und immer weiter. Welche Kraft das Leben einem abverlangte! Ich durfte jetzt nicht aufgeben, wollte auch ans Ziel gelangen. Der linke Handschuh war durchweicht, der rechte längst verloren. Na, wenn schon! So jedenfalls ließ sich der Stock viel besser handhaben. Und da vorne, der Schatten: Thomas Wedell: „Hier lang!"

Kaum waren seine vom Wind zerfetzten Worte zu verstehen. „Wir haben's gefunden, Osram!" Schon stieg er über einen schwarzen Stacheldraht.

Grau und schwer wälzten sich die Wolken über uns dahin. Die Wiesen dehnten sich weit im uferlosen Dämmerlicht des Tages. Doch ich besaß kaum einen Blick dafür, rannte durch den Schneematsch, hetzte hinter Thomas her, erklomm nun auch den Zaun und balancierte auf dem wackeligen Hindernis wie ein Rodeoreiter, denn meine Hose hatte sich im Stacheldraht verfangen.

„Warte auf mich!", brüllte es aus mir heraus, von erster Weinerlichkeit durchzogen, weil sich der Stoff nicht aus den Fangzähnen des Drahtes befreien ließ. „Warte doch!" Tränen verwässerten meinen Blick. Wie sollte ich ihn denn noch einholen? Bei dem Vorsprung!

Doch Thomas konnte nicht warten. Er hungerte nach Neuem, wollte entdecken, alles in Augenschein nehmen, erforschen, es schmecken; wollte am Ende Gewissheit haben. Wie der andere Thomas, jener, dem ich erst Jahre später begegnen sollte, Thomas Brendel. Auch er war immer etwas schneller auf der Suche nach jener Antwort, die auf unserer seelischen Landkarte endlich diese weiße Stelle tilgen sollte, die wir doch nie loswerden.

Warum wartet er nicht, hatte es in mir gefiebert und ich riss und zerrte, doch Thomas entfernte sich weiter und weiter, war nur noch eine Ahnung im Dämmerlicht, fast nur noch ein Gedanke.

Da habe ich mich einfach zu Boden fallen lassen. 'Ratsch', machte es. Die Hose war zerrissen. Egal: Hauptsache ich war wieder frei. Den Stock in der rechten Hand schwingend, rannte ich in meinen durchweichten Schuhen über die Weide, schwitzend und schreiend. Große wässrige Flocken klatschten mir ins Gesicht. Nässe überall. Und dann sah ich sie endlich vor mir sah, die schwarze, gewundene Sehnsuchtslinie: der Bach mit dem Gummieis ... Die anderen hatten so viel davon erzählt.

Und Thomas war schon dort.

„Warum hast du nicht auf mich gewartet?“, schrie ich gegen den Wind. Nassc Flocken schmolzen auf meiner Zunge und meinen Augenlidern.

Doch Thomas schien meine Frage gar nicht gehört zu haben. Mit seinem Stock testete er bereits das Gummieis, rammte das Ende immer wieder hinein: Ja, es hielt. Er wagte sich drauf: Es wippte und waberte auf und ab wie Götterspeise, aber es hielt.

Schon hatte auch ich mich auf die matte, an feuchten Stellen gelblich schimmernde Fläche gewagt. Vergessen der Riss. Jeder von uns hatte ein Ende des Stockes gepackt, und beide sprangen wir wie Derwische im Kreis.

„Irre“, schrie Thomas gegen den Schneesturm an und vollführte einen Satz wie ein Zirkusartist im Sprungnetz. Ich machte es ihm nach und riss die Beine hoch und höher, riss sie ganz besonders hoch.

Normalerweise war es Thomas, der immer sehr wild und ausgelassen war, um einiges wilder und verrückter als ich. Er hat, so glaube ich heute, niemals Angst gehabt.

Doch auch ich konnte wie doll sein, hatte es Thomas gleichtun wollen. Aber der letzte Sprung war wohl zu gewagt gewesen und ich brach ein, rutschte in das gelblichbraune Abwasser, denn der Bach diente dem nahen Bauernhof als Kloake.

Die eisige Brühe sickerte in meine Hose und kroch an meinen Beinen hoch. Da schlug ich um mich, strampelte, drückte mit den Armen nach außen, um mich aus der Eisjauche zu befreien; doch ich machte durch meine Wildheit alles nur noch schlimmer. Und in mein sinnloses Bemühen drang eine ruhige Stimme: „Du darfst dich nicht bewegen, Osram. Ganz ruhig! Halte still.“

Schon kam er mit einem dicken Ast heran, legte ihn auf das Gummieis, schob sich vom Ufer her, auf diesem Ast liegend, an mich heran, sein Arm streckte sich mir entgegen – doch wie langsam! Wie bedächtig! Die Angst raubte mir jeden Gedanken.

„Mach doch schneller!“, rief ich und griff nach dem Ast, zerrte an ihm, wollte mich daran aus dem eisigen Loch ziehen. Schon trommelte Panik in mir einen irren Rhythmus. Ich zerrte an dem Ast, auf dem Thomas lag und mich immer wieder beschwor, Ruhe zu bewahren. Was sollte ich? Ruhe bewahren? Aber wie denn, wenn einem die Vernunft wie ein Haufen aufgescheuchter Hühner durcheinander flattert? Nur raus aus der Brühe! Ich spürte doch kaum noch was!

Voller Angst riss ich am Ast, stieß mich ab, grub meine Finger in den Schlamm des Ufers, gab dadurch dem Ast einen Stoß, sodass Thomas abrutschte und im Jaucheloch untertauchte wie eine Robbe.

Er hat sich dann selbst gerettet, ehe ich ihm hätte helfen können.

Meine Hose war quatschnass, doch Thomas war vom Kopf bis zu den Füßen durchweicht. Sogar aus seinen blonden Haaren quoll die Soße, braun und stinkend.

Ohne viele Worte zu verlieren, haben sich unsere Wege am Gummieis getrennt.

„Wo kommst du jetzt erst her?“ So hatte Vater mich an der Tür empfangen. Es sei schon lange dunkel draußen.

In der Diele leuchtete der rote Adventsstern.

Ich habe von Thomas und dem Gummieis berichtet, dachte, Vater werde erleichtert sein, dass ich nicht ertrunken war. Aber er schien bei jedem meiner Worte nur böser zu werden und seine Miene verfinsterte sich.

„Das Eis hält gar nicht richtig“, fügte ich noch hinzu um meine äußere Erscheinung plausibel zu machen.

„Es hält gar nicht richtig? Natürlich hält es nicht richtig! Diese Jauche! Diese stinkende Jauche. Die kann gar nicht halten. Das hätt' ich dir gleich sagen können.“

„Aber, wir dachten ...“

„Wir dachten! Wir dachten! Und dies?“ Vater hielt mit spitzen Fingern die nach Gülle und Exkrementen stinkende Hose hoch, ließ sie hin und her schwingen wie das Pendel der Gerechtigkeit.

„Das, das habe ich nicht gewollt“, stieß ich verwirrt hervor.

„Das habe ich nicht gewollt! Das habe ich nicht gewollt!“, äffte er mich nach. „Warum hast du es dann getan?“ Vaters Gesicht war kaum noch wiederzuerkennen. „Und hier... ich glaube, ich seh´ nicht recht! Da ist ja ... ein Riss! Schau dir das an, Irmelin. Dein Herr Sohn!“ Es sei doch nicht zu fassen! In der neuen Hose schon ein Riss. Hin sei sie! Total hin!

Vater war außer sich vor Wut. Er verdiente damals erst sehr wenig. Sogar 'ne Leihbücherei betrieben sie nebenbei. *'Wird die*

Arbeit dir zur Qual, erhol´ dich durch ein Buch von Grahl!' Mit diesem Spruch lockten sie die Leser. Alles, was sie an Büchern fanden, hatten sie zusammengetragen. Neben *Schuld und Sühne* standen Sachen wie *Deutschland als Weltmacht, herausgegeben vom Kaiser-Wilhelm-Dank-Verein der Soldatenfreunde!* Mit 500 Abbildungen! Von 1911! (Und der gesamte Reingewinn war zum Schmücken der Kriegerdenkmäler bestimmt.)

„Herrje, wer soll das alles bezahlen!“ Vater wirkte verzweifelt. Nur Ortlieb schien der Vorgang zu erheitern. Durch die halb geöffnete Küchentür grinste sein Pickelgesicht in purer Schadenfreude.

„Es war doch das Gummieis“, stotterte ich und begriff nichts.

Vaters Stimme besaß jetzt etwas Keuchendes, als käme er soeben von einem Marathonlauf zurück.

„Und deine arme Mutter darf sich quälen und diesen Drecklappen wieder sauberwaschen und flicken, wie?“

Mit einem Schmatzlaut klatschte mir die Hose ins Gesicht. Die Gürtelschnalle hatte mir eine Schramme in die Stirn gerissen. Direkt über dem linken Auge, länglich und leicht gebogen wie ein Neumond.

Und wieder klatschte die Hose auf mich nieder. In meiner Not rief ich die elende Formel: „Lieber Papa! Du bist doch der Beste!“ Damit er endlich aufhörte.

Lieber Papa! Du bist doch der Beste... O, wie klingeln diese Worte in meinen ewigen Ohren, dieses *Lieber Papa*. Die erste Unterwerfung meines Lebens. Und Ortliebs Grinsen hinter der Tür war der blank polierte Hohn.

Wie von weit her Mutters Stimme: „Nicht so doll, doch nicht ganz so doll, Vater...“ Es tue ihm doch weh...

In diesem Augenblick muss Opa Astenbeck ins Zimmer getapst sein. Sicherlich hatte ihn Vaters Geschimpfe herbeigelockt.

Opa Astenbeck hieß eigentlich Jonathan Bulthaupt. Er war Mutters Stiefvater, und alle nannten ihn nur deshalb Opa Astenbeck, weil er aus Astenbeck stammte und weil er immer eine Flasche Astenbecker Weizenkorn im Bücherschrank verwahrte, aus der er bei allen 'Situationen', wie er besondere Vorkommnisse nannte, ein paar Gläser, gut gefüllt, zu trinken pflegte.

Wahrscheinlich war Opa Astenbeck nur wieder auf der Suche nach einer 'Situation', um guten Gewissens seine Schnäpse konsumieren zu können. Er bekam möglicherweise gar nicht mit, dass in unserer Küche gerade eine wirklich dramatische Situation zu eskalieren drohte. In jenem Jahr setzte nämlich eine Veränderung bei ihm ein, die in erschreckend kurzer Zeit Opas Körper und Geist verfallen ließ. Im Dorf war man überzeugt, Opa Astenbecks Verfall sei den zahllosen Schnäpsen anzulasten, die ihm das Hirn zerfressen hätten.

Die fixe Idee mit den 'Situationen' tauchte zum ersten Mal an jenem Tag auf, als Opas Frau, Augusta Bulthaupt, begraben wurde. Ein entsetzlicher Tag für ihn, zumal er selbst die Schuld am Tod seiner Frau trug.

Ich selbst, zu jener Zeit gerade 18 Monate alt, erfuhr die Einzelheiten erst Jahre später, als der Zufall mich der Erzählung des Friedhofsgärtners Tanisch lauschen ließ. Ich nehme an, dieser Tanisch – ein Mensch, dem man besser nicht zu nahekam, wollte man vermeiden, Bekanntschaft mit seinem moderigen Mundgeruch zu schließen – wird die Geschichte im Laufe der Zeit und der unzähligen Schnäpse, die man ihm beim Erzählen ausgab, erheblich aufgebauscht haben.

Trotz der genannten widrigen Umstände habe ich mich eines Tages in seine Nähe gewagt, gab es doch keine andere Informationsquelle, um etwas über Omas Tod zu erfahren, denn bei uns zuhause wurde darüber Stillschweigen bewahrt. In der Familie Grahl existierte das Gesetz: Über Augusta Bulthaupts Tod, ja den Tod überhaupt wurde nicht gesprochen. Deshalb kam es mir beinahe so vor, als habe diese Frau, die meine Oma war, gar nicht wirklich gelebt und sei nur ein Phantasieprodukt, so etwas wie Frau Holle.

Die Umstände ihres Todes waren sehr sonderbar: Eine Woche vor dem tragischen Ereignis hatte Opa Astenbeck einen Wagen gekauft. Schwarz wie die Kirchenbänke soll er gewesen sein, ein gebrauchter DKW, der enorme Qualmmengen ausstieß. Opa hatte den DKW nicht für sich angeschafft. Er tat es, weil seine Frau Mühe mit dem Laufen bekam. Und der Friedhof lag am anderen Ende des Dorfes. Opa Astenbeck muss mit diesem Kauf Aufsehen erregt haben, denn es gab im Jahre 1951 erst vier weitere Personenkraftwagen im Dorf. Und nun war Opa dazugekommen. Das war schon was!

Es ist dann bereits bei der Jungfernfahrt des schwarzen DKW passiert. Opa und seine Frau wollten zum Friedhof. Es war Herbst und Zeit, die Gräber in Ordnung zu bringen. Ungepflegte Grabstellen sah man nicht gerne. Und weil Opa Eimer und Körbe auf den Fußboden des Beifahrerplatzes abgestellt hatte, habe seine Frau wie in einem Taxi direkt hinter ihm gesessen, stocksteif und aufrecht, herrschaftlich und voller Würde, ein gewaltiges Stück Fleisch gewordene Ordnung, streng und in sich ruhend, so, wie sie angeblich immer gesessen haben soll und wie man sie von den spärlichen Fotografien kennt: Eine voluminöse, unverrückbare, in großem Ernst dreinschauende Matrone.

Die gleiche Sitzordnung nahmen sie dann wohl erneut ein, als die Gräber geharkt und mit der Winterbedeckung geschützt waren. Oma schaute sicherlich steif wie eine Statue aus dem Seitenfenster des Autos, als Opa den Motor anließ. Die übliche Abgaswolke quoll zum Himmel. Dann habe Opa Astenbeck den Gang eingelegt.

Begleitet vom Rattern des Motors – es war ein Zweitakter – setzte sich der Wagen in Bewegung. Nur, dass Opa Astenbeck fälschlicherweise den Rückwärtsgang gewählt haben dürfte. Es war ja die Jungfernfahrt, und die Technik war Opa noch nicht vollständig vertraut.

Und so ratterte der Wagen rückwärts los, wobei er eine Buchsbaumhecke durchbrach, bis er von dem Ehrenmal der gefallenen Helden beider Weltkriege gestoppt wurde. Der Wagen soll genau unter der Inschrift *Dulce et decorum est pro patria mori* zum Stehen gekommen sein, haargenau unter dem wirbelnden Eichenlaub und dem Adler, der zwei Flinten in den Klauen hielt.

Augusta Bulthaupts altersschwaches Genick ist bei dem Aufprall wie morsches Holz zersplittert. Zweifellos hatte sie gar nichts Ungewöhnliches an der Fahrt bemerkt, weshalb sie der Stoß auch gänzlich unvorbereitet traf. So starb sie vielleicht noch ein wenig überrascht, aber schnell und überflüssigerweise beinahe an der Stelle, wo sie Tage später begraben werden sollte.

Opa verlor möglicherweise kurz sein Bewusstsein. Das erste, was er nach dem Aufprall sah, als er aus dem Seitenfenster blickte, war, soviel steht fest, das fassungslose magere Gesicht des Totengräbers Tanisch, dem immer eine wilde Haarsträhne in die Stirn fiel; und schräg über dem Totengräber drohte das wuchtige Kreuz des Ehrenmals.

Es lag wohl etwas Furchterregendes in Tanischs Gesichtszügen, und der Unfall muss diesem ohnehin schon abstoßenden Gesicht in ganz besonderem Maße den Stempel des Schreckens aufgedrückt haben, denn selbst Jahre später noch wurde Opa Astenbeck, wie sich zeigen sollte, von dem Eindruck, den das Gesicht bei ihm hinterließ, erbarmungslos verfolgt; zu jener Zeit, als er schon auf seinem Thron saß.

Dieser tragische Unfall stellte für Opa wohl so etwas wie die 'Ursituation' dar, und er muss an jenem Tag recht viele Astenbecker benötigt haben, damit er diese Situation vergaß oder zumindest kurzzeitig verdrängen konnte. Er ist dann in der Folgezeit gewaltig abgemagert, als wolle er dem Tod, wenn er denn käme, nur wenig zum Mitnehmen übriglassen, und sein Körper bot das Jammerbild eines Knochengestells mit schlabbriger Haut, so, als hätte jemand ein zu weites Lederhemd über ihn geworfen.

Diesen Anblick zeigte er also an jenem Winterabend, als sich die stinkende Hose ein letztes Mal um meinen Kopf wickelte. Vor sich hin nuschelnd, kam er in die Küche geschlurft (wahrscheinlich hatte er schon den einen oder anderen Astenbecker intus) und drehte seinen mageren Schädel hin und her, dass das Wabern seiner Hautsäcke am Hals an einen Leguan erinnerte.

Warum der Mann denn so schreie? hatte Opa gefragt und dabei mit seinem dürren Finger auf Vater gewiesen.

Mutter stieß mit bebender Stimme hervor, der Junge sei ins Eis eingebrochen, und sie schnüffelte dabei durch die Nase, als habe *sie* sich erkältet.

Ins Eis eingebrochen? Da war sie, die gefährliche Situation! Opa hatte das Zauberwort vernommen.

Vater wird Opa Astenbeck gar nicht bemerkt haben, und Opa hat wohl mich nicht entdeckt, der ich, einen Scheiß-Turban auf dem Kopf, vor Vater auf den Knien lag wie die Kinder auf dem Jesusbild in Durnholz vor ihrem Gott. Und so wanderte Opa, immer wieder 'Oh, diese Situationen' vor sich hin murmelnd, zu seinem Astenbecker. Wahrscheinlich war Vaters laute Stimme 'Situation' genug gewesen, um die Flasche herauszukramen.

Ehe ich ins Bett musste, brummte Vater `So eine widerliche Schweinerei´ vor sich hin, während er hinüber zum Spülstein ging, um sich die Hände zu waschen.

Widerliche Schweinerei. Und ich: das Schwein. Es wollte nicht mehr aus meinem Kopf verschwinden, dieses Wort, hatte sich offenbar in meinen Ohren festgebissen. Und dazu brannte die Verletzung an meiner Stirn. Wahrscheinlich hatte sie sich infiziert. Es war ja eine Kloake. Voll von Kolibakterien und anderen Keimen!

Im Vorbeigehen klebte Mutter mir schnell ein Pflaster auf die Wunde. „Osram, bitte!" Etwas Flehendes lag in ihrer zitternden Stimme, etwas Geducktes in ihrer Haltung, als sie mich ins Bett brachte.

'Ich bin ein Schwein,' wimmerte ich vor mich hin.

Dann lag ich im Bett, und in mir brannte etwas viel stärker als die Wunde auf der Stirn.

'Ich - ein Schwein.' Die Worte gingen mir nicht mehr aus dem Sinn.

Ich dachte an das Schwein, das Pinkepanks, unsere östlichen Nachbarn, geschlachtet hatten. Zu zweit mussten die starken Bauernsöhne Schwanz und Beine packen und es festhalten, dieses eigenwillige, den Tod ahnende Schwein, das sich nach Leibeskräften dagegen wehrte, getötet zu werden.

Das abgestochene Schwein, das so laut quiekte und dessen Blut ich gerührt habe. Das man im Hof an den Hachsen aufgehängt hatte. Den ausgehöhlten Kopf nach unten. Dessen noch warmes Mett alle lachend in sich hineinstopften, an der langen Tafel aus roh behauenen Brettern. Ich blickte zum Fenster: Das Schwein, dessen Wurst dort als Ring am Fensterkreuz baumelte, draußen im eisigen Nachtwind. Mein Blutrührerlohn!

Ich warf mich im Schlaf fortwährend herum in dieser Nacht. Der Mond schien ins Zimmer und weckte mich irgendwann wieder auf. Und im hellen Mondlicht leuchtete die Knappwurst, bleich, prall und rund. Ich bin ein Schwein! flüsterte ich. Die Wunde brannte. 'Lieber Papa!' Ich biss die Zähne zusammen. 'Lieber Papa!' Ich biss mir auf die Zunge. Es schmeckte nach Blut. Und der Mond lachte durch den fetten Wurstring.

In dieser Nacht beschloss ich, nie wieder zu sprechen. Doch warum? Nicht mehr zu sprechen war ein Vorsatz, der umso wirkungsloser war, da in unserer Familie allgemein Sprachlosigkeit herrschte. Geredet wurde schon, geplaudert, befohlen, gemeckert, geschimpft. Aber miteinander zu sprechen haben sie nie vermocht.

Und genau aus diesem Grund hat niemals jemand mich auf meine Funkstille angesprochen: Sie haben es einfach nicht bemerkt.

Thomas war erkrankt. Mutter hatte es an einem der nächsten Tage erzählt. Lungenentzündung. Die Dorfbewohner steckten die Köpfe zusammen. Man tuschelte. Und ihre leuchtenden Augen straften die mitleidigen Worte Lügen.

„Es war das Gummieis!“, hört man immer wieder. Und *er* habe ihn ja wohl hineingestoßen!

Lungenentzündung? Was war das, hatte ich mich gefragt und ich beschloss, Thomas zu besuchen. Schon hatte ich den Dufflecoat vom Haken gerissen, da sagte Mutter: „Wo willst du denn hin? Etwa zu Thomas?“ Und das gehe nicht. Er sei schwer krank.

Ich rührte mich nicht vom Fleck, stand in dem Mantel da, weigerte mich, ihn wieder auszuziehen. Ich würde Thomas besuchen. Und wenn es heimlich war. Immerhin hatte ich die Idee mit dem Gummieis; und nur deswegen war er auch erkrankt. Lungenentzündung! Und ich war verurteilt worden von den Menschen. Hatte ich da nicht einen letzten Wunsch frei? Durfte ich ihn da nicht sehen, ihn, der meinetwegen schwer erkrankt war?

„Nun sei brav“, hatte Mutter gefleht. „Du kannst erst zu ihm, wenn es ihm besser geht.“

Doch ich stand ungerührt da, machte mich sogar steif, als Mutter mir den Mantel ausziehen wollte. Da sagte sie: „Nun wart's doch ab, mein Kleiner. Vielleicht kannst du morgen hingehen.“ Sie küsste mich und ihre Arme hatten sich wie Schlangen um meinen Körper gewunden, als wollte sie mich in Liebe erwürgen.

Thomas Wedell war noch am selben Tag gestorben. Ich kam in jedem Fall zu spät.

„An den Folgen der Lungenentzündung“, raunten die Stimmen zwischen den Regalen und Säcken, den Gläsern und Erbswürsten in Taddatschs Krämerladen.

Das Leuchten verstohlener Blicke traf mich, während Mutter eine Beileidskarte ausgesucht hatte. Totenstille herrschte im Laden. Aber die Augen sprachen: *Er*! Der alte Taddatsch kramte inzwischen nach den Waren, die Mutter verlangt hatte. Weil er im Krieg einen Arme verloren hatte, füllte er mit der verbliebenen Hand seine sämtlichen Kitteltaschen mit den gewünschten Waren, und schon aus drei Metern Entfernung, von dort, wo die Säcke mit

Mehl, Zucker und Getreide standen, begann er damit, die Dinge in hohem Bogen auf den Ladentisch zu schleudern. Nichts landete daneben, und alle Kinder bewunderten ihn.

„Ja, ja, der kleene Wedell“, keuchte Taddatsch beim Herannahen und präsentierte seine vom ewigen Sportstudentrauchen braunen Zähne, „nun isser dot. Armer Bengel. Hat ja kaum mal wat jelebt. Den einen trifft's eher, den andern später. Noch 'n Wunsch? Der Rosenkohl is janz frisch. Oder Steckrüben?“ Er stieß mit dem Fuß gegen eine Holzkiste. Zur Bekräftigung.

Nein, das sei alles, sagte Mutter und legte die Beileidskarte dazu.

„Dreifuffzich!“ Auf dem Einpackpapier hatte er zusammengerechnet.

„Weil sie ins Eis eingebrochen sind“, flüsterte jemand im Hintergrund. Frauen starrten zu uns herüber, kaum merklich nickend, ein seltsames Leuchten im Gesicht. Und eine Stimme tönte quer durch den Laden: „Aber ihr Osram ist ja wohlauf, Frau Grahl, nicht wahr? Hat wohl keine Lungenentzündung?“ Schnell hatte mich Mutter aus dem Laden gezogen.

Weil sie ins Eis eingebrochen sind! Dieser Satz hallt in meiner Erinnerung durch die Enge des Krämerladens wie das Wort des Pastors am Karfreitag in der Kirche, wenn er predigte: „Und sie riefen: Ans Kreuz mit ihm!“

Trug ich die Schuld an Thomas' Tod?

„Wäret ihr nicht zu diesem verdammten Stinkbach gerannt, würde dein Freund noch leben!“ Auch Vater konnte predigen. Ortlieb nickte Beifall.

„Hier, bring die Karte zu den Wedells“, flüsterte Mutter, als wir später allein im Zimmer waren, und sie hatte mir einen Kuss gegeben.

Nun durfte ich den Dufflecoat anziehen, jetzt, wo alles zu spät war.

Es hatte wieder zu schneien begonnen. Die Gassen waren menschenleer und es dämmerte bereits. Beim Gärtner lehnten schon Christbäume am Zaun. Aber niemand wollte sie haben. Es war noch zu früh.

Dann stand ich vor Wedells Haus. Würde Thomas noch in der Wohnung sein? Ich zögerte kurz, dann hatte ich geklopft. Leise öffnete sich die Tür. Es war Thomas' Oma. Die Haut um ihre

Augen schien noch faltiger als sonst zu sein. „Ach, der Osram.“ Und ich solle reinkommen. Im Flur musste ich unwillkürlich schnuppern. Süßlicher Kuchenduft hing in der Luft.

Dann sah ich den ersten Toten meines Lebens. Komisch: Es war mir nicht bewusst in jenem Augenblick, dass es ein Toter war. Es war einfach Thomas, und der hatte inmitten von flackernden Kerzen in seinem Bett gelegen. Die blonden Haare wirkten länger als sonst, sie kringelten sich sogar ein wenig. Man hatte sie von der Jauche gereinigt, und auf seinem Gesicht lag ein feines Glänzen, durchsichtig und zart. Es war eine Stimmung wie Heiligabend: die vielen Kerzen, und Thomas wie das Kindlein in der Krippe. Er wirkte kleiner als sonst. Und fast ein bisschen heilig, auch wenn er auf seinen listigen Gesichtsausdruck nicht ganz verzichtet hatte.

Ich trat näher, stutzte. Was war das? Ich beugte mich zu ihm herunter. Das war typisch Thomas! Linste er doch tatsächlich unter dem Lid des linken Auges hervor! Einfach unschlagbar. Schnell zwinkerte ich ihm zurück. Offenbar hatte er mir nichts übelgenommen.

Doch ehe ich weitere Betrachtungen hätte anstellen können, zog man mich aus dem Zimmer und gab mir von einem Blech ein Stück Zuckerkuchen. \`Leichenkuchen´ hieß er bei uns im Dorf. Und er schmeckte auch eigenartig. Irgendwie nach Mottenkugeln.

Während ich noch überlegte, ob ich jetzt in das Kuchenstück hineinbeißen müsse, um nicht noch mehr Kummer über die Familie Wedell zu bringen, hörte ich aus einem Nebenraum das Weinen einer Frau. Da biss ich besser vom Kuchen ab, damit sie nicht noch trauriger wurde. Und ich kaute auf der trockenen Kuchenecke herum, während ich gespannt auf die Worte lauschte, die jene Frau im Nebenraum unter Schluchzen hervorbrachte: „Ich kann ihn jetzt nicht sehen.“ Es war Thomas' Mutter.

So war ich hastig vor die Tür abgeschoben worden. Nicht einmal tschüss hatte ich zu Thomas sagen können.

Draußen stopfte ich das Kuchenstück mit dem muffigen Geschmack in die Tasche des Mantels und stapfte vor mich hin. Endlos fiel der Schnee in wollenen Flocken.

Wäre ich doch allein auf der Welt gewesen! Ewig hätte ich weiterlaufen mögen. Weiter und weiter, nur ich, meine dunklen Gedanken und der frische Schnee. Mir wollte eine Frage nicht aus dem Kopf gehen: Hatte Thomas mich nun gesehen? Unter seinem Augenlid hervor? Konnten Tote vielleicht doch noch ein wenig sehen? Zumindest Umrisse der Gegenstände, der Menschen? Vielleicht Schemen wie bei einem Schattenspiel? Und hatte Thomas mein Zwinkern bemerkt? Ja, bestimmt! Damals war ich vollkommen überzeugt von dieser Vorstellung. Wozu hätte er sonst ein Auge leicht geöffnet haben sollen?

Durch das dichte Schneetreiben stapfte ich der Hauptstraße zu. Es war eine gedämpfte Welt. Längst hatte sich das Straßenpflaster unter einer weißen, die Konturen verwischenden Decke versteckt. Die Dunkelheit schien grünlich. *'Komm! Komm mit! Zum Gummieis!'* Es war meine Idee gewesen an jenem Abend. *'Ja, lass uns zum Gummieis laufen!'* Er hatte gestrahlt, als er es rief. *'Es soll sich bewegen'*, hatte ich gerufen und wir rannten los. *'Weil sie ins Eis eingebrochen sind. Wegen Osram ins Eis eingebrochen!'* Immer wieder diese Worte. Entsetzliches Echo. Warum hörten sie nicht auf, diese Stimmen? Was wollten sie von mir? Musste ich sie nun ewig hören? War es eine Strafe Gottes? Weil ich die Schuld trug an Thomas' Tod?

Dann sah ich den Weihnachtsmann. Ganz in Rot und groß und mit dem Zeigefinger drohend stand er da im Lichterglanz von Plöhns Schaufenster. Majestätisch! Und furchteinflößend zugleich! Lange starrte ich durch die Fensterscheibe – bis allmählich der Weihnachtsmann verschwamm; Kondenswasser lief die Scheiben herunter und gefror. Es musste ziemlich abgekühlt haben.

3

Und ewig dieselben Lieder

Urwüchsig. Genau so waren der Ort, die Stimmung, das Wetter. Als wäre es ein Platz besonderer Kraft. Und ich brauchte Kraft, hatte immer zu wenig davon besessen. Ich starrte aus dem Fenster. Meine Augen werden geleuchtet haben. Welch elementare Wucht dort draußen herrschte! Als werde die Welt neu erschaffen. Und das Unwetter nahm beständig an Heftigkeit zu, eignete sich etwas Gewalttätiges an. Die Terrasse des Gasthofes schräg unterhalb der Pension glänzte schwarz vor Nässe. Lebewesen schien es nicht mehr zu geben. Alles war wie ausgestorben. Kein Auto fuhr, kein Mensch wagte das Bild zu stören.

Endlich! Ich spürte, wie Ruhe in mich strömte, mich von innen wärmte. Meine rechte Hand ruhte auf jenem Glaszylinder, den es nun nicht mehr gibt. Aber ich habe gehört, dass man den Inhalt gerettet hat. Wahrscheinlich haben sie ihn inzwischen tiefgefroren und auf diesem Wege seiner magischen Wirkung beraubt. Sie wissen ja nichts, werden nie etwas begreifen.

Mein Glaszylinder! An jenem Tag in den Bergen hatte das kühle, glatte Gefäß im Zusammenspiel mit dem Wetter wunderbar beruhigend auf mich gewirkt. Wie immer, bewegte sich der Finger im Innern des Zylinders träge, als nicke er mir zu. Hinzusehen war überflüssig, ich wusste es auch so. Wenn ich mit ihm allein war, ging diese wunderbare, fast meditative Ruhe von ihm aus. Und sie floss durch meinen Körper und schenkte das Gefühl, als stünde ich mit mir und der Welt im Einklang.

Es war 1956, als ich den Finger an mich nahm, in eben jenem Jahr, in dem man August Odin Grahl den Verwaltungsposten in der nahegelegenen Stadt anbot.

Da müsse er einfach zugreifen, hatte er gesagt.

„Aber diese Fahrerei!“ Mutter schien nicht so erbaut.

Ob sie wolle, dass er bis `Oh du fröhliche´ kleiner Provinzbeamter bleibe? Nein, das konnte Mutter gar nicht wollen, und so hatte sie sich gefügt. Wieder einmal.

Zu Ehren der Beförderung wurde auch ein dicker Blumenstrauß inklusive einer prachtvoll ausgestatteten, länglichen Kartonage mit der Glückwunschkarte 'Zum beruflichen Erfolg' abgegeben.

„Schau an, schau an! Vom Nabob Erwald Brendel!“ Vater staunte. Im Karton fand er eine Flasche COGNAC PALE & DRY, TRES BELLE GRANDE CHAMPAGNE von der Destillerie *Delamain & Co*! Erwald Brendel habe sich nicht lumpen lassen. Die Blumen solle Mutter mal nehmen, meinte Vater.

Kurz darauf legte er sich dann, kaum sechs Jahre nach Opa Astenbecks Autounfall, seinen ersten Wagen zu. Als Opa davon Wind bekam, vertilgte er den Rest aus seiner Flasche Astenbecker, um sich zu beruhigen.

Das war einige Wochen vor der Thronbesteigung.

Und mitten vor unserem Haus stand der neue Wagen. Vater hatte sofort alles ausprobiert. Inklusive Hupe. Mutters Blick fragte, ob das denn nötig sei. Und wieder hupte es. Gleich mehrmals, und schon hatte die gesamte Nachbarschaft an den Fenstern geklebt.

Vater brauchte die Öffentlichkeit. Mutter dagegen scheute die Menge. Was sie zu sagen hatte, vertraute sie ihren unzähligen Tagebüchern an. Einmal habe ich, als ich im Niemandsland der Pubertät herumirrte, einen Blick hineingeworfen. Natürlich verschloss Mutter die Bücher wie ihr Herz, und alle besaßen einen Riegel mit winzigem Schloss, aber eines Tages hat sie eins offen liegen gelassen, weil sie zu Opa Astenbeck hinuntermusste, der sein Wasser im Garten am Boskop abschlug, was bei der Nachbarin Frau Mackensen einen Kreischanfall auslöste, als wolle sie böse Geister verjagen.

Dieses Tagebuch war eine Überraschung. Neben Mutters täglichen Eintragungen fand ich jede Menge Gedichte. Verblüffend! Mutter schrieb Gedichte? Das war mir völlig neu! Und auch an diesem Tag hatte sie offenbar gerade ein Gedicht geschrieben. Es stand hinter der Eintragung vom Vortage: (Brendels waren zu Besuch; Krach mit Vater). Leider habe ich die Verse vergessen. Als Entschädigung zitiere ich hier eins, welches sie bereits vor meiner Geburt schrieb:

Ist nichts, was bleibt?

Er....
Kurze Zeit
ein Blick und mehr.
Ein Traum?

Es
blieb von ihm,
es wächst
die Wirklichkeit.

Ich
stehe nur,
seh' zu,

wie ich verlier.

Ist nichts, was bleibt?

Zugestanden, der Sinn des Gedichtes wollte sich mir nicht offenbaren, als ich es zum ersten Mal las. Das Einzige, was mir auffiel, war dieser depressive Grundklang. Aber es passt zu Mutter, dachte ich, als ich die Verse betrachtete. Doch ansonsten war mir das Gedicht ein Rätsel geblieben. Wen mochte sie wohl mit Er... gemeint haben?

Vater vielleicht? Wen sonst! Aber wieso sollte Vater ein Traum für kurze Zeit sein? Sie waren doch in der Realität zusammen, bis der Tod sie schied. Das war eine ebenso unumstößliche Tatsache wie Vaters erster Wagen, oben genannter Käfer, mausgrau und gebraucht einschließlich jener Blumenvase mit echten Himmelsschlüsselchen, die das Armaturenbrett zierte!

„Wie schön!“ Mutter war hingerissen von den Blumen. Vater taufte das Auto `Asinus´, weil es ebenso grau wie bockig war. Vielleicht ist er uns gerade deswegen ans Herz gewachsen. Als er Jahre später verkauft wurde, empfand ich echten Schmerz. Ich hatte mich zum Abschiednehmen sogar in den Wagen gehockt, und ich sehe mich wieder die Polster streicheln wie die Wangen einer Geliebten, die für immer von mir ging.

Erst Minuten später war ich Ortliebs Grinsen am Seitenfenster gewahr geworden. Hatte er mich die ganze Zeit beobachtet? Das war gemein und hinterhältig. Scham ließ in mir Wut entstehen, Wut über Ortlieb, der mich jetzt sogar nachahmte, wobei er maßlos übertrieb. Da sprang ich aus dem Wagen, stieß mir dabei das Schienenbein, was mich noch aggressiver machte, und jagte Ortlieb und sein Lachen wieder und immer wieder um das Auto herum, und je heftiger ich heulte und schimpfte und schrie, umso lauter schallte Ortliebs Gelächter durch die Garage. Dann war er gestolpert und gegen eine Trittleiter gestoßen. Die fiel um und schon hatte der Kotflügel eine Beule.

Das werde er Vater erzählen. Schon war Ortlieb verschwunden.

Was sollte ich tun? Immerhin war es nicht meine, sondern Ortliebs Schuld, dass die Leiter auf das Auto gekracht war. Er hatte sie umgestoßen. Da würde auch er den Ärger bekommen. Ich würde die Sache schon so erzählen, wie es wirklich passiert war.

Dennoch stellte ich die Leiter besser wieder hin. In diesem Augenblick kam mein Bruder mit Vater zurück. Und hinter den beiden tauchte Mutter auf. Vater besah sich die Katastrophe, rief, das sehe ja verheerend aus! Schau dir an, was dein Sohn schon wieder angestellt hat, Irmelin! Und wer das nur bezahlen solle?

Mutter hatte es die Stimme verschlagen. Alles, was sie an Geräuschen herausbrachte, war ein verhaltenes Schnüffeln in ihr Staubtuch, das sie wohl mit einem Taschentuch verwechselte. Am Ende versuchte sie sogar, die Beule mit dem Tuch fortzuwischen.

Vater hat sich meine Version der Geschichte nicht einmal angehört. Offenbar war die Sache für ihn klar, und ich musste zur Strafe einige Hiebe mit der Reitpeitsche einstecken.

Um mich zu trösten, schenkte Mutter mir eine Tafel Schokolade. „Aber nichts den anderen sagen!“

Die Reitpeitsche stammte aus dem 2. Weltkrieg. Vater hatte sie als Erinnerungsstück an seine Offizierszeit zu Pferde aufbewahrt. Bisweilen erzählte er davon: „Alle Grahls waren Offiziere.“ Und auch wir würden eines stolzen Tages Offiziere sein.

Er kam von diesem verhängnisvollen Wunsch einfach nicht los. Aber wie hätte er damals denn auch schon ahnen können, was die Zukunft für ihn in dieser Hinsicht noch parat hielt?

Heute denke ich, wir hätten uns stärker widersetzen sollen. Immerhin hatten wir jemanden im Haus, der in dieser Beziehung viel hellsichtiger war, als alle anderen zusammen. Doch diesen einen, Opa Astenbeck, hat niemand ernst genommen.

Es war an einem Herbstabend des Jahres 1956, wir wohnten zu der Zeit noch auf dem Dorf, als die Bundeswehr um den Wohldenberg herum ein Manöver durchführte. Der Deutsche Bundestag hatte gerade die Wehrpflicht eingeführt. „Um den jungen deutschen Wohlstand zu sichern. Wer weiß...“ Und Strauß werde wohl Verteidigungsminister.

Vater war immer gut informiert: Selbst wichtige Kirchenmänner seien nicht gegen die Wiederbewaffnung. Im Gegenteil. Nur Opa Astenbeck mache deshalb diesen Spektakel! Aber der... Na ja.

Opa war nach dieser Neuigkeit völlig durcheinander, und er fuchtelte gefährlich mit der Flasche und seinem Glas im Zimmer herum, und immer und immer wieder keuchte er, die Hand solle abfallen, die noch einmal ein Gewehr ergreife. Zur Bekräftigung trank er jedes Mal einen Astenbecker, bis Vater einschritt und seine Frau ermahnte, es sei eine Schande, wie ihr Stiefvater sich vor den Jungen aufführe; und sie solle den Opa in sein Zimmer schaffen.

Die Nachricht der Wiederbewaffnung musste wohl eine 'Supersituation' für Opa Astenbeck dargestellt haben, und das kann ich gut verstehen, denn Opa Astenbeck, der ja eigentlich Jonathan Bulthaupt hieß, hatte ein ziemlich deprimierendes Leben hinter sich. Schon mit 24 Jahren durfte er für den Kaiser in den großen Krieg marschieren. Zu Weihnachten wollte er dann wieder daheim sein. Man rechne höchstens mit ein paar Wochen, bis man den Franzosen besiegt habe. Doch dann kam das Jahr 1915, dann 1916, und nur wie durch ein Wunder überlebte er jenen Sommer, das Schlachten an der Maas. Wegen einer Oberschenkelverletzung schaffte man ihn ins Lazarett. Er hatte einen Schwerverletzten, der im Zivilleben ein Chemie- und Medizinstudent war, aus dem Trommelfeuer gezogen; dabei hatte er selbst eine Kugel abbekommen. Dass die Verwundung bis zum Jahresende einigermaßen zufriedenstellend ausgeheilt war, verdankte er nicht zuletzt Virginia. „Sie ist hier Krankenschwester, und 'Mein persönlicher Engel'“, hatte er nach Hause geschrieben.

Eigentlich war Virginia gelernte Bibliothekarin, doch als sie von den Schrecken des Krieges erfuhr, hat sie sich als Hilfsschwester in die Frontlazarette gemeldet. Wenn man den Wahnsinn schon nicht verhindern könne, müsse man wenigstens das Leiden lindern, meinte sie.

Das einzig Gute am Krieg sei gewesen, dass er Virginia kennengelernt habe, behauptete Opa immer wieder. Und dann musste man sich ein völlig vergilbtes Foto ansehen. Das Frauengesicht konnte man gerade noch ahnen. Das sei sie! sagte er fast staunend, und er lächelte dabei wie ein Kind.

Opa Astenbeck und Virginia hatten sich vorgenommen zusammen zu bleiben, wenn sie beide den Krieg unbeschadet überstehen sollten. Am Heiligen Abend jenes Kriegswinters, wenige Tage, bevor Jonathan wieder an die Front musste, verlobten sie sich.

„Ohne Ringe, ohne Ringe, ohne Ringe!“, rief Opa, als er mir davon erzählte.

Ihre Hochzeit feierten sie 1920, und ihre Tochter Josefine kam im Frühling 24 zur Welt. Mit Nachwuchs hatten sie extra gewartet, denn ihre Kinder sollten in einer sicheren Zeit aufwachsen.

Das müssen wohl damals die glücklichsten Jahre in Opa Astenbecks Leben gewesen sein. Immerhin war er inzwischen schon 34 Jahre alt.

Mit 42 musste er zusehen, wie sich die Nazis in Deutschland immer breiter machten. In diesem Jahr bekam Opa Astenbeck Huxleys Buch `Welt wohin? zum Geburtstag. Es wurde sein Lieblingsbuch, diese finstere Weltenvision, wie er es später nannte. Josefine hatte ihm in ihrer Kinderschrift hineingeschrieben: Alles Gute zum Geburtstag und dass wir lange in Frieden zusammenleben werden!

Doch der Friede stand damals kurz vor dem nächsten Aus mit Milzbrandbomben und anderen Vernichtungsmitteln. Dazu Menschenversuche, Menschenverachtung, Zuchtwahl, Endlösung! Huxleys 'Zukunftsroman' schien geradezu harmlos dagegen.

Sie finde gut, dass er schon so alt sei, habe Josefine mal gesagt, so brauche er nicht mehr Soldat zu werden und könne sie hier beschützen.

Mit 54 Jahren wurde Jonathan Bulthaupt zum Volkssturm eingezogen. Die herrlichen Zeiten von Kaiser Wilhelm, das Tausendjährige Reich, alles Quatsch! Und alle hätten sie daran geglaubt. Jedenfalls die meisten.

Im Frühjahr 1945 desertierte er. Er wusste, wie jeder vernünftige Mensch damals, dass der Krieg längst verloren war. Nun wollte er nur zurück, um den Rest des Lebens endlich in Frieden mit seiner Familie zu verbringen. Zu Fuß schlug er sich nach Hause durch, schlief in Scheunen und Straßengräben, aß kaum etwas und fror vor Hunger und Kälte und Sehnsucht.

Am 23. März 1945 kam er an. Die Trümmer des Hauses qualmten noch. Und gegen Abend fand er zwischen den Trümmern das, was von Virginia und Josefine übrig geblieben war. Und aus der verkohlten Hand seiner Tochter zog er Huxleys 'Welt wohin?'

Drei Jahre lang hat Opa kaum was gesagt. Mit dem Buch im Arm hat er angeblich immer nur irgendwo herumgesessen. Zumeist auf einer Parkbank, wenn das Wetter es erlaubte. Immer war das Buch dabei, doch gelesen hat er wohl nicht mehr darin.

Auf der Parkbank hat die Oma ihn kennengelernt. Man munkelte, sie habe ihn mehr aus Mitleid denn aus Liebe geheiratet.

Oder vielleicht auch nur deshalb, weil auch sie ihren Ehepartner verloren hatte. Männer waren knapp in den Nachkriegsjahren.

Nach Omas Tod im DKW zog Opa Astenbeck dann mit in unsere Wohnung.

„Wir werden ihn wohl zu uns nehmen müssen“, hatte Vater damals gemeint und die Augenbrauen sehr hoch in die Stirn gezogen. So steht es jedenfalls in einem von Mutters Tagebüchern. Bestimmt hat sie geschnüffelt, als sie es eintrug.

An einem Herbsttag 1956 fand also das erste Manöver statt in unserer Gegend. Und nachdem Mutter ihren Stiefvater auf sein Zimmer gebracht und seine Tür vorsichtshalber abgesperrt hatte, zog die gesamte Familie wie bei einer Prozession hoch zum Wohldenberg. Das ganze Dorf war auf den Füßen. Männer vorweg, dann Frauen und Kinder: Alle stürmten hin, sahen die Fahrzeuge, die Soldaten, das lodernde Lagerfeuer.

Und dann, als es richtig dunkel geworden war, ertönte aus Hunderten von Kehlen das Panzerlied. Sie kannten wohl noch keine anderen Lieder, griffen auf Altbekanntes zurück. Und ich spürte bei den Klängen eine amorphe Furcht aufkeimen. Eingekeilt steckte ich in der Menge, und wie die Pfähle eines Palisadenzauns ragten die Leiber der Menschen vor mir im flackernden Licht der Lagerfeuer empor.

„Ob's stürmt oder schneit, ob die Sonne uns lacht, ...“ Der Gesang wurde von Takt zu Takt lauter, „...der Tag glühend heiß und finster die Nacht, ...“ Ich schaute zu Vater hoch. „...verstaubt sind die Gesichter, doch frisch und froh ist unser Sinn ja Sinn...“ Wie seine Augen im Feuerschein glänzten! „...so braust unser Panzer im Sturmwind dahin!“ Wie sich sein Mund bewegte! Wie beim Vaterunser in der Kirche. Und ringsumher: Wie viele andere Augen strahlten und glänzten, während der Gesang immer mächtiger erklang: „Wenn vor uns ein feindlicher Panzer erscheint,...“ Hinter mir schloss man immer dichter auf, „...dann Vollgas gegeben und ran an den Feind...“ und das Auf und Abschwellen des dumpfen Gesanges durchbebte den Nachthimmel; jetzt sangen sie auch schon in meinem Rücken, über mich hinweg, überall, immer weiter in die Nacht hinein, und jemand hinter mir schien auf der Stelle zu marschieren, denn seine Knie schlugen im Takt des Liedes in meinen Rücken, „...so wird unser Panzer ein ehernes Grab.“

Trotzig war der Gesang verstummt. Alles stand eine Zeit lang mit straffen Muskeln da, als wäre es das erste Glied, während ich, immer noch ein beklommenes Herz in der Brust, überlegte, was ein 'ehernes Grab' sein konnte.

„Wir lieben alle nicht den Krieg."

Es war eine halbe Stunde später in der Küche. Mutter hatte Tee gekocht und eine Karaffe mit Jamaika Rumverschnitt auf den Tisch gestellt. Vater goss sich etwas heißen Tee in den Rum. Mutter zuckerte und rührte um. Vater trank.

„Nein, wir lieben den Krieg weiß Gott nicht ah, köstlich nach der frischen Luft." Und nach einer Pause und einem weiteren Schluck fügte er hinzu: „Hätte Adolf (er nannte nur den Vornamen, als handle es sich um einen Bekannten aus dem Nachbarhaus) früher aufgehört, wäre uns viel erspart geblieben. Und Deutschland wäre heute um ein stolzes Stück größer." Ja, man müsse wissen, wann man aufhören sollte. Vater trank erneut. Deutschland habe seine einstige Größe eingebüßt. Dreigeteilt! Es sei eine Schande. Und die vielen Heimatvertriebenen, die der Russe Richtung Westen gejagt habe, seine Gräueltaten, die vielen Tausende von Kriegsgeschädigten und überall Flüchtlinge, die in allen Orten untergebracht werden müssten. Das sei wirklich nicht mehr feierlich! Nein, einfach sei das alles nicht. Er goss etwas Rum nach, trank. „Das tut gut." Und er möchte jetzt nicht in der Haut des wackeren Vertriebenenministers Oberländer stecken: Dessen Leistungen für unser Deutschland seien nicht hoch genug anzurechnen.

An jenem Abend perlte Vaters Laune geradezu. Sicherheitshalber nahm Mutter die Flasche mit dem Rumverschnitt an sich, doch Vater zog sie ihr aus den Händen und goss sich nach. „Prost prost, Kamerad!", rief er mit entschlossenem, in irgendeine nebelhafte Ferne gerichteten Blick, und er ergriff die Hände seiner Söhne.

„Ja, ihr beiden, ich möchte stolz auf euch sein können, so wie mein Vater auf mich stolz sein konnte."

Das Telefon klingelte dazwischen.

„Wenn es für mich ist: Ich bin noch nicht zu Hause", sagte Vater. Mutter ging ran.

„Bei Grahl. Ach, du ... äh ... Nein, tut mir leid, aber er ist noch nicht zurück. Ja, selbstverständlich, ich werde es ihm ausrichten. Ja, auf Wiederhören, Erwald.“

Mutter hatte erstaunlich schnell aufgelegt.

„Was?“, rief Vater, „das war Erwald Brendel? Ist ja nicht die Möglichkeit! Warum hast du das denn nicht gleich gesagt? Du weißt doch, dass ich für Erwald immer zu sprechen bin. Und überhaupt: Du sollst doch die Namen nennen, Irmel, wenn du drangehst!“ Wie oft er ihr das denn noch sagen müsse!

Vater griff nach dem Telefon, die Wählscheibe surrte, Vater brummte vor sich hin, ob man sich denn hier auf keinen mehr verlassen könne, und dann, wie aus dem Nichts in fröhlichem Ton: „Odin Grahl hier. Lieber Erwald, wie geht es dir?“ Als flöte er einer Angebeteten zu. „Ja, gerade in die Tür gekommen.“ Genau, genau! Natürlich habe er es auf die Tagesordnung setzen lassen! Ja, wie sie es besprochen hätten. „Aber, was glaubst du denn! Ich bitte dich! Was ich einmal sage...!“

Verehrter Erwald! Geradezu liebevoll hatte Vaters Stimme geklungen, als er mit Doktor Erwald Brendel telefonierte.

Anfangs hielt ich diesen Brendel blödsinnigerweise für einen Arzt! Ich hatte mich von dem Doktor täuschen lassen. Und während Vater weiter mit seinem *lieben Erwald* sprach, meinte Mutter leise, um das Telefonat nicht zu stören, es sei an der Zeit, ins Bett zu gehen.

Im Hinausgehen fragte ich sie, was das eigentlich für ein Adolf sei, den Vater vorhin erwähnt habe. Sie schaute kurz zu Vater, flüsterte dann, dass man darüber besser nicht spreche.

„Und warum nicht?“, wollte ich wissen, „Vater hat doch selbst diesen Namen genannt.“

„Ach, Vater hat etwas zu viel Rum im Tee gehabt. Dann erzählt er Sachen, die er...“ Sie brach mitten im Satz ab. Dann waren wir im Schlafzimmer angekommen. Ich huschte ins Bett, Mutter deckte mich zu. „So, und nun schlaf schön, mein Kleiner, mein Süßer.“ Sie sang noch ein Gutenachtlied, küsste mich auf den Mund und ging wieder hinunter.

Mitten in der Nacht dann dieses laute Gepolter. Ich hatte nicht gut schlafen können. Der Mond stand groß am Himmel, und das Panzerlied geisterte immer wieder durch meine Gedanken. Und mitten hinein platzten die Schreie: „Hilfe! Feuer! Die V1! Hierher, hierher. Hilfe!“

Voller Entsetzen fuhr ich hoch und schaute aus dem Fenster. Feuer? Es brannte? Aber nirgendwo entdeckte ich einen Feuerschein. Und wieder schrie Vater um Hilfe. Dann folgte dieser schreckliche Krach, dieses Gepolter, als stürze das Dach ein, als bärsten Schränke und Dielen, als zerbreche die ganze Welt.

„So beruhige dich doch, Odin...“

Und Vaters Stimme irrte durchs Dunkel: „Mein Gott, was ist denn, Irmel?“

Ob er sich was getan habe bei dem Sturz?

Nein, er glaube nicht.

„Du hast wieder geträumt. Komm, leg dich hin. Mein Gott, du bist ja völlig nassgeschwitzt! Hast du dir wirklich nichts getan?“

Und Vaters Stimme, jetzt leicht gereizt: „Aber nein. Ich hab's doch gerade gesagt.“

Bald darauf schnarchte er schon wieder.

In dieser Nacht pinkelte ich ins Bett. Es war mir peinlich, und ich zog das Laken ab, hängte es zum Trocknen neben meine Schlafanzughose über den Stuhl und verbrachte den Rest der Nacht eingerollt wie ein Embryo am Fußende des Bettes, um die nasskalte Stelle nicht berühren zu müssen.

In der Frühe war das Laken so weit getrocknet, dass ich es wieder aufziehen konnte. Niemand würde etwas merken.

Vater war sehr still am nächsten Morgen. Es kam mir vor, als sei er gar nicht richtig anwesend. Und dann war da ein blauer Fleck, der sich auf seinem Wangenknochen ausbreitete, ein Mal, dass ihm diese seltsame Nacht aufgedrückt hatte.

Irgendwie tat er mir leid, wie er da mit seiner Prellung am Kopf zur Arbeit ging, und ich grübelte darüber nach, was es nur mit dem Feuer auf sich hatte, von dem er nachts geschrien hatte, und dann war da diese geheimnisvolle V1. Zu erfahren, was es mit der auf sich hatte: darauf brannte ich geradezu.

Weil ich damals noch die erste Klasse besuchte, hatten wir erst ziemlich spät Unterricht. Also durfte ich länger zu Hause bleiben als Vater und Ortlieb.

Als ich aufgewacht war, zerrte ich das trockene Bettlaken wieder über die Matratze und rannte zu Mutter, die in der Küche das Frühstück für Opa Astenbeck vorbereitete. Da er einen empfindlichen Magen besaß, bekam er morgens nur Tee und in Milch eingeweichten Zwieback. Der Schnaps hatte seine Magenwände sicherlich das Fürchten gelehrt, und Mutter achtete darauf, dass er sich möglichst gesund ernährte.

Gleich beim Betreten der Küche fragte ich: „Was bedeutet V1, Mutti?“ Sie schaute vom Milchtopf hoch, sagte aber nichts. Zuerst vermutete ich, sie habe mich nicht verstanden. Deshalb wiederholte ich: „Was bedeutet eigentlich V1!“

Mutter goss die warme Milch in ein Schälchen, rührte etwas Honig darunter und weichte den Zwieback ein, als solle es Babybrei werden. Dann wischte sie sich die Hände an der Schürze ab und fragte, wie ich denn nur darauf komme?

Papa habe es heute Nacht so laut geschrien.

„Hast du denn nicht geschlafen?“ Ich müsse doch nachts schlafen. Und ich solle das nur nicht Vater wissen lassen.

Und was sei nun V1?

Sie druckste herum, nahm dann das Frühstückstablett zur Hand und verließ die Küche. Ich hinterher.

„Du siehst doch, dass ich zu tun habe, Osram. Sei lieb, und geh jetzt spielen, bis du zur Schule musst, ja?“

Mutter öffnete die Tür zu Opa Astenbecks Zimmer mit dem Ellenbogen und stieß sie auf.

„Guten Morgen, Opa“, rief sie, obwohl es ihr Stiefvater war, „hast du gut geschlafen?“ Sie stellte das Frühstück auf dem Nachttisch ab und zog die dicken, dunkelblauen Vorhänge auf.

Ich bemerkte sofort, dass das Bett leer war.

„Opa Astenbeck ist gar nicht da“, sagte ich.

Mutter zog das Federbett ganz zur Seite, rief: „Ach du liebes Bisschen!“, und schaute sogar unter das Kopfkissen. Als ob ihr Stiefvater sich darunter zusammengerollt hätte. Lediglich sein Schnapsglas kullerte hervor. Er selbst war spurlos verschwunden. In seinen Pantoffeln und allem Anschein nach im Nachthemd. Er schlief nämlich in Nachthemden mit blauem Rand. Seine Tageskleider waren gleichmäßig und vollständig in der ganzen Schlafkammer verteilt.

Zuerst hatte Mutter im Badezimmer nachgeschaut. Ohne Ergebnis.

„Vielleicht ist er auf seinem Klo“, meinte ich. Opa ging nämlich bei jedem Wetter, bei Tag oder bei Nacht, wenn er austreten musste, über den Hof aufs Plumpsklo, obwohl wir mittlerweile ein WC in der Wohnung hatten. Doch in jener finstren Butze am Ende des Hofes, durch deren Ritzen im Winter die Eisstürme pfiffen, dass einem der Hintern zufror, und in der im Sommer ein mörderisch scharfer, ammoniakhaltiger Gestank die Sinne abtötete wie eine teuflische Droge und wo man das müde Kratzen der durch die Dämpfe offenbar halb betäubten Ratten hörte: In diesem scheußlichen Loch vermutete ich ihn.

Wir fanden ihn dort nicht, und auch sonst war Opa nirgendwo auf dem Grundstück aufzutreiben.

Mutter wollte die Polizei benachrichtigen. Sie klagte ein ums andre Mal: „Ogottogott! Das musste ja passieren!“ Und: Womit habe sie das verdient! In dem Moment klingelt es an der Tür. Man hatte Opa gefunden: In Nachthemd und Pantoffeln war er quer durchs Dorf zum Friedhof gewandert. Unterwegs habe er angeblich eine halbe Flasche Korn geleert.

„Oneinonein! Das darf ja nicht ... !“

Und zu allem Überfluss habe er auch noch in die leere Flasche, man möge das jetzt gar nicht gern sagen, hinein uriniert. Und im Vorgarten des Friseurs Vasterling habe er eine rosa Rose vom Spalier gerupft, die er dann in seine grässliche 'Vase' steckte. Diesen makabren Grabschmuck habe er dann auf das Ehrenmal der Helden der beiden Weltkriege drapiert und, das sei ihnen aber nun wirklich unangenehm, im Schatten dieses Mahnmals seinen Haufen gemacht.

Als Totengräber Tanisch, der mit geschultertem Spaten zum Ausheben eines neuen Grabes unterwegs gewesen sei, ihn dabei ertappte, habe Opa ihn offensichtlich für einen Soldaten gehalten. Mehrmals soll er „Nicht schießen!“ gebrüllt haben, und „Die Hand soll abfallen, die jemals wieder ein Gewehr ergreift.“ Tanisch habe nicht auf die Ausrufe gehört und sei einfach in Richtung Opa weitermarschiert, der dort im hochgerafften Nachthemd hockte. Und Opa muss wohl seinerseits den Anmarsch des Totengräbers falsch gedeutet und den armen Mann mit seinen Exkrementen bombardiert haben.

„Ogottogott, wie furchtbar!“ Mutter schien regelrecht zu ersticken in dieser Flut von Grässlichkeiten.

Und zum Schluss habe Tanisch völlig verstört den Spaten fortgeworfen und sei auf und davongerannt, um Hilfe herbeizuholen.

„Ogottogott", wiederholte Mutter ständig, und nein, sie könne nicht mehr, und sie presste sich die Hände vor die Brust. Dann nahm sie Opa am Arm und schaffte ihn erst ins Bad und dann in sein Zimmer.

„Was soll ich im Bett, Virginia? Bin ich verwundet?"

Auch Opa war total durcheinander. Sein Blick jagte hin und her, als fürchte er sich vor etwas, und seine Hände zitterten. Doktor Strehlau kam und gab ihm eine Beruhigungsspritze. Für alle Fälle. Und in Zukunft solle Mutter dem Patienten täglich drei von diesen Pillen geben. (Er drückte ihr ein Röhrchen in die Hand.) Das werde ihm guttun.

Seit jenem Tag war Opa Astenbecks Geist noch verwirrter. Immer häufiger bekam er seine Wahnvorstellungen, und zu seiner Sicherheit und *weil man ihn nach diesem Eklat der Öffentlichkeit nicht mehr zumuten könne*, haben meine Eltern für Opa Astenbeck einen Lehnstuhl mit eingebautem Topf und Lederschnallen für die Handgelenke anfertigen lassen.

„Der Mann stellt ja eine Gefahr für die Allgemeinheit dar", hatte Vater diagnostiziert, und der Stuhl sei unumgänglich. Vielleicht werde sein Zustand sich ja irgendwann einmal bessern, fügte er hinzu.

Als der Stuhl geliefert wurde, lobte Vater die Arbeit. Der sei ja prima geworden: solide Tischlerarbeit. Es sehe beinahe aus wie ein Thron.

Mit der hohen Lehne und der roten Kunstlederpolsterung hatte er tatsächlich etwas Herrschaftliches. Und so hieß das Ding seit jenem Tag bei uns nur noch *der Thron*. Doch Opa Astenbeck wird sich auf diesem Stuhl, festgeschnallt wie ein Laboraffe, kaum als König gefühlt haben.

Als sie Opa Astenbeck also an jenem Tage nach Haus gebracht und erzählt hatten, dass er die Worte von der Hand, die abfallen solle, wenn sie ein Gewehr ergreife, gebrüllt habe, fiel mir die V1 wieder ein. Ich steckte die Hände in meine Lederhosentaschen und ging hinunter auf den Hof und setzte mich auf das Gatter.

Warum hatte Mutter mir am Morgen nicht geantwortet? Erwachsene wussten doch sonst über alles Bescheid. Oder war es ein Geheimnis, dem ich auf der Spur war?

Ein Geräusch riss mich aus meinen Gedanken: Waldemar, der älteste Sohn von Pinkepanks, der den Schweinen beim Schlachten den finalen Stoß versetzte, kam mit einer Sense auf der Schulter die Straße entlang. Ob der sich auskannte?

Eigentlich empfand ich vor Waldemar immer etwas Angst. Obwohl er sehr dürr war, zeigte er recht breite Schultern und kräftige Muskeln, und er konnte mich am ausgestreckten Arm *verhungern* lassen. Außerdem verfügte er über eine dröhnende Stimme und stach Schweine ab. Das reichte völlig aus, um ihm besser aus dem Weg zu gehen. Doch meine Wissbegierde an jenem Tag hatte mir Mut verliehen: „Hallo Waldemar, warte doch mal!"

„Na, du Steppke, was willste denn? Langeweile, wie? Kannst mir beim Grasmachen helfen."

Er war beim Sprechen mit langen Schritten weitergegangen.

„Waldemar, was ist eigentlich 'ne V1?" Wir waren an einem Stück Wiese angelangt, gleich hinter Pinkepanks Ställen. Waldemar schärfte die Klinge und schwang dann die Sense, dass die Schneide durch die Halme zischte.

„'ne V1? Teufel aber auch, was willst du mit 'ner V1, du Pimpf? He? Das ist noch nichts für solche Knirpse, wie du einer bist."

„Ich will es aber wissen!", ließ ich nicht locker. Und er solle es mir erklären.

Waldemar lachte dröhnend, und ich stimmte mit ein ohne zu wissen, warum er lachte.

„Na gut," meinte er dann, und er erzählte von der *Wunderwaffe*. Dabei riss er immer wieder die Augen bedrohlich auf. Und während ich seinen Worten aufgeregt lauschte, stopfte ich wie ein Besessener Gras in den Sack, überlegte, warum Vater in der Nacht 'Feuer' und 'V1' geschrien haben könnte, und ich wurde das Gefühl nicht los, jeden Augenblick werde eine V1 angeflogen oder Ungetüme von Panzern herangewalzt kommen.

4

Der Finger

In Durnholz war es nachts erstaunlich dunkel. Für jemanden, der verborgen bleiben will, nicht das Schlechteste. Als ich an meinem ersten Abend am Fenster stand und hinausschaute, entdeckte ich nur eine einzige kraftlose Straßenlampe, die sich abmühte, ein bisschen Licht ins Dunkel zu bringen. Doch was sie ans Licht brachte, war nicht der Rede wert.

Ich hatte das Fenster verlassen. Was sollte ich jetzt tun? In Durnholz bleiben? Oder am nächsten Morgen weiterreisen? Hatten sie meine Flucht aus Hildesheim schon bemerkt? War man mir schon auf den Fersen? Hatten sie am Ende gar schon herausgefunden, wo ich mich aufhielt? Möglicherweise waren sie schon da, vielleicht abgestiegen im Jägerhof, dort drüben auf der anderen Straßenseite, unten am Hang. Im Halbdunkel der Straßenlampe parkte ein dunkelblauer Mercedes mit deutschem Kennzeichen. Musste man nicht mit allem rechnen?

Da war sie wieder, diese Angst.

Mein Blick fiel auf den Glaszylinder. Stoisch stand er, im Dämmerlicht des Zimmers, mein Weggefährte und Gesprächspartner seit bald schon vierzig Jahren. Ihm hatte ich immer meine Probleme anvertrauen können und er war es, der mir schon allein durch seine Anwesenheit innere Ruhe zu schenken in der Lage war.

Als ich in jenem Augenblick hinsah, hatte ich das Gefühl, nein, ich sah es in aller Deutlichkeit, dass der Finger in der Formalinlösung nicht, wie er es sonst tat, ruhig im Wasser schwebte, sondern sich fast aufgeregt hin und her drehte. Wie ein Seepferdchen bei schwerem Seegang.

Können Gedanken Dinge in Bewegung bringen? Meine Gedanken? Gibt es tatsächlich so etwas wie Telekinese?

Ich habe Uri Geller und andere selbsternannte *Zauberer* stets als Scharlatane abgetan, aber an jenem Abend war ich fast geneigt, an Übersinnliches zu glauben. Warum bewegte sich der Finger derartig heftig? Es gab doch gar keinen sichtbaren Grund dafür. Keinen! Und doch: Er tat es.

Hätte es mich zu jenem Zeitpunkt beruhigt, wenn ich bereits gewusst hätte, was ich heute weiß? Hätte ich anders gehandelt? Hätte ich etwas von dem verhindern können, was noch passieren sollte?

Ich bezweifle es.

Dass ich den schwarzen Finger zum ersten Mal sah, ist jetzt fast vierzig Jahre her. Und ich war noch ein Kind. Doch während die Zeit ihre irreparablen Spuren auf allem hinterlassen hat, ist sie am Finger nahezu spurlos vorbeigewandert.

Es war das Frühjahr 1960. Osram Grahl quälte sich gerade mit Hängen und Würgen durch den Probeunterricht zum Gymnasium. In diesem Jahr erbte Opa Astenbeck von irgendeinem früheren Bekannten das Haus. Der Verblichene war zu Lebzeiten Naturwissenschaftler gewesen und ein Sonderling mit einer Leidenschaft für die Ornithologie: Dr. Markus Luther.

„Doktor Martin Luther“, brummte Opa wie geistesabwesend vor sich hin, als Mutter ihm von der Erbschaft berichtete. Etwas Speichel tropfte von seiner Unterlippe, wie um die Worte zu unterstreichen.

„Nun sabbere doch nicht so, Opa“, mahnte Mutter und zog ihr ewiges Taschentuch hervor, „nein, er hieß nicht Martin, sondern *Markus* Luther. Kennst du denn keinen Markus Luther? *'Meinem alten Freund Jonathan Bulthaupt'* steht im Testament.“

„Im Alten Testament?“, fragte Opa noch und brummte was von Auge um Auge, Zahn um Zahn und die Hand solle abfallen... Dann drehte er sich angewidert fort, schaute aus dem Fenster und sagte nichts mehr.

Eigentlich hinterließ dieser Dr. Luther nur ein halbes Haus, das bei unserem ersten Besuch wie ein altmodisches Naturkundemuseum in Westentaschenformat wirkte, eine Doppelhaushälfte, gebaut in den 20er Jahren, nicht besonders massiv und vor allem nicht allzu geräumig. Erdgeschoss, erster Stock, Dachgeschoss: Das war alles, und es sollte unsere neue Heimat werden.

Das kleinste Zimmer im Haus bekam ich. Direkt unter dem Dach lag es, eine Art Vorläufer der Zelle, in der ich mich jetzt befinde, mit einer winzigen Luke als Verbindung zur Außenwelt. Anfangs reichte ich noch nicht einmal an diese Dachluke heran. Ich musste auf meinen Schreibtischstuhl klettern, um mehr als nur den Himmel sehen zu können. Genau 2,51m x 2,43m maß meine Welt, die man in der Familie allgemein als Kabuff bezeichnete.

Im Sommer brodelte in meinem Kinderzimmer die Luft vor Hitze wie in Opa Astenbecks Plumpsklo, wenn es in der vollen Sommersonne schmorte; und im Winter bin ich einmal in einer kleinen Schneewehe erwacht. Eine Heizung gab es nicht und die Dachluke war morsch und sturmdurchlässig. Es heulte durch die undichten Stellen, und wenn es schneite, fegte der Winterwind Schnee durch die Ritzen ins Zimmer und in mein Bett. Doch das fand ich eher amüsant als schrecklich.

Opas unbekannter Bekannter, dieser seltsame Wissenschaftler und Ornithologe, muss zu Lebzeiten einer Leidenschaft nachgehangen haben, die mir einen gehörigen Schock versetzte, als ich ihre Spuren entdeckte. Und nicht nur mir! Wem würde nicht ein Sammelsurium von Vogelkadavern in einer Gefriertruhe, über der ein Wiedehopf seinen Federschopf wie einen antiken Helmbusch aufrichtete, das Blut gerinnen lassen?

„Ach du dickes Ei", kommentierte Vater den Fund, und Mutter rief 'Ogottogott', das sei ja... und da fehlten ihr nun aber wirklich die Worte.

Nie im Leben hätte ich daran gedacht, dass einen ein ganzes Vogelvolk von Toten wie hypnotisiert anstarren würde, wenn man den Deckel einer Gefriertruhe öffnet. Wussten wir doch damals nicht einmal, dass es Gefriertruhen überhaupt gab! Allein schon die Eiseskälte, die uns entgegenströmte, als wir den Deckel anhoben! Und das Entdecken winterlicher Eiskristalle an den Truhenwänden, als wir die Köpfe hineinsteckten! Beides hätte ausgereicht, uns zu beeindrucken. Doch dann erblickten wir den Inhalt, und der haute uns regelrecht um: In starrer Pracht lagen dort Buntspecht und Eisvogel, Stieglitz und Nachtigall, ein einsamer sibirischer Tannenhäher und ein lammfrommer, weil schockgefrosteter Kampfläufer. Alle reckten uns, stocksteif und mit der Würde toter Pharaonen, ihre Schnäbel entgegen. Und ganz unten (Ach nee, Kinder, wie fürchterlich!) lag ein Entenquartett: Erpel mit Entenweibchen und zwei Küken.

„Unsere tiefgefrorene Familie", lachte Ortlieb seine Beklommenheit fort.

Das sei aber nun wirklich geschmacklos, hatte Vater diese Bemerkung moniert. Dann zählten wir: 35 Eismumien.

Vater fasste diese Dinger sogar an, schüttete allerlei Wissenswertes über uns aus, wovon ich mir vor Schreck nichts merken konnte.

Und während Mutter in den Garten eilte, um sich an der frischen Luft zu stärken, ermittelte Vater telefonisch einen Präparator. Der kam erstaunlich schnell auf einem Fahrrad mit Anhänger angesegelt und machte sich über die Gefriertruhe her, als wär's der heilige Gral. Mit leuchtenden Augen tauchte er zwischen die Vögel und rief, es sei ein wundervoller Schatz! Jedes einzelne Federvieh packte er mit zärtlichen Händen in eine kleine Schachtel und scherzte immer wieder: So, ab in die Kiste! Und: Spaß müsse sein. Es sei aber auch ein solches Glück, ein solches Glück! Und er bedankte sich überschwänglich, ehe er mit seiner unverhofften Beute davongeeilt war.

Die Wände des Erdgeschosses waren mit Stopfpräparaten regelrecht gepflastert. Doch die imposantesten Vögel beherrschten den Treppenaufgang. Vater rief: „Haste Töne! Schau dir das an!“ Und alle starrten wir die Treppe hinauf. Auf halber Höhe grub ein Wanderfalke seine Krallen in den gekrümmten Rücken einer Feldmaus. „Was für ein herrliches Tier!“ (Vater meinte nicht die Maus, sondern den Falken.) Und während dieser Falke Stunde um Stunde mit ausgebreiteten Schwingen und gesenktem Kopf seine Beute mit Blicken zerriss, wurde der Räuber von einem liebestollen Auerhahn angehimmelt, der sein Rad angeberisch schlug. Auf der anderen Seite des herrlichen Göttervogels, wie Vater den Falken nannte, lachte eine Elster, und sie stieß ihre Schwanzfedern als Bekräftigung senkrecht in die muffige Luft.

Am oberen Ende der Treppe jedoch, wie in Gedanken versunken, thronte ein Koloss von Kolkrabe.

„Die sind heutzutage ja überaus selten geworden!“, wusste Vater. Und in seiner Unangreifbarkeit drehte der Rabe den anderen, weltlicheren Kreaturen seinen bläulich-schwarzen, jetzt etwas angestaubten Rücken zu.

Obwohl der Kolkrabe tot war und ausgestopft, schien sein linkes Auge uns zu beobachten, seelenruhig und voller Überlegenheit: Ein Wächter der niederen Welt.

Als Mutter sich dieser toten, doch so lebensecht wirkenden Übermacht gegenübersah, bewegten sich ihre Lippen, als beschwöre sie flüsternd Myriaden von Milben, Motten, Wanzen und anderem Krabbelgetier, das in den leblosen Geschöpfen sein Unwesen zu treiben schien und es nur auf sie abgesehen hatte. Es musste ihr die Sprache genommen haben, denn sie brachte vor Schreck nur ein hingehauchtes 'Ungeziefer' heraus. Für sie waren diese biologischen Anschauungsobjekte lediglich Heimat ungezählter kleiner schwarzer Tiere, die sich explosionsartig vermehren würden. Wahrscheinlich wurde an diesem Tag der Grundstein dafür gelegt, dass sie Jahre später an allen Ecken und Enden ihrer Welt kleine schwarze Milben herumkrabbeln sah.

Auch in den Zimmern fanden wir hochinteressante Dinge. Überall gab es Schränke und Regale, Bücher und Bestecke, deren Funktionen mir schleierhaft waren. Und ganz oben unter dem Dach entdeckten wir später, von einer Wolldecke verhüllt, ein Teleskop aus Messing, das auf einem Dreibeinstativ ruhte wie der Alte Fritz mit Krückstock am Fenster.

Und wir fanden ein vollständiges Labor.

Fasziniert von diesem Haus stürmten Ortlieb und ich die Treppe hinauf, wobei wir darauf achteten, einen respektvollen Abstand zwischen uns und dem Kolkraben zu lassen. Vater rief hinter uns her: „Fasst aber nichts an, ihr Enakssöhne!"

Doch schon drangen wir in einen halbdunklen Raum ein, der uns mit abgestandener Luft empfing. Ortlieb riss den ersten Schrank auf: „Schubbelek!"

Das rief er immer, wenn ihn irgendetwas erschreckte. Und ich konnte ihn an jenem Tag bestens verstehen. Denn vor uns schimmerte eine Reihe dicht verschlossener Gläser, randvoll mit einer Flüssigkeit, und in dieser Lösung schwammen fürchterliche Dinge.

Ehrfurchtsvoll nahm Ortlieb ein Gefäß nach dem anderen heraus, und in seltener Eintracht wanderten unsere Blicke über die Embryos und Frösche, winzige Mäuse, haarlose Ratten und, weiß der Himmel, was sonst noch. Und das Frappierende war, all' diese Scheußlichkeiten besaßen eine dunkle, fast schwarze Farbe wie Moorleichen! Bei einigen schienen sich die oberen Hautschichten bereits abzulösen, und es leuchtete dunkelrot darunter hervor.

Am stärksten aber beeindruckte uns ein faltiger schwarzer, ledriger Finger mit einem länglichen Nagel. Und dieser Finger bewegte sich in der Flüssigkeit, als wäre ein Hauch Leben in ihm, als winke er uns zu sich, ganz langsam und bedächtig und voller siegessicherer Ruhe, wie einst die Hexe mit ihrem Finger Hänsel und Gretel ins Haus lockte. Vielleicht glaubten wir deshalb, dass eine besondere Kraft von ihm ausging, und wir starrten lange auf dieses gemächliche Schweben, das uns regelrecht hypnotisierte.

Ortlieb hatte sogar sein ewiges Grinsen verloren. Seine Hände umklammerten das Gefäß, und ich glaube, er ließ das Glas nur deshalb nicht fallen, weil er davor Angst hatte, der grausige Finger würde durch ein Zerschellen des Behälters am Boden aus seinem gläsernen Sarg befreit werden und eine ungeahnte Macht entfalten, und mein Bruder flüsterte: „Der Finger des Teufels."

In dieser Sekunde, in der uns beiden der Atem stockte, habe ich erstmals gespürt, dass ich Ortlieb bislang immer falsch eingeschätzt hatte. Und gleich darauf stellte ich fest, dass auch Ortlieb Respekt, wenn nicht gar Angst vor Vater hatte. Denn als wir Vaters Schritte auf dem Flur hörten, ging ein Zittern durch seinen Körper. Schnell schob er das Glasgefäß in den Schrank zurück und schloss die Türen.

Sobald ich die Scheußlichkeiten nicht mehr sah, fiel die Erregung, diese unbegreifliche Mischung aus Faszination und Ekel, von mir ab.

„Na, das ist vielleicht ein Gespensterschloss, was?" Vater schob sich zwischen uns und ließ seinen Blick umherschweifen. „Aber: Es muss auch solche Käuze geben. Ich hoffe nur, ihr beide habt nichts Gefährliches angefasst." Er nahm einen Tierschädel in die Hand. „Dieser Luther scheint wirklich ein komischer Kauz gewesen zu sein." Er hatte sich nochmals kurz im Zimmer umgeschaut, aber den Schrank öffnete er glücklicherweise nicht.

„Eure Mutter ist jedenfalls nicht besonders begeistert von all' dem Zeug. Mal sehen, möglicherweise können wir diese Schätze einem Museum vermachen. Lasst uns jetzt zu Mutter hinuntergehen. Nicht dass sie noch Angst bekommt, wir könnten von einer dieser Spukgestalten verhext worden sein, wenn wir nicht bald wieder auftauchen. Sie wird im Garten sein. Seid ein bisschen lieb zu ihr." Sie wirke sehr mitgenommen.

In den nächsten Wochen ließ Vater das Haus auf Opa Astenbecks Namen umschreiben („Es wäre besser, es würde gleich auf unseren Namen umgeschrieben"), und wir fingen an, die Sammlung aufzulösen. Mutter hatte sich geweigert, das Haus wieder zu betreten, ehe nicht die Ungezieferbrutstätten ausgemerzt worden seien.

Tatsächlich wollte das Naturkundemuseum die Präparate übernehmen. Vater berichtete es eines Sonntagmorgens.

„Kommt alles ins Museum?", fragte ich, und mir fiel der Teufelsfinger ein.

„Ich denke, schon“, meinte Vater mit der Stimmlage des bedeutenden Stifters, und die Sammlung besitze einen nicht unbeträchtlichen Wert, zumindest aus wissenschaftlicher Sicht.

Und wenn man dem Kustos Glauben schenken durfte, war dieser Dr. Luther als Wissenschaftler eine ziemliche Koryphäe. In erster Linie war er Biochemiker. Die Vögel und das andere Viehzeug waren nur sein Hobby. Aber selbst da, referierte Vater, solle er Besonderes geleistet haben.

„Ein Segen, dass das schauderbare Zeug verschwindet“, seufzte Mutter, die große Erleichterung zu verspüren schien, dass die Brutstätten gefährlicher Krankheiten endlich verschwänden. Sie sollte sich getäuscht haben.

Das Telefon klingelte. Mutter nahm ab: „Bei Grahl.“

Sie meldete sich immer mit 'Bei Grahl', als ob sie nicht richtig zur Familie gehörte. Oder kam sie sich wie eine Angestellte vor?

Vater schickte ihr seinen Blick mit den hochgezogenen Augenbrauen. Mutter kapierte: „Ja, guten Tag, Erwald, ...“

Vater nickte. Die Augenbrauen senkten sich. „Her mit ihm!“

„...Augenblick bitte, ich reiche den Hörer rüber.“

Schon hatte Vater von ihm Besitz ergriffen: „Mein lieber Erwald. Wie geht es dir? (Wie immer, wenn er mit seinem Erwald telefonierte, klang seine Stimme besonders freundlich.) Danke, ebenfalls. Wir haben ja lange nichts mehr voneinander gehört. Ja, ja, ja genau! Da haben wir gerade drüber gesprochen. Aber ja, natürlich! Was? Du kanntest ihn auch? Ja selbstverständlich. ich bitte dich, das ist doch keine Frage! Erwald! Wann du willst, jederzeit, das heißt, morgen Nachmittag wird der Kustos des Naturkundemuseums die Sammlung für seine Forschungsarbeit übernehmen. Ich habe sie ihm überlassen, aber natürlich. So ein Mann freut sich ja über derartige Dinge.“ Vater lächelte. „Du müsstest schon im Laufe des... Ja gut, abgemacht. Um zehn Uhr. Das würde mir passen. Ich werde mich für eine Stunde freimachen. Aber natürlich. Ja, danke, alles in Ordnung, bestens, meine Grüße an Marie Luise! Ja, bis morgen, ja, auf Wiederhören.“ Er legte zufrieden lächelnd auf. Zu Mutter sagte er: „Wusstest du, dass dieser Luther früher für Erwald Brendel gearbeitet hat? Erwald möchte morgen noch einmal die Sammlung seines ehemaligen Mitarbeiters sehen, ehe sie aufgelöst wird.“

Mutter wischte den Tisch ab und sagte nichts. Sie schien in Gedanken ganz woanders zu sein.

„Wann werden die Sachen abgeholt?“ Ortlieb stellte seine Ohren auf. Hatte auch er an den schwarzen Finger denken müssen?

„Morgen Nachmittag“, gab Vater zurück und versenkte sich wieder in seine *Welt am Sonntag*. Mutter schleppte das Frühstücksgeschirr in die Küche. Dann ging sie unter Seufzern zu Opa Astenbeck hinüber und spachtelte ihm seinen Honig-Zwieback-Milch-Pamps in den Mund.

Ortlieb und ich liefen hinaus; wir starrten uns eine Zeitlang an, regungslos; wortlos; und beide wussten wir, was der andere dachte, doch keiner von uns sagte ein Wort.

Den ganzen Tag marterte ich mein Hirn, ob ich es wagen sollte. Gewiss, das Vorhaben war völlig verrückt, doch sooft ich mit Vernunft gegen die Gedanken anging, sooft verspürte ich den unbändigen Drang, in das Haus von Markus Luther einzudringen, um den Teufelsfinger zu bergen, ehe er irgendwo in den Magazinen des Museums verschwinden würde. Ich hatte keine Ahnung, warum mein Inneres diesen abwegigen Plan geboren hatte, wusste nur, dass sich der tänzelnde Finger in meinem Denken eingenistet hatte, und als sich draußen die Dunkelheit auf die Erde senkte, war der Entschluss gefasst. Der Schlüssel zum Haus lag in Vaters Schreibtisch. Ich hatte beobachtet, wie er ihn dort verstaute.

Ich passte die Tagesschau ab, um den Schlüssel zu holen. Der Sprecher beklagte 10 000 Todesopfer des Erdbebens in einem Ort namens Agadir, als ich den Schlüssel in meine Hand einschloss. Als ich dann zur Haustür huschte, stöhnte Mutter: „O Gott, wie schrecklich“, und: „Willst du noch ein Bier?“ Schon stand ich im Freien. Die Erdbebenkatastrophe hatte mir geholfen, unbemerkt zu verschwinden. Es hat eben alles seine zwei Seiten.

Ein kühler Wind war erwacht. Tagsüber hatte zwar schon die erste Frühlingswärme die Kälte gewohnte Haut verwöhnt; aber in diesen Märznächten streckte der abgehalfterte Winter immer wieder seine eisigen Finger aus.

Während ich die Pedale trat und mir der Fahrtwind Tränen in die Augen trieb, habe ich den Finger ständig vor mir gesehen: Schwarzglänzend wie Schuhcreme, krumm und faltig, mit bläulichem, gepflegtem Nagel. Und ich sah ihn wieder sich bewegen, als wolle er mich zu sich rufen, sodass mich eine innere Erregung ergriff und ich die Pedale keuchend trat: nur schnell ans Ziel!

Endlich der Dohlenweg. Gleichmäßig wie eine Perlenkette reihten sich die Doppelhäuser die Straße entlang, vom bleichen Vollmondlicht kulissenhaft erhellt. Vor einigen Gebäuden wuchsen in handtuchkleinen Vorgärten Fichten oder Wacholderbüsche, doch vor dem Gebäude des Dr. Luther gähnte ein gänzlich kahler Vorgartenstreifen. Er war wohl nur Zoologe gewesen. Der Pflanzenwelt hatte er offensichtlich weniger Interesse geschenkt.

Ich habe das Fahrrad in den Schatten der gegenüberliegenden Hecke gedrückt, überquerte die mit groben Steinen gepflasterte Straße und huschte die sechs Stufen zu Luthers Haustür hinauf.

Vorsichtig schaute ich mich um. Einige hundert Meter entfernt erhob sich der Buckel des bewaldeten Steinbergs wie ein riesiges, schlafendes Krokodil. Kein Mensch war unterwegs. Selbst als ich vor der Haustür von einem Fuß auf den anderen trippelte, aus den Augenwinkeln die Nachbarhäuser beobachtete und nach dem Schlüssel fischte, der sich nicht finden lassen wollte, bemerkte ich niemanden. Rollos vor allen Fenstern, niemand schaute hinaus. Bestimmt verfolgten alle den *Kommissar* im Fernsehen. Das konnte mir nur recht sein.

Endlich erwischte ich den Schlüssel: Er hatte sich in mein Taschentuch eingegraben. Ich stieß ihn ins Schloss und drehte um. Die Tür öffnete sich.

Das Licht ließ ich aus. Man hätte es von draußen gesehen und womöglich die Polizei gerufen, denn bestimmt wusste hier jeder, dass Markus Luther gestorben und das Haus verwaist war.

Gleich nach der Windfangtür begann rechter Hand die Treppe. Das hatte ich mir gemerkt. Und am oberen Ende der Treppe musste ich nach links umschwenken und mich ein paar Schritte den Flur entlang tasten. Die letzte Tür verschloss das gesuchte Zimmer.

Mit den Füßen fühlte ich mich Schritt für Schritt voran. Matt fiel Mondlicht durch das Etagenfenster. Stufen knarrten unter meinem Tritt. Über mir wurde immer noch gejagt und gebalzt, und der Rabe maß mich und mein nächtliches Treiben mit strafendem Blick. Geduckt bin ich unter ihm hindurchgeschlichen. Blut rauschte in meinen Ohren wie ein Wasserfall. In meiner Narbe pochte es. Nur nicht stehen bleiben. Da der Flur. Ich lauschte.

Stille. Ein paar Schritte noch, und ich stand vor der Tür. Alles war glatt gegangen. Dennoch dieses blödsinnige Angstgefühl. Es ist ja außer dir niemand da, betete ich vor mich hin. Was konnte schon passieren?

Und dennoch tänzelte ich wie ein Vollblut vor dem Start, weil ich urplötzlich pinkeln musste. Doch ich beherrschte mich. Wollte auf keinen Fall länger als notwendig in diesem Haus verweilen.

Entschlossen habe ich die Tür aufgestoßen: fahles Licht im Gruselkabinett. Zwei, drei Schritte, schon stand ich vor dem Schrank. Oberschenkel zusammengepresst: jetzt nur nicht in die Hose pinkeln.

Meine Hände griffen nach dem Schrankschlüssel. Während ich ihn umdrehte und die Tür öffnete, hielt ich die Augen besser geschlossen. Mir kam es vor, als öffnete ich eine längst vergessene Grabkammer, als weckte ich wie Carter schlafende Pharaonen, und ihr Fluch würde mich nach ein paar wenigen Herzschlägen vernichten.

Doch in Gedanken hielt ich bereits das Glas mit dem faszinierenden und doch so abstoßenden Inhalt in Händen, spürte durch die dünne Wand des Glases die Bewegung der Flüssigkeit, fühlte die feine Erschütterung, wenn der Finger anstieß, dieser unheimliche, irgendeinem Wesen abgetrennte schwarze Finger.

Kurz und leise hatten die Scharniere des Schrankes geknarzt, dann wagte ich einen Blick: Vor mir stand das Glas, und obwohl ich es noch nicht berührt hatte, bewegte sich der Finger mahnend leicht auf und ab, ein kartesischer Taucher, und trotz seiner Schwärze sandte er ein bleiches Leuchten aus, wie moderiges Holz.

Gerade wollte ich mich darüber wundern, woher dieses Glühen wohl stammen könne, da drang ein metallisches Klirren an mein Ohr. Ich lauschte. Die Zeit verharrte, lauschte mit. Da war doch was! Oder hatte ich mich am Ende verhört? Und wenn nicht? Was konnte das für ein Geräusch gewesen sein? Vielleicht ein Schlüssel?

Unsinn! Wahrscheinlich hatten mich meine überreizten Sinne nur genarrt. Und gerade will ich das Glas herausnehmen, hebe meine Hände und umschließe den Zylinder – wie kühl er war, wie unerwartet kühl – da höre ich es deutlich. Nein, keine Einbildung. Diesmal bestand kein Zweifel. Es hat geknarrt: Die Treppenstufe.

Jemand ist im Haus, und dieser Jemand nähert sich, nähert sich unaufhörlich, befindet sich nur noch ein paar entsetzliche Meter von meinem Aufenthaltsort entfernt. Und meine Blase will mit aller Macht zerbersten.

Da erwachte ich aus meiner Lethargie. Mit beiden Händen habe ich das Glas umklammert und in meine Windjacke geschoben. Schloss den Schrank. Und nun? Wohin? Und ganz deutlich die Schritte! Leise kommen sie über den Flur näher, stoppen jetzt direkt vor der angelehnten Tür. Hinaus geht nicht mehr. Also: verstecken. Aber wo? Ein schneller Blick: Die Vorhänge. Ich bin hinübergehuscht und verbarg mich zitternd und mit praller Blase. Gleich wird sie platzen, fieberte es in mir, gleich schwappt eine Flutwelle in deine Hose, als habe jemand den Stöpsel aus einem Waschbottich gezogen. Und dieses Plätschern wird dich verraten. Wird laut wie ein Wasserfall zu Boden pladdern und alle Hoffnung auf Rettung mit sich fortschwemmen.

Trotzdem schaffte ich es, völlig ruhig zu bleiben. Auch wenn ich nichts hörte, wusste ich, ja spürte ich es geradezu, dass jemand im Zimmer war. Nahm ich nicht sogar die Körperwärme eines Menschen wahr? Allerhöchstens drei Meter! Weiter war er auf keinen Fall von mir entfernt. Da: Ein Geräusch. Ein kurzes Knarren. Ein gläsernes Ping. Geraschel, ein Knarzen noch, dann angespannte Stille. Sekunden dehnten und dehnten sich. Endlich das leise Knarren der Treppenstufen. Ja, die Schritte entfernten sich – und langsam habe ich wieder zu atmen gewagt.

Dennoch wartete ich eine ganze Zeit, ehe ich mich hinter dem Vorhang hervortraute. Aber dann riss ich meine Hose auf und mit übermütigem Strahl pinkelte ich in eine Art Urne, auf der sich nackte schwarze Figuren feierlich Speere in die Körper rammten.

Als ich bald danach auf dem Fahrrad saß und wie ein Verfolgter die Pedale trat, ergriff mich ein ekstatisches Hochgefühl: Ich hatte lachen müssen, bis mir die Tränen seitwärts an den Schläfen entlang rannen und vom Fahrtwind fortgerissen wurden. Geschafft! Unter meinem Anorak fühlte ich das Schwappen des Formalins im Glaszylinder und ich wusste, dass der Finger im Rhythmus meines Körpers, meines Lebens tanzte. Fast kam es mir vor, als verleihe er mir eine besondere Kraft.

„Tanz nur, du Teufelsfinger“, rief ich hinein in den kalten Nachtwind, und im Bund mit dem Finger war es mir, als könne mich nichts mehr erschrecken auf dieser Welt.

Später habe in meinem Zimmer überlegt, was ich mit dem Finger anstellen sollte. Ich platzierte ihn vor mir auf dem Tisch und starrte, den Kopf in die Hände gestützt, in die Flüssigkeit, in der mir der Finger einen schwebenden, schwerelosen Tanz vorführte.

Wie feingliedrig er war! Und gänzlich unbehaart.

Langsam wanderten meine Augen hinunter, von der Spitze bis zu der Stelle, wo ein ganz sauber abgeschnittener Hautrand dunkelbraune Fleischreste und ein helles, unregelmäßig geformtes Zentrum freigab. Der Finger war offensichtlich kurz unterhalb des zweiten Gelenkes abgetrennt worden. Es war ein schräger Schnitt, wunderbar glatt und sauber ausgeführt, und ich hielt meine Hände rechts und links neben den Glaszylinder, verglich und konstatierte, dass es wohl der linke Zeigefinger des Teufels war, den ich in meinen Besitz genommen hatte.

Auch wenn ich mich von dem Anblick kaum trennen mochte, versteckte ich das Glas lieber erst mal in meinem Gummistiefel, und ich war gerade dabei, das Paar unten in den Kleiderschrank zu stellen, als sich meine Zimmertür öffnete, und Ortlieb eintrat. Ich tat, als suchte ich ein Taschentuch.

„Warst du noch draußen“, fragte er mich. Er wirkte irgendwie konfus.

„Wie kommst du denn darauf“, entgegnete ich mit möglichst gleichgültiger Stimme. Ortlieb antwortete erst nichts, schaute kurz durchs Zimmer und meinte: „Ich dachte nur.“ Dann ging er wieder, ein verquält-verlegenes Grinsen im Gesicht.

Ich zog mich aus, wusch mich und legte mich schlafen. Meine letzten Gedanken galten dem Fremden, der in Markus Luthers Haus gewesen war. Ich konnte mir keinen Reim darauf machen.

Bald darauf war ich in einen inzwischen längst vergessenen Traum versunken.

„So, unser Haus ist leergeräumt.“ Mit einer Geste der Zufriedenheit übergab Vater Mutter seinen Trenchcoat. Sie hängte ihn auf den Bügel.

„Im Keller befand sich ein Stahlschrank voll von Chemikalien. Erst als ich heute Vormittag mit Erwald hinunterging, haben wir ihn entdeckt.“

„Was denn für Chemikalien“, fragte Mutter und begann den Tisch zu decken, während Vater sich die Zeitung schnappte.

„Und du hol' bitte Vaters Hausschuhe, Osram“, forderte Mutter mich auf. Auch Ortlieb strich nun wie auf ein unhörbares Kommando herein.

„Was weiß ich“, zuckte Vater mit den Schultern und blätterte die Zeitung um, „bin ich ein Chemiker? Erwald hat den ganzen Krempel mitgenommen.“ Und ob er jetzt in Ruhe Zeitung lesen dürfe, sonst könne er sie ja gleich abbestellen. Im Übrigen wisse er auch nicht, was Erwald mit dem ganzen Zeug wolle.

Ich stellte Vater die Pantoffeln hin.

„Ja“, sagte er, ohne aufzuschauen.

Ob sie sonst noch was Schauderbares entdeckt hätten, fragte Mutter, und ihr vergehe bald die Lust, in ein solches Haus einzuziehen.

„Nein, was hätten wir finden sollen?“ Vater sah nicht mal von seiner Zeitung auf.

„Na, oben in den Schränken“, konnte ich nicht lassen zu sagen.

„Oben in den Schränken?“ Nein, er könne sich an nichts Besonderes erinnern. Ein paar Gefäße standen da. Irgendwelche Präparate. Was weiß ich.“ Er habe nicht so genau hingesehen. Und in einer Zimmerecke hätten sie die Replik einer griechischen Bauchamphore gefunden, in der – na ja, ist auch egal.“

Mutter erschrak. Was denn in der Amphore gewesen sei?

Vater bemerkte ihren entsetzten Blick und versuchte sie zu beruhigen: „Nichts von Bedeutung. Keine Angst. Außerdem: Erwald hat ja den ganzen Kram mitgenommen.“ Vater schlüpfte in die Puschen. „Klassenarbeiten?“ Er schaute in die Zeitung, während er auf meine Antwort wartete.

Herr Brendel hatte alles mitgenommen, gingen meine Gedanken durch den Kopf. Warum eigentlich? Was wollte er damit? Hatte Herr Brendel vielleicht beruflich mit solchen Dingen zu tun?

„Was will ein Arzt denn mit all' den Sachen“, fragte ich.

„Kommt jetzt essen“, rief Mutter und mixte Opas Brei.

„Grroommmnuh“, brummelte Opa Astenbeck nebenan unbeachtet, und es klang wie eine geheimnisvolle Antwort auf meine Frage.

„Wieso *Arzt*?“ Vater legte die Zeitung zur Seite und nahm am Tisch Platz.

„Er heißt doch *Dr.* Brendel, oder?“

„Ach, dummes Zeug. Wahrscheinlich ist er gerade mal Dr. h.c. einer Provinzuniversität.“ Vaters Stimme klang geradezu herablassend. Mutter rührte so heftig, dass Brei über den Tellerrand leckte.

„Fragt eure Mutter“, gab Vater knapp zu rück, „sie weiß so etwas besser.“ Und im Übrigen kenne Brendel wohl genug Leute, die eine Verwendung für solche Dinge hätten.

Ich dachte an den Inhalt der griechischen Vase und musste grinsen.

Mutter hatte den verkleckerten Brei mit dem Finger vom Tischtuch gewischt, ihn abgelutscht und hielt Vater das Brotkörbchen wie einen Maulkorb vors Gesicht.

„Was arbeitet Brendel denn nun eigentlich“, bohrte ich weiter.

„*Herr* Brendel!“ korrigierte Vater. „Nun quetsch mir doch diesen dusseligen Brotkorb nicht so vor die Nase, Irmel!“

„Aber du hast eben auch nur 'Brendel' gesagt“, wagte ich einzuwerfen.

„Osram“, atmete Mutter meinen Namen schwach ein.

„Mein lieber Freund“, spannten sich Vaters Worte quer durch den Raum, „*quod licet jovi, non licet bovi*! Den Schinkenspeck bitte! Jaaa.“ Genüsslich klebten seine Augen am Speck. Und im Übrigen sei Herr Brendel Inhaber einer Ex- und Importfirma, die Niederlassungen in verschiedensten Ländern unterhalte, und: „Der Speck ist wieder einmal phantastisch.“ Aber das Stammhaus befinde sich in unserer Stadt, und er, Vater, habe Brendel günstig Grundstücke verschaffen können. Dadurch habe er der Stadt ein gewaltiges Steueraufkommen erschlossen. Und Erwald Brendel könne sich wirklich glücklich wähnen, durch ihn an diese erstklassige Lage gekommen zu sein. „Danke!“ Ein herrlicher Schinkenspeck! Einzigartig, dieses Raucharoma. „Ja, Borstenvieh und Schweinespeck...“ Vater war plötzlich glänzender Laune.

In den nächsten Wochen wurde das Haus im Dohlenweg gründlich renoviert. Vater kannte durch seine Arbeit ein paar Leute, die nach Feierabend überaus preiswert 'zauberten', wie er sagte.

Endlich zogen wir um. An jenem Tag gab es noch einen unangenehmen Zwischenfall. Entgegen seinen Beteuerungen hatte Vater nämlich nicht alle Brutstätten widerlicher Krankheiten beseitigt (*Er denke ja nicht daran*). Das Treppenhausquartett der ausgestopften Vögel inklusive Vaters herrlichem Falken präsentierte sich nach wie vor am alten Platz, stolz, untertänig, herrschaftlich oder in geistige Sphären entrückt. Mutters Blick erstarrte in Fassungslosigkeit. Sie flüsterte: „O Gott, diese ekligen Viecher."

Und Opa gurgelte voller Erregung: „Ekel, Ekel, Menetekel!" Ein Sabbertropfen pendelte an seiner aufgeregten Unterlippe. Keiner begriff ihn, und alle hielten wir sein sinnloses Gebrabbel für ein Zeichen fortschreitenden geistigen Verfalls. Dabei sind seine Äußerungen im Nachhinein fast hellsichtig. Doch wir achteten nicht darauf. Ekel, Ekel, Menetekel! Nanana! Auf Opa würde man gut aufpassen müssen, hatte Vater gemeint. Und Mutter blieb am Ende nichts anderes übrig, als klein beizugeben und ihrem langen, aussichtslosen Kampf gegen die Milben entgegenzusehen.

Besonders viele Kinder gab es im Dohlenweg nicht. Schräg gegenüber wohnten die Kruttkes. Deren Haus lechze förmlich nach einem neuen Anstrich, bemerkte Mutter einmal. Und wie der Garten aussehe! Wie bei den Botokuden! Konnte denn Herr Kruttke da nicht mal klar Schiff machen? Dieses ganze Gemoke müsse doch irgendwann fortgeräumt werden! Das ziehe ja Ratten an! Wo sie doch gerade so froh war, dass endlich Schluss sei mit Opas Plumpskloratten.

„Wie?", krähte Opa, „was soll ich?"

Es sei ja schon gut, meinte Mutter.

Kruttkes hatten zwei Kinder, Anita und Jürgen. Dieser Jürgen Kruttke machte Verrenkungen mit dem rechten Arm, als verlange es ihn fortwährend danach, das Schultergelenk zu lockern.

„Kein Wunder", meinte Mutter, „bei diesem Durcheinander da drüben."

Außerdem fügte Jürgen in seine Sätze andauernd die Worte 'Omor aude' ein. Keiner wusste, was das bedeuten sollte. Und bisweilen, wenn er sehr erregt war, rief er: „Erümme skrämtok!"

Der sei ja bekloppt, meinten viele. Aber schangeln konnte er eins A. Und das nötigte allen Respekt ab. FC Barcelona! Das waren die wertvollsten Bilder. Evaristo, Succu, Foncho, Gensana,

Cuballa und wie sie alle hießen: Namen, wie spanische Tänze! Und wieder warf Jürgen mit seinem Verrenke-Arm die Schangelbilder am dichtesten an Mackes Garagentor.

„Alles meins! E-erümme skrämtok!“ Schon grapschte er die Bilder zusammen, und ich konnte wieder zusehen, dass ich mit dem dicken Dieter schangelte, obwohl es mit dem überhaupt keinen Spaß machte: Man besiegte ihn immer. Wie ungeschickt der sich aber auch gebärdete! Er warf die Bilder ja fast schon hinter sich. Und dass der 1. FC Barcelona am wertvollsten war, wusste er nicht einmal. Deshalb konnte man bei ihm seine dezimierten Bildervorräte zuverlässig auffrischen.

Dieser Dieter Macke, der allen Ernstes behauptete, er sei mit dem Künstler August Macke verwandt, klaute seiner Oma ständig Geld aus dem Schuhkarton im Kleiderschrank hinter der Nachtwäsche und kaufte Fußballwundertüten en gros. Obwohl er beim Schangeln wie kein anderer verlor, verfügte er über schier unendliche Vorräte an Bildern. Dadurch verschaffte er sich ein gehöriges Ansehen.

Manchmal stand ein Mädchen in der Nähe und schaute zu. Reichlich korpulent war es, und auf seiner rosa Wange, kaum zwei Fingerbreit vom linken Auge entfernt, saß ein Pigmentfleck, groß wie eine Saubohne. Der sei braun wie Hundescheiße, höhnte Dieter Macke, schaute zu dem Mädchen hinüber und lachte mit sehr offenem Mund.

Sie hieß Dagmar Adamek, und es stellte sich heraus, dass sie die Tochter von Vaters Schulkameraden Heinrich Adamek war.

„Da wird ja der Hund in der Pfanne verrückt! Der Heinrich! Deine Tochter? Sehr hübsch!“

Diese Dagmar musste zu allem Überfluss eine jener Zahnspangen tragen, die heute jedes Teenagergebiss einzäunen. (Sähen direkt unangenehm aus, diese Nahkampfspangen! meinte Vater später). Ansonsten schien Vater hocherfreut über das Wiedersehen.

„Was, du bist Oberarzt? Nicht möglich!“ Und man solle sich mal auf ein Gläschen zusammensetzen.

„Erinnerst du dich noch an ihn, Irmel? Den mochte in der Schule früher ja nun gar keiner leiden“, hatte Vater später berichtet. „Ganz einfache Verhältnisse. War erklärtermaßen ein ziemlich unangenehmer Bursche. Und sein Vater: strammer KPDler. Derartig radikal! Hat offen Kritik geübt an der Arbeitsfront!“ Na, dem habe man aber ganz schön die Hammelbeine langgezogen. „Dass so einer Arzt wird. Nun ja. Und unsereiner..."

Dagmar Adamek nervte uns. Ob wir nicht lieber *müde, matt, marode, tot* spielen wollten? Das bereite sehr viel Freude!

Nee, brummten wir, ohne sie überhaupt anzusehen.

„Omor aude", gluckste Jürgen, „e-e-erümme skr-k ..."

Und schon hatte er wieder sämtliche Schangelbilder zusammengerafft, legte den Stapel auf den Handrücken, warf ihn in die Luft und fing alle mit derselben Hand auf. Mein letztes FC Barcelona Bild mit Gensana war auch dabei.

„Das war's dann wohl", brummte ich, und ich hätte heute sowieso keine richtige Lust. Aber kaum einer beachtete mich; alle beugten sich über Jürgen Kruttkes faustdicken Stapel Schangelbilder, und die Mutigeren klopften ihm untertänig auf die Schulter, während die Furchtsameren seine Dreckhose scheu berührten, als wär's das Grabtuch von Turin.

„Erümme... 272 Stück ...omor aude!"

Jürgen hielt den fetten Stapel hoch. Alle sahen ihn bewundernd an. Nur die dicke Dagmar Adamek schaute zu mir herüber. Ihr Blick schien mir zuzurufen: Sei nicht betrübt!

Mein Groll schnitt ihr eine Grimasse. Erschreckt presste sie sich eine Hand auf die Brust und atmete tief, als schnüre man ihr die Luft ab. Dann hetzte sie davon.

Im selben Augenblick schlingerte Frau Holzmann, Jürgen Kruttkes Oma, auf ihrem alten Fahrrad um die Ecke. Bei dem Vehikel passte aber auch nichts zusammen. Sogar die Reifengrößen waren verschieden. Während die alte Frau gefährlich pendelnd auf uns zu steuerte, krächzte sie, Jürgen solle gleich mitkommen, man wolle vespern. Dabei fuhr sie so langsam, dass wir fürchteten, sie werde jeden Augenblick umkippen. Besser wechselte man gleich mal auf die andere Seite des Dohlenwegs und interessierte sich für seine Fingernägel. Sonst musste man die schwergewichtige Frau Holzmann womöglich noch hochwuchten, wenn sie stürzte.

Jürgen Kruttkes Schwester Anita dagegen schien, verglichen mit dem Kruttkeschen Panoptikum, ganz aus der Art geschlagen zu sein. Schon zu Lebzeiten ungewöhnlich wie eine Orchidee im Schrebergarten, sollte ihr Abgang von dieser Welt ein unkonventioneller Akt werden, eines jeden besseren Hollywoodstreifens würdig. Überhaupt: Sie war ebenso aufregend wie undurchschaubar, sah mal atemberaubend, dann wieder völlig unauffällig aus; ein Musterexemplar an Gegensätzlichkeit, ein pluralistischer Charakter. Feingliedrig und verletzlich, als hätte der Pinsel Modiglianis sie zart dahingetuscht, kämpfte sie wie eine Rosa Luxemburg.

Solche Menschen werden nie alt, würde etliche Jahre später Victor Auerbach sagen, als wir einmal über Anita Kruttke sprachen. Er meinte, manchmal komme es ihm vor, als säße ein Virus im Herzen der Welt, der sich gerade auf die besonderen Charaktere spezialisiert habe, um sie frühzeitig hinwegzuraffen.

Diese Anita konnte schneller laufen als alle Jungen aus der Nachbarschaft, und nie waren Anitas schmutzige Knie frei von Wunden. Meistens entdeckte man auf ihnen eine dicke Schorfkruste, braun und rissig wie eine Frikadelle, und wenn man Anita zu dicht auf den Leib rückte, wenn man sie gar berührte, musste man darauf gefasst sein, dass sie sich Respekt verschaffte, indem sie einem mit sicherem Abwehrgriff die Eier quetschte. Da war Vorsicht geboten. Mich hat sie glücklicherweise nur einmal auf diese Art attackiert. Und nur, weil ich behauptet hatte, ich könne schneller auf den Apfelbaum klettern, und Mädchen hätten da eh keine Chance.

Das wolle sie sehen, hatte Anita gemeint, und forderte mich zu einem Wettklettern heraus. Auf der Stelle. Jürgen gab das Kommando: „Omor aude ... fertig ... los!“

Ich war schon halb auf dem Baum, ehe Anita überhaupt zu klettern begann. Und als ich beinahe oben war, befand sie sich, weiß der Himmel, wie sie's schaffte, direkt hinter mir, und schon schoss ihre Hand vor.

Nachdem sich die tanzende Milchstraße vor meinen Augen verzogen und dem Tageslicht wieder Platz gemacht hatte, saß Anita direkt über mir in der lichtdurchflossenen Baumkrone und winkte.

Trotz dieses ewigen Eiergreifrisikos zog es die Jungen magisch in ihre Nähe. Mich auch. Nicht einmal ihre ständige Rotznase konnte einen abschrecken.

Wir sollten mal aufpassen, dass wir uns von denen nicht was wegholten, warnte Mutter, wenn sie die Kruttkeskinder sah, und: „Was der Junge nur immer mit seinem Arm anstellt!“ Und die Anita, die werde mal *so eine*!

Was sie sich unter *so eine* vorstellte, wollte sie nicht verraten. Na, so eine halt.

Im Erdgeschoss unseres Hauses gab es nur zwei Räume, die durch eine Schiebetür getrennt wurden; und unsere Küche. Opa Astenbeck verbrachte seine Tage meistens in dem vorderen Zimmer. Und wenn niemand Zeit für ihn hatte, hockte er auf seinem Thron, von wo aus er auf die Straße blicken konnte. All' die Jahre hat er unentwegt hinausgestarrt, ließ sich nicht ablenken, und man konnte glauben, er erhoffe etwas Bestimmtes, wie jemand, der an einer Bahnsteigsperre, wie es sie damals noch gab, gebannt einem sehnlichst erwarteten Besucher entgegenharrt.

Einmal am Tag ging Mutter mit ihm spazieren. Denn allein ließen wir Opa nicht mehr hinaus.

Man brauche ja nicht unbedingt auf seine Absonderlichkeiten aufmerksam zu werden, erklärte Vater, gerade jetzt, wo es bei ihm beruflich bergan gehe.

Deshalb schöpfte Opa in Mutters Begleitung zumeist im Garten frische Luft, und Mutter fasste ihn beim Arm, damit Opa nicht in die Blumenrabatten oder durch die Erdbeeren stolperte. Und immer hatte sie ein Taschentuch bei der Hand, denn Opa Astenbeck sabberte seit einiger Zeit immer intensiver, besonders, wenn er sich aufregte. Vielleicht hing es damit zusammen, dass er kaum noch Alkohol bekam.

„Diese eklige Sabberei", maulte Vater am Abendbrottisch. Da vergehe einem ja der Appetit!

„Ja, Ekel Ekel Menetekel!", rief Opa, und er schlug mit dem Löffel auf den Tisch, wobei ein Spuckefaden, klar wie Glas, auf die Wurstplatte tropfte. Vater sprang voller Erregung vom Tisch hoch, warf die Serviette neben den Teller und rief, das mache er nicht mehr mit, und Mutter solle gewährleisten, dass man in diesem Hause vernünftig zu Abend essen könne.

Da keuchte Opa, die Hand solle abfallen, die wieder ein Gewehr ergreift!

Das war einfach zu viel. Seit jenem Tag nahm Opa nicht mehr an den gemeinsamen Mahlzeiten teil.

Mutter hatte einen genauen Zeitplan entwickelt, nach dem die Arbeit abzulaufen hatte. Zu Abend kam erst das Tischdecken, dann das Anrühren von Opas Brei. Niemals umgekehrt. Nichts brachte sie von dieser Reihenfolge ab, und doch wurde sie jeden Abend nervös und flüsterte, sie schaffe es nicht und es werde ihr alles zu viel. Und während der Tee zog, fütterte sie Opa eilig, nachdem sie ihm die Hände gereinigt hatte.

Obwohl mich schon damals diese Abschiebehaft von Opa Astenbeck befremdete, kam ich nie auf die Idee, etwas dagegen zu sagen. Zu sehr waren wir diesen Anblick gewohnt, wie man tägliche Dinge, etwa ein Tapetenmuster, kaum mehr bewusst wahrnimmt.

Manchmal setzte ich mich zu Opa Astenbeck.

„Ach, der Osmar“, brummte er vor sich hin, wenn ich eintrat, und starrte wieder regungslos aus dem Fenster.

„Os*ram*“, verbesserte ich ihn.

„Wie?“, fragte er ungläubig, und: „Ach so.“

Auch wenn er, abgesehen von derartigen Wortbrocken, eigentlich nie etwas von sich gab und ich für den flüchtigen Zuhörer lediglich Monologe hielt, behaupte ich dennoch, dass wir uns unterhalten haben. Mir kam es jedenfalls so vor, als verstünde ich ihn, ohne dass er ein Wort sagen müsste. Dazu nickte er ständig.

Zugegeben, es war sicher kein verstehendes Nicken, sondern ein mechanisches, vergleichbar dem des Plastikdackels im Auto unseres neuen Nachbarn Mackensen. Der Kopf des Tieres war auf einer Achse gelagert, und bei jeder Bewegung des klokachelgrünen Ford Taunus 12m wackelte das Ding, das auf der Hutablage neben Mackensens beigen, geflochtenen Sommerhut lag, mit dem Kopf.

Ich habe Opa stets alles erzählt, was mich beschäftigte. Er war auch der einzige, den ich in die Sache mit dem Teufelsfinger einweihte. Und einmal, als wir beide allein im Haus waren, holte ich das Glas herunter und hielt es Opa vor die Nase. Ich fragte ihn, ob er glaube, es handele sich wirklich um den Finger des Teufels. Natürlich wusste ich, dass es Quatsch war und dass es gar keinen Teufel gab – doch da legte Opa urplötzlich seine übliche Stumpfheit ab, wackelte heftig mit dem Kopf, und seine Hautsäcke am Hals schlackerten wie nasse Wäsche im Wind. Mit einem Sabberfaden, der ihm über die Lippen quoll, flüsterte er wieder seine magischen Worte: „Die Hand! Sie soll abfallen, die – ein Gewehr ergreift.“ Ein Ausdruck von Schmerz hatte sich in sein Gesicht geschlichen und wie gebannt klebte sein Blick am tanzenden Finger.

„Das ist doch nur ein Finger, Opa“, beschwor ich ihn, und ich unterdrückte ein komisches Gefühl, indem ich mir, wie alle anderen auch, sagte, dass Opa nicht ganz richtig im Kopf sei. Ich erklärte ihm, es handle sich um irgendeinen Finger in Formalinlösung. Doch Opa starrte ungläubig und zitternd auf den Zylinder mit dem schwarzen Finger und flüsterte etwas, das wie *Josef* und *ihh* klang.

Hatte ich mich verhört? Meinte er am Ende Josef Stalin? Und das lang gezogene Ihh drückte seinen Ekel vor diesem Tyrannen aus? Hatte demnach Opas Gemurmel seinen Ursprung in seinen Kriegserlebnissen? Aber, war er denn überhaupt an der Ostfront gewesen? Oder handelte es sich um einen anderen Josef. Und am Ende nahm ich an, ich hätte mich nur verhört. Doch irgendetwas Besonderes schwang in der Szene mit, etwas Rätselhaftes, Merkwürdiges, denn Opa zerrte an den Riemen, die seine Arme an dcn Stuhl fesselten, zerrte und keuchte wie ein Sportler. So aufgeregt hatte ich ihn lange nicht gesehen. Und der Finger schwebte im Glas auf und ab und winkte fast, als wolle er uns etwas zeigen.

5

Von Sex und Würsten

Die erste Durnholzer Nacht habe ich erstaunlicherweise fest und, soweit ich mich erinnere, traumlos geschlafen. Erst spät bin ich erwacht. Es war schon hell, und als ich auf meine Uhr sah, stellte ich fest, dass der Zeiger bereits auf kurz vor acht wies. Die Luft im Zimmer war stickig, und ich stand auf, um das Fenster zu öffnen.

Auf der Straße entdeckte ich Maria Oberstaller. Mit vom Wind geblähtem Umhang kehrte sie, einem großen flatternden Rabenvogel ähnlich, vom Kirchgang heim, denn sie trug ein kleines schwarzes Buch, offenbar ein Gesangbuch, unter dem Arm. Und trotz des wehenden Umhangs strahlte sie eine große innere Ruhe aus, eine wesenhafte Ruhe, die mir, ja den Grahls insgesamt, gänzlich fremd war.

„Wie war es in der Schule?"

Ich hatte mich an den Tisch gesetzt und behielt Vater, der rechts über Eck neben mir saß, beständig im Auge. Wenn er schlecht gelaunt war, rutschte seine Hand gerne aus; und ich saß an exponierter Stelle.

Wie es in der Schule war! Die Frage hatte offensichtlich mir gegolten, denn Ortlieb brauchte man nicht zu fragen. Er schrieb nur gute Arbeiten, und davon berichtete er ohne Aufforderung. (*Dein Bruder wird es mal zu etwas bringen!*) Mit dererlei Qualitäten konnte ich nicht aufwarten. Ich gab keine Antwort.

Mutter betete wie gewöhnlich: „Komm, Herr Jesus, sei unser Gast und segne, was du uns bescheret hast. Amen." Und während sie Essen auf Vaters Teller füllte, mahnte sie: „Dick, (kaum hat man etwas zugelegt, muss man Spitznamen erdulden!), Dick, sei doch nicht so bockig! Der Chef hatte dich etwas gefragt."

Halt. Der Chef! Den hatte Mutter seit Vaters Beförderung zum Oberamtmann und Leiter des Liegenschaftsamtes kreiert. Als diese Bezeichnung zum ersten Mal fiel, war ich sprachlos vor Verwunderung, denn ich glaubte zuerst an eine verblüffende Ironie seitens Mutter. Aber nein, sie meinte es total ernst! *'Der Chef kommt heute später'* oder *'Der Chef wird gleich da sein. Öffne schon mal die Garage.'* Derartiges sollten wir in Zukunft immer wieder hören. Und der Chef löffelte seine Lieblingslinsensuppe. Sein Mund kostümierte sich in ein zufriedenes Lächeln und die Augen schauten mich über den Löffelrand hinweg voller Erwartung an, wie ein Zauberer ein Kaninchen fixiert, das sich entschlossen hat, aus Sicherheitsgründen besser im Zylinder zu verharren.

Ortlieb rief, die Suppe sei sehr lecker, und Mutter schöpfte sich als letzte eine bescheidene Portion davon auf.

Vater stöhnte genüsslich sein „Ah...", während um ihn herum die Löffel klackerten. Das wiederum störte Vater.

Man solle das Klappern sein lassen! Der Löffel berühre niemals das Porzellan. Und Vater äugte immer wieder herüber zu mir, denn auf seine Frage, wie es in der Schule war, hatte er noch keine Antwort erhalten. Und so verdorrte allmählich sein Lächeln.

Gute Laune war bei ihm, wenn vorhanden, immer nur dünn wie ein Zwiebelhäutchen. Der Wetterumschwung, der diese zarten Hochs verjagte, kündete sich durch beherrschte Ermahnungen an: Beim Essen habe man beide Hände über dem Tisch, oder: Man führe den Löffel zum Mund und nicht den Mund zum Löffel! Und wo ich nur diese Esserei gelernt hätte?

„Dich mit deinen 14 Jahren kann man ja nirgendwo hinlassen!" Jetzt klang Vater leicht gereizt. Nebenan rumorte Opa Astenbeck auf seinem Thron herum und erzählte eine gutturale Geschichte.

Bei Mutter hatte sich etwas Flehendes und Gehetztes in die Stimme gemischt: „Nun red' doch schon, Junge."

„Wie soll es schon gewesen sein!"

Erneutes Löffelklappern zerbrach die gespannte Stille.

„Meine Nerven..." Mutter blickte zum Chef, der starrte auf den leeren Suppenteller.

„Gab's was Besonderes? Habt ihr beispielsweise die Lateinarbeit zurückbekommen?"

Mutter schöpfte, während sie mich mit diesen Worten zu beschwören suchte, Vater eine zweite Portion Linsensuppe mit extra viel Blutwurst auf den Teller. Und als Bestechungsgabe gesellte sich ein weiches Stück Bauchspeck mit rosa Schwarte und ein paar Borsten hinzu, was für Vater die reinste Götterspeise darstellte.

„Nö."

Beim Anblick dieser Köstlichkeiten war mir der Rest des Appetites vergangen. Kurzerhand schob ich meinen Teller fort.

„Antworte gefälligst vernünftig." Das war ein charakteristischer Satz. Vater und sein *Vernünftig*! Dazu starrte er wie eine Granitbüste aus der im Nacken verknebelten Serviette heraus.

Ich erwiderte, einem Würgegefühl trotzend, in sorgfältiger, vorgetäuschter Ruhe: „In einer irrsinnigen Welt vernünftig sein zu sollen, ist schon wieder ein Irrsinn für sich." Dass es eigentlich ´wollen´ anstatt `sollen´ heißt, störte mich wenig. Aber der Satz war genial.

Vater war da wohl anderer Meinung. Er kleckerte etwas weich gewordene Blutwurst auf die Manschette, was ihm, gepaart mit dem inzwischen verfinsterten Blick, ein gefährliches Aussehen verlieh. Ich hatte mich eines Sakrilegs schuldig gemacht. Deshalb war es eine reine Vorsichtsmaßnahme, dass ich den Stuhl rückwärts schob. Zu spät. Vaters Ohrfeige streifte mich zwar nur noch mit verminderter Kraft, doch reichte es, dass seine Fingerspitzen Spuren über meine Wange zogen. Ich fühlte das Buppern in der Narbe. Bestimmt war sie rot angelaufen.

Und ich beschwor mich, jetzt nur nicht weich zu werden und gab mir alle Mühe, durch ein Lächeln vorzutäuschen, dass ich mich nicht getroffen fühlte.

„Er grinst auch noch!“ Und seine Frau solle sich das einmal anschauen! Ihr Sohn grinse!

Erneut hatte ich gegen die Regeln verstoßen. Vater warf den Löffel hin. Da vergehe ihm der Appetit, zischte er. Und von wem der Bengel das nur habe.

Um meinen Ausspruch über die Vernunft zu erläutern, sagte ich: „Von Voltaire“.

Dabei hatte ich damals weder die geringste Ahnung, wer Voltaire überhaupt war, noch war ich in jener Zeit zu klaren Gedanken fähig. Rein intuitiv hatte ich diesen Philosophen herausgepickt.

„Dick!“, rief Mutter entsetzt, und sie schaute dabei nicht mich sondern den Chef an. Sie musste sich wohl etwas Schreckliches unter 'Voltaire' vorstellen, möglicherweise so etwas wie Marx oder Stalin.

„So eine Unverschämtheit!“, presste Vater hervor, und was ich Lackel mit 'irrsinniger Welt' meinte? Mutter beeilte sich, mit ihrem spuckebenetzten Taschentuch Vaters Suppengeschmier vom Ärmel zu entfernen. Sie erreichte das Gegenteil, rieb alles fasertief ein und klagte, sie komme mit der Wäsche und dem Reinemachen nicht hinterher. Dieses große Haus, überall Staub und Spinnenweben. Und dann Opa und an allen Ecken und Enden diese Unordnung!

Was das denn jetzt solle? zischte Vater. Er war nun ernsthaft böse. Jammern, Klagen, freche Antworten und trotziges Schweigen, wenn er gefragt hatte, konnte er überhaupt nicht ertragen. Doch in Mutter lauerte eine irrationale Starrköpfigkeit, die immer dann lebendig wurde, wenn es am unpassendsten war.

„Herr Mackensen“, sprach sie im Tonfall einer Verteidigung, die Augenbrauen über der Nasenwurzel hochgezogen wie Dürers betenden Hände, „hat sich auch schon über die Hecke beschwert.“

„Wie bitte? Was haben denn irgendeine idiotische Hecke und der Dämlack von Mackensen in diesem Zusammenhang zu schaffen! Und wieso hat er sich *auch schon* beschwert? Wer denn noch?“

Der Chef drehte leicht durch, wenn ihm Unlogisches in die Quere kam. Und Mutter registrierte, dass sich immer noch Suppenreste auf Vaters Kleidung befanden, und sie benetzte in null Komma nichts ihr Taschentuch und war schon wieder damit beschäftigt, an Vater herumzureiben, als putze sie eine Kommode.

„Lass - das - doch - jetzt, Irmelin“, befahl er in rhythmischen Wortstößen, sichtlich bemüht, den letzten Hauch innerer Ruhe zu retten. Und Mutter erwiderte wie ein beleidigtes Kind, wir seien verpflichtet, die Hecke regelmäßig zu schneiden. Das habe er gesagt.

„Welche Hecke denn nur? Doch wohl nicht die zu Mackensens Grundstück?“

„Ich wiederhole ja nur, was Herr Mackensen gesagt hat“, zog sich Mutter zurück. Immer müsse sie den ganzen Ärger ertragen. Und sie sei von der Arbeit und dem ganzen Hin und Her schon wie erschossen.

Vater schnaufte. Dann entdeckte er wieder mich, und es fiel ihm offensichtlich ein, wie das Mittagessen vorher verlaufen war. In diesem Sinne trug er mir auf, nach dem Essen an den Rückschnitt der Hecke zu gehen. „Aber eins A! Wie sich das gehört!“

Heckenschneiden ist mir von jeher verhasst. Und während ich kurz darauf wild entschlossen die Schere führte wie ein römisches Kurzschwert und brennend vor Ärger die Zweige köpfte, während sich Myriaden von Insekten und Staub und vertrockneten Pflanzenresten mit meinem Schweiß zu einer widerlich kribbelnden Schicht verbanden, stand dieser Mackensen hinter der mit Goldkante versehenen Raffgardine in seiner guten Stube, nickte ohne Unterlass mit seinem Kopf, der formlos war wie ein Klatsch Kartoffelbrei und von ebensolcher Farbe. Und durch seine Basedowaugen beobachtete er mein Treiben mit Genugtuung.

Ich weiß, ich hätte einfach nicht hinsehen sollen. Aber das brachte ich nicht fertig. Und in Gedanken gönnte ich mir das diebische Vergnügen, diesen nickenden Kopf auf dem dazugehörigen Hals einige Male herumzudrehen. Dieses selbstgefällige Getue! Erst als ich etliche Zweige auf sein Grundstück fallen ließ, erstarrte der Schädel in seiner Bewegung.

So bald wie möglich zog ich mich in meine Dachkammer zurück und holte den Finger aus dem Versteck. Wenigstens der ließ sich nie aus der Ruhe bringen. In immer währendem Gleichmaß durchschwebte er seine Welt aus Formalin. Wenn man doch auch von solcher Unerschütterlichkeit wäre!

Zu der Zeit glaubte ich tatsächlich, wenn ich den Finger nur lange genug fixierte und seinem geruhsamen Auf und Ab folgte, dass die nie versiegende Kraft mit der Zeit vielleicht auch auf mich übergehen werde.

Ich versuchte mir den früheren Besitzer des schwarzen Fingers vorzustellen! Welche Macht musste dieses obskure Wesen besessen haben, wenn schon allein der linke Zeigefinger diese unfassliche Kraft auf mich ausübte.

Wie gern hätte ich ihn kennengelernt! Aber ich musste ja wohl davon ausgehen, dass der frühere Besitzer des Fingers längst tot war und dass ein Kennenlernen somit außerhalb der Möglichkeiten lag.

In jenen Tagen las ich viel. Besonders hatte es mir ein Aphorismenbuch angetan, das mir der Zufall in die Finger spielte. Und in diesem Buch hatte ich auch den Satz von Voltaire aufgespürt. Es war ein Buch voll herrlicher Sentenzen, die ich damals noch nicht immer richtig verstand. Aber manche besaßen einen derartig kraftvollen Klang, dass ich mich noch heute an sie erinnere. Zum Beispiel diesen Satz Montaignes: 'Von der Rute habe ich keine andere Wirkung beobachtet, als dass sie die Seelen schlaff und feig oder heimtückisch und starrsinnig macht.' Na bitte! Obwohl ich nicht glaube, dass ich in besonderem Maße heimtückisch und starrsinnig bin. Oder das Zitat von Shakespeare, der im King Lear den Narren sagen lässt: 'Wahrheit ist ein Hund, der ins Loch muss und hinausgepeitscht wird, während Madame Schoßhündin am Feuer stehen und stinken darf.' Ist das nicht fantastisch? Shakespeare mit seiner visionären Kraft muss unsere Familie wahrhaftig schon gekannt haben.

Natürlich hatte sich Mackensen, dieser missgünstige Spießbürger, über die paar Zweige beschwert. Seine Frau habe sich schrecklich quälen müssen, dieses ganze Gestrüpp aufzulesen und wegzuschleppen, beklagte er sich bei Mutter, und seiner armen Frau falle es sehr schwer, denn sie habe es mit den Bandscheiben.

„Dann hätte er es doch selbst aufsuchen sollen“, ließ ich wie beiläufig fallen, „anstatt seine Frau wie einen Nigger herumzuscheuchen.“

Derartige Worte vernahm der Chef gar nicht gern. Was ich da Unausgegorenes von mir gegeben hätte, wolle er nie wieder hören.

„Immerhin sind Neger auch Menschen. Und einige von ihnen haben sogar recht bemerkenswerte Leistungen vollbracht.“ Und ich sei wohl nicht mehr ganz bei Trost.

Damals begann die Phase meiner ständigen Abwesenheit von zu Hause. Ich rannte durch die Gegend, jagte auf dem Fahrrad umher und drang in Stadtviertel vor, die mir bislang fremd gewesen waren. Es wurden einsame Jagden, auf denen ich mit niemandem gesprochen habe. Doch ich langweilte mich nicht.

Bisweilen fuhr ich weit übers Land und trat die Pedale, als gelte es, einen neuen Rekord aufzustellen, bis ich mich eines Tages zu meiner Überraschung in unserem früheren Dorf und vor dem Friedhof befand, auf dem Oma Bulthaupt den Tod gefunden hatte – und auf dem Thomas Wedell begraben lag.

Omas Grab war von immergrünen Pflanzen fast zugewuchert, und ein bemoostes Schildchen an der Ecke verriet, dass eine Gärtnerei mit der Pflege beauftragt war. Viel hatten die nicht zu tun, dachte ich, und lief weiter.

Wo mochte das andere Grab sein? Das von Thomas Wedell? Mir kam schon nach diesen wenigen Jahren hier alles so fremd vor. Endlos wirkende Reihen von Gräbern, und am äußersten Ende, hinter einer Hecke dezent verborgen, lag der Abfallhaufen des Friedhofes, die letzte Ruhestätte dieser Ruhestätte, wo die Zeichen der Liebe und des Andenkens achtlos fortgeworfen wurden. Verdorrte Kränze und blasse Blumensträuße atmeten einen süßlichen Geruch aus, der mich beinahe betäubte. 'Meiner lieben Frau'! und: 'Wir werden dich nie vergessen'! hatte man gelobt. Jetzt vergammelten die Versprechen auf dem Abfall. 'Immer dein!'

Wie lange ist *immer*? So lange, wie eine Blume zum Verwelken benötigt? So lange, bis ein Kranz verrottet ist? Ein Spruchband verblasst?

Ich wanderte weiter, fragte mich, weshalb ich all' die Jahre Thomas praktisch vergessen hatte? Wann hatte ich schon mal an ihn gedacht? Nicht einmal bei seiner Beerdigung war ich gewesen (warum, weiß ich nicht mehr). Und an dem heutigen Tag war ich auch nur durch Zufall in die Nähe seines Grabes geraten.

Direkt an der hüfthohen Natursteinmauer, hinter welcher der Friedhofshügel steil ins Nettetal abfällt, um unten an Bahngeleise zu stoßen, die in weitem Bogen durch die Wiesen führen, lagen die Kindergräber.

Ich schlich die Reihe entlang. Warum hatte ich es nie geschafft? Offensichtlich war immer irgendetwas dazwischen gekommen. Und bald darauf waren wir schließlich in die Stadt gezogen. Wie hätte ich es da bewerkstelligen sollen?

Recht plötzlich stand sein Grabstein vor mir. Als ich den Namen Thomas las, nur Thomas, kein Familienname, war ich erschrocken. Wie üppig sich die Blumen und Ranken auf dem knappen Quadratmeter drängten! Als wollten sie den Tod vergessen machen.

Ich hockte mich auf die Mauer, die Sonne im Rücken, und überlegte, wie lange es her war. Ich war jetzt 14 Jahre alt. Und auf dem Grabstein stand:

Unser Thomas
* 12. 2. 1950 + 2.12. 1956

Acht Jahre war das nun schon her. Wie mochte mein früherer Freund jetzt da unten aussehen, kaum einen Meter entfernt? Ob noch was vorhanden war außer Knochen? Mir fiel sein leicht geöffnetes Augenlid ein. Verrückt, zu glauben, er habe mir zugezwinkert. Wie lange brauchte ein Leichnam, um zu verwesen?

Wen der Herrgott liebt,
der stirbt jung

Das las ich auf dem Stein. Ganz hübsch, fand ich im ersten Augenblick. Doch dann stach mir die Unlogik ins Auge. Das bedeutete ja, dass Gott den größten Teil der Menschheit nicht lieben würde! Wie vertrug sich das mit dem Anspruch, Gott liebe alle Menschen gleichermaßen? Da hatten Thomas´ Eltern jedenfalls Schmus gemacht, dachte ich. Den Spruch hatten sie für sich selbst, und nicht für Thomas in Stein meißeln lassen.

Plötzlich beschlich mich Unbehagen. Der ganze Friedhof mit seiner üppigen Blumenpracht, den in Stein erstarrten Trauer- und Treueschwüren, dem süßlichen Geruch verwelkender Blüten, die kurz vor der Verwesung standen: All' dies kam mir grässlich vor. Besonders diese makellosen Schleifen mit den Versprechen ewiger Liebe!

Brauchten die da unten jetzt noch deren Liebesschwüre? Kam diese Liebe nicht längst zu spät?

Liebe, dachte ich, Liebe braucht man, wenn man lebt!

`In ewiger Liebe! ´

Nein, fuhr es mir durch den Kopf, nicht erst in der Ewigkeit!

Während unten am Fuße des Hügels ein D-Zug vorbeiratterte, dass die Geleise noch einige Zeit leise sangen, schlich ich mich fort. Ich versuchte noch einmal, mir Thomas' Gesicht vorzustellen. Es funktionierte nicht. Ich hatte es längst verloren.

Das Grab habe ich nie wiedergesehen.

Bald darauf bekam ich die Bemerkung auf das Herbstzeugnis: Osrams Versetzung ist sehr zweifelhaft.

Vater schob das Zeugnis weit von sich, als fürchte er etwaige Krankheitserreger. Langsam schüttelte er den Kopf und betrachtete mich mit todtraurigem Blick. In Kunst eine Eins, aber hinter Deutsch und Mathematik Fünfen! Vaters Enttäuschung schien grenzenlos.

Lange saß er schweigend da, und zuerst befürchtete ich, er könne vor Enttäuschung zu weinen anfangen, so schimmerten seine Augen. Fast begann er mir leid zu tun. Dann, nach einem langen Blick ins Nichts, begann er mit leiser Stimme zu reden, erzählte wohl mehr sich selbst als mir von seinem Vater, von dessen Studien, von Büchern, die er geschrieben habe. Seit Generationen sei der Name Grahl von gutem Klang gewesen, seit vielen Generationen. Und von Anfang an habe man auf dem altehrwürdigen Gymnasium Ehre eingelegt. Doch nun... Mit versteinertem Blick auf die Zensuren sprach er vor sich hin: „Es ist ein einziger Jammer. Immer nur ist der Junge unterwegs; weiß der Himmel, wohin unterwegs! Und dies hier ist die Quittung!“

Ich wagte einen leisen Einwand: „Aber in Kunst habe ich...“

Ich brachte den Gedanken nicht einmal zu Ende.

„Kunst!“ Die Betonung dieses einen Wortes sagte nur zu deutlich, was Vater von meiner Eins in Kunst hielt. Als sei sie so wertvoll wie ein Fliegendreck.

Doch noch war ich ja nicht sitzen geblieben, dachte ich, und fragte, ob er Kunst für wertlos und unbedeutend halte?

Was das denn jetzt solle? Natürlich habe die Kunst ihren Stellenwert in unserer modernen Gesellschaft. Was ich denn so dusselig fragte? Und gerade wir Grahls seien die letzten, die das nicht wüssten. Immerhin spiele Mutter recht gut Klavier, und – er klopfte mit der Hand auf das Bücherregal, wo sich die Quartalsbände der Buchgemeinschaft reihten – der Literatur werde in unserer Familie schon immer besondere Beachtung geschenkt. Von meiner Bildenden Kunst ganz zu schweigen.

Er hatte sich weggedreht und starrte aus dem Fenster hinaus in die Ferne; seine Enttäuschung schien tatsächlich grenzenlos zu sein. „Ab heute wird er arbeiten; arbeiten, arbeiten, arbeiten“, flüsterte Vater vor sich hin, während er hinüber zu den Schrebergärten hinter unserem Grundstück starrte, wo er möglicherweise eine stattliche Phalanx wohl geratener Söhne in Reih und Glied vorbeimarschieren sah. Und er werde erst wieder mit mir sprechen, wenn ich mir das nächste Gut erkämpft hätte.

„Ab aufs Zimmer!“

Am Abend hatte Flügeladjutant 'Mutter' dann das Urteil vom Chef verkündet: Taschengeldkürzung, Stubenarrest, Fahrrad fortgeschlossen! Zum Frisör! Basta!

„Du musst Vater verstehen“, beschwor Mutter mich, „er will doch nur euer Bestes!“ Und sie steckte mir eine Tafel Schokolade zu.

Glücklicherweise musste ich zum Konfirmandenunterricht das Haus verlassen. Ein paar Straßen weiter, direkt hinter der alten Ziegelei, wo laut Vater die einfacheren Leute hausten, wohnte der dicke Fritz. Er war einen Kopf größer als ich, besaß ein feistes Gesicht – sicher leidet der arme Junge unter einer Drüsenkrankheit, bemitleidete Mutter ihn – und seine kleinen Augen hielten niemals still. Im Gegensatz zu den meisten Jungen, die sich die Haare nach dem Vorbild der Beatles seit kurzem in die Stirn kämmten, schmierte sich Fritz Pomade ins blonde Haar, das er hart nach hinten in den ausrasierten Nacken bürstete. So verströmte die Frisur ständig einen anachronistischen Herrensalongeruch. Fritz sehe sehr gepflegt aus, meinten alle Eltern. Wenigstens einer mit einem vernünftigen Haarschnitt.

Fritz' unbändiger Hunger ließ ihn auf alles stürzen, was zur Befriedigung des Körpers diente. Er war Schlüsselkind, denn seine Mutter arbeitete den ganzen Tag. Der Vater hatte sich längst mit einer kleinen Wasserstoffsuperoxydblondine davongemacht, als seine Frau ihm nicht mehr so knackig erschien.

Mit diesem Fritz besuchte ich den Konfirmandenunterricht. Fritz liebte Knackwürste. Und Mettwürste. Und Zinnsoldaten. Er stellte Schlachten nach in seinem Zimmer. Große Schlachten der Weltgeschichte. Damit kannte er sich bestens aus, ließ Tilly auferstehen und auch Napoleon. Ja, er wusste sogar, dass Goethe als eine Art Kriegsberichterstatter im Felde war! Fritz hatte mich sofort tief beeindruckt. Von niemand ließ der sich Vorschriften machen, und auf seiner Oberlippe zeigte sich bereits der Hauch eines Schnauzbartes.

„Willste auch ein Stück?“ Er stach mit der Mettwurst in meine Richtung, als führe er einen Degen. Ich schüttelte den Kopf. Alles hier war ganz neu für mich. Diese Selbständigkeit war vollkommen ungewohnt. Und Zigaretten hatte dieser Kerl offen auf dem Tisch liegen!

„Gib mir mal die Ulanen rüber.“

„Was denn für Ulanen?“

„Lass mal!“ Er mache es schon selbst.

Ich wich zur Seite. Während Fritz die Ulanen zum Angriff formierte, fragte er, wie ein selbstzufriedener Zeus über dem Schlachtfeld schwebend: „Hast du schon mal ein Weib nackt gesehen?“

Die Frage erschreckte mich, und ich reihte mich sicherheitshalber unter die Sofakissen ein. Hatte ich richtig gehört?

Gerade wurde ein Soldat des Bürgerheeres der Revolutionsarmee von einer Lanze durchbohrt.

„Ob du schon mal ein Weib nackt gesehen hast?“

Was sollte ich antworten? Natürlich hatte ich, wenn auch nur in Kunstbildbänden, den einen oder anderen Akt betrachtet. Die nackte Maya zum Beispiel, oder die Mädchen von Boticelli. Und nicht nur einmal hatte ich an Anita Kruttke gedacht und mich bemüht, sie mir nackt vorzustellen, ohne dass ich allerdings über marzipanähnliche Gebilde hinausgekommen wäre. Besonders an den Körperstellen, auf die es mir ankam, wollte nichts entstehen.

Seit geraumer Zeit stellte ich damals Betrachtungen an, wie dieses geheimnisumwobene Loch der Löcher wohl aussehen werde, jene totgeschwiegene Stelle, die auch auf keinem Gemälde dargestellt war. Woher sollte da eine etwas präzisere Vorstellung kommen? War diese ominöse Öffnung so ungefähr mit dem Bauchnabel zu vergleichen? Oder vielleicht eher ein Schlitz? Oder war alles nur ein Hirngespinst und es gab da gar kein Loch? Ach Quatsch! Irgendeine Öffnung musste schließlich vorhanden sein. Aber was für eine?

Nur eins war mir völlig klar: Es musste eine ganz besondere Stelle sein, dieser Geheimplatz zwischen den Mädchenschenkeln, von dem so viel gemunkelt wurde.

Was stellte ich nicht an, um meinen bohrenden Fragen Gewissheit zu verschaffen. Sogar Ortliebs Fernrohr trug ich eines schwülheißen Abends auf unseren Dachboden, wo man aus der Luke heraus Kruttkes Haus beobachten konnte. Mit allerlei Tricks gelang es mir, das Teleskop auf Türmen von Kästen und Büchern so hinzubauen, dass es mir möglich wurde, einen Blick in Anitas Zimmer zu werfen. Und so hockte ich da in einer fast verkrüppelten Haltung, wartete und presste immer wieder mein Auge ans Okular, harrte geduldig in der Dunkelheit, spitzte meine Ohren, um nicht überrascht zu werden, und die Minuten dehnten sich, bis endlich das Licht aufflammte und Anita in solcher Größe vor mich trat, dass ich erschrak und fasst vom Bücherturm gefallen wäre. Doch dann war ich nur noch Auge und meine gesamte Aufmerksamkeit zielte auf die zierliche Mädchengestalt, die dort zum Greifen nah und in völliger Lautlosigkeit sinnlose Bewegungen vollführte, geschmeidig wie ein kleines Tier. Sie kramte hier, rückte dort etwas zurecht, verließ das Zimmer, kehrte gleich darauf zurück, was ich mit einem Stoßseufzer begrüßte, und endlich löste sie die Schnürbänder ihrer Schuhe, schleuderte sie mit einer ruckartigen Bewegung in die Zimmerecke, zog die Hose aus und ließ mich ihre langen dünnen Flamingobeine sehen, die in einem großen Baumwollschlüpfer endeten. Bitte, mach weiter, beschwor ich sie im Rhythmus meiner pochenden Narbe. Ihre weißen Hände griffen gekreuzt nach oben an die Schultern, sie zerrte am Pullover, um ihn über den Kopf zu ziehen, vollführte mit dem ganzen

Körper Schlangenbewegungen, hatte den Pullover jetzt über den Kopf gezogen, da ging die Bodentür auf. Die nackte Glühbirne ließ grellweißes Licht durch die Bodenkammer fluten, und Ortlieb fragte, was ich denn da treibe. Ich stotterte, vollständig überrumpelt, ich sei dabei, die Venus zu entdecken, und er grinste gönnerhaft und meinte, die sei von hier aus nicht zu sehen. Da müsse ich auf der anderen Seite des Hauses gucken. Ich stotterte ein Ach so, und wir schleppten das Fernrohr zurück in sein Zimmer, wo ich dann ewig Sterne betrachten sollte, zu denen Ortlieb endlose Erklärungen lieferte.

Nein, seufzte ich in Gedanken, bislang hatte ich noch kein nacktes Mädchen gesehen.

„Bestimmt haste noch keine Nackte gesehen“, grunzte Fritz, als wäre er in meine Gedanken eingedrungen. Und nach einer kurzen Pause: „Kennste die Rosi? Sie kommt gleich.“ Die habe ein paar Titten! Da könne man 'du' zu sagen. Fritz korrigierte die Schlachtaufstellung. Er ließ die Kanonen auf der Flanke postieren. Diesmal waren die Franzosen unter Dumuriez mit ihren 40 000 Mann im Vorteil: Ihre Kanonen feuerten auf Österreicher und Preußen, was das Zeug hielt. Dazwischen ertönte eine Wohnungsklingel wie Himmelsgeläut, als kämen die Engel zum Gefallenenabtransport. Fritz ging hinaus.

Nein, Rosi war keine Anita. Ganz und gar nicht. Nichts von ihrer Zierlichkeit, kein Hauch von Anmut, nicht die Spur der Keckheit, überhaupt: Diese Rosi schien irgendwie abwesend zu sein. Sie glupschte wie ein Fisch umher, doch es drängte sich mir der Eindruck auf, als sehe sie kaum etwas durch das Panzerglas ihrer Brille, die ihr kleine Schweinsäuglein ins Gesicht klebte. Rosi schien obendrein stumm zu sein, hockte sich auf Fritz' Sofa, als ertrage sie geduldig die dritte Stunde Wartezeit beim Augenarzt. Und während Fritz sich eine frische Mettwurst entpellte („Der arme, arme Junge mit seinem Drüsenleiden!“) und letzte Korrekturen an der Schlachtaufstellung vornahm, stand ich abwartend in einer Zimmerecke und beobachtete Rosi. Wie teilnahmslos sie da herumhockte, fast apathisch. Wie ein Sack Weizen auf dem Speicher, und ihre Unterlippe hing etwas herunter, sodass der Unterkiefer zur Hälfte frei lag. Das alles vermittelte einen ungünstigen Eindruck. Was ich allerdings mit klopfendem Herzen bestätigen musste: Rosi verfügte wirklich über ein Paar mörderischer Brüste. Man sah sie den Pullover geradezu unnatürlich ausbeulen.

Ich schaute zu Fritz. Wie lange der nur an seinen Figuren rumwurstelte! Kam der denn nie zu Potte? Ich fühlte mich, weiß der Teufel weshalb, verpflichtet, irgendetwas zu Rosi zu sagen. Aus Filmen war mir natürlich bekannt, dass Männer in derartigen Situationen die Konversation mit etwas Witzigem oder gar Zweideutigem in Schwung brachten. Wartete sie nicht darauf? Fieberhaft suchte ich nach geeigneten Worten, die ich beiläufig in den Raum streuen konnte wie eine Handvoll Konfetti. Ein Kompliment über schöne Augen war in Anbetracht der Realität nicht ratsam. Auf etwas anderes kam ich vor Aufregung nicht, obwohl ich sonst keinesfalls auf den Mund gefallen bin. Und außerdem: Diese Rosi schien mich überhaupt nicht zu beachten! Hatte sie mich vielleicht noch gar nicht bemerkt?

Glücklicherweise wurde Fritz jetzt fertig. Er kam herüber zum Sofa, die Mettwurst in der Linken, und begann ohne jeden Kommentar, Rosi den Rock hochzuziehen. So also machte man das. Sie hob ihren schweren Hintern, und der fette Priap zerrte wohlgemut an ihrem gestopften rosa Baumwollschlüpfer herum. Da ihm die Mettwurst, die er keinesfalls aus der Hand zu legen gedachte, beim Hantieren hinderlich war, rief er mir zu: „Steh doch nicht wie 'ne rote Ampel herum! Hilf mir lieber."

Langsam und voller Respekt trat ich zum Sofa, und ich fühlte, wie sich eine Art Weihe über mich senkte. Nun würde sich gleich das Geheimnis lichten. Ob sie schon Haare hatte? Doch sicherlich. Sie war bestimmt glatte fünfzehn.

Fritz quälte Rosi den geräumigen Schlüpfer die Beine hinunter und warf ihn achtlos beiseite. Dann biss er zu, und ein herzhaftes Stück Wurst verschwand in seinem Hals, während gleichzeitig die Finger seiner rechten Hand zwischen Rosis Kräuselhaare tauchten wie ein Oktopus im Rückwärtsgang. Rosis Blick hing derweil am Schlachtfeld und blieb dort teilnahmslos bei Napoleon hängen.

Fritz hatte inzwischen auch ihren Pullover hochgepellt und walkte Rosis Brüste, die so weiß waren wie Froschbäuche; er knetete drauflos, als gälten seine Bemühungen zwei Klumpen Hefeteig, und er grunzte etwas, das sich wieder anhörte wie, zu denen könne man 'du' sagen. Die Mettwurst klemmte mittlerweile zwischen seinen Zähnen. Doch trotz seiner eifrigen Anstrengungen bei dieser Herzdruckmassage an Rosis Brüsten, schien es ihm auch nicht im Ansatz zu gelingen, seinem Opfer einen Schimmer von Leben einzuhauchen: Rosi hing wie frisch verstorben da. Und dennoch wirbelten in mir Gefühle herum, als jage ein wild gewordenes Karussell in immer enger werdenden Kreisbahnen dahin.

Als ich später in meinem Bett lag, war das irrsinnige Karussell noch immer nicht zum Stillstand gekommen. Die ganze Nacht hindurch drehten sich in meinen Träumen Unterlippen, Brillen mit dicken Gläsern und Brüste um mich herum. Und hin und wieder tänzelte eine nach Räucherkammer duftende Wurst vorbei, dick und prall und rot. An die Farbe von Rosis Augen allerdings kann ich mich nicht erinnern.

6

Das Schweigen

Auch wenn Rosi alles andere als begehrenswert war, in mir war Begehren geweckt worden. Nicht auf Rosi, aber es gab ja auch andere Mädchen. Ich hatte Blut geleckt, jetzt wollte ich es wissen. Von dem Tag an war ich ständig unterwegs, um nach Mädchen Ausschau zu halten.

Doch wen ich traf, war Fritz.

Wir waren uns unten an der Seltersbude begegnet, wo er sich gerade ein Eis gekauft hatte. Seine Zunge umspielte die weiß-rotbraunen Schichten, und genießerisch grunzte er auf eine spezielle Art, die fast pervers wirkte, sodass ich mich veranlasst sah umherzuschauen, ob ihn auch ja niemand hörte, während er mit der Linken einen Briefumschlag aus der Brusttasche angelte.

Es war der vorletzte Tag der Ferien. Ab Montag musste ich in einer anderen Klasse am Unterricht teilnehmen: Ich war nun doch hängen geblieben. Aber mir war's ziemlich egal. Sollten sich die anderen aufregen, ich tat es nicht.

Stattdessen griff ich nach dem Kuvert und fragte, was darin sei. Fritz zog bloß wichtigtuerisch die Augenbrauen in die Höhe und bohrte mit der Zungenspitze Löcher ins Fürst-Pückler-Eis.

Natürlich hatte ich schon so etwas geahnt, ehe ich dem Briefumschlag auf der Straße seine Geheimnisse entriss, und doch blieb mir fast die Spucke weg. Meine Herren! Den Körper als Sichtblende nutzend, begutachtete ich mit flatternden Blicken die Fotografien.

Da hatte die Wirklichkeit die kühnsten Träume vorweggenommen! Was für Sachen bekam ich da zu sehen!

„Und guck dir dessen Gurke an! Kannste *du* zu sagen!“, brüllte Fritz in, wie mir schien, irrer Lautstärke, und er leckte einen Eistropfen von der obszönen Waffel.

Wieder schaute ich mich verstohlen um. Hoffentlich hatte niemand aus der Nachbarschaft Fritz' letzten Satz gehört, und mit fast unhörbarer, vibrierender Stimme sagte ich: „Nicht schlecht.“

Ich lieh mir die Fotos aus.

„Nur einen Tag, Fritz!“

„Als Wichsvorlage, wie?“, lachte er fett und laut. Er kannte keine Scham.

„Nein, nur so“, beschwor ich ihn und stellte beruhigt fest, dass niemand uns beobachtete.

„Na gut, weil du es bist.“

Wahrscheinlich verfügte er über unendliche Vorräte solcher Pornobilder, die weiß Gott keine erlesenen Meisterwerke erotischer Fotografie waren. Auch konnte man die Frau schwerlich als hübsch bezeichnen: Schwer hockte sie da mit ihrem plumpen Nilpferdhintern und über ihre Füße hatte sie dicke graue Wollsocken gestülpt. Das Haar wirkte wie feuchtes Seegras; fast glaubte ich den Talg ihrer Kopfhaut zu riechen. Ein Gesicht gab es nicht: Das drehte sie auf allen Fotos weg. Und ihre Brüste baumelten, der Schwerkraft gehorchend, wie wassergefüllte Luftballons herab. Noch stärker als bei Rosi. Daraus zog ich den Schluss: Frauenbrüste hängen also.

Neben dem weiblichen Modell gab es noch einen dreiviertel Mann, der lediglich mit einigen Körperteilen auf der Bildfläche erschien. Sein Kopf war nie zu sehen, allenfalls der Stiernacken mit akkuratem Faconschnittansatz. Hier und da tauchte eine fleischige Schulterpartie auf oder ein Stückchen seines rotfleckigen Schenkels. Auch bei ihm: grobe Wollsocken.

Mit dem Umschlag unter der Jacke und einer fast taumelnden Leichtigkeit in den Beinen lief ich nach Hause.

Dort habe ich die Fotos in meiner Schreibtischschublade versteckt, und als ich später nachschaute, waren sie weg. Irgendein unbekanntes Nichts hatte von ihnen Besitz ergriffen. Ich wühlte in der Schublade herum, überlegte, ob ich sie nicht doch woanders versteckt haben konnte, aber Fehlanzeige.

Das war natürlich Ortlieb, der ewige Schnüffler. Sicher hatte er in der Schublade herumgefischt, und jetzt hockte er irgendwo in einem Versteck, und seine Aknepickel waren kurz vor dem Platzen.

Er war es nicht. Nachdem ich stundenlang ergebnislos herumgesucht hatte, fand ich die Schweinefotos zufällig und fein säuberlich versteckt in einem Buch über Stalingrad auf Vaters Schreibtisch. Bild für Bild hatte er die Sexfotos zwischen verschiedenen Seiten deponiert. Es fiel beinahe nicht auf. Also sammelte ich sie Stück für Stück wieder ein, steckte sie in einen anderen Briefumschlag, um sie Fritz zurückzubringen.

Da meine Eltern an diesem Abend Besuch bekamen, verdrückte ich mich heimlich. Ich hoffte insgeheim, er habe wieder ein Mädchen in seinem Zimmer, denn heute würde ich nicht so unentschlossen ans Werk gehen; da war ich mir sicher. Und tatsächlich: Fritz war nicht alleine. Doch diesmal war es ein bildhübsches Mädchen, zum Heulen schön, und mir war nur zu klar, dass ich gewaltig störte. Die Schöne stand schräg hinter Fritz, hatte ihre Arme um seine teigige Taille geschlungen und schaute im über die Schulter zu, wie er gerade Rommel mit seinem Afrikakorps beim Sturm auf El Alamein aufbaute (Anfangsphase; noch triumphierte Rommel über Sir Auchinleck). Offensichtlich hatte Fritz eigens für diese Schlacht mehrere Eimer Sand hereingeschleppt. Jetzt kurvten Panzer durch die Dünen. Und weil Fritz und die Hübsche mich kaum beachteten, rief ich betont aufgeräumt, ich hätte noch 'ne Verabredung, und sie sollten nicht böse sein, wenn ich gleich wieder verschwände.

Keine Antwort. Nur Fritz warf einen kurzen Blick herüber und zeigte mir mit einem Kinnrucken, wohin ich die Fotos zu legen hatte. Die Schöne schaute nicht mal her.

Wie ein angeschossener Fuchs bin ich in die barmherzige Abenddämmerung hinausgeschlichen und konnte nicht begreifen, dass ein derartig süßes Mädchen diesen Fettwanst beim Kriegspielen anhimmelte.

Als ich etliche Zeit später nach Hause kam, drangen dichter Tabaksqualm und flotte Reden bis auf den Flur. Da musste ja eine tolle Feier ablaufen. Gerade intonierte Vater ein Trinklied: „Gaudeamus igitur, juvenes dum sumus; post jucundam juventutem, post molestam senectutem ... “

Eine andere Männerstimme hatte ihn summend begleitet. Dann Gläserklingeln und ein lautes: „Ah!“ und: „Auf das es uns bis ins hohe Alter gut gehe und immer genug Hochprozentiges im Hause sei!“, und Mutter: „Trink doch nicht so viel, Chef. Nachher träumst du wieder unruhig.“ Und wie entschuldigend: „Erst neulich hat er mich im Schlaf geschlagen. – Aus Versehen natürlich“, fügte sie eilig hinzu, ehe Vater sein: „Irmel. Was soll *das* denn jetzt“, ausstieß.

Eine zweite Frauenstimme erklang, warm und mit einem angenehm heiseren Unterton: „Mein Mann schläft in letzter Zeit auch recht unruhig. Wer weiß, wovon er träumt.“

Schwang da ein Hauch Koketterie in der Stimme mit? Ich merkte, dass meine Knie anfingen zu zittern. Noch nie zuvor hatte ich eine derartige Stimme gehört. Nie mehr in meinem Leben würde mich eine Stimme so aufwühlen! Alle Rosis und Wollsockenfotos dieser Welt waren mit einem Schlag ein Nichts geworden. Wer war diese Frau? Wie schaffte sie es, allein durch die Stimme meinen Körper so reagieren zu lassen?

Ein Mann fiel ein: „Ich hoffe nicht, dass du hinter meine Geheimnisse gekommen bist, Marie Luise. Dir würden die Augen übergehen.“ Der Mensch lachte, und die fast heisere Frauenstimme fiel zurückhaltend ein. Es klang eine Spur irritiert.

Vater hatte sich inzwischen gefangen und räusperte sich: „Du scheinst mir auch ein toller Hecht zu sein, mein lieber Erwald.“

Erwald! Jenseits der Tür hockte also dieser Erwald Brendel, mit dem Vater so häufig aufwartete und den er damals am Telefon wie ein verliebter Gimpel angeflötet hatte!

„Wir wollen auf dem Teppich bleiben, Odin“, wehrte Brendel ab. Seine grausam scharfe, unangenehme Stimme, dieses teuflische Organ – so hatte ich es mir vorgestellt – entpuppte sich als ein sonorer, ruhiger Klang; klar und deutlich, selbstbewusst, aber keinesfalls laut. Eher schon angenehm und Gelassenheit ausstrahlend; eine Stimme, bei der man sich zurücklegen und die Augen schließen konnte. Das überrumpelte mich. Ich hatte ihm offenbar Unrecht getan, indem ich ihn fast zum Monster stilisierte.

Und mit dem genießerischen Timbre eines klassischen Feinschmeckers, dem eine Ente nach Rouennaiser Art serviert wird, rief Vater, sie seien ja schließlich alle keine Engel. Wenn er daran denke, wie er als junger Oberleutnant damals in Paris...

Und Mutters tonlose Stimme ohne jeden Spott und Spaß dazwischen: „Na, für einen Don Juan, der auf jedes blutjunge Geflügel ansitzt, bist du nun doch zu alt." Und neulich im Kino habe sie schon befürchtet, er erleide einen Herzanfall, als die Szene mit... na ja. Sie würgte sich selbst das Wort ab, sagte dann schnell: „Ach, Marie Luise, greif doch zu!"

Wahrscheinlich reichte sie jetzt Cracker mit Käse und Weintrauben auf bunten Plastikspießchen herum; oder Pumpernickelhäppchen mit Ei und falschem Kaviar. Und dazu tranken sie sicherlich Ananasbowle und angelten die Fruchtstückchen mit den kleinen bunten Glasspießchen heraus, die am Ende zu Pelikanen, Flamingos oder Schwänen ausgeformt waren.

Herr Brendel wollte wissen, welcher Film Vater so in Aufregung versetzt habe. Um diese unliebsame Gesprächswendung gleich im Keime zu ersticken, rief der Chef: „Ach irgend so ein übertriebenes Zeug war das. Ja bitte, nimm die Salzstangen nur zu dir hinüber. Wir haben noch mehr", und es sei einer jener Filme gewesen, die angeblich 'Kunst' darstellten, und wie es denn in Leverkusen gewesen sei? „Hast du alles erreicht?"

Die Männer unterhielten sich über Geschäfte, während die Frauen tuschelten. Dann Frau Brendel in ihrer gedehnten Sprechweise: „Ach, ihr wart in Bergmanns Schweigen?"

Und Brendel (er bekam wohl alles mit) schmunzelte: „Nana, das war wohl der Film, der dir beinahe eine Herzattacke verpasst hat, mein lieber Odin! Kein Wunder." Denn da solle es ja hoch hergehen.

Vater muss sich wie ein Wurm gewunden haben. Er druckste herum: „Ach, ist doch dummes Zeug." Und dieser Film sei ein Skandal. Wenn so etwas einrisse, komme man noch in Teufels Küche. Verbieten sei da das einzig Richtige. Doch man habe als mündiger Bürger ja geradezu die Pflicht, sich ein eigenes Bild zu machen! Aber diesen Film als Lichtspielkunst zu bezeichnen! Dass er nicht lache! „Sogar der Bundestag hatte eine Sondervorführung, wenn ich recht informiert bin."

„Zeigen sie wirklich, ich meine, ist da tatsächlich ein Pärchen beim ... Liebesspiel ... dargestellt?" Frau Brendels Stimme vibrierte erwartungsvoll.

„Liebe Marie Luise", Vater hatte sich gefangen, war jetzt ganz Herr der Lage und über alle voyeuristischen Verdächtigungen erhaben, „dieser Bergmann hat sich tatsächlich nicht geschämt, minutenlang die Würde der Frau in widerlichster Weise mit Schmutz zu besudeln." Seine Stimme hatte einen rauen Unterton bekommen. Ja, in einer Loge werde ein Paar 'dabei' gezeigt! Ungeniert! Was das wohl für Frauen seien, die sich so filmen ließen! Das würde er nur zu gerne wissen! Und etwas zu laut: „Wenn ihr mich fragt: Ich halte den Ingmar Bergmann für psychisch defekt. Er tritt die Moral mit Füßen. Mein Vater sagte immer: Wenn du bei einer Frau liegst, denke stets an deine Mutter!" Und überhaupt: Der ganze Film entwerfe ein Bild der Welt und des Menschen, da könne man nur sagen: krank, krank, krank! Es sei alles so an den Haaren herbeigezogen; so deprimierend; die Menschen redeten in einer Sprache, die es gar nicht gebe! Was das nun wieder solle! Alles sei so fürchterlich negativ und abscheulich. „Besonders diese bewussten Szenen, um die es Bergmann eigentlich zu gehen scheint." Es gluckerte. Vater trank wohl einen Schluck und fuhr fort: „Nein, lieber Erwald, unsere Pflicht ist es, die Werte dieser Gesellschaft zu verteidigen. Egal, wie. Das lassen wir uns nicht kaputt machen. Ehre und Respekt vor der Frau und Mutter ist eine der Grundlagen unserer Sittlichkeit." Er hustete; er hatte wohl den Hals zu voll bekommen.

Aber ja! Da stimme er ihm voll und ganz zu, beruhigte Herr Brendel Vater im Tonfall eines Irrenarztes, und für eine gesunde Gesellschaft sei natürlich eine gesunde Moral unabdingbar. Aber glücklicherweise solle sich ja die Staatsanwaltschaft längst eingeschaltet haben. Auf die könne man sich verlassen. Und im engen Kreise gesagt: Man solle diese Dinge nicht zu wichtig nehmen. „Wenn ihr mich fragt: Am besten schweigt man 'Das Schweigen' einfach tot. Dieser Medienrummel und dieses Geschrei nach Verboten ist doch die reinste Werbung für Bergmann, frei nach dem Motto: Schlechte Nachrichten sind gute Nachrichten."

Ich hatte genug gehört und schlich die Treppe hinauf. In meinem Zimmer warf ich mich aufs Bett. Alles drehte sich in meinem Kopf, schwirrte insektenhaft durcheinander: Frauenstimmen, die vibrierten, Logenszenen, blonde Mädchenhaare, Wüstenschlachten, Tabakrauch, Brendel, das süße Mädchen bei Fritz, und wieder dieser Film, in dem ja die Hölle los sein musste. Ob da wirklich gezeigt wurde, wie es zwei zusammen trieben? fragte ich mich und überlegte, womit ich mich verkleiden könnte, um an den Argusaugen der Kassiererin vorbeizukommen. Die Vorstellung, in diesen Film hineinzugehen, machte mich ganz verrückt. Und dann dieses Zittern in der Stimme von Frau Brendel, als sie danach fragte. In ihrer Stimme vibrierte Erregtes und Erregendes; wie dunkelroter Samt.

Dann traf ich das blonde Mädchen, dem ich bei Fritz begegnet war. Es kam im Kino zu mir in eine Loge und flüsterte: Du warst doch neulich bei diesem fetten Fritz? Und ich nickte, und das Mädchen zog das Kleid hoch, bis es sich unter ihren Brüsten aufgerollt hatte. Dann hauchte sie: Dich finde ich viel netter. Komm, zieh mir den Slip aus! Und ich zerrte an dem Slip, ich keuchte vor Anstrengung, und sie beschwor mich: Zieh doch, schaffst du's etwa nicht? Schon schwitzte ich. Meine Hände waren nass. Alles ringsumher war nass: überall Wasser, soweit die Nacht reichte. Wie kamen wir plötzlich in dieses Boot auf diesen uferlosen See? Und irgendwo im Hintergrund tauchte grinsend und weiß das Mondgesicht von Fritz auf, der gerade ein ordentliches Stück von seiner Mettwurst abbiss und ausrief: Da kannst du dich abmühen, bis du schwarz wirst! Und ich gab mir nun erst recht Mühe, zerrte wie verrückt, der Kahn geriet ins Schwanken, vor Anstrengung tropfte es von meiner Stirn, und nun drückte sich ihr nackter Schenkel in meinen Schritt, wo eine Erektion in der Hose zu schmerzen begann. Und wieder rief das Mädchen, das jetzt die Gesichtszüge von Anita Kruttke besaß, rief mit deutlichem Spott in der Stimme: Mein Gott, wie dumm du bist, wie ungeschickt. Du kriegst es wohl nicht hin! Da hätte ich ja gleich bei Fritz bleiben können! Der weiß, wie es geht. Und während ich mich quälte, löste sie sich von mir und folgte Fritz, der sie mit dem Zeigefinger zu sich lockte, auf den See hinaus, und mit Schaudern stellte ich fest, dass der Zeigefinger schwarz war und glänzte, stellte fest, dass die Blonde plötzlich völlig nackt war und sich an Fritz drückte, der mit seiner Mettwurst triumphierend in der Luft herumfuhrwerkte – da ertönte aus dem Nichts des Himmels eine strenge Männerstimme: *Die Ehre unserer Frauen so in den Dreck zu treten* – und dann besonders laut: „Pfui Teufel! Eine bodenlose Unverschämtheit ist das, eine Schweinerei ...“!

Ich schreckte auf. Was war das jetzt? *Wer* war das jetzt?

„... und eine abgrundtiefe Gemeinheit, mich vor Erwald Brendel so bloßzustellen. Ich bin enttäuscht. Maßlos enttäuscht.“

Es war gar kein Traum, es war Vater. Ich atmete tief durch. Jetzt wurde die Haustür aufgerissen und Mutters Stimme klagte mehr, als dass sie rief: „Wo willst du denn jetzt noch hin, Vater?“ Doch die Tür fiel kommentarlos ins Schloss, nicht zu stark und nicht zu leise, mit einem Touch gemessener Bedrohlichkeit.

Zehn Minuten später klingelte das Telefon. Aus dem Hörer drang, wie Mutter später erzählte, nur ein Ächzen und Gurgeln, als beende jemand unter Qualen sein Leben.

„Mein Gott...Vater...wo bist du...“ hatte Mutter noch in den Hörer hineingerufen.

Die Antwort war Schweigen.

7

Neue Töne

Ich muss bekennen, ich war betrunken an jenem ersten Abend in Durnholz. Sehr sogar. Als ich mich nach dem Abendessen durch Gewitterstürme und Regengüsse auf den Rückweg zu meiner Pension machte – ich lachte ständig, während ich mich den Abhang hinauf zur Pension kämpfte – kamen mir Sturzbäche von Wasser entgegen, sodass ich total verdreckt oben ankam.

Zum Glück tauchte Maria Oberstaller nicht auf, was allerdings auch nicht weiter tragisch gewesen wäre. Man merkt es mir nämlich nie an, wenn ich betrunken bin. Außer, dass ich dann oft, wie an jenem Abend, grundlos lachen muss. Mit dem Alkohol umzugehen, etwas so Wesentliches hat der Chef uns rechtzeitig beigebracht: Er hat uns erklärt, in welchen Intervallen man vorsorglich zum Kotzen gehen müsse.

An jenem Abend in den Südtiroler Bergen war mein Rausch jedenfalls enorm. Die zurückliegenden Wochen hatten mir gewaltig zugesetzt. Mein Nervenkostüm hing nur noch in Fetzen. Unter solchen Umständen können selbst kleinere Weinmengen große Wirkung zeigen.

Auf meinem Zimmer angekommen, ließ ich mich, verdreckt wie ich war, aufs Bett fallen. Und plötzlich erstarb mein Lachen. Jegliche Kraft schien mich von einer Sekunde auf die andere verlassen zu haben. Ich spürte keinen Mittelpunkt mehr. Es war mir, als bestünde ich nur aus einer reispapierdünnen äußeren Hülle. Dazu begann ich zu frieren. In den kurzen Lichtstößen der Blitze wirkten die gegenüber liegenden Berge wie schlafende Reptilien mit gezackten Rücken, und in meinem halb betäubten Hirn stellte ich mir vor, der nächste Donnerschlag werde sie aufwecken. Da musste ich wieder lachen und riss aus Versehen das Nachtschränkchen um. Sollte es doch herumpoltern. Maria Oberstaller würde es für Donnerschläge halten. Und außerdem war es eh ein hässliches Ding. Ich streckte ihm die Zunge raus.

Was für eine ungeheure Kraft diese Berggewitter aber auch besitzen! Alles wird durch das Echo hundertfach zurückgeworfen. Fast gewalttätig! Wie die Musik der Sechziger. Ja, in ihr wohnte eine unbekannte Art von Kraft, und die Musik schlug ein wie eine Bombe.

Irgendwann damals spielte eine englische Beatgruppe aus Liverpool im Saal des Berghölzchens: The Beethovens. Sie waren als schlagender Beweis für eine neue Zeit in unsere Stadt gekommen. Das erste Livekonzert dieser Art! Schon Tage vorher spürte man die Unruhe. Lief vielleicht schon am Vorabend zum Berghölzchen hinauf, ob schon was zu sehen wäre. Und natürlich musste man hin zum Auftritt. Gar keine Frage. Ärgerlicherweise hatte ich gerade an jenem Abend Stubenarrest. Der Chef hatte gemeint, wer in der Schule nichts leiste, brauche auch keine Beatkonzerte. Punkt. Aus.

Ortlieb dagegen war fein raus. Extra laut hämmerte er in seinen neuen Stiefeletten mit erhöhten Hacken die Treppe herunter, stolz in seine engste Jeans gezwängt. Sie saß nicht schlecht, nur am Rücken stand der Bund 'ne gute Faustbreit ab.

Er ziehe dann los, hatte er gerufen.

Ob er ein Taschentuch einstecken habe, wollte Mutter noch wissen. Falls er mal weinen müsse.

Er gedenke nicht zu weinen, rief er. Im Gegenteil!

Im Vorbeirauschen gab er mir einen Boxhieb in die Rippen. Ich konterte: „Pass auf, dass es dir nicht hinten in die Hose reinpisst."

Woraufhin er mich wie ein Idiot angrinste.

„Wann kommst du zurück?" Mutter zerdrückte Opas Banane in seinem Napf.

Wenn das Konzert zu Ende sei! Dann krachte die Haustür ins Schloss und oben wurde die Arbeitszimmertür aufgerissen: „Welcher Dämelack knallt denn da so die Türen? Warst du das, Dick?"

Nein, das sei natürlich Ortlieb gewesen. Aha, sagte Vater irgendwie beruhigt und zog sich zurück.

Ich schlich mich hinten raus, als der ewige Fernseher lief. Tagesschau. Und dann Stahlnetz. Draußen empfing mich sofort das asthmatische Kläffen und Keuchen von Mackensens Köter. Er hampelte wie ein epileptischer Zotteltroll am Zaun herum, und seine Augen traten weit hervor. Schon flammte Licht auf, und ein teigiges Gesicht schwebte durch die Gardinen aus dem sich öffnenden Fenster: „Komm, Hansilein, mein Süßer! Das wird ein Kaninchen gewesen sein." Hansi verschluckte sich, und es hörte sich an, als müsse er gleich kotzen. Hoffentlich bekommen meine Eltern von dem Theater nichts mit, betete ich. Dann war ich auf der Straße.

Die Sache mit den Beethovens hatte einen Haken: Ich besaß kein Geld. Oder wenigstens so gut wie keins. Zum Eintritt reichte es lange nicht. Aber wenn schon! Auch draußen würde man sicherlich genug hören, zumindest mehr und besser als beim Schlagerderby im Transistorradio.

Es wurde bereits dämmrig, als ich auf dem Berghölzchen ankam. Die Luft vibrierte dort vom Wummern der Bassgitarre und dem Hämmern des Schlagzeugs. Überall huschten Gestalten durch das Zwielicht, als befände sich irgendwo da vorne das Tor zum Elysium. Vor dem Eingang schob sich eine dicke Traube von Jugendlichen hin und her. Alle wollten noch rein.

Ich konnte mir das Gequetsche sparen und stellte mich in eine dunkle Fensternische. Von innen war die Scheibe schwarz verkleidet. Kein Lichtfünkchen drang nach draußen. Aber der Klang schien mir ganz gut zu sein. Drinnen im Saal hängte die Rhythmusgitarre gerade den Schlussakkord von 'Needles und Pins' in die Luft; das Crashbecken zischte wie ein Korb gereizter Schlangen; ein Schreien und Kreischen brauste los (man wusste ja aus den Zeitungen, wie das zu sein hatte) und dann überbrüllte der Sänger der Beethovens dieses Gekreische:

„Help..."

Durch meinen Körper zuckte ein Stromschlag, als hätte ich auf einen elektrischen Weidezaun gepinkelt.

„I need somebody..."

Wahnsinn! Und die Beethovens brachten es mindestens so gut, wie ich's ein paar Tage drauf von der neuen LP der Beatles...

„Help ..."

...bei Dieter Macke hörte. In seinem Musikkeller. Dieter hatte alle Platten als erster.

„...not just anybody"

Überflüssigerweise tauchte jetzt auch noch Dagmar Adamek auf. Ich wandte mich ab und drückte mich tiefer in die dunkle Fensternische. Was wollte die denn hier!

„Help ..."

Meine Lippen bewegten sich wie ferngesteuert mit.

„You know I need someone"

Jetzt war Dagmar Adamek in meiner Nähe stehen geblieben. Auch ihre Lippen bewegten sich mit, als zelebriere sie einen liturgischen Gesang.

„Help ..."

Ringsumher war alles voll wippender Gestalten, und jeder hatte sämtliche verfügbaren Haare in die Stirn und über die Ohren gebürstet.

„Won't you please, please help me? Huu ..."

Ein irres Geschrei setzte drinnen ein, wollte kein Ende nehmen, und wieder spielten die Beethovens einfach rein in die tosende Menge. Ein aggressives Gitarrenriff. Metallern schepperte der Schellenring. Das klang, als würden Sklavenketten zerrissen. Als wolle man zerstören, was einen fesselte. Und dann der Gesang, rotzig und angriffslustig:

„Well, my baby used to stay out all night long, she made me cry, she done me wrong ..."

Alles grunzte mit im Takt und sang oder brummte, stampfte und trampelte, je nach Begabung. Mann, das war eine Musik, als sei ein neues Titanengeschlecht geboren worden, die alte Welt in Stücke zu hauen.

„*...tables turnin' now...*"

An jenem Abend waren in mir die letzten Deiche gebrochen, und wie eine riesige Flutwelle spülte es durch mich hindurch und riss mich mit: Von diesem Tag an würde ich mich nicht mehr herumkommandieren lassen! Nicht zum Frisör, noch zum Autowaschen oder sonst wo hin! Das, so schwor ich mir, war ein für allemal vorbei. Und was meine Haare anbetraf („Oh nee, wie sieht der Bengel nur wieder am Kopf aus; mit dem kann man sich ja nirgendwo zeigen! Ab zum Frisör"): Die würde ich wachsen lassen! Immerhin ging es um meinen Kopf. Konnte ich nicht genauso von Vater verlangen, er solle sich die Haare stehen lassen?

„Die Stones sind besser als die Beatles!"

Fast tonlos kamen diese Worte, aber sie trafen mich wie ein Stich ins Herz! Wer hatte diese Ungeheuerlichkeit da von sich gegeben? Erst jetzt entdeckte ich den Typen. Steckte er schon die ganze Zeit schräg hinter mir in der Nische auf diesem Mauervorsprung? Nur wenn er sich vorbeugte, fiel ein scharfer Lichtstrahl der Außenlampen auf sein hageres Gesicht, in dem eine Brille mit randlosen Gläsern die Herrschaft innehatte; oder, besser gesagt, die Augen herrschten, von der Brille betont, anstatt verborgen zu werden. Bisweilen rutschte eine lange Haarsträhne nach vorne und verdeckte die halbe Brille, ein Modell, wie sie Trotzki hatte; und wie sie später John Lennon trug. Im Takt bewegte sich der Kopf dieses eigenartigen Typen.

„Wieso sind die Stones besser", brachte ich hervor. Schließlich war ich eiserner Beatlesfan.

Ich habe auf eine Antwort gewartet, aber es kam nichts. Ich strengte meine Augen an. Hatte ich den Kerl nicht schon einmal gesehen? Er kam mir bekannt vor. Doch in diesem Halbdunkel ...

Meine Hand hatte, während ich noch überlegte, warum mir das Gesicht bekannt vorkam, aus der Tasche eine Zigarettenschachtel gefischt. Rothändle. Ich hielt ihm das Päckchen hin. Doch er lehnte ab. Paffen sei Schwäche. Zack.

Das war die erste Kostprobe seiner Wirkung, gegen die ich mich immer zu sträuben versuchte. Es lag eine Entschiedenheit in dieser Art, die mich manchmal regelrecht wahnsinnig machen konnte.

„Die Stones sind besser als die Beatles."

Die Stones sollten besser sein als die Beatles? Mit welcher Bestimmtheit er das behauptete! Als wären es schiere Tatsachen. Auch das war typisch für ihn: Er funkte seine Ansichten in die Welt, leise, aber unüberhörbar.

Das Reibrad eines Feuerzeuges ratschte über den Feuerstein, die Flamme knisterte und brutzelte mir entgegen. Ich zog. Wer war dieser Brandstifter, der da im Halbschatten kauerte wie ein Gnom, Rauchen für Schwäche hielt, dennoch ein Feuerzeug besaß, und der die Beatles herabwürdigte? Die Stones sollten besser sein! Na bitte! Wenn er meinte! Mir war's egal. Ich ließ mich doch durch diesen Kerl nicht aus der Ruhe bringen.

Dennoch konnte ich es nicht lassen, ihn zu fragen, wie er zu dieser Meinung gekommen sei, und ich hoffte, dass ihm das Beben in meiner Stimme nicht auffiel.

Er meinte nur, ich müsse ja nicht gleich anfangen zu schreien und die Stones seien einfach härter, kämpferischer, ehrlicher. Ganz klar. Mehr gebe es dazu nicht zu sagen – und ich ärgerte mich, dass mir das Herz in der Halsschlagader pochte. Und dann, Gipfel seiner Arroganz, fügte er wie obenhin an: Die Beatles trügen alberne Trachtenanzüge. Wie bayrische Jodelkapellen.

Jodelkapellen! Richtig wütend konnte einen seine ruhige Stimme machen. Als würde ihn nichts aus der Fassung bringen. War so etwas noch normal?

Er erhob sich dann, kramte kurz herum und ging einfach fort, ohne ein weiteres Wort fallen zu lassen. Nicht einmal einen Gruß hatte er für nötig befunden! Idiot! Ärgerlich und verwirrt ließ ich mich auf dem Sockel nieder, auf dem dieser Kerl mit der Brille gesessen hatte. Mein Hintern signalisierte mir etwas Hartes. Und als ich mit der Hand herumfischte, bekam ich ein Feuerzeug zu fassen. Sein Feuerzeug. So ein blöder Kerl, dachte ich, steckte das Feuerzeug ein und versuchte mich auf die Beethovens zu konzentrieren. Doch es wollte mir nicht mehr gelingen.

Irgendjemand, den ich flüchtig kannte, gab mir einen Schluck aus seiner Flasche Vermouth und begann ohne Pausen auf mich einzureden. Ich brummte ab und zu, was so viel wie *ja* oder *nein* bedeuten konnte, und dachte an den Typen mit der Brille. Darüber hätte ich fast nicht mitbekommen, dass auch Dagmar Adamek mich entdeckt hatte. Als ich sah, dass sie sich näherte, verschwand ich schnell in der Dunkelheit des Berghölzchens und lief nach Hause.

In den Tagen nach dem Konzert fing Ortlieb an, auf einem Banjo herumzuklimpern. Er komponierte einen Song. Und zu jeder Tages- und Nachtzeit 'verfeinerte' er ihn. Er klang verdammt nach Schlager:

My Sweet Honey Baby, sag heute nicht nein,
Oh, Sweet Honey Baby, komm her und sei mein.
Die laue Sommernacht
hat es wahr gemacht,
die Liebesglut entfacht
im Mondenschein....

So eine irre Schnulze hatte er geschrieben. Natürlich kam der Mond im Text vor, denn Ortliebs Hinwendung zu den Gestirnen begann sich in allen Bereichen seines Denkens, Fühlens und Handelns niederzuschlagen, seit er ganze Nächte durch das Fernglas von Markus Luther starrte.

Und er malträtierte stundenlang die Saiten des Banjos, dass es eigentlich eher wie *Der lange Trail nach Buffalo* klang, und dazu hauchte er dieses verquälte *Sweet Honey Baby* wie aus weidwunder Kehle und es war klar: Immer, wenn er dieses Lied keuchte, schwebte irgendein Traummädchen in seiner Vorstellung herum. Er hatte lange nur diese Traummädchen, ehe er später, für so kurze Zeit, ein reales Mädchen aus Fleisch und Blut besaß.

Aber bei mir lief ja auch nicht viel mehr ab! Dabei sah ich besser aus! Und dennoch: Was konnte ich vorweisen? Zu viel mehr als einer Hängelippen-Rosi mit Froschbauchbrüsten hatte es auch bei mir noch nicht gereicht!

An jenem Sommerabend beschloss ich, Schlagzeug zu spielen. Und dann würde ich eine Band gründen! Wie die Beethovens! Und keine Schnulzencombo mit *Traumboot der Liebe* und glutroten Sonnenuntergängen, die ständig in himmelblauen Mädchenaugen schimmern!

8

Thomas Brendel

Der Tag, an dem Thomas Brendel mein Freund wurde, begann unspektakulär.

Gerade war ich als Sitzenbleiber in die neue Klasse gekommen und hatte mich unter gaffenden Blicken hingesetzt, da trat der Typ vom Beethovenskonzert ein; der mit der Trotzkibrille und der aufmüpfigen Haarsträhne. Und plötzlich wusste ich, warum er mir bekannt vorgekommen war. Zwei Tage vor den Ferien hatte ich ihn gesehen. Oder genauer gesagt, ich hatte seine absurde Brille gesehen, über die eine Haarsträhne wie ein defekter Theatervorhang niederbaumelte. Auf dem Flur zum Sekretariat war es. Oberstudiendirektor Dr. Pohlmann hatte mich zu sich einbestellt. Weil ich nicht zum Frisör gegangen war.

Am Tag zuvor hatte er mich auf dem Schulflur angehalten und gesagt, meine Haarlänge entspreche nicht der Vorstellung dieses Gymnasiums. „Morgen stellst du dich hier bei mir mit einem vernünftigen Haarschnitt vor“, meinte er, „und wenn's am Geld liegen sollte“, das wolle er mir wohl vorstrecken.

Und nun hatte ich meine ein wenig gestutzten Haare vorgeführt. Gerade war ich dann auf den fensterlosen Korridor der Verwaltung getreten, da hatte Thomas Brendel das Sekretariat betreten.

Der einzig freie Platz in der Klasse befand sich an meinem Tisch. Also steuerte der Typ vom Beethovens-Konzert auf diesen Platz zu, hockte sich auf den Stuhl, kippelte, und seine Haarsträhne fiel wie eine Schnebbe vor seine Brille: eine rudimentäre Beatlesmähne.

„Die Stones sind besser“, flüsterte er.

Er hatte mich also erkannt. Und obwohl ich natürlich seine Aussage in die Hölle wünschte, jubilierte etwas in mir. Ich sagte klopfenden Herzens: „Ich habe das Feuerzeug gefunden.“ Auch wenn ich nicht wusste, ob er es absichtlich für mich hatte liegen lassen, drängte es mich, ihm das mitzuteilen.

Bis zu diesem Zeitpunkt wusste ich nicht einmal, wie er hieß.

„Na und?“, sagte er nur; dann begann die erste Stunde.

Dr. Demke war ein verträglicher Mensch: Er trug unter seinem Jackett einen Rollkragenpullover. Damals fast schon unerhört! Alle anderen Lehrer trugen Schlips und Kragen.

Dr. Demke verkündete: „Ich begrüße euch zum Schuljahresbeginn und hoffe, dass alles gesund und gut erholt ist. Besonders heiße ich zwei neue Klassenkameraden willkommen." Und während er weitersprach, kam er auf unsere Bank zu, streckte mir die Hand hin, nannte meinen Namen und begrüßte dann meinen Banknachbarn und sagte: „Vom Josephinum ist Thomas Brendel zu uns an die Schule gewechselt! Ich hoffe, wir werden gut miteinander auskommen, Thomas."

Als ich diesen Namen hörte, fühlte ich mich wie eine Gans, die genudelt wird; ein dicker, imaginärer Kloß verstopfte meinen Hals. War der Bursche am Ende ein Sohn von Vaters liebem Erwald Brendel?

„Thomas möchte bei uns die Obertertia wiederholen", lächelte Dr. Demke.

„Soll", warf Thomas Brendel in seinem bescheidenen Tonfall ein, leise und unüberhörbar.

„Wie bitte?", fragte Dr. Demke, noch immer lächelnd.

„Ich soll die Klasse wiederholen. Mein Vater will es so."

„Du denn nicht?"

Thomas zuckte gleichgültig mit den Achseln. Und wie er sich hinsetzte und aus dem Fenster guckte und nicht antwortete, bekam ich aus wer weiß was für einem Grund ein schlechtes Gewissen. An seiner Stelle. Denn Dr. Demke wirkte jetzt etwas irritiert. Dabei war er eigentlich in Ordnung, und ich hatte mich insgeheim gefreut, zu ihm in die Klasse gekommen zu sein.

Thomas war das alles anscheinend völlig schnuppe. Seine Gefühle brannten wohl nur auf Sparflamme.

Nach der Stunde stand er auf und ging hinaus, ohne sich auch nur umzuschauen. Eigentlich hatte ich gehofft, wir würden zusammen in die Pause gehen und ich könnte etwas mehr über ihn herausbringen, denn er hatte ganz entschieden meine Neugier geweckt. Diese Brendels waren offenbar immer anders, als man erwartete. Irgendwie nicht greifbar. Wie dieser Thomas Brendel gerade unter Beweis stellte. Er wartete nicht. Auf nichts und niemanden. Wenn man was von ihm wollte, wenn man *ihn* wollte, musste man schon auf ihn zugehen, ihm hinterherrennen, sein Tempo aufnehmen, ihn festhalten, Fallstricke spannen oder sonst etwas anstellen. Und ich merkte, dass die Klasse tief beeindruckt war von ihm (wie alle Menschen tief beeindruckt sind von Menschen, die sich nicht beeindrucken lassen). Er schien keine Verbündeten zu brauchen. Mich schon gar nicht.

Vielleicht hat er irgendwann einmal für kurze Zeit gehofft, ich würde ihn verstehen. Vielleicht hat er sich deshalb später umso radikaler auf einen anderen Weg begeben, auf einen Weg, der sich direkt von meinem fortbewegte. Er scheute sich nicht vor radikalen Entscheidungen.

„Der scheint mir ganz schön Schiss vor anderen Menschen zu haben", klugscheißte einer hinter Thomas her, gerade laut genug, damit er es auch ja verstehe. Und er grinste dabei und zeigte seine schiefen Zähne, deren Gelbton perfekt mit seinen urinfarbenen Fetthaaren harmonierte. Es war Herbert Pahlke, und seine blöde Bemerkung, aber vor allem seine namenlose Hässlichkeit reizte meine Wut und ich zischte: „Halt bloß die Klappe, du hässlicher Bock, du hast ja überhaupt keine Ahnung."

Aber anstatt wütend zu werden, öffnete er seinen unappetitlichen Mund noch weiter, sodass jetzt auch sein holpriges Zahnfleisch frei lag, und ich musste mich sehr zurückhalten, um ihn nicht durch ein paar gezielte Schläge von seinen Zahnkarikaturen zu befreien.

Ich weiß nicht wie dieses Phänomen zu erklären ist, aber ganz bestimmte Situationen machen mich recht aggressiv, auch wenn ich sonst die Ruhe selbst bin. Wie aus heiterem Himmel bricht es über mich herein, als sei Luzifer direkt in meinen Körper gefahren. Doch weil mein ästhetisches Empfinden mich daran hinderte, Herbert Pahlkes Haut, und sei es auch nur durch einen Fausthieb, zu berühren, zog ich nur einmal kurz und kräftig an seinem Schlips, im Übrigen ein lächerliches Ding! Braune und orange Rauten, umrandet von spinatfarbenen Streifen! Da musste man einfach zugreifen. Ich habe wohl etwas zu fest gezogen, denn Herbert bekam ein rötliches Gesicht, hechelte durch seine wie hingeworfen wirkenden Zähne, dass mir sein Atem entgegenpfiff wie die Luft eines durchstochenen Reifens.

Ich ließ ihn los und wandte mich ab. Thomas stand in der Tür und verzog keine Miene. Hatte er dort schon die ganze Zeit gestanden? Hatte er mitbekommen, weshalb ich mich mit dem hässlichen

Herbert angelegt hatte? Innerlich zitterte ich und bebte, und damit es keiner merkte, steuerte ich den Flur an, um mich draußen zu beruhigen.

„Das war grad eine völlig überflüssige Aktion“, ließ Thomas Brendel fallen, als ich mich neben ihm durch die Tür drückte, und es sei immer falsch, handgreiflich zu werden. Außerdem sei der Typ ja wohl offenbar 'ne arme Sau.

Das sei ein Arschloch, stieß ich nur hervor, während Ärger und Enttäuschung meine Bauchdecke beben ließen.

„Ein armer Willi ist das. Siehst du nicht, wie er unter seinem Aussehen leidet? War nur darauf bedacht, seine Rolle in der Klasse zu behalten, gegen Eindringlinge zu verteidigen. Er hat einfach nur Angst vor uns.“

Ich verspürte ein rasendes Buppern in meiner Narbe, als ich Thomas Brendel so schlau daherreden hörte. Immerhin hatte ich ihn verteidigt, und nun fiel er mir geradezu in den Rücken. Doch irgendwo in einer anonymen Ecke meines Inneren stimmte ich ihm widerwillig zu. Ja, im Nachhinein muss ich eingestehen, dass ich die Ruhe und Urteilskraft dieses unscheinbaren Jungen bewunderte, der einen schmalen Kopf mit Brille kleiner war als ich.

Die Kugelgestalt von Kalte Wade humpelte auf dem Korridor heran. Er stand kurz vor der Pensionierung.

„Komm, lass uns hineingehen“, forderte ich Thomas auf.

Kalte Wade war ein Spitzname, zugegebenermaßen ein ziemlich fieser Spitzname, aber wir machten uns wenig Gedanken darum. Als ich ins Gymnasium eintrat, gehörte der Name schon zum zynischen Inventar dieser humanistischen Bildungsanstalt für Knaben. Herr Goldenstedt, wie er richtig hieß, hatte während des zweiten Weltkrieges ein Bein verloren, und die Holzprothese, die ihm zu einem aufrechten Gang verhalf, war sicherlich nicht das neueste Modell. Sie knarrte bei jeder Bewegung wie die Plumpsklotür von Opa Astenbecks Rückzugsort der frühen Jahre. Oft haben wir uns gefragt, warum Kalte Wade sich bei seinem guten Gehalt nicht eine moderne Prothese zulegte, eine, die im Kniegelenk beweglicher war und die vor allem nicht diese befremdlichen Geräusche herausstöhnte. (Als habe er absichtlich das alte Ding behalten, um die Umwelt durch das Knarren ständig mit seinem Schicksal zu konfrontieren und ihr ein Stückchen seines Leidens aufzuerlegen. Auch in dieser Hinsicht irrte ich mich gewaltig.)

In der Tat schien das Holzbein nicht gerade besonders beweglich zu sein, denn Kalte Wade benutzte zusätzlich einen Krückstock. Wenn er in die Klasse humpelte, herrschte gespannte Stille. Denn jetzt kam der große Augenblick: Kalte Wade warf den Krückstock quer durch die Klasse vom Pult aus in den Papierkorb, den er wie einen Schirmständer gebrauchte: Für ihn waren sämtliche Papierkörbe der Schule Krückenständer. Er traf beileibe nicht immer, doch wenn er traf, konnte es durchaus passieren, dass der Papierkorb mitsamt Krücke durch den Raum schoss wie ein Komet.

An diesem Tag traf er gut. Einige klatschten Beifall. Herrn Goldenstedt schien das weder zu stören noch zu gefallen: Er verzog keine Miene, sondern ließ sich in seinen Schreibtischstuhl fallen.

Kalte Wade erteilte Religion. Doch noch ehe der Unterricht begann, meldete sich Thomas Brendel.

„Ja bitte?" Oberstudienrat Goldenstedt faltete die Hände und ließ die Daumen aufeinander tanzen. Sein volles Gesicht schien wie aufgeblasen. Erwartungsvoll blinkten seine wimpernlosen Augen herüber: „Was gibt es?"

Er wolle nur mitteilen, sagte Thomas, dass er vor kurzem aus der Kirche ausgetreten sei.

Schlagartig war es leise geworden in der Klasse; bis auf ein ungläubiges Atemgesäusel von Herbert. Und ein kurzes Knarren stahl sich unter dem Lehrerpult hervor.

„Aber, wenn Sie gestatten, möchte ich als Gast am Unterricht teilnehmen. Vorläufig jedenfalls."

„Wie heißt du?" Kalte Wade blieb ganz ruhig.

„Thomas Brendel."

„Gut, Thomas. Würdest du uns auch erklären, was dich zum Kirchenaustritt bewogen hat?"

Was sollte ihn schon zum Kirchenaustritt bewogen haben? war in den Gesichtern sämtlicher Schüler zu lesen. Natürlich die Möglichkeit, den Religionsunterricht bei Bedarf ausfallen zu lassen. Dennoch funkelten alle Augen der erwarteten Antwort gierig entgegen.

„Die Kirchen haben die Idee des Christentums zugrunde gerichtet. Wer Christ sein will, der sollte sich von der Institution Kirche freimachen. Voltaire hat einmal gesagt: Die Götter sind gut, die Priester sind grausam.“

Das war schiere Provokation. Mit einem Ruck flog seine Theatervorhangsträhne aus dem Gesicht. Die runden Brillengläsern reflektierten das Sonnenlicht wie Blitzlichter. Eine Prothese knarrte ratlos. Oberstudienrat Goldenstedt schien mit dem Beinstummel unter dem Pult regelrecht herumzurudern, ohne an Land zu kommen. Und nicht nur Pahlkes Atem hechelte, als stünde die Geburt des Unfassbaren kurz bevor. Ich behielt Kalte Wade im Auge. Wie würde er darauf reagieren?

„Und ich sage dir, die Stones sind besser“, flüsterte jemand neben mir leise aber bestimmt. Mir fielen vor Schreck nicht mal die Beatles ein.

„Ich glaube nicht“, ertönte weit weg die Stimme von Kalte Wade, „dass man mit Schlagworten und Sprüchen der Kirche die Berechtigung und Notwendigkeit gerade, ich sage: gerade! in unserer modernen Zeit absprechen kann. Hier ist Voltaire am falschen Platz.“

Und es ging noch 'ne ganze Weile hin und her. Von Bismarck und 'gottgewollter Ordnung' war die Rede, und dass die feisten Priester solche Dinge an Sonntagen von den Kanzeln gerufen hätten, ehe sie in den Häusern der Reichen eingekehrt seien, wo sie an weißgedeckten Tafeln den Kampf mit fetten, gefüllten Entenbraten aufgenommen hätten; und wer gegen diese Ordnung sei, der sei gegen Gott. Und der werde niemals erlöst und des himmlischen Heils teilhaftig werden. Und die armseligen Proletarier und Landarbeiter hätten diesen Quatsch geglaubt! Und im III. Reich seien die Kirchen auch zu Kreuze gekrochen, und noch mehr in dieser Art.

Eine sekundenlange Ewigkeit hörte man nur das erregte Atmen. Oberstudienrat Goldenstedt war ein Wunder an Selbstbeherrschung. Seine Kiefer kauten auf etwas Imaginärem herum, phrasiert von dem Rhythmus, den die Lederteile des Beinstummels aus dem Pultkasten sendeten. Schon brachte er ein sanftes Lächeln fertig: „Aber das sind doch verstaubte Geschichten, Thomas Brendel. Davon ist doch heute nichts mehr relevant.“

Siegfried Backhaus (ein Name, den man sich nicht eigens merken muss) wollte wissen, was relevant eigentlich genau bedeute.

Kalte Wade schien ihn für einen halben Moment mit seinem Blick zu durchbohren. Glaubte er etwa, dieser Dussel von Backhaus wolle ihn mit seiner Frage foppen? Dazu war der allemal zu dämlich.

Man könne es mit 'bedeutsam' übersetzen, sagte Goldenstedt dann. Die Dinge, die Thomas Brendel uns erzähle, seien für uns und unsere Zeit nicht mehr bedeutsam. Er legte die Handflächen ineinander und rieb sie, als wolle er sich die Hände waschen. Und nun sei es gut, und er wolle jetzt mit dem Lehrstoff beginnen.

In der großen Pause wurde Thomas Brendel zum Direktor gerufen.

„Was hat er von dir gewollt", fragte ich ihn nach der Schule.

„Die sind hier ja beinahe noch schlimmer drauf als auf dem Josephinum", meinte er, und die Haarsträhne baumelte vor seiner Brille hin und her, „dieser Oberstudiendirektor... wie heißt er noch gleich?"

„Pohlmann."

„Also, dieser rotgesichtige, scharfrasierte Pohlmann hat mich verdonnert, ich solle mein Konto nicht gleich zu Anfang überziehen, und wie ich dazu komme, Oberstudienrat Goldenstedt in aller Öffentlichkeit zu provozieren? Der habe im Zeichen des Glaubens Schreckliches erdulden müssen. Bekennender Christ. Sei mir das ein Begriff? Und man solle ruhig auf ihn hören! Experto credite! Ob ich wisse, was das heiße? Und dann hat er mir aufgetragen, vor der Klasse Oberstudienrat Goldenstedt um Verzeihung zu bitten! Wegen meines unwürdigen Verhaltens. Und bis auf Weiteres solle ich besser nicht am Religionsunterricht teilnehmen."

„Und", fragte ich ihn, „was willst du nun machen?"

„Ach, Scheiße!" Mehr hat er nicht geantwortet.

Wir gingen die Klosterstraße hinunter, an der Natursteinmauer des Predigerseminars entlang, und nur eine kleine, wehrhafte Eisenpforte gab den Blick frei auf Seminargebäude und die dahinter lauernde Michaeliskirche, geduckt wie eine Sphinx.

„Es ist mir ein Rätsel, warum die Menschen im Zeitalter der Technik immer noch so wild auf diesen Glaubenszauber sind", meinte Thomas. „Die Ära der bemannten Raumfahrt ist angebrochen und die Menschheit scheint fürchterliche Angst zu haben, dass das Auftauchen des Menschen am Himmel die Götter vertreiben könnte. Wir leben doch nicht mehr in der Steinzeit mit ihrem Hokuspokus."

Ich gebe zu, es beeindruckte mich damals sehr, was er sagte. Vor allem aber, wie er es sagte. Ich zog meine Rothändle aus der Tasche und steckte mir eine zwischen die Lippen. Er lehnte ab. Sein altes Sturmfeuerzeug atmete Schwaden von Benzingestank aus. Es knisterte und spuckte beim Brennen, als wär's feuchtes Stroh. Ich zog den Rauch tief ein und etwas Ruhe kehrte in mich zurück.

An jenem Tag kam ich zu spät nach Hause. Eisiges Schweigen empfing mich. Natürlich war ich wieder einmal angeeckt.

„Gleich am ersten Tag zu spät!" Vater tippte mit dem Zeigefinger mehrmals auf die Uhr. Und das Essen sei so gut wie vorbei. Wo ich denn jetzt erst herkäme? Und: Könne ich denn nicht wenigstens am ersten Schultag pünktlich zu den Mahlzeiten erscheinen?

„Wer nicht kommt zur rechten Zeit...", Ortlieb lächelte breit und zeigte auf die Schüssel, in der gerade noch eine Frikadelle lag, steckte dann einen Finger in den Mund, zog ihn speichelnass wieder heraus und berührte damit den Klops, „...der muss seh'n was übrig bleibt!"

Er benahm sich mit seinen 17 Jahren manchmal wie ein kleines Kind.

„Ich habe mich noch mit Thomas Brendel unterhalten", sagte ich, obwohl ich es hatte für mich behalten wollen. Ich ärgerte mich, schaute in die Runde und wunderte mich darüber, welche Wirkung dieser Name ausübte: Mutter kaute lauwarme Luft, während Vaters Augen ungläubig glitzerten. Sein Mund indes war versteinert, und Ortlieb riss die Augen auf, als begreife er nichts. Selbst Opa Astenbecks ständiges Gebrummel nebenan erstarb.

„Ich mache schnell noch etwas warm", erwachte Mutter endlich aus ihrer Starre und glitt vom Stuhl. Vater öffnete den Knoten der Serviette im Nacken auf, als löse er eine Würgefessel, legte das Tuch zusammen, die Kanten plattstreichend, und sagte: „Ach, du bist jetzt mit Thomas Brendel befreundet?"

Ich antwortete nicht, setzte mich hin und wartete auf das Essen. Vater hatte die Serviette sorgfältig aufgerollt und in den Ring gesteckt. Nun ergriff er meine Hand.

Es war das erste Mal, dass er mich auf diese Art und Weise berührte und es hat mich erschreckt. Seine Hand fühlte sich trocken und warm an und die Berührung war mir unangenehm.

„Ich wusste gar nicht", sagte er, „dass Thomas Brendel aufs Andreanum geht." Seine Hand umschloss noch immer meine angespannte Faust.

„So, und nun iss erst einmal, mein Junge", sprach er weiter, denn Mutter hatte inzwischen einen gefüllten Teller vor mich hingestellt.

Alle waren sie wie verwandelt. Ich kam mir vor wie in einer Filmszene. Selbst Vater fragte eigenartig freundlich, ob ich Thomas Brendel nicht einmal mit nach Hause bringen möge? Und Mutter wollte wissen, warum denn keiner den letzten Fleischkloß esse. Dick nimm du ihn, damit schönes Wetter wird...

„Nein danke!" Ich hatte keinen Hunger.

„Na gut, dann gib ihn mir", opferte sich Vater. Er hatte seine Hand von meiner genommen und meinte, wenn wir ihn nicht hätten, müssten wir uns ein Schwein halten.

Ortlieb grinste. Vater verstand es falsch und lächelte zurück.

Am nächsten Tag gingen Thomas und ich in die Stadt, um uns Schlagzeuge anzuschauen. Ich hatte ihm erzählt, dass ich trommeln wolle.

„Warum denn ausgerechnet Schlagzeug?", fragte er mich. Ich überlegte. Warum hatte ich mir das Trommeln ausgesucht?

„Einfach aus einem Gefühl heraus", meinte ich und merkte, wie wenig überzeugend es klang.

„Trommler", entgegnete Thomas, „Wollen Trommler nicht ihre unterdrückten Gefühle und aufgestauten Aggressionen in die Felle prügeln?"

Ich registrierte, wie Ärger in mir hochkroch. Was wollte er mir da unterjubeln? Ich sei gehemmt? Unterdrückte Gefühle? Innerlich begann ich zu kochen. Weshalb musste er so überheblich sein? Und so rief ich, das sei ja wohl Quatsch, „ich glaube einfach, Trommeln liegt mir am ehesten." Aus den Augenwinkeln heraus beobachtete ich ihn. Ein haarfeines Lächeln zog sich um seinen Mund. Ich war doch wohl nicht auf eine Provokation hereingefallen?

Bei ihm konnte man sich nie sicher sein. Das sollte ich noch zur Genüge erfahren. Ich zündete mir eine Zigarette an, stieß ärgerlich den Rauch durch die Nasenlöcher. Eigentlich hatte ich schon keine Lust mehr Schlagzeug zu spielen! Und rauchen wollte ich auch nicht mehr. Ich warf die Kippe fort, stopfte die Hände in die Hosentaschen und brütete vor mich hin, während wir wortlos weiterliefen.

Warum ich jetzt beleidigt sei?

„Ich bin nicht beleidigt."

„Und warum willst du mich dann dadurch strafen, dass du nicht mehr mit mir redest?"

„Wieso sollte ich dich bestrafen wollen?" Das sei doch ausgewalzte Kacke, was er da sage!

Ich sei verschroben, stellte Thomas Brendel lapidar fest, ein Täuscher. Und überhaupt: Die Stones seien wirklich besser.

Scheißer, dachte ich und hätte ihm am liebsten seine aberwitzige Haarlocke, die so provokant schaukelte, abgekappt.

Musik Immermüller war eher ein kleiner Laden, in dem man Geigen, Flöten, Wandergitarren und Mundharmonikas kaufen konnte. Sicherlich, es hatten sich auch ein paar Banjos und Saxophone dorthin verirrt, halb versteckt zwischen einer Übermacht von Noten, Notenständern und Flötenputzern, Kolophonium und Saiten. Doch ganz hinten im Laden hingen schon die ersten E-Gitarren neben dem einzigen Schlagzeug. Trixon stand vorn auf der Fußtrommel.

Beim Öffnen der Ladentür löste sich aus dem Hinterraum die hagere Gestalt des Besitzers. Er mochte an die Fünfzig sein und besaß die Ausstrahlung eines magenkranken Buchhalters. Sein Blick forschte nach unseren Wünschen. Ob ich mir das Schlagzeug ansehen dürfe, fragte ich, während Thomas einfach quer durch den Laden ging und das Schlagzeug taxierte. Ein Becken zischte auf. Die Miene des Ladenbesitzers versteinerte. Er drehte sich auf den Hacken seiner blitzblanken Schuhe um, hob wie ein Pastor beim Segen die Hände und ächzte: „Bitte nichts anfassen!"

„Wieso das denn nicht", fragte Thomas Brendel und ließ seine Finger auf den Schlagfellen der Hängetoms eine Botschaft in die Welt trommeln. Totom totom klang es herausfordernd.

„Glauben Sie“, trommelte er weiter, „wir kaufen ein Schlagzeug, wenn wir es nicht einmal ausprobieren können?“

Man sah es Immermüllers tanzendem Adamsapfel an, wie sehr er schluckte. So respektlos hatte wohl noch kein Jugendlicher mit ihm gesprochen.

„Haben Sie etwa“, fragte Thomas lächelnd, „nur diese eine Schießbude?“

Auch ich musste nun grinsen, und durch Thomas' unverfrorene Art bekam ich Aufwind und trat näher. Es waren herrliche, perlmuttartige, dunkelblaue Trommeln in einem Wald von Chromständern, und an der Snare hing der Preis: 750,00 DM (ohne Becken und Hocker). Mein gesammelter Optimismus war wie fortgeblasen. Wo sollte ich jemals so viel Geld hernehmen? 750,00 Mark! Von der Konfirmation hatte ich gerade noch 150,00 DM auf dem Sparkonto. Taschengeld bekam ich zehn Mark im Monat. Da musste ich ja fünf Jahre sparen! Aus der Traum. Die Karriere als Drummer war zu Ende, ehe sie begonnen hatte. Ich war ziemlich deprimiert. Thomas musste es mir angesehen haben.

Er flüsterte mir ins Ohr: „Nicht aufgeben! Du musst Schlagzeug spielen lernen. Du musst anfangen. Gleich heute.“ Mit diesen Worten drückte er mir Schlagzeugstöcke in die Hand, eingepackt in Cellophan, als müsse man sie vor Staub und Beschädigungen schützen wie eine Reliquie. Fünf Mark, stand auf dem Etikett, und 'Hickory H5 ' auf den Sticks. „Hast du das Geld?“

Er schaute mich fragend an.

„Wie? Ja, ich glaube schon.“ Ich angelte die Münzen aus der Tasche.

Thomas hatte recht. Wenn man etwas will, muss man anfangen damit. Egal wie. Und wenn es nur die Schlagzeugstöcke sind, der Rest käme schon irgendwie hinterher. Nur anfangen musste ich.

Und ich habe angefangen. Zumindest das.

9

Veränderungen

Mit Mühe öffnete ich die Augen und merkte erst nach ein paar Sekunden, dass ich mich in der Pension befand. Die Trockenheit meines Halses wollte mich ersticken. Und kalt war es geworden. Dennoch schwitzte ich. Meine Füße befreiten sich aus dem zerwühlten Bettzeug und ich tastete mich zum Waschbecken. Das Wasserglas schepperte zu Boden und zerbarst. Ich hatte meine Arme nicht richtig unter Kontrolle. Es war wohl doch zu viel Wein gewesen drüben in dem Gasthaus.

Endlich bekam ich den Wasserhahn zu fassen und versuchte, meinen Kopf unter den Strahl zu biegen, aber der Platz reichte nicht aus. Und der Rücken schmerzte! Als hätte mir jemand einen steifen Draht durchgezogen. Wie ein Tier soff ich mit Hilfe der Zunge Wasser. Die Fliege brummte im Dunkeln ihre ziellosen Bahnen.

Ich tastete mich wieder zurück zum Bett und wühlte mich tief ein. Immer weiter brummte diese Fliege herum, doch es störte mich nicht einmal. Alles schien mir gleichgültig geworden zu sein. Was sollte dieses Leben überhaupt? Es hatte keinen Sinn. Man kämpfte und quälte sich, um am Ende festzustellen, dass man doch nur immer allein war.

Eine Stimmung hatte sich meiner bemächtigt, als habe alles seinen Wert verloren, egal ob Freundschaft oder Liebe. Nichts hatte Bestand. Alles Illusion. Diese zwei oder drei Male, wo ich meinte, jetzt hast du ein Mädchen gefunden: auch die waren nur Täuschung und Enttäuschung gewesen. Mir fielen ja nicht einmal mehr die Namen der Mädchen ein! Damals im Urlaub zum Beispiel. Mein Gott, wie hieß sie denn noch?

Mit einiger Mühe rekapitulierte ich, dass es in jenem Jahr war, in dem pünktlich zu meinem 15. Geburtstag, im März, der Vietnamkrieg vom chinesischen Grenzzaun gebrochen wurde; der 'Rollende Donner' begann zu rollen, während ich in mein neues Lebensjahr hineinschlief. Und Mutter spielte morgens, als sei nichts geschehen, auf dem Klavier, begleitete die anderen, die ihr Geburtstagsständchen sangen. Sogar Opa Astenbeck hatte vom Ausbruch des Vietnamkriegs nichts gespürt, denn er dirigierte lachend in seinem weinroten Morgenmantel und brummte auf einem Ton herum. Die letzte Strophe verklang, und ich durfte den Geburtstagstisch inspizieren. Im Widerschein vieler Kerzen, von

Lebensbaumzweigen umrankt, waren die Präsente drapiert worden: Socken, ein Schlafanzug, ein Buch über Kunst, Schokolade und ein Stockschirm, der wie eine schlafende Fledermaus an der Kredenz hing. „Damit du nicht eines Tages im Regen stehst", ulkte Vater. Und ich dachte: Was soll ich mit einem Regenschirm?

Und während in Vietnam der Tot zu tanzen begann, besuchte ich die Tanzstunde.

Zu meinem Leidwesen nahm auch Dagmar Adamek an dem Kurs teil. Erwartungsvoll hockte sie auf der langen Bank, und neben ihr ein hübsches Mädchen namens Marita Hegemann. An sie heranzukommen war wohl das Ansinnen nahezu aller Herren, denn sämtliche Tänzer drängten stets in ihre Richtung, wenn die Tanzlehrerin das Kommando zum Auffordern gab.

Natürlich erzählte ich Ortlieb von Marita, wobei ich der Geschichte, die ja gar keine war, ein wenig mehr Glanz verlieh, sodass er annehmen musste, da habe sich einiges zwischen uns abgespielt.

Die umwerfende Veränderung des Jahres betraf allerdings die Sommerferien. Vater kam auf die Idee, eine Urlaubsreise an die Küste Belgiens zu unternehmen, wo er als Oberleutnant im Krieg mit seiner Kompanie gelegen habe.

Das teilte er uns eines Tages mit, 20 Jahre nach dem Kriegsende. Und er beugte sich, als plane er generalstabsmäßig eine Offensive, über ein altes Messtischblatt, das völlig zerschlissen war, ein ziemlicher Fetzen, trotz des Leinengewebes auf der Rückseite. Wehrmachtsbestand. Mit einem Kartenrad fuhr er die Strecke ab, eruierte die Entfernungen und legte die Marschroute fest. Ortlieb reckte neben mir den Hals. Wir wussten gerade, dass dieses Belgien im Westen lag, hatten aber sonst kaum eine Vorstellung von diesem Land. Doch nun hörten wir, dass der Chef in Belgien Offizier gewesen war!

Bislang war Vater in unserer Vorstellung nur irgendwo im Krieg gewesen, in irgendeiner fremden Zeit an unvorstellbarem Ort, eben im Krieg. Und nun schöpfte Vater möglicherweise den Mut, seine verlorene Jugend zu suchen, zu sehen, wo sie ihm entwendet worden sei. Und was wir alle damals nicht wussten: Es blieb ihm nicht mehr viel Zeit, nachzusehen. Aber ich bezweifle, dass er in Belgien das gefunden hat, wonach er suchte. Er hat seine Jugend ganz woanders verloren. Davon bin ich heute überzeugt.

In Westende, so hieß der Ort an der Küste, gab es viele Behinderte. Sie wurden in Rollstühlen herumgeschoben, und niemand zeigte Hemmungen, sich zu ihnen zu bekennen, wie sie da in den Rollstühlen herumzappelten, groteske Fratzen schnitten und für uns sinnlose Laute von sich gaben.

Ortlieb stieß mich an, von einem gepressten Lachen begleitet, als wir so einen armen Kerl auf der Strandpromenade in einem Rollstuhl entdeckten, der verrückt vor sich hin kicherte und dabei gleich einem Tambourmajor mit den Armen wedelte. Und da wir damals wie fanatisch auf Spitznamen waren, nannten wir den behinderten Jungen Kasper Lachepeter. Wir katalogisierten alle bemerkenswerten Behinderten und gaben den ungewöhnlichsten einen treffenden Namen.

Opa Astenbeck fiel kaum auf an diesem Ort, an dem er in seinem Sonnenhütchen, das Mutter auf seinen nahezu kahlen Schädel gestülpt hatte, beinahe normal wirkte.

Vater hatte ein Appartement im Hotel Trianon gemietet, direkt an der Strandpromenade, die in jenem Abschnitt Koning Ridderdijk heißt. Es war ein Gebäude vergangener Pracht, so, wie man sich die Hotels vor den Weltkriegen vorstellt. Doch mittlerweile begann an allen Ecken der Putz zu bröckeln, und die Farbe wie von Eierschalen blätterte ab. Wenn man aber von weitem schaute, wenn noch dazu die Abendsonne ihr rosa Licht über die Fassade promenieren ließ, erstand etwas wieder von dem Charme, der im Namen dieses Hotels früher einmal mitgeschwungen haben muss.

Inzwischen hatte man aus den großzügigen Suiten des Trianons wirtschaftliche Appartements geschnitten. Im Erdgeschoss jedoch gab es noch immer einen prachtvollen Ballsaal. Der habe seine Stellung all die Jahre gehalten, begeisterte sich Vater. So etwas gebe es heute ja kaum noch. Dort in der Ecke bei den Sprossenfenstern: die Bar! Wenn er sich recht entsinne, habe er genau da einmal gestanden. Und das Podest für die Musikkapelle! Und: Das Parkett. Da habe man manch´ flotte Sohle riskiert! Dort ließe sich garantiert immer noch herrlich tanzen!

Und während Mutter die Koffer auspackte, unternahmen Vater, Ortlieb und ich einen ersten Erkundungsgang. Vater steuerte mit uns zielstrebig gegen die untergehende Sonne, die ein leichtes Glitzern über das Meer ausgegossen hatte. Lange sagte er keinen Ton. Er schaute in die Ferne, in die er ohnehin gerne und lange sah, und erst nach einigen Minuten unterbrach er unsere Wortlosigkeit.

„Dort hinten“, Vater zeigte nach Westen, wo die Promenade einfach vor einer Düne abbrach, „dort haben sich einmal die Bunker der Einheit eures Vaters befunden.“

Stumm schritt er weiter. Ein kühler Wind wehte vom Meer herein. Es war Flut. Rechter Hand reihten sich unter uns die weißen Strandkabinen. Wie kleine Gartenhäuschen duckten sie sich in den Sand am Fuße der geklinkerten Schräge, die von der Promenade zum Strand abfiel. Ein kleiner schwarzer Hund jagte in der Brandung herum und versuchte, die Gischt zu zerbeißen. Und dann sagte Vater wie zu sich selbst: Es müsse ja mit dem Teufel zugehen, wenn nicht noch etwas übriggeblieben sei. Was übriggeblieben sein solle, fragte ich mich, aber ich blieb stumm.

Von Meter zu Meter erfasste ihn eine stärkere Unruhe, und während er uns in kurzen Sätzen von seinem Burschen Fritze Fricke erzählte (`Jawoll, Herr Oberleutnant!´), von Pferden und Reitställen, erreichten wir die Dünen, diese sich ewig wandelnde Welt. Die scharfe Brise schlug uns geradewegs ins Gesicht. Wortlos stapften wir durch den Sand, durch Gräser und Disteln. Und dann blieb Vater unvermittelt stehen. Allem Anschein nach hatte der heftige Westwind ihm Tränen in die Augen getrieben. Irgendwo kläffte der schwarze Hund, und nach einem Moment der Stille kam es von Vaters fast unbewegten Lippen: „Da ist er!“

Wir folgten Vaters Blick, den er wie gebannt auf eine große Düne richtete. Vergebens mühte er sich ab, eine Zigarette anzuzünden. Es wollte nicht gelingen. Er gab es auf und lief weiter, ohne sich um uns zu kümmern. Ortlieb und ich schauten uns an. Benahm sich Vater nicht seltsam? Allein, dass er bereits die Düne erstürmt hatte, als wir endlich losliefen, um ihn einzuholen. Ganz oben stand er wie ein Feldherr, mit fliegenden Haaren, und als wir ihn erreichten, begriffen wir, was da war: Der Eingang eines Bunkersystems. Voll von Papier, Hundekot und jeder Menge Abfällen gähnte er kurz unter uns am anderen Fuß der Düne. Scharfblättrige Gräser und Disteln wucherten in den Ecken der verwitterten, doch irgendwie sehr präsenten Vergangenheit. Ortlieb mühte sich ab, zu dem Eingang hinunterzuklettern. Ich folgte ihm. Der sandige Boden geriet in Bewegung.

„Es ist noch da ...“, hörte ich Vater hinter mir flüstern, und es schien, als traue er sich nicht so recht, uns in den Eingang zu diesem Stück Vergangenheit zu folgen. Doch der Sand unter seinen Füßen geriet ins Rutschen, weil wir die Düne abwärts sprangen und alles hinter uns ins Gleiten brachten, sodass selbst Vater wie gegen seinen Willen herunterstolperte.

In den Bunkerruinen stank es nach Urin und es war fast finster. Ortlieb und ich versuchten, uns gegenseitig hineinzustoßen. Fledermäuse verjagten uns schließlich. Sie lebten mittlerweile in den Gangsystemen der Betonklötze, die ihren martialischen Zweck eingebüßt hatten und von Urlaubern inzwischen als wilde Toiletten benutzt wurden.

Vater hatte sich nicht näher herangetraut. Er wartete draußen vor dem Eingang, den Rücken uns zugewandt. Wieder einmal schaute er an allem vorbei in die Ferne, die er so liebte.

Es war inzwischen dämmrig geworden. Wir hatten uns in den Sand gesetzt, Vater hockte ein wenig abseits. Woran mochte er denken? Hinter der Düne erscholl ein Kläffen, kam näher und näher, und dann hetzte ein Kaninchen vorbei, den schwarzen Hund, der vorhin noch in der Brandung herumsprang, dicht auf den Fersen. Es schlug einen Bogen und raste in seiner Todesangst in den Bunker hinein. Der Köter setzte ihm bis zum Eingang nach, wo er herumsprang und nicht aufhören wollte zu kläffen.

In Westende wimmelte es von hübschen Mädchen, lächelnde, strahlende, gutgelaunte Mädchen.

„Die Flämin ist von Natur aus stämmig“, wusste Vater. „Von einer gesunden Kraft.“ Und wir folgten diesen Mädchen, die sich fröhlich zu uns umdrehten und dann in irgendwelchen Appartementhäusern verschwanden.

Es war ein El Dorado für Pubertanden wie uns, und noch nie hatten Ortlieb und ich uns so blendend verstanden. Wir waren wie Waffengefährten, vom gemeinsamen Ziel zusammengeschweißt.

Auf einem dieser 'Jagdausflüge' schlenderten wir zum wiederholten Mal die Distellaan entlang. Wir hatten uns ein Eis gekauft und bogen nach links in die Meeuwenlaan ein, die zur Strandpromenade führte und in der selbst am Abend noch Unmengen von Spielzeug, Krabbenfangnetzen, Strandkleidern und Plastikbooten vor den Läden baumelten. Ein herrliches Gerangel von Menschen pulste hier kreuz und quer, und wir hatten unsere Freude daran, hübschen Mädchen möglichst nahe auf die sommerwarme Haut zu rücken. Der Gipfel der Kühnheit bestand darin, eine dreiste Bemerkung loszulassen, wenn wir mit einem attraktiven Mädchen auf Tuchfühlung kamen. Sie würden unsere Anzüglichkeiten nicht verstehen, da waren wir uns sicher, denn obwohl die Küste zu Flandern gehört, sprachen in Westende fast alle Französisch. Buntes Treiben herrschte, fast wie auf einem orientalischen Basar. Lachen überall, Kinderkreischen, das Klingeln von Fahrrädern, umweht vom verführerischen Duft warmer Waffeln. Und mitten im Gewühl behauptete sich wieder eine Armada von Rollstühlen.

Später dachte ich, unsere Familie habe schon damals einen viel ergiebigeren Behinderten-Pool dargestellt als diese belgischen Familien. Nur waren die Grahlschen Behinderungen und Absonderlichkeiten für den normalen, oberflächlichen Beobachter nicht offenkundig. Noch bedienten sich unsere Behinderungen einer Geheimsprache. Aber dabei würde es nicht bleiben. Und Opa Astenbeck würde im Rückblick von allen Grahls noch der normalste gewesen sein.

Die Blondgelockte, die unvermittelt neben uns aus der Deckung flatternder Kleider und bunter Strandtücher auftauchte, entdeckten wir beide zur selben Zeit. Ortlieb hatte gerade wieder einen seiner Sprüche über Behinderte vom Stapel gelassen, als wir sie sahen. Schon stieß er mich an, doch wenn er etwas hatte sagen wollen, es blieb ihm im Halse stecken. Beide waren wir sprachlos vor Überraschung und beide standen wir wortlos der überwältigenden Erscheinung dieses Mädchens gegenüber. Ortlieb riss lediglich die Augen auf, säuselte irgendetwas Blödsinniges und boxte mich, doch auch mir fiel vor Schreck nichts weiter ein, als das Mädchen anzustarren, das uns anlächelte. Doch ihre Augen blieben irgendwie ernst.

Ortlieb hatte unter dem Eindruck des Mädchens sein Eis vergessen, und in der warmen Sommersonne Westendes schmolz es dahin. Nun lief ihm der klebrige Brei über die Hand, tropfte auf seine Hose und erweckte ihn aus seiner Trance.

„Konntest du denn nicht aufpassen, Ortlieb? Ich kann hier doch nicht waschen!“, klagte Mutter später. Und sie habe wohl nie Urlaub.

Die Tage verbrachten wir am Strand, schleppten Opa durch die Priele, zogen ihn die Buhnen entlang, hinein in lauwarme Tümpel, in denen Krabben um Opas schneeweiße Füße sausten, und er freute sich in seiner knielangen Turnhose wie ein Dreikäsehoch.

„Huhu!“, rief er, und es machte ihm riesig viel Spaß, die Wellen gegen seine Beine plätschern zu lassen. Die Begeisterung ließ sein Gesicht erstrahlen.

„Ha, Wellen“, rief er ein ums andere Mal, „Meer, Meer“, als könne er von der Brandung nicht genug bekommen. Sein Lachen strahlte eine unbekannte Wonne wider.

Einmal ist er sogar auf einer Luftmatratze gegen die Gischt angerudert. Wir hätten es kaum für möglich gehalten. „Prima, Opa! Ja! Weiter so!“ Doch dann hat ihn am Ende eine Welle einfach mitsamt Matratze umgeklappt.

Er prustete und lachte, und eine gute Portion Freudensabber vermischte sich mit dem Meerwasser, auf dem sein Sonnenhut in See stach. Opa war einfach nicht unterzukriegen. Was gab ihm die Kraft, oben zu bleiben? Er schien sein Dasein mehr denn je zu genießen. Irgendwo in ihm musste sich ein unverwüstlicher Lebensmotor befinden.

„Warte, ich helfe dir“, rief ich und eilte ihm entgegen. Er kam mir sehr leicht vor, als ich ihn auf den Armen an den Strand trug. Dennoch musste ich achtgeben, dass die Brandung mir nicht das Gleichgewicht raubte.

„Pass auf, dass sie dich nicht unterkriegen“, riet Opa mir und platschte mit seinen Füßen durch die Wellen wie ein Kind. Und während Mutter im Schutz einer großen Sonnenbrille und eines Windschirmes Ingeborg Bachmanns Werke aus „Gestundete Zeit“ und „Das dreißigste Jahr“ las, während wir Opa und seinen Hut aus der leichten Dünung fischten, während ich bei alledem immer verstohlen nach der Blondgelockten vom Vortage Ausschau hielt, unternahm Vater ausgiebige Strandspaziergänge. Immer nach Westen lief er, wo weit hinten Dunst und Sonnenlicht die Hafenmole von Nieuwpoort in einen Monet verwandelten.

An einem der folgenden Abende öffneten die Tore der Diskothek Sous-marin, die sich im Kellergeschoss unter der Badeanstalt Lac-aux-Dames befand. Natürlich mussten Ortlieb und ich hingehen. Dort gab es bestimmt Weiber die Menge, wie es Jean Paul einmal genannt hatte. Und ehe wir uns versahen, steckten wir mittendrin in einer Gruppe junger Walonen und spülten mit hinab in die Gewölbe des Sous-marin. Laute Musik drang uns entgegen. Teufel, war hier was los! Das kannten wir aus Deutschland nicht. Wir quetschten uns an die Theke, holten uns ein Stella Artois und prosteten uns zu. Und dann hatte Ortlieb, der Nichtraucher, plötzlich eine brennende Zigarette im Mundwinkel hängen. Und er grinste. Doch dieses Grinsen war nicht wie sonst, es wirkte erleichtert, fröhlich, als habe er die Freudenriten eines gerade entdeckten Volksstammes begriffen und zu gebrauchen gelernt. Überhaupt schien er sich prima mit seinen Nachbarn zu unterhalten, auch wenn ich im herrschenden Tumult nichts von deren Geplauder verstand. Die Musik war enorm laut.

Ich wunderte mich sehr über Ortliebs Metamorphose. Dieser weltfremde Sterngucker! Und jetzt drängten sich ein paar Jugendliche in unsere Ecke. Eine kleine Braunhaarige war ziemlich niedlich. Ortlieb hatte sie ebenfalls entdeckt. Seine Augen begannen zu leuchten. Jetzt stand das Mädchen fast neben uns. „Hast du mal 'ne Zigarette, Ortlieb?“, fragte ich. Er hielt mir das Päckchen Belga hin, doch seine Augen blieben am Mädchen haften.

„Und Feuer?“, versuchte ich ihn abzulenken. Wieso lächelte das Mädchen denn jetzt Ortlieb an? „Ob du Feuer hast, Ortlieb? Mensch, bist du taub?“ Jetzt beugte sich die Braunhaarige hinüber zu Ortlieb, und die Worte, die er ihr ins Ohr flüsterte, mussten wohl sehr witzig gewesen sein, denn die Kleine lachte hell auf, warf ihre Haare in jähem Schwung nach hinten und legte, jawohl: Legte ihren Kopf kurz an seine Schulter, während Ortlieb aufgekratzt eine weitere Zigarette aus der Schachtel fingerte. Gerade wollte ich nochmals Feuer von meinem Bruder fordern (in welcher Sprache unterhielt er sich eigentlich mit dem Mädchen?), da registrierte mein Bein eine Berührung. Das war genau in dem Moment, als Ortlieb voller Kühnheit dem braunhaarigen Mädchen eine Art Kuss auf die Wange drückte! Und gerade wollte ich mich zu der Überzeugung durchringen, die Diskothek gefalle mir nicht besonders, da flackerte neben mir eine Flamme hoch. Und während mein Bruder sich immer euphorischer gebärdete, sagte eine Mädchenstimme neben mir: „Ich habe auch Feuer!“

Diese Augen! Sie durchdrangen den stärksten Belgaqualm, und wer schon einmal Belga geraucht hat, weiß, was das bedeutet.

Und im Gegensatz zur Unergründlichkeit ihres ruhigen, röntgenhaft taxierenden Blickes kam mir die Sprache ihres Oberschenkels, diese an sich harmlose Berührung, sehr fordernd vor. Möglicherweise war es die Diskrepanz zwischen ihrer Augen- und Schenkelsprache, die mich so irritierte. Vielleicht war es ja auch einfach nur die Enge, und das Mädchen, jenes Mädchen, dem wir auf der Meeuvenlaan begegnet waren, mich gar nicht bewusst berührt. Aber warum zog sie mich dann hinter sich her auf die Tanzfläche? Und warum ließen diese unergründlichen Augen nicht davon ab, mich zu durchdringen?

Während wir tanzten, überlegte ich, wie man auf Französisch nach dem Namen fragt. Endlich fiel es mir wieder ein: „Comment t'appelle?“

„Simone Knockaert. Und du?“

„Je suis Osram Grahl.“ Und erst in diesem Augenblick begriff ich, dass sie Deutsch gesprochen hatte. Auch schon beim Feuergeben! Nur ich hatte es in meiner Verwirrung gar nicht registriert! Und: Wenn sie deutsch beherrschte, hatte sie uns auch in der Meeuvenlaan zwischen Flattertüchern und Sommerkleidern verstanden, hatte mitbekommen, wie wir uns über die Behinderten lustig gemacht hatten. Blut stieg mir zu Kopf. Nur gut, dass es hier so dunkel war.

Komischerweise hat Oberleutnant Odin Grahl an der Westfront nie gekämpft, wenn man seine Schilderungen analysiert.

„Erzähl doch mal, wie es hier im Krieg war“, wollte Ortlieb wissen, als wir eines Tages zu dritt durch die Dünen marschierten, Betonresten auf der Spur, in denen die deutschen Soldaten jahrelang dem Irrtum ihres Lebens aufsaßen. Doch Vater ließ sich kaum etwas entlocken. Mal glaubte er einen Bunker wiedererkannt zu haben, mal zeigte er zu einem windschiefen Stall, in dem damals die Pferde untergebracht gewesen waren.

In einer Kneipe bestellte Vater uns drei Bier. Trappisten! Das habe es schon damals hier gegeben. Typisch Klerus! Die wüssten immer, was gut schmeckt. Und nach dem zweiten Bier kam Vater doch noch ins Erzählen. Von kleinen Fläminnen war die Rede. Und die deutschen Offiziere hätten damals alle ihre flämische Flamme hier gehabt. Die waren ja wie wild auf die flotten Leutnants aus Deutschland. Und auch er sei nun wirklich kein Eremit gewesen! Eine sei immer auf einem alten Fahrrad zu ihm zu Besuch gekommen, schwärmte er geradezu.

„Weißt du nicht mehr, wie diese Flämin hieß“, fragten wir. „Vielleicht wohnt sie ja noch ganz in der Nähe.“ Das hätte uns brennend interessiert. Wie die wohl aussah? (Die Flämin ist von Natur aus recht stämmig, Jungs!) Doch leider hat er den Namen nicht rausgerückt.

Auf dem Nachhauseweg waren wir alle sehr still. Jeder hing seinen Gedanken nach. Irgendwo in der Ferne tobte wieder der schwarze Hund durch die Dünung.

Was Vater erzählt hatte, ließ mich nicht los. Auch er hatte also eine Freundin hier in Westende gehabt? Ob es die noch gab? Ob Vater etwas über sie wusste? Sie vielleicht heimlich schon besucht hatte? Immerhin war er häufig allein unterwegs, fiel mir jetzt auf. Doch entweder gab es die Flämin von damals nicht mehr, oder aber Vater stellte sich sehr geschickt an.

Simone und ich hatten uns an jenem ersten Abend im Sousmarin verabredet. Aber auf seltsame Weise wollte die Leichtigkeit des ersten Augenblicks nicht wiederkehren. Schon recht bald hatte ich zwischen uns eine seltsame Spannung verspürt. Simone gefiel mir, sehr sogar, und obwohl sie von einer prickelnden Ausstrahlung war, die mich wie ein Kraftfeld umschloss und ziemlich verwirrte, nahm ich mir vor, keinesfalls oberflächlich zu wirken. Es sollte nicht der Eindruck entstehen, ich sei nur auf das Eine aus. Und sie? Was wollte sie? Bisweilen war es mir, als sei da etwas Ablehnendes in ihrem Verhalten, vielleicht ein abschätzigen Blick oder nur eine irritierende Betonung der Worte. Doch immer, wenn ich besonders darauf achtete, brach sie in ihr herrliches Lachen aus, oder eine übermütige Berührung fegte jeden Zweifel hinfort.

Ich weiß nicht mehr, über was alles wir uns unterhalten haben. Einmal berichtete Simone mir von ihrer Familie. Ihre Großmutter stamme aus Deutschland, und nur deshalb spreche sie Deutsch. Sie wollte gleich am Anfang wissen, wo wir genau herkämen, und ich erzählte es ihr, berichtete ihr in Ermangelung geeigneter Gesprächsthemen von Vaters Kriegseinsatz hier in Westende, und Simone lauschte meinen blumigen Schilderungen, in denen Vater wie ein Operettenheld agierte, rassigen Pferden aufsitzend oder den lasziven Widerstand schöner Frauen brechend.

Oh, mein Gott, wenn ich im Nachhinein daran denke!

Es war an einem unserer letzten Tage. Wir hatten uns wieder einmal zu einem Rendezvous verabredet, dort auf der Strandpromenade, wo die Meeuwenlaan einmündet. Vollkommen unbedarft bin ich in die Zukunft gestolpert in jenen Tagen. Woher hätte ich auch ahnen sollen, in welches allumfassende Netzwerk der Geschichte wir alle eingewoben sind?

Simone schwebte wie ein flüchtiger Duft um die Ecke, erschien mir so unwirklich, dass ich befürchtete, ich würde durch sie hindurchgreifen können, wollte ich sie berühren. Nie wieder habe ich in meinem weiteren Leben etwas Ähnliches erlebt.

Kaum stand sie vor mir, sog ihr Erscheinen die Zeit auf, wie ein Großfeuer den Sauerstoff der Umgebung fortfrisst und dadurch dem Betroffenen die Sinne raubt und ihn in einen Zustand willenlosen Taumelns befördert.

Es war fast unerträglich heiß an jenem Tag. Doch allmählich verlor die Mittagssonne ihr grelles Licht, die Schatten wurden wieder farbig und ein reges Treiben setzte ein. Und je näher der Abend rückte, umso deutlicher spürte man ein Aufleben und Aufatmen nach der Gluthitze des Tages.

In einem der Promenadencafés bestellten wir Stella Artois. Wir lachten viel. Beide. Und tranken. Auch viel. Schon hatte ich neues Bier bestellt. Westmalle. Trappistenbier. Und dieses Zeug machte mich übermütig. Ich küsste Simone den herb-süßen Geschmack des Bieres von den Lippen, und sie ließ es geschehen. Wie zufällig berührte mein Arm ihren Busen. Auch sie schien heute frecher, fordernder, gefährlicher zu sein.

Sie biss mir in die Zungenspitze.

Beide hatte uns eine Art Nervosität befallen. Plötzlich mussten wir sehr schnell bezahlen, sprangen auf, und ohne dass wir etwas besprochen hätten, liefen wir Hand in Hand, mit wie beim Beten reißverschlusshaft ineinander verzahnten Fingern, dem Ausgang des Ortes zu.

Und vor uns die Stelle, wo die Strandpromenade endete. Als folgten wir einem Plan und hätten eine dringende Aufgabe zu erfüllen, vielleicht sogar die biblische Schuld der Väter zu sühnen, rannten wir weiter, liefen durch Dünentäler, und ewig nachgebender Sand drang in unsere Schuhe. Wir zogen sie aus, hatten uns losgelassen, standen uns gegenüber, und plötzlich spürte ich eine bleiche Beklommenheit aufkeimen, die ich sofort durch Lachen zu vertreiben suchte, und wir stürzten aufeinander zu und küssten uns, um den Abstand ungeschehen zu machen, krallten uns aneinander, drehten uns im Kreise.

Dann riss sie sich los und rannte fort. „Du bekommst mich nie", keuchte sie, und es klang sehr ernst. „Nie!" Doch ich hoffte auf ein Spiel, holte sie ein, oben auf dem Kamm einer Düne, rief: „Ha, ich habe ich dich doch", und pumpte wie ein Schlachtross. Ich riss sie an mich, wir stürzten gemeinsam und trudelten in einem kuriosen Taumel den Sandhang hinab, unsere Münder trafen sich, keuchend, sandig, salzig, verbissen sich, Zähne schlugen aufeinander, Arme wurden zu Tentakeln, wir verloren uns, fingen uns ein, meine Hände wühlten sich immer weiter vor, unter ihren Pullover, waren nicht mehr meine Hände, sondern eigenständige, gefräßige Tiere, und fanden ihre Brüste, diese herausfordernden Brüste, nahmen sie in Besitz, und ehe ich es recht begriff, waren wir beide so gut wie nackt, schoben uns im Sand entlang, aufeinander, nebeneinander, immer die Augen ineinander versenkt, und ihre Küsse wurden erobernder, fester, frecher, schmerzhaft. Und es war Simone, die uns umdrehte, die sich auf mich schwang, und nun war sie über mir, griff einfach nach meiner Erektion, verleibte sie sich ein und hieb mir ihre Schenkel in die Flanken, war jetzt sehr heftig, zu heftig, richtig wild, und ein jäher Schmerz warf mich aus der Erregung hinaus. Doch immer noch saß sie auf mir mit aufgerissenem Mund und zeigte mir die Zähne.

Was lief hier ab? Es schien, als entgleite mir alles, als hätte ich keinerlei Einfluss mehr auf das, was gerade mit mir geschah - und schon war meine Lust erstickt. Alles, was ich jetzt noch spürte, war der ewige Sand, der überall scheuerte. Und auf mir hockte Simone, als wolle sie mich mit verbissener Wut in Grund und Boden reiten. Mein Blick irrte herum, suchte nach einem Ausweg und fand nur Betonwände. Überall ragten diese Wände empor.

Erst jetzt erkannte ich den Eingang von Vaters Bunker wieder: Hier hatte er gelegen, hatte sich gefürchtet, gehofft, gebangt, vielleicht von Liebe geträumt, was wusste ich schon über ihn – und nun lag ich selbst hier. Lag hier, und unter meinem Rücken scheuerte etwas Festes, Hartes. Es wird ein herausgeplatzter Brocken vom Bunkerbeton sein, dachte ich und bewegte mich vorsichtig hin und her. Doch der Klumpen war einfach nicht wegzudrücken. Und immer noch Simone über mir. Wie ferngesteuert machte sie weiter. Meine Güte, was für eine absurde Situation! Hilflos schaute ich hoch. Waren das jetzt Tränen in Simones Augen? Wie sollte ich das verstehen? Und da vernahm ich es deutlich. Es war ein Schluchzen: Simone weinte.

Ich habe sie angestarrt und gewusst, dass ich Welten von ihr entfernt war, ja, dass wir uns völlig fremd waren in diesem Augenblick.

Unvermittelt sprang Simone auf, und ich höre ein Würgen, das in ihrem Hals kämpfte, als müsse sie sich übergeben. Gerade konnte ich mich noch zur Seite wälzen, da spritzte es aus ihr heraus, und mitten in die Eruptionen von Waffelbrei und Bier keucht sie etwas auf Flämisch von *onze...droomen* und *een nachtmerrie,* worauf ein letzter wässrig-gelber Schwall hernieder pladderte. Simone wischte wild mit ihrer Armbeuge über ihren Mund, schlüpfte wie von Sinnen in die Kleider und verschwand zwischen den Dünen.

Sehr plötzlich war ich mit mir allein. Ich setzte mich auf. Überrascht stellte ich fest, dass ich Schmerz und Befreiung zugleich empfand, und ich versuchte einen klaren Gedanken zu fassen, versuchte zu verstehen, weshalb sie derartig durcheinander gewesen war. Lag es am Alkohol? Hätte ich ihr besser kein Trappistenbier bestellen sollen? Wahrscheinlich. Jedenfalls fiel mir keine andere Erklärung für ihr seltsames Verhalten ein.

Ich gab das Nachdenken schließlich auf und zog mich an. Wie ekelhaft dieser Sand auf der Haut kratzte! Überall spürte ich ihn. Sogar unter der Vorhaut. Als wolle er mich an das gerade erlebte Fiasko meines ersten Geschlechtsaktes erinnern. Und um dem Ganzen noch einen draufzusetzen, entdeckte mir das Mondlicht, als ich mich nach meinen Schuhen umsah, einen widerlich zerfleischten Kaninchenkadaver in Vaters Bunkereingang.

Am nächsten Tag trafen wir uns wie zufällig. Ich glaube, auch Simone hatte nach mir Ausschau gehalten; wir lächelten uns an, als müssten wir uns gegenseitig Mut machen. Den Vortag erwähnten wir mit keiner Silbe. Simone nahm mich mit zu sich nach Hause, um mich ihrer Mutter vorzustellen. Beide lebten in Westende. Sie waren keine Touristen.

Als wir in die Wohnung eintraten, spielte irgendwo im Hintergrund klassische Musik mit Klarinetten und Streichern. Simone bugsierte mich durch den abgedunkelten Flur in ein sonnendurchflutetes Wohnzimmer. Große Fensterfronten ließen alles Licht der Welt hereinfluten. Gemälde an den Wänden. Echte Gemälde und erstklassige Graphik. Und inmitten all dieses Lichtes erhob sich eine Frau aus einer Wohnlandschaft, drehte sich zu uns um, und ich erschrak.

Jeder von uns kennt Situationen, die sich auf einmal in genau das Gegenteil von dem verkehren, was wir gerade noch erwartet haben. Man betritt in ein schönes altes Haus, Jugendstil vielleicht, und dann sind die Wohnungen todrenoviert worden. Glastüren haben das Regiment übernommen, und der Stuck, der an der Decke Jahrzehnte lang die Atmosphäre des Raumes geprägt hat, ist einfach abgeschlagen worden und hat einem aufwendigen Halogenlampen-Ensemble Platz gemacht.

Ich erschrak also. Und immer noch ist er da, dieser Drang, von den Eindrücken, den Bildern damals abzulenken, von dem erschütternden Gesicht, das da von den feierlichen Klängen umschmeichelt wurde.

Was für ein Widerspruch! Ein lebensfrohes Allegro und dann dieser Kopf! Der Kopf von Simones Mutter! Der Mutter des Mädchens, das ich zu lieben versuchte. Wie benommen stand ich da und hörte sie sagen: „Mama", sie betonte das zweite A, „darf ich dir Osram Grahl vorstellen?"

Und dann das Lächeln ihrer Mutter, ein Bild, das mich auch heute noch verfolgt. Das in der Erinnerung immer und immer wieder zu sehen ich verdammt zu sein scheine. Ich – nicht er. Ich, der ich nicht die geringste Schuld daran trug und trage. An diesem Lächeln, das gar kein Lächeln war. Nur der Versuch eines Lächelns, denn wie sollte ein solches Gesicht noch lächeln können? Und doch, vielleicht war es gerade deshalb ein wirkliches Lächeln...

„Grahl...", sagte Frau Knockaert, und sie wendete sich nach einem kurzen Nicken ab, um die Lautstärke der Musik zu regeln.

Ich hatte Mühe, meine Gefühle in den Griff zu bekommen. Die eine Hälfte des Kopfes sah eigentlich vollkommen normal aus, stellte ich fest, als sich Simones Mutter zur Anlage hinunterbeugte. Die Musik schwoll jetzt an, erfüllte den Raum. Und während das

Larghetto erstrahlte, erfasste mein Blick die linke Hälfte ihres Gesichtes. Es war die gesunde Hälfte, jene Hälfte, die ihr Leben hätte sein können. Ein schönes Gesicht, in der Tochter wiederholt. Und doch hatte diese Hälfte ausgespielt: Die andere Seite hielt das Heft des Lebens in der Hand.

Simones Mutter hatte sich jetzt aufgerichtet, stand bei der Anlage vor dem wuchernden Blumenfenster und regte sich nicht. Doch dann drehte sie sich sehr plötzlich um. Kaum zwei Meter vor mir befand sich nun die rechte Hälfte dieses Gesichtes, und das machte mich völlig hilflos. Was sollte ich sagen? Nichts schien mir so wichtig, dass es jetzt hätte gesagt werden sollen, und so wühlte ich mit der Hand im Nichts meiner Hosentasche herum und hoffte auf Erlösung.

„Möchten Sie etwas trinken", fragte Frau Knockaert und bat mich, doch bitte Platz zu nehmen. Simone stellte Gläser auf den Tisch, holte Eis. „Mögen Sie Picon?" Ich nickte. Dabei hatte ich keine Ahnung, was das war. Frau Knockaert setzte sich mir gegenüber.

„Santé!"

Der Eiswürfel klackerte mir gegen die Zähne. Ich wagte kaum, mein Gegenüber anzuschauen. Wo war Simone überhaupt? Ich hatte sie völlig aus dem Bewusstsein verloren. Und allmählich bahnte sich ein Gespräch seinen Weg durch die erstarrte Luft, schuf einen Hauch von Normalität. Wo ich in Deutschland lebte? Ach, in Hildesheim?

Ich trank und flüchtete mich in die Betrachtung des Zimmers. Mahagonimöbel. Und wie von fern die Fragen.

Ja, mein Vater stamme auch von dort.

Viel glänzendes Messing überall. Ich trank wieder. Bittersüß schmeckte dieser Picon. Und Bilder, Bilder voller Menschen, eigenartige Bilder.

Frau Knockaert stand auf und drehte die Musik etwas leiser.

„Sie fragen sich sicherlich, woher ich diese Entstellungen habe, Herr Grahl", nahm sie den abgerissenen Faden wieder auf, und es schien ihr nicht leicht zu fallen. Aber sie hatte dieselbe Vitalität, die ich auch an ihrer Tochter beobachtet hatte.

„Möchten Sie erfahren, warum mein halbes Gesicht derartig entstellt ist?"

Ich wollte es nicht erfahren. Aber das wagte ich nicht zuzugeben.

„Ja...“, sagte ich also leise, und betrachtete die Reproduktion von Ensor über dem Büffet: 'Die sonderbaren Masken'. Ich gewöhnte mich an die bittere Süße des Aperitifs, und: Vielleicht half mir der Alkohol.

„Sind Sie sicher?“, fragte sie. Wie eigenartig, dachte ich noch. Warum fragte sie das? Und mein Blick hing - während ich mich: „Ja, natürlich“, flüstern hörte - an dem gestürzten Geigerjungen auf dem Bild. Gleich würde die Maskenhorde über ihn hinwegtrampeln und...

„Kennen Sie die V1?“

...die Geige zertreten.

„Wie bitte?“ Ach so ... Augenblick! Ja. Ich erinnerte mich schwach. Natürlich! Hatte nicht Waldemar mir damals irgendetwas über die V1 erklärt? Hatte ich ihn nicht sogar danach gefragt? Aber was genau es damit auf sich hatte, war mir entfallen. Damals war ich noch zu klein gewesen.

Langsam schüttelte ich den Kopf. Ein ganz in Weiß gekleidetes Kind hielt die Kerze hoch: Sie war erloschen. Ein dünner Rauchfaden verlor sich in der kalten Luft.

„Ihr Deutschen!“

Sie sah mich direkt an. „Erst zwanzig Jahre ist es her, und alles schon vergessen. Wird bei euch nicht über diese Dinge gesprochen?“ Sie nahm einen Schluck.

„Möchten Sie noch?“

Ich nickte wortlos. Sie sprach weiter: „Die Deutschen haben im Krieg eine Rakete konstruiert. Sie nannten sie, soweit ich informiert bin, Vergeltungswaffe. Um sich für ihre enttäuschten Ziele und Hoffnungen an den Engländern zu rächen. Die V1 war so etwas wie ein unbemanntes Flugzeug, randvoll mit Sprengstoff. Hier vom Festland wurden diese Raketen abgeschossen, um London in Schutt und Asche zu legen. Ich kannte damals einen jungen deutschen Offizier, den ich beinahe jeden Tag besuchte. Ich war noch sehr jung und habe kaum nachgedacht. Über das Leben nicht und nicht über den Krieg. Ich war verliebt. Das ist man auch, nein, das ist man besonders, wenn Krieg ist. Es macht einen blind! Oder man sieht alles überscharf in solchen Zeiten. Mich machte es damals blind.

Wir hatten unseren Treffpunkt in der Nähe von Westende Dorf. Dort wartete ich wie immer auf ihn. Schrecklich aufgeregt war ich, wusste ich doch nie genau, wann er kam. Nun, ich will es nicht ausdehnen: Eine verirrte V1 hat mein Gesicht entstellt. Sie hat wohl einen Bogen über dem Meer beschrieben, ein Irrläufer, und ist genau Richtung Westende Dorf zurückgeflogen. Nach Monaten erfuhr ich es. Etwas mit der Steuerung stimmte nicht. Alles, an was ich mich noch selbst erinnere, ist eine riesige Flamme in meinem Rücken. Erschreckt schaute ich mich um. Über die rechte Schulter."

Sie hat ihren Oberleutnant nicht wiedergesehen.

Und nach einer kurzen Pause hängte sie an: „Er wird wohl niemals Erkundigungen nach mir eingezogen haben. Und das ist, denke ich, auch besser so. Vielleicht hat er ja auch nichts von meiner Verstümmelung mitbekommen." Sie goss mir nach, gab einen Würfel Eis hinzu.

Ich starrte währenddessen auf den Dreispitz mit Kokarde und blutroter Feder, die der Anführer der Maskenhorde auf Ensors Gemälde siegesgewiss auf dem verzerrten Schädel trug, und mir wurde einiges klar. Oh ja, dachte ich, und meine Erinnerung stellte Bilder bereit, oh ja doch, er hat die Explosion der V1 gesehen. Jahrelang hat sie ihn noch verfolgt. In den Nächten. Und er hat sich nicht dagegen wehren können.

Mein Glas habe ich nicht ausgetrunken.

Nur dieses eine Mal bin ich Simones Mutter begegnet. Vor weiteren Zusammenkünften habe ich mich gedrückt. Vater übrigens auch. Dabei hat er von Gabrielle erfahren. Er weiß, dass Gabrielle lebt und dass sie Simones Mutter ist. Als er Simone mit mir zusammen sah, ist ihm die Ähnlichkeit mit Sicherheit gleich aufgefallen, und als er ihren Namen hörte, hörte, dass sie Simone Knockaert heißt, flackerten seine Augen. In jenem Augenblick schenkte er sich einen Whisky ein und seine Hand hat gezittert.

Die Vergangenheit war zur Gegenwart geworden. Vaters Kriegsbekanntschaft hieß immer noch Knockaert. Sie hatte nicht geheiratet. Mit diesem Gesicht wollte sie wohl keiner. Bis auf den einen, der sie vergewaltigte. Es war Nacht, denn Gabrielle wagte sich nach dem Krieg nur noch nachts auf die Straße, weil sie nicht wollte, dass man ihren verstümmelten Kopf sah. Ihr Vergewaltiger hat sie nicht gesehen, jedenfalls wohl nicht ihr Gesicht.

Vater hatte Simone sogar gefragt, wo sie denn wohne, und sie beschrieb es ihm. Ich habe Vater daraufhin einige Male durch die Invalidenlaan gehen sehen; langsam; auf der anderen Straßenseite. Hinüberzuwechseln aber hat er nicht geschafft. Vielleicht hatte er Angst, er müsse sich zwischen Mutter und Gabrielle entscheiden. Dabei hätte Vater sich nur zu sich selbst entscheiden müssen.

Am Ende der Ferien gingen Simone und ich noch einmal durch die Dünen. Wir haben uns nicht wieder geküsst, nicht angefasst, wir haben uns nur noch unterhalten. Sie bestätigte mir dann auch, dass sie gehört hatte, wie Ortlieb und ich über die Behinderten gelacht und gespottet hatten. Jetzt begriff ich, warum gerade sie das treffen musste. Und sie gestand mir, dass sie nie wusste, ob sie mich mögen oder hassen sollte. Sie hat beides gleichzeitig versucht. Aber es ging nicht.

„Liebe und Hass liegen zwar dicht beieinander, aber Welten trennen sie, wenn man liebt oder hasst“, sagte sie.

„Und ich bin einfach kein Mensch, der hassen kann.“ Aber, sagte sie mir, sie werde mich auch nicht lieben können.

„Jetzt fühle ich mich doch erleichtert. Mach's gut, Osram“, rief sie, und: „Übrigens, eure armseligen Sprüche über die Behinderten sind nur Verdrängung, ihr Feiglinge.“

Sie boxte mir in die Rippen und lief fort.

Ich sah sie um die Ecke der Meeuvenlaan biegen, dort wo die bunten Tücher und Kleider im süßen Duft der Waffelbäckerei flatterten. Und das pulsierende Leben verschluckte sie.

'Quatsch,' dachte ich hinter ihr her. Und ein Kloß verstopfte mir den Hals. Sie hatte sich nicht einmal umgedreht.

Am nächsten Tag sind wir auf die Rückreise gegangen.

10

Die Blendung des Falken I

Die Rückfahrt glich einer stummen Flucht. Die Stille im Wagen besaß etwas Lauerndes. Ein paar hilflose Versuche zu scherzen unterstrichen nur die dumpfe Beklommenheit. Mutter kramte fortwährend in ihrer Provianttasche wie in einem Zauberkasten, in dem die Utensilien, ohnehin für keinen Trick tauglich, durcheinandergeraten waren. Was sollten die harten Eier, die pappigen Weißbrotscheiben, die lauen Getränke, all die versiegelten Lebensmittel uns an Lebenskraft schenken? An Offenbarungen? An Neuem?

Möge denn nicht doch jemand ein belegtes Brot?

Nein, niemand wollte. Und Mutter klagte, weshalb sie sich die ganze Mühe gemacht habe. Ich flüsterte leise Opas 'Ekel, Ekel...´ und seine Spinnenfinger stupsten mich von der Seite an; ein zartes Lächeln blitzte in seinen Augen, die listig unter der Krempe des Sonnenhütchens hervorlugten.

„Ein schönes Ei?“ Mutter ließ nicht locker und hielt Vater ihr Angebot unter die Nase.

„Ach, lass es bitte.“ Vater klang kraftlos. Er müsse auf den Verkehr achten. Oder wollten wir alle bei einem Unfall ums Leben kommen?

Leben...

In uhrwerkartig erscheinender Stumpfheit handhabte er das Lenkrad, als sei er nur Bauteil eines autarken Mechanismus', und wenn eine Bemerkung seine Lippen verließ, war sie wie ein Schutzschild, hinter dem er sich verborgen hielt. Nichts verrieten seine Worte über ihn, über das, was er vielleicht dachte und empfand. Als lebe er in innerem Exil.

Es folgte eine beklemmende Zeit.

Es gibt so viele Welten. Wahrscheinlich ebenso viele, wie es Menschen gibt. Vaters Welt schien immer eine Welt des Machbaren gewesen zu sein; nein, doch wohl eher nur des Machens. Doch unvermittelt war ein unbeugsamer Aktionismus wie ein Sommergewitter über ihn hereingebrochen. Als wär's Besessenheit, hielt er sich länger als vor den Ferien im Amt oder bei weiß der Himmel was für welchen Versammlungen auf.

Doch bald darauf überraschte eine neue Keckheit: „Ist der kleine Schwarze gepackt?“ Er meinte einen speziellen Koffer mit

Lederschnallen, kaum größer als eine Aktentasche. Großvater Grahl soll ihn schon auf seinen Forschungsreisen benutzt haben.

Mutter seufzte. Ja, der sei gepackt. Sie packte ihn schon vorsorglich.

„Sind die beigen Socken mit dem Muster dabei?"

Welche beigen Socken nur wieder? Schnüffeln.

„Herrschaftszeiten, du weißt doch, welche ich meine."

Nein, sie habe keine beigen Socken gefunden.

Schon hatte Vater die Schranktür aufgerissen, wühlte hinter den genannten Socken her und kippte ganze Wäschestapel um. Kleine Speikseifestücke regneten heraus. Mutters Wohlgeruchspender.

„Nun mach doch nicht solch eine Wirtschaft", maulte sie immer wieder, „da sind keine Socken! Das ist doch Tischwäsche!" Und sie begann, die vom Chef verwüsteten Stapel wieder zu ordnen.

Derweil grub Vater sich durch andere Fächer. In aller Dreiteufelsnamen, wo waren die herrlichen Socken nur? Ein letztes Geschenk seiner Mutter. Gleich nach dem Krieg. Beste Qualität! Von ihr unter Entbehrungen eigenhändig gestrickt. Feinstes Garn. Ob Irmelin das eigentlich wisse? Hätten bis heute gehalten! Und kurz darauf habe sich seine Mutter beim Treppensteigen ein Bein gebrochen. Einfach weggeknickt wie nichts! Und im Krankenhaus hatte man festgestellt, dass ihr Körper schon vom Krebs zerfressen gewesen sei. Es blieb ihr nicht einmal die Zeit zum Verheilen der Fraktur: Mit gebrochenem Bein musste sie ins Grab gesenkt werden. Das hatte sie nicht verdient. Nein, diesen Schmerz konnte wohl keiner nachempfinden!

Und die Socken blieben verschwunden.

„Noch nicht einmal die Socken..."

Vater schnaufte durch die Nase, als wolle er einen hartnäckigen Popel hinausblasen, und übrigens, er bleibe bis Mittwoch weg.

Früher war er nie mehr als ein paar Stunden außer Haus gewesen.

Und dann rollte eines Spätsommertages ein glänzender Wagen die Straße herauf und hielt vor unserem Haus. Der Chef sprang strahlend heraus: Er hatte sich einen neuen Wagen gegönnt, einen gebrauchten Neuen.

„Nicht ein Kratzer im Lack!“, lachte er, da sei das Beste nicht von ab.

Es war ein riesig wirkender Opel, ein regelrechtes Schlachtschiff. Elfenbeinschwarz. Pompös! Der Bischof hatte ihn vorher als Dienstlimousine besessen. Das Nummernschild bestach durch die Nummer 700, und viele verneigten sich vor Vater in seiner schwarzen Karosse, zogen grüßend den Hut, und jede Menge Kinder winkte ihm voll fröhlicher Höflichkeit zu: „Seht doch nur! Der Bischof!“

Und Vater neigte jedes Mal leicht den Kopf. Ihm schien diese Ehrerbietung wohl zu tun, auch wenn sie eigentlich nicht ihm galt. Vielleicht wurde in diesen Tagen sein späteres Faible für die Kirche geboren.

Beim Fahren trug Vater seit kurzem eine sportliche Schiebermütze, durch einen Seidenschal mit Paisleymuster optisch vervollkommnet. Die baskische Separatistenmütze hatte er längst ad acta gelegt. Seinen Ellenbogen aus dem heruntergekurbelten Fenster gelehnt, ließ er den Rauch seiner Tabakspfeife im Fahrtwind tanzen.

Und wieder einmal musste Vater für einige Tage an einem Kongress teilnehmen. Endlich sei er ihr mal vor den Füßen weg, murmelte Mutter nicht ohne eine Spur Vorwurf, gepaart mit einem Quäntchen Leid in der Stimme. Und sie packte die Gelegenheit beim Schopf, in der Zwischenzeit das Haus vom schauderhaften Schmutz zu befreien.

Mutter fegte und putzte Treppen, Zimmer, Böden und polierte voller Hingabe die Möbel, rief alle paar Minuten: Überall diese Fettfinger! Und jedes Mal, wenn sie sich nach stundenlanger Plackerei auf das Sofa vor den Fernseher fallen ließ, stöhnte sie: „Ich komme nicht an gegen den Schmutz. Vier Männer im Haus ist einfach zu viel.“ Manchmal möchte sie wirklich singen: Mach End', o Herr, mach Ende! Und kaum sei sie fertig, könne sie schon wieder von vorne anfangen. Dieser schauderbare Staub. Das mache wirklich keinen Spaß.

Wenn sie sich unbemerkt wähnte, goss sie sich einen heimlichen Cognac aus Vaters Flasche ein. Und wie um ihr Vergehen zu büßen, kämpfte Mutter weiter: Tischplatten, Glasflächen, Türklinken: Alles musste sich bedingungslos ergeben. Sogar die Staubfänger wie Dekorvasen, Bücher, der Flügel, der längst verstummt war, und Vaters 'wertvolle' Bismarckbüste, ein Familienerbstück! (Was du ererbt von deinen Vätern, erwirb es, um es zu besitzen, mein Junge!) Die stamme schließlich noch vom Urgroßvater Grahl, und der habe Bismarck persönlich! die Hand geschüttelt. Dem Schmied des Deutschen Reiches! Solche Männer gebe es ja heute wirklich kaum noch.

Nun thronte die Büste auf dem Instrument, und selbst der Fürst entkam Mutters Staub-Offensive nicht.

Nur die ausgestopften Vögel im Treppenhaus rührte sie niemals an. Gegen die legte sie beinahe eine militante Abneigung an den Tag. Wenigstens verbal.

„Osram, würdest du bitte die Drecksdinger im Treppenhaus abstauben“, rief sie mich herunter.

„Wie?“, schrie Opa im vorderen Wohnzimmer.

„Schon gut“, beruhigte Mutter ihn mit erhobener Stimme. Ihn habe sie doch nicht gemeint.

„Sie hat mich nicht gemeint“, brummelte er vor sich hin, „mich meint man hier nicht mehr.“ Und mit einem gleichgültigen Unterton hängte er sein geliebtes *Ekel Ekel Menetekel* an.

In Vaters Gegenwart sagte sie nie Drecksdinger. Vater pries seine Vögel als herrlich, und besonders der Falke entlockte ihm immer wieder aufs Neue Hymnen der Begeisterung. Ob wir überhaupt wüssten, dass Falken schon immer die Lieblingstiere der Fürsten waren?

In jenen Tagen baute ich mein erstes Tomtom aus einer Waschmitteltrommel von Persil.

Ich, oder besser wir hockten für Stunden im ehemaligen Kohlenkeller und bauten. Denn Thomas Brendel hatte mir den Floh ins Ohr gesetzt. „Sag selbst, sind es nicht total stabile Behälter?“

Er drehte die grün-weiße Papptrommel in seinen Händen und klopfte mit dem Knöchel testend auf die Wand. „Das gibt 'nen super Trommelkessel ab. Hör mal!“ Wieder klopfte er dagegen. Mir fiel nichts Besonderes auf. Aber die Idee war sicher nicht schlecht. Wir mussten nur eine Lösung für die Felle finden.

„Pergamentpapier ist einfach zu dünn“, musste ich bald darauf feststellen. Ich spielte mit dem Zeigefinger am ausgefransten Loch im fünf Lagen starken Butterbrotpapier-Trommelfell.

„Und wie wäre es mit Stoff?“ Thomas grinste mich durch das Papierloch an. Wir probierten es aus und spannten ein Stück Bettlaken drüber. Es klang, als klopfe Mutter beim Bettenmachen lustlos die Federn auf, nur erheblich leiser. An die perkussiven Wundereigenschaften getrockneter Schweineblasen verschwendeten wir damals keinen Gedanken. Aber plötzlich kam mir eine Idee.

„Wir könnten den Stoff mit Knochenleim tränken, dadurch wird er knallhart!“ Ich hatte Knochenleimperlen im Haus. Weil ich damals kaum über Geld verfügte, grundierte ich meine Malgründe mit diesem minderwertigen Zeug.

Knochenleim hat nun allerdings eine unangenehme Eigenschaft: Er stinkt pestilenzartig, wenn man ihn kocht. Und meinen Leim musste man lange kochen, sonst löste sich das Granulat gar nicht erst richtig auf.

„Ist das ein gnadenloses Zeug!“ Thomas kniff sich die Nasenflügel zu und beobachtete voller Interesse mein Rühren.

„So, Opa! Nun heb doch die Füße! Herrjemine, ich kann dich doch nicht auch noch tragen!“

Mutter kam mit Opa Astenbeck am Arm von einem Gartenspaziergang zurück. Die Terrassentür befand sich in der Küche, und so standen sie plötzlich hinter uns.

„Du liebe Güte“, wunderte sich Mutter und schnüffelte, „was stinkt hier denn so schauderbar? Igitt, das ist ja eklig!“

Thomas drehte sich um. Vermutlich wollte er eine Erläuterung abgeben. In diesem Moment keuchte Opa Astenbeck, als hätte er die Verandatreppe im Schlusssprung genommen. Mit vor Entsetzen heiserer Stimme stieß er „Ekel, Ekel, Menetekel!“ hervor. Und er setzte sein *Die ... Hand ... soll ... abfallen ...* hinzu, wobei er wie ein Maikäfer vor dem Start pumpte. Er schien außer sich zu sein, zerrte hin und her, und Mutter hatte alle Mühe, ihn festzuhalten und an Thomas vorbeizuschleusen: „Nun komm schon, Opa! Das ist doch bloß ein Freund von Osram!“

„Wie? Welcher Freud?“

Es sei ein *Freund* von Osram, rief Mutter erklärend und wollte eben noch wissen, was da so eklig stinke.

„Ja: Ekel, Ekel, Ekel!“, triumphierte Opa Astenbeck.

Thomas glotzte verdattert auf die zugefallene Küchentür.

„Mach dir nichts draus, ich glaube, er hat dich nur verwechselt“, erklärte ich Opas eigenartigen Auftritt und dachte an den Friedhofsdiener Tanisch. Ich betrachtete Thomas, wie er da mit seiner kuriosen Haarsträhne vor mir hockte und die Persiltrommel umklammert hielt.

„Er sieht dir in der Tat ähnlich“, sagte ich.

„Wer? Dein Opa?“

„Nein. Du hast Ähnlichkeit mit Tanisch.“

„Tanisch? Wer ist Tanisch?“

„Ein Totengräber!“

„Was?“ Er schielte an seiner Haarsträhne vorbei wie ein Schauspieler, der um den Rand des Vorhangs linst.

„Wir hatten früher im Dorf einen Totengräber, der hatte 'ne gewisse Ähnlichkeit mit dir.“

„So“, meinte er halb lachend, halb erstaunt, „ich sehe also aus wie ein Totengräber!“

„Na ja, ein bisschen schon“, beschwichtigte ich ihn und erzählte ihm die ganze Geschichte; von dem DKW, dem Kriegerdenkmal und Opas *Die Hand solle abfallen, die wieder ein Gewehr ergreift.*

„Dein Opa ist bewundernswert“, sagte Thomas. „Der wird lieber verrückt, als sich an den Wahnsinn der Wiederbewaffnung zu gewöhnen. Und an die Verlogenheit dieser sogenannten Volksvertretung!“

Als die Trommel getrocknet war, nahm Thomas die Schlagzeugstöcke zur Hand und schlug einen seltsamen Rhythmus auf dem Knochenleimfell. Es klang ziemlich dumpf, fast magisch, und es erinnerte mich an eine afrikanische Buschtrommel.

Ich habe diesen Rhythmus später nachzuspielen versucht; es wollte mir nicht so recht glücken. Thomas wäre wahrscheinlich ein besserer Schlagzeuger geworden als ich. Doch er hatte keine Ambitionen in Richtung Musik. Er zeichnete lieber. Aber noch mehr begeisterte er sich für das Fotografieren. Er meinte, die Fotografie sei das eigentlich demokratische Medium. Und darüber hinaus könne das Foto eine Waffe sein. Das habe irgendjemand namens Hartfield gesagt. Malerei dagegen sei elitär.

Ich glaubte mich verhört zu haben.

„Das sind ja wohl zwei ganz verschiedene Sachen“, verteidigte ich die Malerei, denn seine Meinung ärgerte mich. Immerhin malte ich mit Leidenschaft. Kam seine Bemerkung da nicht geradezu einem Angriff gleich?

„Es kommt darauf an, was du mit der Kunst willst.“ Er probierte einen neuen Rhythmus, locker, hüpfend.

Na ja, was will man mit der Malerei, überlegte ich, und ich musste zugeben, ich hatte mir noch keinerlei Gedanken darüber gemacht. Malen entspringe ja wohl einem inneren Bedürfnis, sagte ich. Warum zog Thomas andauernd die Augenbrauen hoch, wenn ich etwas sagte? Das reizte mich, und ich rief ihm Picassos Guernica ins grinsende Gesicht. Das sei doch wohl ein irres Bild! Und, schoss es mir in den Kopf, ein politisches dazu. „Ein Anti-Kriegs-Bild!“ Ich dachte: „Jetzt habe ich dich“, denn es wurde viel von Vietnam gesprochen in den letzten Wochen.

Wie er da saß und trommelte, schien er sich geschlagen zu geben. Doch dann wechselte er den Rhythmus. Woher er das konnte, war mir ein Rätsel, aber er zauberte beinahe einen waschechten Marschwirbel auf das Knochenleimfell, und seine aberwitzige Haarsträhne schwang dabei wie das Pendel unserer Standuhr hin und her.

„Ein Anti-Kriegs-Bild, na klar“, wiederholte er mich im Takt seiner Schläge, „und elitär obendrein. Sag selbst: Glaubst du wirklich, Picassos Guernica würde irgendeinen möglichen Krieg auf dieser beknackten Welt verhindern? Ich sag nur: Vietnam.“

Sein Getrommel wurde leiser, filigran.

„Denkst du, es würde auch nur einen einzigen Rüstungsfabrikanten zur Vernunft bringen?“

Warum ließ Thomas jetzt die Sticks im Dreivierteltakt übers Fell hüpfen und grinste noch dabei?

„Meinst du, es würde auch nur einen einzigen Offizier davon abhalten, in einem zukünftigen Krieg den Schießbefehl zu erteilen?“

In was für einem Krieg, Herrgott noch mal, dachte ich verwundert. Vietnam war weit weg, und hier in Europa würde es ja wohl keinen Krieg mehr geben. Die Menschen waren durch die Erfahrungen der Weltkriege doch vernünftig geworden. Und ich sagte: „Wer will schon Krieg? Etwa unsere Politiker?“

„Die sind zu schlaff, klingen irgendwie hohl!“

Er drückte prüfend mit dem Daumen auf die Felle.

„Bist du“, jetzt blickte er mir wieder in die Augen, „bist du allen Ernstes überzeugt, Osram Grahl, Guernica oder andere hehre Kunstgemälde – wie abfällig das klang – würden mehr Friedfertigkeit zwischen den Menschen stiften? Im ganz normalen Alltag? In den Ehen? Schulen? Du kennst das doch!“

Tatam! Er drückte mir die Sticks in die Hand, doch ich konnte im Augenblick nichts damit anfangen.

Zu jener Zeit hockte Thomas beinahe jeden Tag bei uns im ehemaligen Kohlenkeller herum und half mir beim Trommelbauen. Er schien sich zuhause nicht wohl zu fühlen, und in mir wuchs der Verdacht, er wolle nicht, dass ich dort auftauchte.

Ich bin lange Zeit weder seinem Vater noch seiner Mutter begegnet. Und dass er auch eine Schwester besaß, wusste ich nicht einmal. Anscheinend scheute er sich davor, dass ich seine Familie kennenlernte. Lieber hielt er sich bei uns auf und nervte mich bisweilen mit seinen Weisheiten.

Bald hatten wir eine zweite Persiltrommel fertiggestellt, und es war uns tatsächlich gelungen, einen härteren Sound herauszuholen, nicht diesen Totentrommelklang der ersten. Und gerade hämmerten wir auf den Toms herum, da öffnete sich die Tür, und Ortliebs Gesicht schob sich herein.

„Ah, da will einer Schlagzeuger werden“, grinste er uns entgegen. Gerade wollte ich Ortlieb durch das Singen seines peinlichen 'Mein Sweet Honey Baby, sag heute nicht nein...' eine Retourkutsche verpassen, da zog er hinter seinem Rücken eine Gitarre hervor. Eine richtige elektrische Gitarre!

Das war natürlich die Legitimation zum Bleiben. Und was für ein tolles Teil! Sie besaß überhaupt keinen Resonanzkörper, und der Rahmen aus verchromten Rohren glänzte ebenso herausfordernd wie Ortliebs Augen.

„Messemodell! Von Dynacord.“ Sein Gesicht glänzte fett wie Speck. Sogar Thomas war beeindruckt.

Wir haben Opas altes Radio in den Keller geschleppt, Ortliebs Gitarre hinten eingedrahtet, und während Thomas auf der dumpfen, erstgeborenen Trommel die Viertel schlug wie einer, der nie genug bekommt, legte sich auf Ortliebs Gesicht ein Glanz von Stolz und Freude. Dazu purzelte aus Opas altem Grundigempfänger ein Klirren und Ploppen, dass sich das magische Auge fast überschlug. Wir drehten, stöpselten um, während Thomas weiter die Viertel hackte, und als die fünf Watt endlich einen erträglichen Sound herauszauberten, krächzte Thomas: „I can get no ... Sa-tisfac-tion ...“, und zu unserer Überraschung stieg Ortlieb sofort mit dem richtigen Gitarrenriff ein. Und ich selbst hämmerte auf der helleren Persiltrommel herum. Der Höllenlärm machte uns einen Heidenspaß, bis die Tür aufflog und Vater („Was für ein Krach!“) den Stecker des Radios aus der Dose riss. Dann erblickte er Thomas, der als einziger unbeeindruckt weiterspielte, '... and I try, and I try, and I try, and I try ...' sang, bis auch er aufhörte. Man sah es Vaters Mienenspiel an, dass er sich nur mit Mühe beherrschte.

„Herr Mackensen hat sich soeben über diesen horrenden Lärm beschwert“, sagte er, und ganz gelang es ihm nicht, ein Vibrieren in der Stimme zu unterdrücken.

„Seine Frau ist schwer krank und braucht Ruhe. Also: Rücksichtnahme ist gefragt, meine Herren.“ Er drehte sich um und ging.

„Wer ist Mackensen“, fragte Thomas, während Ortlieb seine Gitarre anguckte, als hielte er sein soeben verstorbenes Kind im Arm.

„Ein Arschloch“, fauchte ich, „ein Schrumpfschädel! Der würde glatt seine Frau tot hauen, wenn er die Leiche als Beweis bräuchte für die tödliche Wirkung unserer Musik.“

Ortlieb erwachte aus seiner Trauer und sagte, er habe Frau Mackensen vor einer halben Stunde noch im Garten die Rabatte harken sehen.

„Was?“, rief ich, und Wut vibrierte in meinem Bauch. Schon trommelte ich aus Leibeskräften, als wäre wieder einmal Luzifer direkt aus dem Himmel in meinen Körper gefahren.

„Du solltest vielleicht lieber jetzt aufhören“, riet Thomas, und er fragte Ortlieb, der immer noch auf den toten Leib seiner Gitarre starrte: „Bist du okay? Hey, Ortlieb?“

„Alles in Ordnung“, murmelte mein Bruder, „alles in Ordnung.“ Reglos stand er da.

„Das war also Thomas Brendel“, stellte Vater am Abendbrottisch lakonisch fest. Er hatte inzwischen die Schlagzeugstöcke konfisziert. Und den habe er sich wirklich anders vorgestellt. Er besitze so gar nichts von seinem Vater. Na ja.

„Und dass du“, wandte er sich nun an meinen Bruder, „diesen Unsinn auch mitmachst, wundert mich. Wirklich. Hätte dich für vernünftiger gehalten.“ Und Ortlieb solle sich lieber auf sein Abitur vorbereiten, anstatt diesen Lärm zu unterstützen. Und außerdem: Es gebe doch auch schöne Musik.

Ich glaube nicht, dass Vater bemerkte, wie ganze Stücke seines Ansehens in Ortliebs Augen abbröckelten. Immerhin hatte Ortlieb bislang fast immer Vaters Partei ergriffen. Aber es war nicht die Art meines Bruders, lauthals zu protestieren, jedenfalls nicht so schnell. Dennoch stellte er gleichsam wie eine Warnung fest: „Ich habe heute Mittag die todkranke Frau Mackensen bei der Gartenarbeit gesehen."

„Was willst du damit sagen?" Vater runzelte die hohe Stirn, die trotz seiner 45 Jahre noch erstaunlich faltenlos war. Er schien irritiert.

„Dass Herr Mackensen meiner Meinung nach ein Feigling ist, der die Krankheit seiner Frau erfunden hat."

Alle Achtung, Ortlieb, dachte ich, und begann wieder zu atmen.

„Das wirst du kaum beurteilen können", entgegnete Vater mit einem überlegenen Unterton, „Herr Mackensen ist immerhin Hauptmann der Reserve."

Eine weiße Faser vom Schinkenspeck hing ihm am Mundwinkel. Er merkte es nicht. Der Speck baumelte hin und her, während Vater weitersprach: „Außerdem: Wo kämen wir hin, wenn man nicht einmal auf seine Nachbarn Rücksicht nehmen würde!"

„Deshalb werden wir ja wohl nach 15.00 Uhr Musik machen dürfen", wagte ich einen Ausfall, „ohne dass gleich die Schlagzeugstöcke weggenommen werden."

„Musik ja", sagte Vater, und im Übrigen habe immer noch er das Sagen in seinem Haus. Oh, der Speckfaden schaukelte wie wild und klebte nun am Kinn. „Gib mir den Schinken, Irmel. Jaaah." Noch 'ne Scheibe Schinkenspeck für das restliche Stückchen Brot.

„Ich habe sie von meinem Geld bezahlt, und deshalb ist es ungerecht, wenn du sie einkassierst." Vater hatte schon wieder keinen Schinken mehr auf dem verbliebenen Stück Brotschnitte.

„Osram, bitte", flehte Mutter. Sicherlich ahnte sie die Geburt eines Krachs. Und der Chef drapierte eine weitere Scheibe Schinken auf seinen letzten Quadratzentimetern Brot und sprach: „Mein lieber Freund! Was heißt hier eigentlich *deine Schlagzeugstöcke*?"

Das möchte er zu gerne mal wissen! "Halt dir die Hand vor Augen, und was du dann siehst, das ist deins."

„Du hast da was", sagte ich mit Blick auf den Speckfaden, und ich spürte meine Bauchdecke beben, als klopften ungezählte kleine Giftzwerge von innen dagegen.

Schon hatte ich eine hängen. Ich ließ alles stehen und liegen und verließ das Esszimmer.

„Iss doch zu Ende, Junge", klagte Mutter hinter mir her.

„Dein Sohn", wies der Chef seine Frau zurecht, „gerät völlig aus dem Ruder."

Aus wessen Ruder wohl, bebte ich. Wer ruderte mich eigentlich? Du vielleicht? Und ich war das dusselige Ruder, unter Wasser getaucht, vom 'Chef' bedient, Hauptsache, das Boot hielt Kurs.

Ich war so ärgerlich und voller Wut, dass ich im Vorbeigehen 'Arschloch' zu dem Falken sagte, der nicht aufhören wollte, den gebeugten Rücken der Maus zu zerfleischen. Und da kam mir die Idee. Der Gedanke loderte in mir empor, und ich schnappte mir eine Schere von meinem Schreibtisch, rannte zurück zur Treppe, und mit zwei bohrenden Bewegungen entfernte ich die gelben Glasaugen: Nur ein paar kümmerliche Grashalme, die vorwitzig herausquollen, verrieten, welche Banalitäten sich hinter den Herrlichkeiten der Welt verbargen. Ich deponierte die Glasaugen des Falken in dem Versteck beim Finger.

Am nächsten Tag erzählte ich Thomas, dass meine Sticks konfisziert worden waren.

„Du spinnst", sagte er.

„Doch!"

„Deine Sticks?"

„Wenn ich's dir sage."

„Das kann er doch nicht machen! Sie gehören dir! Und außerdem bist du nicht sein Eigentum, mit dem er verfahren kann, wie er will."

Das konnte er. Die Dinge so ausdrücken, dass einem warm ums Herz wurde. Ich hätte Thomas an dem Tag beinahe in den Arm genommen.

„Den Kellerraum hat er auch abgeschlossen und den Schlüssel mitgenommen."

„Scheiße", sagte Thomas, und: „Ich hab's irgendwie geahnt", hängte er an. „Komm."

Schon war er auf dem Weg ins Hipetuk, einer Kneipe in einer übriggebliebenen Ruine aus dem Krieg, die dem Aufbauwahn wie durch ein Wunder entgangen war. Ins Leben gerufen von Studenten, war sie klein wie eine Garage für zwei, drei Goggos. An den weiß getünchten Wänden standen ein paar schwarze Bänke und etliche alte Wackelstühle, und an der Wand hing als einziger Schmuck ein Poster von Zappa auf dem Klo.

Im Hipetuk bestellte Thomas uns Bier. Er meinte: „Wir werden mit deinem Vater reden."

„Was sollte das für einen Sinn haben", gab ich zurück, „der Chef lässt nicht mit sich reden."

„Der Chef?", fragte Thomas. „Sag jetzt bloß noch, du nennst deinen Vater 'Chef'! Das ist ja nicht mehr normal."

Ich erklärte, dass Mutter auf diese Bezeichnung gekommen war.

„Ist ja noch unnormaler. Eine Frau sagt zu ihrem Mann 'Chef'! Das gibt's doch gar nicht." Es schien, als raube diese Vorstellung ihm seinen Verstand.

Thomas hat dann tatsächlich mit Vater geredet. Und mir war schon vorher klar gewesen, wie eine 'Unterhaltung' zwischen den beiden ausgehen musste.

„Warum haben Sie Osram die Schlagzeugstöcke fortgenommen?", fragte er in seiner ruhigen Art, nachdem er Vater begrüßt hatte, und Vater schien es einen Augenblick die Luft abzudrücken.

„Wie bitte?", fragte er dann ungläubig, als hätte Thomas ihm soeben einen Posten als Erzbischof angeboten. Dann schien er sich zu fangen und setzte seinen Feldherrenblick auf, der ihm besonders lieb war, und entgegnete knapp: „Ich denke nicht, dass ich meine Maßnahme dir gegenüber erörtern müsste."

„Das fände ich aber schon gut", meinte Thomas. „Finden Sie nicht auch, dass Sie Osram die Schlagzeugstöcke zurückgeben sollten? Er hat sie immerhin von seinem eigenen Geld gekauft."

„Ich glaube, jetzt wird der Hund in der Pfanne verrückt", ereiferte sich Vater, dem langsam bewusst wurde, dass er keine gute Figur in diesem Gespräch abgab.

„Ich möchte wirklich wissen, was dich diese familieninternen Dinge angehen."

„Osram ist mein Freund."

„Leider." Vater war ein Wunder an Beherrschung.

Wie er das meine, fragte Thomas.

„Bin ich für Ihren Sohn kein geeigneter Umgang?“

Ich glaube, so hatte niemals zuvor jemand mit Vater gesprochen, und ich wunderte mich, dass er sich noch nicht in eine Wutwolke aufgelöst hatte.

„Mein lieber Freund“, stieß Vater mit soldatischer Beherrschung hervor, „ich werde diese Diskussion besser als beendet betrachten.“

Gerade wollte er sich umdrehen, da flatterte Mutter herein, einen Ausdruck im Gesicht, als sei ihr der gefiederte Spuk auf den Fersen. Wie aufgelöst rief sie Vater entgegen: „Hast *du* die Augen herausgeholt?“

Und weil Vater und Thomas und ich sie wohl völlig verdattert angestarrt haben werden, fügte sie aufgelöst hinzu: „Es quillt schon das Stroh aus den Höhlen.“ Und überall fliege dieses eklige Zeug herum!

„Ekel, Ekel, Menetekel!“, quakte Opa im Nebenzimmer von seinem Thron.

Thomas muss diese Situation absolut idiotisch vorgekommen sein. Er schaute sich im Kreis um: Immerhin hatten alle die Augen am rechten Fleck. Und um welches Stroh es sich wohl handle und aus was für Höhlen es wohl quelle, musste ihm ein Rätsel aufgeben haben und die Vermutung nahe legen, er befinde sich in einer Irrenanstalt.

Auch Vater schien rein gar nichts begreifen zu wollen. Seine Lider flackerten mehrmals wie bei jemandem, der gerade aus einem heftigen Traum erwacht. Dann flüsterte er ein gedehntes *Wie bitte*?

„Ich kann doch nichts dafür“, jammerte Mutter. Vor Aufregung schnupfte sie sich in ein Staubtuch. Und sie habe ja den Falken von Anfang an ...

„Den Falken? Was ist mit dem Falken?“, rief Vater. Schon war er aus der Tür. Seine Schritte hallten auf der Treppe, bis sie urplötzlich erstarben.

„Wir kommen noch in Teufels Küche“, hauchte Mutter, und sie lief zum Fensterbrett und sammelte mechanisch vertrocknete Blattreste aus den Blumentöpfen, als befreie sie dadurch die Welt von ihren Makeln, und sie steckte alles in die Schürzentasche.

Man kann sich unschwer vorstellen, wie angespannt mein Körper war. Fast glaubte ich, Vater durch die Mauern hindurch sehen zu können. Wann kam nur endlich sein erlösender Aufschrei?

Er kam gar nicht. Ein kurzes Stöhnen drang allenfalls zu uns in die Wohnstube, wie wenn soeben eine entsetzliche Wahrheit in Vaters Bewusstsein vorgedrungen war. Dann, ganz leise und voller Schmerz, als habe er selbst das Augenlicht eingebüßt: „Man hat meinem Falken die Augen ausgestoßen.“

Ich glaube, erst in diesem Moment begriff Thomas, dass es sich um einen ausgestopften Vogel handelte. Er schaute zu mir herüber und sein Gesichtsausdruck verriet, dass er wusste, wer der Blender war, und ein mitleidiges Erstaunen prägte seine Züge. Ich schaute irgendwo in die Zimmerecke, denn ich ertrug seinen Blick nicht.

Was wir damals alle nicht ahnen konnten, war, dass es Vater in nicht allzu weiter Zukunft ähnlich ergehen würde wie seinem Wanderfalken.

Der bekam neue Glasaugen eingesetzt. Der Präparator, der sich damals auf die Tiefkühlleichen gestürzt hatte, zeigte sich nun erkenntlich. Er besaß noch immer das Fahrrad mit dem Anhänger.

Als dann der prächtige Falke wieder an seinem angestammten Platz hing, in alter Kraft und Herrlichkeit auf die Maus einhackte und sich von den anderen Vögeln bewundern ließ (bis auf den Raben), konnte man doch eine kleine Veränderung feststellen: Der Falke schielte. Wie Marty Feldmann! Sein linkes Auge war nicht mehr auf das Opfer gerichtet sondern fixierte, knapp an der Maus vorbeizielend, die Umwelt, als ahne er eine Gefahr, die ihm die Beute missgönne.

„Ich finde solche Aktionen bescheuert“, sagte Thomas Brendel am Tag nach dem Ereignis in seiner schockierenden Offenheit. Er meinte das Herausstechen der Vogelaugen.

„Sag selbst: Was soll das bewirken?“

Ich zuckte mit den Schultern, brummte: „Du brauchst ja deine Zeit nicht mit mir zu vergeuden, wenn du mich bescheuert findest“, und ich verspürte keinerlei Lust, weiter darüber zu reden.

Es war einer jener warmen Herbsttage, die es einem undenkbar erscheinen lassen, es könne in den nächsten Wochen, ja Tagen schon kalt und neblig werden. Zwar hatten die Kastanien längst gelbe Blätter und die italienische Eisdiele war verwaist, doch es schien uns, als sei der Sommer ein zweites Mal ins Land gekommen. Man hätte sich eigentlich fantastisch fühlen können.

Ich fühlte mich alles andere als das. Jetzt meckerte sogar schon Thomas Brendel, mein einziger Freund, an mir herum. Verhielt sich so ein Freund?

Trotzdem hatte er bewirkt, dass ich mich mit der Frage abquälte, weshalb ich den Falken verstümmelt hatte. Um mich abzureagieren? Der Welt zu zeigen, dass auch sie verletzbar ist?

In Ruhe betrachtet, ist es natürlich eine ziemlich blödsinnige Aktion gewesen; selbstverständlich wusste ich auch, dass sich dadurch kaum was ändern würde. Und es hatte sich ja auch nichts geändert, außer, dass der Falke leicht schielte.

„Dadurch veränderst du doch nichts, Osram“, hatte Thomas in einer freundschaftlichen Tonlage gemeint, „und außerdem ist es feige.“

Seine apostolische Stimmlage ärgerte mich. Warum redete er mit mir wie mit einem Idioten?

„Natürlich ändert sich dadurch was, und weshalb solle es feige sein“, fauchte ich, und für den Hauch eines Gedankens flog Montaignes Ausspruch an mir vorbei.

„Sag selbst: Du hast doch in Gedanken deinem Vater gewünscht, was du dem Falken angetan hast. Was natürlich nicht bedeuten soll, dass du deinem Vater die Augen hättest ausstechen sollen. Aber du hättest den Mut aufbringen müssen, mit ihm zu reden!“

„Das ist doch Quatsch“, fauchte ich zurück, „mit dem kann man gar nicht reden. Da gibt's nur Befehle und Anordnungen und geschlossene Ohren für andere. Du hast es doch am eigenen Leib erfahren, oder?“ Ich schoss mit wütender Wucht einen Stein in die naheliegende Ligusterhecke. Eine Katze jaulte auf und hechtete wie ein Geschoss hervor, um im Zickzack über die Straße davonzujagen. Ein befriedigender Anblick.

„Er geht überhaupt auf nichts ein“, fauchte ich weiter. „Entweder knallt er dir eine oder er präsentiert einen seiner markigen Sätze: 'Wer Ansprüche stellt, zeigt dadurch, dass er keine zu stellen hat!' Doll, was?“

Trotzdem sei es feige.

Halt doch die Klappe, dachte ich und vergrub meine Hände in den Taschen. Lange sprachen wir kein Wort.

Wir befanden uns auf dem Weg zu Brendels. Thomas hatte Lust bekommen zu fotografieren, und er wollte die Kamera holen.

Es waren jene Monate, wo ständig Typen mit Gitarren durch die Gegend liefen, und man konnte glauben, Beat-Gitarristen und Bands schössen wie Giersch aus dem Boden.

„Wir könnten eine Fotoserie über die lokalen Beatmusiker machen“, meinte Thomas. „Motive gibt's genug.“

Er wies mit seinem kantigen Kinn nach vorn: Gerade überquerte ein Jugendlicher mit schleppendem Gang und kümmerlichen Fransen in der Stirn, die wohl eine Beatlesmähne darstellen sollten, die Straße. Unter seinem Arm klemmte lässig eine Wandergitarre. Und wer war es? Herbert Pahlke. Völlig neues Outfit. Beatles-Stiefeletten an den Füßen! Und Hosen mit Schlag und einer Kellerfalte, die durch ein Kettchen zusammengehalten wurde. Beinahe hätte es mir ein Grinsen entlockt. Aber ich beherrschte mich. Thomas warf mir einen Seitenblick zu.

„Komm, hör schon auf, maulig zu sein“, meinte er. „Es reicht ja, wenn wir Zoff mit den Alten haben. Da brauchen wir uns nicht noch gegenseitig anzufeinden.“ Er haute mir eins auf den Rücken, und ich ärgerte mich über den Schlag (er war recht schmerzhaft), und dann ärgerte ich mich, weil ich mich ärgerte. Ich kämpfte darum, böse zu gucken, und musste doch grinsen, was Thomas zu der Bemerkung veranlasste: „Na, siehste!“

Herbert Pahlke war inzwischen um irgendeine Hausecke marschiert und verschwunden.

Da passt Thomas überhaupt nicht hin!

Das war mein Gedanke, als ich Brendels Haus zum ersten Mal vor mir sah. Es hatte etwas Unwirkliches an sich, und ich erinnerte mich, dass so ähnlich die Märchenschlösser meiner Kinderträume ausgesehen hatten, Häuser einer Phantasiewelt, die ich oft aufsuchte. Schon die rosa Marmorstufen am Portal, das man über eine kreisrunde Auffahrt erreichte, schienen unwirklich. Ob hier bisweilen dunkle Limousinen vorfuhren, wie man es aus Filmen kannte? Bei Abendgesellschaften zum Beispiel?

Allein dieses Rondell! In seiner Mitte spuckte ein Delphin Wasser in die Luft, und es plätscherte in unzähligen Diamanten und Saphiren auf ihn zurück, rann an seinem glatten Leib herunter und rauschte in kleineren Kaskaden hinab in die mit steinernen Blumen und Ranken umsäumte Granitschale, die gewiss ihre drei Meter im Durchmesser maß. Ein herrliches Ding!

Von der Straße aus war nur hier und da ein Stückchen weiße Mauer oder ein Teil des schiefergrauen Daches zu sehen gewesen. Eine hohe Hecke versagte der profanen Welt den optischen Zutritt. Doch als wir den Kiesweg hinaufknirschten, als wir die beiden Reihen von Zypressen imitierenden Wacholderbäumen durchschritten, Wächter, die stumm die Zufahrt flankierten, wuchs das Haus vor meinen Augen allmählich in seiner ganzen Pracht empor.

„Mein Vater hat ein Faible für italienische Architektur. Bitte sehr: Palazzo Prozzini!“ Thomas nahm die Haltung eines Fremdenführers an. „Grausam, wie?“

Ich war sprachlos vor Staunen. So beeindruckend hatte ich mir Brendels Haus nicht vorgestellt. Ein echter Palazzo! Vollkommen symmetrisch. Und das hier! In Norddeutschland! Und Thomas fand ihn grausam.

Ich fand ihn wirklich toll. Und Thomas schien mir diese Gedanken in den Augen zu lesen. Er sagte, eins verstehe sein Vater allerdings: Leute zu beeindrucken, ohne viel zu reden. Und mit unverkennbarem Zynismus in der Stimme hängte er dran: „Das ist noch Kultur.“

Ich empfand es als Kultur, was sich hier vor meinen Augen auftat. Sogar die hüfthohen unglasierten Tongefäße fehlten nicht. Üppige Kirschlorbeersträucher wucherten in ihnen. Zu beiden Seiten des Portals standen sie auf Posten, und das verlieh der Eingangstür, zu der die rosa Marmorstufen hinaufführten, etwas Sakrales. Jeden Moment würden die Türflügel aufschwingen, und eine Vestalin träte gemessenen Schrittes ins Sonnenlicht heraus.

Thomas durchkreuzte meine Wachträume und schleuste mich um die Villa herum zum Hintereingang, wo drei Garagen und zwei Mülltonnen auf uns warteten. Offensichtlich wollte er nicht, dass unsere Ankunft bemerkt wurde. Er benutzte immer die Hintertür.

Dann standen wir in einem Wirtschaftsflur, von dem aus eine Treppe zu den oberen Etagen führte. Thomas' Blick beschwor mich, ja leise zu sein.

„Bist du es, Thomi?“

Die Worte waren fast schon gesungen worden, und mir war ein sanfter Stromschlag bei dem Klang der Stimme durch den Körper gefahren. Doch Thomas verdrehte die Augen. Seine Lippen formten ein Sch..., da öffnete sich eine angelehnte Tür vollends, und wie ein heiliger Schauer kam es über mich.

„Hör auf, so etwas auch nur zu denken", zischte Thomas mir zu.

„Was soll ich nicht denken", flüsterte ich verwirrt zurück, und ich schaffte es nicht, meinen Blick von der Frau zu wenden, die dort aus dem Zimmer zu uns auf den dämmrigen Flur schwebte. Mir kam es vor, als zöge sie wie ein Komet funkelnde Lichtschleier hinter sich her.

„Das sie klasse aussieht." Sein Röntgenblick durchdrang mich.

Aber das hätte ich doch gar nicht gedacht, gab ich zurück, und dachte: Aber es stimmt ja! Sie sieht umwerfend aus. Und ich muss wie ein unter Schock Stehender auf sie gestarrt haben, denn da kam Simone Knockaert auf mich zu! Jedenfalls wirkte die Frau in dem diffusen, weichen Licht so.

„Oh, wir haben Besuch!", gurrte sie. Allein schon diese Stimme! Umwerfend. Es war eine dunkle Altstimme, die wie bernsteinfarbener Honig dahinfloss und einen verwirrenden Kontrast zu dem Blond der Haare bildete. Und es war ihre Jugendlichkeit, die in unfasslichem Gegensatz zu meiner Vorstellung von Mutter stand.

„Willst du uns nicht vorstellen, Thomi?"

Wieder dieser zu langsame Sirenengesang ihrer Stimme.

Voller Zärtlichkeit strich sie Thomas die Haarsträhne aus der Stirn. Jetzt erst nahm auch ich wieder Notiz von meinem Freund, und sein Gesichtsausdruck erschreckte mich. Hatte er wirklich solche Mühe, sich zu beherrschen? Seine Mundwinkel zuckten, und die Augen liefen in den Winkeln zu Schlitzen zusammen, als sie ihn berührte.

„Lass das", zischte er und riss den Kopf zurück. Und dann: „Osram Grahl, meine Stiefmutter! Komm, Osram." Schon drehte er sich um, da sagte Frau Brendel mit einem lächelnden Blick, der nirgendwo hinzugehen, ja, der ihr nicht einmal zu gehören schien: „Lass doch bitte dieses alberne Stiefmutter weg! Mh?" Es klang keinesfalls vorwurfsvoll.

Dann solle sie das blöde Thomi weglassen!

Schon verschluckte ihn oben auf dem Treppenabsatz der mannshohe 'David' von Michelangelo. Es wirkte, als habe Thomas sich in das Standbild verwandelt.

„Und steck doch bitte nur einmal dein Hemd in die Hose! Kein vernünftiger Mensch läuft so..."

David reagierte nicht. Reglos verharrte er, als denke er noch nicht daran, seinen Kampf gegen Goliath aufzunehmen.

Weit weg explodierte eine zufallende Tür. Frau Brendels Blick lief noch einige Stufen die Treppen hinauf hinter Thomas her, verfing sich an Davids Waden, dann rutschten ihre Augen die Stufen wieder hinab. Kurz flatterten die Lider ganz schnell auf und zu. Ein Zug von Resignation legte sich um ihren kunstvoll geschminkten Mund, verwehte in irgendeiner Ecke des Flures.

Für Sekunden schien das Haus mit allem, was es barg, zu versteinern, dann wandte sich Frau Brendel mir zu, und ihre dunkle, weiche Stimme bescherte mir das Gefühl, in einem wohligen Watteberg zu stecken.

„Osram Grahl also..." Sie zog die 'As' in die Länge, musterte mich einen Augenblick, schaute mir für Sekunden in die Augen, als habe sie dort etwas Besonderes, Rätselhaftes entdeckt, dann ging ein leichter Ruck durch ihren Körper, als kehre sie unvermittelt von einer Reise durch die Gedankenwelt zurück.

Ich selbst bekam in meiner idiotischen Verwirrung gerade ein `Ja´ hin, dachte noch: O Himmel, und rannte ebenfalls die Treppe hinauf.

„Das hätte ich mir ja denken können", fauchte Thomas, als ich in sein Zimmer kam. Er drehte mir den Rücken zu, schaute aus dem Fenster und kam mir plötzlich wesentlich kleiner vor als sonst.

„Was denn", fragte ich, versuchte mich zu fangen und ließ meinen Blick wandern. Viel war nicht zu entdecken. Obwohl der Raum um einiges größer war als meine Dachkammer, schien weniger untergebracht zu sein. Ein paar spärliche Möbel, Poster, mehr fiel mir auf den ersten Blick nicht auf.

„Dass sie uns stören muss! Natürlich..." Er unterbrach sich selbst, schien nachzudenken.

Ich schaute mich verstohlen um. An der Wand über dem Bett klebten drei Plakate: eine Hand, deren Finger gespreizt waren, und irgendwo stand eine fette 5; dann 'Drei geteilt niemals!', und quer darüber in Handschrift: 'Sagt endlich DDR'; und zum Abschluss ein Poster mit einer Bomberstaffel von fünf Maschinen, steil zum oberen Bildrand jagend, und die Kondensstreifen mutierten zu Knochenfingern, zu einer skelettierten Hand, einem Gerippearm, aus einer Trümmerstadt aufsteigend, ...

„Immer muss sie stören, und du..."

...vor deren Ruinenkulisse tote Kinder aufgereiht lagen.

„Das ist doch nicht so schlimm, oder?" Das 'und du' ließ ich lieber unbefragt.

Links ein Text: `Am meisten leiden unter Luftbombardements die stark bewohnten Teile der Städte. Da diese Gegenden zumeist vom Lumpenproletariat bewohnt sind, wird die Gesellschaft dadurch von diesen Elementen befreit. Schwere Bomben mit einem Gewicht von einer Tonne bringen nicht nur den Tod, sondern rufen auch sehr oft Irrsinn hervor.´

„Und ob das schlimm ist", sagte er gegen die Fensterscheibe. Ich hörte gar nicht richtig hin.

`Menschen mit schwachen Nerven können derartige Erschütterungen nicht aushalten. Das gibt uns die Möglichkeit, Neurastheniker zu konstatieren. Dann bleibt nur noch übrig, solche Menschen zu sterilisieren. Dadurch wird die Reinheit der Rasse gesichert.´

„Es ist alles zum Verrücktwerden", fauchte Thomas.

Mein Blick wanderte weiter: Was für ein eigenartiges Zimmer! Erst jetzt entdeckte ich, dass eine Ecke des Raumes von schwarzen Tüchern verhängt war, als befinde sich dahinter ein Heiligtum, die Stiftshütte mit Bundeslade, 'ne Gruft oder etwas Ähnliches.

Bett, Kleiderschrank und ein Regal, vollgestopft mit Büchern und anderem Krimskrams, vervollständigten diese spartanische Behausung.

„Ja, es ist zum Kotzen! Diese Selbstverständlichkeit, die in allem herrscht."

Er drehte sich um und seine Hände zitterten. So kannte ich Thomas gar nicht, hätte es nicht für möglich gehalten. Er schaute hierhin, dorthin, ein unsteter Blick, der ihm nicht mehr zu gehorchen schien. Was regte ihn so auf? War seine so souveräne, ruhige Art nur Tarnung?

Ich fingerte eine Rothändle heraus, fackelte sie mit dem Sturmfeuerzeug, das Thomas gehört hatte, an.

„Gib mir auch eine."
Hatte ich mich verhört?
„Du willst...?"
„Ja, guck nicht so. Ist meine Sache. Mach schon!"
Ich warf ihm meine fatale Schachtel rüber, gab ihm Feuer. Er rauchte hektisch, fast verbissen, hustete, und die Glut schien fast entflammen zu wollen, so zog er an der Zigarette.

Er habe, sagte er nach einer Weile, und er schien sich ein wenig beruhigt zu haben, keinen Bock mehr zum Fotografieren. Er warf sich mit Schuhen aufs Bett, und ich hockte mich in Ermangelung eines anderen Sitzmöbels auf den Fußboden, die Plakate im Rücken, vor mir eine leere Kaffeetasse als Aschenbecher auf einem kleinen Hocker.

Mit Thomas war sichtlich nichts mehr anzufangen. Er hatte sich noch eine Zigarette genommen und rauchte fanatisch und mit einer Verbissenheit, als handle es sich um eine schmerzvolle Kasteiung, die als einziges seine Seele erlösen könne. Oder als wolle er durch den heißen Rauch unliebsame Erinnerungen ausräuchern. Dabei starrte er an die völlige Leere der Zimmerdecke, sah dort möglicherweise Dinge, die mir verborgen blieben (vielleicht Bomber oder Friedensengel), und verfiel in dumpfes Brüten. Und nachdem ich mich an der Kargheit seines Zimmers satt gesehen hatte, machte ich mich auf den Heimweg, nicht, ohne mich noch einige Male auf der Kiesauffahrt nach dem Haus umzudrehen, das wie eine toskanische Villa im warmen Licht des Abends hinter mir zurückwich. Doch nichts regte sich, keine Vestalin wollte erscheinen.

Als ich in mein Zimmer eintrat, lagen die Schlagzeugstöcke auf meinem Bett. Aber ich konnte mich nicht darüber freuen, denn meine Gedanken wurden von Frau Brendel mit Beschlag belegt. War das noch normal, dachte ich. Sie ist doch über doppelt so alt wie du!

Aber es war wie ein Fieber. Und das wollte einfach nicht abklingen. Immer wieder bin ich in jenen Tagen durch die Vivaldistraße gefahren, wo Brendels wohnten. Aber das Grundstück habe ich nicht betreten.

Und ich vermied es ebenfalls, mit Thomas zu sich nach Hause zu gehen. Er schien es auch nicht zu wollen. Irgendetwas hatte sich zwischen uns geschoben. Selbst unsere Gespräche beschränkten sich auf stenografische Mitteilungen.

„Mein Vater hatte übrigens die Sticks auf mein Bett gelegt", ließ ich ihm gegenüber in der großen Pause fallen, als ich ihn vor dem Schultor mit einer Rothändle im Mund aufspürte. Wieso rauchte er jetzt andauernd? Hatte ich ihn dazu verleitet?

„Na also", antwortete Thomas. Mehr sagte er nicht zu den Sticks. Er schien von irgendetwas anderem gefangen genommen zu sein.

Ich selbst spürte in seiner Nähe ein bedrückendes Gefühl im Leib. Was war da zwischen uns getreten? Fragen wollte ich ihn nicht. Sollte er doch so wortkarg bleiben, wenn er es für nötig hielt. Und doch musste ich ständig an ihn denken. Besonders, als er für ein paar Tage fehlte. Was war nur mit ihm los? Mied er mich? Doch als ich einmal bei ihm anrief, wurde zwar abgenommen, doch niemand meldete sich. Funkstille.

Dagegen führte jemand anderes seit Tagen das große Wort: Herbert Pahlke. Jeder erfuhr, dass er dabei sei, eine Band zu gründen, die *Poison Ivy* heißen werde. Ständig trug er seine Beatles-Stiefeletten, und er grinste sehr selbstsicher. Am liebsten hätte ich ihn gefragt, ob er mit der Wandergitarre auf die Bühne wolle? Lächerlich! Ich unterdrückte meinen Ärger dadurch, dass ich mir ausmalte, wie meine eigene Band von Auftritt zu Auftritt erfolgreicher wurde, wie man mir zujubelte; ich würde es denen schon beweisen. Doch bislang war ich noch keinen Schritt weiter gekommen. Dabei war ich besser, davon war ich fest überzeugt, besser als all' die an-deren. Warum kam ich nicht zum Zuge?

Sogar Ortlieb schien erfolgreicher zu sein als ich. Er übte mit einigen Leuten in einer Garage eisern Dave-Clark-Five-Stücke und weiß der Himmel, was sonst noch. Ganze Türme alter Radios hatten sie zu Verstärkern verkabelt und übereinandergestapelt! Die reinsten Stromschlagfallen.

Trauben von Jugendlichen lungerten dort herum, wenn sie übten, und ich habe es von weitem aus der Deckung einer Litfasssäule gehört: Es klang gar nicht übel. Und mit geschlossenen Augen sah ich mich wie einen weltfremden Eremiten in meinem dumpfen Kohlenkellerloch auf den Persiltrommeln herumholzen! Mit ihren knochenleimgetränkten Pseudofellen!

Fürchterlich dämlich kam ich mir plötzlich vor. Die Idee mit den Persiltrommeln erschien mir einem Mal nur noch peinlich, und ich schwor mir: Egal wie, du musst an ein richtiges Schlagzeug kommen.

Und dann rückte Ortlieb mit einer ungeheuerlichen Nachricht heraus: Am Samstag in drei Wochen stieg ihr erster Auftritt. Die Stille knisterte wie mein weißes Nyltesthemd, wenn ich es wieder mal zu schnell ausgezogen hatte. Ortlieb schenkte mir ein Lächeln. Weshalb lächelte er auf diese Weise? War es seine Art, seinen Triumph auszukosten? Indem er sein Gegenüber der Lächerlichkeit preisgab? Mit letzter Anstrengung lächelte ich zurück. Doch meine Arm- und Nackenhaare sträubten sich wie bei Fieber.

Ortlieb hatte das Rennen gewonnen. Unbestreitbar. Ich musste es eingestehen. Doch der Gipfel kam jetzt: „Könntest du für uns kassieren, Osram?"

Aha, dazu war ich also gut. 'Kassierer für die Band'. Welche Demütigung. Ich war so von den Socken, dass ich ohne zu zögern zusagte, und obenhin fragte ich: „Und wie heißt ihr eigentlich?"

Er griente und sagte: „The Stars!"

Wie hätte die Band von Ortlieb dem Sterngucker auch sonst heißen sollen!

Die ganze Situation war unerträglich, und ich rannte hinunter in den Keller und schoss mit ein paar gezielten Fußtritten meine beknackten Persiltrommeln in die feuchten Kellerecken, dass mir die große Zehe anschwoll. Ich humpelte nach draußen, schnappte mir mein Fahrrad und jagte in die Vivaldistraße. Es war genug. Thomas und ich mussten endlich aufhören, völlig grundlos miteinander herumzumaulen. Ich hatte keine Ahnung weshalb, aber ich hungerte förmlich nach seiner Nähe. Mit einem Mal war ich überzeugt, die Ursache meiner Unzufriedenheit in unserer Spannung gefunden zu haben.

Und so keuchte ich mit dem Rad die Straßen zum Galgenberg hinauf, als urplötzlich ein heftiger Regenschauer auf mich niederprasselte. Ich hatte nicht auf das Wetter geachtet, so sehr war ich von meinen Gedanken gefangen genommen, und nun war ich völlig durchnässt, als ich Brendels Kiesauffahrt empor schlingerte und automatisch zur Hintertür fuhr. Dort warf ich mein Rad in den nächstbesten Rhododendron und sprang unter das Vordach des

Eingangs. In meiner Zehe bupperte es wie sonst nur in meiner Narbe.

Was sollte ich jetzt tun? Einfach hineingehen? Hilfesuchend wanderten meine Augen umher. Nirgendwo eine Klingel. Vorsichtig wollte ich die Tür aufdrücken, da wich sie von selbst zurück, und eine Altstimme sagte: „Kommen Sie erst einmal herein, Osram. Mein Gott, Sie sind ja durchweicht bis auf die Haut.“ Und was sie dabei tat, werde ich niemals vergessen können.

Immer wieder liege ich wach in meinem Bett, selbst heute noch, viele Jahre und Enttäuschungen danach, und erlebe diese zwei Sekunden immer aufs Neue. Sie haben sich eingeprägt in meine Nerven, meine Seele, meinen ganzen Körper. Und immer noch ruft es diese körperliche Reaktion hervor, die es schon damals bewirkt hatte.

So vieles habe ich vergessen aus jenen Tagen. Ab und an erinnere ich mich, angestoßen durch irgendein Ereignis, ein bestimmtes Wort, eine zufällige Geste an ein Erlebnis, das ich schon längst für verweht gehalten hatte in den endlosen Korridoren meines Gehirns. Doch dann ist da diese an sich so unbedeutende Geste, und sie klammert sich in meinen Hirnwindungen fest wie eine Zecke. Und alle Bemühungen, sie vielleicht doch zu eliminieren sind fruchtlos.

Ja, ich war durchweicht bis auf die Haut. Das hatte sie richtig erkannt. Und ihre Altstimme hatte es mir genauso mitgeteilt. Doch das war es nicht. Auch wenn schon allein ihre Stimme mich erregte, ihre Berührung war wie ein einziger Stromschlag. Sie sagte diese Worte, und mit einer leichten Geste ihrer rechten Hand strich sie mir ein paar feuchte Haarsträhnen aus der Stirn, vielleicht mechanisch, wie sie Thomas Brendel die Locke aus der Stirn gestrichen haben würde, und ihre schlanken, kühlen Finger glitten kurz, kaum merklich und doch so intensiv spürbar über den oberen Rand meiner rechten Ohrmuschel.

Ich gehe davon aus, dass sie das alles unbewusst getan hat. Und je mehr ich darüber nachdenke, ist es wohl doch nur Thomas´ regennasse Stirnlocke gewesen, die sie da liebevoll zur Seite strich. Und doch stellt dieser paradiesische Moment einen Wendepunkt in meinem Leben dar. Diese knappe Geste wurde zu meinem ersten wirklich erotischen Erlebnis! Und ich bin mir bis heute nicht sicher, ob sie mitbekommen hat, welche Reaktionen sie in und an mir auslöste.

Wie ein Schlafwandler werde ich dann in den Hintereingang getreten sein, und ich hatte völlig vergessen, dass mir die Zehe wehtat. Irgendwie schaffte ich es zu fragen, ob Thomas da sei. Doch anscheinend hatte sie mich gar nicht verstanden, denn sie sagte: „Ich habe Sie den Kiesweg heraufkommen sehen, Osram. Und jetzt folgen Sie mir. Wir müssen erst einmal etwas gegen Ihre Nässe unternehmen.“ Sie drehte sich um, und ich lief hinter ihr her, ohne zu ahnen, wohin sie mich führte. Ich gestehe es ein: Alles, was meine Aufmerksamkeit auf sich zog, war diese Frau, die sich dort vor mir bewegte, dass mir die Gelenke weich wurden wie nach einer Klettertour.

Und dennoch bringe ich heute nur ein verschwommenes Bild von ihr zustande, unscharf wie eines jener Wackelbilder damaliger Zeit, die es in Wundertüten gab. Aber ihre duftigen, hellblonden Locken wippen in meiner Erinnerung immer noch vor meinen Augen auf und nieder. Und wieder hebt sie die Hand, um mir die feuchte Locke aus der Stirn zu streichen.

„So, da sind wir. Hinein mit Ihnen!“, hatte sie endlich gesagt.

Das Badezimmer war geräumig wie unsere Wohnstube, voller Marmor und Licht und Wärme, ausgestattet mit Frotteetüchern, traumdick wie Teppiche.

„Trocknen Sie sich erst einmal gründlich ab. Oder duschen Sie heiß, wenn Sie mögen.“

Ich dachte daran, dass man bei uns zu Hause nur samstags badete, und musste plötzlich laut lachen. Erstaunte Blicke trafen mich. Dann war ich allein.

Mit größter Wachsamkeit zog ich mir die nassen Kleidungsstücke aus, und ich war immer auf der Hut, denn es konnte ja jemand hereinkommen. Und dennoch habe ich nicht gehört, wie sie eingetreten ist, um mir eine helle Leinenhose, ein Hemd und frische Unterwäsche zu bringen. Gerade noch konnte ich mich in das weiche Duschlaken retten. Ihre Augen wanderten an mir auf und ab und wieder verspürte ich dieses elende Puddinggefühl in den Knien.

„Es müsste Ihnen passen. Sie beide sind beinahe gleich groß“, hörte ich sie sagen. Die Kleidungsstücke legte sie auf einen Badehocker, schaute mir kurz in die Augen, wieder auf diese rätselhafte Weise, schüttelte kaum merklich den Kopf und verließ das Bad durch eine zweite Tür.

In aller Eile sprang ich in die trockenen Klamotten und musste immer wieder in eine bestimmte Ecke schielen: Ob das zarte Gespinst dort ihr Nachthemd war? Oder vielleicht ein Unterkleid? Diese dünnen Träger! Der seidige Stoff! Allein schon der Anblick trieb mir erneut Hitzewallungen durch den Körper. Gütiger Himmel, bebte ich, und stopfte das Leinenhemd fest in die Hose.

Die Sachen standen mir nicht schlecht. Vielleicht nicht ganz mein Stil; eher so 'ne Art Gunther-Sachs-Verschnitt. Aber sonst... Und wieder huschten meine Augen hinüber zu dem duftigen Nichts in Champagnerfarbe. Es einmal anfassen? Dran schnuppern? Lieber nicht, dachte ich, und berührte es doch leicht mit den Fingerspitzen. Ich schloss die Augen. Nein, ich musste mich beherrschen. Jederzeit konnte sie wieder hereinkommen.

Ich drehte der Versuchung den Rücken zu und wartete eine aufgewühlte Zeitlang. Doch sie kam nicht. Also schlich ich durch die Tür hinaus auf den Flur. Schließlich wusste ich, wo Thomas' Zimmer lag.

Kurz vor der Treppe traf mich eine tonlose Mädchenstimme, irgendwo aus einer halbdunklen Ecke hinter einem Palmenkübel: „Wieso bist du schon zu Hause, Vater?“

Verwirrt drehte ich mich um. Vater?

„Oh“, hauchte das Mädchen, dessen Gesicht zu großen Teilen von einem Gestrüpp mittelblonder Strohhaare zugewuchert war. Was starrte sie mich so an? Jetzt presste sie sich ihre gespreizten Finger vor den Mund, und rings um die Iris ihrer Augen leuchtete das Weiße wie bei Munchs *Schrei*. Ihr Blick flackerte von meiner Kleidung zu meinem Gesicht und wieder zurück. Dann drehte sie sich um und rannte durch irgendeine Tür davon.

Ein seltsames Verhalten, fuhr mir durch den Kopf. Wie alt mochte das Mädchen sein? Vielleicht mein Alter? Schwer zu sagen. Zu merkwürdig war der Auftritt gewesen. Und ich fragte mich, wer das gewesen sei? Möglicherweise eine Schwester von Thomas? Noch immer sah ich diesen Blick auf mich gerichtet! Und dazu diese Frisur! Haare waren wohl die Problemzone der Brendels-Kinder.

„Gabriela?“ Frau Brendel war geräuschlos aus dem Bad getreten. Ob hier nicht eben ein Mädchen gewesen sei? Sie meinte, eine Stimme gehört zu haben. Und völlig übergangslos: „Na bitte, die Garderobe passt Ihnen ja wie angemessen, Osram.“

„Sie ist in das Zimmer dort gelaufen“, sagte ich.

„Bitte? Ach so.“ Als ob es sie nicht weiter interessierte!

„Wissen Sie, ob Thomas oben ist?“, wollte ich wissen.

Thomas? Aber nein, sie habe keine Ahnung, ob er überhaupt im Hause sei.

Im Eilschritt sprang ich die Treppe hinauf. Ich wusste ja, wo sein Zimmer lag. Eine Wendung nach links brachte mich in den Rücken von Michelangelos David, drei, vier Schritte, und ich stand vor seiner Zimmertür und las: Nicht stören! Please don't disturb!

Das Schild hing an seiner Türklinke, als wär's ein Hotel. Und für ein paar flüchtige Herzschläge dachte ich, er liege dort hinter der Tür auf seinem Bett, leide wie ich unter unserer Spannung und wolle deshalb nicht gestört werden. Voller Hoffnung klopfte ich.

„Thomas?“

Ich lauschte. Knarrte das Bett? Vielleicht leise Schritte? Verhaltenes Klagen?

„Wer ist denn da“, brüllte jemand, als sei er gerade höllisch beschäftigt. Nicht mal meine Stimme hatte er erkannt! Na ja. Ich rief meinen Namen. Augenblick Stille. Dann antwortete er wie abwesend, ich müsse noch einen Moment warten.

„Okay“, rief ich fröhlich, und ich hatte keine Ahnung, warum schon wieder so eine Giftglut von Beleidigtsein in mir herumschwelte. Ob ich nicht lieber nach Hause fahren sollte?

Doch schon wurde die Tür aufgerissen.

„Herein!“, brüllte ein rauchendes Wesen und riss mich am Arm ins Zimmer, „das musst du dir ansehen. Ich bin gerade fertig geworden.“

Als wäre nie ein Missklang zwischen uns gewesen! Als hätten wir uns erst vor ein paar Stunden gesehen!

„Wenn Sie bitte hierherschauen wollen!“ Wie ein Verkäufer pries er mir Fotos im DIN A 4 Format an, die an einer Wäscheleine im Schummerlicht quer durch sein Zimmer aufgereiht waren.

„Na?“ Er schaute mich siegesgewiss an.

„Ja“, murmelte ich, völlig konfus in meiner Urteilskraft, und ob er nicht ein wenig mehr Licht hereinlassen könne? Wie? stutzte er. Ach so! Na klar!

Thomas riss die Fensterläden auf. Und nun tummelten sich vor mir Menschen, die sich in Grabbeltische hineinwühlten, als wollten sie in den Warenbergen Zuflucht suchen; oder sie schleppten schwere Verpackungen durch die Gegend, keuchend, buckelnd, mit Schweißperlen auf der Stirn und einem seligen, aber irgendwie stupiden Lächeln im Gesicht.

Ein irrsinniger Fettwanst wuchtete eine Edelstahlwanne mit endlosen Würstchenschnüren durch die Gegend, während eine ältere Dame mit einem zitronensauren Gesicht einem Mädchen in höllisch kurzem Rock nachsah. Einige Lustgreise moralisierten in sicherer Entfernung mit vor verhaltener Geilheit verunstalteten Gesichtern.

Am besten aber gefiel mir noch das 'Beatles Bild'! Eigentlich war's schon ein Beatlesparadies: Beatles-Stiefel, Beatles-Pullover, Beatles-Servietten, Beatles-Tassen, Beatles-Bücher, Beatles-Anzüge, Beatles-Bettwäsche, Beatles-Brillen und weiß der Teufel, was nicht alles mit den Beatles drauf! Und jede Menge Jugendlicher mit Beatles-Frisuren drängelten sich davor. Sogar die Verkäufer hatten Beatles-Perücken auf, ein albernes Szenario.

„Was meinst du?“ Thomas strich wie ein beutegieriger Fuchs vor den Bildern auf und ab, fasste mich wieder mit seinen Augen: „Na?“

Wie kam er auf derartige Motive? Wo fand er sie?

„Gut!“, rief ich.

Warum knipste er sowas?

„Wirklich: Nicht schlecht!“, gab ich von mir. „Der Fette ist ja prima getroffen! Sieht selbst aus wie ein gemästetes Schwein.“

Was hatte er mit solchen Bildern vor?

„Mensch, Osram“, rief Thomas, und packte mich bei der Schulter, „ich bin extra nach Berlin gefahren, um diese Fotos zu schießen. KDW. Genau das, was ich gesucht habe. Konsumterror in seiner schönsten Ausprägung! Der Mensch als Priester und Opfer auf dem heiligen Altar wirtschaftlichen Wachstums. Warenhäuser, die Dome der Gegenwart! Ställe der goldenen Kälber! Ich höre es blöken, wenn ich die Bilder sehe. Du nicht?“

„Schafe blöken", gab ich zu bedenken, „und nicht Kälber!" Denn immerhin war ich auf dem Lande aufgewachsen.

„Ist doch scheißpiepegal", lachte er, „Hauptsache der Kern stimmt."

Thomas war eben schon damals verrückt. Warenhäuser als Dome zu bezeichnen! Dafür hatte er Augen. Und was für Augen. Da fielen ihm Dinge auf, an denen andere achtlos vorbeimarschierten. Aber über das von seiner Stiefmutter mir verpasste Outfit verlor er nicht ein Wort. Er hat mich wahrscheinlich nicht einmal richtig angesehen. Als habe er schon an jenem Tage mich, die Schule, ja Hildesheim hinter sich gelassen, um unbeirrt seinen Weg zu gehen.

Ein paar Tage später drängelte man sich im Eingangsflur des Gymnasiums vor dem schwarzen Brett, direkt neben dem Terrarium, wo ein Alligator seine Einsamkeit in Reglosigkeit umsetzte.

Ob man die Fotos schon gesehen habe? Den Text? Nein?

Starke Bilder! Mit den Beatles! Man müsse in der nächsten Pause gleich hin.

Es war zu spät. Die Fotos und der Text waren verschwunden. Einfach futsch. Keine Spur von Warenbergen, die den Leuten vorgaukelten, sie lebten im Paradies! Ein kahles Brett starrte uns provozierend an. Nichts mehr von *ausgebeuteten Menschen, die brav produzierten bis zum Umkippen, um dann ihr sauer verdientes Geld für diesen ganzen Mist auszugeben! Und ansonsten hatten sie still zu sein wie eine unmündige Herde dummer Rinder auf der Fahrt in den Schlachthof*. Das hatte Thomas dazu geschrieben.

Alles war urplötzlich und spurlos weg. Tabula rasa! So etwas nenne man Zensur, sagte Thomas. Oberstudienrat Stockfisch stand mit einem Mal neben uns. Skeptische Blicke trafen uns. Der alte Stockfisch zog Thomas zur Seite.

„Ein richtiger Beitrag am falschen Ort", sagte er, „und vielleicht 'ne Spur zu emotional. Aber: Hast du wirklich geglaubt, er würde an dem schwarzen..." Stockfisch fixierte Thomas' Gesicht, die verschmitzt leuchtenden Augen. Dann schüttelte er den von Altersflecken gesprenkelten Kopf und murmelte: „Nein, du wolltest es so. Du bist ein gerissener Bursche. Bitte, sei vorsichtig! Leute wie du zahlen oft einen hohen Preis. Einen zu hohen Preis. Wem nützt es, wenn man die Wahrheit kennt, und sie nicht mehr sagen kann."

Dann schlich Oberstudienrat Stockfisch den Flur entlang, vorbei an den Schaukästen des Kunstraumes mit gelungenen *Farbklängen*, *Graustufen, chromatisch* oder *Klees Vermächtnis*. Auch mein Bild war dabei.

Nach der Schule vertraute Thomas mir an, er werde genau dieselben Sachen noch einmal aushängen.

„Und?“, warf ich ein, „übermorgen sind sie dann wieder verschwunden.“

Ob ich mir denken könne, wer die Fotos mit dem Text geklaut habe? Ich überlegte. Herbert Pahlke vielleicht? Aber der war ja in der ersten Stunde nicht auf dem Flur.

„Während des Unterrichts könnte es eigentlich nur ein Lehrer oder der Hausmeister gewesen sein.“

„War mir eh klar“, sage er grinsend, „tippe auf Lehrer. Einen ganz bestimmten.“

Ich schaute ihn neugierig an. Wen meinte er?

„Aber es ist das Schwarze Brett der SMV! Und in der SV-Sitzung letzte Woche haben wir beschlossen, Beiträge zu aktuellen Problemen am Brett zu veröffentlichen. Um die Leute zum Nachdenken anzuregen.“

„Aber keine politischen Sachen!“, gab ich zu bedenken.

„Keine parteipolitischen! Und übrigens: Alles, was man macht oder nicht macht, ist schon politisch! Es gibt gar keine unpolitische Haltung!“ Sogar Nichtstun sei schon politisch.

Ich schaute ihn skeptisch an. Wer weiß, in welche Gedankengänge sich Thomas da wieder verrannt hatte, dachte ich.

„Was gibt's denn hier Interessantes zu sehen?“ Mit einem jovialen Lächeln, die Hände wie Goethe auf dem Rücken verknotet, stand Dr. Pohlmann, der Direktor, urplötzlich hinter uns, wie immer scharf rasiert; im Gesicht *und* im Nacken. Und auf der Wange der Schmiss. Schlagende Verbindung. In einer Biostunde hatte er uns davon erzählt: „Und bei einem Kommilitonen haben sie damals nach der Mensur aus Versehen den Kaumuskel an den Lachmuskel genäht! Immer wenn er aß, glaubte man, er lache.“ Alles lachte.

„Der Unterricht fängt jeden Augenblick an, meine Herren“, sprach er in einem fast koketten Tonfall.

„Stimmt“, erwiderte Thomas. „Ach, übrigens, wissen Sie zufällig, wer hier vom SMV-Brett den Beitrag abgenommen hat?“

Ich stieß Thomas in den Rücken; er sollte Pohlmann nicht noch extra aufhalten und womöglich reizen. Dann kam der noch auf die Idee, mich wieder auf meine Haare anzusprechen.

Doch inzwischen fanden sich immer mehr Schüler ein, gruppierten sich unauffällig um uns und lauschten neugierig.

„Was denn für einen Beitrag“, erkundigte sich Dr. Pohlmann interessiert und reckte seinen Kopf nach Art einer Schildkröte vor. Sein Atem roch wie die muffige Sakristei der Michaeliskirche. Warum besaßen alte Menschen oft einen derartigen Mundgeruch, fragte ich mich.

„Zum Thema 'Mensch - Konsum - Gesellschaft'“, antwortete Thomas, „oder, wie manche neuerdings treffend sagen: 'Konsumterror'!“ Bei diesen Worten fixierte er den Direktor durch seine Trotzki-Brille.

Dr. Pohlmanns Stirn hatte sich mit einer zarten Röte überzogen, und er meinte, er habe keine Ahnung, und welcher Lehrer denn den Beitrag gegengelesen habe? Denn das sei an dieser Lehranstalt so üblich! Wegen der guten, vertrauensvollen Atmosphäre zwischen Schülerschaft und Lehrkörper.

Niemand habe den Beitrag gegengelesen.

„Ach nein?“. Dr. Pohlmann schien aber sehr erstaunt, doch er werde sich umhören, wer die Sachen abgenommen haben könnte.

„Geht jetzt in den Unterricht.“ Es gongte gerade. Pohlmanns neuer, fortschrittlicher Westminstergong! Der sei so melodisch. Nicht mehr diese schreckliche, despotische Klingel! Habe sich ja vorher hier fast wie in einer Kaserne angehört! Und das sei unsere Schule doch nun wirklich nicht! Allein schon der Klang eines Gongs wirke demokratischer! Nicht dieser herrische Unterton, nicht wahr? Passend zum neuen Geist unserer Republik.

„Pohlmann ist eigentlich ganz o.k.“, stellte ich überrascht fest. Zumal er auch kein Wort über meine Haarlänge verloren hatte.

„Was du nicht sagst.“ Es lag ein seltsamer Unterton in Thomas´ Worten.

Tags darauf rief er mich nachmittags an. Ob ich Zeit hätte?

Na klar. Hatte ich. Das Reparieren der Persiltrommeln konnte warten.

„Ich denke, du bist krank?“, fragte ich, denn er hatte sich nach der zweiten Stunde krankgemeldet.

Kurz darauf war Thomas bei mir und schleuderte einen großen gelben Briefumschlag auf mein Bett. Fotos.

„Wie hast du die denn aufgenommen?“ Ich war platt vor Staunen, als ich sie aus dem Kuvert genommen hatte.

„Teleobjektiv. Kein Problem!“

Ich konnte die Augen nicht von den Bildern nehmen. Da wurde ja der Hund in der Pfanne verrückt! Ich drehte mich zu Thomas um. Er griente.

„Du hast es gleich geahnt, stimmt´s?“

„Wer sonst“, meinte er. „Tolle Aufnahmen, wie?“

Und ob die toll waren! Man erkannte sogar den scharfen Haaransatz! Und da: Die Mensurnarbe!

„Das hätte ich nicht gedacht“, sagte ich. „Und was willst du mit den Fotos anfangen?“

Thomas antwortete nicht sofort. Dann meinte er: „Ich weiß es selbst noch nicht.“ Er sammelte die Bilder wieder ein und steckte sie in den Umschlag zurück.

„Komm, lass uns ins Hipetuk ein Bier trinken gehen. Oder auch zwei, oder drei. Oder wir besaufen uns einfach.“

Und dann kam Ortliebs großer Auftritt.

Im Gasthaus 'Zur Linde' in Ochtersum, einem Dorf, nur zwei Kilometer vor der Stadt, jenseits jener Felder, die heute mit Wohnsilos zugepflastert sind.

Da es bis zur Gaststätte nicht weit war, konnte man die Anlage mit dem Handkarren hinschaffen.

In den Tagen vorher wurden Verstärker zusammengelötet, Boxen gebaut und Kabel überprüft. Die 'Stars' hatten nur einen einzigen richtigen Verstärker, einen geliehenen Bass King, und über den liefen neben dem Bass auch noch Gesang und Rhythmusgitarre.

Ortlieb zog eine Rolle Eintrittskarten hervor; von der Gemeinde abgestempelt. „Wegen der Vergnügungssteuer!“ Und GEMA kostete auch 70 DM.

„Wie viel Eintritt verlangt ihr?“, fragte ich. Ortlieb hatte mir eine grüne Stahlkassette in die Hand gedrückt.

„Zwei Mark pro Person.“

Die 'Stars' hatten eine Reihe Plakate gemalt und aufgehängt, doch die meisten davon waren schon tags darauf von anderen

Bands überklebt worden, die ebenfalls an diesem Wochenende auftraten. Doch dann wurden auch die überklebt. Von Wahlkampfplakaten zur Bundestagswahl.

„Zwei Mark?“, fragte ich. Da mussten ja 35 Leute nur für die GEMA kommen!

Er erwarte Hunderte, meinte Ortlieb, allein schon die Schüler vom Andreanum. „Sollst mal sehen, der Saal platzt aus allen Nähten!“

Klangprobe. Autsch! Na ja. Mehr war nicht rauszuholen aus den Radiotürmen, die sie geschickt hinter der Box des Bass King versteckt hatten.

Um sieben Uhr kamen die Fans, die am Übungsraum immer herumlungerten. Sie wollten eigentlich umsonst rein. Scheißgefühl, zu kassieren. Und im Saal knackte und brummte es. Ein schriller Pfeifton malträtierte kurz und heftig die Ohren. Schmerzhaft verzogene Gesichter. Ortlieb mühte sich am Mikro ab: „Eins zwei, one two, eins zwei, Onkel Willi.“ Kracks! Es war halt nur ein einfaches Tonbandmikro. Was konnte man da verlangen? Klang alles ziemlich dumpf.

Zwölf Karten hatte ich mittlerweile verkauft. Vor meinem Kassiertisch waren ein paar potentielle Besucher aufgetaucht und versuchten, um die Ecke zu linsen. Eben mal die Band sehen! Vielleicht kannte man ja wen. Krckkss!

„Spielen die gar nicht?“

„Doch, gleich.“

„Hoffentlich!“

„Anfangen“, signalisierte ich Ortlieb, der inzwischen einen Hut, weiß der Himmel wieso! über das Haar gestülpt hatte, und: „Two three four: 'On the pieces, bits and pieces...',„

Es knackte und pfiff, und Ortlieb brüllte mit dicken Adern am Hals wie vom Satan besessen ins Mikro, damit wenigstens etwas von dem 'Gesang' durchkam. Oh Himmel! Bloß nicht den potentiellen Besuchern in die Augen schauen.

„Soll das alles sein?“

„Kann der auch singen?“

„Soundcheck!“, sagte ich, „Sie fangen ja gerade erst an. Die Anlage muss erst noch richtig eingestellt werden.“

„Na gut, zwei Karten.“

Donaldstempel hier, Donaldstempel da. Jetzt waren schon 28 Mark in der Kasse. Vielleicht hätten sie besser Dagobert nehmen sollen.

„...and I'm feeling:“ Rums rums „Glad all over...“

„Weiterüben!“, rief ein ganz fideler Bursche und lachte Beifall heischend in die Runde. Die ersten verließen schon wieder den Saal. Sie wollten lieber doch zu den 'Sounders'. Die könnten wenigstens spielen. Dieser Sänger sei ja 'ne Katastrophe. Und dafür zwei Mark!

Armer Ortlieb! Zum ersten Mal tat er mir richtig leid. Aber er konnte ja nichts dafür, dass es so beschissen klang. Er sang ja fast schon ohne Mikro, so schlecht war das.

Gegen 22.00 Uhr war der Dorfsaal bis auf einen Betrunkenen „Ihr seid 'ne Super-rülps-combo!“ und den enttäuschten Wirt leergefegt. Da komme man ja nicht mal auf seine Kosten, meinte der. Dennoch gab er der Band ein Bier aus und übernahm freiwillig die GEMA.

„Scheiß Anlage“, schimpfte Ortlieb, und erst müssten mal vernünftige Verstärker her; und wie übrigens sein Gesang gewesen sei?

„Ganz gut“, log ich, damit seine Stimmung nicht völlig den Bach runter ging.

„Ihr wart Schpitze“, blubberte der Besoffene, „das kökönnt ihr dem Siggi glauben!“ Und sie sollten mal ein Bier ausgeben.

„Na, wie war's gestern Abend?“

Der Chef saß im Bademantel am Frühstückstisch, wie immer weiches Eigelb am Kinn.

„Geht so“, brummte Ortlieb, der einen leichten Kater zu haben schien.

„Wie viele waren denn da?“ Vater schob sich einen Löffel mit weichem Ei in den Mund.

Ortlieb grunzte etwas von 'ne ganze Reihe, und widmete sich einer Scheibe Toast. Mutter kam aus dem Nebenzimmer, wo Opa Astenbeck vor sich hin schmatzte.

„Du hast da was“, sagte sie zu Vater und nickte in Richtung auf sein Kinn.

„Ach, guckt doch woanders hin“, murrte er und wischte sich über den Mund.

An diesem Sonntag wurde gewählt.

„Wen wählt ihr: SPD, FDP oder CDU“, fragte ich. „Oder vielleicht gar die NPD?“

„Wahlgeheimnis!“, sagte Vater.

„FDP“, meinte Mutter.

„Grrmpf“, kam es aus dem Nebenzimmer.

Erhard machte das Rennen.

„Adenauer war mir lieber“, offenbarte Vater.

Und die 'Stars' probten heftiger denn je zuvor, denn Ortlieb hatte nur noch bis zum nächsten Sommer Zeit.

„Hast du dich schon bei der Bundeswehr erkundigt?“, fragte Vater. „Nein? Dann wird's aber höchste Eisenbahn!“

Es ging um Ortliebs Verpflichtung als Offizier auf Zeit. Für Vater eine Selbstverständlichkeit. Familientradition.

11

Josefine

Es war eine fiebrige Zeit.

Seitdem Thomas in Berlin gewesen war, um seine Konsumterrorbilder aufzunehmen, drang er ständig in mich, mit ihm zusammen dorthin zu fahren. Ob ich nicht in den Herbstferien Zeit hätte? Wir könnten bei einem Verwandten wohnen.

Der Chef hätte das nie erlaubt. Das wusste ich. Doch konnte ich das vor Thomas zugeben? Der hätte am Ende behauptet, ich sei nur zu schlapp, mich durchzusetzen. Also gab ich vor, ich würde gerne mitkommen, nur leider habe Opa Astenbeck ausgerechnet zu der Zeit seinen 75sten Geburtstag.

„Wer weiß, vielleicht ist es sein letzter.“

„Macht nichts. Fahre ich eben alleine“, sagte Thomas. Doch die Art, wie er mich von der Seite ansah, gefiel mir nicht. Was verlangte er da schon wieder von mir?

„Ich kann doch nichts dafür“, verteidigte ich mich.

„Ist ja schon gut“, meinte er, er sage ja gar nichts.

Thomas war von mir enttäuscht. Da bin ich mir ziemlich sicher. Letztlich war ja auch ich selbst enttäuscht. Wie gerne wäre ich mitgefahren.

Es war eine typische Situation für den Finger. Die innere Ruhe war mir völlig abhandengekommen. Und mit dem einzigen Freund, den ich besaß, konnte ich nicht darüber reden, denn immerhin bestand ja in ihm der Grund für meine seelische Schieflage.

Also kramte ich den schwarzen Zeigefinger aus dem Versteck hervor. Lange Zeit hatte ich ihn nicht beachtet, und als ich ihn nun hervorholte, war er völlig zugestaubt. Ich putzte den Glaszylinder gründlich sauber. Und da schien es mir, als habe sich irgendetwas verändert. Ich schaute ihn genau an, drehte das Glasgefäß langsam um seine Achse. Und dann glaubte ich es gefunden zu haben. Etwas stimmte mit der Haut nicht! War sie nicht rissiger geworden? Dort, diese roten Linien, Craqueluren alter Gemälde ähnlich, hatte ich bislang noch gar nicht wahrgenommen. Oder täuschte ich mich? Hatte ich den Finger nur zu lange Zeit nicht gesehen? Am Ende war ich mir völlig unsicher.

Aber das Schweben, das mich wie immer in seinen Bann zog: Das war auf alle Fälle unverändert; und es schenkte mir beinahe sofort eine magische innere Ruhe. Mit beiden Händen hielt ich den Glaszylinder umfasst, dachte, flüsterte vielleicht sogar: Du fragst einen nichts, du lässt einen in Frieden und spendest doch Trost. Du bist da, wenn man dich braucht; nein, du kannst nicht der Finger des Teufels sein. Wenn schon, dann bist du ein himmlischer Finger.

Mir war Michelangelos Adam mit Gottvater in der Sixtinischen Kapelle eingefallen. Und ich betrachtete meine Finger, die zu beiden Seiten des Glaszylinders lagen. Wie Fremdkörper kamen sie mir vor. Als gehörten sie überhaupt nicht zu mir.

Aber es sind meine Hände, flüsterte ich; und doch waren sie mir sehr fremd in diesem Augenblick. Dagegen schien der schwarze Finger schon auf die feinsten Strömungen meiner Gedanken zu reagieren. War er nicht mehr mein Finger als diese leblos wirkenden Hautgebilde, die sich dort um das Glas schlossen?

Leblose Gebilde!

Was war der Motor meines Lebens? Wo war mein Gott, der mir Leben schenkte, so, wie Michelangelos Gottvater es gerade bei

Adam vorhatte? Lange dachte ich darüber nach, doch mir fiel nichts ein.

Am Abend erzählte Ortlieb mir, dass die 'Stars' bald ihren nächsten Auftritt hätten. Diesmal würden sie auf einem Kirchengemeindefest irgendwo auf dem Lande spielen. Bertold habe es arrangiert. Der wohne dort. Zwar höre sich das Ganze nicht so großartig an, aber dafür bekämen sie eine feste Gage: 150 DM. Und einen neuen Verstärker habe er inzwischen auch. Einen gebrauchten Eminent. Volle 50 Watt habe der! Jetzt könne er endlich richtig singen.

„Wo hast du denn so viel Geld her“, wollte ich wissen.

„Wieso 'viel Geld'?“ Er habe ihn gebraucht gekauft. Über eine Kleinanzeige. Habe nur knapp ein Drittel vom Neupreis gekostet.

Am nächsten Nachmittag durchforschte ich die Zeitung. Vielleicht wurde ja auch ein Schlagzeug angeboten. Aber unterhalb der Woche waren die Offerten sehr dürftig. Erst recht bei Musikinstrumenten. Ein Drumset war nicht dabei. Gerade wollte ich die Zeitung weglegen, da flog die Wohnzimmertür auf und der Chef stürmte mit wehendem Mantel und flatterndem Schal herein, einen großen Blumenstrauß in der Faust.

„Hast du irgendwo meine Wagenpapiere gesehen, Junge“, fragte er und spurtete um den Tisch. Er wolle nur das Auto holen und müsse schleunigst wieder los.

„Vielleicht liegen sie oben auf dem Schreibtisch“, meinte ich, um irgendetwas zu sagen. Doch schon hatte er sie auf dem Fernseher entdeckt und wirbelte zur Zimmertür, den Blumenstrauß in Vorhalte.

Er lief genau in Mutters Arme.

Mutter hatte schon den ganzen Tag einen angespannten Eindruck gemacht. Immer wieder war sie durchs Haus gelaufen, hatte hier gekramt und dort gewischt und fortwährend aus dem Fenster gesehen.

Jetzt stand sie vor Vater, der Anstalten machte, die Blumen hinter seinem Rücken zu verbergen und an ihr vorbeizugleiten. Doch Mutter hatte den Strauß entdeckt, nahm ihn in beide Hände und ihr Gesicht leuchtete in einem Ausdruck zarten Glücks, als sie hervorbrachte: „Ich hatte schon nicht mehr daran glauben wollen.

Ach, Odin, vielen Dank!" Dass er nun doch noch daran gedacht habe! Es grenze ja fast an ein Wunder.

Vaters Blick stagnierte in völligem Unverständnis. Ein allgemeingültiges Lächeln fand dann doch irgendwie den Weg in sein Gesicht, während er eine Karte unauffällig unter das Deckchen der Bismarckbüste schob.

Mutter wickelte inzwischen recht ungeschickt das Seidenpapier vom Strauß und schluchzte fast: „Rote Rosen! Oh, Odin! Und so viele!"

Sie zählte: „25 Stück!" Ihre Wangen glühten. Aber warum 25? So lange seien sie doch noch gar nicht verheiratet. Und während Vater etwas von 'wird sich wohl verzählt haben' murmelte, hielt nun Mutter ihrerseits, wie durch Zauberei, ein Päckchen in der Hand.

„Und das ist für dich!"

Vater griff verlegen lächelnd zu. „Für mich?"

„Ja", flüsterte sie, „nur eine Kleinigkeit."

Mutter arrangierte den Strauß in ihrer besten Chinavase. Großes Glück durchstrahlte ihr Gesicht. Ein letztes Mal in ihrem Leben. Nie mehr danach habe ich sie so gesehen. Und während sie sich noch einmal dem Irrglauben an die Kraft und Herrlichkeit der Liebe hingab, bemerkte sie nicht, wie Vater sich die Stirn hielt, als peinige ihn ein plötzlicher Migräneanfall. Immer noch starrte er geradezu ungläubig auf sein Geschenk, an dem ein Kärtchen baumelte: *Alles Liebe zum 18. Hochzeitstag! Deine Irmel.*

Ach Gott, ich Esel, auch das noch, glaubte ich ihn flüstern gehört zu haben. Doch schon raffte er sich auf. Und es täte ihm sehr leid, aber leider müsse er gleich wieder fort! Und Vater pulte am Päckchen herum, bekam es endlich auf und entnahm ihm goldene Manschettenknöpfe, rief in der Tonlage größter Überraschung, oh, wie schön, und 'die habe er sich schon lange gewünscht'. Und er werde sie sofort benutzen. Was er auch tat.

Dass er nicht ein wenig länger bleiben könne, sei aber wirklich schade, meinte Mutter. Ob er denn zum Abendbrot heimkehre? Sie habe extra...

Das sei es ja gerade, klagte Vater, und fummelte den zweiten Manschettenknopf durch die Löcher, es könne möglicherweise gerade heute etwas später werden. Schon war er draußen.

Mutter schaute nun doch enttäuscht. Aber dann fiel ihr Blick wieder auf die Rosen. Was für ein Rot! Wie Herzblut! „Wo stelle ich sie am besten hin“, murmelte sie mit rosa Wangen und wählte den Flügel. Möglicherweise wegen des Farbkontrastes: Schwarz mit rot. Durch die Bewegung fielen ein paar Tropfen von den Blüten auf die Politur, direkt neben Bismarck. Es sah aus, als habe er geweint. Auch Mutter hatte es entdeckt, hielt plötzlich ihr Taschentuch in der Hand, wischte die Tränentropfen fort und - zog die Karte unter dem Spitzendeckchen hervor.

Sie schaute erstaunt, drehte die Glückwunschkarte herum, las, und dann fiel die Karte zu Boden. Mutter presste das Taschentuch zusammen wie eine Zitrone beim Fischessen. Dann löste sich, kaum hörbar, ein abgrundtiefer Seufzer aus ihrer Brust, und wortlos lief sie aus dem Zimmer.

Tränen habe ich bei ihr nicht gesehen, nur Fassungslosigkeit und grenzenlosen Kummer. Selbst die geringste Spur des jähen Glücks, das so schnell und unverhofft über sie gekommen war, hatte ihr Gesicht für immer verlassen.

Ich hob die Karte auf und las: Meiner entzückenden Mitarbeiterin zu ihrem fünfundzwanzigsten Geburtstag! Odin Grahl.

Schöne Scheiße, dachte ich. Aber mir fiel auch nicht ein, was ich hätte tun können. Zu Mutter hochgehen und sie trösten? Aber was hätte ich ihr sagen sollen?

Die folgenden Tage waren bedrückend. Sogar Opa Astenbeck war stiller als sonst. Und Vater selbst schlich wie ein geprügelter Köter durch die Gegend, reuig, und doch ein Kläffen parat haltend.

Herrgott, da sei doch nichts mit dieser Helma von Stroth! Und er habe ihr als Dienststellenleiter, und das sei schließlich seine gottverdammte Pflicht! nur eine Aufmerksamkeit zum Geburtstag zukommen lassen.

Mutter antwortete nicht. Nicht mal durch ihr Schnüffeln. Und ich glaubte Vater auch nicht so recht. Keiner wird ihm geglaubt haben. Einfach so schenkte man seiner entzückenden Mitarbeiterin nicht solche Massen an dunkelroten Rosen. Vor allem, wenn man so unerhört sparsam war wie Vater. Ein Usambaraveilchen hätte da eher zu ihm gepasst; allenfalls noch Bartnelken. Aber Baccararosen? Mutter war ja nicht blöd.

Dann kam der zweite Auftritt der 'Stars'. In einem Provinzgemeindesaal. Ich half beim Aufbauen. Die Bühne war recht klein. Ein jugendlich sich gebärdender Pfarrvikar turnte ständig zwischen uns und der Anlage herum. Aus seiner Jackentasche lugte das Kopfstück einer Blockflöte hervor. Sicherlich würde es nicht lange dauern, bis er sie in Aktion treten ließ.

Er liebe die neue Musik, ließ er uns wissen, und er sei selbst auf mehreren Instrumenten leidlich zu Hause. Sogar das Gitarre zupfen habe er erlernt. Wahrscheinlich auf einer Bibelfreizeit.

„Darf ich mal“, fragte er Bertold, der eine halbakustische Gitarre besaß. Und ohne eine Antwort abzuwarten, schlug der Kirchenmann die Saiten und sang 'Danke für diesen guten Morgen, danke für diesen neuen Tag', und ob wir das kennen würden? Möglicherweise könnten die Stars es ja auch nachher spielen. Das wäre doch die Wucht, oder?

Er schaute sich im Kreise um. Jawohl, er sei höchstpersönlich bereit, ans Mikrofon zu treten, um diesen wunderschönen neuen Song anzustimmen.

Glücklicherweise stürmten schon die ersten Jugendlichen aus dem Dorf herein. Das enthob uns einer Antwort.

„Der hat 'se wohl nicht alle“, brummte Bertold und wischte die Saiten mit einem Tuch ab, während der Pfarrvikar sich in der Gruppe Jugendlicher auflöste.

Der Auftritt klappte diesmal wesentlich besser als im Dorfkrug in Ochtersum.

„Die sind nicht schlecht“, hörte ich eine Mädchenstimme hinter mir sagen. Und ein Mann pflichtete ihr bei. Ich drehte mich um. Die Stimme war mir bekannt vorgekommen: Natürlich, wieder dieser Pfarrvikar! Er wippte frisch im Takt mit und gab sich recht jung. Wohl wegen des Mädchens neben ihm. Das besaß eine schwarze Mähne, und ihre dunklen Augen strahlten den Vikar an. Dann trafen sich unsere Blicke. Das Mädchen lächelte. Offenbar eine rechte Frohnatur. Auch der Vikar hatte mich entdeckt, nickte und rief: „Alle Achtung! Spielen können die 'Stars' einfach toll!“

Ich fand sein Urteil etwas übertrieben. Sie spielten zwar wesentlich besser als neulich, aber von einfach toll konnte nicht die Rede sein. Wenigstens kam der Gesang jetzt richtig zum Tragen.

Der Pfarrvikar hatte sich inzwischen neben mich geschoben. Und er habe zuerst gedacht, ich würde auch mitspielen. Noch immer wippte er dynamisch den Takt mit.

Links neben ihm hatte sich inzwischen die Schwarzhaarige eingefunden. Ob die was miteinander hatten? Eigentlich absurd! Was sollte dieses hübsche Mädchen von diesem Burschen wollen? Beim Küssen mit ihm bestand akute Verletzungsgefahr wegen seiner vorstehenden Zähne.

„Der Sänger ist mein Bruder“, erklärte ich.

„Ah, Ihr Bruder!“ Das habe er sich gleich gedacht. Mir blieb schleierhaft, wieso. Ortlieb und ich sahen uns kein bisschen ähnlich.

„Spielst du auch ein Instrument?“ Nun hatte das Mädchen gefragt. Dazu ein Lächeln, von dem mein Puls sofort auf Touren gebracht wurde. Ich sagte ihr, dass ich Schlagzeug spielte.

„In einer Beatband?“ Sie rückte noch näher heran.

„Ja“, war meine Antwort, und eine enorme Wärmewoge durchwallte meinen Körper. Mir wurde schwindelig und ich suchte die Toilette auf, während die 'Stars' gerade *Golden Street* von den Shadows intonierten.

Ich baute mich vor dem Pinkelbecken auf. Was hatte ich da nur eben erzählt? War ich denn verrückt geworden? Wie kam ich dazu, derartige Lügen aufzutischen?

Der letzte Akkord von *Golden Street* verklang soeben, und ehe meine Blase mit der Entleerung startete, tauchte Bertold neben mir auf und kramte sein Teil aus der Hose. Ich schielte unauffällig hin. Alle Wetter, dachte ich, das war ja eine richtige Wurst.

Ich konzentrierte mich auf das Geschäft, während es rechts von mir bereits gewaltig zu rauschen begann. Doch bei mir wollte einfach nichts fließen. Bloß weil da einer neben mir stand. Wasserhemmung. Und bei Bertold rauschte es kräftig. Während ich so tat, als wäre ich bereits fertig, meinte Bertold: „Sei mit der Schwarzhaarigen vorsichtig. Die treibt ihr Spielchen mit jedem.“

Ich packte wieder ein, riss demonstrativ den Reißverschluss hoch und erduldete den ziependen Schmerz der eingeklemmten Haare. Angriffslustig wollte ich wissen, wen er meine.

„Na, die Schwarzhaarige.“ Zur Bekräftigung ließ Bertolds nach wie vor virulenter Strahl die Hygienekugeln im Pissoir tanzen. „Die, mit der du die ganze Zeit gequatscht hast“, hängte er an. Er kenne sie, meinte er, und es sei bekannt, dass noch keiner es geschafft habe, mit Elsbeth fest zu gehen. Sie hätten sich alle nur lächerlich gemacht. Seien alle auf ihr unschuldiges Gesicht hereingefallen.

Zumindest hatte ich jetzt ihren Namen in Erfahrung gebracht. Ansonsten glaubte ich nicht recht an das, was Bertold mir da einzureden versucht hatte. Trotzdem beschäftigten mich seine Worte. Zweifel war gesät.

Im Hintergrund setzte kurz darauf die Musik ein und weckte mich aus meinen Grübeleien. Ich hatte vor dem Spiegel herumgestanden, vor mich hin gestarrt und dabei die Brennweite so falsch eingestellt, dass mein Spiegelbild zu einem formlosen Schatten verkommen war.

Ich atmete tief durch, kehrte in den Saal zurück und entdeckte Elsbeth in der Nähe der Bühne. Ein dichtes Geschiebe und Gedränge überflutete die Tanzfläche. Im Zentrum der Bühne der strahlende 'Star' Ortlieb Grahl.

„She loves you, yeah, yeah, yeah...“, schrie mein Bruder ins Mikro. Elsbeths Blicke kreuzten sich mit meinen.

„...she loves you, yeah, yeah, yeah...“

Die Musik war höllisch laut geworden. Die 'Stars' hatten wohl an den Reglern nachgebessert. Der Vikar drückte sich in der hintersten Ecke rücklings an die Wand, als befinde er sich in einer Zentrifuge, und in seiner schwindenden Begeisterung grinste er verzweifelt.

Elsbeth kam ganz nah heran und rief mir zu, sie habe schon angenommen, ich sei weggegangen. Bertolds Blick streifte uns, und mir war kurz, als hätte ich ein besonderes Funkeln in seinen Augen wahrgenommen. Sollte er am Ende auch schon bei Elsbeth abgeblitzt sein? Das würde auch seine abschätzige Beurteilung von Elsbeth erklären. Möglicherweise wollte er sie mir nur vergraulen. Das war's wahrscheinlich! Reiner Egoismus! Guter Rat aus Eigennutz!

Ich schaute erneut zur Bühne: In sein Gesicht war ein geradezu angriffslustiger Ausdruck getreten.

Elsbeth beugte sich herüber und hielt mir ihre Colaflasche vor die Nase.

„Möchtest du? Ich habe ständig Durst.“ Da riss Bertold den Lautstärkeregler voll auf und seine Gitarre schrie ein Solo heraus, dass die übrigen Bandmitglieder zusammenfuhren und wie gebissen zu ihm hinstarrten.

„Ja, danke", rief ich zurück, meine Lippen fast an ihr Ohr drückend, auch ich hätte enormen Durst. Wie herrlich ihre Haare dufteten!

Elsbeth und ich standen sehr dicht beieinander. Sie gab mir die Flasche. Das Getränk war lauwarm und pappsüß. Mir war heiß. Alles klebte.

Es war Elsbeth, die fragte, ob wir nicht ein wenig frische Luft schnappen wollten.

Draußen vor der Tür hatte sich der Rest der Dorfjugend versammelt. Der Auftritt der Stars war das Ereignis des Monats.

„Komm, lass uns ein bisschen herumlaufen", raunte Elsbeth mir zu, denn gerade trat hinter uns wie zufällig der Vikar heraus, und er wendete seinen Blick nach oben, als verlange es ihn, sich an die Unendlichkeit des Nachthimmels zu verlieren – wäre da nicht dieser flackernde Blick gewesen, den er ab und zu in unsere Richtung schoss und der ihn auf der Erde festhielt.

Lange liefen Elsbeth und ich nebeneinander her, ohne zu sprechen. Ihre Haare schimmerten bläulich in der klaren Nachtluft, und ich konnte mich daran nicht satt sehen.

Man spürte in dieser Nacht bereits den nahenden Herbst. Wie ein feiner, frischer Moderhauch hing er zwischen Bäumen und Sträuchern, eroberte die Obstgärten und wehte von den Wiesen kalt herein, von dort, wo die Wasser der Leine hin und wieder zwischen Kiesgruben aufglitzerten.

Verstohlen schaute ich zur Seite und betrachtete Elsbeths Profil, beschrieb es in Gedanken, erforschte es in meiner Vorstellung mit zitternden Fingern - und doch wusste ich Stunden später nicht einmal, ob Elsbeth eine gerade oder eine gebogenen Nase besaß.

Aber das Nachtblau ihrer Haare vergaß ich nicht. Auf dem Hinterkopf trug sie die kräftigen Strähnen zu einem formlosen Knoten zusammengebunden, und hier und da tanzten lose Locken im Rhythmus ihres forschen Schrittes mit.

In einem Vorgarten entdeckte ich eine Rose. Sie stand vor einer roten Klinkerwand, welche einen Rest der Wärme des Tages in die Nacht hinübergerettet hatte, und ihre Blüte war weit geöffnet. Ohne zu überlegen, stieg ich über den Zaun und pflückte die Blume. Mehr und mehr kam ich mir vor, als agiere ich in einem Film. Elsbeth schaute mir zu. Ich knickte die Rose ab, vorsichtig, denn ich wollte nicht, dass mich die Stacheln verletzten. Doch trotz meiner behutsamen Bewegungen lösten sich die roten Blütenblätter und lagen kreuz und quer am Boden. Ich erschrak.

Jenseits des Zaunes, die Hand vor dem Mund, fing Elsbeth bebend an zu lachen. Und in rhythmischen Einklang mit diesem Lachen flammte hinter mir ein Licht auf.

Ein kühner Sprung brachte mich zurück auf die Straße, und es war gut, dass wir schleunigst fortkamen, denn schon flog die Haustür auf, und eine kläffende Hundetöle setzte in gestrecktem Sprung die Freitreppe herab.

Als wir lange genug gelaufen waren, hielten wir erschöpft inne. In meiner rechten Hand hielt ich immer noch den kahlen Rosenstiel.

„Gib sie mir“, sagte Elsbeth lachend und pumpte wie ein Maikäfer kurz vor dem Abflug. Sie griff nach dem Stachelstiel, und unsere Fingerspitzen berührten sich. Wohl nur ein, zwei Sekunden blieben wir so, Fingerspitzen an Fingerspitzen, Blick in Blick gesenkt, stehen, und die Zeit hatte die Luft angehalten.

„Da!“, flüsterte sie, zum Nachthimmel aufschauend, „wünsch dir was!“ Und sie drückte meine Hand. Doch ich hatte die Sternschnuppe nicht einmal gesehen.

Später, als wir uns trennten - sie musste um 23 Uhr zu Hause sein - beschloss ich, nicht mehr zum Gemeindehaus zurückzugehen. Ich wollte am liebsten keinem Menschen mehr begegnen. Was hätte ich auch zu berichten gehabt? Nichts. Was wichtig war an diesem Abend, wollte ich für mich behalten.

Elsbeth hatte mir noch Geld für die Bahnfahrkarte geliehen. Wenn das nicht der Beweis war, dass sie mich wiedersehen wollte.

Es kam mir vor, als sei durch das geliehene Geld ein erstes Band zwischen uns geflochten. Außerdem hatten wir uns für den nächsten Samstag verabredet, zum Spätsommernachtsfest in der Tanzschule Buresch.

„Bis dann!“, hatte Elsbeth noch gerufen, dann war sie fortgelaufen, ohne sich umzuschauen.

Im letzten, menschenleeren Triebwagen fuhr ich nach Hause. 'Wünsch dir was', wiederholte ich ihre Worte, und immer wieder sah ich Elsbeths Haare vor mir.

Ich hielt auf der ganzen Fahrt die Augen geschlossen. Wanderte in Gedanken immer wieder durch ihr Gesicht, grub mich in ihre dunklen Haare, glaubte ihren Duft zu spüren.

Wünsch dir was, hatte sie mich aufgefordert. Nichts leichter als das.

Alles Betrug.

Am Samstag wartete ich vergebens auf sie. Ich rannte auf dem Bahnsteig hin und her. Doch sie kam nicht. Nicht mit dem ersten Zug, und auch nicht mit dem nächsten. Ein Stationsvorsteher fixierte mich immer wieder, als sei ich mindestens ein Mörder. Sah man mir an, dass ich versetzt worden war? Stand es mir nicht ins Gesicht geschrieben?

Hitze wallte in mir auf.

Nein, Elsbeth, einen weiteren Zug würde ich nicht abwarten!

Doch dann stand ich noch immer auf dem Bahnsteig und beäugte hoffnungsvoll den nächsten Triebwagen.

Wieder Fehlanzeige!

Um ihr eine Chance zu geben, hatte ich längst damit begonnen, alle möglichen und unmöglichen Gründe für ihr Fortbleiben zu erfinden. War sie nicht möglicherweise in einen schrecklichen Unfall verwickelt, weil sie, voller Ungeduld über das Wiedersehen, leichtsinnig über die Straße und in ein Auto rannte?

Oder: Hatte ihr strenger Vater sie in ihr Zimmer eingeschlossen, um ein Treffen mit mir zu verhindern; und um zu mir zu gelangen, war sie kurz entschlossen aus dem Fenster geklettert, abgerutscht und lag mit gebrochenen Knöcheln im Krankenhaus?

Oder: Voller Vorfreude über unser Wiedersehen war sie, meinen Namen flüsternd, in einen falschen Zug gestiegen und entfernte sich im Augenblick von mir, statt sich mir zu nähern!

Kaum auszudenken!

Und ich machte ihr auch noch Vorwürfe!

So ein Quatsch, dachte ich dann. Was redete ich mir da ein? Sie war einfach nicht gekommen. Punkt aus.

Schließlich schlich ich wortlos davon, und ich war überzeugt, meine Seelenlage hinge mir wie ein schreiend buntes Plakat vor dem Bauch und jeder weide sich an meiner Niederlage.

Irgendwo in mir fand ich endlich ein verlorenes Lächeln. Ich setzte es auf und versuchte, mir damit eine Spur Gleichgültigkeit zu verleihen. Mit den Händen in den Hosentaschen schlurfte ich nach Hause.

Offensichtlich hatte dieser verwünschte Bertold doch Recht behalten. Und mir fielen die Blütenblätter der Rose ein, die in unserer ersten und einzigen Nacht durch die leiseste Berührung abgefallen waren.

Pflücke die Rose, eh' sie verblüht!

So ein Drecksspruch! Poesiealbumweisheit! Dennoch ließ er sich nicht vertreiben. Und ich fragte mich, ob das die vielbesungene erste Liebe sei? So eine trügerische Sache.

Der Geschmack in meinem Hals war bitter.

An der Seltersbude bei der Johanniswiese kaufte ich mir eine Flasche Kellergeister, um diesen Geschmack fortzuspülen.

In meinem Zimmer angekommen, holte ich dann den Finger hervor, stellte ihn auf den Tisch und öffnete die Flasche. Der Wein war pisswarm.

„Was meinst du“, sprach ich den Finger an, „was geht in den Menschen eigentlich vor?“ Ich trank gleich aus der Flasche um das waidwunde Tier in mir möglichst schnell zu ertränken.

„Bin ich denn zu blöd, um andere Menschen zu durchschauen? He? Du musst zugeben, mit Elsbeth schien es wirklich so, als könne was draus werden.“ Ein tiefer Schluck gluckerte durch meine Kehle und der Alkohol schenkte mir eine Welle dämpfenden Wohlbehagens. „Und jetzt ist wieder nichts. Zum Gespött machen sie dich, zum albernen Affen!“

Die Flasche war inzwischen zur Hälfte geleert.

„Soll sie doch der Teufel schnappen!“, lamentierte ich, und mir war, als habe sich der Finger bei diesen Worten recht lebhaft bewegt. Oder begannen meine Sinne mich zu täuschen?

„Dann werde ich eben alleine zum Spätsommernachtsfest gehen“, trotzte ich dem treulosen Schicksal. Und vielleicht war sie ja dort, glomm ein fadenscheiniger Hoffnungsfunke in mir auf, dem ich sofort Hausverbot erteilte und auf der Stelle mit einem kräftigen Schluck fortspülte.

Ich trank den Rest Wein in wenigen Minuten auf, verstaute die leere Flasche und den Finger im Versteck und sprang in ballistischen Kurven die Treppe hinunter. Mutter lag unter den ausgestopften Vögeln auf den Knien und reinigte mit Emphase die Ecken der Stufen.

„Man erwischt sie einfach nicht", sagte sie fortwährend und steigerte ihr Bemühen.

Der Kolkrabe hatte sein Haupt abgewendet. Das da unten war ihm zu profan.

Im Hinausgehen hörte ich noch Mutters Klagen, die Biester seien zu klein und verkröchen sich gerade in die Ritzen, wo sie nicht hinkomme. Wie solle man da auch Ordnung halten! Und man ersticke noch im Schmutz.

Dann war ich draußen. Sie hatte mich allem Anschein nach nicht einmal bemerkt.

Schon im Vorhof der Tanzschule hockten überall ineinander verkeilte Pärchen, welche die letzte Wärme des Spätsommers in sich aufsogen, als gelte es, einen Vorrat für Herbst und Winter anzulegen.

Nur schnell daran vorbei, dachte ich. Hier unten gehörte ich nicht hin.

Oben in den Räumen befand sich kaum Luft zum Atmen. Die 'Lucky Creatures' spielten vor der großen Spiegelwand, in der man während der Tanzstunden die Haltung kontrollieren sollte, und sie ertranken fast im eigenen Saft. Vor ihnen auf der Tanzfläche waberten die dampfenden Leiber, und die Masse wallte in einer steten Bewegung wie Magma in einem Vulkan.

„Oh baby, do you wanna dance ... "

Tanzlehrerein Buresch trotzte dem Gewoge gleich Helgoland der Sturmflut. Ganz 'große Dame', stand sie in ihrer Ecke beim Plattenspieler, das bekannte, nie endende Lächeln im Gesicht. Als ich mich, Elsbeth suchend, in ihrer Nähe vorbeischob, lachte sie mit tiefer Stimme: „Hahah ja, Herr Grahl, schön, dass Sie da sind!"

Ich nickte höflich und sah zu, dass mich die Massen weitertrugen. Kaum war ich hinter einem dampfenden Menschenknäuel in Deckung gegangen, hörte ich: „Hahah ja, Fräulein Adamek, schön, dass Sie da sind!"

Ein vorsichtiger Blick bestätigte mir Dagmars Anwesenheit. Ich arbeitete mich noch energischer durch das Auf und Ab dieses Menschenmeeres.

Mitten in der Menge sprang Jürgen Kruttke herum wie ein irrer Gott, und seine krankhaften Armverrenkungen wirkten hier, als beherrsche er schwierigste Rock 'n´ Roll`- Kombinationen.

Alle waren da, nur Elsbeth war nirgendwo zu finden.

Endlich gab ich die Suche auf.

Zum Eingang zurückzukommen, war die reinste Sisyphusarbeit. Die Garderobe war überfüllt mit Mänteln und Jacken, und es schien, als hätten die Besucher in einem Fieberrausch leichthin alles auf einen riesigen Haufen getürmt. Ich lehnte mich an ein freies Stückchen Wand und überlegte. Was sollte ich tun? Wenn Elsbeth bislang nicht hier war, würde sie sicherlich auch nicht mehr erscheinen, obwohl sie wusste, dass ich zum Spätsommernachtsfest gehen wollte. Nun gut. Dann war die Angelegenheit endgültig geklärt: Sie hatte kein Interesse an mir. Abgehakt! Und deshalb konnte mich in dieser lärmenden und aufdringlichen Fröhlichkeit des Festes auch nichts halten.

Außerdem nervten mich überflüssigerweise auch noch Kopfschmerzen. So lehnte ich an der Wand und versuchte, zu mir zu kommen, starrte blicklos vor mich hin, als der Haufen aus Mänteln und Jacken vor mir ins Rutschen geriet. Ich dachte zuerst an ein Schwindelgefühl in Folge meiner Kopfschmerzen oder der Arbeit der Kellergeister in meinen Blutbahnen. Doch beim genauen Hinsehen musste ich feststellen, dass der Stoffhaufen tatsächlich in Bewegung geriet, und plötzlich schob sich ein Kopf hervor, hochrot und reich an Pickeln, er schälte sich heraus, Arme, Beine und Körper folgten: Ortlieb. Und mit ihm befreite sich ein zweites Wesen aus der Stofflawine. Kichernd und prustend wühlte sich Marita Hegemann ans Neonlicht, ein frisches Lachen im erhitzten Gesicht.

„Und wann bekomme ich den Pullover wieder“, kicherte sie und zwickte meinem Bruder ins Ohrläppchen. Marita und Ortlieb (erst jetzt fiel es mir auf) hatten in der Deckung der Garderobe ihre Pullover getauscht.

Dieser Teufel von Ortlieb! Wieso kam der immer zum Zuge?

Als ich mich schnell verdrücken wollte, entdeckte er mich.

„Ah, Osram“, schrie er, „deine Dagmar Adamek ist auch da!“

War der denn völlig überdreht? Maritas Hand flatterte an Ortliebs Seite herum wie ein geblendeter Nachtfalter und schob sich dann unter 'seinen' Pullover.

„Ach, dein Bruder ist mit Dagmar Adamek zusammen?", setzte sie den albernen Dialog kindisch kichernd fort.

Die Nachtluft war wunderbar frisch. Ich schlenderte die Osterstraße entlang. Ortlieb, so dachte ich, badete ja in einem geradezu unverschämten Glück! Marita Hegemann! Das absolut beste Mädchen aus meiner Tanzstunde! Und mich hatte sie als Abschlussballpartner ausgeschlagen! Irgendwas konnte doch da nicht stimmen!

Lachen schallte am Ende des Hohen Wegs wie ein Windstoß herüber. Irgendwelche Jugendlichen hockten am Huckup-Denkmal, ließen eine Flasche kreisen und schienen bester Laune zu sein. Hatten die gerade über mich gelacht? Zwei von ihnen schauten sogar kurz herüber. Aber warum hätten sie über mich lachen sollen? Eher war es wahrscheinlich, dass sich einer von denen mit einem versauten Witz produziert hatte. Und wenn ich denen am Ende doch irgendwie komisch vorgekommen war? Vielleicht sah man mir meine blamable Niederlage an? Wie wirkte ich überhaupt auf andere?

Und da fiel mir auf, dass man alle Menschen auf der Welt sehen und anschauen kann, nur sich selbst nicht. Nie wirst du dir gegenüberstehen, dir direkt in die Augen sehen können, dachte ich. Und nie werde ich mich mit den Augen anderer Menschen betrachten. Wie sahen die anderen mich? Meinten die, die immer so nett und freundlich mit mir taten, es wirklich so? Was erzählten sie über mich, wenn ich ihnen den Rücken gekehrt hatte?

Gab es denn am Ende überhaupt jemanden, der mir sagte, was er dachte? Über mich dachte? Würde jemals jemand anderes mir die Wahrheit sagen, ehrlich erzählen, was er von mir hielt? Einer, der nicht nur freundlich tat?

Ich war ein attraktiver und interessanter Typ, ja, wahrscheinlich auch begehrenswert! Das war meine Überzeugung. Doch, sahen mich die anderen auch so?

Zweifel krochen durch meinen ganzen Körper hinauf bis in meinen Hals, um sich dort einzunisten. Wahrscheinlich war das Bild, das ich mir von mir machte, reine Einbildung! Am Ende gab ich ein anderes Bild ab! Offenbar war ich den Typen am Huckup-Denkmal zum Lachen vorgekommen! Und wer sagte mir, dass ich nicht am Ende tatsächlich lächerlich wirkte? Das wäre auch die Erklärung, warum Marita mich nicht zum Ballherrn wollte! Weshalb Elsbeth mich kaltherzig versetzte! Aus welchem Grund Simone mich letztlich auch nicht lieben konnte! Und noch nicht einmal Hängelippen-Rosi zu einem Kuss zu bewegen war. Natürlich! Jetzt begriff ich endlich. Für alle schien ich so etwas wie eine komische Figur zu sein!

Derartigen Gedanken nachhängend, rannte ich Thomas Brendel in die Arme. Er kam gerade aus dem Hipetuk.

„Hallo, Osram!“, rief er, eine Zigarette lose im Mundwinkel. Er wirkte leicht angetrunken, rief lauter als nötig: „Mensch, du lebst ja doch noch! Ich habe schon tausendmal versucht, dich zu erreichen.“ (Er war die letzten Tage nicht in der Schule gewesen, und ich hatte keine Ahnung, womit er seine Zeit verbrachte.) Er schaute mich an, und wie aus heiterem Himmel zerrte er mich in den Schein eines Schaufensters.

„Was ist denn mit dir los?“, ging er mich fast an.

Wind war aufgekommen, vermischt mit Regentropfen. „Wieso, was soll denn los sein?“

„Na“, sagte er, „du solltest dich vielleicht mal im Spiegel ansehen. Siehst aus, als habe man deinen besten Freund zu Grabe getragen.“

„Ach Quatsch“, stieß ich hervor. Die Regentropfen zerplatzten auf meinem Gesicht. Ich wischte sie mit dem Ärmel fort.

„Du hast doch was“, meinte er, und er steckte mir eine Zigarette zwischen die Lippen.

Ich hätte nichts, sagte ich, vielleicht eine Spur zu heftig. Sei alles in Ordnung. Ich lachte sogar.

Thomas schaute mich an, hob auf seine Art die Augenbrauen und meinte: „Na schön.“ Und was ich jetzt so vorhätte?

Ich sagte ihm, ich wolle nach Hause gehen, denn ich sei ziemlich müde.

Warum war mir Thomas Brendel auf einmal lästig? Waren es seine Blicke, die mich nervös machten? Beinahe schon Röntgenblicke, die einem jeden Schutz raubten.

„Okay“, sagte er nur. Seine hagere Gestalt drehte sich um und verschwand die Schuhstraße hinauf. Einfach umgedreht hatte er sich, ohne noch einmal nachzufragen. Ich war ihm eben doch ziemlich egal. Na gut. Am Ende hatten sich meine Gedanken bewahrheitet: Jeder muss letztlich doch alleine klarkommen.

Im Schutz der hohen Mauer am Pfaffenstieg langstiefelnd, drehte ich mich um: Thomas war schon sehr weit fort, oben auf der Höhe der Schuhstraße. Wenn ich jetzt riefe, würde er mich schon nicht mehr hören. Aber ich wollte ja auch gar nicht rufen.

Die Glut der Zigarette war erloschen. Ich warf sie in den Rinnstein, wo das schwarze Wasser sie und ein Sammelsurium von Blättern fortwirbelte. Fast unbemerkt war es Herbst geworden.

Ständig fühlte ich mich in den folgenden Tagen, als irrte ich in prähistorischen Nebelfeldern umher, und der unendliche Nieselregen wurde von Tag zu Tag kälter. Der Himmel hatte sich in ein schmutziggraues Betongewölbe verwandelt. Unberechenbare Windböen trieben ihren Spott mit Altherrenfrisuren und Regenschirmen.

Während der Herbstferien kam nicht ein einziges Mal die Sonne durch. Und von Elsbeth kein Lebenszeichen. Hätte ich ihr nachspüren sollen? Von Bertold wäre ihre Adresse sicherlich herauszubekommen gewesen. Doch diese Möglichkeit verbot sich mir von ganz alleine. Ich rannte keinem Mädchen nach!

Und Thomas wollte nach Berlin.

Die Stimmung bei uns zu Hause war unerträglich geworden, seit die Sache mit dem Blumenstrauß passiert war. Mutter hatte allem Anschein nach die Sprache verloren und zog sich oft für Stunden in ihr Zimmer zurück, wo sie zwischen Bügelbrett und überquellenden Körben die Wäsche nach Größe und Art sortierte und zu Stapeln aufschichtete, die sie dann wieder nach einem neuen, Außenstehenden nicht nachvollziehbaren Prinzip umordnete. Und in kurzen Pausen ließ sie ihren Stift über die Seiten des Tagebuches hasten; oder sie zerlas die Bücher von Ingeborg Bachmann. Gestundete Zeit. Und immer wieder brach sie urplötzlich aus der Enge ihres Zimmers aus, um die Wohnung zu reinigen, um die Heerscharen von Milben, die sie jetzt überall herumkrabbeln sah, zu vernichten. Die Türritzen zu ihrem Zimmer hatte sie mit zerschnittenen Einweckgummis abgedichtet: So war den Milben wenigstens dorthin das Eindringen verwehrt. Aber wir sollten auf keinen Fall die Tür zu ihr, zu ihrem Zimmer öffnen, auf gar keinen Fall, beschwor sie uns fast stündlich.

An manchen Tagen hatte ich das Gefühl, ich sei allein in der Wohnung. Ortlieb und Vater waren beinahe nie im Haus. Es wirkte alles wie verlassen, und nur Opa Astenbeck sandte menschliche Geräusche aus. So weit war es schon gekommen! Manchmal lachte er in der Dämmerung des vorderen Zimmers glucksend vor sich hin, als erheitere ihn ein Gedanke, eine Erinnerung vielleicht, und ich glaubte beobachten zu können, dass seine Laune sich gerade dann aufhellte, wenn mir die Stimmung im Haus besonders deprimierend vorkam. Sogar seine Situationen hatte er seit ewigen Zeiten nicht mehr in Anspruch genommen. Zwar zog an ihm manch reglos ruhiger Tag vorbei, wo er kaum jemanden wahrzunehmen schien; aber immer häufiger befiel ihn urplötzlich eine Art Freudentaumel, ein überraschendes Jauchzen und Lachen, wie aus dem Nichts.

„Warum lachst du, Opa", fragte ich ihn, und er schaute durch mich hindurch, durch die Mauern und vielleicht auch durch die Zeiten, und sein Lächeln wurde immer wärmer, scheinbar von einem Hauch Spott verziert, und er nickte mit seinem hageren Schädel, meinte: „Ja, ja, ja, genau so! So ist es! Genau so! Genau so!" Und als ich weiterbohrte, als ich wissen wollte, was denn genau so sei, antwortete er fast schon schnippisch: „Nun wart's ab, wart's ab, wart's ab!" Er war regelrecht darin vernarrt, Dinge zu wiederholen. Und dennoch erschloss sich mir der Sinn seiner Worte nicht. Was, verdammt noch mal, sollte ich abwarten?

Und ich fragte mich in meiner Verwunderung, ob wir Opa vielleicht die ganzen Jahre unterschätzt hatten. Bekam er nicht möglicherweise viel mehr von alledem mit, was um ihn herum passierte? Mehr als wir ahnten? Vielleicht sogar mehr als wir? Verfügte er am Ende über eine Art von Wahrnehmung, die uns nicht zur Verfügung stand?

Und dann verlangte er nach dem Finger.

Als wir allein waren, holte ich das Glas und stellte es Opa vor die Nase. Er beugte sich vor und starrte hinein, nickte, als offenbare sich ihm das Wesen der Welt. Da rief er urplötzlich: „Ich will Gott, will Poesie!" Und leiser, beschwörend: „Und Freiheit und ... Liebe!" Das Wort Liebe hatte er auf eine Weise hervorgestoßen, als habe es den letzten Sinn des Seins erkannt und benannt.

Und wieder laut rufend, hängte er sein apologetisches „Ja!" dran.

In diesem einen Ja schien sich Opa Astenbecks aufkeimende Lebensphilosophie zur Quintessenz zu verdichten; es klang, als bejahe er das Leben, als sei alles gut so, wie es war. Fast beschlich mich ein Gefühl von Ohnmacht und Angst, als ich seine Kraft verspürte. Dann lehnte er sich wieder in seinem Thron zurück und meinte beiläufig: „Wart's ab, wart's ab!“ Er schnipste mit seinem Spinnenfinger frech ans Glas. Und der andere Finger dankte es ihm seltsamerweise durch sein Schweben. Erstaunlich, das alles. Was war nur in Opa Astenbeck gefahren? Ließ sein innerer Inspizient etwa den Vorhang seiner Psyche zum letzten Akt geistiger Verwirrung heben?

Mich irritierte dies alles derartig, dass ich den Teufelsfinger schnappte und tief hinten in meinem Versteck verbarg. Und wieder glaubte ich beim Hinausrennen gehört zu haben, dass Opa den Namen Josef geflüstert hatte.

Als ich ihm später seinen Bananenbrei brachte, war er von einer heiteren Zufriedenheit, und er sagte: „Danke, Osmar! Danke, danke, danke! Banane, wie?“

„Osram“, verbesserte ich ihn, und füllte ihm den Brei in den Mund. Das schien ihm zu gefallen, und er legte mir seine knochendürre, altersfleckige Hand auf den Unterarm. Erstaunt spürte ich, wie warm sich seine Haut anfühlte.

„Schmeckt es dir, Opa“, fragte ich ihn.

„Milben“, antwortete er wie aus heiterem Himmel, und er stach mit dem Zeigefinger mitten in den Bananenbrei hinein, dass es mir Mühe bereitete, ein Unglück zu verhindern. Opa wollte augenscheinlich wissen, ob die kleinen Samenkörner der Banane, die er entdeckt hatte, Milben seien. Ich erklärte ihm den Sachverhalt, doch er schien ohnehin in keiner Weise beunruhigt.

Später schaute ich wieder einmal in die Zeitung, ob ein Schlagzeug angeboten würde. Seltsamerweise drängte sich mir immer wieder der abstruse Gedanke auf, Elsbeth habe sich nur deshalb nicht gemeldet, weil ich sie belogen hatte mit meiner Behauptung, ich spielte Schlagzeug.

Ich fand keinerlei Angebot und wollte die Zeitung schon zur Seite werfen, als ich von dem Auftritt einer Gruppe im Haus der Jugend las, und dass das Konzert von 'Poison Ivy' anlässlich des Besuchs einer französischen Jugendgruppe aus Angoulême veranstaltet werde. Die jungen Franzosen seien für eine Woche in der Stadt, hieß es, und die Deutsch-Französische Gesellschaft würde sich freuen, wenn der Saal voll werde, um den Gedanken der Völkerverständigung in die Tat umzusetzen.

Ich überlegte, ob ich hingehen solle, aber die Vorstellung, Herbert Pahlke mit Band und Wandergitarre sehen und hören zu müssen, erschien mir recht unerquicklich.

Am anderen Tag waren Fotos der Franzosen und ihrer deutschen Gastgeber abgebildet. Wer von denen mochte Franzose sein, fragte ich mich, und wer Deutscher? Konnte man es den Gesichtern oder der Kleidung ansehen?

Und dann musste ich seit Tagen erstmals schmunzeln, denn mitten in einer Mädchengruppe lächelte das dicke Gesicht von Dagmar Adamek, und sogar der Pigmentfleck war genauestens zu erkennen. Gut, dass ich nicht dort gewesen war! Dagmar Adamek hatte mir in den letzten Wochen regelrecht aufgelauert. Und neulich, als sie wieder einmal wie aus dem Boden gestampft vor mir erschienen war, kamen unglückseligerweise Jürgen Kruttke und Dieter Macke vorbei und schrien wie die Idioten: „Herzlichen Glückwunsch zur Verlobung! O … omor aude!“

Dagmar schenkte mir in dem Augenblick gerade einen Apfel, und sie versicherte mir, sie habe ihn selbst gepflückt und die Sorte schmecke ganz süß. In dem Moment, als ich 'Danke' sagte, entdeckten die beiden uns.

Als Dagmar Adamek außer Sichtweite war, habe ich den Apfel in den nächstbesten Garten gepfeffert. Ich hoffte, Jürgen würde es sehen.

Doch was suchte diese Dagmar Adamek zwischen den Franzosen? War bei ihr am Ende eine Französin zu Besuch? Dann würde die auf dem Foto sicherlich neben Dagmar zu finden sein. Also bohrte ich meinen Blick auf das Bild. Leider war das Mädchen an Dagmars Seite verdeckt, und ich erkannte nur dunkle Haare, einen Augenwinkel und ein winziges Stückchen Lippe.

Gegen Abend brachte ich Opa sein Essen (Mutter hatte sich wieder einmal in ihrem Zimmer verbarrikadiert), und ich setzte mich zu ihm, um ihn zu füttern.

Wenn ich bei ihm im Zimmer war, schnallte ich ihn meistens ab. „Oh“, kommentierte er mein Tun.

Nach dem Essen hockte ich mich auf die Armlehne des Thrones, und wir beide schauten aus dem Fenster und beobachteten, wie es langsam dunkel wurde und Blätter ziellos durch die Luft torkelten. Der Trübsinn des Herbstes fraß sich überall hinein. Ich fühlte mich den Blättern sehr ähnlich. Es war ein stürmischer Tag, und die Straßenlaterne, die schon brannte, schaukelte sinnlos hin und her, als sträube sie sich gegen die Vergewaltigung des Sturmes.

Durch diese vehemente Bewegung wirkte es, als flackere das Licht, und als ein besonders scharfer Windstoß durch die Straße fuhr, zuckte das Licht für Momente in unser Zimmer. In dem Moment patschten draußen Füße den Bürgersteig entlang, und ein ausgelassenes Gelächter drang bis zu uns in die Stube herein. Ein jäher Ruck fuhr durch Opas Körper. Er reckte seinen Hals, und sein Gesicht geriet in Entzücken. Und dann tauchte Dagmar Adameks Kopf im Ausschnitt des Fensterrahmens auf, und neben ihr sprang ein Mädchen durch die Pfützen, ebenfalls lachend und prustend, triefend wie eine Nereide, und die langen schwarzen Haare klebten ihr in klitschnassen Strähnen im Gesicht. Ich wusste sofort: das ist die Französin. Genau die, welche in der Zeitung halb verdeckt gewesen war.

Auch Opa Astenbeck war unruhig geworden. Sein Faltenhals schien immer länger zu werden, ja, er fuhr ihn aus wie ein Periskop. Aufgeregt rutschte er auf seinem Thron herum, als dürste ihn danach, es den Sprüngen der Mädchen gleichzutun, und er rief mit kicksender Stimme wie einst Peter Kraus in seinen Songs: „Josefine, Josefine, Josefine!“ Fast klang es, als krähe er 'Schön ist die Welt', und dabei verpasste er mir einen Schlag vor die Brust, ungewollt sicherlich, aber von einer Kraft, die ich seinen spinnenhaften Gliedern niemals zugetraut hätte.

Dann waren die Mädchen vorbei, als habe es sie nie gegeben. Eintönigkeit kehrte zurück, floss ins Zimmer, und das Pladdern der Regenschauer verschluckte alle anderen Geräusche.

Opa und ich saßen reglos da und ich fühlte mich, als hätte ich für Sekunden einen Traum in Händen gehalten.

„Alles futsch“, brummte Opa Astenbeck. Sein Körper sank in das Polster zurück, „futsch, futsch, futsch.“

Ich sah ihn an. Allmählich wich die Enttäuschung aus seinem Gesicht und machte dem Ausdruck gespannter Erwartung Platz. Seine Augen schienen Bilder einer inneren Welt zu sehen, so leuchteten sie, so flackerten sie umher. Was ging in ihm vor? Hatte er sich soeben an seine längst verstorbene Tochter erinnert gefühlt? An Josefine, der auf dem einzigen Foto, das es von ihr gab, der Wind lange schwarze Haare um den Kopf wehen ließ? Hatte er niemals Josef, sondern immer schon Josefine gemeint?

„War das eben ... Josefine“, fragte ich ihn vorsichtig. Doch er schaute weg, seine Augen hefteten sich oben in die Zimmerecke, wo jetzt eine Spinnenwebe seine Aufmerksamkeit voll und ganz zu beanspruchen schien. Die Spinne produzierte einen ihrer endlosen Fäden.

Auch mich hatte der jähe Einbruch der Außenwelt, dieses Mädchenlachen im Regen, im Sturm, im Dämmerlicht in eine emotionale Schräglage gebracht. Ich wusste sofort, dass ich dieses Mädchen kennenlernen musste. Doch je länger ich daran dachte, desto unwirklicher erschien mir alles, und am Ende war ich fast überzeugt, meine Sinne hätten mich getrogen, und dieses Mädchen gebe es nur in meiner Einbildung.

„Wart's ab, wart's ab, wart's ab“, flüsterte Opa, und seine Worte brachten mich noch mehr durcheinander. Hatten sie einen Sinn? Sollte ich wirklich etwas abwarten? Oder steckte doch nur Unsinn hinter seinem Gerede?

Ich beobachtete Opa von da an genauer und gelangte in jenen Tagen zu der Überzeugung, dass Opas Sprache anderen Gesetzen gehorchte, genau wie seine Wahrnehmung augenscheinlich anderen Bedingungen unterlag und ich war mir sicher, dass man seine Beiträge nur dann verstand, wenn man seinen Sprachschlüssel beherrschte. Manchmal hatte ich den Eindruck, dass auch meine Sprache nicht von jedermann verstanden wurde. Lag darin der Grund, weshalb Opa mir gar nicht mehr so verrückt erschien, als wie er allgemein hingestellt wurde?

Um meine Verwirrung zu bändigen, kramte ich die Zeitung hervor, die Fotografie, auf der wenigstens Teile von ihr zu sehen waren. Ein Beweis für ihre Existenz.

Erstaunlich, dachte ich, welche Macht dieses Auge, dieser Mundwinkel, die Haare ausübten! Ich starrte auf dieses eine Auge, und es schien mir, als bewege es sich, als blinzele es, wenn man es nur lange genug fixierte.

Vom nächsten Tag an trieb ich mich stundenlang auf der Straße herum, und es war mir vollkommen egal, dass es fast ständig wie aus Kübeln goss.

„Was rennst du denn bei diesem Wetter dauernd nach draußen“, klagte Mutter. „Deine nassen Sachen verdrecken mir ja den ganzen Flur.“ Und sie beugte sich wieder über ihre Arbeit. „Oh nein! Hier sind sie jetzt auch schon“, hörte ich sie dann im Wohnzimmer flüstern, und sie wischte den Flügel ab, hob das Spitzendeckchen hoch, um es auszuschütteln, und wusch Bismarck den Kopf. Selbst ihr, die im Augenblick ja genug mit sich selbst zu tun hatte, war meine Absonderlichkeit aufgefallen. Und Vater, der im Trench hereineilte, die karierte Schiebermütze an die Garderobe neben den Schal hängte und sich die Haare nach hinten strich, fragte, ob ich meinen Schirm verbaselt hätte.

Es war alles vergebens. Nicht einmal Dagmar Adamek zeigte sich. Als ich am zweiten Tag meines fruchtlosen Wassertretens ins Haus stolperte, um mich zu trocknen und aufzuwärmen, sagte mir Ortlieb, dass meine Dagmar angerufen habe. Und ich möge sie zurückrufen.

„Hat sie was gesagt“, stotterte ich, ohne weiter auf das `meine´ einzugehen, „hat sie gesagt, worum es geht?“

„Vielleicht will sie dir ein Äpfelchen schenken“, feixte Ortlieb und knuffte mir in die Rippen. Ein galanter Pfiff begleitete sein Grienen.

Woher wusste er von dem Apfel? Hatten Jürgen und Dieter nichts Eiligeres zu tun gehabt, als sich das Maul darüber zu zerreißen?

Zweimal bin ich die Treppen rauf und runter gerannt, dann habe ich bei Adameks angerufen. Dagmars Mutter war am Apparat. Ihre Tochter wolle zu Ehren der kleinen Französin eine Party geben, und wenn ich Zeit hätte: ich sei herzlich eingeladen. Sie würden sich sehr darüber freuen.

Ich tat, als müsse ich überlegen. „Ja, das ließe sich machen“, sagte ich und musste mich beherrschen, um nicht schon am Telefon zu jauchzen.

„Sag mal, hast du sie nicht mehr alle?“ Vater riss die Tür auf und starrte entgeistert zu mir hoch. Ob mir der Teufel in die Glieder gefahren sei, wolle er zu gerne wissen. Und ich solle ein bisschen plötzlich mit den Dreckschuhen vom Sofapolster heruntersteigen.

„Es ist schon in Ordnung“, erwiderte ich.

„Er ist von seiner Dagmar Adamek eingeladen worden“, erklärte Ortlieb, der hinzukam, in albernem Singsang.

„Ach?“, fragte Vater, „ins Haus meines alten Schulfreunds, Chefarzt Heinrich Adamek?“ Und ob ich überhaupt gewusst hätte, dass er jetzt Chefarzt sei?

Adameks hatten das Wohnzimmer mit Girlanden und farbenprächtigen Papierblumen üppig ausstaffiert und so dem Interieur den Zauber eines umgekippten Blumentransporters verliehen. Hoch oben auf schwankender Trittleiter krümmte sich Herr Adamek wie Laokoon im Zweikampf mit einer Lichterkette, die sich voller Hinterlist gleich einer Würgeschlange um seinen Leib geschlungen hatte. Endlich siegreich daraus hervorgegangen, füllte er die letzten freien Quadratzentimeter mit bunten Kreppgebilden und schraubte Birnen aller Farben in die Lampenfassungen. Auf dem Plattenteller drehte sich Gerd Ambrose mit seinem Orchester: Tanzmusik mit Geigenklängen.

An der Stirnwand des Raumes verlieh Frau Adamek mit Petersilienbüscheln, Papierrosetten und kleinen Fähnchen einem kalten Büffet letzten Schliff.

Offensichtlich war ich der erste Gast. Es war mir peinlich.

„Viele Grüße von meinen Eltern“, sagte ich, und meine Hand überreichte die Blumen. Mutter hatte in letzter Sekunde darauf bestanden. „Nimm Nelken, drei schöne Nelken; und lass ordentlich Grün einbinden.“ Und Vater zog mich zu guter Letzt ins Vertrauen, von Mann zu Mann: „Für die Dame des Hauses, mein Junge. Das gehört sich so.“ Und: „Der feine Herr entfernt das Seidenpapier vor der Haustür. Hast du gehört?“ Und das Blumenpapier solle ich in gar keinem Fall der Dame in die Hand drücken. Notfalls deponiere man es in der Hosentasche, um es in einem geeigneten Augenblick unbemerkt verschwinden zu lassen. Und als ich ging: Ich solle ihnen nur keine Schande machen. „Und herzliche Grüße an meinen alten Freund!“

Ob ich ein Taschentuch einstecken hätte, wollte Mutter noch wissen. Falls ich mal weinen müsse! Doch genau das hatte ich keineswegs vor.

„Oh, vielen Dank, Herr Grahl. Das ist aber sehr liebenswürdig von Ihnen.“ Frau Adamek näherte sich dem Strauß kurz mit der Nase, als nehme sie Witterung auf. „Wunderschön“, schwärmte sie, und sie sang in den Flur hinaus: „Dahagmar? Wo bleibt ihr denn? Und bringt doch bitte die blaue Vase mit. Nehmen Sie derweil Platz, Herr Grahl.“ Und wie es meinen netten Eltern gehe, und wo waren nur gleich die Partyspießchen?

Ich überlegte, wo ich den Blumenpapierknubbel loswerden konnte. Frau Adamek hatte die Tür so plötzlich geöffnet, dass ich ihn tatsächlich schnell in die Hosentasche stopfen musste. Natürlich hätte ich einfach fragen können, wo der Mülleimer sei? Doch das hatte ich versäumt. Nun musste ich auf andere Weise mit dem Problem fertig werden. Und das stellte sich als echte Herausforderung dar: Ich wurde das Ding einfach nicht los, denn jedes Mal, wenn ich das Papier zu beseitigen trachtete, schaute jemand herüber und nickte freundlich. Und wie es meinen Eltern gehe, wollte nun auch Herr Adamek von der schwankenden Leiter herab wissen. Und sie seien spät dran mit dem Dekorieren; ein akuter Blinddarm trage die Schuld; den habe er noch exzidieren müssen. Und ob ich wisse, dass Dagmar Besuch aus Frankreich habe, hörte ich Frau Adamek fragen, während sie einige fein ziselierte Radieschen auf den Frikadellen feststeckte und den Geschmack Russischer Eier mit Sardellenstückchen verdarb. Als wär's Konfetti, streute sie zum Schluss in einer Geste des Segnens eine Hand voll Kapern über ihr Werk. Mir grauste. Doch dann hörte ich das Kichern auf der Treppe, Füße trappelten herunter (rannten die denn immer?), eine Schranktür fiel irgendwo zu, und dann, gerade als ich mir fast die Finger dabei brach, das Blumenpapier in den Spalt zwischen Lehne und Sitz zu stopfen, flog die Wohnzimmertür auf. Und so wanderte das Papier in die Hosentasche zurück.

„Oh“, rief Dagmar, eine dunkelblaue chinesische Vase in Händen, „hallo, Osram.“

Dann reichte sie wohl ihrer Mutter das Gefäß, man drapierte sicherlich die Nelken hinein, wahrscheinlich schnupperte man auch wieder kaninchengleich daran und bemerkte, wie reizend es von mir sei, einen Strauß mitgebracht zu haben. Und war es völlig ausgeschlossen, dass in Dagmars romantischer Gefühlswelt aus blassrosa Nelken dunkelrote Rosen wurden?

Möglicherweise verhielt es sich genau so, aber ich kann meine Hände dafür nicht ins Feuer legen. Ich hatte keine Augen dafür, meine Sinne waren nicht frei für derartig nebensächliche Beobachtungen - denn da waren sie: das Auge, der Mundwinkel, die Haare.

Irgendwo weit weg klingelte es, Dagmar eilte hin, Stimmen ertönten, Gestalten schoben sich in den Raum – und vor mir stand sie, hatte mich jetzt offenbar entdeckt, kam auf mich zu, setzte sich einfach neben mich, als wäre es das Normalste von der Welt, um mich zu fragen: „Und wie 'eißt du?“

„Osram“, antwortete jemand in mir den Mundwinkeln, den Augen, den Haaren.

„Du bist sehr, wie sagt man, sprachlos, oder?“, sagte das Mädchen und lächelte mich an. „'ast du vielleischt Angst davor, isch würde disch auffressen?“

„Nein“, sagte ich, „natürlich nicht“, und mir erschienen ihre Augen schwarz wie reife Oliven.

„Ach, ihr beide habt euch wohl schon miteinander bekannt gemacht!“ Dagmar war wieder da.

„Nicht so ganz“, sagte die Französin, „isch weiß nun zwar, wie er 'eißt, aber er scheint meinen Namen nicht erfahren zu wollen.“

„Hallo, Josefine...“, sang ein Bursche in diesem Augenblick herüber.

„'allo Peter“, antwortete Josefine mit einem Lächeln, das mir ins Herz schnitt. Was war das für ein Peter?

„...how do you do“, sang er laut und ein wenig maniriert, und sie müsse ihm unbedingt erzählen, wie es ihr neulich Abend gefallen habe. Josefine war aufgestanden und auch ich hatte mich erhoben.

„Ach toll, ganz toll! Wirklisch!“, meinte sie, und Peter, der ihr `ach toll´ mit einem eigenartigen Mundwinkelzucken honorierte, küsste sie auf beide Wangen, als markiere er sein Revier. Sein markantes Gesicht wurde durch eine eher kleine Himmelfahrtsnase zur Karikatur, was ihn nicht weiter zu belasten schien, denn er bewegte sich, als seien ihm derartige Auftritte geläufig.

Inzwischen hatte er sich so zwischen uns geschoben, dass ich auf seinen Rücken starren durfte. Dieses arrogante Verhalten versetzte mich in Rage, und gerade überlegte ich, wie ich weiter vorgehen sollte, um meine Chancen bei der kleinen Französin zu wahren, da sagte Josefine: „Kennst du eigentlich Osram schon, Peter?“ Und sie wandte sich mir zu, was diesem Peter die unsägliche Mühe abzuverlangen schien, sich ebenfalls halb umzudrehen. Sein 'Hallo' flog gelangweilt an mir vorbei, und mit der anerkennenden

Miene des Chefkochs, der die kulinarische Kreation eines Kochkurses der Volkshochschule vor den Augen der Öffentlichkeit probieren soll, fügte er hinzu, man habe sich ja richtig Mühe gemacht mit der Deko. Das Schnippen seines Zeigefingers zerzauste eine Papierblume, und der Kerl schaute sich gelangweilt um.

„Nun schau doch nicht so grimmig“, flüsterte mir Josefine ins Ohr. Und da fiel mir wieder auf, dass Opa `Josefine´ gerufen hatte, als sie draußen durch den Regen hüpfte. Josefine! Genau wie seine Tochter, die im Bombenhagel ums Leben gekommen war.

Bei den Gedanken an Opa Astenbeck fiel plötzlich meine Angespanntheit in sich zusammen. Ich schaute Josefine an, und als hätten wir uns verabredet, mussten wir beide lachen.

„Dieser Peter ist ein Arschloch“, flüsterte ich ihr ins Ohr, und sie wiederholte: „Arschloch – Arschloch – Arschloch!“ Dreimal, wie Opa Astenbeck! Das Wort schien ihr zu gefallen.

„Er ist ein Arschloch, n´est-ce pas?“, fragte sie kichernd und hielt sich die Hand vor den Mund, weil ihr Lachen lauthals herauszuplatzen drohte. Ich nickte.

„Ein Superarschloch!“, betonte ich überzeugt und stimmte mit ein. (Wie scharfblickend ich schon damals war, was Peter anging!)

Den ganzen Abend blieben Josefine und ich zusammen. Sie heiße Bach, und ihre Familie stamme aus dem Elsass, aber sie wohnten schon lange in Angoulême. Und ihr Vater sei Professeur an dem Lycee Marguerite de Valois. Und ob ich nicht Lust hätte zu tanzen?

Elvis sang *Are you lonesome tonight*, als Josefine wissen wollte, was *das* denn sei. Was *was* denn sei, fragte ich verwundert. Na, das da, flüsterte sie und machte eine ruckartige Bewegung mit dem Hüftgelenk. Ich hätte da etwas Komisches in der Hose. "So `art."

Da begriff ich. Sie meinte mein Blumenpapier. Ich zog es aus der Tasche, sie rief: „Olala“, und wir mussten wieder lachen.

Sie war so herrlich direkt. Wir tranken Ananasbowle und tanzten immer wieder. Langsame Musik. Francoise Hardys *Tous les garcons et les filles* oder *Avant de t'en aller*. Und sie erzählte mir kichernd, dass sie am Samstag wieder abfahren werde. Da musste ich nicht mehr lachen. Ich fragte sie, wo Angoulême liege, und sie erklärte es mir. Mit dem Zug sei man ziemlich schnell am Atlantik.

„Wo die Brandung so gewaltig ist?“, warf ich ein um zu zeigen, dass ich nicht ganz unwissend war. Sie nickte. Ja, es seien riesige Wellen, so mächtig, dass man kaum gegen sie anschwimmen könne. Und ich dachte, mein Gott, warum wohnt sie so weit fort von hier? Was soll man jemals gegen solche Entfernungen unternehmen? Wie kann man gegen diese Dimensionen ankommen?

Oh ja, es reiße einen um, fuhr Josefine fort, und man habe das Gefühl, man sei nur ein Stückchen Treibholz, mit dem die Wellen ihr Spiel trieben.

Wie gerne würde ich mit dir gegen diese Wellen ankämpfen, dachte ich und drückte sie fester an mich.

„Jeden Sommer verbringen wir die Ferien am Meer“, lachte sie und bog den Kopf zurück. Ich rief, einen Kloß im Hals verschluckend: „Ich werde dich dort besuchen!“, und ich glaubte in diesem Augenblick fest daran. Josefine lachte nur hell auf und schaute mir dabei in die Augen.

Ich werde es wirklich tun, schwor ich mir trotzig, doch ich hatte keine Ahnung, wie ich das bewerkstelligen sollte. Wie konnte ich jemals zu Josefine an den Atlantik fahren, wo die Wellen einem den Boden unter den Füßen wegzogen? Wenn ich es noch nicht einmal schaffte, mit Thomas Brendel nach Berlin zu fahren?

Um von dem Thema fortzukommen, berichtete ich Josefine von Opa Astenbeck, und dass er ihren Namen gerufen habe, als sie vor zwei Tagen im Regen draußen vorbeigelaufen sei.

Da fragte sie erstaunt: „Meinen Namen? Aber woher kannte dein Großvater meinen Namen?“

Ich erzählte ihr die Geschichte von Opas Tochter. Da wurde sie traurig und sagte: „Der arme Mann. Er hat seine Tochter sicher sehr geliebt, nicht wahr?“

Nun, meinte ich, das dächte ich auch. Aber letztendlich: genau wisse man sowas ja nie. Jedenfalls hätte ich ihn nie danach gefragt.

„Was“, wunderte sie sich und streckte mich auf Armeslänge von sich, „hast du nie mit deinem Opa darüber gesprochen? Hast du ihn mit keinem Wort gefragt, wie er das alles zerarbeitet hat?“

„Verarbeitet hat!“

„Wie bitte?“, fragte sie, begriff und sagte: „Ach so, wie er es verarbeitet hat. Ja natürlisch. Aber warum `abt ihr ihn ganz alleine gelassen mit seinem Kummer?“

„Warum, warum, ich weiß nicht...“, antwortete ich erstaunt und zog Josefine mit Macht an mich, „bei uns sprechen sie nicht viel über solche Sachen." Opa sei halt ein bisschen sonderbar. Wahrscheinlich hänge das ja mit jenen Erlebnissen zusammen.

„Ach tatsäschliesch?", fragte sie übertrieben erstaunt und bog ihren Körper von mir fort wie ein störrisches Kind.

Josefine wollte Opa Astenbeck kennenlernen.

Distanz war plötzlich zwischen uns getreten. Wir haben eine Zeitlang schweigend getanzt. Immer wieder wanderten meine Gedanken an den Atlantik, und ob ich es wirklich schaffen würde, Josefine dort zu besuchen und gegen die Brandung zu siegen. Ein langsames Stück ging los: *Ma vie* von Alain Barriere. Schmuseblues. Wo hatte die dicke Dagmar nur die französischen Platten her? Von Zeit zu Zeit und auffällig häufig bei langsamen Liedern betraten Dagmars Eltern den Raum und gaben vor, sich zu erkundigen, ob alles in Ordnung sei. Und da sie schon einmal im Zimmer waren, drehten sie gleich das Licht eine Idee heller.

Peter stand am kalten Büffet, steckte eine Minifrikadelle nach der anderen in sein vornehmes Maul, wirkte wie ein Feldherr nach verlorener Schlacht, und während Dagmar ihn mit Worten vollzustopfen schien, schaute er immer wieder in unsere Richtung. Seine Augen waren von einem so hellen Blau, dass es mir unmöglich war festzustellen, wen genau er betrachtete. Das Blau war so hell, dass sie nicht mehr schön waren, sondern eher etwas Jenseitiges besaßen.

Als der Abend zu Ende ging, verabredeten Josefine und ich uns für den nächsten Tag.

Auch der war nasskalt.

„Das ist doch kein Oktoberwetter", schimpfte Vater in sein Frühstücksei hinein. Früher habe man gerade in diesem Monat noch sehr sonnige Tage gekannt. Die Witterung sei ja zum Auswachsen!

An der Haustür klackerte der Briefschlitz. Mutter ging seufzend hinaus, um die Post hereinzuholen. Der Chef musterte die Briefe, sortierte sie.

„Ah", rief er erfreut, und seine Faust fiel neben dem Teller auf die Tischplatte wie ein Auktionshammer. Dort ließ er sie mit durchgestrecktem Arm liegen, ganz Imperator: „Bundeswehr. Aus Köln! Für dich, mein Sohn!" Damit reichte er Ortlieb das Kuvert wie einen Marschbefehl.

Mein Bruder sah aus, als wisse er nicht, was er damit anfangen solle. Langsam bohrte sich sein Zeigefinger in die Ecke des Umschlags. Vater musterte ihn aufmerksam, während er sein Brot mit Schinken bedeckte.

„Na, was schreiben sie?", fragte er in freundlichem Ton, der keinen Widerspruch gestattete, und er schob den Schinken zusammen wie ein Wellblechdach.

Ortlieb sagte nichts. Er faltete mehrere Bögen auseinander und tauchte ratlos darin unter.

„Nun erzähl doch schon, mein Junge", forderte Vater meinen Bruder kauend auf. Doch mein Junge schien die Stimme verloren zu haben. Mutter goss Kaffee in die Tasse des Chefs.

„Gib deinem Großen auch welchen", bestimmte Vater. Mutter stand auf und schenkte Ortlieb nach.

„Was schreibt der Barras? Wann muss mein Sohn antreten?"

Ortlieb las vor. Er solle nach Köln kommen. Offizierseignungsprüfung. Drei Tage werde es dauern.

„Na also!", rief Vater, und Ortlieb wunderte sich: „Wieso steht denn hier: Vielen Dank für Ihre Bewerbung zur Offizierslaufbahn! Ich habe doch keine Bewerbung hingeschickt." Wieder drehte er ungläubig die Papiere herum und starrte auf die Adresse. Und Mutter wunderte sich: „Ogott, drei Tage soll das dauern?" Und da müsse sie rechtzeitig die Wäsche waschen und zurechtlegen.

„Natürlich drei Tage", bemerkte der Chef, „die nehmen doch keine Pflaumen! Die wollen testen, ob der Bewerber etwas taugt, ob er ein ganzer Kerl ist. Übrigens: Ich habe die Bewerbung losgeschickt, Ortlieb. Du bist ja allem Anschein nach nicht dazu gekommen."

In Ortlieb schienen alle möglichen Gefühle, nur nicht die eines ganzen Kerls, virulent zu werden.

„Na", rief Vater voller Tatendrang, klatschte in die Hände und sah wieder einmal aus, als entscheide er über Krieg und Frieden, „dann wollen wir gleich nach dem Frühstück an die Antwort gehen." Dabei rieb er seine Hände. Es klang wie Pergament. Unvermittelt sprang er dann vom Tisch auf, eilte zur Tür hinaus, wir hörten ihn die Treppe hinauf und wieder herunterlaufen, schon stieß er voller Schwung zurück zu uns ins Esszimmer.

„Hier", rief er stolz, und drückte Ortlieb ein schwarzes Ding mit einer Kordel in die Hand, „das ist mein Marschkompass! Aus dem Zweiten! Nun sollst du ihn tragen.“ Vater setzte sich wieder. „Solange du bei der Truppe bist.“ Und mit dem zwinkernden Stolz des Erfahrenen hängte er dran: „Damit du immer weißt, wo es langgeht, mein Junge.“

Mein Bruder verließ mit einem irren Blick seinen Stuhl und rannte aus dem Zimmer; man hörte ihn die Treppe hinaufspringen, eine Tür krachte zu, und Ortlieb blieb für den Rest des Tages den Augen der Familie entzogen.

„Was hat Ortlieb denn nur“, wunderte sich Mutter, und es sah aus, als wolle sie hinterher. Der Chef hielt sie am Handgelenk zurück. „Lass ihn, Irmel, er ist dabei, ein Mann zu werden.“

Josefine hatte einen dunkelblauen Trenchcoat an, als wir uns trafen. Der Regen rann ihr in schmalen Rinnsalen aus dem Haar. Ihre Augen strahlten. Die letzten Meter lief sie, nachdem sie die Hände aus den Manteltaschen gezogen hatte. Ich beschleunigte meinen Schritt ebenfalls.

„'allo, Osram“, rief sie, „da bin isch. Puh, alles ist fürchterlisch nass.“ Sie schüttelte sich. „Wie geht es dir?“

Mit schnellem Atem stand sie vor mir. Ihre erhitzten Wangen bezauberten mich, und ehe ich meine Hände aus den Taschen ziehen konnte, hatte sie mich geküsst: auf beide Wangen, links, rechts, links.

„Mir geht's gut“, sagte ich, und ich wunderte mich, wie ungelenk ich war, als sie mich küsste. Mein Hals, ja, meine gesamte Schulterpartie blieb steif, als litte ich unter einer Nackenwirbellähmung. Wir schauten uns an. Ich überlegte: Worüber unterhält man sich jetzt, hier, an einem kalten, regnerischen, windigen Vormittag? Ich hatte mir einige Themen zurechtgelegt. Doch jetzt kam es mir blöd vor, ihr von den ausgestopften Vögeln oder Ortliebs *My sweet honey baby* zu berichten. Weiß der Himmel, warum ich dann herausstieß: „Es regnet schon wieder.“

Derartigen Unsinn hatte ich niemals von mir geben wollen. Und prompt kam die Antwort: „Ah ja?“ Sie spielte die Erstaunte und streckte ihre Hand aus, als prüfe sie meine Aussage. Dabei unterdrückte sie mühsam ein Lachen. „Tatsäschlisch.“

Ich bohrte meine Hände in die Manteltaschen. Sie schaute mir von der Seite ins Gesicht. Jetzt waren ihre Augen prüfend und recht ernst. Ich starrte nach vorn, die Straße entlang, wo Wasserstrudel zu Pfützen zusammenliefen, sich zu Seen aufstauten, in denen schmutzig-gelbe Kastanienblätter Kreise drehten. Wir liefen nebeneinander her.

„Bist du stumm geworden?", fragte sie dann leise, und sie steckte ihre Hand wie selbstverständlich unter meinen Arm. "Oder habe isch etwas getan, was dich verletzt hat?" Sie blieb stehen, hielt mich einfach fest, und mir blieb nichts übrig, als es ihr gleichzutun. Was sollte ich ihr antworten?

„Ich glaube", sagte Josefine, „du bist empfindlisch, Osram." Sie betonte das Osram auf der zweiten Silbe. Dabei sprach sie das A ganz kurz.

„Du bist sogar zu empfindlisch – vielleischt? Sag, ist das möglisch?"

Ich antwortete immer noch nicht. Hätte ich ihr zustimmen sollen?

„Warum sagst du nichts? Dir ist es unangenehm, empfindlisch genannt zu werden? Isch finde es gut, wenn Männer nicht glauben, sie müssten den Frauen zeigen, wie 'art sie sind. Isch mag es viel lieber, wenn ein Mann auch einmal sein kann zart wie ein Hühnchen."

Bei diesen Worten kroch mir ihre Hand wie ein kleines Tier den Arm hinunter und schlüpfte in meine Manteltasche, wo sie sich mit meiner Hand anfreundete. Meine Faust öffnete sich.

„Mein Opa wird sich freuen, wenn er dich kennenlernt", knurrte ich. Josefine schaute mich von der Seite an und küsste mir auf die Wange, aber sie antwortete nicht. Schweigend gingen wir durch den Regen die Straße entlang zu unserem Haus. Es waren nur wenige hundert Meter, und doch reichte es, die Kleidung zu durchnässen. Ich merkte es kaum. Voll und ganz konzentrierte ich mich auf ihre Hand, die ich fest umschlossen hielt wie ein kleines Universum, dass herzugeben ich nicht bereit war, während ich überlegte, wie es nun weitergehen sollte. Ich wollte keinen Fehler machen.

„Du magst deinen Opa sehr, nicht wahr", fragte Josefine.

Ich war erstaunt. Offenbar hatte sie sich Gedanken über Opa Astenbeck und mich gemacht. Ich sagte: „Na ja, er ist doch mein Großvater."

Vor Kruttkes Haus hielt ein Wagen des Roten Kreuzes. Zwei Sanitäter bugsierten eine leere Trage aus dem Wagen und machten

Bemerkungen über das Scheißwetter. Das sei wirklich ein Tag zum Abdanken, meinte der eine, und der andere spuckte seinen Kaugummi in die Hecke, als wäre es eine Geste der Zustimmung.

Als wir ins vordere Zimmer traten, hockte Opa auf seinem Thron. Seine Handgelenke waren wie gewöhnlich mit den Lederriemen angeschnallt. Der hagere Schädel ragte nur halb über die königliche Rückenlehne: Opa Astenbeck schaute aus dem Fenster in die graue Welt hinaus. Beobachtete er den Rettungswagen? Uns jedenfalls sah er nicht. Der Stuhl war so gestellt, dass er der Tür den Rücken zuwandte.

Aus weiß der Teufel was für einem Grund schaute ich Josefine an - und ich erschrak, denn ich folgte ihrem Blick. Und der klebte an Opas Armfesseln. Das Leder der Riemen schob die mürbe Haut seiner Unterarme zu einem Faltengebirge zusammen. Opa Astenbeck hatte die Handflächen nach oben gekehrt, und er hielt die Hände geöffnet, als sehnten sie sich danach, Äpfel zu pflücken.

Es war beinahe die Geste der Hand von John Hartfields Plakat '5 Finger', das über Thomas' Brendels Bett hing.

Als wolle Opa etwas greifen, und es schien mir, als sehe er etwas, das er packen müsse. Und auch ich sah etwas, das mich packte: die Lederriemen. Als habe man mir die Augenlider fortgerissen, stürzte die Erkenntnis auf mich ein: Wir haben Opa gefesselt! All die Jahre war er von uns seiner Freiheit beraubt worden! War er arretiert worden, angekettet worden wie ein Irrer, ein Schwerverbrecher, ein Unmensch. Wir hatten ihn seiner Würde beraubt. Und genau das mussten Josefines Gedanken gewesen sein.

Ein jäher Schmerz folgte, und er spaltete mein Inneres, spaltete es und fügte es gleichzeitig zu etwas Neuem zusammen, das mich aufrüttelte, mich anstieß, und ich machte zwei, drei Schritte, und schon stand ich neben Josefine an den Armlehnen des fürchterlichen Thrones, und mit einem erleichternden Ernst lösten wir die Riemen.

Opa schaute dabei weiter aus dem Fenster, beachtete unser Treiben mit keiner Regung; als interessiere ihn das alles überhaupt nicht mehr, als liefen da erbärmliche Nebensächlichkeiten ab, die ihn schon lange nicht mehr betrafen.

Als die Riemen geöffnet waren – draußen fuhr gerade der Krankenwagen ab – startete Opas Motorik durch, und mit einer vehementen Bewegung klatschte er heftig in seine Spinnenhände, als wäre er nie gefesselt gewesen. Dann legte sich ein Lächeln auf sein Gesicht, breitete sich aus in den Falten und Runzeln und ließ sie erstrahlen. Noch immer hielt Opa seinen Blick nach draußen gerichtet und er rief: „Ich habe es gewusst! Gewusst, gewusst, gewusst!“ Erst dann drehte sich sein hagerer Schädel, seine von Altersflecken vogeleiartig gesprenkelte Glatze, auf der ich erstmals einige schwarze Haare entdeckte, zur Seite. Seine Halsfalten wirkten wie das Zwischenstück eines alten Ziehharmonikabusses, doch in die Augen trat ein fast schon jugendlicher Glanz: Opa Astenbeck hatte Josefine erblickt.

Doch warum nur zeigte er keine Spur von Erstaunen?

In aller Ruhe ließ er seine Blicke in ihrem Gesicht umherspazieren, hierhin und dorthin, wanderte von den schmalen Nasenflügeln zu ihrem Mund, dessen Lippen zitterten, als rannten Ameisen unter der Haut herum, er umkreiste Josefines Augen, langsam und Eindrücke sammelnd wie ein Müßiggänger an einem herbstlichen Seeufer, wo die letzten Blätter in nie gekannter Farbenpracht vergingen. Dann ergriff Opa ihre Hände und drehte sie hin und her, als betrachte er zwei aufgelesene Blätter, von denen er nicht wisse, ob er sie mit Heim nehmen solle.

Schließlich murmelte er: „Ich hab's ja gewusst.“

Josefine ließ ihn nicht los mit ihrem Blick, und Opa hielt seinerseits vorsichtig die Mädchenhände, sehr behutsam, als bestünden sie aus hauchzartem Gewebe. Er betrachtete sie so eingehend, hoffte vielleicht, ihr Inneres werde sich ihm offenbaren, und dieses Innere stehe in nichts der ewigen Ruhe und Schönheit des Paradieses nach. Voller Frieden und mit dem Unterton des Siegers, der mit sicherem Vorsprung das Ziel erreichte, bekräftigte er dann: „Ja, gewusst.“

Diesmal wiederholte er sich nicht zweimal. Und ehe wir uns versahen, kramte er unter seinem Thron ein Buch hervor, fleckig, rußig, und mit verbogenem Einband. Der Abdruck von drei Fingern zeichnete sich matt ab. Opa hielt es Josefine hin und rief: „Siehst du? Ich hab's immer noch. Da staunst´e, wie?“ Und dann drückte er Huxleys *Welt, wohin?* in Josefines Hände. Sie schien keinen Moment überrascht zu sein (daran hab´ ich oft denken müssen), und sie sagte: „Vielen Dank, Großvater“, und sie küsste Opa auf die Stirn mit ihren Schwärmen von Altersflecken. Da guckte Opa mich an, als habe er sich erstmals in seinem Leben verliebt und meinte: „Hoppla, wie?“ Und weiß der Himmel, wie er darauf kam, fügte er an: „Wir müssen bald schwimmen gehen, Osmar! Die Wellen, oh, das weite, ewige Meer...“

Dann stach er mir mit dem Zeigefinger in den Bauch, winkte mich heran, ganz nahe, als dürfe Josefine es nicht hören, und er flüsterte rechthaberisch: „Der Finger lügt!“ Dabei nickte er mit seinem Kopf wie Mackensens Dackel aus Plastik auf der Autohutablage. Seine Hand hielt meine fest, sein Handteller war warm, doch die Finger fühlten sich kühl an.

„Er lügt, Osmar“, umkreisten mich seine Worte wie mit Adlerschwingen, „ich weiß es. Glaube nicht alles.“

Auch an diesen Satz habe ich oft denken müssen: Der Finger lügt. Heute bin ich überzeugt, er hat es irgendwie gewusst. Doch damals tappte ich wie durch eine Nacht. Und ich habe Opa leider nicht mehr genauer danach fragen können: Am nächsten Morgen lag er mit geschlossenen Augen in seinem Bett und war tot. In seinem Gesicht ruhte sich ein Lächeln aus, wie ich es noch nie zuvor bei ihm und auch bei niemandem anders je gesehen habe. Mir kam es vor, als denke er im Tode, er habe uns alle mit seiner Liebe überlistet. So jedenfalls wirkte er auf mich.

In dem Durcheinander, das durch Opas Tod ausgelöst wurde, habe ich von Josefines Rückreise nur wenig mitbekommen. Mutter schluchzte, sie müsse die Wohnung gründlich saubermachen, denn nun kämen ja die Beileidsbesucher. Und bei uns sehe es aus wie auf Kruttkes Grundstück.

Dann hörten wir, dass es noch einen Toten gegeben hatte: Herr Kruttke sei an Krebs gestorben, wie es hieß. Ihn hatte der Krankenwagen abgeholt.

Vater wollte als erstes Opas Thron im Keller zersägen. Er hatte bereits ein Bein mit dem Fuchsschwanz heruntergesäbelt, als ich ihn an seinem weiteren Tun hindern konnte. Ich wolle den Thron für mich; als Sitz. Und seine Begründung, es handle sich um erstklassiges Kaminholz, war in jedem Fall Unsinn. Er wollte nur Spuren vernichten. Und außerdem besaßen wir gar keinen Kamin. So rettete ich wenigstens Opa Astenbecks letzten Wohn-Sitz, denn sein Wohn-Ort, das vordere Zimmer, sollte schon bald darauf das Arbeitszimmer des Chefs werden.

Dann Josefines Abfahrt. Von Regenschauern gehetzt, bin ich zum Haus der Jugend gerannt, wo der Bus starten sollte. Ich umklammerte eine rote Rose wie eine Reitgerte, keuchte und fürchtete, ich käme zu spät. Doch ich habe Josefine gerade noch erwischt, als sie in den Bus steigen wollte. Die Rose gab sie mir zurück.

„Finis", lächelte sie verhalten, und sie küsste mich vorsichtig, halb auf den Mundwinkel, halb auf die Wange und meinte, sie werde nichts von alledem vergessen, vor allem nicht, dass der Großvater ihr zum Schluss glücklich erschienen sei.

Danach haben wir nur noch wortlos beieinander gestanden, und in mir spürte ich das paradoxe Zwiegefühl, Josefine möge für immer bleiben und doch am besten sofort abfahren. Der Zustand des stummen Nebeneinander jedenfalls war unerträglich.

Heute sehe ich diese Minuten, als liefen sie hinter einer Milchglasscheibe ab. Die ganze Zeit starrte ich auf den allmächtigen Schließmechanismus der Bustür. Gleich würden verborgene, unmenschliche Kräfte seine Gelenke und Scharniere in Gang setzen und uns trennen. Ich hoffte, es werde nie geschehen und wartete nahezu versessen auf den ersten Ruck.

Dann hatte Josefine einsteigen müssen. Die Mechanismen griffen, die Bustür schloss sich, war zu.

Das Gefühl einer verzweifelten Erleichterung eroberte mich. Mit der Rose in der Faust, eine Stachelspitze im Ballen des Daumens, stand ich auf dem Bürgersteig und schaute dem Bus hinterher. In Josefines winkender Hand glaubte ich Opas *Welt wohin* erkannt zu haben.

Nur allmählich löste sich der Qualm der Auspuffgase in der Kälte auf – wurde immer transparenter, immer zarter, ein Schleier nur, ein Gazehauch, ein Nichts - dann war auch er verflogen.

Es sind Momente der Ohnmacht. Man merkt nicht, wie spät es ist, wohin man geht, was man eigentlich tut. Man ist reiner Organismus. Und reine Gedankenwelt. Doch beides getrennt voneinander.

Und immer dieselben Gedankenfetzen von ihr und ihm, Josefine und Opa Astenbeck. Er war ihr glücklich erschienen? Opa Astenbeck - glücklich? Passte das denn zusammen? Gehörte das Wort Glück überhaupt in Opas Welt? Ich lief wie blind vor mich hin, blieb stehen. Ja, dachte ich, aber ja, es stimmt. Und mit einem Gefühl von Dankbarkeit konstatierte ich: Du hast recht, Josefine.

Es war wohl Glück. Und ich warf die sinnlose Rose hinter einen parkenden Wagen in die Gosse.

Opa Astenbeck wurde auf dem Dorffriedhof begraben. Der Friedhofsangestellte Tanisch – es gab ihn tatsächlich noch – hatte das Grab ausgehoben. Ich sah ihn mit geschultertem Spaten irgendwo entlanggehen. Und ich dachte: Er sieht wirklich aus wie ein Paradesoldat.

Es kamen nur wenig Leute. Vielleicht war der Dauerregen daran schuld, der rücksichtslos das Grab absaufen ließ, sodass Opa fast eine Seebestattung erhielt. Aber ich denke, die meisten hatten Opa einfach vergessen. Oder sie machten sich nichts aus ihm.

Einige Frauen standen mit Tannenzweigen und Spielzeugharken in der Nähe und reckten ihre Hälse in die Regengüsse. Sie wollten wohl sehen, wie der 'Verrückte' im Grab verschwand. (Die Worte hatte ich im Vorbeigehen aufgeschnappt.) Und in dem Moment ist mir bewusst geworden, wie sehr ich Opa Astenbeck vermissen würde.

Onkel Benedikt, der Bundeswehrpfarrer, hielt die Grabrede. An seiner Jacke fehlte ein Knopf. Vater flüsterte jemandem zu, dass es doch recht praktisch sei, wenn man einen Pastor in der Familie habe, und Asche zu Asche, Staub zu Staub...

Onkel Benedikt zog diese Worte wie Mäusespeck in die Länge, denn er mühte sich mit einer Kinderschippe und einem Klumpen Lehm ab, der sich nicht von der Schaufel lösen wollte.

In diesem Moment entdeckte ich Thomas Brendel. Seine Fotokamera hatte er über die Schulter gehängt und in seinen Händen hielt er eine schwarze Schirmmütze, wie sie früher Arbeiter trugen. Eine Ledermütze. Aus Berlin?

Als wir den Friedhof verließen, kam Thomas kurz zu mir und sagte, der Opa sei verdammt okay gewesen.

Beim Leichenschmaus war Thomas Brendel nicht dabei. Dafür erschien in einer Wolke aus Mottenkugelgeruch ein schwarzer Pulk von Leuten in unserem Haus, die ich nie zuvor gesehen hatte. Eine Tante Grete, silbergrau und wirtschaftswunderdick und, wie man flüsterte, mit dem Herzen auf dem rechten Fleck, legte kurzerhand ihre Leidensmiene beiseite, als das Essen auf den Tisch kam.

Vater hatte eine kurze Traueransprache vorbereitet. Zwischen Suppe und Fleischgericht klingelte er mit dem Löffel an sein

Weinglas, erhob sich, sein Jackett schief zuknöpfend, räusperte sich, während irgendjemand Tante Grete anstieß, die etwas vom herrlichen Tessin zum Besten gab. Nun überzog sich ihr Gesicht mit Kummerfalten. Stille war eingekehrt, wenn man das leise Klappern überhörte, das beim Abdecken entstand.

„Psst!"

Die Nachbarin, die Mutter half, flüchtete vor Vaters Gutsherrengezisch wie ein gehetztes Huhn in die Küche. Vater räusperte sich, entfaltete in der Deckung seines Glases einen Spickzettel und schob ihn unauffällig in die Falte seiner Serviette. Dann nahm sein Blick den leeren Ausdruck innerer Sammlung an. In der Küche ging irgendetwas in Scherben. Mutter schloss die Augen.

„Unser Opa Astenbeck ist nicht mehr", sagte Vater mit ruhiger Stimme und schaute über die Köpfe der Trauergesellschaft hinweg zur Kredenz, wo ein paar Fliegen um Gebäck und Kuchen kreisten. Und Vater erzählte vom Leben und von den Kriegen, in denen Opa als einfacher Soldat tapfer mit gefochten habe bis zum Ende, um die Ehre Deutschlands und das Leben der Seinen zu verteidigen und zu schützen. Und dass Opa dann noch einmal geheiratet habe, dass er trotz seines schweren Loses nie den Lebensmut verlor, was wie ein leuchtendes Beispiel über unser aller Leben stehen könne. Und er sprach davon, dass es Opa bis zu seinem Heimgang vergönnt gewesen sei, im Schoße der Familie zu leben, auch, und das wolle er nicht einfach beiseiteschieben, auch wenn es für die Familie und besonders für seine Irmelin nicht immer ganz einfach gewesen sei. Aber gerade daran sei man gewachsen und habe viele wertvolle Erfahrungen machen dürfen.

Und so habe die Familie dem lieben Opa viel zu verdanken. Und Vater hob das Glas und sagte: „Eigentlich hieß er ja Jonathan Bulthaupt, aber für die Grahls war und wird er für alle Zeit schlicht und einfach der Opa Astenbeck sein. In gewisser Weise bildete er den Mittelpunkt unseres Lebens." Sein plötzliches und unerwartetes Dahingehen habe eine Lücke in die Familie gerissen und ein leerer Platz sei nun zurückgeblieben, der so schnell nicht wieder ausgefüllt werden könne. Und nach einer kurzen Pause, in der nur das gerührte Schniefen von Tante Grete zu hören war, hängte er an: „'Wer im Leben geliebt wurde, und wer lieben durfte, dem wird auch der Tod ein Freund sein können.' Wir werden dich nie vergessen. Ruhe in Frieden, Opa Astenbeck."

Vater setzte sich, und das Gemurmel der Zustimmung verwehte alsbald im Aroma des Schweinebratens im Bett von buntem Pfannengemüse, der jetzt von der Nachbarin aufgetragen werden durfte.

Das Gebrummel der verhalten plaudernden Trauergäste nahm zu, und es klang, als grolle ein Gewitter weit hinten jenseits des Horizontes. Während die Teller gefüllt wurden, erzählte Vater, dass sein Ältester nun auch die Offizierslaufbahn einschlage. Damit setze er die gute Familientradition fort. Und man hob die Gläser und trank auf Offiziersanwärter Ortlieb Grahl. Das Leben gehe eben weiter.

Ortlieb blieb stumm. Ich wusste inzwischen: seine Träume mit Marita Hegemann waren verpufft. Sie hatte sich mit ihm nur en passant vergnügt. Enttäuschung und verletzte Männlichkeit ließen Ortlieb der Offizierslaufbahn zustimmen, als könne er dadurch das Schicksal strafen. Aus einer Laune heraus stellte er die Weichen in seinem Leben um. Er entschied sich blindlings für einen Weg, den nicht er, sondern Vater wollte.

Andauernd klingelte es an jenem Tag an der Tür: Karten wurden abgegeben und üppige Blumengebinde. Man ließ sich nicht lumpen. Alles Bekannte von Vater. Von denen hatte kaum einer Opa je zu Gesicht bekommen. Irgendjemand befand, für Opa sei es ja so am besten. Er habe doch ohnehin kaum noch was vom Leben mitbekommen.

Die Köpfe nickten wie bei pickenden Hühnern. Ja, ja, das stimme. Ach, es sei nicht schön, wenn man so dahindämmere. Das sei doch kein Leben mehr!

Ein Würgen stieg meine Kehle empor. Unauffällig lief ich hinaus. Das Klo war besetzt. Ich presste mir die Hand vor den Mund und rannte in den Garten, wo ich mich erbrach, wieder und wieder. Und Mackensens Pekinese kläffte und tänzelte vor mir am Zaun herum, schnappte sich ein Stück Schweinebraten und hüpfte keuchend den Zaun entlang, bis Herr Mackensen erschien. Von weit weg hörte ich ihn zetern: „Widerlich! Kaum ist der Großvater tot, besäuft er sich, bis er kotzen muss. So schnell wird man vergessen."

Wie durch einen Nebel sah ich Mackensen sein Hündchen, das er in den Arm genommen hatte, auf die schwarze Schnauze küssen. „Nur ruhig, nur ruhig, mein Süßer."

Ekel quälte mir den letzten Schwall aus dem Magen. Dann wischte ich mir den Mund ab und rannte davon. An die Tafel konnte ich beim besten Willen nicht zurückkehren. Womöglich hätte ich mein Innenleben auf den Tisch erbrochen. Ich durchquerte die Garage, um nach vorne auf die Straße zu gelangen. Der Satz, den Vater zitiert hatte, kreiste in meinem Kopf. Unbewusst hatte der Chef den Nagel auf den Kopf getroffen.

Als ich die Garagentür hinter mir zuwarf, verdichtete sich das Durcheinander meiner Gedanken: Opa konnte sich in die Arme des Todes begeben wie in die Arme eines Freundes; denn er hatte geliebt. Und war es nicht egal, wenn er dachte, dass die Josefine aus Frankreich seine Tochter gewesen sei? Hatte ihn doch dieser Glaube glücklich gemacht. Was konnte es Opa schon bedeuten, dass er tot war? Er merkte ja nichts davon. Und vor meinen Augen erschien ein Luftschiff, geformt wie ein Sarg, schwebte zum Grab und senkte sich in die matschige Erde, und ein Klumpen Lehm löste sich endlich von dem Schäufelchen, verschwand kometenhaft im schwarzen Loch und detonierte mit Getöse auf dem Sargdeckel, als wäre Opas letzte Ruhestätte soeben explodiert.

12

Die Blendung des Falken II

Das Getöse riss mir die Augen auf. Ich war gar nicht auf Opa Astenbecks Beerdigung. Mich umgab undurchdringliche Schwärze! Und da jagte mir ein jäher Schreck durch den Körper: Das Getöse! Der Lehmklumpen: Er ist gerade auf meinen eigenen Sargdeckel geklatscht! Ich bin tot, begraben, lebendig begraben!

Ich warf meine Hände nach oben, um mich zu befreien und um mein Leben zu kämpfen, doch da war nichts. Wieder ein ohrenbetäubender Knall. Helligkeit fiel für Momente herein.

Da ließ Erleichterung mich zurück in die Kissen sinken: Das Gewitter! Es war am Ende des Durnholzer Tales angelangt, die Wirklichkeit setzte sich durch und meine Atemstöße verscheuchten die Angst.

Ich richtete mich in dem feuchten Pensionsbett auf, weil ich die Uhrzeit wissen wollte, das einzig Greifbare in einer solchen Nacht. Doch ich tastete vergebens herum. Alles war weg. Sogar der Nachtschrank schien verschwunden!

Neues Entsetzen trieb mich in die Höhe. Hinter mir zuckte ein wahres Feuerwerk an Blitzen auf mich zu. Wieso hinter mir, das Fenster befand sich doch vor mir! Da erst bemerkte ich, dass ich falsch herum im Bett lag. Mit dem Kopf am Fußende. Völlig verdreht! Und das Bettzeug klebte vor Nässe an meiner glühenden Haut. Es muss hereingeregnet haben, fieberte ich und es dauerte unendlich lange, bis ich erkannte, dass die Nässe mein Schweiß war.

Schließlich fand ich die Uhr. Zehn nach eins. Erst so kurz hatte ich geschlafen, wenn man das schlafen nennen konnte. Ich fühlte mich hundselend. Meine Haare waren nass; nicht vom Regen, sondern vom Schweiß: jeder Tropfen eine Minute meines Lebens. Der ganze Körper klebte, als schwömme ich in meiner Vergangenheit.

Wo waren die Taschentücher? Ich musste mir den widerlichen Schweiß abwischen. Mühsam arbeitete ich mich aus dem Bett, und meine Hände tasteten sich durch das finstere Zimmer. Ein Blitz zuckte auf. Direkt am Fenster stehend, sah ich, dass die Geranien ihre Blüten verloren hatten. Alle waren geköpft.

Dazu diese plötzliche Kälte. Meine Zähne schlugen wild aufeinander. Warum heizte denn diese Maria Oberstaller nicht? Das war doch eine Zumutung! Und Taschentücher fand ich auch nicht.

Ich schleppte mich zurück ins Bett. Meine Stirn kochte. Von meinen siedenden Gedanken? Und wieder kreuzte Opa Astenbeck auf. Mit Josefine. Ich wusste, dass sie es war, auch wenn es mir einfach nicht gelingen wollte, ihr Gesicht heraufzubeschwören. Immer wieder veränderte sich ihr Bild in meiner Vorstellung. Mal war sie nur ein schwarzer Umriss, dann eine Gestalt, die immer größer, immer dicker wurde, fast aufgedunsen, um schließlich herumzuhüpfen wie ein Heupferd, das sich einfach nicht fangen ließ.

Egal was da vor meinen Augen herumflog und hüpfte, ich wusste, dass es Josefine war. Und ich wollte endlich von ihr wissen, warum sie damals bei ihrer Abfahrt die Rose nicht angenommen hatte. Doch ehe ich überhaupt den Mund aufbekommen konnte, hatte sich Josefine in der Luft flach gelegt wie ein Zeppelin, wurde heller und heller, blähte sich auf und schwebte an den Rand meines Blickfeldes.

Allmählich wurde ich unruhig. Ich wusste plötzlich, dass es die letzte Gelegenheit war, es zu erfahren, denn gleich werde sie im gleißenden Licht verbrennen, und dann waren alle Chancen, jemals Klarheit zu bekommen, für immer vertan. Also rief ich hinterher: Warum hast du die Rose nicht genommen?

Doch der Zeppelin verwandelte sich einfach in eine violette Amöbe, die langsam, aber unaufhaltsam zu einem See auseinander floss, größer und größer wurde, ein Meer, ein Ozean, und die Wellen tosten an den Strand, brandeten auf mich zu, und plötzlich merkte ich, dass es längst zu spät war, den Wellen zu entkommen: Sie würden mich gleich verschlingen. Da kam aus einem Wellental Opa Astenbeck auf mich zu gepaddelt. Er hockte auf einer riesigen Luftmatratze und ließ mich hinter sich aufsitzen. Er zog an den Riemen, mit denen er sonst immer angeschnallt gewesen war, und ein Motor fing zu rasseln und zu klappern an und wir sausten auf das weite Meer hinaus. Doch Opa fuhr zu wild, er beschleunigte unaufhörlich, und mit einem fürchterlichen Knall platzte die Luftmatratze, Licht blitzte auf, und wieder ertönte ein furchtbarer Donnerschlag, der von den Gebirgswänden des Durnholzer Tales tausendfach zurückgeworfen wurde.

Es war eine meiner fürchterlichsten Nächte, diese Gewitternacht, in der eine absurde Mixtur meines Lebens in Traumsequenzen gegossen wurde. Aber dennoch hatte sie ihr Gutes. Mir war, als finge ich damit an, eine uralte Krankheit endlich herauszuschwitzen. So vieles war nie zu einem Ende gekommen, gärte über Jahre weiter und weiter, unausgesprochen, unangesprochen, und nun entlud sich diese gärende Substanz in auf den ersten Blick wirren Traumkaskaden.

Warum hatte ich es nie geschafft, Josefine zu besuchen?

Das Verrückte ist: Einmal noch habe ich sie wiedergesehen. Für ein paar grausame Minuten. Aber es war sie, die mich besuchte. Plötzlich war sie da, und dann saßen wir, saßen zu dritt auf einem geblümten Sofa: sie, meine Frau und ich, tranken Kaffee und aßen Krümelkekse, sie wünschte unserer jungen Ehe und dem Kind, das bald geboren werden würde, alles Gute. Vor der Tür noch ein Lächeln wie fürs Fotoalbum; dann fuhr sie für immer aus meinem Leben fort. Finis. Film aus. Das war's gewesen. Kein Atlantik, keine Wellen. Der Kontakt zwischen uns brach einfach ab.

Wie viele Kontakte sind in meinem Leben abgebrochen. Zum Beispiel der zu Thomas Brendel. Zu ihm besonders. Für einige Zeit galten wir als unzertrennlich. Und dann ist es einfach vorbei. Das Licht der Freundschaft erlischt wie eine sterbende Glühbirne, deren Faden durchbrennen will. Wenige Male noch flackert sie vielleicht, dann zuckt ein letztes blendend helles Licht, und sie sieht nur noch aus wie eine Glühbirne; aber sie leuchtet nicht mehr.

Als ich damals am Tage von Opas Beerdigung in Thomas' Zimmer trat, begrüßte er mich mit den Worten, er habe gewusst, dass ich heute noch aufkreuzen werde. Er lag auf seinem Bett und badete in einem Meer von Fotos. Das Auffälligste aber war ein transparenter Plastiksack, der mit leeren Rothändleschachteln gut zur Hälfte gefüllt war. Wie ein überdimensionaler Schinken baumelte er an dem Haken, der normalerweise für Deckenlampen vorgesehen ist. Dieses Zigarettenschachtelobjekt hatte es bei meinem letzten Besuch noch nicht gegeben. Er musste in der kurzen Zeit wie ein Wahnsinniger geraucht haben, wenn alle Schachteln von ihm stammten.

Daran bist du schuld, dachte ich, du hast ihn zum Rauchen animiert. Denn bevor er mich kennenlernte, war er Nichtraucher gewesen.

Und auch an diesem Tage rauchte er. Allerdings sah die Zigarette eher wie selbstgedreht aus. Aus tiefster Lunge stieß Thomas den Rauch wie eine Lanze über sich in die Luft. Der ganze Raum war voller Qualm. Geschlossene Fensterläden sperrten die Welt aus.

Auf einem in Geschenkpapier eingeschlagenen Paket vor dem Bett entdeckte ich einen Aschenbecher nebst brennendem Kerzenstummel und Kaffeelöffel. Aber keine Kaffeetasse. Die Kerze stellte die einzige Lichtquelle dar. Sie erhellte den Raum nur dürftig.

„Hast du Geburtstag“, fragte ich ihn mit Blick auf das Paket.

Mit einem eigenartigen Unterton in der Stimme sagte er, er habe immer Geburtstag, wenn es nach den Geschenken ginge, die man ihm zuschiebe.

Alles an ihm wirkte seltsam an jenem Tag, sein Tonfall, sein verwaschener Blick, eine lianenhafte Art sich zu bewegen, als er sich erhob. Und die Bilder fielen wie Schuppen von ihm ab. Alles Fotos, auf denen, wie ich erst jetzt merkte, ausschließlich Kriegerdenkmale abgelichtet waren.

„Komm mit“, rief er und glitt hinter den schwarzen Vorhang. Dort führte eine Tür in einen Raum ohne jedes Fenster. Eine rote Glühbirne glomm auf. Thomas stand jetzt mitten in diesem verborgenen Zimmer, den Konus von Zigarette im Mund, und er hob die Arme wie ein Magier, der die Welt verwandeln will.

Keine Frage, wir befanden uns in einer Dunkelkammer. Doch nicht dieser Umstand erstaunte mich. Meine Augen wurden von der linken Wand angezogen; dort, gegenüber den Becken und Schalen, der Trockenpresse und den anderen Utensilien, die er für die Entwicklung benötigte, überwucherte ein Lagerregal die über vier Meter lange Wand bis unter die Zimmerdecke. Und dieses Regal war dicht gefüllt mit Päckchen und Paketen, Schachteln und Kartonagen: Allesamt waren sie wie Geschenke zurechtgemacht! Es sah aus wie das Lager des Weihnachtsmannes.

„Voila: meine Schatzkammer“, meinte er, wieder in diesem merkwürdig singenden Tonfall.

„Woher hast du die alle?“, fragte ich verwundert. Ich kam mir vor wie Carter im Grab des Tut ench Amun. Und alle Pakete waren ungeöffnet! Kein noch so kleines Loch war irgendwo zu finden. Völlig unberührt türmten sie sich in der Stellage, vom Rubinlicht matt erhellt, und nichts ließ darauf schließen, dass ein Grabräuber den Gaben zu nahe gekommen war.

Beim Verlassen der Dunkelkammer streifte mein Blick einen Schuhkarton, in dem braune DIN A 4-Umschläge steckten. Auf den Umschlägen hatte er den jeweiligen Inhalt vermerkt. Der vordere war beschriftet mit: Pohlmann bei Abnahme der Fotos 'Konsumterror'. Und dahinter steckten bestimmt noch 15 bis 20 andere Kuverts. Thomas schien in letzter Zeit sehr aktiv gewesen zu sein.

Als ich ins Zimmer zurückkam, lag er schon wieder auf seinem Bett, inhalierte tief und meinte beiläufig: „Das da drinnen sind alles Bestechungsobjekte! Genau wie dieses hier.“ Sein Blick fiel kurz auf das Paket, das ihm als Tischchen diente. „Meine liebe Stiefmutter“, sagte er, „erfreut mich mit derartigen Dingen in frappierender Regelmäßigkeit. Und ich verbanne das Zeug ungeöffnet ins Regal."

„Aber warum schenkt sie dir Sachen, die du nicht einmal auspackst", fragte ich. „Das ist doch Quatsch."

„Du sagst es, mein Freund", grinste er.

An dem Tag erzählte Thomas Brendel mir von seiner Familie, und während ich ihm zuhörte, riss er einen Streifen vom Päckchen des Zigarettenpapiers ab, klebte drei Blättchen zu einem großen zusammen, fischte aus einem Stück Stanniol irgendein braunes Zeugs und zerbröselte es im Teelöffel über der Kerzenflamme. Während er die Zigarette drehte, erfuhr ich, dass seine Mutter tablettensüchtig gewesen sei und ohne Veronal nicht mehr habe leben können.

Er zündete sich seine Trompetenzigarette an, nahm einen Zug und reichte sie mir herüber. Dabei sagte er, dass man beim ersten Mal noch rechtzeitig den Magen hatte auspumpen können. Und während ich vorsichtig an der Zigarette sog und fand, dass es nicht sehr viel anders als eine normale Zigarette schmeckte, bekam ich zu hören, dass man beim zweiten Mal zu spät gekommen sei. Kein Anzeichen habe verraten, ob sie absichtlich oder aus Versehen zu viel geschluckt habe.

Er zog den Rauch tief ein und behielt ihn bestimmt zehn Sekunden in der Lunge. Ohne mich anzusehen, sagte er: „Man darf den Rauch nicht gleich wieder ausatmen. Sonst bringt es nichts."

Ich hatte damals keine Ahnung, was er mit dem Satz meinte. Aber die Stimmung war so eigenartig, dass ich ihn nicht fragen wollte.

Beide lehnten wir mit dem Rücken an der Wand, direkt unter Hartfields Hand, der Bomberstaffel und dem 'Sag endlich DDR´-Plakat.

„Sie war mit Gabriela allein im Haus", fing er dann wieder an. „Damals wohnten wir noch nicht in diesem ätzenden Kasten hier. Den hat er erst auf Betreiben seiner neuen Bekannten Marie Luise gekauft." Und dann sah er mich direkt an und rief: „Glaubst du, dass eine Mutter sich umbringt, wenn sie mit einem dreijährigen Kind allein im Haus ist? Glaubst du das?"

Ich bekam schon nur noch die Hälfte mit. Ich glaube, er sagte noch, Gabriela habe neben dem Leichnam der Mutter gesessen und mit den Haaren der Toten gespielt, als man beide fand.

Zu dem Zeitpunkt machte sich in mir bereits ein Schwindel breit, weitete sich von meinem Kopf hin zu den Gliedern aus, und ich glaubte, mich nur noch in Zeitlupe bewegen zu können. Die Sekunden zogen sich in die Länge wie Hefeteig.

„Ja", kam es leise hinter dem Vorhang oder unter dem Bett oder aus meinem eigenen Kopf hervor, „sie ist schön. Ziemlich schön. Stimmt." Und heftiger: „Extrem schön sogar. Und sie kommt auf ihre Kosten. Auch, was Männer betrifft. Gerade jetzt ist sie für eine Woche nach Florenz gereist. Oder für zwei. Vielleicht ist sie immer auf Reisen. Und ich möchte wetten, sie hat kein Einzelzimmer gebucht. Sie nimmt sich alle Männer, die ihr gefallen."

Mir wurde immer mulmiger, vielleicht auch wegen der Worte, die aus Thomas Brendels Mund strömten wie giftiger Dampf. In meinem Kopf waberte es. Ich benötigte sofort frische Luft, wenn ich nicht ohnmächtig werden wollte. Wie betrunken torkelte ich zum Fenster und versuchte es zu öffnen. Aber meine Kraft reichte nicht aus. Die Füße rutschten mir weg und ich landete auf dem wankenden Fußboden, zog die Knie dicht heran, presste meinen Kopf mit letzter Kraft darauf, denn er fing gerade an, wie ein Luftballon aufzusteigen.

Danach fehlten mir ein paar Minuten. Oder Stunden? Ich kam erst wieder auf die Welt zurück, als ich bereits vor Brendels Haus wie ein aufgezogenes Spielzeug um den Springbrunnen wanderte, den hüpfenden Delphin bewunderte und mich fragte, wann er denn nun endlich ins Wasser tauchen werde. Und der Mann, der den Weg heraufgeschritten kam, konnte vielleicht Augustus sein; oder doch ein Gott? Nun bog er um die Granitschale, eine große, schlanke Gestalt, verließ den Schatten des tanzenden Delphins: Augustus kam mir in ruhigen Schritten entgegen. Er trug keinen Hut, und so sah ich, dass sein schwarzgewelltes Haar an den Seiten bereits grau wurde. Selbst beim Gehen steckte seine linke Hand leger in der Hosentasche. Wie gewandt das wirkte. Und selbstsicher.

Er sah mich und blieb stehen. Dann erschien in seinem Gesicht ein Lächeln von ganz eigentümlicher Art, fast, als wolle er mir Vertrauen einflößen, und er schritt direkt auf mich zu.

„Du bist Osram Grahl, nicht wahr." Es war eher eine Feststellung denn eine Frage. Sein Lächeln hatte sich in den Mundwinkeln niedergelassen. Ein paar Schweißperlen zierten seine Schläfen.

Ich antwortete mit einem Nicken, ergriff mechanisch seine Hand und ahnte langsam, wen ich vor mir hatte.

„Ich bin Thomas´ Vater“, sagte er. „Ich habe vom Tod eures Großvaters gehört. Herzliches Beileid.“

Das war unser ganzes Gespräch.

Erst später fiel mir auf, dass er meinen Namen gewusst hatte, ohne dass wir uns je zuvor begegnet waren. Allerdings hatte ich das Gefühl, ihn schon einmal gesehen zu haben, Aber wo? Vielleicht in der Zeitung? Ich dachte nach, kam aber nicht drauf. Auf das Naheliegende kommt man eben meistens nicht.

Abends, die Trauergäste waren inzwischen gegangen, saßen wir in der Stube. Vater hatte die Weinflaschen, die nicht völlig geleert worden waren, neben sich versammelt wie eine Leibgarde. Und Ortlieb stierte vor sich hin, als habe er es besonders schwer.

Wir schalteten die Nachrichten ein. Man müsse doch wenigstens wissen, was in der Welt geschehe, meinte Vater, und Mutter wischte einen Weinfleck fort.

Das neue Bundeskabinett unter Ludwig Erhard war vereidigt worden, erfuhren wir. Und irgendetwas wurde über Königin Elisabeth berichtet. Da sagte Mutter: „Wer ist eigentlich Elsbeth?“

„E-li-sa-beth“, korrigierte Vater, und schüttelte den Kopf. Ob sie denn nicht wisse, dass es sich um die englische Königin handle?

„Ich meine aber eine Elsbeth“, behauptete Mutter trotzig. Die habe vor kurzem mal angerufen. Gerade sei es ihr eingefallen.

Sofort war ich hellwach: „Eine Elsbeth hat neulich angerufen? Für wen denn?“

„Für wen? Na, für dich, Osram. Weißt du das denn nicht mehr? Wie kann man in so jungen Jahren schon derartig vergesslich sein.“

„Was? Das hast du mir doch gar nicht erzählt“, rief ich. „Wann hat sie denn angerufen?“

Meine Güte, dass wisse sie doch jetzt nicht mehr. Bei allem, was passiert sei.

„Ruhe jetzt“, schimpfte Vater. „Wenn ihr euch ständig unterhalten wollt, dann geht raus.“ Und Mutter maulte: „Wir unterhalten uns ja gar nicht.“

„Du redest doch schon wieder! Ja, merkst du das denn nicht?“

Aber man werde doch noch mal ein Wort sprechen dürfen, ohne dass man gleich angemeckert werde.

„Weißt du denn wenigstens noch, was diese Elsbeth gewollt hat?“, fragte ich leise.

Es sei zum Kotzen, schimpfte der Chef nun. In seinem eigenen Hause könne man nicht einmal Nachrichten sehen. Vielen Dank! Vater betrachtete es also schon als sein eigenes Haus.

Zu Elsbeth Kontakt aufzunehmen, war nahezu unmöglich. Ich kannte weder ihren Nachnamen noch ihre Adresse, und Bertold Seeger von den Stars wollte ich auf keinen Fall fragen. Ich vertraute darauf, dass Elsbeth sich noch einmal melden werde.

Vergebens.

Als wir Opas Zimmer ausräumten und seine persönliche Habe durchsahen, fanden wir in einer Schatulle einige ungeöffnete Briefe. Einer stammte noch aus der Zeit vor Großmutters Tod. Absender war Markus Luther.

„Schau an, schau an“, meinte Vater, da werde ja der Hund in der Pfanne verrückt, nicht mal seine Post habe er geöffnet. Vaters Finger bohrten sich ins Kuvert und rissen es auf.

„Also so was!“ Wir sollten doch bitte zuhören: Der Luther bedanke sich bei Opa, ohne den er wohl nicht mehr am Leben sei. Und Opa habe sich wie ein Held benommen, damals in der Schlacht an der Maas.

„Opa, ein Held?“ Vater wirkte irritiert. Das sei ja ein Ding! Da habe dieser Opa... „schau doch mal her, Irmel, Herrgott noch mal, interessiert dich das denn gar nicht?“ ...diesen Luther aus dem Dauerfeuer gerettet und sich selbst schwere Verletzungen zugezogen. Und Opa habe den Brief nicht mal gelesen. Jetzt werde ihm einiges klar wegen der Erbschaft, meinte Vater und warf den Brief in den Papierkorb.

Das letzte Ereignis des Jahres, dass mir bedeutsam erschien, war das Weihnachtsfest: Ich bekam ein gebrauchtes Schlagzeug. Niemals hatte ich damit gerechnet, dass mein Wunsch in Erfüllung gehen werde. Die Trommeln waren weinrot, und bespannt war es noch mit Naturfellen, die bei Feuchtigkeit und Wärme gehörig ausleierten und deshalb ständig nachgespannt werden mussten.

Zu jener Zeit lief Mutter schon regelmäßig zu ihrem Seelenklempner, wie der Chef es ausdrückte. Er hatte uns eines Tages im Advent zu sich gerufen.

„Macht bitte die Tür zu, meine Jungen.“ Sein Gesicht war von Sorge und tiefem Verstehen geprägt. Was werde denn jetzt kommen, dachten wir. Und nachdem ein Moment der Stille den Raum geweiht hatte, räusperte sich Vater: „Eure Mutter ist, ich möchte ungern drum herumreden, psychisch momentan, nun ja, etwas instabil. Dr. Bock spricht von einer vegetativen Dystonie. Das hört sich nicht schön an, ich weiß, doch er scheint mir zuzustimmen, dass Opas Tod sein Übriges dazu beigetragen hat, dass es so weit gekommen ist. Bitte - nehmt Rücksicht auf Mutter. Beweist ihr, dass ihr prima Jungs seid.“ Und jede Aufregung solle ihr erspart bleiben.

Täglich widmete Mutter sich nun dem autogenen Training. „Mein linker Arm ist schwer, ganz schwer“, hörte man sie oben im Schlafzimmer meditieren. Und niemand durfte sie dabei stören, um den Erfolg nicht zu gefährden. Es koste ihn immerhin eine schöne Stange Geld, meinte Vater beim Essen. Mutter schaute auf ihre Finger; sie machte einen deprimierten Eindruck.

Kruttkes Haus wirkte seit dem Tod von Herrn Kruttke wie verwaist. Anita und Jürgen sah man nur selten auf der Straße. Und Frau Kruttke schien es gar nicht mehr zu geben. Nur Oma Holzmann fuhr täglich auf schwankendem Rad zum Einkaufen.

Dann, eines Tages im Februar (ich stand wieder einmal an dem Fenster, durch das ich so oft mit Opa Astenbeck hinausgeschaut hatte), schleppte Anita, in einen weiten Schlabberpullover gekleidet, alte Leitungsrohre in den Vorgarten. Manche waren gerade, andere verzweigten sich durch Muffen oder bogen mit Hilfe von Eckstücken rechtwinklig ab.

Inmitten von Gerümpel und den vertrockneten Überresten des Vorjahresgestrüpps wählte Anita einen Platz. Mit einem Spaten hob sie drei Löcher aus, ließ die Rostrohre ein und stampfte den Boden wieder fest. Kraftvoll und doch anmutig liefen ihre Bewegungen ab. Bestürzt stellte ich fest, zu welcher Schönheit sich Anita entwickelt hatte. Nichts mehr war von ihrer Rotznasigkeit übriggeblieben: Feingliedrig wie eine Schöpfung Modiglianis gab sie sich voller Ernst ihrer Arbeit hin. Dann trat sie ein paar federnde Schritte zurück: Die Wasserleitungen ragten schief in den grauen Himmel, fast schulterhoch, als strecke ein vergrabener Riese drei skelettierte Gichtfinger in die Luft.

Anita besah sich ihr Werk, prüfte die Festigkeit, warf dann den Spaten beiseite und lief ins Haus.

Inzwischen war Herr Mackensen mit seinem asthmatisch keuchenden Hündchen von einem Spaziergang zurückgekehrt und reckte kopfschüttelnd seinen teigigen Hals, um den er einen seidenen Schal geschlungen hatte. Auch ihm war Anitas Werk nicht entgangen. Und während der Giftköter scheinbar unter Qualen einen Haufen auf Kruttkes Bürgersteig ablegte, äugte Herrchen prall vor Neugier und Missbilligung über die Hecke.

Nach wenigen Minuten erschien zuerst Anitas Rehrücken, dann ein Kühlschrank, und hinter dem Kühlschrank leuchtete Jürgen Kruttkes puterrotes Gesicht. Mit vereinten Kräften bugsierten er und Anita das Gerät zu den Rohren. Jürgen ließ erleichtert los, der Schrank polterte zur Erde, und der Junge lockerte seinen Verrenkearm durch Hin- und Herschlenkern, während Anita einen heftigen Wortschwall über ihm ausgoss.

Jürgen schaute schuldbewusst in der Gegend herum, bis sein Blick an dem Fenster hängen blieb, hinter dessen Gardine ich mich verborgen hielt. Nun wendete auch Anita den Kopf herüber. Hatten sie mich entdeckt? Jetzt drehte auch Spießer Mackensen sein Hefeteiggesicht herüber.

Unwillkürlich wich ich einen Schritt zurück. In diesem Moment stürmte Anita aus dem Vorgarten heraus und rannte auf unser Haus zu.

Was wollte die? Wollte sie zu uns? Zu mir?

Die Türglocke schrillte. Bloß jetzt Ruhe bewahren! Als erste Maßnahme wartete ich ein wenig, schloss dazu die Augen. Dann trampelte ich mehrere Male auf den unteren Treppenstufen herum, als hätte ich extra von oben heruntereilen müssen, ehe ich aufmachte.

Mackensen war ganz nahe herangerückt, als ich jetzt öffnete. Mit verblüffender Direktheit beobachtete er das Geschehen. Den geliebten Köter hatte er an straff gespannter Leine wie einen Handkarren hinterhergezogen.

„Komm mal mit“, befahl Anita. „Wir brauchen deine Hilfe.“

Schon war sie auf dem Rückweg zum Kühlschrank. Eine Antwort hatte sie gar nicht erst abgewartet, schien sich sicher zu sein, dass ich ihr folgen würde.

Ich zog gar nicht erst eine Jacke an, lief sofort hinter ihrem biegsamen Rücken und den wehenden Haaren her.

Im Vorbeigehen ließ Anita das Wort `Scheißtöle´ fallen. Aus dem Hundehaufen stiegen linde Dämpfe empor. Dann hatten wir den Schauplatz erreicht. Jürgen begrüßte mich mit einem kastrierten Om-ude und ließ einen hilflosen Blick über Rohre, Kühlschrank und Anita gleiten.

„Ich will das Ding hier drauf montieren“, dirigierte Anita, ohne uns anzuschauen. „Also los!“

Mit der ihr typischen Rigorosität kommandierte sie. Sie fragte nicht erst lange – und ich gehorchte, wie ihr immer alle gehorchten, und packte an.

Anita besaß Kraft in ihren feingliedrigen Pianistinnenhänden, und trotz der Anstrengung behielt ihr Gesicht den ruhigen Ausdruck eines schöpfenden Geistes.

Zu dritt schafften wir es, und während Jürgen, Mackensen und ich zuschauten, kramte Anita einen Schraubenzieher aus ihrer Hose und begann den Kühlschrank auf den Muffen der Wasserrohre festzuschrauben. Ihr Eifer hatte etwas Faszinierendes. Irgendein Passant, ebenso beeindruckt von Anitas Tun, hatte sich auf dem Bürgersteig vor unserem Haus postiert und heftete seinen Blick wie gebannt auf das Treiben. Sein Hals war weiß umwickelt, als stecke er in einem Schleudertraumahalskrause. So stand er da und verfolgte Anitas Aktivitäten wie ein Zeuge unfasslicher Ereignisse. Und das war es ja irgendwie auch.

Anita war jetzt beinahe fertig, doch immer noch rechnete ich damit, das Ungetüm, das so leicht wirkte, als tanze es, werde jeden Augenblick ins Wanken geraten und das Mädchen unter sich begraben.

Es wurde eine stabile Konstruktion. Anita trat bis zur Hecke zurück und betrachtete ihr Werk. Da hielt Nachbar Mackensen seine Stunde für gekommen. Er schraubte sich auf seinen beigefarbenen Gesundheitsschuhen um zwei, drei Zentimeter in die Höhe, blähte seine Hängebacken auf wie ein balzender Ochsenfrosch und fragte belustigt, seit wann man denn Sperrmüll verschraube, ehe er abgeholt werde? Sowas habe er ja noch nie gesehen. Das erschwere den Müllmännern nur unnötig die Arbeit. Und sein Kugelkopf wandte sich Jürgen und mir verschwörerisch lächelnd zu.

Anita kümmerte sich mit keiner Regung um ihn. Da fühlte sich Mackensen aber nun doch angegriffen. Aus seinem Gesicht wich das schwammige Gegrinse und er sagte, alle seien sich einig, dass dieser Vorgarten der Schandfleck der Straße sei.

Süchtig lauerte er auf Reaktionen.

Anita öffnete derweil mit leichter Hand die Kühlschranktür: ein industrieller Tabernakel, bar jeden Inhalts.

Man müsse dafür sorgen, dass diese Schweinerei beseitigt werde, ereiferte sich Mackensen nun und suchte durch einen Blick Unterstützung bei dem Passanten, der noch immer wie eine Granitskulptur dabeistand.

Der Pekinese kläffte gierig, und seine Augen drohten herauszuspringen, so aufgeregt hüpfte und zerrte er. Das Tier war fast noch erregter als sein Herr. Jetzt richtete es sich sogar am Unterschenkel von Mackensen auf und bewegte sich, als wolle es mit Mackensens Wade kopulieren. Doch Mackensen war selbst so aufgebracht, dass er nichts davon mitbekam. Er schrie in Anitas Richtung: „Eine Beleidigung fürs Auge! Das sei es. Am besten rufe man das Ordnungsamt!“

Da ergriff Anita die Schippe. Leicht kniff sie die Augen zusammen, fixierte erst Mackensen, dann dessen rammelnden Köter, um jetzt geruhsam auf die Straße in Richtung Mackensen nebst zuckendem Hund zu schreiten. Selbst dieser merkte offenbar, dass etwas Unerhörtes in der Luft lag, und ließ vom Herrchen ab. Beide wichen erstaunt zurück, gaben den Weg frei für diese unfassliche, stolze, schöne Diana, die ihre Schippe gleich einem Bogen in der Hand hielt.

Jürgen und mir stockte der Atem.

„Erümme..sk..rk“, flüsterte es an meiner Seite. Anita trennten nur noch wenige Meter von Mackensen, dem sich eine quarkige Blässe über die Wangen legte. Wollte Anita Jagd auf ihn machen? Ihn am Ende mit der Schaufel erlegen?

„So!“, sagte Anita, blieb ein, zwei Meter vor Mackensen stehen und ließ den Stiel der Schippe leicht hin und her schwingen. Der Atem der Welt stockte.

„Wawawas soll … ?“ Mackensens Hals schien verschnürt zu sein. Die Augen waren aus den Höhlen getreten. Fast sah er aus wie sein Hund. Perplex starrte er auf das, was da vor ihm passierte.

Doch Anita stand nur reglos da, fixierte Mackensen, der kaum noch Luft zum Atmen fand und der mit seinem Pekinesen um die Wette röchelte. Die Schaufel pendelte bedrohlich. Dann beschrieb Anita mit den Armen einen Halbkreis, und mit sicherer Bewegung lag der Hundehaufen auf dem Schaufelblatt. Dampf entfloh in erschrockenen Stößen zum Winterhimmel empor, und mit elegantem Schwung sauste das weiche Geschoss quer über die Straße, überflog Mackensens akkurat gestutzte Hecke und klatschte unterhalb des Fensters an die Hauswand.

Unwillkürlich traf mein Blick den Passanten mit dem Verband. Lag da nicht ein feines, fast anerkennendes Lächeln auf dem Gesicht? Warm wie ein Vorbote des Frühlings? Und dann Mackensen. Er schien versteinert zu sein, und erst nach mehreren Sekunden absoluter Starre hatte sich endlich eine Art entmannter Todeshusten aus seiner Brust gequält.

Anita kümmerte sich mit keiner Regung um ihn. Zurück im Vorgarten, schritt sie in himmlischer Ruhe um ihre Skulptur.

Auch in Jürgen kehrte Leben zurück: Er lockerte sein Schultergelenk. Anita war, nachdem sie ihre Plastik einige Male umrundet hatte, neben mir stehen geblieben und überlegte laut: „Da fehlt noch was.“

Hinter uns krächzte Mackensen, das müsse man den Ordnungskräften melden, doch niemand beachtete ihn.

Wir betrachteten den Kühlschrank, der wie Dalis Elefant spinnenbeinig durch den Garten stolzierte, als wolle er die schmutzige Welt nur möglichst wenig berühren. Das Eisfach gähnte wie ein ausgeraubter Tresor.

„Da fehlt... er“, sagte sie.

Momente dehnten sich. Anita schien zu überlegen. Dann fragte sie mich: „Spielst du nicht Schlagzeug?“

In mir keimte schon immer die Ahnung, Anita sei nicht ganz normal. Wie kam sie so urplötzlich auf mein Schlagzeugspiel? Was hatte das mit ihrer surrealen Kühlschrank-Riesenspinne zu tun?

Mackensen war inzwischen fast schon in die Hecke eingedrungen, um ja kein Wort zu verpassen. Sicher witterte er konspiratives Gedankengut.

„Ja", sagte ich, „ich spiele Schlagzeug. Warum?"

Ehe sie antwortete, maß sie ihre Schrottskulptur mit wägendem Blick; dann stellte sie fest: „Ich brauche ein Trommelfell."

„Erümme skrämtok", meldete sich Jürgen aus dem Reich der Sprachlosigkeit zurück.

„Kroch", hustete der Köter und schüttelte den Kopf, um einen imaginären Brocken aus dem Hals zu schleudern.

„Völlig verrückt", hauchte Nachbar Mackensen.

„Hast du eins über?", fragte Anita mich und schaute mir direkt in die Augen, tief und eindringlich und ohne aufzuhören, bis ich ein kapitulierendes Ja rausbrachte. „Einen Augenblick", hängte ich dran und rannte los.

Während ich also im Keller ein Resonanzfell vom Hängetom schraubte, als müsse ich den Final countdown überholen, durchhastete mich der Gedanke, warum ich das hier alles machte. Ich hatte gar kein Fell über, auch wenn das Resonanzfell nicht unbedingt erforderlich war. Aber ich hatte Ja gesagt. Nun musste ich mein Wort halten.

„Hier, bitte", meinte ich Minuten später und legte das Trommelfell wie eine Opfergabe in Anitas Hände. Frau Mackensen kratzte inzwischen die Hundescheiße von der Wand. Ihr Gatte half ihr: Er machte sie auf übersehene Spritzer aufmerksam.

Auch der Mann mit dem Schneehals stand immer noch da. Irgendwie schien ihn das Geschehen zu amüsieren.

In der Zwischenzeit hatte Anita sich mit Farbspraydosen versorgt. Sie klemmte sich das Fell zwischen die Schenkel, und mit wenigen Sprühbewegungen schuf sie darauf ein Gesicht. Eigentlich waren es nur wenige grobe Zeichen, so eine Art Höhlenmalerei, doch das Gesicht, das da entstanden war, schien voller Güte.

Sogar Mackensen, der sich erneut herangepirscht hatte, ließ diesmal außer einem Atemgehechel nichts hören.

Mit Draht befestigte Anita das Fell im Kühlschrank. Rund wie eine Sonne bewegte es sich sanft im Viereck des Gerätes, das in kühner Schräglage auf den rostigen Rohren balancierte gleich einem fetten, trunkenen Satyr am Rande einer Klippe. Und nun, während wir fasziniert auf Anitas Tun starrten, ließ dieses wunderbar sonderbare Mädchen die Farbsprays über das Kühlschrankgehäuse wandern und kalligraphierte in Schwarz Zickzackmuster, Punkte, Geraden und andere Zeichen einer geheimen Magie auf die weißen Flächen wie ein weiblicher Penck, und mir schien, als entstehe da eine Reliquie unserer von Technik beherrschten Welt.

Und ohne dass jemand gefragt hätte, sagte Anita: „Das Haus des toten Vaters."

Mit diesen Worten ließ sie uns allein. Sie räumte alles zusammen, die Spraydosen, Rohrreste und Werkzeuge, und verschwand, während wir vor der Skulptur in Kruttkes Garten noch einige Zeit herumstanden. Als ich dann wieder ins Haus zurückging, hatte sich auch der Passant umgedreht und war mit einem nachdenklichen Lächeln weitergegangen.

Anitas Kunstwerk provozierte unterschiedlichste Reaktionen. Von Mackensens Sperrmüllklassifizierung über Belustigung bis hin zu Verwunderung und stiller Betrachtung war alles vorhanden.

„Hätte ich jemals geahnt, dass du ein Trommelfell für diesen Unsinn hergibst, wäre kein Schlagzeug ins Haus gekommen", brummte Vater später, und oben wurde Mutters rechter Arm ganz schwer.

Thomas Brendel entpuppte sich als der größte Bewunderer von Anitas Werk.

„Weißt du", fragte er mich, „was sie sich dabei vorgestellt hat?"

Ich sagte, es habe, soweit ich mich erinnere, etwas mit ihrem toten Vater zu tun. Zur Bekräftigung nickte das Trommelfellgesicht: Ein Windstoß war in den Kühlschrank gefahren. Die Klappe des Eisfaches winkte beschwichtigend.

Thomas klingelte bei Kruttkes Sturm. Er kannte Anita nicht, aber sowas war einem Thomas Brendel egal.

Anita kam mit ihm in den Vorgarten. Sie überragte Thomas um Kopfeslänge. Wieder steckte sie in einem Ungetüm von Pullover. Inzwischen war auch ich wie nebenbei in Kruttkes Vorgarten geschlendert.

„Die Welt, in der wir leben", hörte ich Thomas sagen, und er begutachtete die besorgniserregende Schräglage des Kühlschrankes. Sie sprachen über den Tod der Magie, über Industrialisierung und Verkümmerung von Gefühlen und andere Dinge, die in Anitas

Skulptur irgendwie angesprochen sein sollten. Ohne dass sie das bewusst geplant habe!

Anita und Thomas schienen sich auf Anhieb blendend zu verstehen. Sogar ihre Körper berührten sich, als sie so miteinander sprachen, berührten sich immer wieder und offenbar nicht nur zufällig, sondern notwendig, und es drängte sich mir der Gedanke auf, wenn Anita jetzt zugreifen würde, würde sie es nicht so tun, wie sie immer zugegriffen hatte, wie sie es auch bei mir getan hatte, nein, sie würde Thomas nicht quetschen, sondern streicheln. Und ich dachte es und verwarf den Gedanken, holte ihn wieder hervor, verstieß ihn und wurde ihn dennoch nicht los.

Im Frühling nisteten Kohlmeisen im Eisfach oberhalb des Gesichtes. Eine kleine Attraktion. Da mussten sogar übelwollende Passanten lächeln, und eines Tages erschien ein Bild mit kurzem Artikel über Meisen, Skulptur und Künstlerin in der Hildesheimer Allgemeinen.

Ortlieb hatte inzwischen seine Eignungsprüfung zur Bundeswehr mit Erfolg absolviert; ich übte auf dem Schlagzeug und Thomas traf sich, was mir nicht entging, immer häufiger mit Anita.

Bisweilen hockten wir auch zu dritt herum, unterhielten uns über Kunst, über Fotografie und andere Dinge. Dann hatte ich oft den Eindruck, dass sie mich provozieren wollten. Verbargen sich hinter ihren Bemerkungen nicht offensichtlich Spitzen und Anspielungen? Und einer ihrer Blicke genügte, um Lawinen des Argwohns zu lösen. Meinte Anita doch eines Tages tatsächlich, ich könne wohl ganz gut malen; und auch sie sei von Picasso begeistert. Deutlicher konnte man es kaum ausdrücken.

Dann waren wir zu Brendels gegangen. Thomas arbeitete an der 'Bilddokumentation über Kriegsdenkmäler'. So stand es auf dem braunen Umschlag, der irgendwo lag.

„Zwei Weltkriege haben wir verloren, und immer noch verherrlichen sie den Soldatentod! Denen ist wohl nie zu helfen!“, rief er und überschwemmte sein Bett mit Fluten von Fotos. Sogar das Kriegerdenkmal von unserem Dorffriedhof war dabei. „Unseren Helden!“, las Anita vor. „`Sie starben für Ehre und Freiheit des geliebten Vaterlandes einen süßen Tod!´ Das ist doch irrsinnig: Tausende scheinen sich nach nichts anderem gesehnt zu haben, als für die liebe Heimat ins Gras beißen zu dürfen.“

„Unter Qualen, versteht sich", ergänzte Thomas. „Ich möchte zu gerne wissen, was die Gefallenen dazu sagen würden, wenn sie noch könnten."

„Und schau dir den an", meinte Anita, und wedelte mit ihrem meterlangen Wollschal über einem Bild, „wie selig der da entschlummert!" Es war ein in Stein gehauener Soldat. Malerisch hingegossen lag er da, den Stahlhelm wie eine Opferschale im Schoß, und ein Vögelchen zwitscherte ihm vom Rande des Stahlhelmes zu. Es sehe aus, als träume er in den Armen seiner Geliebten, meinte Anita. Nur stecke ihm anstatt Amors Pfeil ein Granatsplitter im Herzen! Das habe doch was, oder?

Thomas drehte sich einen seiner Joints.

„Lieb Vaterland, magst ruhig sein...", sang er.

Irgendwie beschlich mich das Gefühl, die beiden steigerten sich gegenseitig in irgendetwas hinein.

„Und hier", rief Anita. „Auf dem Felde der Ehre! Ob die Menschen das früher wirklich geglaubt haben?"

Der Joint war fertig. In letzter Zeit sah ich Thomas immer häufiger diese Dinger rauchen. Mir hatte der eine Joint damals gereicht. Zu genau erinnerte ich mich an mein Übelsein. Die beiden sollten das Zeug allein quarzen! Wie selbstverständlich Thomas und Anita sich beim Rauchen abwechselten! Wie dicht sie nebeneinander hockten! Bisweilen sendeten sie ein kurzes Lachen aus, ein knapper Blick huschte zu mir, dann dieses Wispern und Tuscheln, und nebenbei sortierten sie Fotos.

Ich hatte mich ans Fenster zurückgezogen und schaute hinaus. Die beiden merkten offensichtlich nicht einmal, dass ich nicht mehr neben ihnen stand. Wieder dieses Flüstern, das mit einem Lacher abgeschlossen wurde. Was erheiterte sie so? Ich spitzte meine Ohren und neigte meinen Kopf ein wenig. Vielleicht konnte ich eine ihrer Bemerkungen auffangen. Einmal glaubte ich gehört zu haben, wie Thomas das Wort ´komisch´ gebrauchte. Und stimmte Anita ihm nicht durch einem Brummen zu? Wieder ein flüchtiger Blick in meine Richtung. Blut schoss mir in den Kopf. Da bahnte sich ja eine tolle Freundschaft an!

Wie unternehmungslustig die Frühlingssonne an jenem Tag schien! Ich schaute durch die Scheiben hinaus. Viele Büsche bekamen bereits ihr erstes Laub, die Blüten der Forsythien leuchteten ungezähmt, und der Delphin von Brendels Springbrunnen sprühte ohne Unterlass sein Wasser ins Becken. Eine Amsel wippte auf dem Rand und trank.

Die Impressionisten, dachte ich, mussten sich wohl ähnlichen Beobachtungen und Gefühlen hingegeben haben, wenn sie ihre Bilder malten. War das nicht der Inbegriff von Frieden? Und die beiden hinter mir beugten sich über Kriegsbilder längst vergangener Tage. Dabei lebten wir in einer Welt tiefen Friedens!

Landschaftsbilder würde ich malen, Blumenwiesen wie Monet und Renoir, Bilder, aus denen Glück und Lebensfreude sprachen.

Ein Jaguar rollte im Schatten der Koniferen den Kiesweg herauf und knirschte vor das Haus. Es war Herr Brendel. Ich stutzte, als er das Fahrzeug verließ und die letzten Meter zum Haus zurücklegte. Eine Kleinigkeit, irgendetwas, das in mir ein Bild, eine Erinnerung wachrief, hatte mein Gedächtnis in Gang gesetzt. Mit einem Mal glaubte ich zu wissen, warum Herr Brendel mir bei unserer ersten Begegnung bekannt vorgekommen war.

„Ich muss weg", sagte ich zu Anita und Thomas, die inzwischen eine Hand voll Bilder, wohl eine Auswahl, auf dem Fußboden verstreut hatten und wie siamesische Zwillinge davor herumkrochen.

„Dann muss mal", meinte Anita.

Thomas schaute herüber.

„Ist irgendwas", fragte er. Ich schüttelte den Kopf. Er stand auf und kam näher. „Du hast doch was, Osram!" Er warf die Haarlocke mit einem Ruck nach hinten. „Warum rückst du nicht mit der Sprache heraus?" Seine Stimme war unangenehm eindringlich.

Ein dumpfes Gefühl hatte mich beschlichen, ich wollte nur noch weg hier, und meine Empfindlichkeit warf die Tür mit einem Rums zu. Ich war draußen.

Die ganze Zeit hatte er mich nicht beachtet; da konnte er sich jetzt diesen barmherzigen Samariter sparen. Ich jedenfalls war darauf nicht angewiesen.

Zu Hause suchte ich Opa Astenbecks Zimmer auf; bei mir blieb es sein Zimmer, auch wenn es nun Vaters Reich war.

Nichts erinnerte mehr daran, dass Opa all die Jahre hier gelebt hatte. Das allerkleinste Zeichen seines Daseins war getilgt worden. Ich dachte daran, wie ich damals in der Nacht den Finger aus dem Schrank geholt hatte. Hier, in diesem Zimmer! Und genau an der

Stelle, wo sich damals der fürchterliche Schrank befand, wo später Opas Bett stand, da hatte Vater ein Regal angebracht; und in diesem Regal reihte sich Aktenordner an Aktenordner, sauber beschriftet und farbig markiert, einem Plan folgend, den ich nicht durchschaute. *Haus* stand auf einem Ordnerrücken; dann las ich *Familie* und *Ärzte* und *Urlaub* und *Krieg* und *Früher* und *Kinder* und so weiter.

Für jeden Begriff gab es einen eigenen Ordner. Vater hatte alles, was unser Leben irgendwie betraf, sauber zusammengetragen und sortiert. Akribisch dokumentiert war unsere Geschichte durch Rechnungen und Urkunden, Zeitungsausschnitte, Belege und Fotografien. Ein genau ausgeklügeltes Ordnungsprinzip wies jedem der Familie seinen unentrinnbaren Platz im festgefügten System zu. Da gab es keine Ausnahme und kein Entrinnen. Und nur, was hier zu finden war, hatte wirklich existiert. Es hätte mich kaum überrascht, wenn vom Chef auch schon die Akten der Zukunft vorgefertigt worden wären.

Ich zog den Ordner *Früher* heraus. Wenn, dann war da zu finden, was ich suchte. Eigentlich war ich mir so schon sicher, dass meine Vermutung stimmte; trotzdem wollte ich noch einmal einen Blick auf das Foto werfen. Ich blätterte, und dann fand ich, was ich suchte. Da war es! Und meine Verdacht stimmte: Das Klassenbild von Vater belegte es eindeutig: Der Schüler mit den schwarz gewellten Haaren war kein anderer als Erwald Brendel.

Seite an Seite mit Vater stand er da, ihn um Kopfeslänge überragend. Warum hatte der Chef das mit keiner Silbe jemals erwähnt? Nicht einmal an einem Abend im letzten Sommer, als wir auf der Terrasse hinter dem Haus saßen, Kullerpfirsich tranken und Vaters Geschichten aus alten Zeiten anhörten. Auf das umfangreiche Gebiss seines Heinrich Adamek hatte er damals hingewiesen. Doch Erwald Brendel: der Name blieb ungenannt. Und noch weitere Fotografien steckten dort in Klarsichthüllen, alte Aufnahmen, gezackte Ränder. Auf dem nächsten Foto feierte man ein Sommerfest. Lampions und Fähnchen hingen in langen Girlanden von Baum zu Baum, Gartenmöbel, ein Tisch mit Bowlegefäß, und da: War das nicht der berühmte Kullerpfirsich? Und darüber: Das Charme versprühende Gesicht, da gab es keinerlei Zweifel, gehörte wieder Erwald Brendel. Und wem er sein Lächeln schenkte, war nicht schwer zu erraten. Ein junges Mädchen erwiderte es mit herrlicher Leichtigkeit, und ich erschrak, wie sehr sie sich verändert hatte. Und im Schatten eines Fliederbusches stehend, in weißem Anzug und Strohhut, ein volles Glas Bowle zu Tode quetschend, äugte Vater verstohlen hinüber.

Ich schob die Akte zurück. Mein Blick glitt weiter. Kinder las ich auf dem nächsten Rücken. Meine Neugier war geweckt. Diese Ordner schienen Interessantes zu bergen. Aufmerksam blätterte ich die Seiten auf. Ortliebs Geburtsurkunde, Taufschein, Impfpass und Zeugnisse, Freischwimmer und Konfirmationsspruch reihten sich aneinander. Dann, nach einem Registerblatt: meine Geburtsurkunde. Mir fiel auf, dass Opa Astenbeck die Geburtsanzeige beim Standesamt vorgenommen hatte.

Das alles schien mir nicht besonders bemerkenswert zu sein. Ich schob den Aktenordner zurück. Auf dem darüber liegenden Regalboden entdeckte ich eine lange Reihe von Notizbüchern. Für jedes Jahr eins, weinrot, nachtblau und tannengrün standen sie dort in gleichmäßiger Folge, beginnend mit dem Jahr 1946. Von Hochzeit schrieb Vater dort, von seinem Entschluss, das Medizinstudium fahren zu lassen und die Verwaltungslaufbahn einzuschlagen, jetzt, wo das Kind unterwegs sei.

Hatte er wegen Ortlieb seine Studienpläne aufgegeben?

Im Notizbuch von 49 hatte er unter dem 31. Mai eingetragen: 'Leicht bewölkt, 18° Grad. Brendel aus Gefangenschaft zurück. Treffe ihn in der Wohnung beim Heimkommen. Sitzt auf meinem Stuhl und scheint bester Dinge. Verabschiedet sich bald.

Nun kamen wochenlang uninteressante Bemerkungen über Ortlieb und Beruf. Ich blätterte weiter. Dann merkte ich auf. Ende Juli stand: 'Sonne, 21° Grad. Erneute Schwangerschaft. Voraussichtlicher Termin der Niederkunft: 1. April!'

Diese Eintragung wunderte mich. Wieso denn der 1. April? Mein Geburtstag war doch der 3. März. War ich denn eine Frühgeburt? Darüber hatten weder Vater noch Mutter je eine Silbe verloren.

Ich ergriff das weinrote Buch mit der goldenen 50. 'Bedeckt, leichter Schneefall, überraschenderweise am späten Abend Wehen,' schrieb Vater am 3. März. `24 Tage zu früh. Passt gut, da Anfang April Lehrgang in Osnabrück.' Und dann: 0° Grad. Junge. Sechs Pfund schwer! Arzt meint, man müsse bei einer dreiwöchigen Frühgeburt keine besonderen Maßnahmen ergreifen.'

Am 10. März der Eintrag: 'Leicht bewölkt, 4° Grad. Lehrgang mit bestem Erfolg abgeschlossen. Anruf von Irmelin. Hat Opa zum Standesamt geschickt, wegen der Eintragungen. Er hatte wohl wieder getrunken. Gab anstatt Osmar *Osram* als Namen an. Alter Dämlack! Müssen Namen noch ändern lassen.'

Was war das? fragte ich mich. Ich sollte eigentlich Osmar heißen? Und Opa Astenbeck hatte mich aus Versehen anders benannt? Dann hatte ich ja ihm meinen Namen zu verdanken. Das fand ich wunderbar!

Den nächsten Eintragungen war zu entnehmen, dass eine Namensänderung nicht mehr möglich gewesen sei.

Ich stellte alle Notizbücher an ihren Platz und ging. Irgendwo baumelte Vaters alte Reitpeitsche. Immer noch.

An einem der nächsten Tage erzitterte die Schule in heller Aufregung: Am SV-Brett waberte eine Traube von Schülern herum wie Götterspeise, kicherte und funkte verstohlene Blicke hinüber zum Verwaltungstrakt, wo etliche Lehrer ihren Feuereifer nur mühsam bezähmen konnten: Mit welchen Waffen sollten sie zum Angriff übergehen? Ihre Blicke zeugten von jener Entschlossenheit, die so unabänderlich und verbissen wirkt, weil sie Unsicherheit verbergen soll.

Etwas abseits stand Thomas und beobachtete das Theater.

Ich hatte nur einen flüchtigen Blick auf seinen neuen Anschlag werfen können. Und was ich zu sehen bekam, war ein aus Fotos von Heldendenkmalen gebildetes Rechteck, in dessen Mitte groß das Bomberstaffel Poster klebte, nur dass zusätzlich im Vordergrund der Szenerie eine Kompanie der Bundeswehr langmarschierte. Und anstelle des Textes, den ich in Thomas' Zimmer gelesen hatte, konnte man jetzt, sehr klein gedruckt, sodass man sich fast davor verbeugen musste, Folgendes entziffern:

„Alle Kriege sind nur Raubzüge!“
zwar
widersetzt sich ein wirklicher Held jedem Krieg!
zwar
gesteht ein wirklicher Held seine Schuld ein!
zwar
stellt sich ein wirklicher Held der Vergangenheit!
und

wir haben eine Vergangenheit, die nur darauf wartet.
aber
warum sollte ausgerechnet ein Lehrer ein Held sein?

Als ich mich neben ihn stellte, meinte Thomas, nachdem einige Sekunden verstrichen waren: „Ich fürchte, ich habe was falsch gemacht."

„Ach, Quatsch", entgegnete ich, „es stimmt doch, was du da geschrieben und fotografiert hast." Und ich hängte dran: „Der Satz mit den Raubzügen kommt mir bekannt vor. Ist er von dir?"

Ein Raunen wälzte sich heran. Aus dem Verwaltungsflur kommend, erfasste es die Lehrer und dann den Mob der Schüler, in deren Mitte Herbert Pahlkes Mundwerk eifrig schäumte.

„Schau sie dir an", forderte Thomas mich auf, „und dann sag selbst: Was erregt die so?"

Die Schülerhorde war angeschwollen wie eine Wucherung, die sich nach allen Seiten ausdehnt. Und Pahlke, der Hirsch, pflanzte sich jetzt am Rande des Pulks auf, eine Art Angriffsspitze bildend, genoss wohlgefällig seine Anführerpose, und im anschwellenden Geraune schritt Direx Pohlmann auf die Schülerschar zu. Etliche glitten unauffällig einige Meter weiter, taten ganz überrascht, als kämen sie soeben von Zuhause, aber ihre Sinne waren in Erwartung des Kommenden geschärft wie Metzgermesser.

„Sag doch: Was erregt die so, Osram!" Thomas Brendel schaute mich an. Ich überlegte.

„Ist doch klar", meinte ich dann, „die wollen wissen, wie sich die Lehrer verhalten, ob sie tun, was du in deinen Sätzen forderst. Oder?"

Thomas Brendel schüttelte langsam den Kopf. Er war in Gedanken schon 'ne ganze Ecke weiter.

Das konnte er schon damals: das eigene Tun kritisch betrachten. Er war nicht so, wie man es bei den meisten Menschen beobachtet, welche die Dinge so interpretierten, dass es zu ihrer Vorstellung passt.

„Die einen", sagte er, „wollen nur ein bisschen Spaß oder eine Portion Aufregung haben. Schau dir Herbert Pahlke an. Er weiß, dass es für ihn völlig ungefährlich ist, denn er hat den Anschlag ja nicht gemacht. Und so kann er sich gefahrlos das Ruhmesmäntelchen eines Anführers umhängen, was reiner Balsam für seine verkrümmte Seele ist. Und die Lehrer? Guck dir den Direx an: Die Nase ist noch spitzer als sonst! Wie eine Lanze spaltet sie die Luft. Die Hände aber verknotet er auf dem Rücken wie Kaiser Wilhelm mit seinem verkrüppelten Arm! Er ist nicht so überzeugt und mutig, wie er wirkt! Und die anderen Lehrer? Wie ein schnatternder und geifernder Hofstaat wirbeln sie hinterher! Die fühlen sich alle ertappt! Durchschaut! Meine Sätze haben ihr Mark getroffen, und nun gebärden sie sich wie alte Marktweiber, denen man vorwirft, faules Gemüse verkauft zu haben. Sie müssen so heftig auftreten, um ihr verzerrtes Gesicht zu wahren."

„Aber das gibt dir doch Recht! Ich weiß gar nicht, weshalb du da meinst, du habest was falsch gemacht."

„Sag selbst", meinte Thomas, „werden die Lehrer sich jetzt ändern? Werden sie zur Vergangenheit stehen? Hat meine Sache Erfolg?"

Ich wusste nicht, was ich sagen sollte.

Pohlmann war inzwischen am schwarzen Brett angekommen und warf sich entschlossen in die Menge, die bereitwillig zur Seite schwappte. Die übrigen Lehrer standen etwas abseits und diskutierten. Immer mehr von ihnen schauten herüber. Man hatte uns entdeckt. Sollten wir da nicht besser verschwinden?

„Nein", überlegte Thomas laut, seine Aktion werde sie noch mehr verhärten. Und genau das habe er nicht vorgehabt.

In diesem Augenblick brauste ein Gejohle auf, und aus der Schülertraube trat Direktor Pohlmann wie ein alter Kämpe hervor, die Jagdtrophäe in der erhobenen Faust. Er habe das Zeug aus formaljuristischen Gründen abnehmen müssen, teilte er mit, und es bleibe ihm keine andere Wahl, so ungern er es auch tue, denn er sei der Hausherr und verantwortlich dafür, dass die Vorschriften eingehalten würden. Welche Vorschriften verletzt worden waren, erzählte er nicht. Man sei der Öffentlichkeit und den Eltern Rechenschaft schuldig.

Sein giftiger Blick blitzte zu uns herüber. Dann verschwand er mit dem wehenden Papier, begleitet von der Musik des demokratisch tönenden Westminstergongs und dem Getrappel der Lehrerschuhe. Allmählich kehrten Ruhe und Ordnung zurück.

Kaum hatte uns eine Traube von Schülern in den Klassenraum gespült, da knackte der Lautsprecher und ein den Rachen öffnendes Hüsteln bildete das Präludium für die Durchsage: „Die Schüler Brendel und Grahl kommen bitte unverzüglich ins Direktorat."

Es war Dr. Pohlmann persönlich, der diese Worte sprach. Nun erschrak ich doch, und einer frohlockte fast, jetzt gebe es Zunder. Herbert Pahlke rief, sich in der Klasse umblickend, ob er mitkommen solle. Thomas reagierte gar nicht erst darauf. Er hieß mich durch ein Kopfnicken, ihm zu folgen.

Dr. Pohlmann stand am Fenster, als wir eintraten. Von Thomas Fotomontage war nichts zu entdecken.

„Was! haben Sie sich dabei gedacht", drang der Direktor auf uns ein. „Das stammt doch diesmal von Ihnen beiden, oder?"

Wir wurden gesiezt, seit wir die zehnte Klasse besuchten.

„Wissen Sie, was ich von der ganzen Sache halte?" Er stand jetzt direkt vor uns und schaute immer abwechselnd einem nach dem anderen ins Gesicht. Unwillkürlich wich ich zurück.

„Ich will es Ihnen sagen", gab er geheimnisvoll zum Besten, „Sie wollen Unruhe stiften!" Er stach bei den letzten Worten im Takt abwechselnd Thomas und mir in die Rippen. „Unsere Bundeswehr mit diesem Foto zu verquicken! Sie versuchen doch nur, die Schülerschaft gegen Lehrkörper und Staat aufzuhetzen!" Man sei fast versucht zu behaupten, das alles habe Ähnlichkeit mit kommunistischen Praktiken! Verunglimpfung unseres Friedensheeres! Immer wieder schnellte sein Finger in rhythmischen Stößen vor. „Was haben Sie dazu zu sagen?"

„Würden Sie bitte dieses Fingerstechen unterlassen?", fragte Thomas in Seelenruhe. „Finden Sie nicht auch, dass es Ähnlichkeit hat mit einer aggressiven Handlung?"

Pohlmann war perplex. Ihm fehlte die Wendigkeit, in Ruhe zu kontern.

„Das ist ja eine äh Unverschämtheit", presste er hervor, und das lasse er sich nicht gefallen. Noch nie habe ein Schüler ihn aggressiv genannt. Da zeige sich, wie recht er gehabt habe mit seiner Einschätzung, dass wir die Schülerschaft aufwiegeln wollten. Das sei der eindeutige Beweis gewesen. Und wenn ihm noch das kleinste Bisschen, die unscheinbarste Unregelmäßigkeit zu Ohren komme, sei ein consilium abeundi unumgänglich. Da werde es uns auch gar nicht helfen, dass unsere Väter in der Stadt einen Namen hätten. Nein, bestimmt nicht, auch wenn wir darauf offensichtlich spekulierten.

„Darf ich Ihnen“, sagte Thomas, „meine Bewunderung darüber zum Ausdruck bringen, wie schnell Sie es durchschaut haben, dass wir auf die guten Namen unserer Väter spekulieren?“

Darauf wusste Pohlmann überhaupt nichts mehr zu sagen. Er wies nur mit einem Kinnrucken zur Tür.

Nach der großen Pause betrat Oberstudienrat Stockfisch den Klassenraum. Er warf seine Tasche aufs Pult, schaute sich um, holte tief Luft und legte die wenigen Schritte an unseren Tisch zurück. Thomas strich seine Theatervorhanghaarsträhne aus der Stirn, seine Augen blitzten durch die Brillengläser direkt in Stockfischs Augen, und beide maßen sich, ohne dass ein Geräusch in der Klasse zu hören war. Alles glotzte herüber.

Ob jemand begriff, was da ablief?

Herr Stockfisch und Thomas Brendel schauten sich an, und ihre Blicke vereinten sich miteinander. Was war da zwischen ihnen? Ich konnte es nicht beschreiben. In ihrer Reglosigkeit waren sie so voller Leben, dass dagegen der flach hechelnde Rest der Klasse zu einem albernen Wachsfigurenkabinett verkam.

Wären es Mann und Frau gewesen, so hätte ich geschworen, die liebten sich. Aber als dieser Gedanke kurz in mir aufflackerte, spürte ich in sofort das ätzende Argwöhnen, das immer in der Luft hängt, wenn zwei Männer vertraut miteinander sind.

Wie blind ich damals war! Dabei hatte mich meine Ahnung, dieser flüchtige Schemen Wahrheit nicht getrogen! Es war Liebe zwischen ihnen. Nicht jene Liebe, die sich als Strohfeuer der Gefühle entpuppt! Keine Bettlakenleidenschaft oder ähnliches Zeug, das die Menschen leichthin und fälschlicherweise als Liebe bezeichnen, nicht jene Liebe, die diesen Namen nicht verdient, weil man zwar dem anderen in die Augen schaut, aber doch nur sein eigenes Spiegelbild darin sucht.

Stockfisch hatte endlich geflüstert: „Wir haben alle versagt – damals. Ich auch. Ich hatte einfach Angst; Angst, dass meiner Familie, meiner Frau, meinen Kindern etwas passieren würde. Und auch, dass man mir ...“ Mit zwei Fingern rieb er sich eine Art Schlaf aus den Augen. „Viele sind aus Angst Soldat geworden. Aber ebenso haben 200 000 Soldaten im III. Reich den Dienst an der Waffe verweigert. Jeder sechste von ihnen hat das mit dem Leben gebüßt. Mir fehlte dazu der Mut.“

Verwundertes Schweigen, hilfloses Kichern. Und einer sagte, man könne ja als Einzelner letztendlich doch nichts machen gegen die Übermacht des Regimes.

„Ja“, sagte Thomas, „Hunderttausende klagen, sie könnten als Einzelne nichts ausrichten.“

Langsam ging mir auf, was er meinte.

Und er wisse selbst, dass es sich aus der Sicherheit der Demokratie heraus alles leicht sagen lasse, aber er sei überzeugt, dass es immer eine Möglichkeit für den Feigling gebe, nicht mehr feige zu sein, und für den Helden, aufzuhören, ein sogenannter Held zu sein.

Wo nahm Thomas den Mut her, einen Lehrer mit dem Wort Feigling anzugreifen? Er hatte den Bogen überspannt. Jetzt musste Stockfisch ihn aber in die Grenzen weisen. Diese Erwartung war allen ins Gesicht geschrieben. Doch Stockfisch sagte nur, dass dieser Satz von Sartre für das Individuum sehr schwer zu befolgen sei. Er selbst habe es jedenfalls nicht geschafft.

In den nächsten Tagen schienen sich die Wogen zu glätten. Glücklicherweise hatte Oberstudiendirektor Pohlmann keinen Brief an meine Eltern geschickt.

Nur Herbert Pahlke schien eigenartig aufgekratzt zu sein. Vielleicht litt er darunter, dass er nichts Bemerkenswertes fertigbrachte, und wahrscheinlich hat er deshalb Stockfischs Worte gegenüber Thomas Brendel völlig falsch gedeutet und hinter ihnen Verrat vermutet. Und vielleicht hat dieser Umstand ihn zu der idiotischen Überzeugung kommen lassen, in Stockfisch einen Feind sehen zu müssen. Und weil dieser Stockfisch darüber hinaus einen lächerlichen Lloyd Alexander fuhr, wurde er zum Ziel der Aktion.

Das Andreanum klebt an der Innenseite des alten Befestigungswalles wie ein riesiges Schwalbennest, von Bäumen und bröckeligen Stadtmauerresten umgeben. Die Autos des Lehrerkollegiums benutzten den schmalen Hagentorwall, der unter alten Bäumen bis zum Schulgebäude führte. Dort, auf einem Parkplatz neben dem Haupteingang, reihten sich die Käfer und Ford Taunus 12m. Und Stockfischs olivgrüner Lloyd.

An jenem Tag also lenkte ein Gejohle meinen Blick nach oben zum Haupteingang der Schule. Ich selbst verließ das Gebäude durch den unteren Ausgang, der zur Klosterstraße führte. Doch dieses Johlen hatte meine Neugierde geweckt. Was war da oben los? Ich kehrte um und lief über Treppen und Flure hin zum Haupteingang. Doch dieser Haupteingang war blockiert. Irgendjemand hatte Stockfischs Lloyd Alexander zwei Stufen hochgeschleppt und quer in den Eingang gestellt. Mit Sicherheit würde den da niemand allein wegbringen können. Kaum eine Hand passte zwischen die Stoßstangen und die Zargen des Portals. Und draußen rotteten sich die Schüler zusammen und lachten.

Herbert Pahlke war einer der lautesten. Die Schüler in der Eingangshalle, denen der Ausgang verwehrt war, verhielten sich etwas stiller. Warum kletterten die nicht einfach über den Kleinwagen? Schon hatte ich meinen Fuß auf die Stoßstange des Lloyd gestellt, um über die Kühlerhaube zu den anderen hinauszuklettern, als plötzliche Stille eintrat. Zuerst vermutete ich, man empfinde meine Kletterei als atemberaubend und hielt vor Spannung die Luft an! Vielleicht habe ich mich deshalb zu dem Blödsinn hinreißen lassen, mich zu voller Größe auf der Kühlerhaube aufzurichten und den Arm zu heben, als wolle Cäsar ein Grußwort an das Volk richten, da sagte eine Stimme hinter mir: „Ich denke, das genügt, Grahl.“

Es sollte sich zeigen, dass Direktor Pohlmann mich tatsächlich für den Anstifter dieses Schabernacks hielt. Wie er sagte, berge meine Handlungsweise enormes kriminelles Potential, und es sei für ihn der Gipfel der Unverschämtheit, dass ich über diese Sachbeschädigung hinaus auch noch die Dreistigkeit besitze, den Wagen als eine Art Rostra zu missbrauchen, um aufrührerische Reden zu halten! Und das alles kurz nach der Verwarnung wegen dieser politischen Fotoschweinerei! Und, das habe er nicht gedacht, ich sei ja noch durchtriebener als dieser Brendel. Damit sei auch kein Platz mehr für mich an dieser humanistischen Lehranstalt.

Meine Beteuerungen, mich habe nur der Zufall hierher gebracht und da habe der Wagen bereits die Tür versperrt und mir keine andere Möglichkeit gelassen, als ins Freie zu klettern, wies sein harter Blick zurück; und außerdem, stieß ich hervor, hätte ich auch mit der Fotosache nichts zu tun gehabt! Das sei ausschließlich Thomas Brendels Werk gewesen! Im Gegenteil: Ich hätte ihn sogar noch davon abhalten wollen.

Darauf werde ich schon noch Antwort bekommen, schob Pohlmann mich zur Seite, und er verwies auf einen Brief, den er an meinen Vater schicken werde.

Dieser Brief ist nie angekommen. Ohne dass der Direktor mit mir darüber gesprochen hätte, konnte ich das Andreanum weiter besuchen. Mir kam das alles wie ein Wunder vor. Ein gütiges Geschick hatte endlich auch einmal mich bedacht. Doch in die Erleichterung, die mit jedem Tag wuchs, an dem kein blauer Brief in unseren Briefschlitz flatterte, mischte sich bald darauf ein dunkler Schatten.

„Und du hattest mit dieser Sache wirklich nichts zu tun“, fragte Thomas mich eines Abends. Wieder einmal waren wir zu dritt in seinem Zimmer. Anita lag bäuchlings auf dem kahlen Fußboden und streckte die Füße in die Luft, wo sie eine Art Tanzschritt vollführten. Sie schien gar nicht zuzuhören.

Ich beschrieb Thomas den Vorfall mit Stockfischs Auto in allen Einzelheiten und gab die Auseinandersetzung mit Pohlmann genauestens wieder. Jedes Wort, sogar die Art, wie er die Silben betonte, hatte ich mir bis in feinste Nuancen gemerkt. Thomas zog beim Zuhören die Augenbrauen hoch. Zweifelte er etwa an der Wahrheit meiner Darstellung? (Meine Bemerkung über die Fotosache hatte ich fortgelassen, da sie für das Ereignis ohne Bedeutung war.)

Wie Thomas da auf seinem Bett hockte, den Fotoapparat zur Hand nahm und an ihm herumbastelte, machte er auf mich einen desinteressierten Eindruck. Gab es irgendetwas in meinen Worten, was Zweifel rechtfertigen konnte?

Anita rollte sich auf den Rücken, ihr Bauch stieg zu einer Brücke empor, und ihr Kopf baumelte zwischen den gestreckten Armen; ihr Schlabberpullover rutschte hoch und gab einen nackten Bauch mit winzigem Nabel frei. Ich konnte meine Blicke nicht abwenden, als sich diese Torbogenkreatur langsam in Bewegung setzte und dabei den Körper immer mehr entblößte, denn der Pullover rutschte mit jedem der taumelnden Schritte ein Stückchen weiter hoch. Schon konnte ich den Ansatz ihrer kleinen Brüste sehen. So watschelte sie bis zum Bett und ließ sich vor Thomas' Füßen auf den Boden fallen, dass es sich anhörte, als wäre das Rückgrat in kleinste Fragmente zerbrochen. Doch offensichtlich hatte sie sich nichts getan, denn sie sagte in völlig normalem Tonfall, dieser Pohlmann oder wie der heiße, sei ja wohl ein ausgemachtes Arschloch. Thomas Brendel schaute wie abwesend vor sich hin.

An einem der folgenden Tage schockierte Thomas mich mit der Nachricht, er werde die Schule verlassen. Schon am nächsten Tag saß er nicht mehr neben mir.

Er hatte mitgeteilt, er wolle endlich das machen, was er für seine Aufgabe halte, und man habe ihm eine Lehrstelle als Fotograf angeboten. Die werde er annehmen. Ginge er noch länger auf das Andreanum, würde ihn die Atmosphäre dort bald fertig machen.

„Du reibst dich daran auf, Dinge ins Bewusstsein der Leute zu rücken, und keinen interessiert es wirklich. Im Gegenteil.“ Das sei ihm bei der Aktion mit der Vergangenheitsbewältigung klar geworden. „Der Einzige, der laut über diese Dinge nachzudenken wagt, ist Stockfisch. Und der geht am Ende des Schuljahres in Pension.“

Woher er das wisse, drang ich in ihn. Denn mir war davon noch nichts zu Ohren gekommen.

„Er hat es mir anvertraut.“ Er sagte tatsächlich `anvertraut´! Als seien sie freundschaftlich verbunden. Und Thomas erzählte mir, dass er Stockfisch einige Male besucht habe. Da war ich platt. Warum war er nicht schon früher damit herausgerückt? Vielleicht hätte ich ja mitgehen wollen. Konnte ich mich nicht zu Recht betrogen fühlen? So verhielt sich kein Freund. Er hatte mich regelrecht hintergangen. Natürlich würde er Anita mitgenommen haben! Die beiden schienen in Freundschaft regelrecht zusammenzuwachsen.

Eine wenig ereignisreiche Zeit schloss sich an. Ortlieb hatte das Abitur bestanden und nahm seinen Dienst bei der Bundeswehr auf. Regelmäßig kam er mit einem Sack voller Dreckwäsche und Unmengen an Zoten auf Wochenendurlaub. Und während Mutter wusch und bügelte, saßen Vater und Sohn in ungewohnter Eintracht beisammen, begossen die zünftigen Berichte, und je später es wurde, um so prächtiger gediehen die Erzählungen.

Wie schnell die Bundeswehr einen anderen Menschen aus Ortlieb gemacht hatte! Er war kaum wiederzuerkennen, wie er da in Feldgrau herumsaß, Männerhand in Männerhand mit Vater.

In jenen Tagen zeigte ich Thomas Brendel, den ich nicht mehr so häufig sah, den Teufelsfinger. Vielleicht wollte ich dadurch seine Aufmerksamkeit erregen, ihn wieder mehr an mich binden. Er nahm den Glaszylinder in die Hand und wollte wissen, woher ich ihn hätte. Zu meiner Freude hörte er meinen Worten gespannt zu.

Was, hier aus dem Haus stamme er, fragte Thomas mehrmals nach, und wie hieß der Vorbesitzer? Luther? Und er prüfte, wie ich damals auch, um welchen Finger es sich handle.

Ja, es sei der Zeigefinger der linken Hand, murmelte er, und er schien beeindruckt von dem schwebenden Körperteil in Formalin zu sein, denn er wurde still und nachdenklich. Doch unsere einstige Nähe wollte sich nicht mehr so recht einstellen. Vielleicht hing es auch damit zusammen, dass ich vor ein paar Wochen in der Firma seines Vaters einen Job angenommen hatte. Ich arbeitete im Warenabgang, wo Sendungen in alle Welt fertig gemacht wurden. Es befanden sich sogar Kisten für den Schah von Persien dabei! Das war beeindruckend! Diese Pakete kamen ja mehr in der Welt herum als ich.

Die Arbeit war ganz o.k. Und ich brauchte das Geld für den Führerschein; da kam mir Herrn Brendels Angebot gerade recht. Außerdem bezahlte er gut.

Als Thomas davon erfuhr, wurde er fast schon böse und verlangte von mir, den Job sofort aufzugeben.

Wie er darauf komme, wollte ich wissen, denn ich fand seine kindische Reaktion sehr übertrieben, zumal er mir keinen Grund für seine Forderung nennen wollte.

„Bitte, Osram, lass den Job sausen“, flehte er dann fast. „Mir zuliebe. Es gibt genug andere Möglichkeiten, nebenbei Geld zu verdienen.“

„Dann sag mir doch, warum“, triumphierte ich. Aber es kam nichts. Warum also sollte ich meinen Job aufgeben, nur weil er nicht mit seinem Vater klarkam?

Thomas verließ mich, um sich, wie er sagte, in die Dunkelkammer zurückzuziehen. Er habe ernorm viel zu tun.

Ich widmete mich seit einiger Zeit wieder verstärkt der Malerei. Wie ich mir an jenem Tag im Frühjahr, als ich Thomas' Vater zum ersten Mal begegnet war, vorgenommen hatte, schuf ich impressionistische Landschaften.

Thomas fragte, als er einmal überraschend auftauchte, ob ich nicht auch glaube, dass ich mich in eine heile Welt hineinsteigere?

Wie er das meine, wollte ich wissen?

Doch er fragte nur, was mich dazu gebracht habe, so einen Krampf zu malen?

Ich hatte den Eindruck, er wolle nur noch an mir herummäkeln und antwortete ihm einfach nicht mehr.

„Sag selbst", meinte er endlich, „wonach sehnst du dich eigentlich, dass du dich in diese pseudoheile Kacke flüchtest? Du malst in einem Stil, der schon über 50 Jahre tot ist. Bist du dir dessen bewusst?" Und dann wollte er wissen, ob mir der Name Benno Ohnesorg etwas sage. Thomas sah mir meine Ratlosigkeit an.

Einige Sekunden lang breitete sich zwischen uns Schweigen aus, eine glasklare Stille wie an einem eisigen Wintermorgen, dann meinte er: „Gestern Abend ist er von einem deutschen Bullen einfach umgebracht worden, völlig grundlos erschossen. In Berlin. Weil er gegen den Schuft von Persien demonstriert hat."

Was wollte Thomas mit der Erwähnung dieses Vorfalls bezwecken? Und ich sagte: „Echt?" Und es sei bedauerlich, dass so etwas passieren müsse. „Aber was hat das mit mir zu tun? Mit meiner Malerei?"

„Bedauerlich...", wiederholte er mich und stand wie versteinert da, die Haarsträhne vor der Brille, und langsam formten sich seine Augen zu diesem Blick, der mich auf die Palme bringen konnte, ein Blick, als betrachte der Nervenarzt einen unheilbaren Patienten, und er fragte, während er die Locke nach hinten warf, ob ich mir wirklich nicht denken könne, warum er diesen Namen ins Spiel gebracht habe?

Ich antwortete ihm nicht und schützte eine Verabredung vor, um ihn zum Gehen zu bewegen. Ich sehnte mich danach, alleine zu sein, und als er gegangen war, spürte ich eine wohltuende Erleichterung über mich kommen.

Warum konnte er mich nicht einfach in Ruhe lassen? Warum musste er immer wieder mit superkritischen Gedanken meine Laune vermiesen?

Ich griff zum Pinsel und tupfte in Blauviolett und Lapislazuli flimmernde Schatten ins Bild. Ganz allmählich breitete sich in meinem Innern eine vollständige Ruhe aus. Ich sagte mir, ich sei auf Thomas Brendels Anerkennung wirklich nicht angewiesen. Er hatte offensichtlich keine Ahnung, wer ich wirklich war.

Unter den Schülern war dagegen mein Ansehen gewachsen. Seit den Tagen, als die Sache mit Stockfischs Lloyd passiert war, als alle glaubten, nun werde ich der Schule verwiesen, als dann aber Thomas ging und ich blieb, avancierte ich in den dumpfen Köpfen der Mitschüler zu einer Art grauer Eminenz, der selbst Direktor Pohlmann nicht beizukommen schien. Herbert Pahlke diente sich mir ständig an, man fragte nach meinem Rat und wählte mich sogar zum Klassensprecher.

Es war ein gutes Gefühl, und mit der Zeit legte ich mir die Fähigkeit zu, Dinge in eine geheimnisvolle Diktion zu kleiden und Aussagen so zu formulieren, dass sie in verschiedene Richtungen interpretierbar waren.

So behielt ich mit meinen Ratschlägen und Meinungen stets Recht, was meinen Ruf weiter festigte.

Die Erinnerung an jene Tage übte selbst in der Durnholzer Nacht noch eine balsamische Wirkung auf mich aus. Ich merkte es daran, dass meine Benommenheit etwas Leichtes, fast Schwebendes bekam. Wie das Bild des Mondes, der ins Fenster schien.

In meiner Jugend hatte ich einen Traum, der ab und an kurz vor dem Aufwachen zu mir kam und den ich besonders liebte. Jenseits eines breiten, gemächlich dahinströmenden Flusses gab es ein weißes Haus, vielleicht ein Holzhaus, groß, fast schon ein villenartiges Gebäude inmitten von Wiesen und Birkenwäldern, und immer standen sämtliche Fenster offen, Lachen klang herüber und die Gardinen wehten, als winkten sie mir zu. Ich konnte dieses Haus nie für länger als Sekunden festhalten, und es ist mir nie gelungen, ihm nahe zu kommen. Immer wieder habe ich es versucht, denn ich wollte um jeden Preis einen Blick hineinwerfen und die Menschen sehen, die dort sicherlich um einen Tisch saßen und das herrliche Lachen ausstießen. Doch es klappte nie.

Bei uns zuhause war alles Lachen längst verklungen und es war beklemmend still geworden. Ohne Opa und Ortlieb schien das Leben erstorben zu sein. Jeder ging seiner Wege, und ab und an traf man sich wie zufällig auf dem Flur oder zu den Mahlzeiten.

Wenn der Chef im Haus war, schloss sich die Tür seines Arbeitszimmers hinter ihm wie die Tür eines Panzerschrankes. Seit Wochen erforschte er den Stammbaum der Grahls. Im Abstammungsnachweis der Nazizeit war ein Karl Heinz Grahl, seines Zeichens Knecht, als 'Urahn' der Familie angegeben. Das passte Vater ganz und gar nicht! Ein Knecht! Den wollte er einfach nicht akzeptieren. Er wälzte alte Dokumente, ließ sich im Stadtarchiv Urkunden und Berichte geben, studierte Kirchenbücher und Geburtsregister und zog eines Tages in stillem Triumph einen Hauptmann aus dem tapferen Heer des Johann Tserclaes Graf von Tilly, einen Otto von Garrel als den wirklichen Ahnherren aus dem Dunkel der Geschichte. 1623 oder 24 sei der nach Hildesheim gekommen und wahrscheinlich auch geblieben, denn damals müsse er das Seinige zum Stammbaum der Grahls beigetragen haben. Und daher stamme auch der Name. Mit der Schreibweise habe man es ja damals nicht so genau genommen. Da sei schnell mal aus einem Garrel ein Grahl geworden, und Grahl klinge in jedem Falle angenehmer.

Währenddessen zog sich Mutter immer mehr in die Welt des autogenen Trainings zurück, ließ Arme und Beine schwer werden und vergaß ihre Umwelt.

Thomas sah ich selten in jener Zeit. Er verschwand oft für Tage oder Wochen; dann war er plötzlich wieder da. Von Mal zu Mal wurde er mir fremder. Eine Energie hatte ihn befallen, die mich fast erschreckte.

„Machst du mit beim Sternmarsch auf Bonn", fragte er mich irgendwann Anfang Mai. Ich hatte nur mit einem Ohr hingehört, denn ich malte gerade an einer Landschaft, und fragte mechanisch, was für einen Sternmarsch er meine.

„Liest du denn nie Zeitung, Osram", fuhr er mich beinahe schon an, und seine Haarlocke schwang heftig hin und her, als er den Kopf schüttelte.

Ich fände im Augenblick wenig Zeit dazu, entschuldigte ich mich.

„Und von Notstandsgesetzen hast du auch noch nichts gehört, oder?" Er war regelrecht erhitzt.

Natürlich hätte ich davon gehört, erwiderte ich, nun meinerseits darüber ärgerlich, dass er mich für vollkommen desinformiert hielt.

Eine Zeitlang stand er nur da und betrachtete mich mit seinem Mitleidsblick, den ich nicht ertragen konnte. Er sagte: „Okay, dann eben nicht. Hoffentlich denken nicht alle so wie du. Werden Anita und ich eben alleine fahren. Mach's gut derweil."

Dann kam Ostern. Rudi Dutschke in allen Medien!

Nicht einmal das Fest sei den Linken heilig, monierte Vater. Er verdammte all die Krawallbrüder, lobte Bundeskanzler Kiesinger, prostete ihm am Fernsehgerät zu, als der die demokratischen Kräfte aufrief und beschwor, die Serie von Gewalttätigkeiten zu verhindern.

„Wir werden eines Tages froh sein, dass wir die Notstandsgesetze bekommen, wenn es so weiter geht in unserem Staat!" Und es sei eine Schande.

Was eine Schande sei, verriet er nicht.

Thomas war wieder in Berlin gewesen, wie so oft in den letzten Wochen.

„Dieser Scheiß Springer", schimpfte er, und er zeigte mir seine Schürfwunde am Arm. Ein Wasserwerfer hatte ihn getroffen und über das Pflaster geschossen. Und ob ich nicht doch mit nach Berlin kommen wolle. Ich antwortete ihm mit einem Schulterzucken. Er hatte anscheinend keine Ahnung, was dann hier bei uns im Haus für ein Tanz losginge.

Ich würde mich richtig vor der Realität verschließen, kritisierte er mich. Und er erinnerte mich an die Aktion mit der Vergangenheitsbewältigung und sagte, ich solle doch endlich den Mut aufbringen, etwas für die Sache zu tun. Und ich kapsele mich ja regelrecht ab.

„Hast du eigentlich keine Freundin?", inquirierte er ein anderes Mal. Er war mit Anita auf eine Stippvisite hereingeschneit. Ich sagte, dass mir an den Mädchen nichts gelegen sei, die in meiner Umgebung herumliefen. Anita lachte blöd. Ich glaube, dadurch ließ ich mich dazu hinreißen, von Elsbeth zu erzählen, die mir mittlerweile doch wieder häufiger im Kopf herumspukte.

Warum ich mich nicht auf die Suche nach ihr begäbe? forschte Thomas weiter, und ich bekäme meinen Arsch wohl bei gar nichts mehr hoch. Überhaupt hätte ich mich sehr verändert. Oder er habe sich nur in mir getäuscht.

„Ach, lass ihn doch in seiner Bude herumhocken, bis er verschimmelt", sagte Anita obenhin, und ich hasste sie dafür.

Wie anders war da Peter Müller, genau jener Peter, der mir damals auf Dagmar Adameks Party so arrogant erschienen war!

Anfang der Oberprima kam er in unsere Klasse. Und irgendwann in der großen Pause war er plötzlich neben mir und fragte, ob es stimme, dass ich dem Direktor einmal fast einen Herzinfarkt beschert hätte, indem ich einen Lloyd in den Schuleingang habe tragen lassen, um von seinem Dach aus eine Rede zu halten?

Die Frage fuhr mir wie Feuer in den Leib.

„Na ja“, sagte ich möglichst gleichgültig, und es hat wohl den Anschein erweckt, als heckte ich ständig derartige Sachen aus. Seit dem Tage hieß ich bei Peter nur noch Lloyd.

Peter wartete mit einem wohlhabenden Vater auf, einem Bauunternehmer, und einem eigenen Wagen: einem roten Fiat Spider. Mit dem fuhren wir beide an den Wochenenden oft übers Land, denn in sämtlichen Dorfkrügen spielten damals Bands. Und ich genoss es, dass Peter niemals inquisitorische Fragen stellte, wie es Thomas Brendel ständig getan hatte: Peter war ein viel angenehmerer Begleiter. Und er war voller Ideen.

Zum Karneval organisierte er eine Fete im Keller des Andreanums. Mit Maskenzwang! Wer ohne Verkleidung kam, sollte nicht hineingelassen werden. Sich zu maskieren sei überhaupt das Größte, verkündete er: Man fühle sich echt groovy, wenn man in die Rolle eines anderen schlüpfe.

Ich habe in meinem Leben eine Reihe von Tagen durchlebt, an denen völlig gegensätzliche Dinge passierten. Einer davon war jener Rosenmontag.

Schon am Nachmittag begannen Peter, ein paar andere und ich, die Räume herzurichten. Das war auch der Grund dafür, dass ich von dem Unglücksfall erst so spät erfahren habe. Ich hatte zu Hause nämlich wie üblich nicht gesagt, wo ich steckte.

Die Fete wurde ein voller Erfolg. Die Räume glichen in ihrer schwitzigen Atmosphäre einem *Summer-of-love-Happening* in San Franzisco, und auf der Tanzfläche konnte man allenfalls noch stehen und mit dem Oberkörper herumzucken. Aber das schien den meisten besonders zu gefallen.

Gerade schmetterten die Bläser das Intro von 'All you need is love', und ich schaute mich nach einem hübschen Mädchen um, das für ein kleines Abenteuer zu haben wäre, da dechiffrierten meine Augen zu meinem Entsetzen auf dem Treppenabsatz, gleichsam schwebend über Unmengen von Hippies, Vampiren und Bettlaken-Yogis, eine miniberockte Irma la Douce: Dagmar Adamek! Und ihr kräftiges Schenkelfleisch quoll in unzähligen Rauten durch die groben Maschen der Netzstrümpfe. Die Augen sehr schwarz bewimpert, die Wangen in Rosé, die Lippen schreiend rot: So stand sie dort mit ihrer hochtoupierten Frisur, in der irgendwelcher Wunderflitter glitzerte. Sie mimte völlig echt eine betrunkene Straßendirne und schwenkte, um diesen Eindruck zu unterstreichen, mit einer Boa und einer Flasche Wein herum. Dann hatte sie mich entdeckt; lachend torkelte sie auf mich zu, zeigte mir ihre Zähne, auf denen ihr Lippenstift Zahnfleischbluten spielte, und sie kicherte: „Olala, Monsieur Don Juan!"

Dagmar hatte meine Kostümierung also sofort durchschaut! Sie hakte mich unter und zerrte mich einfach zur Tanzfläche. Was hätte ich dagegen unternehmen sollen? Wir wühlten uns durch glitschig-nasse Körper und wuchsen beim Tanzen an den Bäuchen zu einem buntscheckigen Monster zusammen. Auch wenn sich sonst alles in mir gegen Dagmar Adamek sträubte, jetzt, wo ihr Körper sich an meinen presste, wo ich in die Weichheit ihrer üppigen Front geradezu eintauchte, begann die Situation mich mit ihrem lasziven Reiz zu betäuben. Ich ließ meine Hände, soweit die Enge es zuließ, auf ihrem Rücken schweißnassen Stoff streicheln, und das linke Bein des irritierten Don Juan nahm, von Irmas Schenkeln in die Zange genommen, dieses Angebot nicht ohne Erregung an.

Das muss so um halb neun gewesen sein. Zu der Zeit war das Unglück schon passiert, etwa 70 Kilometer entfernt - und ich hing an dem Leib dieses so oft belächelten Mädchens, gebärdete mich, als begehrte ich nur sie und ließ mich sogar dazu hinreißen, an ihrem Ohrläppchen zu knabbern.

„Du bist ein schlimmer Schlingel", lallte Irma, „heute tust du so, als würdest du verbrennen vor Sehnsucht nach mir, und morgen bin ich wieder Luft für dich. Gib es zu: Du kannst mich überhaupt nicht leiden! Dir gefällt es ja nur, an mir rumzutatschen. In Wirklichkeit findest du mich doch blöd, oder?"

„Aber nein", keuchte ich heiser und drückte Irma, um die Glaubwürdigkeit meiner Worte zu unterstreichen, noch heftiger an mich. Ihre Brüste waren der Hammer. Da wurde die Haltbarkeit der Hose des Don Juan auf eine harte Probe gestellt.

„Natürlich findest du mich doof", fing sie nun wieder an. „Meinst du, das habe ich nicht längst gemerkt? All die Jahre, wo du mir wie einer Leprakranken ausgewichen bist? Prost!"

Trotz der Enge riss sie plötzlich die Flasche an den Hals, als habe sie vor, das ganze Ding in eins zu verschlucken, und der Wein gluckste in ihren rubinroten Mund.

„Aber es ist mir", fuhr sie mit schriller Stimme fort, "total piepegal, was du von mir hältst. Hast du gehört? Scheißpiepegal. Oder willst du etwa behaupten, Herr Don Juan, dass du dich in mich verliebt hast? Na?"

Ihre Stimme hatte sich bei den letzten Worten gefährlich überschlagen. War sie denn verrückt geworden? Ich schaute mich verstohlen um. Was war nur in sie gefahren? Erst jetzt mutmaßte ich, dass sie das Betrunkensein nicht spielte: Dagmar Adamek war wirklich voll! Hatte sich volllaufen lassen, und in der herrschenden Enge war ein ehrenvoller Rückzug kaum zu bewerkstelligen.

Die üppige Schwere ihres Körpers, die mich gerade noch erregt hatte, erdrückte mich nun. Und obendrein ärgerten mich ihre absurden Ausführungen.

„Wie kommst du auf so etwas?", fragte ich. „Das ist doch nicht wahr! Im Gegenteil!"

Da lachte sie wiehernd. „Im Gegenteil? Soso? Du bist also tatsächlich in mich verliebt?" Jetzt schaute sie mich direkt an, den Kopf leicht zurückgebogen, und ich heuchelte hechelnd aus rein taktischen Gründen ein leises 'Ja' in ihre Richtung.

„Wenn du Arschloch wenigstens nicht noch lügen würdest! Ein Feigling, das bist du!", kreischte sie.

Schon blickten einige herüber. Um weitere Ausbrüche zu verhindern, zischte ich ihr ins fleischige Ohr: „Ich lüge nicht!", und verspürte den brennenden Drang, ihr richtig heftig und fest in die Ohrmuschel hineinzubeißen. Derweil legten sich meine Arme um ihren Körper. Sie würde das schon als Beweis meiner Aufrichtigkeit deuten.

„Ich liebe dich", flüsterte ich noch einmal, um sie endlich zur Ruhe zu bringen. Und dann habe ich tatsächlich diesen Blutmund geküsst, und meine Zähne prallten schmerzhaft mit ihren zusammen. Wie eine Irre sog Dagmar la Douce sich an mir fest. Dann biss diese hinterhältige Schnepfe mir in die Lippe und begann zu lachen, als sitze ihr der Wahnsinn bereits im Genick.

In diesem Augenblick sind sie hereingekommen. Ich sah sie, aber ich habe es zuerst gar nicht registriert.

Beide drehten am Eingang ihre Köpfe und schauten umher. Sie wirken grotesk in ihrer Alltagskleidung, war das erste, was mir einfiel.

Irgendwie muss ich es dann geschafft haben, mich aus Dagmar Adameks Fängen zu befreien. Und dort standen Thomas und Elsbeth! Und in meiner Verwirrung fragte ich mich, wieso ausgerechnet die beiden jetzt zusammen waren?

Monatelang hatte ich an Elsbeth denken müssen, und jetzt hatte er sie sich also geangelt. Hass loderte gegen Thomas Brendel auf: Musste er mir denn alles nehmen?

Wahrscheinlich hätte jeder an meiner Stelle ebenso empfunden. Und ich wusste nur eins: Ich will nicht ihn und auch sie nicht treffen! Ich will weder mit ihm noch mit ihr reden! Wären sie nur nicht erschienen. Was wollten sie überhaupt hier? Und aus irgendeiner Regung heraus tastete ich nach dem Brief, den ich in der Brusttasche meines Kostüms bei mir trug, meiner Bewerbung zum Grenzschutz. Nur um den Chef zu ärgern, wollte ich mich dort bewerben, denn der Grenzschutz war für Vater keine richtige Truppe. Für ihn gab es nur die Bundeswehr, und zu dem Zeitpunkt, als ich Thomas und Elsbeth am Eingang entdeckte, befand Vater sich auf einem Gefechtsschießen, das Leutnant Ortlieb Grahl kommandierte.

Dann hatten sie mich entdeckt. Gerade wollte ich, den albernen Federhut tief in die Stirn gezogen, hinauswischen, da rief Thomas Brendel mich an. Ich tat, als hätte ich die beiden erst jetzt entdeckt.

„Ach, Thomas“, rief ich überrascht, „hallo Elsbeth, wo kommt ihr denn her?“

Aus irgendeiner Ecke winkte Peter mit seiner schwarzen Teufelskralle herüber. Er hatte sich als Beelzebub verkleidet, und das Kostüm stand ihm blendend.

„Ich wollte gerade an die frische Luft gehen“, gab ich vor, um irgendetwas zu sagen. Prima, da kämen sie eben mit, antwortete Thomas, hakte Elsbeth unter, und beide folgten mir. Thomas Brendel fixierte mich im Gehen auf seine altbekannte Art von der Seite und meinte, ich wirkte irgendwie zerfahren. Was denn los sei?

Nichts sei los, sagte ich, ohne ihn anzuschauen.

Draußen wehte ein herrlich frischer Wind. Wir saßen auf dem Rand des alten Brunnenbeckens unterhalb der hohen Mauer, und Thomas erzählte, dass er nach Berlin gehen werde.

„Ach ja?"

„Und wenn du willst, kannst du mit mir kommen. Kunst studieren. In der Wohnung dort ist Platz genug. Und du bräuchtest nicht zum Wehrdienst." Er schaute mich erwartungsvoll an. Wartete ab. Ließ mir Zeit zum Überlegen. Heute weiß ich, dass es sein allerletzter Versuch war, mich auf einen anderen Weg zu führen.

Wenn ich die Augen schließe, sehe ich Thomas Brendel ganz deutlich vor mir; dann hockt er wieder neben mir auf dem Steinrand des Brunnens und linst durch die runde Lennonbrille; und wieder zündet er sich eine Rothändle an und die Flamme flackert und beleuchtet eine Haarsträhne und die Qualmwolke, die noch einmal wie ein Mammutzahn aus seinem Mundwinkel stößt; und dann versucht er ein letztes Mal, mich zu beschwören.

Er redete an jenem Abend, als gelte es, meine Seele zu retten; als verlange es ihn danach, mir einen Steg über irgendeinen Abgrund zu bauen. Eine Brücke, nach der ich, weiß Gott, nicht verlangt hatte!

„Und du willst wirklich zum Wehrdienst?" Er starrte mich fassungslos an, und ich antwortete, warum auch nicht? Alle müssten es. Und ich genoss die Enttäuschung, die in sein Gesicht trat.

Ich glaube, das war der Augenblick, in dem Thomas Brendel seinen Glauben an mich endgültig verlor. Er sah mich nicht einmal mehr an, als er weitersprach. Er schaute irgendwohin in die Finsternis und erzählte dem Zigarettenqualm, was er meinte noch sagen zu müssen.

Er erzählte etwas von einem Staat, den er weiß Gott nicht schützen wolle. Schon gar nicht mit Waffen. Und die wirkliche Bedrohung der Demokratie liege sowieso im Innern, und es sei ein Unding, dieses System mit seiner Wirtschaftsmafia und seinen Politikern zu verteidigen, die mit Gewalt die berechtigten Forderungen der Studenten niederknüppeln ließen und den Bürgern mit den Schreckgespenstern Kommunismus und Studentenrevolte ordentlich Angst machten, damit sie schön bei der Stange blieben.

„Verteidige du man diese Pohlmanns und das übrige Gesockse! Vergiss aber darüber deinen Opa Astenbeck nicht.“

Diese letzte Bemerkung habe ich ihm damals sehr übelgenommen.

Thomas fackelte sich mit einem Streichholz die nächste Zigarette an und rauchte grimmig. Elsbeth hockte nur da und sagte die ganze Zeit kein einziges Wort.

„Die Demokratie schützen heißt, auf die Missstände aufmerksam machen“, verwehten seine Worte wie sein Tabaksqualm in der Nacht. Wir starrten vor uns ins Nichts. Nach einer lähmend stillen Weile sagte er: „Übrigens, du hattest recht. Die Stones sind nicht besser. Auch sie spielen mit in der weltweiten Ausbeutungsmaschinerie der Rockmusik. Und sie spielen so virtuos, dass man es nicht mal merkt.“ Dann erhob er sich und warf die Kippe fort. Funken stoben durch die Dunkelheit.

„Hei, Lloyd, wo steckst du“, rief es vom Eingang des Partykellers her. Peter stand im flimmernden Licht und hielt Ausschau nach mir, und seine Silhouette, die Hörner, die schlanke, geschmeidige Gestalt wirkten wie ein rettendes Zeichen, wie eine Antwort auf meine Verunsicherung.

„Man ruft nach dir“, sagte Thomas, und seine Locke hatte sich vor seine Augen gesenkt, „mach's gut, Osram. Du weißt, wo ich zu finden bin.“ Und er drehte sich ohne weitere Worte um, ließ Elsbeth zurück und auch mich, ging über den Pausenhof und verschwand durch das alte Tor. Du weißt, wo ich zu finden bin, hallten seine Worte in mir unerträglich nach.

Zwanzig Jahre später habe ich ihn noch einmal wiedergesehen.

Was gibt es über den Abend sonst noch zu sagen? Dass ich Elsbeth wiedergefunden hatte? Dass jemand kam und die Nachricht vom Tode meines Vaters brachte? Alles war so widersprüchlich!

Als ich nach Hause rannte (ich glaube, Elsbeth hat mich ein Stück des Weges begleitet), warf ich wie geistesabwesend den Brief in einen Briefkasten.

Es stellte sich dann heraus, dass Vater nicht tot, sondern nur verwundet war. Er hatte sich beim Gefechtsschießen wahrscheinlich zu weit vorgewagt, und einer von Ortliebs Panzergrenadieren war einfach liegengeblieben, war nicht mit nach vorne gestürmt, wo sich die Pappkameraden aufrichteten, hatte in einem Anfall von Verwirrtheit geschrien, er schieße nicht auf Menschen, und er hatte irgendwohin geschossen und dabei einen Menschen getroffen: Vater.

Vater hat trotz etlicher Operationen sein Augenlicht verloren. Die letzten Bilder, die er vom Leben sah, waren stürmende Soldaten - und den kommandierenden Leutnant Ortlieb Grahl.

Damals, die Zukunft

Teil 2 einer deutschen Familienchronik

1

Ein neues Leben

Die Uhr war auf halb drei stehen geblieben. Aber es musste später sein, denn draußen wurde es schon hell. Die Geranien hingen zerzaust und reglos in ihren Kästen. Alles schien zum Stillstand gekommen zu sein: Eine Welt, die sich auf den nächsten Atemzug vorbereitet; die verharrt; auf irgendetwas zu warten scheint; wie ein angehaltener Film, der unter der Hitze der Projektionslampe gleich aufglühen und schmelzen wird, und kein Ruck will kommen, damit der Film endlich weiterläuft und vorm Durchbrennen bewahrt wird.

Es hatte einige Zeit gedauert, bis ich in der Lage war, den Kopf zu heben. Mein erster Blick zur Seite registrierte, dass Lys' Foto auf die Audio-Kassetten gefallen war, als wolle es die Dinger meinem Blick entziehen. Meine Nerven waren offenbar dünn wie Frischhaltefolie, und deshalb neigte ich wohl dazu, hinter allen noch so unwichtigen und dabei offensichtlichen Zufällen eine symbolische Bedeutung zu wittern.

Mit Gewalt hatte ich diese Gedanken verscheucht und war aufgestanden um das Bild wieder hinzustellen, wo es hingehörte. Eine feuchte Kälte herrschte im Zimmer, und ich war notdürftig bekleidet und am ganzen Körper fröstelnd zur Dusche hochgestiegen.

Das Haus wirkte wie ausgestorben. Es muss noch sehr früh gewesen sein. Das Duschwasser war eiskalt, und ich hatte mich plötzlich daran erinnert, dass man irgendeine Heizung in Gang setzen musste um es aufzuwärmen. Doch wie?

Unverrichteter Dinge hatte ich mich wieder auf mein Zimmer begeben, war in die Kleider gestiegen und fortgefahren.

Kaum Autos unterwegs. Die Uhr am Armaturenbrett zeigte kurz nach acht. Ich fuhr nicht schnell. Die Straße führte leicht bergab, wand sich immer und immer weiter hinunter ins Tal.

Rechts das Flüsschen, und die tiefstehende Morgensonne brachte wieder das rostige Gerippe des Fahrrades zum Glühen.

In Astfeld bog ich links ab auf die Straße nach Bozen. Eine weiße Sonne vereiste den Himmel. Wenig Verkehr. Seltsame Stimmung. Federartig. Schwerelos. Keine Angst in mir. Als könne mir niemand etwas anhaben. Als sei ich unverwundbar. Unsichtbar. Eine Art Schwebezustand im Nirgendwo.

Ich versuchte mich zu konzentrieren. Warum fuhr ich eigentlich nach Bozen?

Ich benötigte tatsächlich ein paar Sekunden, bis ich wieder darauf kam. Mir fehlte ein Diktiergerät, in dem ich Thomas Brendels kleinen Spezialkassetten, die nur noch in diesen altmodischen Diktaphonen zu finden sind, abspielen konnte. Ein derartiges Gerät wollte ich suchen.

Ich registrierte, dass ich seit kurzem Kratzen im Hals verspürte, als habe sich dort eine stachelige Frucht festgesetzt. Mein Körper bestand aus wattigem Material. Ständig glaubte ich, kurz vor einer Ohnmacht zu stehen, und ich musste meine gesamte Konzentration aufbieten, nicht von der Straße abzukommen. Einige Male war der Wagen schon gleich einem betrunkenen Hochseilartisten auf dem Mittelstreifen entlanggetanzt.

Irgendwann schwebte eine Burgruine links über mir auf einem schroffen Felsen vorbei. Und immer noch dieses schwummerige Gefühl. Handelte es sich um eine Kreislaufschwäche? Eine sich vorsichtig nähernde Bewusstlosigkeit? Oder war es doch schon so etwas wie der schleichende Beginn des Wahnsinns? Weiche Wellen, in denen man nicht das sich widerspiegeln sieht, was man zu sehen erwartet?

Ich wischte mir die Augen, öffnete das Fenster, ließ kalte Luft herein. Ich musste jetzt aufpassen, denn allmählich nahm der Verkehr zu. Nur jetzt keinen Unfall mit wild gestikulierenden Menschen, die man nicht verstand. Aha, das Ortsschild: Bolzano. Fast eine Erlösung. Doch ehe ich diesen Gedanken genießen konnte, wurde ich schon zum Spielball des Verkehrsgewühls. Fahrzeugschlangen schleusten mich immer weiter, trieben mich, führten mich, zwangen mich fast auf einen Platz, hin zu einer Tiefgarage, deren Einfahrt im blauen Nebel der Auspuffgase wie der Eingang in eine qualmende Unterwelt wirkte. Also tauche ich in den stickigen Hades hinab, zwängte meinen Golf in eine schmale Parklücke und musste, fast eine Demütigung, geradezu aus der Beifahrertür kriechen.

Die Luft wollte mich ersticken; sämtliche Abgase der Stadt schienen in dieser Unterwelt gesammelt zu werden. Auf einer schmalen, von Papierfetzen und zertretenen Dosen verdreckten Treppe arbeitete ich mich in die Oberwelt zurück und stolperte in weißes Licht. Irgendein Denkmal starrte aus gleißender Sonne auf mich herab.

Ich vertraute mich dem Strom der Menschen an und trieb über den Platz hin zu einer Straßenmündung, strandete in einem Straßencafé. Ein Kellner mit gekonnt gelangweilter Miene und den für seine Profession so typisch eleganten Bewegungen warf polternd Aschenbecher auf die Tische, die hinaus auf den Bürgersteig drängten. Beim Hinsetzen stieß ich gegen einen Stuhl. Auf der Stelle traf mich der strafende Blick des Kellners. Ich setzte mich rasch und tat, als hätte ich den Kunststoffsessel nur zurechtrücken wollen. Schon wuchs der Kellner vor mir in die Höhe und ließ ein „Prego!" hören.

Der Mensch schaute mich dabei nicht einmal an, wedelte ein imaginäres Stäubchen mit seinem Serviertuch fort und warf wie nebenbei ein scherzhaftes Wort zu einem Gast, der sich hinter einer rosa Zeitung verschanzt hielt.

Cappuccino fiel mir ein.

„Subito..." Es klang wie: *Was will der denn hier*? Das Männergesicht am Nachbartisch tauchte kurz hinter der Zeitung auf, zog Augenbrauen hoch und verschwand wieder. Eine herrenlose Hand rührte den *caffè* neben der Zeitung um, langsam und voller Routine. Irgendwo schrie ein Kind auf, als werde es gemartert. Es kam um die Straßenecke gerannt, eine Frau, offenbar die Mutter, hinterher, packte das Kind, riss es herum und zischte es an. Da wurde das Geschrei noch lauter. Zur Belohnung wurde nun das Kind am Arm hinweg gezerrt. Ein Hund schaute kurz hinterher und pisste routiniert an einen Oleanderkübel.

Als ich wieder auf den Tisch schaute, entdeckte ich den Cappuccino. Die Tasse nahm ein Fußbad, das Tütchen mit dem Zucker war durchweicht. Als der Kellner wieder vorbeikam, bestellte ich mir einen Grappa. Vielleicht ließ sich dadurch das Kratzen im Hals vertreiben und die Irrealität des Lebens abschwächen. Ja, irreal! So kam mir alles vor. Als wohnte ich einer Inszenierung bei, sei nur ein Komparse, der in einer Handlung, die er nicht kannte, etwas darzustellen hatte, was ihm gänzlich undurchschaubar war. Und ich dachte: wie im Leben. Auch da kennst du den Ablauf nicht, spielst und spielst, und weißt nicht, warum und mit welchem Ziel.

Ich suchte nach etwas Greifbaren, schaute mich um. Einige Schritte weiter gab´s eine Ladentür. Das winzige Schaufenster rechts daneben war vollgestopft mit Flaschen, kalkweißen und dunkelroten Salamiringen, Oliven, schwarz und grün; dazu aufgetürmte Pastatüten. Ich atmete auf. Und dort neben der Eingangstür die großen Packungen mit getrockneten Steinpilzen, in Scheiben geschnitten. War ihr Aroma nicht bis an den Tisch wahrzunehmen? Ich schloss die Augen, witterte. Ja, da war dieses markante Aroma. Und dieser Hauch von Steinpilzduft brachte die Welt wieder ins Lot.

Lange war es her, dass ich zuletzt Pasta mit Steinpilzen gegessen hatte. An jenem Tag, als ich zufällig Peter am Ende des Hohen Wegs in den flatternden Trenchcoat gelaufen war. Doch offenbar erkannte er mich nicht. Geringschätzig musterte meine langen Haare, die engen roten Hosen, um den Blick wieder nach oben zu lenken. Da war offenbar sein Groschen gefallen. Lloyd? Noch war er sich nicht sicher, doch als ich nickte und mein "Mensch, Peter!" dranhängte, brüllte er: "Ich glaub's nicht: Lloyd!" Und er verpasste mir einen Schlag auf die Schulter, der wegen seiner Heftigkeit Ärger in mir aufkommen ließ. Doch Peter erstickte meine ohnehin noch nicht gefundenen Worte im Keim und verlangte, ich müsse auf der Stelle mitkommen, um bei ihm zu Hause zu Abend zu essen.

„Ah, wie das duftet", rief er kurz darauf beim Öffnen der Tür. „Wie in Italien, Lloyd, was? Magst du Steinpilze?"

Aus der Küche drangen Frauenstimmen zu uns heraus, aufgedreht und laut.

„Peter? Wir sind hier, in der Küche", trillerte jetzt die eine Frauenstimme, und Peter schob mich wie eine Sackkarre mit beiden Händen vor sich her in Richtung Frauenstimmen, rief „Sekt zu mir", hob eine Flasche nach der anderen scherzend hoch, bis er eine noch halb gefüllte erwischte, zwinkerte allen zu, gut gelaunt und voller Lebensfreude, griff sich zwei Gläser und drückte mir eins in die Hand. Sekt perlte hinein.

„Ein fabelhafter Sprudel“, rief er aus, und ah und oh, und: „Das ist Petra, meine Frau. Lloyd Grahl, ein Freund aus frühen Jugendtagen.“ Blicke flogen auf mich zu und durchstöberten ungeniert mein Äußeres.

Zu der zweiten jungen Frau sagte Peter, wohl als Ersatz für ein formelles miteinander Bekanntmachen: „Na, Waltraud, ihr seid ja schon wieder gut dabei“, und er küsste ihr die Wangen und wies lachend mit dem Kopf Richtung Tisch auf ein Terzett leerer Flaschen. Und in einer Ecke der Küche wucherte ein ausuferndes Leergutmeer.

Damals dachte ich, sie hätten wohl am Vortag eine Party gefeiert und noch keine Zeit gefunden, die Spuren zu beseitigen. Es sollte sich herausstellen, dass sie der Flut leerer Flaschen ständig hilflos ausgeliefert waren. Wurde ein Teil fortgeschafft, füllte sich die Lücke in Windeseile wieder auf.

Peter hielt eine Klarsichtpackung hoch, schnüffelte genießerisch und mit Kennermiene daran. „Wo sind die denn her? Ich dachte, wir hatten keine mehr?“

Als wäre das witzig gewesen, kicherte Petra los und füllte ihr Glas mit Sekt auf.

„Jenny war auf einen Sprung in Mailand“, rief sie, „irgendeine Messe. Ich habe ihr natürlich aufgetragen, Unmengen Steinpilze mitzubringen. In diesem Provinznest gibt´s sowas ja nur in Duftsäckchengröße.“

„Ich hoffe, Sie mögen Steinpilze?“, wurde ich gefragt. Ich hatte noch keine gegessen, doch der Stimme war deutlich zu entnehmen, dass man gar nicht anders konnte, als in diese Dinger vernarrt zu sein, und so nickte ich und versuchte, Gedanken an Tschernobyl zu verdrängen, nahm einen Schluck Sekt zu Hilfe und meinte, der sei ja ganz fantastisch.

„Nur unsere Hausmarke“, ließ Peters Frau beiläufig fallen. Und sie wusste, es gebe ja immer noch Leute, die keinen Sekt mögen. Vier Frauenaugen musterte mich wie nebenbei, sodass ich es für angeraten hielt, noch einen Schluck zu nehmen und ganz genießerisch zu tun.

Peter hatte Musik angestellt. Oldies. *Life is easy with eyes closed* sangen die Beatles. Petra kippte die eingeweichten Pilze in ein Sieb, und die braune Flüssigkeit lief in eine darunter gestellte Rührschüssel.

„Es sind nur noch drei Flaschen im Kühlschrank“, rief sie ohne sich umzudrehen Peter zu, und hinter ihren Worten schien eine Aufforderung, fast schon Kritik, mitzuschwingen.

Peter zog die Augenbrauen kurz hoch, sah mit einem Mal alt aus. Ein Faltengebirge hatte sich auf der Stirn zusammengeschoben, und an den Schläfen entdeckte ich erst jetzt ziemlich viele graue Haare. Doch dann war das Lächeln schnell zurückgekehrt. Er erledigte die Bemerkung seiner Frau mit einem „Prost!“ und sagte zu mir: „So, und nun erzähl, wie es dir seit dem BGS ergangen ist. Ich habe gehört, du hast die letzten Jahre irgendwo oben im Norden gehockt?“

Ich sagte: „Vor ein paar ... “

„Wir haben uns diese bescheidene Herberge vor ein paar Jahren erst gekauft. Bin günstig drangekommen – ist im Keller auch kein Sekt mehr? Ich habe doch neulich erst vier Kartons geholt. Wo bleibt das Zeug nur!“

„Also, vor ein paar...“, hob ich wieder an.

„Man, ich sterbe vor Hunger“, frohlockte Peter, „Kinder, ich liebe Steinpilze! Du doch auch, oder?“

„Wie gesagt, vor ein paar...“

„Mensch, Osram, dass wir uns endlich mal wiedersehen! Sag mal, hast du nicht irgendwo oben im Norden gehockt? Ich meine, ich hätte so etwas gehört – wann ist denn das Essen fertig?“

Petra lächelte dem Inhalt der Sauteuse zu, eine moderne Giftmischerin. Sie schwenkte die Pilze in der Sahne und meinte zu Peter, er solle eben schnell zu Giovanni fahren und zur Sicherheit noch ein paar Flaschen holen.

Petras Freundin Waltraud sagte nichts, klebte die ganze Zeit auf der Ecke eines Küchenstuhles, umklammerte das Sektglas und schaute mal hierhin, mal dorthin.

Das Essen schmeckte dann ausgezeichnet. Peter und ich waren schnell noch im Cabrio seiner Frau 300 Meter gefahren und hatten für sündhaftes Geld vier Flaschen Spumante Brut gekauft. Vorgekühlt. Damit wir angemessen auf unser Wiedersehen anstoßen könnten.

Eine gelöste Stimmung breitete sich aus.

„Und“, rief Peter, „hast du schon eine Bleibe gefunden? Du willst doch wohl wieder nach Hildesheim ziehen, oder?“

Nein, ich sei noch ohne Wohnung. Alles, was mir bislang angeboten wurde, entspreche nicht meinen Vorstellungen. Zu wenig...

„Und Sie sind Künstler?“, unterbrach mich Petra. „Haben Sie hier in der Gegend schon Ausstellungen gehabt? Nein?“

„Lasst doch das dusselige 'Sie“, schob sich Peter dazwischen. „Was für Bilder malst du eigentlich, Lloyd? Ich kannte mal einen, der fabrizierte Dinger, die kein Mensch verstand. Irgend so ein Zeug, wo man nichts erkennt. Weiß Gott, niemand wusste etwas damit anzufangen.“

„Was nur beweist, dass du von Kunst keine Ahnung hast“, warf sich Petra dazwischen, bohrte ihre Augen in meine, und Waltraud schaute erst hilflos von einem zum anderen und stürzte sich dann in ihr Glas.

„Also auf unser Du“, lachte es aus Petras Kehle, und sie zeigte ihre Zähne, von blutroten Lippen glänzend gerahmt. Sie schwenkte ihr Glas und rief: „Auf die Kunst - und die Künstler!“, bohrte dabei ihren Blick in meinen, kicherte, vielleicht, weil ich mich verschluckt hatte, und trank in erschreckender Geschwindigkeit ihr Glas leer.

„Mein Vater hat auch gemalt.“ Es war Waltraud, die das sagte. Zum ersten Mal meldete sie sich zu Wort, und alle starrten sie einen Moment überrascht an; niemand hatte offenbar mit einem Beitrag von ihr gerechnet.

„Tatsächlich? Dein Vater hat gemalt, Wally?“, fragte Petra, und: „Möchte noch jemand?“ Sie schob die Schüssel einen Millimeter nach links, rückte an dem Korb mit den Baguettescheiben.

„Nur Aquarelle; Landschaften.“ Waltraud sprach gedämpft, fast, als entschuldige sie sich dafür, dass ihr Vater nur eine vermeintlich einfache Technik beherrscht hatte. Doch offensichtlich hatte sonst niemand richtig hingehört.

„Ich muss unbedingt deine Bilder sehen“, rief Petra mir quer über den Tisch zu. „Hier fehlen auch noch ein paar schicke Gemälde an den Wänden. Welche Farbtöne bevorzugst du?“ Und ob ich in Öl male. „Ich mag eigentlich nur Sachen in Pink und Blautönen“, rappelte sie weiter, ohne Luft zu holen. „Unsere neue Sitzgarnitur wird ganz in Pink sein. Leder. Direkt aus Italien. Der Importeur ist ein sehr lieber Freund von uns.“

Waltraud war verstummt.

Und ein Sofa koste einiges über 8000 Mark, sprudelte es von Petras Lippen in einem Tonfall hinterher, als handle es sich um ihre persönliche Jahresbestleistung.

Mein Blick fiel auf Waltraud, und mir kam es vor, als habe sie sich gänzlich in sich zurückgezogen. Ihre etwas eng stehenden Augen hingen an den Spitzen der Gabel, mit der sie wie ferngesteuert ein paar Tagliatelle zu immer neuen Mäandern formte. Was war los mit ihr?

Mir fiel wieder ein, dass sie von der Malerei ihres Vaters gesprochen hatte. Und ich fragte sie, ob ihr Vater schon ausgestellt habe, nur, um sie wieder ins Gespräch einzubeziehen, denn weder ihr Vater noch Aquarelle generell interessierten mich; ja, letztere waren mir geradezu ein Gräuel.

Ihr Vater sei tot.

Waltraud hatte ihre Gabel unter dem Rest Nudeln begraben, ihre Finger suchten Halt am Glas und drehten es um die eigene Achse. Ein hilfloses Lächeln erschien für einen Augenblick. Dann nahm sie einen Schluck, behielt den Kelch in der Hand und schwenkte den Sekt, als wolle sie darin eine Überdosis Schlaftabletten auflösen.

„Möchte noch jemand einen Espresso ... ?“

„Und wo wohnst du im Augenblick ... ?“

Peter und Petra hatten die lähmende Stille gleichzeitig zerschnitten. Und während sie hinauseilte, um die Espressomaschine in Gang zu setzen, teilte ich mit, dass ich fürs erste im Haus meiner Eltern wohnte, bis ich etwas Geeignetes gefunden hätte.

Und das müsste ziemlich bald passieren, dachte ich, denn schon nach den wenigen Tagen war mir die Situation dort geradezu unerträglich geworden.

Vater war seit Jahren in Pension und hockte nach dem Verlust des Augenlichts seine endlose Reihe schwarzer Tage im Haus. Ständig dudelte das Radio, obwohl niemand zuhörte, und die Geräuschkulisse machte die sich dahinter dehnende Stille noch unerträglicher. Nur wenn Nachrichten kamen, rückte das Radio in den Brennpunkt der Aufmerksamkeit.

Es war die Zeit der Montagsdemonstrationen. Und Vater rief: Hut ab vor diesen Leuten, Hut ab vor der Kirche im Osten. Und der Genscher sei ja ein ganz fantastischer Politiker. Er habe den Ruf Deutschlands in der Welt wieder auf den rechten Platz gerückt, und bei dem könne man noch auf einiges hoffen. Allein wie er das in der Prager Botschaft hinbekommen habe! Da könnten sich die Sozis eine ordentliche Scheibe abschneiden. Dieser grünschnabelige Lafontaine! Das fehle gerade noch, dass der an die Macht komme. Aber Genscher und Kohl! Und anfangs habe er gedacht, der Kohl sei ein farbloser Politiker. Besitze so gar nichts vom Format eines Adenauer. Der habe auf der Tastatur der Politik gespielt wie kein anderer. Doch nun entpuppe sich Kohl als einer der Großen; sicher, er wirke etwas schwerfällig, aber das schaffe Vertrauen, ganz im Gegensatz zu diesem quirligen Huhn, dieser Süßmuth. Der fehle das Gediegene, was die deutschen Staatsmänner von Bismarck bis zu Kohl stets ausgezeichnet habe. Aber Frauen gehörten heute ja wohl in das Bild der politischen Landschaft. Doch diese Süßmuth ... Ob ich das nicht auch so sähe?

„Rita Süßmuth ist meiner Meinung nach die einzig vernünftige im Regierungslager", brummte ich.

„Ach ... " Und warum ich denn meinen schönen Beruf aufgegeben habe?

„Es ist doch nur eine Beurlaubung. Ich kann jederzeit wieder zurück."

Das wisse er auch. Er sei schließlich Beamter a.D. „Und womit willst du deine Brötchen verdienen, Junge? Von irgend etwas musst du ja schließlich leben."

„Ich werde malen."

„Aber das kannst du doch auch in deiner Freizeit. Gerade als Lehrer!"

„Nicht, wenn man aus dieser Tretmühle nach Hause kommt. Da ist man nur noch ein Haufen verbrauchter Zellen."

„Jeder Beruf hat seine Schattenseiten, Junge." Selbst ihm habe die Arbeit manchmal bis hier ... Er hielt die Hand an den Hals. Aber er habe seine Pflicht getan, auch wenn's manchmal schwerfiel. Und ich hätte doch studieren können, was ihm versagt geblieben sei nach dem Krieg. Und mein Beruf gelte doch als einer der schönsten! Kinder auf das Leben vorzubereiten, ihnen das nötige Rüstzeug an die Hand zu geben.

„Du solltest mal in die Hauptschulen hineinriechen", erwiderte ich und zerbiss den Ärger, der sich zu regen begann. „Du strampelst dich ab wie ein Bekloppter und willst den Schülern etwas beibringen, was die gar nicht wissen wollen! Man unterrichtet ja fast schon gegen sie! Ein schöner Beruf!"

Ja, wenn ich das so sehe, hätte man sich das teure Geld fürs Studium sparen können. Was habe man sich damals eingeschränkt! Habe auf manches verzichtet. Nur um den Kindern Chancen zu eröffnen, die man selbst nie bekommen habe.

„Nun, du musst schlussendlich wissen, was du tust. Ich bin der letzte, der sich da reinsteckt." Und natürlich könne ich im Elternhaus wohnen, da freue er sich sogar drüber, aber seine Pension sei ja nun nicht gerade das, was man einen üppigen Etat nenne.

„Hast du dir denn wenigstens ein finanzielles Polster zugelegt?"

„Da wird sich der Chef aber freuen", hatte Mutter gesagt, als ich mein Kommen ankündigte. „Er hat ja nur noch seinen Kirchenvorstand, und der trifft sich, dem Herrn sei´s geklagt, nur einmal alle vierzehn Tage." Und der Chef springe ihr ja immer nur vor den Füßen herum, wolle dies, bemängele das, nichts sei ihm recht zu machen, und es sei mit ihm ja fast schon schlimmer als damals mit Opa Astenbeck. Den habe man wenigstens auf seinen Thron setzen können, und dann sei er still gewesen. Und sie müsse sich wohl das ganze liebe lange Leben nur um andere kümmern. Nicht einmal zur Dauerwelle komme sie, und dabei lägen ihre Haare schon wie angeklatscht. Und wann ich denn käme? Und ob das denn überhaupt gehe, das mit der Beurlaubung? Und wovon ich nur leben wolle? Und sie sei am Grab gewesen. Nein, sie könne es immer noch nicht begreifen. Und es sei ja nichts mehr wie früher. Und so schöne Blümchen hätten sie ihr gebracht. Und als wir klein waren, was sei es da schön gewesen. Ganz schöne Blümchen, Osram. Und warum der Ortlieb nur am Ende der Welt leben müsse. Ganz schöne Blümchen, ach Gott.

Ich hatte meine Wohnung aufgelöst und regelrecht ausgemistet, vieles verkauft, einiges bei Bekannten eingelagert, und es war wie eine Erleichterung, als hätte ich Ballast abgeworfen, nachdem endlich die letzten Gegenstände im PKW-Anhänger verstaut waren und ich losfuhr.

„Möglicherweise hätte ich was für dich", brach Peter in meine Gedanken ein. „Ein Gebäude unserer Firma steht leer. Nicht gerade sehr komfortabel, aber dafür könntest du den ehemaligen Werkstattraum als Atelier einrichten. Früher wohnte da unser Betriebselektriker. Man müsste nur eine Wand durchbrechen und eine Dusche einbauen. Wenn du Interesse hast, werde ich morgen mit dem Chef sprechen."

Da erst erfuhr ich, dass Peter leitender Angestellter in Brendels Import- und Exportfirma war, offenbar fast schon sowas wie ein Juniorchef, doch der alte Brendel sei immer noch vital und aktiv wie ein Hirsch; trotz seiner 69 Jahre. Alle Achtung!

Ich musste an Thomas denken, von dem ich so lange nichts mehr gehört hatte, dass er mir fast schon wie eine Gestalt aus einem längst vergriffenen Roman vorkam.

„Ancora un Cappuccino?" Der Kellner ragte plötzlich neben mir in die Sonne. Ich schüttelte den Kopf und wollte zahlen, um das Gerät zu kaufen, damit ich endlich Thomas Brendels Stimme hören konnte.

Der Bon mit meinem Verzehr war jämmerlich im Fußbad ertrunken. Voller Missbilligung traf mich der Blick des Kellners. Als ob ich das Fußbad verursacht hätte!

„Ottomiliacinquecento", forderte er von den Spatzen, die um die Tische hüpften und keine Probleme hatten.

Ich wühlte in dem Stapel zerfranster Geldscheine und legte einige hin. Der Kellner nahm sie gnädig, balancierte Kaffeetasse und Grappaglas mit Grandezza auf einer Hand - ich hoffte, er werde stolpern, was er natürlich nicht tat - während er um die Tischchen Slalom lief und selbstsicher im Haus verschwand. Solche Typen geraten offenbar nie aus der Balance. Und mir hatte der Grappa nichts genützt. Im Gegenteil. Die Stachelfrucht in meinem Hals schien eher gewachsen zu sein.

Ich irrte zur Suche nach einem Elektroladen einfach drauflos. Irgendwann kam ich durch eine bananenartig gebogene Straße. Eine Marktbude stieß an die nächste: eine bunte Riesenschlange mit Mustern aus Äpfeln und Tomaten, Zucchini, Auberginen, Paprika. Und massenhaft Salatköpfe in Grün und Bordeauxrot, glatt, gekraust, zerfranst. Wie meine Gedanken.

Thomas Brendel hockte mir im Nacken. Ich hatte ihn eigenhändig dort hingesetzt: meine Missgunst, mein Neid, meine Eifersucht vor allem. Und wieder bereute ich, ihm diese Blätter mit den Informationen zugespielt zu haben. Aber ich war einfach nicht gegen dieses zermürbende Gefühl angekommen. Es war dasselbe

Gefühl, das mich damals gepackt hatte, als er mit Elsbeth auf der Faschingsfete erschienen war. In zwanzig Jahren hast du nichts dazugelernt, fuhr es mir durch den Kopf, als ich mich durch das Marktgewühl in Bozen drängte. Eine grausame Erkenntnis. Ich floh vor diesem Gedanken zurück in die Vergangenheit.

Waltraud hatte plötzlich gehen wollen. Sie erhob sich und wirkte in der gelösten Runde fürchterlich verlassen. Petra sprang von ihrem Stuhl, markierte das blasse Gesicht mit ihrem Lippenstift und rief, man werde morgen telefonieren.

„Aber du bleibst noch, Lloyd“, bekam ich zu hören, während sie sich anschickte, Waltraud hinauszubringen.

„Natürlich bleibt er noch“, bestätigte Peter wie ein gehorsames Echo, schenkte uns nach und vertraute mir an, dass Wally Petras beste Freundin sei.

Eigentlich hatte ich die Gelegenheit nutzen und ebenfalls gehen wollen. Es wurde mir alles ein bisschen zu viel. Doch nun musste ich wohl mindestens eine weitere halbe Stunde durchhalten.

Um einen Augenblick allein zu sein, ging ich auf die Toilette. Noch nie hatte ich derart fürstlich in einem Marmortempel gepinkelt. Alles bronzene Armaturen, an allen Wänden Kristallspiegel, doch aus der Toilettenspülung rauschte schnödes Leitungswasser; ich hatte Sekt erwartet.

Als ich das WC verließ, hörte ich Peter sagen: „Was war denn mit Waltraud los?“ Und Petra, die wieder im Zimmer war, antwortete: „Was weiß ich. Wo sind die Zigaretten?“ Und wahrscheinlich habe es wieder Zoff mit Gernot gegeben. Ein weiterer Sektkorken zerschoss den Abend.

„Komm, Lloyd“, rief Peter, als ich ins Zimmer trat, „lass uns auf das Wiedersehen anstoßen!“

„Aber nur noch ein Glas“, sagte ich. Meine Zunge ließ sich bereits nur noch schwer bewegen, „sonst weiß ich morgen nichts mehr.“

„Unsinn! Man trinkt nicht, um zu wissen, sondern um zu vergessen, mein Lieber. Prost!“ Sein Lachen füllte den Raum.

Es war weit nach Mitternacht, als ich im Nebel des Alkohols das Domizil der Müller-Nythards verließ.

„Ruf mich morgen an“, sagte Peter, und er schien vollkommen nüchtern zu sein, „am Nachmittag, dann kann ich dir mitteilen, ob es was wird mit der Wohnung.“ Und Petra stieß unter seltsam vibrierendem, keckerndem Lachen und vielerlei Wangenküssen aus, sie sei ja so gespannt auf meine Kunstwerke. Und auf dem Flur erfuhr ich, sobald mein Atelier eingerichtet sei, würden wir eine ganz tolle Einweihungsfete geben. Und zwischen Mahagonitür und Angel schwärmte sie für moderne Malerei. Und ob ich Dali kenne? Da war ich schon auf dem Bürgersteig, und mir fiel Anitas Kruttkes Kühlschrankobjekt ein, das mir durch Petras Frage wie entzaubert vorkam. Und im Licht der Halogenlampen, die wie kleine Seilbahnen unter der Decke des Flures bis zur Haustür schwebten, standen die beiden Müller-Nythards auf ihrer Bühne, Arm in Arm, fest aneinandergeschmiegt, als hätten sie gerade entdeckt, wie sehr sie sich liebten. Petra schnatterte etwas, das wie 'Ruf doch einfach mal an' klang. Ihre Augen, ihr Mund, ja, ihr ganzer Körper befanden sich ständig in Aufruhr. Als ich mich ein letztes Mal umschaute, warf sie sich gerade über Peter, als wolle sie ihm die Nase aus dem Gesicht saugen.

Dann war die Tür kichernd zugefallen.

Die kühle Nachtluft nahm mich wie eine Wohltäterin in die Arme. Ohne Eile schlenderte ich durch die Straßen. Aus dem Fenster irgendeines Träumers sang John Lennon *And so this is Christmas* in die Sommernacht, und der Kinderchor im Hintergrund verkündete: War is over. Und ich hatte keinen blassen Schimmer davon, dass meine persönliche Entscheidungsschlacht erst noch bevorstand.

Die Innenstadt schlief seelenruhig und kümmerte sich nicht um meine Gedanken. Hier und da schwebten ein paar Nachtvögel vorbei, die aussahen, als drückten sie sich vor der Heimkehr in die Einsamkeit ihrer Wohnungen. Ich schoss eine Coladose in den nächsten Hauseingang.

Viel hatte sich verändert. Zumindest äußerlich. Am Rathausplatz ragte wie eine historische Paradeuniform die Fachwerkfassade des Knochenhaueramtshauses in den Nachthimmel. Hier hatte einmal die nüchterne Architektur des Hotel Rose, Symbol der alles verdrängenden und doch irgendwie vitalen Nachkriegszeit, gestanden, direkt gegenüber dem alten Rathaus und dem stummen Roland. Doch der Lokalpatriotismus war der große, eitle Sieger, und so hatte man das moderne Hotel zertrümmert und die Fassade der guten alten Zeit wiedererrichtet. Wie ein auf Hochglanz gebrachtes Museum wirkte alles auf mich, und ich fragte mich, wonach sich eigentlich die Menschen sehnten, die so etwas wieder aus dem Staub der Geschichte hervorholten? An welchen Rädern drehten sie? Bauten sie nicht mit diesem Anakronismus eine weitere Mauer um ihre Versäumnisse? Und begruben diese endgültig? Man ließ ein verbranntes Haus auferstehen, doch war nicht viel mehr verbrannt? Und nicht nur in der Bombennacht, auch später, all die Jahre, wo man wie mit Scheuklappen den armselig irren Blick nur nach vorne richtete?

Nein, fuhr es mir durch den Kopf, eigentlich hatte sich all die Jahre nichts verändert. Es sah nur anders aus.

Ich musste an Thomas denken, und ich wusste, dass er von dieser kosmetischen Operation Hildesheims, diesem Rückfall in die Butzenscheibenromantik einer untergegangenen Epoche, nichts halten würde. Merkte denn niemand, dass längst etwas verbrannt, verfallen, begraben war, was im Anblick dieses polierten Platzes wie ein ersticktes Klagen um die neuen alten Giebel irrte?

Plötzlich wusste ich, dass ich in dieser Stadt nicht glücklich werden konnte, und Deprimiertheit legte sich auf mich, als wolle sie mich begraben.

Ich rannte weiter, flüchtete von diesem Platz, der wie eine kostümierte Hure um die Gunst der Atavisten buhlte. Erst am unteren Ende der Schuhstraße atmetet ich erleichtert auf: Das Hipetuk war verschwunden. Ein neues Haus hatte sich in der Lücke breit gemacht. Glücklicherweise war niemand auf die Idee gekommen, ein schickes Bistro unter dem heiligen Namen Hipetuk zu eröffnen. Wenigstens hier hatte man die Vergangenheit ruhen und damit am Leben gelassen.

Mit den Händen in den Hosentaschen schlurfte ich durch die Nacht, den Pfaffenstieg hinauf, die lange, hohe Mauer entlang, vorbei am Roemer-Pelizaeus-Museum, dem Dammtor zu. Auf der Innerstebrücke machte ich Halt und lehnte mich auf das Geländer. Meine Gedanken versanken in dem schwarzen Wasser, das wie ein Styx in vielen Strudeln zum Wehr an der Bischofsmühle brodelte. Ich dachte an den Mann, den sie dort einmal herausgefischt hatten, aufgequollen und schwärzlich-grau und mit nur einem buttermilchtrüben Kuhauge. Daneben klaffte eine finstere Höhle. Irgendein hartgesottener Typ tippte auf Aale, und bei Frauenleichen würden die noch ganz woanders stecken, und er fixierte hämisch die grünen Gesichter an seiner Seite. Als ich endlich kapierte, was er damit sagen wollte, rannte ich fort, rüber zum alten Johannisfriedhof, und kotzte einen Grabstein voll mit meinem Ekel.

Der Mann habe Selbstmord begangen. So stand es in der Zeitung. Er sei durchgedreht, nachdem er Bilder von vietnamesischen Kindern gesehen habe, die wie brennende Napalmfackeln auf einer Straße entlanggerannt waren.

`Der arme Mann´, hatte Mutter geseufzt, und Vater hatte moniert, man solle derartige Bilder verbieten, denn sie verrohten die Menschen.

Ein Gong hatte mich am Morgen nach dem Besuch bei Peter aus dem Schlaf gerissen: „Frühstück!"

Ich war aus dem Bett gesprungen, von einer plötzlichen Unruhe befallen, einer Unruhe, die mich an frühere Zeiten erinnerte, eine irrationale Unruhe, die sich irgendwann zu einem Myzel auswuchs, das sich durch meine Existenz zog.

„Ach, du bist schon auf", spielte der Chef den Staunenden, als ich ins Esszimmer trat.

Auf jedem Teller lag ein Häufchen kalt gewordenen Rühreis. Ein gutes Frühstück sei die Grundlage für einen guten Tag, wusste Vater, der in seinem Bademantel, einen seidenen Schal um den Hals geschlungen, am Kopfende des Tisches thronte und mit der Gabel zielsicher eine Scheibe Schinken von der Wurstplatte angelte. Und das, obwohl er nichts sehen konnte. Ich staunte und zog meinerseits den Teller mit dem Aufschnitt heran. Mutter kam mit dem Kaffee herein, schnüffelte wie in alten Tagen und sagte: „Hast du gut geschlafen, Ortlieb Osram?" Sie setzte sich und goss den Kaffee ein. Vater stach mit der Gabel ins Tischtuch, und sein Körper erstarrte in dieser Pose, als warte er darauf, dass ihn jemand wachküsse.

„Ogott, der Teller!" Mutters Hand wirbelte herüber und verschob die Wurstplatte. Der Chef erwachte wieder zum Leben, als er alles am angestammten Platz wiederfand, und nahm sich eine Scheibe Schinken.

„Ach, ich habe gar nicht schlafen können", seufzte Mutter später, als wir in der Küche standen. Der Chef habe sich nach meiner späten Rückkehr immer herumgewälzt und ihr den letzten Platz geraubt. Und sie habe um fünf eine ganze Schlaftablette nehmen müssen! Wo ich denn so lange gewesen sei?

„Warum macht ihr eure Schlafzimmertür denn nicht zu", rief ich, und ich merkte, dass Ärger in mir hochstieg. Hatte sich denn nach all den Jahren nichts geändert?

Türen schließen? Nein, das wolle der Chef nicht. Er könne es nicht ertragen, eingeschlossen zu sein. Mutter fischte ihr Taschentuch aus der Schürze und wischte die Krümel auf der Arbeitsplatte zusammen. Und ich solle doch mit Vater später einen schönen Spaziergang unternehmen. Darauf habe er sich schon seit Tagen gefreut. Ich müsse ihn aber darum bitten. Von selbst werde er nicht fragen. Sein Osram! Er sei doch so stolz auf die Söhne. Und der Ortlieb lebe so weit weg. So weit. Warum das denn nötig sei? Man höre gar nichts mehr von ihm. Ach nein, es sei alles nicht mehr schön. Was habe man denn noch vom Leben! Und immer diese unruhige Schlaferei. Und diese Träume. Sie sei am nächsten Morgen immer wie gerädert. Und dann ständig dieses Gefühl, als ob Flammen nach ihr greifen würden.

„Was denn für Flammen", fragte ich.

„Ach Gott, ich weiß es doch nicht, ich weiß es doch nicht." Schreckliche Flammen. Ringsherum. Das reinste Fegefeuer.

Sie atmete tief und steckte das Taschentuch ein.

Und sie wolle mit dem Chef nicht darüber sprechen. Mit niemandem könne sie darüber reden. Ich sei der erste, der davon erfahre. Und sie habe einen Termin bei der Dauerwelle. „Na ja, wenigstens du bist da." Das sei wie ein Lichtblick. Und Herr Mackensen habe auch vor ein paar Monaten das Zeitliche gesegnet. Und seine Frau empfange jetzt einen Herrn. So bald nach dem Tod ihres Mannes. Und das in ihrem Alter! Der arme Mackensen. Ach, Osram. Und Vater plane den Bau einer Kirche. Das sei sein großer Traum: Der Gemeinde ein schönes Gotteshaus hinzustellen. Er habe auch schon einen Platz gefunden. Ach, was sei sie früher gerne in die Kirche gegangen; weil dort so schön gesungen wurde. Immer so feierlich. Was sei sie da glücklich gewesen! Und ob sie mir schon erzählt habe, dass sie neulich bei dem Grab der Kleinen gewesen seien? Und so eine schöne Blumenschale hätten sie hingestellt. Sie könne es immer noch nicht glauben. Immer noch nicht. Und einmal in der Woche komme jetzt eine Putzfrau. Und Frau

Kruttke habe ja wirklich Glück gehabt mit ihrem zweiten Mann. Der schmeiße den Garten 1A. Und sie habe ja jetzt diese Putzfrau, aber die wische nicht richtig in den Ecken. Und es seien auch Vergissmeinnicht dabei gewesen. Und ob ich mir nicht mal die langen Haare abschneiden wolle? Was hätte ich früher immer so nett ausgesehen.

Oben zischte das Fliederspray gegen Toilettengeruch. Oder 8 mal 4. Wie früher. Es änderte sich nichts. Jetzt gurgelte die Toilettenspülung. Da fiel Mutter ein, dass sie noch das Klo säubern müsse, ehe die Reinemachfrau komme. Das könne man der doch nicht zumuten! Es sähe dort immer aus, als habe jemand Dynamit geschluckt.

Als Vater bald darauf ins Zimmer kam, in cremefarbenem Sommeranzug und dunkler Brille, wirkte er wie ein wohlhabender Urlauber beim Promenieren in einem klassischen Seebad.

„Du wolltest Vater doch was fragen, Osram", beschwor Mutter mich mit anspornendem Nicken.

„Der Junge wollte mich was fragen?" Vater wandte seinen Kopf wie überrascht in unsere Richtung. Und weil ich stumm blieb, antwortete Mutter: „Osram würde gern mit dir einen Spaziergang machen."

„Aber natürlich, mein Junge", freute sich der Chef, er habe sowieso vorgehabt, ein paar Schritte vor die Tür zu setzen.

Vater benutzte weder einen weißen Stock noch jene gelbe Armbinde mit drei schwarzen Punkten. Letztere trügen nur die einfacheren Blinden.

Vater dagegen orientierte sich mit dem Ellenbogen, den er mir fortwährend in die Seite stieß.

„Erinnerst du dich noch an diese Dagmar Adamek, Junge", fragte er, als wir die Lucienförderallee entlang wanderten. „Ihr armer Vater!" Er sei inzwischen einer der gefragtesten Chirurgen Deutschlands. Habe das damals bei Mutter ja auch ganz ausgezeichnet hinbekommen. Ein großartiger Mediziner. Immer noch. Ja, sie seien eine Generation, die bis zum Ende durchhalte. Ob ich davon nichts gehört hätte? Und dann diese, nun ja, Schande mit der Tochter. Nicht einmal den Familiennamen halte sie in Ehren.

Ich erinnerte mich an die peinliche Situation auf dem Faschingsfest damals in der Schule, wo sie als Irma la Douce gegangen war. Und jetzt solle sie den Namen Adamek entehrt haben?

Sie würde doch wohl keine Prostituierte geworden sein? Mir fiel ihr provokatives Verhalten bei unserem Tanz ein.

„Sie nennt sich Dagmar Evamek!“ Vater schnaufte durch die Nase. „Schreibt diese Emanzenartikel, in denen alle Männer runtergeputzt werden.“ Die Eltern seien ganz verzweifelt. Sie habe sogar eine eigene Zeitung herausgebracht: *'Die Amazone'*. Aber die sei glücklicherweise eingegangen. Kein Wunder. Wer wolle schon einen derartigen Unsinn lesen!

Ich fragte ihn, ob er ihre Artikel kenne? Da rief Vater, er denke nicht daran, derartige Pamphlete auch nur in die Hand zu nehmen. Er könne sich schon ausmalen, was aus der Feder solcher frustrierten ... “, ihm fehlte das passende Wort, „ ... fließe.“ Da erübrige sich eine Lektüre aber wirklich. Und er wisse ganz genau, was sie zu derartigen Verirrungen getrieben habe. Sie sei ja nun nie das gewesen, was man eine Schönheit nenne. Nein, ganz und gar nicht. Er erinnere sich noch sehr gut an ihr wenig vorteilhaftes Aussehen. Letztlich sehnten sich doch alle Frauen nach einem Mann. Und da sei sie offensichtlich leer ausgegangen. Das ganze emanzipierte Getue halte er für eine Art Rache an der Männerwelt. Und ob ich ihm da nicht zustimmte? Und den Wert einer guten Ehe könne man durch nichts in Frage stellen. Diese Gnade habe er mit Mutter erfahren dürfen. Ja ...

Wir wanderten eine Zeitlang schweigend unter den Bäumen dahin, und nur ein leises Schnaufen und die regelmäßigen Armstöße erinnerten mich daran, dass Vater neben mir lief.

Den Wert einer guten Ehe könne man nicht in Frage stellen! Ich ging in Gedanken meine Bekannten durch, und mir fiel keine einzige glückliche Ehe ein. Möglicherweise stimmte es ja zwischen Peter und Petra, dachte ich dann. Ich hatte wieder das Bild der beiden vom Vorabend vor Augen. Als sie in der Tür standen und sich im Arm hielten. Aber so ganz befriedigte mich auch dieser Gedanke, diese Erinnerung nicht.

„Bei dir wird es auch noch klappen“, sagte Vater, als wir an der Badeanstalt vorbeikamen. Dort herrschte Hochbetrieb. Als Kind hatte ich hier jeden schönen Sommertag verbracht. Mir fielen die Tüten mit Waffelbruch wieder ein. Zehn Pfennig musste man für sie zahlen, und wenn man Glück hatte, entdeckte man einen zerdrückten, eingetrockneten Negerkuss zwischen den Waffelstückchen. Welche Glücksgefühle durchflossen mich jedes Mal, wenn ich fündig geworden war!

„Ihr wart einfach noch zu jung." Vater schien von dem Thema nicht loszukommen. „Beim nächsten Mal wird es schon werden. Du darfst nur nicht die Flinte ins Korn werfen, mein Junge."

Flinte ins Korn werfen! Interpretierte er mein Schweigen als Eingeständnis eines Kummers, weil ich geschieden war? Ärger stieg in mir hoch. Ich erwiderte: „Bitte sag mir, wie du darauf kommst, dass ich irgendwelche Flinten ins Korn werfe? Ich bin gar nicht scharf auf eine neue Ehe!"

Aber Junge! Und er könne ja verstehen, dass ich enttäuscht sei. Deshalb müsse ich aber doch nicht gleich so losbalfern! Ich solle doch ein wenig Geduld aufbringen, dann würde ich schon sehen.

In diesem Moment ärgerte ich mich über meine Blödheit, überhaupt auf Vaters Ratschläge reagiert zu haben. Was wusste er schon von mir, von meiner verunglückten Ehe? Was wusste er über Elsbeth und mich? Ich wusste ja selbst kaum etwas.

Noch während ich beim BGS war, wurde sie schwanger und wir heirateten. Ehrensache, sagte der Chef.

Der Honigmond war dann bereits nach vierzehn Tagen im Dreckwasser eines Aufwischeimers abgesoffen; beim tränenüberströmten Großreinemachen; wie sie es von ihrer Mutter her kannte. Jeden Sonnabend dasselbe Ritual: In Elsbeths neunzehnjähriger Brust schienen sich Armeen Gefechte zu liefern. Und auf dem Feldherrnhügel stand, verborgen hinter dem Gestrüpp aus Erziehung und Schuldgefühlen, ihre Mutter, gab lautlose Befehle, und Elsbeth und ich und unsere Ehe blieben schwerverwundet auf dem Schlachtfeld zurück.

„Wo sind wir jetzt", fragte Vater und stieß mir den Ellenbogen in die Flanke. Ich hätte fast gesagt, auf dem Schlachtfeld.

„Beim Gefängnis", warf ich schnell ein, und die von Granateneinschüssen aus dem Krieg übersäte Godehardikirche trat allmählich hinter den Bäumen und den Mauern jener Strafanstalt hervor, in der Frau Bachmann eine Zeitlang einsaß, weil sie den Mörder ihrer Tochter im Gerichtssaal gerichtet hatte. Im Hintergrund erhoben sich die alten Wallanlagen, die Spitze des Kehrwiederturmes tauchte auf, die winklig-winzigen Fachwerkhäuschen des Gelben Sterns. Alles wirkte so beschaulich. Als habe sich kaum etwas verändert. Hier hatten die Bomben nicht hergefunden. Dies waren noch die wirklichen Fachwerkhäuser, die unpolierten, mit ihren niedrigen Zimmerdecken, dass man den Kopf einziehen musste, um sich nicht zu stoßen. Enge Gässchen, bröckelnder Putz, aber echt.

Dann die Wollenweberstraße. Wortlos liefen wir weiter. Kam es mir nur so vor, als würde sich Vater mit jedem Schritt mehr verausgaben? Er schnaufte nun hörbar, rief plötzlich, fast triumphierend `Die Schuhstraße´. Dabei schnupperte er wie ein Kaninchen. Hatte er die Straße an den Abgasen erkannt? Jetzt wurden seine Schritte immer schneller. Wie ein Lotsenboot schleppte er mich Richtung Marktplatz, schien hier jeden Winkel zu kennen, eckte nirgendwo an, umlief jeden Bordstein und jeden Laternenpfahl, bog wie ein Schlafwandler um die letzten Ecken und blieb am Ende der Judenstraße wie aus Erz gegossen stehen.

Vor uns öffnete sich der Marktplatz, vom Sonnenlicht überflutet. Vater wandte seinen Kopf nach links zum Knochenhaueramtshaus, und mir kam es vor, als könne er es tatsächlich sehen! Seine Brust hob und senkte sich, sein Mund stand offen: „Was für ein herrliches Gebäude!“ Und er verharrte staunend, ein kleiner, alter, blinder Mann mit Schuppen auf dem Kragen, der sich an dem erinnerten Bild dieses Fachwerkhauses festklammerte, und er schob mit Zeigefinger und Daumen die Brille hoch und rieb sich die toten Augen.

Als ich ihn so neben mir stehen sah, kam er mir vor wie ein trauriges Kind unter dem Christbaum; und in den Paketen, die all die Jahre darunter lagen, war wohl nie das gewesen, was er sich gewünscht hatte.

Da tat er mir leid in seiner ewigen Nacht, und ich ahnte Gedanken und Sehnsüchte, deren Existenz Vater nie zugegeben hatte und von denen nun ein geschundener Schatten durch seine Elefantenhaut schimmerte. Mir kam der Gedanke, ihn einfach in den Arm zu nehmen. Ich schaffte es nicht.

Fünf Tage später zog ich aus.

Herr Brendel wolle unbedingt, dass ich vorbeikomme, hatte Peter mir am Telefon berichtet, und er war sehr überrascht von der Reaktion seines Chefs. Das konnte man seiner Stimme anmerken.

Ein leiser Vorwurf war nicht zu überhören. Ich hätte ihn doch wenigstens informieren können, dass ich Brendel kannte!

Doch Peter war nicht nachtragend. Vom Baugeschäft seiner Eltern kamen zwei Handwerker, die Tür und Dusche in Nullkommanichts einbauten, und einen Tag benötigte ich, um die Räume weiß zu streichen.

Als ich im Dohlenweg erschien, um meine Sachen zu holen, stand Vater oben auf der Treppe und befühlte mit beiden Händen den Falken, als wolle er ihn auf Wunden hin absuchen. Und der Kolkrabe, dieser Galgenvogel, schaute zu! Hatte er seinen Kopf ein Stückchen gedreht? Oder trog mich nur die Erinnerung?

Mutter lief mir wie ein Schatten hinterher und flüsterte, warum das denn so plötzlich sein müsse? Ich sei doch gerade erst ein paar Tage da gewesen. Und mit gesenkter Stimme steckte sie mir, Vater sei sehr, sehr traurig darüber. Wie ich ihm das nur antun könne! Nun müsse sie ihn wieder ganz allein ertragen.

Als suche sie Halt, umklammerte sie ein völlig zerfleddertes Buch, von Flecken übersät: Gestundete Zeit. Das gab es also auch noch. Aber in welch erbarmungswürdigen Zustand! Ich nahm mir vor, Mutter eine neue `Gestundete Zeit´ zu besorgen. (Doch in der Buchhandlung sagte man mir, dass die Gestundete Zeit in der von mir gewünschten Ausgabe augenblicklich nicht zu bekommen sei. Und bald darauf würde sich die Sache ja von selbst erledigt haben.)

Mutter versuchte mich zu überreden, doch bei ihnen wohnen zu bleiben, sagte, ich könne ruhig spät nach Hause kommen. Das würde ihnen doch wirklich nichts ausmachen. Ich sei ja so leise.

Mir wurde mulmig von dieser Unterwerfung. Da kam vom Kopf der Treppe Vaters Stimme: „Lass gut sein, Irmelin, lass gut sein.“

Ich war ihm direkt dankbar für diese Worte.

Als ich die Sachen hinausschleppte, stand Vater immer noch bei seinem Falken, doch er befühlte ihn nicht mehr, sondern schien an ihm vorbei durch die Wand zu starren. Ein Mann am anderen Ende der Treppe; noch immer lagen unzählige leere Stufen zwischen uns.

Als ich kurz darauf meinen, eigentlich ja Opas alten Lehnstuhl, die Kartons mit Wäsche, Krimskrams und Büchern in meine neue Wohnung geschleppt hatte und mich keuchend zwischen dem

Chaos auf den Boden warf, um mich etwas auszuruhen, tauchten zwei ewig lange Beine in schwarzen Strümpfen auf und blieben wie die Säulen des Herakles neben mir stehen. Am oberen Ende verschwanden sie in einem erstaunlich knappen Rock aus Gepardenfellimitat.

„Wo sind die Gläser?“, riefen Petras karminroten Lippen, und sie lachte, als hätte sie ein Bonmot kreiert.

Ich habe wie betäubt dahingestreckt gelegen, und meine Augen konnten gar nicht anders als diese Landebahnen aus Nylon hinaufzulaufen bis zu einem mit Spitzen besetzten Rand, zu der Handbreit makelloser Haut, zu den Geheimnissen eines schwarzseidenen Nichts von Slip, bis Petra einen Schritt zurücktrat und ihre Frage wiederholte. Hinter ihrem Rücken hatte sie zwei Flaschen Roederer hervorgezaubert.

Ich sprang auf die Beine, kramte in irgendwelchen Bananenkartons herum und angelte endlich zwei Senfgläser hervor, gab Petra die Gläser in die Hände, bestaunte ihre roten Krallen, bekam endlich die Flasche auf und goss den Champagner in die Gläser.

„Auf die Kunst“, gurrte Petra, und wir tranken die Gläser leer. Ich hustete. Petra lachte.

„Echt Künstlerleben: Champagner aus Senfgläsern!“ Das habe was! Sie drehte ihren schlanken Hals und musterte alle Winkel der lichtdurchfluteten Räume. Eine chice Loftwohnung, ließ sie fallen.

„Wo hast du sie?“

Petra füllte die Gläser nach.

Wo ich was hätte, fragte ich. Und sie schnurrte: „Na, die Kunstwerke?“ Ihr Blick durchstöberte den Raum.

„Ich habe die Bilder von den Keilrahmen genommen.“

Es gab kaum Gemälde, denn ich hatte jahrelang fast nichts mehr gemalt. Und die paar Dinger, die ich für aufhebenswert erachtet hatte, lagerten zusammengerollt auf irgendeinem Boden als willkommene Abwechslung auf dem Speisezettel für Mäuse.

„Ah, da ist ja eins.“ Petra hatte das Bild mit dem weißen Haus am Fluss, vom dem ich ab und an noch immer träumte, entdeckt. Sie zerrte es hinter den Kartons hervor, lehnte es an die breiteste Wand, trat einige Schritte zurück und legte den Kopf etwas schräg.

„Nicht schlecht!“, hörte ich sie flüstern, und dann lauter, begeistert: „Ein irres Bild. Doch, wirklich. Allein dieses Blau! Und erst das Haus! Und der Himmel! Das ist der Traum der halben

Menschheit!“ Und so etwas ließe sich bestimmt gut verkaufen. Da kenne sie sich aus. Die Leute seien ja wie versessen auf mediterrane Landschaften. Und solche Bilder stünden hoch im Kurs. Ob ich ihr das glaubte?

Doch ich wusste in diesem Augenblick überhaupt nicht mehr, woran ich glauben sollte. Die ganze Situation, die Frau, der Inhalt ihrer Worte: Alles war seltsam unwirklich! War ich vielleicht in einen Film geraten? Und würde nicht gleich der Abspann laufen, das Licht angehen und mich in die Realität entlassen?

Jetzt wollte Petra wissen, wo ich das Bild gemalt hätte. Sie war mir sehr nahegekommen. Unsere Arme berührten sich. Etwas regte sich in mir. Besaß Petra nicht eine gewisse Ähnlichkeit mit Sonja? Jener Sonja, die mein erster Beziehungsversuch nach der Trennung von Elsbeth wurde? Damals in einem Frühling, irgendwann in den Siebzigern?

Wir hatten beide fortgewollt, ich aus der Ehe und deren Nachwirkungen, sie aus dem Elternhaus. Wohin wussten wir beide nicht, nur dass wir fortwollten, war uns klar. Damals fuhr ich noch den alten 2CV, der an guten Tagen knappe 90 schaffte. Was durchaus kein Nachteil war. So war man dazu verdammt, in Ruhe zu reisen.

Wir hatten San Remo hinter uns gelassen und waren Richtung Frankreich getrödelt. Irgendwann stießen wir hinter Cannes auf die ziegelrote Felsenwelt des Esterel. Die Straße klebte förmlich an den schroffen Wänden, und ich stellte mir vor, jeden Augenblick werde sie absacken, unter den Rädern des Wagens zerbröckeln und alles mit sich in die Bilderbuchtiefe reißen. Und der Gedanke daran besaß seltsamerweise nichts Erschreckendes.

Seit einiger Zeit suchten wir nach einem Hotel, doch es war vor Ostern, und die meisten hatten noch nicht geöffnet. Es dunkelte bereits, und ich stellte insgeheim auf eine Nacht im Wagen ein. Mir würde es nichts ausmachen. Ich improvisierte gern. Manchmal erschien mir das ganze Leben wie eine große Improvisation.

Doch dann hatte Sonja unterhalb der Straße das kleine Hotel entdeckt. Sie sprang aus der Ente und lief los. Also ließ ich den Wagen oben auf dem Randstreifen stehen und folgte ihr. Doch ich konnte Sonja nirgendwo entdecken. Alles, was ich sah, war eine dickfleischige Agave, die wie ein tausendarmiges Urtier aus einem großen Holzkübel empor wucherte. Offenbar hatte sie Sonja verschluckt.

Ich verlangsamte meine Schritte, blieb stehen, lauschte. Seltsam! Welch´ endlose Ruhe. Nichts regte sich. Keine Geräusche. Nicht mal ein Luftzug. Die Welt im Stillstand, verharrend wie für ein Foto. Und inmitten dieser friedvollen, aber dennoch irgendwie beklemmenden Atmosphäre, wartete das Hotel, bewacht von einem magischen Zirkel hoher Zypressen. Kein Zeichen von Leben. Wo war nur Sonja abgeblieben?

Nein, ich fühlte mich ganz und gar nicht wohl und dachte, ich sollte vielleicht lieber im Auto warten, da rief Sonja von irgendwo.

Ich erreichte den Fuß einer wackeligen Freitreppe, die an der Seite des Hauses nach oben auf eine Art Veranda führte. Überall gab es schäbige Fensterläden und verschlossene Türen und Fenster. Und das letzte Abendlicht verlieh dem Ganzen obendrein etwas Unwirkliches. Was sollte ich hier?

Erst dann entdeckte ich einen dünnen Streifen Licht unter der Treppe. Er führte mich zur Wohnung der Haushälterin, einem muffigen Loch, vollgestopft mit Katzen, die überall herumlungerten und mich feindlich anstarrten. Und mittendrin hockte Sonja streichelte eins dieser selbstgefälligen Tiere, das sich an ihrer nackten Wade rieb. Ein unangenehmer Anblick.

Die Herrin der Katzenbrut, eine Alte mit zahnlosem Mund, zischelte, sie sei gerade vorhin erst angekommen. Das Hotel öffne in ein paar Tagen und sie müsse es für die Saison noch herrichten.

Ich wollte Sonja zuflüstern, sie solle kommen und uns was anderes suchen lassen, doch sie beachtete mich gar nicht, flüsterte sinnlose Laute zu den Katzen und verzauberte nebenbei die alte Hexe, sodass diese uns nach einigem Hin und Her dann doch die Karikatur einer Freitreppe hinaufführte, an einem dicken Schlüsselbund herumwühlte und endlich die Tür aufsperrte. Abgestandene Luft voll des Moderhauchs eines feuchten Winters warf mich zurück. Im Halbdunkel der Halle türmten sich Sessel, deren verschlissenen Polstern selbst das Zwielicht nichts Einladendes abgewinnen konnte. Aufgeschreckte Spinnenweben zitterten zwischen Lampen, und eine Zeitung vom Vorjahr vergilbte auf dem Fußboden, bestreut von Mäusedreck.

Unter diesen Umständen erschien mir eine Nacht im Auto wie das Paradies. Wieso folgte ich trotzdem den beiden Frauen, die von einem lichtlosen Flur aufgesogen wurden?

Die Alte war vor einer Tür stehengeblieben, klimperte mit den Schlüsseln, etwas quietschte, und schon warf sie sich gegen die Tür und ließ uns grummelnd durch.

Es war kalt wie in einer Leichenhalle. Der Fußboden dieser Gruft bestand aus Fliesen, dunkelrot wie geronnenes Blut, feucht und eisig und eklig, und ich war überzeugt, dass in der feuchten Kälte unter dem Bett allerlei Ungetier Winterschlaf hielt. Hier würde ich keine einzige Nacht bleiben, dachte ich verzweifelt.

„Wir nehmen es", sagte Sonja.

Die Hekate grunzte einen geheimnisvollen Orakelspruch und kroch davon zu ihrer Katzenbrut.

„Du spinnst ja wohl!", brach es aus mir heraus. „Und dafür sollen wir auch noch Geld bezahlen?" Ich hockte auf dem Bett, das so tief eingesunken war, dass es jegliches Ungetier darunter sicher zerquetscht hatte.

„Was willst du denn", fragte Sonja erstaunt. „Wir können froh sein, ein Dach über dem Kopf zu haben." Und sie frage sich, warum ich an allem etwas auszusetzen hätte. Überhaupt, meine ewige Nörgelei stinke ihr langsam und sie wisse nicht, weshalb wir überhaupt zusammen in Urlaub gefahren seien, wenn wir uns immer nur angifteten.

„Wieso giften wir uns immer nur an?", wollte ich wissen und wunderte mich, was ich an ihrer Himmelfahrtsnase mit den Heerscharen von Sommersprossen einmal so entzückend gefunden hatte. Und erst diese herabgezogenen Mundwinkel! Wie ein Verrückter hatte ich dort meine Küsse und meine Sehnsucht abgeladen. Aber jetzt war der Vorrat verbraucht, das Reservoir der Leidenschaft erstaunlich schnell ausgetrocknet.

„Es würde nichts schaden, wenn du mal ein bisschen über dich nachdenken würdest", meinte sie und packte ihre rosa Trainingshose aus, ein Schlabberteil, mit dem sie regelrecht verheiratet war und das mich mit einem Mal regelrecht abstieß. Wut keimte in mir auf und ließ sich kaum bändigen.

„Anfangs dachte ich, du wärest echt gut drauf", monierte Sonja, „aber das war wohl alles nur ein großer Irrtum. Inzwischen erscheinst du mir wie ein unglücklicher Kümmerling."

„Ach Gott, wie treffend“, erwiderte ich betont gleichgültig, setzte ein Lächeln auf, drehte ihr in Gedanken den Arm um und kramte die Taschen nach der Flasche Rose d'Anjou durch. Wo hatte sie die nur wieder vergraben?

„In der Jutetasche“, sagte sie. Und: „Tauch schnell wieder unter in dem beruhigenden See deines geliebten Weines. Du säufst das Zeug regelrecht!“

„Ich saufe nicht, ich trinke!“ Und als ich merkte, dass auch dieses Wort wie ein Eingeständnis klangen, fügte ich an: „Ich genieße!“

Ein kräftiger Schluck unterstrich meine Worte. Ganz ordentliche Qualität, dachte ich. Sonja hatte ihre schlanken Beine inzwischen in die Hose eingesackt. Dann wollte sie wissen: „Sag mal, Osram, magst du dich eigentlich selbst leiden?“

„Wie bitte?“, fragte ich, vielleicht ein wenig heftiger, als beabsichtigt, und studierte das Etikett. Es handelte sich um einen Wein aus der näheren Umgebung.

Sonja arbeitete sich inzwischen in eins dieser Opaunterhemden mit dreiviertellangen Ärmeln und einer Reihe jener Stoffknöpfe, die ich noch nie ausstehen konnte; das Ganze in fleckigem Lila, Produkt ihrer Färbekünste. Warum versteckte sie ihren schönen Körper immer unter diesen Ungetümen?

„Bekomme ich auch einen Schluck?“ Sie hatte sich im Schneidersitz neben mich gehockt, und ihr Gesicht war unter einer versöhnlichen Miene verschwunden. Ich gab ihr den Zahnputzbecher. Sie trank.

„Ich denke“, fing sie wieder an, „wir sollten uns endlich mal in Ruhe aussprechen. So geht es nicht weiter.“

Auf dem Flaschenetikett war ein Chateau dargestellt, wie ich es mochte: grüne Läden, hohe Fenster, schmiedeeiserne Balkone und eine Pappelallee, die darauf zuführte. Und im Sommer würde man mit Freunden draußen im Garten tafeln und Wein trinken, über Belanglosigkeiten plaudern und lachen, bis die Augen tränten.

„Hörst du mir überhaupt zu?“

„Und worüber sollten wir sprechen?“, fragte ich, und versuchte ein wenig gelangweilt zu klingen.

„Worüber wohl! Über uns. Hör mal, Osram, meinst du, ich habe Lust, mit einem Typen zusammen zu sein, mit dem mich nur noch ein ewiges Angemoser und eine beschissen oberflächliche Beziehung verbindet? Manchmal habe ich das Gefühl, man kommt durch deine Elefantenhaut gar nicht mehr durch, und ich frage mich, was für ein Mensch eigentlich dahintersteckt." Sie wartete einen Augenblick, trank einen Schluck.

„Kannst du mir sagen, weshalb du oft so schlecht gelaunt bist?", fragte sie dann. „Mir kommt es vor, als ob du mit deinem Gemecker von irgendetwas ablenken willst."

„Ach, hör schon auf", sagte ich und bemühte mich um eine ruhige Tonlage.

Wie schön musste ein Leben in so einem Haus sein, wie es auf dem Etikett zu sehen war! Und nur so viel arbeiten, dass es zum Leben reichte. Morgens würde man die grünen Fensterläden öffnen und auf den Balkon treten und sich in die Arme der Sonne werfen.

„Ja, ja, immer dasselbe: Ach hör schon auf!" Sie äffte tatsächlich meine Art zu sprechen nach. Und nie würde ich mich auf ein ernsthaftes Gespräch einlassen.

„Das stimmt doch gar nicht!" Ich zählte die Fliesen auf dem Boden. Sie maßen wohl zwanzig mal zwanzig Zentimeter; demnach musste der Raum... „Und im Bett klappt auch nichts mehr. Kannst du mir sagen, weshalb? Bist du impotent geworden? Oder vielleicht heimlich schwul?"

Oh, ich hätte sie verprügeln können, als sie das sagte.

„Die ersten Male", fuhr sie besänftigend fort, „war es doch echt schön mit uns. Und jetzt? Warum, Osram, sag mir doch, warum?" Ein Flehen flackerte auf. Na prima.

Aber ich hatte keine Lust auf diese ewigen Diskussionen. Sollte ich ihr erzählen, dass in mir jedes Mal, wenn sie nackt neben mir lag und meine Hand zwischen ihre Beine legte, ein Ekel aufstieg? Seit jenem Tag, wo ich Blut an meinem Glied entdeckte? Warum hatte sie nicht gesagt, dass sie ihre Tage hatte?

Vielleicht wäre alles nur halb so schlimm gewesen, wenn nicht kurz vorher Mutters Operation gewesen wäre. Totaloperation, ausgeführt von Vaters liebem Heinrich Adamek. 'Ein fantastischer Chirurg, mein Junge!' Sohn eines Kommunisten, dem man im 3. Reich die Hammelbeine ganz schön lang gezogen hatte – bis er dann an den Folgen des Hammelbeinlangziehens gestorben war, der alte Karl Adamek. Im KZ. Unter anderem hatte man ihm Glasstäbchen ins Glied geschoben, abgebrochen und das vordere Stück herausgezogen. Der Rest war im Glied verblieben, und die Bruchstelle zerbiss den Penis von innen. Er muss wie verrückt geblutet haben.

„Alles haben sie mir rausgeschnitten", hatte Mutter geflüstert. Und nun sei sie keine Frau mehr. Und ich sah im Geiste immer große, klaffende, blutige Wunden vor mir, ausgeschabte Unterleiber, rohes Fleisch. Was konnte ich dafür, dass diese Bilder ständig vor meinen Augen tänzelten, wenn ich seither mit Sonja im Bett lag?

Nichts von der Regel zu sagen! Warum waren Frauen oft nur so wenig einfühlsam? Sie fand sowas höchst natürlich.

Wie auch immer, sie würde meine Gefühle ja sowieso nicht begreifen. Ich starrte auf die blutroten Fliesen. Zwanzig mal zwanzig Zentimeter. Ein beruhigendes Zahlenverhältnis.

„Wir haben seit ewigen Zeiten nicht mehr zusammen geschlafen. Meinst du, das reicht mir?", begann sie erneut.

„Dann hör endlich auf, mich erziehen zu wollen! Ist es denn ein Wunder, wenn einem da die Lust vergeht? Du bist ja schlimmer als mein Vater." Ich rückte von ihr ab.

„Du und dein Vater", hörte ich sie sagen, und schon verfluchte ich mich, ihn überhaupt erwähnt zu haben, und ich dachte: Na prima, nun waren wir endlich bei ihrem Lieblingsthema angelangt. Und die blöde Flasche war auch gleich leer. Hätten doch zwei kaufen sollen. Statt dessen musste Sonja natürlich stinkenden Ziegenkäse und Brot einsacken. Und Oliven! Die hatte ich noch nie gemocht. Allein deren modriger Geruch!

„Ich bin der Meinung, Osram, du müsstest das Verhältnis zu deinem Vater endlich mal aufarbeiten."

Himmel, wie sie das sagte! Aufarbeiten! Allein schon diese widerliche Psychologiestudentenvokabel! Und wie Sonja jetzt ihren Arm unter meinen schob! Sie schaute mich von der Seite an gleich einer in ihr Sendungsbewusstsein verliebten Krankenschwester.

„Warum sträubst du dich immer dagegen, euer Verhältnis auszudiskutieren? Deine Probleme rauszulassen? Hm? Statt dessen weichst du allem aus und tust, als stündest du über den Dingen. Merkst du nicht, dass dein ganzes Getue nur wackelige Fassade ist, hinter der eine verteufelte Leere gähnt?"

„Blödsinn", lachte ich, „ausgemachter Blödsinn." Was sie denn da rede? Und die Flasche war auch leer. Dagegen weiteten sich hinter dem Haus Weinberge, soweit das Auge wandern konnte, weiter und weiter, bis hin zu irgendwelchen Bergen in der Ferne; und zum Meer.

„Und wenn du", fing sie nun schon wieder an, „in eine Männergruppe gingest? Ich kenne eine ganze Reihe netter Typen, die ihr Selbst dort gefunden haben."

Das fehlte gerade noch, dachte ich, diese idiotischen Männergruppen, wo alle so entsetzlich lieb waren und sich in die Arme nahmen, nachdem sie Seelenstriptease getanzt hatten. Ohne mich.

„Meinst du nicht auch, Osram? Denk doch mal drüber nach!" Sie legte mir ihre Hand auf den Arm. Ich zog ihn fort.

„Du kannst dir die bekloppten Männergruppen unter dein Frühstücksmüsli rühren", gab ich zurück und quetschte ihr Handgelenk, weil ihr Arm schon wieder auf mich zu kam.

„Au! Bist du noch zu retten?" Sonja zog ihre Hand zurück und rieb die rot anlaufende Stelle. Sie hatte eine empfindliche Epidermis. Da sah man alles sofort.

Sonja sagte dann, sie glaube, es unter diesen Umständen nicht länger mit mir aushalten zu können.

Ich tat, als hätte ich gar nicht hingehört, und verzog mich auf die Toilette. Wie früher Opa Astenbeck. Und ich dachte daran, dass ich Sonja noch nicht einmal ein Jahr kannte. Und wieder war es ein Griff ins Klo gewesen.

Eigentlich hatte ich an jenem Tag nur ein paar neue Jeans kaufen wollen. In der Stadt stieß ich auf eine Demo. Und auf der anderen Seite der Straße war der Jeansshop. Also überlegte ich, wie ich durch die skandierende Meute hinüberkäme. Am günstigsten schien es mir zu sein, so zu tun, als protestierte ich mit, um mich dann langsam hinüberzuarbeiten. Das würde kaum auffallen. Also reihte ich mich unauffällig ein, setzte dieses fest verschlossene Lächeln auf, tat, als sei auch ich ein Demonstrant, und schob mich allmählich zur Mitte des Zuges vor.

Dann hatte ich Sonjas Gesicht entdeckt. Im selben Augenblick schaute auch sie mich an, rief dabei wie aus hundert Kehlen: Ne ne, AKW! Und weil sie mich weiter beobachtete, habe ich mitgebrüllt, erst leise, dann immer vehementer, wurde fast einer der lautesten. Ein Schafswolltyp, der den anderen Besenstiel ihres

Transparents hoch gehalten hatte wie die Fackel der Freiheitsstatue, musste aus unerfindlichen Gründen dringend an die Spitze des Lindwurms, und schon drückte Sonja mir den Stock in die Hand. Vom Kopf des Zuges fraß sich eine Melodie langsam nach hinten durch, und dann grölte der ganze Tross: *He ho, spann den Wagen an*. Na prima, dachte ich. das Lied kannte ich auch, doch als ich bei *seht, der Wind* angekommen war, merkte ich, dass sie brüllten: *Wehrt euch, leistet Widerstand, gegen das Atomkraftwerk im Land! Schließt euch fest zusammen, schließt euch fest zusa-ha-me-hen*! Und ich habe schnell umgeschaltet und diesen von mir mitgebrüllten Text wörtlich genommen und mich immer näher an Sonja angeschlossen. Das Transparent hing inzwischen wie ein nasser Sack herunter.

Und in der darauffolgenden Nacht musste die lila Biberbettwäsche in Sonjas Hochbett unseren festen Zusammenschluss über sich ergehen lassen. Irgendwann wachte ich auf, weil mich etwas leckte.

„Nicht schon wieder, Sonja", murmelte ich, denn sie hatte mir einiges an Kraft abverlangt, doch da dieses Gelecke nicht aufhören wollte, öffnete ich die Augen und starrte auf das Gebiss einer Katze.

Und dann, nur einige Monate später, saß ich in diesem von Katzen bevölkerten Haus auf einem von Asseln belebten Klo in Südfrankreich, und meine kurzlebige politische Karriere, dieses Zufallsprodukt, wurde von der sich erbrechenden und wild gurgelnden Wasserspülung davon geschwemmt.

Als ich dann am nächsten Tag aus dem Haus trat und die Wackeltreppe hinunterkletterte, aalten sich die Katzen bereits in der Sonne auf einer riesigen Terrasse. Und jenseits der Barockbalustrade, tief unten, gab es nichts als blaugrünes Meer.

Sonja gefiel sich an diesem Tag darin, mich kaum eines Wortes für würdig zu erachten. Ein ständiges Guru-in-Goa-Gelächel lag auf ihrem Gesicht, und als wolle sie mich ärgern, steckte sie in diesem weißen, dekolletierten Kleid, das ich an ihr am meisten liebte.

Es ging dann alles sehr schnell.

In Cannes, wo ich mir ein paar Flaschen Wein kaufen wollte - Sonja hatte nur unmerklich den Kopf geschüttelt und auf ihr Handgelenk geschaut, wo sich immer noch die Spuren meines Griffes zeigten - stießen wir auf Leute, die sie von der Uni kannte.

Mit denen ist sie weitergefahren.

Und ich bin die Straßen, die wir gekommen sind, zurückgekurvt, als würde ich die auf unserer Fahrt gleichsam abgespulte Strecke wieder aufrollen. Die Sonne blendete mich, und es kam mir beinahe vor, als flöge die Ente.

Endlich wieder frei!

Ich wiederholte es tausend Mal, rief es bald den Felsen, bald den Agaven, bald dem Meer zu; aber irgendwie bekam ich kein Lächeln dabei hin.

Am Cap Ferrat hatte ich dann morgens, oder besser, am Ende der Nacht dieses weiße Haus entdeckt, genau jenes Haus, von dem ich seit meiner Kindheit immer wieder geträumt habe.

Ich hatte keinen Schlaf finden können, ließ mich von meinen Gedanken hierhin und dorthin führen, verstrickte mich in ihnen und kämpfte mich mühsam wieder von ihnen frei, war schließlich aufgestanden und umhergelaufen, ans Fenster getreten, um mich, vom ersten Morgenrot angelockt, ablenken zu lassen, trank den Rest des Weines aus meinem Zahnputzbecher und sah den verblassenden Sternen nach, als mein Blick sich senkte und im ersten Schimmer des Morgens auf ein aus dem Dunstschleier der felsigen Landzunge jenseits der Bucht auftauchendes Haus fiel: Weiß dämmerte es vor der schwarzen Kulisse wie gemalt wirkender Zypressen. Und über diesem Ensemble schwebte eine einzige längliche Wolke, die zur Mitte hin dunkler wurde, und mir kam es damals vor, als beobachte mich ein überirdisches Auge in meiner bläulichen Eremitage.

„Wie bitte?"

„Wo du das Bild gemalt hast!"

„Wo ich was? Ach so. Am Cap Ferrat."

Das kannte Petra natürlich auch. Sie kannte alles. In der Nähe des Pharo habe sie gewohnt und ein paar aufregende Tage verbracht. Mit wahnsinnig netten Leuten. Und ob ich auch in St. Tropez gewesen sei?

Noch einmal schweifte meine Erinnerung zurück an jenen Morgen, der mit zunehmender Helligkeit unbarmherzig meinen Traum-Palazzo in ein schäbiges Haus verwandelte. Da war ich abgefahren.

Ich sei nur kurz in St. Tropez gewesen, erwiderte ich und schüttelte die letzten Gedanken an Sonja ab. Nein, sie besaß doch keine Ähnlichkeit mit Petra; höchstens diese Sicherheit, dieses unbegreiflich Dominante. Ich sei eigentlich nur da unten gewesen, um das Picassomuseum in Antibes zu besuchen und das Atelier von Renoir in Cagnes.

„Renoir“, schwärmte Petra, als handle es sich um einen Hummerschwanz, „seine Bilder liebe ich geradezu! Diese herrlichen Farben!“ Besonders seine Südseebilder hätten es ihr angetan.

„Gauguin“, sagte ich.

„Gauguin?"

„Du meinst Gauguin.“

"Ach ja, natürlich“, lachte sie schnell und erzählte, dass Peter sich überhaupt nicht für Kunst interessiere. Es sei direkt peinlich. Und zu Vernissagen sei er schon gar nicht zu bewegen. Sie dagegen gehe immer hin. Und das nächste Mal werde sie mich mitnehmen.

Sie stand jetzt dicht vor mir, und ich roch ihren Champagneratem und den Parfumduft ihres gepflegten Körpers, der wie ein süßes Gift aus dem Tal zwischen ihren Brüsten aufstieg. Irgendwie kam sie mir halbnackt vor, und forciert durch die Macht des Champagners, begann ich mir vorzustellen, wie es weitergehen könnte. War sie nicht darauf aus, ein Abenteuer zu erleben? Wie sie jetzt an der Zigarette sog. Dabei die Lippen nach vorn schob!

Doch dann ließ sie mich und meine Kopfschmerzen glücklicherweise allein. Sie müsse eben noch schnell bei ihrer Maniküre vorbeischauen. Und sie habe keine Ahnung, warum ausgerechnet ihre Fingernägel immer abbrächen. Sie spreizte die Finger wie einen Fächer, und wieder fiel mir auf, mit welchen Krallen sie bewaffnet war.

Dann war sie fort.

Ich stellte plötzlich fest, dass ich vor einem Schaufenster mit Damenunterwäsche stand und auf etwas Rotes starrte. Die Italiener haben schon ein Gespür für Verpackung. Diese Dessous! Es kann einem den Verstand rauben.

Ich riss mich los und fand endlich ein Geschäft mit Unterhaltungselektronik. Der Verkäufer verlangte einen unerhörten Preis.

Ich warf ihm das Geld hin. Um mich zu entschädigen, kaufe ich in einem netten Laden einen Karton Soave.

2

Das neue Bildnis des Osram Grahl

Ich war sehr müde, als ich endlich von Bozen zurückgekehrt war. Mit letzter Kraft würgte ich den sturen Korken aus der Weinflasche. Dann erst entdeckte ich, dass ein neues Glas auf der Ablage des Waschbeckens stand; die Scherben der Nacht waren verschwunden und mein Bett hatte jemand gemacht.

Ich wollte mich gerade hinlegen, als ich Schritte auf dem Flur hörte. Ich versteckte Flasche und Glas im Nachtschrank und bemühte mich um ein Lächeln. Aus dem Spiegel grinste mich ein erschöpftes Gespenst an.

Schon erklang wieder dieses leise Klopfen. Und wieder dieses vage Gefühl. Wie am ersten Tag. Ein zeitlupenhaftes Erschrecken. Angst wie auf Samtpfoten. Hasse ich deshalb Katzen? Weil sie so leise sind? Leise, aber beharrlich! Das macht mich nervös, frisst sich in meinen Magen hinein und treibt dort schwarze Blüten.

Natürlich war es Maria Oberstaller. Sie entschuldigte sich, weil das Duschwasser am Morgen nicht warm gewesen sei. Sie habe wohl zu fest geschlafen nach diesem Unwetter.

Ich beruhige sie. Mir habe eh nicht der Sinn nach Duschen gestanden. Und ihr Angebot, einen Kaffee zu trinken, lehnte ich dankend ab. Ja, ich sei in Bozen gewesen, sei ziemlich erschöpft. Nein, nichts weiter. Wirklich nur müde. Nein, es gehe mir gut, ganz ausgezeichnet, danke.

Mit einem besorgten Lächeln drehte sie sich um. Ihr Fransentuch verschwand im Halbdunkel des Flures. Ich war ihr dankbar, dass sie mich in Ruhe ließ und schloss die Tür ab. Dann warf ich mich aufs Bett. Nach ein paar Minuten stellte ich fest, dass ich die Kassetten anstarrte. Und ich merkte, dass ich Angst hatte, sie einzulegen. Ich begnügte mich vorläufig damit, in ihre Foto-Augen zu schauen: Lys.

Ja, ich liebe sie, flirrte es mir im Kopf umher. Und das wollte ich mir nicht madig machen lassen. Von niemandem. Irgendwann musste es doch mal funktionieren.

Ich lag auf dem Bett und merkte, wie meine Gedanken schon wieder zurückwanderten. Es stimmte: Die Vergangenheit hat Hände wie Eisenklammern, die Gegenwart ist dünnes Eis und die Zukunft nur ein flüchtiger Duft. Man schnuppert ihn, man glaubt ihn zu besitzen, aber er verfliegt, ehe man seiner habhaft werden kann.

Doch das Leben besteht aus Vergangenheit, Gegenwart und Zukunft. Der Brennpunkt ist die Gegenwart. Das ist der Weg, nach vorne zu leben. Was ist daran so fürchterlich, dass so wenige sich danach richten? Dass sie die Zukunft wie eine Bedrohung empfinden? Dass sie in ewiger Gegenwart oder, wenn sie älter werden, im Versinken in der Vergangenheit Erlösung suchen? Mir erscheint die Vergangenheit wie ein langer Zug überladener Wagons: an jedem Tag wird ein neuer Waggon angehängt, und ich stemme mich in das Zuggeschirr wie ein dampfender Ackergaul, ziehe und zerre die Last hinter mir her und ahne den Tag, an dem meine Kräfte versagen und der Zug zum Stillstand kommt. Vielleicht steht er schon.

Viele meiner Bekannten hatten plötzlich mit Feuereifer angefangen, die Orte ihrer Kindheit aufzusuchen, als sei in jenem verloren Paradies so etwas wie Trost zu finden; als liege dort der Sinn des Lebens begraben. Und wenn sie zurückkehrten, trugen sie gerne dieses glückselige Lächeln spazieren.

Forever young, schallte die Musik aus der Stereoanlage über den Rasen, akkurat geschnitten wie ein Dreitagebart. Tinie feierte ihren 21. Geburtstag. Wie ein Hamiltonfoto ergoss sich ihr Körper über die Polster einer Hollywoodschaukel. Lässig, wie unabsichtlich, hing ein Arm herab.

„Cola nehme ich höchstens zum Kloputzen. Dadurch werden die Bakterien exzellent abgetötet. Ach, da seid ihr ja!“ Mit einem Jauchzer überraschter Freude stürzte sich Frau Nythard auf unsere Wangen, als könne sie das Glück unseres Erscheinens noch gar nicht fassen. Die Frau, der sie gerade ihre hausfraulichen Geheimnisse anvertraut hatte, folgte dem Flug ihres Flatterschals mit grob geschnitztem Lächeln. Aufwändige Ohrgehänge klimperten.

„Was für ein tolles Top! Petra! Neu? Das muss ich gleich mal anprobieren! Hallo Peter, mein Schatz, gut siehst du aus; wie immer!“ Küsschen auch hier. „Und Sie sind sicher der Künstler!“

„Lloyd Grahl“, warf Peter ein, und: „Frau Nythard, Petras Mutter.“

Frau Nythard warf ihrem Schwiegersohn einen schelmisch-strafenden Blick zu und verbesserte lächelnd: „Ich bin die Constanze.“ Und zu mir: „Wir reden uns alle mit Vornamen an. Das ist doch viel netter, nicht wahr? Herzlich willkommen, Lloyd.“

Mit beiden Händen machte sie sich an meinen Fingern zu schaffen, bewegte meine Arme wie Pumpenschwengel.

„Ich heiße eigentlich Os ... “

„Und das ist meine ganz liebe Freundin Hertha!“ Frau Nythard lutschte auf diesem altmodischen Namen herum, als sei es ein Stückchen Konfekt von Witthammer.

Das Geburtstagskind hing noch immer wie ein Federwölkchen in den Hollywood-Polstern. Von irgendwo kam ein kleines Mädchen quer durch ein Blumenbeet angeflitzt, quirlig in einem zartrosa Rüschchenkleid und Schleifchen in der Lockenpracht.

„Vati!“, kreischte das Kind, „Mami, Mami, ich habe von Omi ein Negerbaby bekommen!“ Und sie wirbelte eine schwarze Puppe unter Peters Nase herum.

„Oh, wie schön“, staunte Petra, und Peter schwenkte seine Tochter durch die Luft, dass aus dem Kindermund ein wildes Gekreisch kam. Dann setzte er die Kleine auf den Boden. Sie hielt sich an seiner weiten Hose fest, das Negerbaby baumelte, am schwarzen Fuß gehalten wie eine Einkaufstasche, mit dem Kopf nach unten.

Frau Nythards Silberarmreifen klimperten, als sie mit filigranen Bewegungen ihre Frisurfransen zurechtzupfte. Die Arme verfügte nur noch über sehr dünnes, johannisbeerfarbenes Haar.

„Gibt es etwa nichts zu trinken“, rief Petra. Frau Nythard erstrahlte: „Ach, natürlich, lasst uns erst einmal anstoßen!“

Mit eleganten Bewegungen entfernte sie das Stanniol einer Sektflasche. Der Korken ergab sich widerstandslos. Ich hörte, wie Petra ihre Mutter leise fragte: „Wo ist er?“ Und Frau Nythard flüsterte, er sei mit dem Fahrrad losgefahren, als er hörte, dass Besuch erwartet werde. Und sie kenne ihn ja. Währenddessen wurden Gläser gefüllt und verteilt. Die Kleine erhielt Orangensaft.

„Ich will aber Cola“, jammerte sie.

„Ach, dieses scheußliche Zeug, Charlotte!“ Sie sprach den Namen französisch aus.

„Ich will, ich will, ich will aber!“, forderte die Kleine, mit den Füßchen aufstampfend und gekonnt schmollend.

Frau Nythard goss seufzend ein anderes Glas voll, und das Kind grapschte mit beiden Händen danach, sodass die bräunliche Flüssigkeit über den Rand spritzte. Die geliebte Puppe lag am Boden.

„Mh, wie lecker!“ Sie schaute von unten die Erwachsenen an und leckte sich den Mund besonders genießerisch. Nun schwebte auch Christine herbei. Die Köpfe flogen herum. Das Glas der kleinen Charlotte fiel zu Boden und zerplatzte. Niemand achtete darauf, und ein Zwitschern stieg auf in der Runde wie in einer Voliere seltener Tropenvögel: „Hallo, Tinie, Schwesterlein, alles Liebe zum Geburtstag!“

Auf Christines Wangen zeigten sich schnell die roten Spuren von Petras Lippenstift. Als sei hier mit einem Marker gearbeitet worden.

„Na, was hat der Alte springen lassen“, perlte die Frage von Petras Lippen, während Peter bereitwillig Wangenküsse austeilte. Tinie schien das zu gefallen. Sie lächelte sanft und schwenkte dabei einen Schlüssel, der an ihrem kleinen Finger baumelte.

„Sag bloß, er hat Wort gehalten! Cabrio?“

Tinie nickte.

Was für ein entzückendes Geschöpf. Der Kosename passte ausgezeichnet zu ihr: Sie wirkte eher wie eine *Sweet little Sixteen* denn wie 18.

„Wo steht er?“

„In der Garage.“ Und unter lautem Hallo zog man hin und ließ mich zurück.

Irgendwie fühlte ich mich fehl am Platze. Ich stopfte die Hände in die engen Taschen meiner Hose und schaute mich um. Und da entdeckte ich mein Spiegelbild in den endlosen Glasfronten: Ein feistes Archaomonster in aus der Mode gekommenen Röhrenjeans und engem T-Shirt, über das lange Wuselhaare herabwallten. Wieso war mir eigentlich dieser Hüftspeck bislang nie aufgefallen? Und wie lächerlich die dünnen Beine unten in den Wildlederboots verschwanden! Bei dieser Sommerhitze! Wo alle leichte Pumps oder Espadrilles trugen. Bis auf Petra; die lief stets hochhackig herum. Und Peters Füße steckten, er war modisch stets up to dates, sockenlos in Slippers mit aufwendigen Troddeln.

In diese Gesellschaft passte ich nun so gut wie gar nicht hinein, teilte mir mein Spiegelbild verzweifelt grinsend mit.

„Sie sind also der Künstler?“ Die Frau, die als Hertha bezeichnet worden war, hatte sich mir von hinten genähert. Ich überlegte. Wie sollte ich sie ansprechen? Unmöglich konnte ich einfach 'Hallo Hertha' zu ihr sagen. Sie war bestimmt einiges über Fünfzig. Der schillernde Strassschmuck vor ihrer Gurgel konnte die Fülle der Halsfalten kaum tarnen.

„Und was malen Sie? Landschaften? Porträts?“ Ach, sie würde auch so gerne malen können. Leider verfüge sie nur über zwei linke Hände. Mädchenhaftes Kichern. Aber sie sei einmal in einen Kurs gegangen, und da habe sie einige nette Stücke aus Salzteig geformt. Aber das sei ja nun völlig aus der Mode gekommen. Eigentlich schade!

„Na ja“, seufzte sie, „vielleicht werden sie eines Tages wieder modern.“ Es komme alles wieder. Wie jetzt die Miniröcke! Und wenn sie noch ein paar Jährchen jünger wäre, würde sie ernsthaft überlegen, ob sie sich nicht auch einen zulegen sollte. „Mein Mann sagt immer, ich hätte Beine wie ein Teenager. Er muss immer fürchterlich übertreiben!“ Sie schaute mich hoffnungsvoll an. Doch als ich nichts darauf erwiderte, wandte sie sich freudlos ihrem Glas zu.

Was hätte ich ihr sagen sollen? Dass mich ihre Beine ganz verrückt machten? Peter hätte wahrscheinlich ein passendes Kompliment vom Stapel gelassen. Er konnte so etwas.

Der Stille, die nun eintrat, entfloh ich, indem ich ein paar Schritte über den Rasen auf und ab ging. Hertha hatte sich in den Liegestuhl geworfen und blätterte die neueste Gala durch.

Im kurzgeschnittenen Rasen blinkte etwas. Ich bückte mich und fischte einen Ohrring heraus. War es nicht einer von Frau Nythard? Ich war mir nicht sicher. Das Schmuckstück schien mir reichlich schwer zu sein. Kein Wunder, dass er sich vom Ohr gelöst hatte. Ob es reines Silber war? Ich hatte keine Ahnung, was er wert sein konnte.

Endlich kamen die anderen zurück. Alles passte zusammen: Das Anwesen mit seinen gepflegten, wie zufällig hingestreuten

Blumeninseln, die Terrasse, die weißen Landhausmöbel, der Außenkamin und die Menschen, die glücklich in den Tag hineinlebten.

Nur irgendwo hinten, halb verborgen vom Geäst einer Trauerweide, störte eine Art Schrottplatz mit seinem Gerümpel.

„So ein süßer Wagen“, schwärmte Petra.

Ich hielt den Ohrring hoch und fragte, wem er gehöre.

„Ach, das ist ja mein Clip! Er will einfach nicht bei mir bleiben. Nett von Ihnen, Lloyd.“ Frau Nythard montierte ihn an das Ohrläppchen. „Aber es wäre nicht schade drum gewesen. Wissen Sie, man besitzt mit der Zeit so viel Schmuck, dass man direkt dankbar ist, wenn ab und zu etwas verloren geht.“ Alles lachte.

Am nächsten Tag besuchte ich einen Friseur. Und ein Herrenmodengeschäft. Tinie wollte mir nicht aus dem Kopf gehen. Auch wenn sie meist apathisch in der Gegend lag oder saß, sie verfügte über etwas, das mich entschieden anzog. Überflüssigerweise war am Tag zuvor irgendwann ein Udo aufgetaucht, jung und gleichfalls mit melancholischem Blick, und er hatte Christine eine Schallplatte geschenkt. Grönemeyer. Sei zwar schon älter, aber immer noch erlesen. Er sagte tatsächlich: erlesen! Und danach flogen nur noch Flugzeuge durch die Bäuche von Christine und Petra; sie hatten sich in den Salon zurückgezogen, lagen wie tot auf der Wohnlandschaft, schickten die kleine Charlotte, wann immer sie hineinrannte, zum Vati und lauschten Herberts rauem Organ wie der Botschaft aus einer anderen Welt.

Ich kaufte mir eine weite Hose in safaribeige, wie sie in jenem Jahr modern war, und zwei Waschseidenhemden. Dazu Slipper aus dem Sonderangebot. Man trage sie ohne Söckchen, verriet die Verkäuferin, und ich glaubte mich genötigt zu sehen, den Strumpf auszuziehen. Mit Schreck entdeckte ich meine ungeschnittenen Zehennägel.

Als ich mich kurz darauf und neu gewandet auf die Straße wagte, erwartete ich, dass alle Passanten mit Fingern auf mich zeigten. Doch niemand beachtete mich. Ich schob eine Hand in die Hosentasche, wie ich es von Thomas Brendels Vater her kannte. Die Taschen der Hose waren weit wie Säcke. In denen verbarrikadierten sich die Hände wie von selbst. Und die Slipper waren bequemer als ich angenommen hatte. An das Kleben der Haut am

Leder würde man sich schon gewöhnen. Allein der Vollbart störte das neue Bild des Osram Grahl.

In meiner Wohnung begann ich kurz darauf, meine Vergangenheit mit einer Nagelschere herunterzuschnippeln. Ein Verbrecher grinste mir allmählich aus dem Spiegel entgegen. Ich hatte völlig übersehen, dass ich einen Rasierer brauchte, um den Bart vollends zu entfernen. Und nun sah mein Kinn aus, als klebe auf ihm das Fell einer räudigen Katze.

Gerade noch vor Geschäftsschluss stürmte ich in eine Drogerie und kaufte Nassrasierer, Rasierschaum und eine Flasche Tabac Original. Wenn schon, denn schon. Ein guter Duft gehörte dazu. In meiner neuen Umgebung dufteten alle wie eine Parfümerie.

Nach der Rasur ähnelte ich wohl eher einem überbrühten Schwein nach der Schlachtung: Überall hatte das Rasiermesser seine Spuren in die Haut gerissen, und das Rasierwasser brannte wie Feuer. Ich stöhnte auf. Das konnte Tage dauern, bis ich mich wieder auf die Straße wagen durfte.

Ich nutzte die Zeit der Regeneration, um Keilrahmen zusammenzufügen und mit Bettlaken zu bespannen, große Keilrahmen, denn ich wollte ansehnliche Bilder schaffen, kraftvoll wie die von Lüpertz oder Baselitz, Dinger, die wie spontan hingehauen wirkten und deren Wirkung einen so traf, dass man die Augen fassungslos aufriss.

Was mir einzig noch fehlte, war die Inspiration. In Opa Astenbecks Lehnstuhl hockend, gönnte ich mir einen Kaffee und wartete auf die Bildidee. Landschaften kamen natürlich nicht in Frage. Ich starrte die Leinwände an und wartete, kochte eine zweite Kanne Kaffee, stark, wie einst Balzac ihn trank, aber auch danach blieben die Malgründe vor meinem inneren Auge weiß wie Schnee. Keine Idee, keine Eingebung, die Musen küssten offenbar woanders.

Ich trat vor den Spiegel: Auch auf meinem Kinn keine Veränderung: Das Meer von Schorfstellen wollte nicht verschwinden. Ich pulte daran herum, und karminrotes Blut trat neugierig hervor.

In diesem Augenblick hörte ich Schritte auf der Metalltreppe, die zu meiner Wohnung hinaufführte. Und ich stand da und sah aus wie nach einer Mensur mit scharfer Klinge.

Es war Herr Brendel. Er trat trotz seines Alters mit leicht federndem Schritt in das warme Licht der Abendsonne, das den Raum erfüllte, einen Karton unter dem rechten Arm. Er lächelte.

„Ist ja kaum wiederzuerkennen hier“, sagte er, anerkennend nickend, und überreichte mir die Schachtel. „Nur eine Kleinigkeit zum Einzug.“

Er durchmaß mit den ruhigen, ziellos wirkenden Schritten eines Galeriebesuchers den Raum, ließ mich das Mitbringsel in Ruhe auspacken, betrachtete mein Bild, das immer noch an der Wand lehnte, wo Petra es platziert hatte.

Aus den Augenwinkeln beobachtete ich meinen Gast. Thomas Brendels Vater ...

Warum verspürte ich einen Stich in der Brust? Mechanisch öffnete ich den Karton, während mein Blick immer wieder hinüber zu Herrn Brendel abirrte. War mein Vater tatsächlich von gleichem Alter? Brendel wirkte mindestens zehn Jahre jünger, hielt sich sehr grade, und seine Frisur, dicht und fast kurz geschnitten, wies gerade mal an den Seiten graue Stellen auf.

Mechanisch hatte ich mittlerweile das Päckchen enthüllt. Eingeschlagen in schwarzes Seidenpapier, kamen Farbtuben zum Vorschein. Moussini Harzölfarben. Und ein kleiner Blechkanister Balsam Terpentinöl. Alles beste Qualität. Ein Vermögen musste das gekostet haben.

„Sind es die richtigen?“ Immer noch schien er in die Betrachtung des Bildes versunken zu sein. Ein in sich ruhender Mensch. Ganz anders als mein Vater wirkte er. Als lebe er gern in seinem Körper. Und ein Kraftfeld der Zufriedenheit umgab ihn, weitete sich im Raum und griff mit zaghaften Fingern nach mir. Hatte ich mir so meinen Vater vorgestellt?

„Oder nicht?“

„Doch, es ist genau das, was ich brauche.“

„Nicht schlecht. Ich meine das Bild“, sagte Herr Brendel, und er schaute noch immer mein weißes Haus an, das Wolkenauge, die bläuliche Dämmerung. Lange und regungslos, so, wie ich damals das Original mit Blicken aufgesogen hatte.

„Es hat etwas Sehnsuchtsvolles, Jenseitiges. Lässt mich ein wenig an Radziwill denken, nur nicht so bedrohlich, eher magisch, wie ein Sog, der unausweichlich und ersehnt ist. Oder - vielleicht sollte man doch eher an die 'Toteninsel' denken. Nur dass auf diesem Bild hier der gleitende Kahn fehlt. Die Fahrt ins Jenseits findet noch nicht statt. Aber man erwartet ihn jeden Augenblick.

Stumm steht man da und - warum bist du zurückgekommen?“ Sehr plötzlich hatte er sich mir zugewandt.

Die Frage erschreckte mich in ihrer Plötzlichkeit. Ich starrte auf die leeren Leinwände, als würden dort die Antworten wie auf einem Teleprompter erscheinen; doch sie streikten. Warum war ich zurückgekehrt? Warum fragte gerade er mich das? Wusste er, dass ich mir diese Frage nie beantwortet hatte? Dass ich sie mir eigentlich noch nicht einmal gestellt hatte? Längst hatte mein Bauch das Regiment über mein Handeln an sich gerissen; doch das konnte ich bei einer derart fundamentalen Entscheidung wohl kaum zugeben.

„Um zu malen“, brachte ich schließlich hervor, und ich fühlte mich wie ein Lügner. Obwohl ich wirklich malen wollte. Aber das hätte ich überall tun können. Doch Herr Brendel nickte leicht, als habe ihn die Antwort zufriedengestellt, und meinte: „Nun, du hast ja bereits begonnen.“ Und er wies mit dem Kopf auf die leeren Leinwände. „Die Malgründe sind fertig, wie ich sehe. Und die Räume scheinen auch geeignet zu sein, nicht wahr?“

Ich nickte. Alles bestens, jetzt fehlten nur noch die Bilder.

„Es würde mich freuen, wenn du dich hier wohlfühltest.“ Er schien gehen zu wollen, drehte sich dann aber noch einmal um und sagte: „Und über die Miete mach dir bitte keine Gedanken. Die Räume standen sowieso leer. Ich freue mich, wenn sie einem guten Zweck dienen. Und der Zweck, glaube ich, ist gut. Wenn du etwas brauchst, sag bitte Bescheid.“ Etwas zögernd fügte er an, ich könne ihm ja mal ein Bild schenken. Wenn ich eins übrig hätte. Eine Art symbolische Miete.

Dann war er gegangen. Und ich hatte ihn wieder nicht nach Thomas gefragt.

Plötzlich fühlte ich mich wie ausgehöhlt. Als hätte irgendetwas meine ganze Kraft aufgesogen. Ich starrte reglos zum Fenster. Draußen wurde es langsam dunkel, und ich hockte wie tot im Lehnstuhl, Opa Astenbecks Thron.

Es war der Ort, an dem ich besonders gern saß. Wo ich mich heimisch fühlte. Wo ich nachdenken konnte. Zum Beispiel über die Frage: Warum war ich zurückgekehrt?

Unzählige Male wiederholte ich in Gedanken diesen Satz, aber ich kam über ein mechanisches Stellen der Frage nicht hinaus. So saß ich da, starrte mittlerweile in die Dunkelheit, die mich von den leeren Leinwänden erlöst hatte, und spielte mit den Farbtuben.

Warum war ich zurückgekehrt? Was suchte ich hier, in einer Stadt, die mir längst fremd geworden war? Was hoffte ich zu finden? War ich einen Millimeter weiter als Vater, als Mutter, als Ortlieb? Mutter, die sich auf der Flucht vor dem Leben auf die Milben und jetzt in die Flammen stürzte? Vater, der sich an die Fassade des Knochenhaueramtshauses klammerte, um ja nicht abzustürzen, und der sich als Kirchenstifter in die Ewigkeit einmeißeln wollte? Ortlieb, der in irgendeiner verlorenen Ecke dieser Welt auf einem Berggipfel hocke und durch Teleskope in die Weite des Weltalls floh?

Und Opa Astenbeck lag zwei Armlängen unter der Erde und hatte seine Ruhe. Er war fein raus.

Irgendwann war ich vollkommen erschöpft aufgewacht. Ich hatte keine Ahnung, wie ich ins Bett gekommen war. In Anbetracht meiner mir selbst zugefügten Wunden verzichtete ich auf eine Rasur. Ein trüber Tag hatte sich über die Stadt gebreitet, und alle Geräusche der Außenwelt ertranken im steten Rauschen des Regens.

Ich liebte diese Stimmung; sie barg etwas Anheimelndes, sperrte jedes hektische Getriebe aus, umhüllte mich wie eine warme Decke. So stand ich am Fenster und ließ meinen Gedanken freien Lauf. Und sie nahmen es an und wurden selbst zu Wassertropfen, unzählbar, klein, und doch am Ende ein Bach, ein Fluss, ein Meer, kraftvoll und unbezähmbar. Man musste sie nur gewähren lassen, nicht ständig ab und umleiten, sie nicht in den schwarzen Gullys der Zivilisation verschwinden lassen.

Ich drehte mich um, lehnte mich mit dem Rücken an die Wand, und dann saß er wieder da wie in früheren Zeiten: Opa Astenbeck auf seinem Thron; deutlich sah ich ihn dort hocken, keine angeschnallten Arme, und endlich ging ich zu ihm und legte den Arm um seine Schultern, spürte die mageren Knochen, hörte wieder Dagmar Adamek und Josefine draußen entlangrennen, und sie jauchzten und hüpften bunte Löcher in den grauen Vorhang der Welt.

Und ich war nie zum Atlantik gefahren!

Alles nur Träume, leblos wie tote Kinder, geboren, gestorben, verscharrt, verrottet, vergessen. Totgeschwiegen. Miteinander zu sprechen ist das Leben. Schweigen ist der Tod. Requiescat in pacem!

Als ich die Augen wieder öffnete, war Opa Astenbeck verschwunden, und mein Arm lag auf der Lehne des leeren Thrones. Ich starrte auf die verlassene Sitzfläche, wie man auf einem stillgelegten Bahnhof die Gleise anstarrt, das bleiche Gras zwischen den Schottersteinen; doch langsam wird es Oberhand gewinnen und die Gleise überwuchern. Konnte ich hier ewig stehen bleiben und auf Züge warten, die nicht kommen würden? Die längst ganz woanders entlang fuhren?

Ich zog meinen Arm vom Lehnstuhl zurück. Fest entschlossen drehte ich mich um, fasste die weißen Flächen ins Auge, ballte die Fäuste: Ich werde euch besiegen, flüsterte ich; ich werde eure verdammte Reinheit zerstören, euch meinem Willen, meiner Kraft unterwerfen. „Ja, ich werde euch eure höhnische Weißheit entreißen!“, schrie ich den Leinwänden zu, „ich werde mit euch machen, was ich will! Mein Wille geschehe - habt ihr es gehört?“

Mit heißen Bewegungen riss ich Herrn Brendels Karton herbei, öffnete die Tuben, griff nach dem größten Pinsel, quetschte Farben auf die Teller und hieb mit dem Pinsel hinein. Wie ein Unwetter fiel ich über die weißen Flächen her und vernichtete sie, zerstörte ihre blasphemische Reinheit, als zerschlüge ich die verlogene Sauberkeit dieser Welt. Und aus diesem irren Toben und Wirbeln entstand wie ohne mein Zutun, als materialisiere sie sich wie von selbst, eine Gestalt, quer im Bild hockend, knochenbleich, noch von dem eigenen Gewicht wie an den Boden geschmiedet, ein Auferstandener, der an allen Seiten die Ränder des Bildes sprengte mit seinen groben Gliedern, und eine Hand reckte sich empor, mitten im Bild, ausgestreckt und mit gespreizten Fingern: Wie die aus dem Morast ragende Hand eines Versinkenden. Und der kahle Schädel, im Profil, grob gehauen wie der erste Entwurf des Menschen, vom linken Bildrand überschnitten und beherrscht von einem aufgerissenen Auge, starrte durch die Finsternis von Elfenbeinschwarz und Dunkelblau hinaus aus der Enge des Bildes, aus dem Gefängnis der vier rechtwinkligen Seiten, als ahne er weit weg ein Ziel, das zu erreichen sich lohne. Im letzten Licht des Tages bekam die Gestalt eine Krone auf, ein schäbiges Ding, wohl eher ein Hahnenkamm, angefressen und zerbeult.

Völlig erschöpft warf ich die Pinsel zur Seite und ließ mich auf den Thron fallen. Meine rechte Hand war verschmiert von der Ölfarbe, glänzte im selben Ton geronnenen Blutes wie die Hand auf dem Bild. Ich starrte hinüber und in mir wuchs das Gefühl, es sei eine Last von meinen Körper genommen. Lachen stieg in meiner Kehle empor und erschütterte die Luft: Ich hatte einen Menschen erschaffen, ein Wesen, das am Anfang seines Lebens stand! Hatte ich mich gemalt? So wie ich sein wollte? Beschenkt mit einem neuen Erwachen, einer neuen Chance?

Ja, ich empfand die Gestalt vor mir wie das neue Bildnis des Osram Grahl, der noch einmal eine Chance bekommen hatte. Nein, das Spiel ist nicht aus, flüsterte ich, und ich sprang auf und lief zur Dusche, überwältigt von dem Gefühl, gerade damit begonnen zu haben, die Schale zu durchbrechen, die mich mein ganzes bisheriges Leben gefangen hielt.

Das heiße Wasser fraß sich in meine Haut mit einem wohltuenden Schmerz, entriss ihr eine Röte, ließ das Blut pulsieren, als koche das Leben in mir, und es ließ mich meine Glieder wieder fühlen.

3

Auf dem Monte Nero

Der Richter stieß den Kopf mit dem weißen Weihnachtsmännerbart nach vorne, als wolle er sich auf mich stürzen, um mich im Urwald seines Haarwustes zu ersticken. Gelächter brach los, eisig wie ein Hagelsturm. Die Zuschauer hingen über der Absperrung, als erlebten sie das Finale der Fußballweltmeisterschaft, eine entfesselte Meute, von der Lust beseelt, dem Angeklagten die Kehle zu durchbeißen, wenn er zu wenig zur Befriedigung ihrer Gier beitrug.

Was hatte ich nur gerade gesagt, zerfleischte ich mein Hirn, dass ich dadurch diese grandiose Heiterkeit erregte? Warum erinnerte ich mich nicht mehr meiner letzten Worte? Herrgott, weshalb vergaß ich immer alles!

„Lassen Sie bitte den Herrgott aus dem Spiel, Angeklagter“, mahnte der Richter. „Sie sehen, ich kann Ihre armseligen Gedanken lesen! Aber bei der Schuld, die Sie auf sich geladen haben, wird Ihnen sogar der Herrgott nicht helfen!“ Er lehnte sich zurück, faltete die Hände über dem Bauch. Die Rattenzähne des Staatsanwaltes tanzten vor Genugtuung in seinen Kiefern, und der Gerichtssaal entbrannte zu einem Inferno geiler Schadenfreude. Ein warziger Kerl, mehr eine feiste Kröte denn ein Mensch, schmetterte auf einer Fanfare das Halleluja, die roten Krallen eines Weibes rissen an meinem Gewand, während ein Gnom versuchte, mich mit dem Feuerzeug in Brand zu setzen. „Hinab in die Hölle!“, kreischte er, und die Teufelsbrut tobte und schrie: „Hinab in die Hölle! In die Hölle! In die Hölle mit ihm!“

„Gestehen Sie endlich!“ Der Richter hatte sich vorgebeugt. „Wo waren Sie, als es passierte?“

Herrgott, verzweifelte ich fast, warum hilfst du mir nicht? Da feixte der Staatsanwalt: „Angeklagter, Sie sind nicht nur verlogen und feige und verstockt, Sie sind auch noch dumm!“ Und er zeigte mit seinem Kinn zum Richter. „Dort, schauen Sie hin: Haben Sie ihn immer noch nicht erkannt? Diesen Bart? Diese Augen, denen nichts entgeht? Das ist Gott! Die höchste Instanz. Begreifen Sie endlich: Es gibt für Kreaturen wie Sie kein Entrinnen und keine Gnade vor der ewigen Gerechtigkeit.“ Energisch riss er die Augenbrauen empor in die Stirn.

Da warf sich die Höllenbande im Saal herum vor Entzücken, blies und tutete und schrie. Der Staatsanwalt stand kurz auf und verneigte sich. Doch nun hob der Richter die Hand. „Ruhe!“, gebot er. Doch keiner hörte auf ihn. Nicht einmal er wurde hier wirklich respektiert. „Ruhe im Saal!“, erneuerte er seine Mahnung, und er griff nach der Klingel, hielt sie in die Höhe und bimmelte, bimmelte wieder und wieder in den Lärm hinein, langsam, lustlos, fast mechanisch. Als sei er sehr müde.

„Wo waren Sie?“, fragte er erneut.

„Wo waren Sie? Wo waren Sie!“, grölte die blöde Horde, die Mäuler aufgerissen vor Selbstgefälligkeit. Und das Gebimmel nahm kein Ende. „Wo waren Sie!“ Die Klingel übertönte alles. Ich riss die Augen auf. Ja, wo war ich?

Verwirrt blickte ich um mich. Immer noch dieses Klingeln... Jetzt erkannte ich meine Wohnung und atmete auf.

Wieder des Geklingel...

Das Telefon! durchfuhr es mich. Die Post musste am frühen Morgen den Anschluss geschaltet haben. Ich nahm ab: „Ja bitte?“ Es muss sich angehört haben, als drücke man mir die Kehle zu.

„Bei allen Heiligen, schläfst du noch?“, sprudelte es aus dem Hörer. „Ich lasse schon 'ne Ewigkeit läuten.“

Es war Petra. „Wollte gerade auflegen. Du schläfst wohl den Schlaf der Gerechten, dass dich nicht einmal das Telefon aufweckt! Und wenn ich klingele, wachen normalerweise selbst Tote auf!“ Sie lachte herzhaft.

„Wie spät ist es denn?“ Ich war noch wie betäubt von dem Traum und dem schweren Duft, der wie zerstäubtes Harz in der Luft hing, vom aromatischen Balsam Terpentinöl, vom Dammarharzduft und der Harzölfarbe.

„Gleich Mittag! Du hörst dich reichlich komisch an! Hast du die Nacht durchgesoffen?“

„Ich habe gemalt“, stöhnte ich, „und dann in dem Dampf der Lösungsmittel geschlafen. Das wirkt offenbar wie eine Narkose. Wahrscheinlich sind da auch noch Halluzinogene drin.“ Und dieses Gemisch ruft offenbar Albträume hervor, hängte ich in Gedanken dran.

„Ist es was geworden?“, tönte Petra in den Hörer.

„Was?“

Noch immer tanzte die entfesselte Bande des Gerichtssaales vor meinen Augen. `Wo waren Sie, als es passierte...´

„Dein Bild!“

„Ich weiß es nicht. Gestern hat's mir noch gefallen, und heute habe ich es noch gar nicht angeschaut.“

„Und, was ist es? Eine Mittelmeerlandschaft?“

„Nee, ein Mensch.“ Und wenn es unbedingt eine Landschaft sein musste, dann war es allenfalls eine Seelenlandschaft.

„Ach so.“ Petra schien nicht sehr begeistert. Wahrscheinlich stellte sie sich ein klassisches Porträt vor; oder ein sozialkritisches: alter Müllmann aus dem Mezzogiorno. Ich hängte dran: „Ich habe mich gemalt. Zumindest inhaltlich, ich meine...“

„Ein Selbstporträt also.“ Damit schien sie schon eher einverstanden zu sein. Sie müsse es sich gelegentlich mal anschauen. Doch weswegen sie hauptsächlich anrufe: Sie würden abends eine kleine Spontanfete geben. Nur im engsten Freundeskreis. Und es solle ja eigentlich eine Überraschung sein, aber wenn ich den

Mund hielte: Die neue Sitzgarnitur sei angekommen. Direkt aus Milano! Das solle begossen werden. „Komm einfach rum, wann du Lust hast! Bei uns gibt es keine Anfangszeiten.“ Alles ganz unkonventionell. Und ich könne ruhig schon früher antanzen; ihr ein bisschen zur Hand gehen im Kühlschrank oben links.

„Wie bitte?“

„Was, wie bitte?“

„Du hast gesagt, ich soll irgendwas im Kühlschrank ... “

Da lachte sie wie durchgekitzelt.

„Das war doch für Wally! Ich habe ihr nur gesagt, wo der Sekt ist. Also, bis später, mon Amour.“ Klack!

Das Krachen des Hörers schlug in meinem Ohr wie eine Explosion ein. Mein Kopf brannte, meine Augen, mein Hals, einfach alles tat mir weh. Benommen wankte ich zum Fenster und riss es auf. Die Sonne stach wie mit feinen Nadeln nach mir. Ich drehte mich um und stand vor dem Bild.

Mein erster Gedanke war: Es ist mir fremd. Als habe jemand anderes die Figur gemalt. Und bei dem unbarmherzigen Tageslicht kam es mir lächerlich, ja stümperhaft vor. Eine glatte Jahrmarktsdekoration. Harmlose Effekthascherei. Nicht mehr.

„Oh nein“, stöhnte ich, wandte mich ab und schlich zur Dusche. Dort ließ ich mich vom heißen Wasser überspülen, regungslos wie ein Menhir, unbeachtet von der Welt.

Warum schaffte ich es nicht, Kraft in die verfluchten Bilder zu bekommen? Warum besaßen sie immer diese verwünschte Harmlosigkeit von Marionetten und Kasperfiguren? Nichtssagend. Stumme Bilder, die niemanden ansprachen. Wie ich selbst. Hatte ich nichts zu sagen? War alles, was ich machte, nur Dekoration? Die von den Inhalten des Lebens ablenkte?

Kein Hauch der Urwüchsigkeit eines Markus Lüpertz, keine Virtuosität von Baselitz! Nichts! Alberne, tote, vielleicht noch ganz hübsche Farbflächen! Aber nein: Nicht mal die Farben hatten mich überzeugen können.

Und wie begeistert war ich gestern noch gewesen! Wie im Rausch! Doch es war nicht der Schaffensrausch eines Genies gewesen, sondern wieder nur der Rausch des Säufers.

So stand ich unter den brühenden Wasserstrahlen und kochte mich regelrecht ab.

Und dann kamen sie. Zum ersten Mal musste ich sie spüren, sie ertragen: Als wären es kleinen Krabbeltiere, die mir über meine Waden, die Schenkel, den Bauch kribbelten und wie von innen die Haut meiner Brust zerbissen.

Warum ich gerade in diesem Augenblick an den Teufelsfinger dachte, weiß ich nicht. Ich lief in den Nebenraum, wo die restlichen Kartons standen, und wühlte ihn hervor, hielt das kühle Glas schließlich in Händen wie eine Reliquie.

War es seine unfassliche Ruhe, die mich wieder einmal sofort in Bann schlug? Die mich von allem ablenkte und mich das Kribbeln vergessen ließ?

Als ich den Glaszylinder im Atelier auf das Fensterbrett gestellt hatte, eben an jenen Platz, wo er bald darauf ein letztes Mal stehen würde, ehe es zum großen Sturz käme, war das Kribbeln tatsächlich verschwunden. Und mit Freude stellte ich fest, dass auch die Schorfstellen an meinem Kinn fort waren. Die heiße Dusche musste sie aufgeweicht und weggeschwemmt haben. Ein kleiner Lichtblick an diesem entsetzlichen Morgen.

Petra überschlug sich fast vor Entzücken, als ich in ihrer Wohnung erschien.

„Das gibt´s doch nicht! Du bist ja ein neuer Mensch geworden, Lloyd! Nicht wiederzuerkennen. Zehn Jahre jünger. Wally!“ Sie rief nach ihrer Freundin.

Zehn Jahre jünger? Ich fühlte mich eher alt und verbraucht. Doch nun musste Waltraud mich begutachten. Sie nickte ein paar Mal mit vorgestülpter Unterlippe, und Petra schwärmte, da sehe ja jemand tatsächlich nach was aus. Das habe man hinter den langen Haaren und dem grässlichen Vollbart überhaupt nicht geahnt.

Interessant, dachte ich, grässlich hatte sie mich also vorher gefunden. Doch nun könne man sich mit mir direkt sehen lassen. Und ob ich so lieb sein wolle, von ihrer Mutter den Karton mit Sektgläsern zu holen. Der stehe noch von Tinies Geburtstag dort herum. Mit Sicherheit bräuchten sie die Gläser heute. Doch erst müsse ich die Sitzgarnitur bewundern. Und Petras Blick ließ mir keine andere Wahl, als aber auch ganz begeistert zu sein.

„Na, was meint das Künstlerauge?“

„Fantastisch“, rief ich, „wirklich etwas Besonderes!“ Und ich wunderte mich, wie leicht mir diese Lobhudelei über die Lippen floss. Lag das auch an meinem neuen Äußeren? Wurde man automatisch auch innerlich smart, wenn die Optik sich in diese Richtung änderte?

Ich betrachtete die neuen Designermöbel. Diese in ihrem fast pinkfarbenem Rot wie waidwund wirkenden Sofas und Sessel waren wie geschaffen für Müller-Nythards Wohnzimmer: Sie stolzierten auf ihren filigranen Chrombeinen zwischen den Pleximöbeln herum, als bevölkerten sie eine kristalline Welt. Das kapitalere der beiden Sofas war ein kubischer Urenkel des Ruhemöbels der Madame Recamier. Die hohe Seitenlehne reckte ihren kantigen Hals empor, stolz und kühn, ein modernes trojanisches Pferd, dem der animalische Geruch von Leder und Leidenschaft entströmte.

„Irre Dinger!"

„Nicht wahr?"

„Aber wirklich!"

Zur Belohnung für meine brave Anerkennung hatte ich schnell noch ein Gläschen Sekt zu trinken, dann durfte ich zu meinem Botengang aufbrechen.

„Am besten gehst du gleich hinten herum; durch die Gartentür. Bei dem Wetter liegt die Alte garantiert den ganzen Tag auf der Terrasse und röstet sich. Da hört sie den Hausgong sowieso nicht." Sie beschrieb mir, wie ich zu gehen hatte, und als Wegzehrung packte sie mir einen Kuss auf wie Wange, klebrig und lederrot.

Meine Mission kam mir gar nicht so ungelegen. Ich hoffte, wenn meine Veränderung bei Petra diese erfreuliche Reaktion hervorgerufen hatte, würde ich auch bei Christine positiv abschneiden. Jedenfalls glaubte ich, meine Chancen erheblich verbessert zu haben. Eine herrliche Erregung erfasste mich bei diesem Gedanken, und meine Schritte beschleunigten sich, je näher ich dem Ziel kam.

Hinter der weißen Gartenpforte zu Nythardts Grundstück begann ein nahezu undurchdringliches Dickicht. Ein Pfad mäanderte hindurch, vom wuchernden Laub der Büsche und Bäume fast zugewachsen; und dieser Pfad öffnete sich erst nach zwanzig, dreißig Schritten auf den Schrottplatz, der mir vor Tagen auf Tinies Geburtstag aufgefallen war. An jenem Tag hatte ich geglaubt, es handle sich um ein Nachbargrundstück, vielleicht einen Lagerplatz für Altmetall. Doch offensichtlich gehörte er zu Nythards Besitz.

Meine Augen wanderten über das Arsenal zerbeulter Kotflügel, vom Rost angefressener Maschinenteile, von Rohren, Gittern und anderem Metallgerümpel. Entstammten Nythards am Ende einer alten, zu Wohlstand gekommenen Alteisenhändlerdynastie?

Und dann entdeckte ich ihn.

Wie ein großes braunes Tier kam er hinter einem Stoß Wellblech hervor, bepackt mit Rohren und Stanzresten, und seine Schiebermütze wirkte wie das fleckige Fell einer Kanalratte. Um den Hals hatte er ein kurzes Tuch nach Cowboyart geknotet. Die beiden Zipfel standen seitwärts ab und gaben dem Alten etwas Verwegenes. So wieselte er durch seine Kostbarkeiten, die sich zu einer unwirklichen Bergwelt auftürmten. Offenbar trug er einen Teil seiner Schätze bei sich, denn die Taschen der Manchesterhose beulten sich aus wie Hamsterbacken, prall gefüllt von ehernen Kostbarkeiten.

Dann, so schnell wie er die Szene betreten hatte, war der Alte zwischen den Schrotthalden verschwunden.

Sollte das Herr Nythard gewesen sein? Diese wie aus den Ruinen der Nachkriegszeit emporgestiegene Chimäre?

Irritiert schlug ich einen Bogen um die Eisenberge, und meine Verwirrung wuchs, je länger ich über die eigenwillige Erscheinung nachdachte.

So war ich in Gedanken weiter gegangen und wollte gerade durch ein Fliedergebüsch auf den Rasen des Bungalows treten, da entdeckte ich Frau Nythard. Ich zog meinen Kopf zurück und linste durch die Blätter. Nur mit einer Bikinihose bekleidet aalte sie sich auf ihrer Liege, fingerte im Bauchnabel herum, und ein paar Gurkenscheiben verdeckten ihre Augen. Das Gesicht erinnerte dadurch an ein blindes Insekt. Doch der eigentliche Grund meines Zurückschreckens war der kaffeebraune Körper. Er wirkte wie zu lange gegrillt, ledern, und die Brüste hingen zu beiden Seiten des Oberkörpers herab wie die Flügel eines gebratenen Hähnchens.

Es war mir unmöglich, ohne Vorwarnung dort hinzulaufen. Also zog ich mich geräuschlos zurück, stahl mich wieder zur Gartenpforte, schlug sie mehrmals kräftig zu in der Hoffnung, sie würde es hören. Zur Sicherheit hustete ich obendrein aus vollem Halse. Vögel suchten flatternd und schimpfend ihr Heil in entfernteren Gebüschen. Geräuschvoll trampelte ich den Pfad entlang und pfiff irgendeine Melodie, blieb stehen, als würde ich etwas in Ruhe betrachten, hoffte, sie habe sich etwas über den angerösteten Oberkörper gestreift, und setzte meinen Weg fort.

Frau Nythard hatte sich tatsächlich aufgesetzt und ein blütenleichtes Etwas vor den Körper gepresst. Ringe und Augen funkelten in der Sonne: Die Insektenaugen waren wieder Gurkenscheiben und lagen auf einem Tischchen.

Erleichtert verließ ich die überhängenden Zweige. Schon war ich entdeckt worden, und ungläubige Blicke huschten an mir auf und ab. Dann schien sie mich erkannt zu haben.

„Ach, Herr Grahl, diese Überraschung“, rief sie und arbeitete sich in die Höhe, „welch' nette Abwechslung! Ich fing gerade an, mich zu Tode zu langweilen.“

Ich umrundete ein Beet üppiger Rosen.

„Ich sehe bestimmt scheußlich aus“, lachte Christines Mutter in schnellen Stößen. Und ich solle einen Augenblick Platz nehmen. Sie sei sofort wieder da.

Weg war sie.

Ich hockte mich auf einen der Sessel und schaute in die Türöffnung, durch die Frau Nythard soeben ins Haus gelaufen war. Was für eigenartige Leute! Sie tauchten auf und verschwanden wie Trugbilder.

Mein Blick spazierte die Hauswand entlang. Wie alt mochte Petras und Christines Mutter sein? Petra schätzte ich auf Mitte Zwanzig. Frau Nythard dagegen hatte auf mich den Eindruck gemacht, als sei sie 55 oder schon nahe sechzig. Über mir schwebte ein Balkon, gesäumt von einer Balustrade. Und das da oben rechts sah aus wie ein Mädchenzimmer. Es gab keine Gardinen und ich glaubte ein Poster an der Wand zu entdecken. Vielleicht war Frau Nythard ja auch noch älter. Kam es nicht vor, dass Frauen erst spät ihre Kinder kriegten? Denn Christine war gerade erst 18 geworden. Und das da oben war sicher ihr Zimmer.

Schritte zertraten meine Gedanken. Sie näherten sich, jedoch nicht aus dem Haus, sondern vom Rasen her. Ich drehte mich um: Es war der seltsame Kerl aus dem Schrott. Ich versuchte mich im Liegestuhl möglichst klein zu machen. Währenddessen ließ ich die seltsame Gestalt nicht aus den Augen.

Wie behände der Mensch sich bewegte! Geschmeidig und routiniert wie ein Fuchs auf der Jagd. Und wieder hatte er diverse Beutestücke am Leib verstaut: Aus den Sakkotaschen lugten Kupfermuffen, über die Schulter hatte er ein Schutzblech gelegt und selbst unter seinem Cowboyhalstuch ragten Drähte hervor, verschwanden irgendwo im Kragen.

Ohne mich zu bemerken, überquerte er die Terrasse und steuerte auf die geöffnete Tür zu.

„Suchst du was?“ Es war Frau Nythard. Sie hatte den Vormarsch des Alten mit ihrer Frage gestoppt.

„Wo sind meine Zigaretten?“

Ich zuckte zusammen. Das konnte unmöglich die Stimme eines Menschen sein! Künstlich klang sie, entfremdet, wie durch ein elektronisches Effektgerät zerhackt und in Schepperlauten ausgespuckt.

„Du weißt genau, dass du nicht rauchen darfst“, antwortete Frau Nythard, ungehalten, fast schon ärgerlich, und ich staunte über die Kälte in der sonst so freundlich singenden Stimme.

Ob er sich denn zu Tode qualmen wolle?

„Das wäre euch doch nur recht“, schnarrte die unmenschliche Stimme.

„Wie kannst du so etwas sagen! Du weißt genau, dass das nicht stimmt, Victor.“ Frau Nythard hatte ihre Lautstärke gedrosselt. Sicherlich erinnerte sie sich meiner Anwesenheit.

„Wo?“ Die Blechstimme ließ sich nicht beirren. Und dieses eine Wort klang wie ein apokalyptischer Trompetenstoß. Da war Widerstand sinnlos.

Mit einem Seufzer kapitulierte Petras Mutter: „Auf dem Küchenschrank. Hol sie dir in Gottes Namen. Du bist störrischer als ein alter Esel.“

Und die Blechstimme schepperte ein „Hähähä“, frech und listig zugleich.

Frau Nythard kam zu mir herüber, ein verkrampftes Lächeln gleich einem schief sitzenden Schleier im Gesicht. Neben ihrem Mund riffelten scharfe Falten wie Abwassergräben von Ärger und Enttäuschungen. Die Biegung zwischen Hals und Kinn, heller als der übrige Körper, war übersät von roten Flecken, die an Flammen erinnerten. Ich tat, als hätte ich nichts gesehen und gehört.

„So, da bin ich wieder.“ Ihre Fröhlichkeit wirkte routiniert, aber doch recht mühevoll. „Wie wär's mit einem Schlückchen?“ Sie hatte die rötlich gefärbten Haare ein wenig aufgebauscht, und zu meiner Erleichterung steckte ihr Körper in einem seidenen Flatterhemd, an der Taille von einem goldenen Gürtelchen gerafft.

„Ich habe zufällig eine Flasche Champagner offen. Mögen Sie?“ Ihre Mundwinkel arbeiteten an einem Lächeln und ließen nur ein Ja als Antwort zu. Also nickte ich.

Sie verschwand, doch schon gleich darauf kehrte sie mit zwei Gläsern, der Flasche, einem entschlossenen Augenzwinkern und den Worten zurück: „Was haben Sie sich verändert!“ Sie reichte mir den Sektkelch. „Aber nur zu Ihrem Vorteil. Nur zu Ihrem Vorteil, Lloyd. Ich darf Sie doch Lloyd nennen? Santé.“

Wir nickten uns zu und tranken.

„Das war genau das, was ich jetzt brauchte“, sagte sie. „Aber mehr als ein Gläschen vertrage ich in der Sonne einfach nicht“, hängte sie lachend dran. Sonst steige es ihr zu Kopf. Und dann quassele sie nur dummes Zeug. Wieder kicherte sie und ließ sich mit der eckigen Grazie nicht mehr junger Leute auf der Liege nieder.

„Dass eine neue Frisur und die schicke Kleidung aber auch so viel ausmachen! Ich bin richtig begeistert, Lloyd. Was machen überhaupt Ihre Bilder? Sie müssen wissen, ich liebe die Kunst. Immerhin verdanken wir ihr die Künstler, die jeder Gesellschaft einen Hauch von, wie soll ich sagen, Boheme verleihen.“ Sie lachte und lehnte sich zurück, zupfte das Flatterhemd in malerische Falten und schaute mich erwartungsvoll an.

Ich überlegte, was ich nun sagen könnte. Schon immer hatte ich die Leute bewundert, die ohne Unterbrechung zu reden in der Lage waren, ohne dass jemand etwas eigenartig daran fand. Mir fiel in solchen Situationen gerade mal eine Bemerkung über das Wetter ein oder ähnlicher Unfug, den ich gar nicht von mir geben wollte.

„Was sagen Sie zu unserem Wetter“, erlöste mich Frau Nythard aus meinen Qualen, „endlich mal wieder ein richtiger Sommer. Als ich jung war“, kokettierte sie, die Stimme etwas senkend, fast geheimnisvoll, „waren die Sommer immer schön. Damals in Bromberg. Meterhoch Schnee im Winter, und im Sommer: Sonne, Sonne, Sonne. Aber heute: Diese Abgase und diese Brasilianer mit ihren Urwaldbränden! Die scheinen wirklich das Klima zu verändern. Man liest in letzter Zeit so viel davon.“ Richtig verantwortungslos finde sie das. „Doch in dem neuen Wagen, den Christine bekommen hat, ist natürlich ein Katalysator oder wie die Dinger heißen.“ Da könne man guten Gewissens herumfahren. Ach ja, das müsse schon sein. „Ein süßer Wagen, ich bin ganz verliebt in ihn. Die Kleine fährt den lieben langen Tag in der Gegend spazieren. Aber mit dem Katalysator, wie gesagt, ist das ja nicht weiter schädlich für die Natur. Möchten Sie noch einen Schluck?“ Schon sprudelte erneut Champagner in die Gläser.

„Danke“, sagte ich.

„Wir spielen gerade mit dem Gedanken“, plauderte sie und lehnte sich leicht zurück, „ein entzückendes Häuschen an der Costa del Sol zu kaufen. Bei Marbella. Hat Petra Ihnen das schon erzählt? Sind so günstig geworden da unten. Und ein Pool ist auch dabei. Wer badet noch in diesem schmutzigen Mittelmeer.“ Und sie wundere sich immer wieder, wie voll das Wasser sei! Trotz der Salmonellen und diesem ganzen schrecklichen Kram. Erst vor kurzem seien sie für ein paar Tage hinuntergeflogen, um sich den Bungalow anzusehen. Ein reizendes Ding. Maurische Architektur. Natürlich von einem Deutschen entworfen. Sie lächelte in sich hinein.

„Und die Nachbarn dort sind alles Deutsche. Sehr angenehme Menschen. Und gleich nebenan befinden sich zwei herrliche Golfplätze. Überaus gepflegt. Jos, ein netter älterer Spanier, hält das Grundstück prima in Schuss.“ Sie trank einen Schluck.

„Sie spielen doch sicher auch Golf?“, fragte sie, kaum das Glas vom Mund abgesetzt.

Ich schüttelte den Kopf. Nein, ich hatte noch nie daran gedacht, Golf zu spielen. Und auch das Gespräch, dass eher ein Monolog war, wurde mir allmählich lästig. Also warf ich mich kühn in ihren Redefluss und fragte nach dem Karton mit den Gläsern. Ich wollte hier raus, und ich fühlte mich wie erlöst, als ich kurz darauf wieder auf der Straße stand. Schade nur, dass ich dem Alten nicht mehr begegnet war. Der schien mir noch das interessanteste Mitglied der Familie Nythard zu sein.

Einer Bemerkung hatte ich entnommen, dass es sich um Petras Opa, den Vater ihrer Mutter, handelte. Und mit dem hätte ich mich wirklich gerne unterhalten. Er barg etwas Geheimnisvolles, schien mir ganz anders zu sein als seine Tochter.

Es war noch früh am Nachmittag, und so beschloss ich, mich kurz in meiner Wohnung zu entspannen, ehe ich mich in die nächste Schlacht zu werfen hatte. Ich schlief ein, sicher eine Folge des Champagners, und kam erst gegen neun Uhr bei Müller-Nythards an.

Alle Fenster standen weit aufgerissen, Musikschwaden und das typische Gebrabbel von Menschen, die alle durcheinanderreden, drang heraus.

Mit mir war ein BMW eingetroffen, aus dem ein Dreigespann graziler Mädchen herausglitt, alle todschick gekleidet und auf höchsten Hacken. Ich beeilte mich, vor ihnen ins Haus zu kommen. Die Tür war glücklicherweise nur angelehnt, doch ein kleines, üppiges Weibsbild klemmte wie ein Pfropf im Flur direkt hinter der Tür und versperrte so mit ihrem verschwitzten Rücken den Eingang.

„Darf ich bitte durch“, fragte ich, und sie kreischte los. Irgendjemand musste wohl etwas recht Kurzweiliges vom Stapel gelassen haben. Jetzt standen die BMW-Modells neben mir, und ein smarter Typ, der mit ihnen eingetroffen war, schob den Blockaderücken kurzerhand beiseite und ließ die drei schicken Grazien durch. Er gewährte sogar mir mit einem gnädigen Grinsen den Vortritt. Ein Blitzlicht zuckte. Ein Sonnenbrillenmensch in schwarzem Jackett, schwarzer Hose und schwarzem Rollkragenpullover ging offensichtlich völlig in der Liebe zur Fotografie auf. Wahrscheinlich war es der Klatschspaltenreporter der Hildesheimer Allgemeinen Zeitung. Später am Abend würde er sogar einmal auf dem Schrank liegen; bestimmt hielt er die Perspektive von dort oben für besonders außergewöhnlich.

Die kleine Spontanfete entpuppte sich als ein regelrechter Menschenauflauf. Ich kannte niemanden. Wo befand sich Petra?

Wie immer, wenn ich zwischen fremden Leuten stecke, fühlte ich mich extrem unwohl. Ich umarmte meinen Gläserkarton und schob mich vorwärts in der Hoffnung, jemanden zu entdecken, den ich kannte. Vielleicht sogar Christine. Einmal glaubte ich, Petras Lachen gehört zu haben, doch es war ein anderes Mädchen.

Sie lachten hier alle auf eine ähnliche Art, kurz und laut und eruptiv und wie beschwipst, ein bisschen wiehernd; quicklebendige Fanfarenstöße. Was erzählten sie sich, dass sie ständig lachen mussten, als säßen sie im Kabarett? Meine Güte, wo kamen nur diese Menschen alle her? Spontanfete! Wie voll sollte es da erst bei einer richtigen Party werden? Es wimmelte von zum Verwechseln ähnlich aussehenden Figuren. Als ob sie alle in der selben Boutique einkauften und denselben Friseur besuchten. Wahrscheinlich würde ich sie auf der Straße oder in einem Café kaum wiedererkennen.

„Hallo Osram!“

Waltraud steckte in der Türfüllung zur Küche, eine Körperhälfte drinnen, die andere irgendwie verdreht im Flur, ein Bier und einen Sektkelch in den hochgereckten Händen, als seien Gewehre auf sie gerichtet. Kühn funkelte ein Goldzahn hinten in ihrem Kiefer.

Ich fragte sie nach Petra.

Wally zerrte ihr Bein aus der Umklammerung von Türrahmen und Wade eines Gastes, taufte mich mit einem Schwall Sekt und rief: „Sie hat schon nach dir gefragt. Dort drinnen ist sie.“ Dabei zuckte sie mit dem Hinterkopf Richtung Küche. Dann warf sie mir einen um Verzeihung bittenden Blick zu, schlüpfte in eine Lücke und war verschwunden.

Petra klebte am Herd und unterhielt sich mit einem hageren Typen, der seinem schütteren Haar mittels eines Pferdeschwanzes Format zu geben versucht hatte.

Wie kam es nur, dass in den letzten Jahren schon so viele junge Männer die Neigung zu einer Glatze aufwiesen? Seinem Gesicht nach zu urteilen, war der Bursche höchstens dreißig Jahre alt. Aber auch Zwanzigjährige liefen schon herum mit Geheimratsecken oder dünnem Resthaar auf dem Schädel. Wieso eigentlich? Waren es schon Kinder des Fallouts? Opfer von geheimen radioaktiven Unfällen? Resultate der unter den Teppich gekehrten Tschernobyls dieser Welt?

Thomas Brendel hatte mir mal von einem Flugzeugabsturz in Spanien erzählt. Irgendein US-Flieger. Radioaktives Material sei an Bord gewesen. Man habe ganze Strände abtragen müssen, eingehüllt in luftdichte Schutzanzüge. Alles unter Ausschluss der Öffentlichkeit. Und dann lagen dort die Deutschen herum und räkelten sich in der herrlichen Landschaft! Tankten Gesundheit und Kern-Kraft für die nächste Runde des Arbeitsjahres. Und gegenüber, in der Sahara, zündeten die Franzosen Atombomben. Na bitte! Und allmählich gingen den Menschen die Haare aus. Immer wieder kamen mir diese Gedanken. Sogar etliche Mädchen schienen mit Haarproblemen im Clinch zu liegen. Eine verseuchte Generation. Wie werden erst deren Kinder eines Tages aussehen?

Ich brauchte etwas zu trinken, um den Gedanken zu ersäufen, es sei für Kinder besser, nicht geboren zu werden oder tot zu sein. Und ich erschrak vor mir selbst.

War es tatsächlich besser, dass *sie* tot war?

Tot zu sein ...

Prince sang *let´s talk about sex* dazwischen, und seine Botschaft flog über die neuen Sitzmöbel und das Gewimmel von schön frisierten Köpfen hinweg.

Der Typ mit dem Lagerfeldzöpfchen lauschte voller Hingabe Petras Ausführungen, aufmerksam wie ein venezianischer Cicisbeo. Seine Bewegungen waren graziös, filigran, und er hielt sein Glas wie eine Lilie zwischen zwei Fingern.

Endlich hatte ich mich zu ihnen durchgearbeitet.

„Da bist du ja!" Petra war auf mich aufmerksam geworden. Ich drückte ihr den Karton in die Hände. Der Typ musterte mich mit Freundlichkeit.

Petra sah atemberaubend aus. Lippen wie das glatte, pralle Leder der Sitzgarnitur, und ihre Seidenbluse schimmerte in einem Tiefseeblau, in dem man Gefahr lief zu ertrinken, herabzusinken auf den lautlosen Grund des Ozeans, wo einem zwei helle Vulkane wie große Augen entgegensahen, von dunkleren Pupillen gekrönt, kurz davor, das magische Blau des Meeresspiegels zu durchstoßen.

Petras Gesprächspartner hieß Stephan.

„Auch ein Künstler, ein Dichter", gurrte sie und schaute dabei in seine Augen, als habe sie ihm soeben eine Liebeserklärung gemacht. Mich stellte sie als Maler vor. Die Künste schienen ihr wie Leckerbissen auf der Zunge zu schmelzen.

„Stephan schreibt ganz herrliche Sonette", erfuhr ich. Richtig schön seien sie, über Florenz und Venedig, und Stephan wolle ihr seinen ersten Gedichtband widmen. Dabei bohrten sich schon wieder ihre Augen in seine. „Du hast es mir versprochen, nicht wahr?"

Der Dichter nickte, legte seine schlanken Finger auf ihren Unterarm und streichelte den Stoff, der ihm zu gefallen schien. Petra lachte auf und sagte: „Wenn du einen berührst, bekommt man unweigerlich eine Gänsehaut. Wie ist es nur möglich, dass Künstlerhände so zärtlich sind?"

Und während sie schwärmte, dass es klang, als spüre sie die Hände am ganzen Körper, schaute Stephan zu mir herüber, direkt in meine Augen, und es lief mir kalt den Rücken hinab. Verwundertes Kichern durchkreuzte diesen Blick, und Petra rief, sie habe das Essen ganz aus dem Auge verloren; sie beugte sich, um den Backofen zu öffnen.

Ein aromatischer Duft wehte heraus. Erleichtert stellte sie fest, dass es noch nicht zu spät gewesen sei. Stephan half ihr, das Blech herauszuholen, Rindsmedaillons, mit Mozzarella und Basilikum gratiniert. Ein Raunen erhob sich und kreiste in der Thermik über der Speise.

Der Duft übte eine magische Wirkung aus. Wie unabsichtlich berührte mich Stephans Hand. Dazu sang jetzt Elton John, untermalt vom Klappern der Teller. Ah-Rufe kreuzten. Petra lachte, und Stephan drückte mir einen Teller in die Hand. Ich hatte keinen Appetit, sagte danke und verzog mich, Teller und Glas vor mir hertragend wie Niobe ihre toten Kinder.

Vor der Recamiere wand sich das üppige Mädchen, das vorhin den Eingang versperrt hatte, wie eine füllige Bacchantin zu Elton Johns Musik. Ihr war offenbar alles egal. Sie bewegte sich schlangenhaft aufreizend. Wen versuchte sie mit ihrem Tanzstil zu verzaubern?

Ich schaute mich um und stellte fest, dass sie tatsächlich zu berauschen verstand: Etliche Typen, mittendrin Peter mit Sektglas in der Hand, beobachteten sie, scherzend, aber mit hungrigen Augen, die ihre prallen Rundungen wie ein Aphrodisiakum einsogen. Und dem Mädchen schien es zu gefallen. Immer kühner wogten die Volumen. Ihre kräftigen Schenkel füllten den kurzen Rock, ließen das Dreieck, wo sie zusammenliefen, wie einen Hügel hervortreten.

Unter solchen Eindrücken achtete niemand auf mich. Ich verzog mich in den Wintergarten, und ein leerer Stuhl gewährte mir Asyl. Der kühle Wind trat scheu durch das geöffnete Fenster herein und umfächelte mich.

Es war dunkel geworden dort draußen, der Nachthimmel übersät mit Sternen, sehr klar und zahlreich in dieser Nacht, wie es mir schien.

Drinnen zelebrierte das Mädchen noch immer seinen Fruchtbarkeitstanz, umringt von verhinderten Silenen, die ihren Hunger hinter albernen Bemerkungen versteckten.

Irgendwo standen die drei Stöckelschuhschönheiten aus dem BMW, und ihre Blicke stopften die Tänzerin in ein Gefrierfach. Ich drehte den Stuhl herum und schaute aus dem Fenster, hinauf zum Himmel.

Der Große Wagen war vorgefahren. Wenn man die Entfernung zwischen den beiden hinteren Sternen fünfmal verlängert, hatte Ortlieb erzählt, findet man den Polarstern. Und dort drüben, das waren Waage und Venus. Der Abendstern. So viel schwingt in dem Namen mit. Kühle Schönheit, voller Faszination – durch unsere eigene Inspiration. Sie setzt ein Meer an Phantasie frei, eine endlose glitzernde Fläche spielender Ideen und Vorstellungen, die sich ausbreiten in diesem Pantheon verborgener Gefühle.

Ortlieb war an jenem Abend in meinen Gedanken aufgetaucht. Ich sah ihn wieder vor mir, sah ihn an seinem kalten Spiegelteleskop, sah ihn hinausfliegen in die Weite des Alls, damals, als ich ihn dieses einzige Mal besuchte. Wie ein Dom hatte der Raum gewirkt, überwölbt von der Kuppel, die sich in die Nacht öffnete.

Ich stellte ihn mir vor, wie er dort gehockt hatte, alleine mit seinem Bild der Welt, eigentlich ein Weltallbild, fast schon eine Philosophie: Alles hat seinen Sinn. Auch wenn John Lennon, den Ortlieb sehr liebte, gesungen hatte, *Imagine there's no heaven*: Für Ortlieb war der Himmel mehr als ein Sternengewölbe, es war wesentlicher Bestandteil der Welt. Ein geduldiger Bestandteil, frei von Enttäuschungen, ganz ruhig Ortliebs Theorien über sich ergehen lassend. Mehr als nur ein Firmament: Ein Ort der Ordnung, des Geistes, der Transzendenz. Hintergrund des Geheimnisses der Schöpfung.

Wer mag inzwischen auf Ortliebs Stuhl sitzen? Jetzt, wo er ihn verlassen hat, weil er auf ihm nicht dicht genug an die Sterne heranreichte?

Verrückt, wie nahe ich mich Ortlieb an jenem Abend in der Veranda der Nythards fühlte, obwohl mein Bruder zu dieser Zeit vielleicht schon in irgendeine unvorstellbaren Ferne...

Wie hell die Venus flackerte! Beinahe so intensiv wie in der südlichen Nacht, die mich zum Bergsteiger, zum Gipfelstürmer hatte werden lassen.

Eine angebrochene Flasche Sekt stand auf dem Tisch. Ich goss mir nach, trank. Und mir fiel auf, dass die Venus Abendstern und Morgenstern genannt wird. Die Göttin der Liebe entlässt einen in den Schlaf und weckt einen mit Liebe auf. Eine schöne Vorstellung. Der Morgenstern bescheinet auch deine Angst und Pein. Als Kind konnte ich mir unter Pein nichts vorstellen.

Auch heute ist der Himmel sternenklar. Wann war der Anfang von alledem, was dort oben glimmert und funkelt? Wer war der unbewegte Beweger, wie ihn Aristoteles nennt? Gab es möglicherweise doch so etwas wie Zeit und Ewigkeit? Einen Gott des Urgrundes? *Imagine there's a heaven...* Das Band der Milchstraße! Ein endloser Brautschleier. Ganz am Rande, ein blödsinnig kleiner, winziger Staub, die Erde. Was wird aus ihr werden, wenn die Menschen sich und die Umwelt vernichtet haben?

Ich hatte in jener Nacht zu Ortlieb gesagt, der Mensch sei die einzige Ausschussproduktion der Evolution. Er, die angebliche Krönung der erfindungsreichen Schöpfung, habe sie mit ihren eigenen Mitteln geschlagen, überlistet, indem der Mensch durch seinen Verstand und seine Unfähigkeit, diesen Verstand verantwortungsvoll zu gebrauchen, die Weiterentwicklung künstlich unterbreche und damit vielleicht sogar den Fortbestand der Welt gefährde. Als richteten die Kinder ihre Waffen gegen die Eltern, die sie hervorgebracht haben!

Nein, hatte mein Bruder geantwortet, nein, da sei er anderer Meinung. Der Mensch sei evolutionstheoretisch gesehen nichts anderes als eine Blume oder ein Insekt, und sein Verstand habe letztlich keine größere Bedeutung als der Stachel der Biene, welcher ihre Waffe und, nach Gebrauch, ihr Todesurteil ist. Möglicherweise, meinte er, werde die Menschheit zugrunde gehen, weil ihre Eigenschaften doch nicht genügend an die Erfordernisse der Welt angepasst seien.

So, wie die Dinosaurier zugrunde gingen, meinte ich, weil die Schalen ihrer Eier zu hart geworden waren, sodass der Nachwuchs nicht mehr schlüpfen konnte?

Man gehe heute davon aus, sagte Ortlieb, dass ein Asteorid Ursache deren Aussterbens war. Eine durch ihn hervorgerufene Klimaveränderung. Doch auch nach der vom Menschen ausgelösten Apokalypse werde sich das Leben weiter entwickeln – ohne die Menschen. Etliche Arten würden durchkommen, Ratten zum Beispiel, und die Evolution werde sich eine neue Richtung suchen, wie ein Fluss ein neues Bett findet.

Ich hatte mir die Erde vorzustellen versucht, von Menschen gereinigt, Städte, überwuchert von mutierten Pflanzen, Metropolen, unter Urwäldern verschwunden, promenierende Rattenhorden auf den Prachtstraßen dieser Welt, fett vor Glück in den Ruinenparadiesen, die sie in Besitz genommen hatten. Ich sah mit einer durchaus nicht unangenehmen Erregung die feisten Biester die Kunstschätze der untergegangenen Kultur zernagen, stellte mir vor, wie sie zum Frühstück Runges Morgen, Dürers Betenden Hände als Mittagessen verschlangen; und zum Nachtisch knabberten die hässlichen kleinen Zähne am Lächeln der Mona Lisa herum. Und sie würde einfach weiter lächeln, kokettieren; wie die Menschheit; bis zu ihrer völligen Vernichtung; keine Schmerzen würde sie empfinden, eingefroren, kalt und tot, wie sie es eigentlich schon immer war.

Ihr Lächeln soll nach neuesten Erkenntnissen Resultat einer Gesichtslähmung sein, habe ich kürzlich gelesen. So reduziert sich der Zauber dieser Welt auf eine armselige Krankheit.

Ich weiß nicht einmal mehr, ob ich zu Beginn meiner Italienreise vorgehabt hatte, Ortlieb zu besuchen. Ich wollte am Ende der dumpfen Monate nach der Trennung von Elsbeth einfach nur weg, Urlaub machen, die nagenden Gefühle herausreißen und an der südlichen Sonne verdorren lassen. Sommer '84 war's.

Im Winter waren wir auseinandergezogen, hatten uns, seit das Unglück mit Alexandra passiert war, immer weiter voneinander entfernt, auseinandergedriftet wie zwei Treibeisbrocken, die vom Polarsockel abgeplatzt waren und weit ins Meer hinausdrifteten.

Scilla: Als ich diesen Namen auf dem Wegweiser las, fiel mir die Sage wieder ein. Es ist ein kleiner Ort an der Straße von Messina, wo einst das sechsköpfige Ungeheuer Skylla dem herumirrenden Odysseus auflauerte. Und vor der gegenüberliegenden Küste Siziliens, zu der ich hinwollte, drohte ein alles verschlingender Meeresstrudel, die Charybdis. Und dieser gewiefte Odysseus hat es geschafft, heil hindurchzukommen, wie er alle anderen Irrungen seiner jahrelangen Reise überwand.

Das waren die faszinierendsten Geschichten meiner Kindheit. Wie ein ausgehungertes Tier habe ich sie in mich hineingefressen, ohne zu kauen. Während des gesamten Kampfes um Troja bin ich immer Odysseus gewesen, und jetzt kreuzte ich auf meiner eigenen Irrfahrt seine Wege. Dieser Schuss durch die Axtlöcher! Daran hatten ihn die Widersacher endlich erkannt. Dadurch war aus dem armseligen, umhergetriebenen Bettler wieder Odysseus geworden. Aus eigener Kraft hatte er sich zu Odysseus gemacht! Beneidenswert!

Daran musste ich denken, als ich den Wagen hinunter zum Anleger der Fähre nach Messina lenkte.

Während der Überfahrt habe ich an der Reling gelehnt. Siziliens Berge rückten langsam näher, stiegen südlich von Messina an bis hin zum Ätna. Südöstlich der Monte Rosso, auf dem einst Goethe herumkletterte, und westlich des Vulkans sollte sich irgendwo der Monte Nero erheben, auf dem die Sternwarte lag. Ich versuchte etwas zu erkennen, blinzelte in das gleißende Licht hinein, nahm aber nur Schemen wahr. Egal, irgendwo dort drüben in jener flirrenden Sonnenflut lebte Ortlieb.

Eine Zeitlang fuhr ein Schwertfischfänger mit seinem hohen Beobachtermast und der weit vorragenden Fangvorrichtung neben uns her, dann drehte er bei und verschwand, ohne etwas gefangen zu haben.

In Messina kaufte ich eine genaue Landkarte, denn auf meinen Blättern war der Monte Nero nicht einmal vermerkt. Ich beschloss, die Küstenstraße zu nehmen, vorbei an Taormina, um dann am Nordhang des Ätnas ins Landesinnere vorzustoßen.

Anfangs kam ich recht zügig vorwärts. Taormina tauchte auf, hing wie eine Ansammlung von Schwalbennestern an den Felsen, eine Seilbahn schaukelte herab, vollgestopft mit Touristen, bunt wie Konfetti in ihren Strandkleidern. Und linkerhand gepflegte Strände hinter Zäunen, Sonnenschirme und Liegen, in Reih und Glied, Felsen, Pinien, Meer. Dann flachte der Küstenstreifen ab, ich durchfuhr ein paar verwahrlost wirkende Ortschaften, und der Ätna wuchs immer höher.

Anders als der Vesuv ist er ein regelrechtes Gebirge, so weitläufig, dass ich lange das Gefühl hatte, überhaupt nicht näher zu kommen. In Fiumefreddo bog ich in westliche Richtung ab. Und dann, wenig später, wüstenhafte Flächen schwarzer Lava. Die Straße wand sich bergan, wich erkalteten Magmabrocken aus, hier und da schon wieder von einzelnen Pflanzen erobert. Welche Kraft steckte in den Gräsern, den winzigen Blumen, dass sie dieser Öde ihren Lebensraum abtrotzten! Sie ließen sich nicht beirren, nahmen den Kampf immer wieder auf.

Wie alt mochte das Lavagestein sein? Wie lange brauchte so etwas, um zu verwittern? Ich reckte meinen Hals, um eine Rauchfahne irgendwo dort oben zu entdecken. Der Ätna war noch tätig, hatte von Zeit zu Zeit Eruptionen. Und keiner wusste, ob nicht bald ein richtiger Ausbruch stattfinden würde. Konnte es nicht jeden Augenblick losgehen? Gerade jetzt, wo ich mich an seiner Flanke bewegte, winzig wie eine Ameise.

Vier Jahre zuvor war der Mount St. Helens explodiert. Innerhalb von dreißig Sekunden hatte eine Druckwelle, einige Hundertmal stärker als bei der Hiroshima-Bombe, alles Leben im weiten Umkreis vernichtet. Bäume, ganze Wälder flogen weg wie Streichhölzer.

Was bliebe da von mir übrig? Wahrscheinlich nicht mal einen Knochen würde man finden. Ein atomisierter Osram Grahl. Als hätte es mich überhaupt nicht gegeben. Und niemand wusste, dass ich hier unten herumkurvte.

Trotz dieser Gedanken verspürte ich keinerlei Angst. Im Gegenteil: Eine Lust stieg in mir auf, dem Krater Auge in Auge gegenüberzustehen, ihn herauszufordern und als erster hinweggefegt zu werden, wenn es sein sollte. War es am Ende ein Zeichen von Überdruss, dass ich in Linguaglossa abbog, in der Hoffnung, dem Berg in den Rachen zu schauen? Zafferana Etna. Steil ging es nun bergan, immer wieder durch Lavafelder, die aussahen wie die schwarzen Würste, die in der Kindheit zu Silvester aus den Scherzartikeln, meist Zylindern, herausgequollen waren wie verkohlte Hundehaufen. Was hatten Ortlieb und ich uns vor Lachen die Bäuche gehalten!

An etlichen Stellen war die Straße halb verschüttet, Zeichen der vulkanischen Kraft, einer ständig lauernden Gefahr. Doch irgendwann war die Fahrt vorbei: Hinter einer Straßenabsperrung hatte das Lavagestein die Fahrbahn unter sich begraben. Mir blieb nichts anderes übrig als umzukehren.

Als ich wieder auf die Landstraße einbog, war es später Nachmittag. Die Sonne neigte sich allmählich hinab zu den Felszügen im Westen.

Der Berg, auf dem das Observatorium lag, musste in der Gegend des Monte Soro zu finden sein. Sicher würde ich die Sternwarte schon von weitem sehen. Solche Dinger standen schließlich nicht zu Tausenden auf Bergspitzen herum.

Randazzo. Es sah hier alles aus, als würde jeden Moment ein sonnenbebrillter Cosa-Nostra-Chef auf einem der kleinen Balkone erscheinen, die Zigarrenasche in den lauen Wind schnippend. Überall alte Frauen in schwarzen Kleidern. Wie früher bei uns im Dorf. Als gingen sie ständig in Trauer. Überall auf der Welt.

Raus aus der Stadt. Trockene Landschaft, Felshänge, dann wieder mattes Grün, und die Abendsonne tauchte alles in Orangenmilch. Cesar. Die Orte wurden immer kleiner. Das Ende der Welt schien zum Greifen nah.

Ich fing an, nach dem Monte Nero Ausschau zu halten. Langsam sickerte in mein Bewusstsein durch, dass Ortlieb irgendwo dort vorne, hoch oben, lebte und atmete, aß und schlief, auf der Toilette saß, sich die Zähne putzte. Bislang war er eher ein kartographisches Zeichen gewesen, wie man in Landkarten Burgruinen und Klöster vermerkt, die man sich in ihrer Einzigartigkeit nicht vorstellt, nicht vorstellen kann, doch je näher ich der Gegend kam, in die er sich verkrochen hatte, desto mehr wurde seine Existenz Wirklichkeit, wurde aus dem Signet Ortlieb Grahl mein Bruder.

Namenlose Straßen lockten mich immer weiter, wurden immer steiler, immer schmaler, immer verlassener, immer schadhafter; und irgendwann entdeckte ich die Kuppel. Während sich unten schon die Dämmerung in die Täler fraß, hatte die Abendsonne die Sternwarte in warmes Licht getaucht. Sie schien zum Greifen nahe. Mit heruntergekurbeltem Fenster, wie verrückt *Una festa sui prati* in die herabsinkende Nacht brüllend, um diese überflüssige Beklemmung, die sich meines Magens bemächtigt hatte, ungeschehen zu machen, ließ ich den Wagen über Schotterwege bergan keuchen. Es konnte nicht mehr weit sein.

Ich bin dann links abgebogen, weil der Weg genau auf den Monte Nero zuzulaufen schien; leider führte er dann daran vorbei. Das hat Ortlieb mir später berichtet. Ich hätte geradeaus fahren müssen.

Allmählich wunderte ich mich selbst, dass mein Ziel erst neben mir, dann schräg hinter mir aufragte. Ich bog in einen Holperweg ab, eher ein Trampelpfad denn eine Straße. Geteert war hier sowieso nichts mehr. Und irgendwann verlor er sich zwischen Felsbrocken, wie von betrunkenen Zyklopen hingeworfen. Ich stieg aus. Über mir, nicht weit weg, die jetzt bläulich schimmernde Kuppel. Verflucht, da musste man doch hinkommen können!

Kurzerhand beschloss ich, den Wagen stehen zu lassen und die paar Meter zu laufen. Mein Körper vibrierte vor Erregung.

Nie wieder sollte ein Fußmarsch so mühevoll werden.

Anfangs sprang ich noch guter Dinge durch die Wildnis, doch dann bäumte sich der Berg immer steiler auf, und schließlich hing ich in den Felsen wie eine fußlahme Gämse, keuchte sämtliche Zigaretten meines Lebens aus der schmerzenden Lunge und versuchte das Gefühl zu negieren, mich eher von der im Mondlicht schimmernden Sternwarte zu entfernen. Das Blut sauste in meinen Ohren wie die Sintflut, und ich klemmte mich hinter einen Felsvorsprung, um einen Moment zu verschnaufen, ehe die Anstrengung mir die Lunge zerriss.

Schon seit Minuten hatte ich den Geschmack von Blut im Mund. Ich erinnerte mich daran, dass es so etwas wie einen Höhenkoller geben sollte. Waren die wehmütigen Bläserklänge, die ich seit kurzem zu hören glaubte, ein erstes Anzeichen dafür? Und dieser Streicherteppich, der sich aus dem Rauschen meines Blutes hervorschob! Immer lauter wurde er, Geigen jubilierten auf, und dann wetterten die Bläser los, als bräche der Ätna aus. Sie wogten in ihren Bahnen auf und nieder, hallten durch die Nacht, über die Berge hinweg wie das Orchester der untergegangen geglaubten Titanen.

Ich musste mich an scharfen Felskanten festkrallen, um nicht talwärts zu rutschen. War das Halluzination oder wirkliche Musik, die dort in die Nacht flog?

Was auch immer es ist, fuhr mir durch den Kopf, es besitzt die Kraft, dich weiterzutreiben. Wie ein abstrakter Sirenengesang, der mich anspornte, mich unwiderstehlich anzog. Ich vergaß die Lungenschmerzen und kletterte weiter, den Klängen nach, die jetzt leiser wurden, von hellen Flöten beherrscht, Glaselfengesang, und ich strebte wie ein ächzendes Reptil der Spitze des Gipfels zu.

Als ich oben ankam, ertönten triumphierende Fanfarenstöße, während ich, keuchend und pumpend wie ein Frosch im Frühjahr, nach Luft rang. Aber ich hatte es geschafft: Vor mir ragte der Kuppelbau in den Nachthimmel wie ein Heiligtum, umspielt von dieser Musik, echter Musik, wie ich jetzt wusste, die auf und abschwoll im Rhythmus meiner Brust. Pauken wirbelten – dann hatten leise Geigen das Ruder übernommen und begleiteten mich auf meinem Gang um den Komplex, auf der Suche nach der Tür, nach dem

Eingang, hinter dem Ortlieb stecken musste; hinter dem ich den Ursprung dieser Musik zu finden hoffte.

Es war Bruckners vierte Sinfonie: Sie hatte mich auf den Berg katapultiert. Ortliebs Lieblingsmusik.

In ihr sei das ganze Leben zusammengefasst: Triumph und Trauer, Lachen und Lächerlichkeit des Menschen, Hoffnung und Hoffnungslosigkeit, Größe, Witz und Wahn. Und der verzweifelte Wunsch sich davon zu befreien, wie Ortlieb mir später am Abend gestand.

Als ich endlich die Tür gefunden und kräftig dagegen gebollert hatte, um die Klänge zu übertönen, als ich daraufhin ein wenig gewartet hatte und mir in der Vorstellung gefiel, wie Ortlieb gleich die Augen aus dem Kopf quollen vor Überraschung, öffnete sich die Tür, und mein Bruder sagte ganz einfach: „Hallo, Osram, komm rein."

Als wäre es das Selbstverständlichste von der Welt, dass ich hier aufgetaucht war; als wäre ich nur eben um die Ecke Zigaretten holen gegangen. Oder zum Pinkeln.

In diesem Moment platzte Peter in meine Erinnerungen: „Hey Lloyd, was ist denn mit dir los? Hängst hier ganz alleine vor dem Fenster! Gibt's da draußen was zu sehen?"

„Sterne", sagte ich. Darüber musste er lachen, weiß der Himmel, warum. Er hatte eine Flasche Sekt dabei und schenkte mir nach.

„Die Weiber sind ja von deinem neuen Image richtig begeistert, Lloyd", ließ er fallen. Hatte mich sowieso gewundert, warum du in diesem Gammeloutfit rumgerannt bist. Gerade du, der du doch früher immer so aufs Aussehen bedacht warst.

Ein paar andere Gäste schoben sich herbei. Ein kleinerer Mensch mit dem untersetzten Körper einer Bulldogge hatte sich hinter Peter geschlichen, ihm den Zeigefinger in den Rücken gebohrt und „Hands up!" hervorgestoßen. Peter drehte sich erschrocken zu ihm um und schrie vor Erleichterung und Entzücken: „Herr Doktor Wilhelmi! Mensch Paul, seit wann bist du denn schon da?"

„Hallo Peter, du altes Teufelsohr, dir scheint es ja blendend zu gehen. Dieser Palast hier!" Er schaute sich anerkennend um. "Verhökerst wohl immer noch Nährböden in alle Welt?" Doktor Paul

Wilhelmis Kiefer schlugen krachend zusammen; erinnerten mich an die Nussknacker aus dem Erzgebirge; handbemalt. („Das Einzige, was sie da drüben noch hinkriegen!“, hatte Vater mal gesagt.)

„Und dein Chef, der alte Hexenmeister, soll immer noch aktiv sein, hat irgendwer berichtet?“

„Was du alles gehört haben willst! Scheinst ja mehr zu wissen, als ich.“ Peters Lächeln wirkte irgendwie zusammengesucht. „Aber lassen wir das! Jetzt als Doktor wirst du die Karriereleiter wohl im Eiltempo emporschießen, mein Lieber, wie? Ach, übrigens, ihr kennt euch, glaube ich, noch nicht: Das ist Lloyd Grahl, ein alter Freund aus der Schule; Paul Wilhelmi, frisch gebackener Doktor der Chemie. Kommt, lasst uns einen trinken.“

„Ach, hier steckt ihr!“ Petra rauschte in den Wintergarten. „Scheint wohl ein Herrenabend zu sein. Wollte auch nur fragen, ob ihr Wally gesehen habt?“

„Ich kann mich nicht daran erinnern, dass sie oder ihr Gernot in der letzten halben Stunde über meinen Weg gelaufen sind.“

Petra spöttelte: „So, wie du Isabella bei ihrem Tanz mit Blicken ausgezogen hast, hätte Wally neben dir verrecken können, und dir wär's nicht aufgefallen. Möchte nur wissen, was euch Männer an derart vulgären Weibern so fasziniert.“ Sie drehte sich um und verschwand.

„Die Isabella musst du mir gleich mal vorstellen“, schmatzte Dr. Wilhelmi und ließ die Augäpfel rollen.

Dieser Paul Wilhelmi gefiel mir überhaupt nicht. Allein schon die Augen hatten entschieden etwas Unangenehmes, standen vor wie Seepocken, als er jetzt zur prallen Isabella hinüberschielte, die sich auf die Recamiere gepackt und den Kopf in den Nacken gelegt hatte, als halte sie die Gurgel zum Köpfen hin. Die drei Grazien umringten den schwulen Sonettendichter; ihre Schönheit hatte etwas Gläsernes.

Plötzlich drangen von irgendwo aus dem Garten Stimmen herein. Eine heftige, kaum beherrschte Männerstimme drückte die schwache Gegenwehr einer Frauenstimme nieder; und die Frauenstimme gehörte eindeutig Waltraud.

Die Gäste aus dem Wintergarten schauten neugierig in die Nacht hinaus.

„Scheint irgendwo ein super Ehekrach zu laufen“, grinste Paul. „Ich sag ja immer wieder: Nichts geht über ein geordnetes Junggesellenleben. Oder ist es eine Inszenierung, die du uns vorbereitet hast, Peter? Das hätte Geschmack.“

In diesem Augenblick stürzte Waltraud aus dem Schatten eines dichten Fliedergebüschs hervor, und Gernot war mit zwei Schritten bei ihr, das Gesicht eine wütende Fratze, und er packte Wally beim Handgelenk, riss sie zu sich herum und fauchte ihr wild ins Gesicht.

Es war tatsächlich wie im Theater. Alle starrten aus der Fürstenloge fasziniert hinunter auf die Bühne, die bedrohlich ausgeleuchtet wurde von dem gnadenlosen Licht einer Gartenlampe. Und die beiden da draußen schienen nichts von den Zuschauern mitzubekommen. Sie standen jetzt näher am Fenster, und wir alle hörten, wie Gernot giftete, er solle ihr von Rechts wegen die blöde Visage verstümmeln. Dann könne sie nie wieder anderen wie eine brünstige Katze die Augen verdrehen. Er hob die Hand, als wolle er sofort damit beginnen, seine Drohung wahr zu machen. Und die Stille im Raum ließ nur zu deutlich spüren, dass man Gernot bei seinem entfesselten Mienenspiel alles zutraute.

„Der bringt sie um“, sprach jemand aus, was wohl jeder dachte. Und Waltraud zerrte mit ihrem Arm, versuchte sich zu befreien, schrie: „Du doofes Arschloch! Lass mich endlich los – ich hasse dich!“ Doch Gernots Faust ließ nicht locker. Schließlich konnte sich Waltraud losreißen, und sie stürzte davon. Gernot hinterher, und beide verschwanden im Dunkel.

Niemand regte sich. Alle starrten hinaus, als werde die widerliche Darbietung gleich weitergehen. Dann witzelte Paul mit heiserer Stimme: „Das war ja eine tolle Actionszene! Wie aus dem Leben gegriffen.“

„Sollte man nicht besser was unternehmen“, fragte ich, doch ich hatte nicht den Eindruck, als verspüre jemand den Wunsch, sich Gernot in den Weg zu stellen, nur um Waltraud zu helfen.

„Ach Unsinn! Das sieht meistens schlimmer aus, als es ist. Wahrscheinlich kommen sie gleich herein, Arm in Arm und wieder versöhnt. Man kennt so etwas ja. Ich sage nur: Richard Burton und Liz Taylor!“ Da schien sich jemand das schlechte Gewissen von der Seele reden zu wollen. Die Atmosphäre im Raum hatte etwas Vergiftetes angenommen.

„Ich glaube, der ist zu allem fähig. So ein brutales Vieh." Ich schaute hinaus auf den Rasen, wo die Szene abgelaufen war. Allmählich richtete sich das niedergetretene Gras wieder auf, und das Gesehene bekam schon jetzt etwas Unwirkliches: Wie eine zur erschreckenden Pose erstarrte Landschaft Radziwills. Dennoch zitterte ich am ganzen Körper.

Mein Blick fiel auf Peters Spiegelbild in der dunklen Scheibe. Beobachtete er mich? Was war das überhaupt für ein Ausdruck in seinen Augen? Kurz wandte ich mich um, sah ihm ins Gesicht, und da wusste ich sofort, woran er dachte. Ich drehte mich wieder weg, schaute hinaus in die Dunkelheit. Schweiß schoss mir aus den Achseldrüsen.

Mit einem Mal fühlte ich mich, als stünde ich vor Gericht. Und Freunde entpuppten sich als Ankläger, hatten sich vorher nur verstellt, mich in Sicherheit gewiegt, um mich dann zu überführen. Nichts wurde vergessen! Und ich war wie immer auf ein freundliches Lächeln hereingefallen. Doch dieser Blick, als Peter sich von mir unbeobachtet glaubte!

Ach Unsinn, versuchte ich mich zu beruhigen. Damals war ich fast noch ein Kind. Und Gernot war jetzt über dreißig. Dieser Unterschied musste selbst Peter klar sein. Eine ganz andere Situation. Juristisch und moralisch. Und außerdem hatte Anita mich gereizt, und ich bin und war überzeugt, sie wollte mich wütend machen, mich in der Öffentlichkeit bloßstellen. Und sie hat es an jenem Tag geschafft, hat meine Wut so sehr geschürt, dass ich sogar ihre Marotte mit dem Hodenquetschen vergaß. Ich glaube, sie selbst war am stärksten überrascht von dem, was dann passierte.

Erst später habe ich erkannt, dass ich auf einer Bühne stand an jenem Abend. Und nicht als Held. (Auch wenn ich mir das eine Zeitlang einzureden versuchte.)

Alle Mitschüler waren damals wie vor den Kopf gestoßen. Gerade noch schäumte die Abifete vor guter Laune über wie das Bier, von dem wir jede Menge tranken, die Band spielte *When the saints go marching in* (einer aus der Klasse posaunte mit seiner Jazzcombo), da ging die Tür der Scheune auf, und Anita kam mit ein paar Leuten herein. Ihr Anblick, ihre ganze Erscheinung raubte mir den Atem. Und plötzlich musste ich daran denken, dass Thomas Brendel nach Berlin gezogen war. Anita war also frei! Wie ein freudiger Blitz durchschoss mich der Gedanke. Ich kippte den Rest

Bier in meine Kehle und ließ mich in Anitas Nähe treiben. Neuerdings umrandete sie ihre Augen mit einem dicken schwarzen Strich und verwandelte dadurch ihr schmales Gesicht in das einer ägyptische Königin, vielleicht Kleopatra; oder eher Nofretete, die ja auch so jung gestorben war. Das passte wohl besser.

Wir waren alle angetrunken in jenen Tagen, feierten schon die dritte Nacht. Ist es da verwunderlich, wenn man leicht gereizt reagiert? Jedenfalls merkte ich schnell, dass Anita nicht scharf auf meine Nähe war. Ein kurzes Begrüßungsnicken, dann hatte sie mir den Rücken zugedreht. Einige hatten es bemerkt, hatten gesehen, dass ich gleichsam abgeblitzt war. Deshalb ritzten mich die Blicke der Umstehenden wie kleine Feuerdolche. Ich nehme heute an, dass dies der Grund war, aus dem heraus ich wie ein bornierter Ochse darauf bestand, sie solle mit mir tanzen.

Sie tanze grundsätzlich nicht mit Betrunkenen, sagte sie ungerührt und schaute mich von oben herab an wie ein Lama, das gleich spucken wird. Einige lachten (gar nicht über mich, wie Peter mir später versicherte), und da habe ich Anitas Arm gepackt und wollte sie zur Tanzfläche ziehen. Jemand, den alle den Gilb nannten wegen seines bleichen Teints, klatschte Beifall wie ein aufgezogener Affe. Und ich ließ nicht los. Es war wieder einmal jene Kraft in mir virulent geworden, die ich nicht steuern konnte, die vielmehr mich steuerte.

„Lass mich los, du Idiot!“, fauchte Anita, doch ich zog weiter, sagte, sie solle sich nicht so bescheuert anstellen, und da knallte sie mir eine! Vor allen Leuten! Lachen raste von allen Seiten implosionsartig auf mich ein.

Jeder, davon war ich überzeugt, wird es als reinen Reflex bezeichnet haben, dass ich dann zurückschlug. Und dass sie stürzte und sich an der Theke verletzte, hatte ich wirklich nicht beabsichtigt.

Als ich wieder klar gucken konnte, hatte Peter einen Verbandskasten geholt, und ein Mädchen aus unserer Klasse pflasterte die Alabasterfläche von Anitas Wange zu. Langsam ließen die anderen mich los. Wieder einmal war Luzifer in mir einfach losgebrochen.

Anita lag da wie eine verletzte Amazone, und ihr Blick hatte etwas Unbezwingbares. Ich ertrug ihn nicht und schlenderte hinaus, die zerstörerischen Hände in den Taschen verankert.

Wie lange ist Anita jetzt schon tot? War sie schon verwest, als ich den Gipfel des Monte Nero erkeuchte? Ihr sehniger Körper zerfressen? Unauffindbar der winzige Bauchnabel, so klein, als hätte sie einen Nabel nie richtig nötig gehabt; als habe man ihn nur der Ordnung halber hinzugefügt? Und ihre spöttischen Nofreteteaugen, die eigentlich sehr ernst waren? Die mir manche Nacht den Schlaf nicht kommen ließen? Längst zusammengefallen auch sie; wie zerplatzte Kaugummiblasen.

Das schönste Bild von ihr, das meine Erinnerung in einer verborgenen Kammer hütet: Ihr Eifer, als sie die Kühlschrankskulptur erschuf. Mein Trommelfell, von ihr bemalt. Die Szene sehe ich noch heute vor meinen Augen. Und ab und zu gehe ich in das Geheimkabinett meiner Seele, wo dieses Bild hängt, und schaue es stumm an wie ein Votivgemälde.

Ortlieb hatte in jener Nacht in der Sternwarte, in der wir kaum zum Schlafen kamen, gesagt, ich hätte all' die Jahre nur Anita geliebt. Und was mich am meisten gewurmt habe sei gewesen, dass sie den mickerigen Thomas Brendel wählte und nicht mich. Und ich würde sie noch immer lieben. Und zwar nicht die spezielle Anita Kruttke, sondern diesen Typ Frau, den Anita verkörperte. Ich hätte sie geliebt und gefürchtet, wie ich alle Frauen fürchtete, die selbständig seien und voller Kraft und Kreativität steckten.

Ich protestierte. Gerade Ortlieb, der an den Frauen gescheitert war wie kein zweiter, hatte es nötig, sich zum Oberpriester des Lebens und der Liebe aufzuspielen. Ich fragte: „Was ist eigentlich aus Verena geworden?“ (Das war eine Kommilitonin, hinter der er lange her war, die ihn aber nicht erhörte...) „Habt ihr noch Kontakt?“ (...und die einen jungen, mickerigen Arzt heiratete, von heute auf morgen.)

Ortlieb schaute kurz herüber, dann sagte er, wir sollten doch die Chance unseres Wiedersehens nicht durch Kleingeistigkeiten zerstören. Und er habe mich nicht angreifen wollen, als er das mit Anita sagte.

Um mich zu beruhigen, habe ich das Teleskop inspiziert. Es war größer als ich gedacht hatte, und man blickte seitwärts in ein Okular, klemmte sich auf einen verstellbaren Stuhl wie beim Zahnarzt.

„Aber du lebst doch jetzt ganz allein hier oben, oder“, fragte ich, während er mir hilfsbereit den Mond scharf stellte.

Mein Bruder drehte hier und dort, und langsam schälten sich verschiedene Konturen aus einem gleißend hellen Licht. Ortlieb schaute selbst hindurch, justierte, kontrollierte wieder, den Oberkiefer dabei entblößend, und ich betrachtete aus nächster Nähe erstmalig in meinem Leben die Zähne meines Bruders, in aller Ruhe, entdeckte feine senkrechte Rillen darauf, eine winzige abgesprungene Ecke im linken Schneidezahn, ließ den Blick weiterwandern, ließ ihn sich an den rötlichen Barthaaren emporziehen, ließ ihn durch die stillen Täler seiner Falten in den Augenwinkeln spazieren, die Schneefelder seiner inzwischen enormen Geheimratsecken überqueren. Waren die bräunlichen Stellen schon Altersflecken? Waren tatsächlich so viele Jahre ohne wirkliche Nähe zwischen uns vergangen, und jetzt, als die Chance zu einer neuen Form der Nähe bestand, musste ich feststellen, dass mein Bruder begann, ein alter Mann zu werden?

Das ist mein Bruder Ortlieb, dachte ich, und ich staunte über sein Aussehen. Eigentlich, so fiel mir auf, hatte ich nie gewusst, wie er aussah. Nie war mir aufgegangen, dass seine Nase eine leichte Biegung beschrieb. Ich suchte sein Bild in meiner Erinnerung, zu der Zeit, wo wir noch unter einem Dach lebten. Und ich konnte mich nur noch schwach an Situationen erinnern, wo wir uns gestritten hatten, an sein Gefeixe, wenn die Reitpeitsche wieder einmal niedersauste. In solchen Momenten war mir alles wie die Zerstörung meiner Welt vorgekommen, und jetzt schien es eher zu einem Panoptikum der Erinnerungen geronnen zu sein. Man hätte einfach nicht darunter leiden sollen, dachte ich; man hätte es nehmen sollen wie einen Hagelschauer, dann wäre der Schaden begrenzt gewesen.

Und während mein Bruder der Scharfeinstellung des Mondes nachging, betrachtete ich sein Profil, das mir fremd erschien wie ein entfernter Fixstern, und ich wiederholte in Gedanken das Wort Bruder, bis es zu einem sinnlosen Silbenbrei verkam. Ich schloss die Augen.

„Jetzt ist das Bild scharf", sagte Ortlieb fast betonungslos ruhig. „Schau durch!"

Ja, wenigstens der Mond war scharf. Und ich hockte auf dem Sessel und presste mein Auge an die Linse.

BruderbRuderbrUderbruDer.

Wo war nur der Mann im Mond geblieben? Ich hatte ihn als Kind tatsächlich gesehen. Nur ein grauer Schatten zwar, aber er war's. Das hätte ich beschwören können. Hockte dost mit 'ner Art Kiepe auf dem Rücken.

„Genau in der Mitte! Siehst du's? Das Mare Tranquillitatis; Meer der Ruhe. Und am Rand: die Stelle, wo die Amis bei ihrer Mondlandung die Flagge in den Boden gebohrt haben."

Ich sah erst einmal nichts. Sogar der richtige Durchblick wollte gelernt sein. Endlich gelang es mir. Und ich wiederholte meine Frage: „Wohnst du ganz allein da oben?"

„Neunzehnhundertneunundsechzig! Apollo 11. Sag, hast du da nicht gerade Abi gemacht?"

Hatte ich. Die Amis unternahmen den ersten Schritt auf einen anderen Himmelskörper und ich den Schritt ins Leben. Reifeprüfung! Als ob man auch nur einen Hauch von Reife besaß. Alles beides Fehlschritte. Die auf den Mond und meine in die Reife. Nichts war dabei herausgekommen. Die Amis hatten ihre Fahne zum Ärger der Sowjets in den Mondstaub gerammt. Pure Eitelkeit. Und ich hatte ein Mädchen blutig geschlagen, Deutschlands Grenzen beim BGS bewacht, mit 39° Fieber eine Frau geschwängert, hatte geheiratet und war Vater geworden.

Unreifeprüfung hätte es heißen müssen.

Und es war die Zeit von Vaters Erblindung.

Ich starrte durch das Teleskop, und was ich sah, ließ mich kalt. Was nützte schon das Wissen über die Zusammensetzung des Mondstaubes? Eines Tages würde man selbst zu Staub werden. Sinnvoller Staub. Humus.

„Warum warst du nicht darüber verwundert, als ich plötzlich vor deiner Tür stand?" Ich hatte das Augenlid heruntergedrückt, tat aber so, als schaute ich interessiert durch das Okular. „Mir kam es vor wie eine Reise ans Ende der Welt. Die Straßen hörten einfach auf, und ich bin fast krepiert auf dem Wege zu dir hier hoch. Hätte ich nicht diese Musik gehört, wäre ich wahrscheinlich in den Felsen stecken geblieben."

„Ich habe dich kommen gesehen", sagte mein Bruder.

„Du hast mich kommen gesehen?"

„Ja. Es ist hier so still, dass man Motoren aus etlichen Kilometern Entfernung hört. Ich habe dich durch das Fernglas in die falsche Straße einbiegen sehen. Habe beobachtet, wie du das Auto stehen ließest und zu Fuß losranntest wie ein junges Pferd; wie dir langsam die Puste ausging. Und da habe ich die Lautsprecher auf das Fensterbrett gestellt."

Wir schwiegen beide einen Moment und schauten in irgendwelche Ecken des Observatoriums.

„Ich wollte, dass du den Weg zu mir findest", sagte er dann leise. „Man kann sich leicht verirren in der Wildnis da draußen."

Er war aufgestanden bei diesen Worten, die Hände in die Hosentaschen gestopft, und schaute aus dem Spalt der Kuppel in den Nachthimmel; dann fragte er: „Bist du eigentlich hungrig? Bestimmt hast du seit Ewigkeiten nichts mehr gegessen."

Es war mir nicht weiter aufgefallen, aber er hatte natürlich recht. Jetzt, wo er es sagte, merkte ich, wie hungrig ich tatsächlich war.

„Wusstest du eigentlich", fragte Ortlieb mich auf dem Weg in seine Küche, „dass man diesem Hügel eine magische Kraft nachsagt? Ganz in der Nähe steht ein eigenartig geformter Felsen, der Rocco di sposalizio inocento."

Und während wir gemeinsam kochten – Ortliebs Gefriertruhe war randvoll mit Köstlichkeiten, und er verfügte über aromatische Tomaten, Kräuter und Salatköpfe aus seinem eigenen Garten – erzählte er mir die Geschichte von Gino und Gina. Ihre Liebe hatte den Zorn der Eltern erregt, denn Gina war die Tochter eines reichen Kaufmannes aus Messina, und Gino ein Habenichts aus dieser Gegend.

„Dieser Gino hat die schöne Gina entführt, und man hat sie verfolgt. Die beiden sind auf den Monte Nero geflohen, übrigens angeblich auf genau demselben Weg wie du heute Abend. Oben angekommen, sind die Liebenden völlig erschöpft zusammengesunken, die Schritte der Verfolger im Rücken."

Er schnitt Basilikum in feinste Streifchen und streute sie über die gewürfelten Tomaten.

„In ihrer Not sollen sie sich an Ort und Stelle vermählt und als Zeugen ihres Bundes Gott selbst angerufen haben. Und als man die beiden fast erreicht hatte, als man bereits die Stricke hervorgeholt hatte, um den Burschen zu fesseln und auf irgendeinem Sklavenmarkt zu verkaufen, da sei plötzlich eine Wolke vom Himmel herniedergefahren. Als sie sich wieder verzogen hatte, war das Paar verschwunden, und an seiner Stelle ragte ein Felsen auf, geformt, wie man die beiden zuletzt gesehen hatte.“ Na ja, die Verfolger hätten sich bekreuzigt, der Vater des Mädchens vor allem, denn das Ereignis war ihnen wohl nicht anders erklärbar, als dass Gott selbst die Liebenden errettet hatte. Angeblich sollen sie von der Wolke nach Stromboli getragen worden sein und dort den Ort Ginostra gegründet haben. Und ihre Liebe sei so lebendig und jung geblieben wie der Vulkan, der auf dieser Insel bis heute nichts von seiner Kraft eingebüßt habe.

Inzwischen hatte Ortlieb Olivenöl über die Tomatenwürfel geträufelt und alles ein wenig gesalzen.

„Bis auf den heutigen Tag“, fuhr er in seiner bedächtigen Art zu erzählen fort, „kommen im Frühjahr jede Menge Paare hierher, weil sie daran glauben, dass die magischen Kräfte dieses Ortes ihre Liebesprobleme lösen oder für eine ewige Liebe sorgen werden, wenn sie sich auf den Rocco di sposalizio inocento setzten und Ringe in ein Loch würfen, das in das Innere des Felsbrockens führt. Und es sind nicht nur Naivlinge, wie man annehmen sollte. Richtig gebildete Leute habe ich darunter kennengelernt.“

Er schwieg einen Moment, zupfte Salatblätter auseinander und spülte sie ab. Nicht nur seine Art zu reden, auch die Bewegungen seiner Hände waren sehr ruhig, planvoll, fast ästhetisch. Es machte Spaß, Ortlieb bei der Arbeit zuzusehen.

„Wir leben in einer abergläubischen Zeit“, fing Ortlieb dann erneut zu sprechen an. „Obwohl wir, wissenschaftlich gesehen, heute pro Minute mehr Geheimnisse entschlüsseln als in den ersten 3 500 000 Jahren der Menschheitsgeschichte zusammen. Offenbar sind wir den eigentlichen Sehnsüchten des Menschen damit keinen Millimeter näher gekommen.“

Er schnitt Oliven in Ringe und streute sie über den Salat, ein fast schon vollkommenes Bild. Dann wischte er sich die Hände an einem frischen, gestärkten und sorgfältig gebügelten Geschirrhandtuch ab und nahm sein Weinglas in die Hand.

„Und was würdest du als deine Sehnsüchte bezeichnen?“

Mein Bruder schaute, als er das fragte, wie gebannt in seinen Rotwein, als erwarte er in jedem Augenblick das Auftauchen eines Frosches, der die Antwort brächte.

Ich überlegte. Warum bereitete mir diese einfache Frage Probleme? Was wollte er von mir hören? Dass ich mich nach Erfolg, Geld und Liebe sehnte? Wie alle Menschen? Ich würde mich hüten, davon zu sprechen. Allgemeinplätze waren das. Und außerdem: Das Wort Sehnsüchte konnte ich überhaupt nicht leiden. Ein typisches Modewort. Besonders, wenn man es im Plural gebrauchte. 'Sehnsucht' verbannte man ins schlichte Gemüt kindischer Kitschsusen, aber Sehnsüchte! Das ist was anderes. Das ist sensibel, ja selbstkritisch. Ein Schlüsselbegriff in Selbstfindungspublikationen. Ähnlich das Wort Ängste. In den 60er Jahren hatte es den Plural dieses Wortes nicht einmal gegeben. Und heute? Wehe, du sagst, ich habe Angst. Nanana! Aber Ängste durfte, ja musste man geradezu haben! Wer sie nicht besaß, war unehrlich, wurde bedauert, war eine arme Sau!

Nein, alles Vokabeln jenes Pseudo-Geschwafels, in dem sich immer mehr Menschen auszudrücken gefielen. *Liebe Leute, die sich ehrlich austauschten.* Wenn ich so etwas nur hörte, bekam ich Schüttelfrost.

Als ich nicht antwortete, schaute mein Bruder kurz herüber, als wolle er sehen, ob ich noch Wein hätte, und schenkte nach.

„Danke", sagte ich. „Der Wein schmeckt ausgezeichnet, Ortlieb." Ich wunderte mich, wie eigenartig es klang, den Namen meines Bruders zu benutzen. Ich konnte mich nicht daran erinnern, wann ich ihn das letzte Mal ausgesprochen hatte. Hatte ich meinen Bruder überhaupt jemals bei seinem richtigen Namen genannt?

Inzwischen hatten wir uns an den Tisch begeben. Ein herrlicher Duft mediterraner Küche zog durch den Raum. Wir aßen, tranken rubinroten Wein, und seine leichte Bitterkeit war wie der Atem der Landschaft. Und des Lebens! Nie zuvor habe ich Frieden so stark empfunden; als sei er kurz davor, sich zu materialisieren.

So saß mein Bruder also jeden Abend hier beim Essen; seine langsamen Bewegungen; abgeklärt, bewusst, keinesfalls mechanisch. Ich dachte an meine tiefgefrorenen Pizzas, die ich häufig zwischen Tür und Angel hineinschlang, weil ich wieder einmal das Gefühl hatte, aufbrechen zu müssen, hinaus, in irgendwelche Kneipen, zu irgendwelchen Smalltalk-Exzessen, mit irgendwelchen Leuten, deren Namen ich am anderen Morgen vergessen hatte. Ich glaube, ich war in den letzten sechs Monaten keinen Abend zu Hause.

„Was hältst du eigentlich von übersinnlichen Kräften", fragte Ortlieb, „zum Beispiel von dieser Sache mit dem Felsen da draußen?"

„Ich weiß nicht“, reagierte ich vorsichtig, „ist das nicht letztlich Hokuspokus? Es soll doch der Glaube sein, der die Berge, oder von mir aus auch die Liebenden versetzt. Oder?“

Ich versuchte in seinem Gesicht zu lesen, denn ich wurde das Gefühl nicht los, er wolle mich veräppeln, würde jeden Augenblick in sein bekanntes Grinsen ausbrechen, falls ich ernsthaft auf seine Worte einginge. Doch er sagte mit ernster Miene, als stelle er das Ergebnis einer Berechnung über die Zusammensetzung der Atmosphäre des Pluto vor: „Erinnerst du dich an die Geschichte von Großvater Grahls Tod? Jene Geschichte, die der Chef bisweilen erzählt hat? In der die Großmutter eines Nachts aus dem Schlaf hochgeschreckt sei und gesagt habe: `Es ist etwas Schreckliches passiert!´ Und später habe man erfahren, dass der Großvater genau in jener Nacht, in eben diesem Augenblick gefallen sei. Und bald nach Kriegsende ist sie dann selbst gestorben, als habe sie nicht schnell genug zu ihm kommen können.“ (Vorher hatte sie dem Chef noch die herrlichen Socken gestrickt.) Ortlieb schob sich eine Gabel voll Makkaroni in den Mund, kaute darauf herum, als merke er es gar nicht.

„Liebe ... “ sagte er.

Mein Bruder, ein unbekannte Wesen, dachte ich, als ich ihn über den Rand meines Glases betrachtete. Warum tischte er mir diese Geschichten von übersinnlichen Kräften auf? Ich hatte ihn mir immer als kühlen Wissenschaftler vorgestellt, ruhig, abgeklärt, ein bisschen sonderbar vielleicht, wie es die meisten Wissenschaftler waren. Aber jetzt diese Ausführungen!

„Ich habe es vorausgesehen.“

Sicher war die Einsamkeit hier oben auf dem Monte Nero mit daran schuld. Und wenn man bedachte, dass ...

„Hast du gehört?“ Ortlieb holte mich aus meinen Gedanken heraus, schaute mich direkt an.

„...wie bitte? Was gehört?“ fragte ich.

Mein Bruder blieb einen Augenblick stumm, dann wiederholte er: „Ich habe es damals vorausgesehen.“

„Was hast du vorausgesehen?“ Er konnte schließlich nicht den Tod von Oma oder Opa meinen, denn da hatte er selbst noch nicht gelebt. Vielleicht meinte er ...

" ... ‚dass ich kommen würde?“

„Dass Vater auf dem Gefechtsschießen sein Augenlicht verliert. Letztlich durch meine Schuld“, fügte er hinzu und kippte sich einen Schluck Rotwein übers Hemd, als er trank. Es sah aus, als habe er einen Einschuss in der Brust.

„Das ist ja nun wirklich Quatsch“, rief ich, und mit der Plötzlichkeit eines Überschallknalls wurde mir bewusst, unter welchem Schuldgefühl Ortlieb litt, schon jahrelang gelitten haben musste. An so etwas hatte ich nie gedacht!

„Weißt du noch, was für Träume wir früher mal hatten?“

Wie aus heiterem Himmel war er zu einem anderen Thema gewechselt, sprach fast träumerisch: „Die Musik der Beatles, die Hits, die wir schreiben würden. Die 'Stars'...“

Und ´My sweet honey baby´, dachte ich. Ortlieb konnte einem direkt Angst einjagen. Diese Gedankensprünge! Aber vielleicht immer noch besser, als sich von Schuldgefühlen zermartern zu lassen.

„War 'ne tolle Zeit“, sagte ich, und ich dachte: Wir reden wie senile Greise, die sich an der goldenen Wärme der Erinnerung die kalten Knochen aufheizen. Fehlte nur noch, dass wir vor uns hin nickten und ja, ja murmelten.

„Toll schon! Das stimmt. Damals, die Zukunft... Aufbruch der Jugend der Welt. So hat es ja wohl geheißen. Ein kräftiges Ausschlagen des Pendels der Geschichte, ein wildes Fuchteln mit den Armen gegen das Establishment, erschrockene Gesichter, ein paar Zugeständnisse hier, wenn etwas als nützlich erkannt wurde oder sich vermarkten ließ, ein paar Irrwege, die man besser nicht erwähnte, und schon waren die aufgebrochenen Jugendlichen erwachsen und hatten Anteil am Wohlstand für alle, fuhren selbst den einst verhassten Benz oder, die politischeren, dicke Volvos, aus deren Windschutzscheiben bärtigen Gesichter herauslachten, als wäre nie was gewesen. Möglicherweise waren die Haare etwas länger, die Kinder etwas frecher, weil sie ja in Kinderläden gegangen waren und nicht in die kirchlichen Kindergärten. Ansonsten: Feierabend. Alles unter Kontrolle.

"Und die, die sich nicht adaptieren ließen?"

Nun, die hingen als gescheiterte Existenzen irgendwo auf der Welt herum, basteln Indianerschmuck oder flöten irgendwelche Hymnen irgendwelchen Göttern zu, rauchen ihren zehntausendsten Joint und lächeln ansonsten noch immer wie in jenen vergangenen goldenen Zeiten, in denen sie sich immer noch wähnen; und wieder andere vergraben Kuhhörner bei Vollmond an Feldrainen, um kosmische Kräfte zu beschwören oder die Ernte vor den Unbilden der Witterung oder weiß der Himmel vor was für Geistern zu schützen.

"Versteh mich bitte nicht falsch, Osram, ich will nicht die Leute verurteilen. Im Gegenteil. Ich bin überzeugt, die Menschen können nur über eine ganz begrenzte Zeit die Kraft aufbringen, aktiv zu kämpfen. Irgendwann ist das Potential aufgebraucht und sie sehnen sich nach eigenen vier Wänden und Geborgenheit und von mir aus nach Familie und etwas Religion, damit sie sich nicht allen Problemen stellen müssen, nicht irre werden am Leben. Das ist einfach so. Es ist so etwas wie eine Grundstruktur des Menschen, ein eiszeitliches Bedürfnis, das bis heute Gültigkeit besitzt. Jeder braucht seine Höhle, in die er sich verkriechen kann und seine Horde, bei der er sich wohl fühlt und geborgen ist. Was soll daran verkehrt sein? Aber eigentlich, Osram, sag selbst: Hatten wir uns das alles nicht anders vorgestellt damals? Oder?“ Er lachte. Und es klang, als lache er nicht oft. Er konnte es nicht richtig. Sein Körper war unbeteiligt.

„Kann schon sein“, sagte ich, fast sprachlos über Ortliebs Redeschwall, „aber es gibt auch Menschen, die ihr Leben lang ihrem Weg treu bleiben.“ Ich dachte an Thomas Brendel.

Als habe er gar nicht auf meine Worte geachtet, sagte er: „Wir haben davon geträumt, etwas Besonderes zu werden.“

Die Zeit dehnte sich ins Nirgendwo. Es war unerträglich. Ich stemmte mich dagegen: „Aber davon träumen doch alle Jugendlichen zu allen Zeiten...“

„Aber nicht so! Unsere Träume hatten doch etwas Reales, oder? Musiker werden! Einen Hit schreiben! Und du: Du wolltest ein bekannter Maler sein. Das war doch nicht zu hoch gegriffen. Das war möglich!“ Er nahm einen Schluck.

„Nun, ich bin meinen Stars irgendwie treu geblieben.“ Sein Blick wies nach oben. „Und du?“

„Kunstlehrer.“

Als ich das Wort sagte, fühlte es sich an, als werde mir etwas Spitzes in die Brust gerammt.

„Und das ist prima“, versuchte ich mit Worten die Spitze herauszureißen, „ich habe Geld und jede Menge Zeit zum Malen. Besser kann es doch gar nicht sein!“

„Und“, fragte mein Bruder, „wann war deine letzte Ausstellung?“

Kurz trafen sich unsere Blicke, dann schaute jeder in eine andere Richtung. Beide schwiegen wir. Und im Stillen gab ich ihm Recht: Unsere Träume waren weiß Gott nicht zu hoch gegriffen gewesen. Nur, meine Träume waren nicht zerflossen, ich selbst hatte sie zerstört. Nach dem BGS wollte ich Kunst studieren. Richtig Kunst, freie Malerei, nicht Kunsterziehung. Ich wollte der Welt beweisen, was ich konnte. Auch, weil mich immer noch wurmte, dass Thomas Brendel gesagt hatte, ich würde pseudoheile Kacke malen, in einem Stil, der über 100 Jahre tot sei!

Ich hatte alles fest geplant. Selbst die Uni hatte ich mir ausgesucht, und was machte ich Idiot? Ich zermürbte mich mit Gedanken an Elsbeth, während die Unterführer beim Grenzschutz von kleinen schwarzen Punkten am Horizont faselten und wir uns wie einst die Väter in den Dreck schmissen. Während ich mit der Schulter auf mein MG 42 knallte, während ich ein Hakenkreuz auf dem Schloss des Maschinengewehrs entdeckte, so dilettantisch weggeschliffen, dass es klar zu erkennen war, dachte ich, sie könnte fremdgehen, mich am Ende verlassen. Ich war der brave Soldat Grahl und habe in Gedanken immer von Wochenende zu Wochenende gelebt – und nicht auf ein Leben für die Kunst. „Die Spannfeder des MG 42 ist aus einer Legierung, deren Zusammensetzung die Wissenschaftler von damals mit ins Grab genommen haben.“ Warum habe ich den perversen Stolz auf die deutsche Wissenschaft von damals nicht richtig mitbekommen? Warum merkte ich nicht, wie heimlich wieder alles Mögliche aus den Löchern kroch?

Was macht Elsbeth in diesem Augenblick, war alles, was ich zu denken vermochte in jener Sekunde, in der ich mein MG aufraffte, allzu gedankenlos das Erbe des Geschichte auf meine Schultern lud und rannte, als hätte ich sie nicht mehr alle!

Es gehöre Mut dazu, nein zu sagen, hatte Thomas Brendel mal gemeint. Und es gibt immer einen Weg, für jeden, es zu tun.

Ich habe nicht einmal darüber nachgedacht. Warum fiel mir das jetzt erst auf?

Je näher das Ende der Dienstzeit rückte, desto größer wurde in jenen Tagen die Angst, Elsbeth könne mich versetzen. Diese dämliche Angst wuchs sich zu einem richtigen Phantom aus, und ich verrannte mich in die Idee, in Regen und Eiseskälte draußen halbnackt herumzulaufen, nur um krank zu werden! Um am Sonntag nicht zum Standort zurückzumüssen!

Ich hatte dann tatsächlich über 39° Fieber, als es passierte: Gebeutelt von Schüttelfrostschauern und Hitzewallungen zeugte ich. Im Januar war es dann erwiesene Sache. Die Hochzeit wurde angesetzt und ich schaltete auf Kunsterzieherstudium um. Familie ernähren.

„Recht so, mein Junge, das ist vernünftig!“

In einer irrsinnigen Welt vernünftig sein zu sollen, ist schon wieder ein Irrsinn für sich - oh, Mann!

„Eine Zeit lang werdet ihr euch zur Decke strecken müssen, aber dann... Ihr werdet es schon schaffen, mein Junge!“

„Die Scheiß Bundeswehr!“, sagte Ortlieb. Wie mit einem Säbelhieb habe sie sein Leben zerschnitten. Hinterher war alles anders. "Weißt du, Osram, wir hätten uns wehren müssen, nicht alles mit uns machen lassen dürfen. Beatmusik! Aufbruch der Jugend! Wir tobten ein paar Jahre herum, dachten, die Welt weiß Gott wie verändert zu haben, und dann stellte man eines grauen Morgens fest: Es hat sich so gut wie nichts verändert!" Und jetzt sei es zu spät.

Ich starrte auf Ortliebs Rücken, denn er hatte sich erhoben, war hinüber zum Teleskop gegangen, über dem die Kuppel immer noch weit offenstand. Ortlieb schaute hinauf in den Nachthimmel, der aussah, als sei er an die Decke gemalt, ähnlich dem Himmel an der Zimmerdecke des Schlafzimmers von Ludwig II. auf Neuschwanstein. Auch so ein gescheiterter Phantast.

„Manchmal denke ich, es folgt alles einem Plan, den wir nicht durchschauen können.“

Wie klein Ortlieb neben dem Fernrohr wirkte unter der hohen Kuppel, als er das sagte.

„Möglicherweise steht hinter allem ein Sinn, eine höhere Ordnung“, erzählte er den Sternen. „Etwas, das ich noch nicht begreife. Wohl nie begreifen werde. Ich nicht. Niemand.“ Dann ging er hinüber zur Stereoanlage. Wieder ertönte Bruckners vierte Sinfonie.

„Wer weiß, wozu Vaters Erblindung gut ist. Es wird doch wohl einen Sinn haben, oder? Was meinst du, Osram? Möglicherweise werden wir es eines Tages wissen.“

Armer Ortlieb, dachte ich, was musste er unter seiner Schuld leiden, dass er sich in solche abstrusen Ideen rettete. Wie viele Nächte mochte er hier in diesem Kuppelschloss herumgelaufen sein, ganz allein mit sich und den Selbstvorwürfen, bis er dieses Gedankengebäude zu seiner Seelenrettung ersonnen hatte. Niemand nahm ihn in die Arme, tröstete ihn, half ihm. Ich nicht, und auch sonst keiner.

„Warum holst du dir nicht noch jemanden hier herauf“, fragte ich in die Stille hinein. „Wenigstens eine Haushälterin.“ Doch er hatte mich wohl nicht gehört.

Wir sind dann hinausgegangen an die kristallklare Luft, die von den Sternen hernieder wehte. Kein Zeichen einer menschlichen Siedlung ringsumher, nur Felsen unter uns, Bäume in den Tälern ringsum, ein riesiger Himmel. Ortlieb führte mich zum Rocco di sposalizio inocento. Er sah tatsächlich aus wie ein zusammengeducktes Liebespaar, das auf dem Boden hockte. Ihre Oberschenkel bildeten eine Bank, und ihre Körper die Lehne. Wir setzten uns. Das Gestein hatte noch die Sonnenwärme des Tages gespeichert, und ich ließ meine Hand darüber gleiten, fand eine Vertiefung, und als ich tief hineinlangte, ertasteten meine Fingerspitzen die Ringe, von denen Ortlieb mir erzählt hatte. Es waren mehr, als ich angenommen hatte. Viel mehr.

„Unser Leben ist wie der Halleysche Komet“, fing Ortlieb unvermittelt zu sprechen an, „er kommt, eine Zeit lang sieht man ihn, dann verschwindet er wieder, und woher er kommt, wozu er überhaupt existiert, wohin er eines Tages auf immer verschwinden wird, das kann letztlich niemand beantworten.“

Und später: „Siehst du den Berggipfel dort drüben?“

Er zeigte auf ein Felsmassiv, das im bleichen Licht des Mondes wie aus Elfenbein gefertigt schien und wirkte, als gehöre es in eine andere Welt.

„Der Monte Bianco. Dort werde ich eines Tages hinaufsteigen. Eines Tages...“

Seine Augen leuchteten bei diesen Worten, und sie erinnerten mich an Opa Astenbeck.

Schon am nächsten Tag ging ich auf die Rückreise nach Deutschland. Die Ferien dauerten nur noch drei Tage. Beamtenschicksal.

Ortlieb brachte mich zum Auto und ich musste feststellen: Der andere, direkte Weg wäre wirklich viel einfacher gewesen. Dann war der Motor angesprungen und die Stille hatte sich zwischen die Felsen verkrochen.

„Das nächste Mal werde ich länger bleiben", rief ich meinem Bruder zu und winkte, als könne diese fadenscheinige Geste etwas verändern. Er stand ruhig da und lächelte ein verhaltenes Lächeln. Seine Zähne leuchteten. Dann war er aus meinem Rückspiegel verschwunden.

An jenem Tag habe ich meinen Bruder zum letzten Mal gesehen.

4

In Auerbachs Schmiede

Unten war alles verstummt. Maria Oberstaller hatte sich wohl zur Ruhe begeben. Sicherlich trug sie ein dickes weißes Nachthemd mit einer roten Stickerei am Saum. Ich stellte mir vor, wie sie ein zufriedenes Dankgebet sprach, frei von verzweifelten Bitten. Und dann vertraute sie sich einem Federbett an, voluminös und warm.

Eigentümlich: Da malt sich ein Kerl in den besten Jahren aus, wie eine alte Frau zu Bett geht und empfindet dabei zum ersten Mal seit Wochen einen Hauch von innerem Frieden!

Irgendwann knatterte ein Mofa vorbei, das Geräusch verlor sich, und danach war es noch stiller als zuvor.

Ich ließ meine Augen im farblosen Licht des Vollmondes wandern. An der Verpackung mit dem Diktiergerät verharrte ich. Daneben lagen die Kassetten.

Strenggenommen war es Einbruchdiebstahl gewesen. Hatte ich doch die Dinger einfach aus Lys Horvays Wohnung mitgehen lassen. Was war mir dabei eigentlich durch den Kopf gegangen?

Dass ich auf den Bändern Thomas Brendel etwas Angenehmes über mich sagen hörte? Vielleicht ein paar Tipps für Ausrüstung und Reiserouten durch das von Erdbeben verwüstete Grahlsland? Hoffte ich, dass er mir Absolution erteilte? Oder wollte ich einfach nur seine Stimme hören?

Egal, was es war: Mir wurde plötzlich bewusst, dass ich kein Recht hatte, die Kassetten abzuhören. Sie waren nicht für mich bestimmt. Thomas Brendels Gedanken – was gingen sie mich an? Ich hatte ihn damals fortgestoßen – jetzt durfte ich von ihm keine Hilfe erhoffen, hatte allein klarzukommen.

In jenem Augenblick gelangte ich zu der Überzeugung, es aus eigenen Kräften schaffen zu können.

Ich dachte an Opa Astenbeck. Schien er nicht zu Lebzeiten schon so gut wie tot zu sein? Und dann, mit einem Lächeln, einem letzten warmen Windstoß seines Lebens, hatte er sich so etwas wie die Erfüllung des Daseins geschnappt und war mit vollen Händen ins Jenseits verschwunden. Oder Victor Auerbach, von dem noch ausführlich zu reden sein wird! Auch er ließ sich durch nichts von seinem rostigen, apokalyptischen Weg abbringen.

Aus welchen Quellen haben diese alten Knochen ihre Kraft geschöpft?

Es war ein ungemütlicher Novembertag. Ich hockte in meiner Wohnung auf Brendels Firmengrundstück und pinselte lustlos an einem Bild herum, und es war mir von Anfang an klar, dass es auch diesmal nichts werden würde. Sowas spürt man einfach. Irgendwelche Figuren lehnten apathisch in dunklen Räumen herum als warteten sie darauf, dass jemand die Beleuchtung einschaltete, damit sie den Ausgang fänden.

Das große Gemälde, dass ich im Sommer fabriziert hatte, stand umgedreht an der Wand. Ich mochte es nicht sehen. Und die Flasche Frascati hatte gerade ihren letzten Tropfen herausgerückt.

Unverrichteter Dinge bin ich dann fortgegangen, hinaus in den nebligen Tag, um irgendwo Ablenkung, vielleicht ein Lachen, aufzuspüren. Diese beschissenen Wechselbäder jedenfalls waren nicht mehr auszuhalten.

Dabei hatte ich geglaubt, es sei der Durchbruch gewesen! Das sei das Bild, an das sich andere reihen würden, kraftvoll und unverwechselbar! Mit denen ich endlich eine Ausstellung beschicken konnte.

Die neue Lebensgefährtin von Herrn Brendel betrieb eine Galerie, und dort könne ich an die Öffentlichkeit treten, hatte er gesagt. Wem wurde so nebenbei eine derartige Chance geboten? Osram Grahls Vernissage in der Galerie Grenz-Jacobi! Doch ich wehrte ab. Es seien noch nicht genug Exponate. Nicht genug? Ich hatte kein einziges Exponat.

Die Hände in den Taschen, trottete ich durch die Straßen, und das Grau des Tages inszenierte den fallenden Herbstblättern ihren letzten leisen Auftritt.

Ich glaube, ich habe schon verschiedentlich erwähnt, wie empfänglich ich für derartige Stimmungen bin! Alles, was mit Vergehen, mit Herbst und dumpfen Nebeln und Dahinscheiden zu tun hat, ist in der Lage, mich zu Tränen zu rühren!

Zum Glück hatte Waltraud, die Freundin von Petra Müller-Nythard, mich an jenem Tag mit ihrem Besuch verschont. In letzter Zeit hockte sie manchmal stundenlang bei mir herum, starrte mir auf die Hände, bis die nicht einmal mehr den Weg zur Leinwand fanden. Und nie sagte sie ein einziges Wort.

An dem Abend der spontanen Sitzgarniturfete stand sie irgendwann vor mir, und dieser Blick erinnerte mich an einen streunenden Hund, der von jedem Hof mit einem Tritt verjagt wird.

Natürlich war es pures Mitleid, als ich sie aufforderte, mit mir zu tanzen. Vielleicht hatte ihr rotes Handgelenk, das Gernot ihr verpasst hatte, den Ausschlag gegeben. Es wirkte wie entzündet.

„Er ist nicht mehr da“, flüsterte sie in meinen Armen, als wolle sie mich beruhigen. „Ich habe mit ihm endgültig Schluss gemacht.“

„Mit Gernot?“, fragte ich überflüssigerweise.

„Er liebt mich ja sowieso nicht.“ Sie hob das Handgelenk. Peter nickte herüber. Seine Frau tanzte mit dem Sonettendichter, und es sah aus, als choreografiere er sein neuestes Elaborat und setze es in ausdrucksvolle Schrittkombinationen um. Sein Pferdeschwanz schlug das Metrum. Zwei der Schaufensterpuppengrazien tanzten fest umschlungen miteinander. Die dritte konnte ich nicht entdecken.

„Keiner macht sich wirklich was aus mir.“

„Wie bitte?“ (Ich hatte nur mit einem Ohr hingehört.)

Christine war leider an dem Abend nicht aufgekreuzt. Waltraud wiederholte den Satz, und es klang, als hielte sie sich für einen Staubflusen, den man nicht einmal unter den Teppich kehrt.

„Quatsch“, sagte ich. „Wie kommst du auf diesen Unsinn? Bloß weil dein Gern-Idiot sich derartig bescheuert aufführt? Es gibt doch noch andere Männer auf der Welt.“ Ich dachte dabei keinesfalls an mich.

„Alle Frauen hier sehen so toll aus.“

Was wollte sie hören? Das auch sie gut aussah? Bitte! Es kostete ja nichts! (Hätte ich doch geahnt, was es mich noch kosten sollte!) Ich sagte: „Du doch auch.“

„Findest du?“

„Aber ja.“

Warum nur sagte ich so etwas?

Gerade in diesem Moment tanzte Peter vorbei und rief: „Na, ihr beiden!“, zwinkerte uns zu, Isabellas verwegenes Lachen an sich drückend.

„Siehst du, sie lachen über mich.“ Waltraud war gar nicht so dumm, denn genau das hatte auch ich empfunden.

„Unsinn“, sagte ich. „Warum sollte er?“

„Weil du mit mir tanzt, als machtest du dir was aus mir. Dabei...“ Sie brach den Satz ab. Dann sagte sie: „Das stimmt ja auch. Die spielen doch alle nur miteinander. Richtig ernst meint es keiner. Und du auch nicht.“

„Ich meine alles ernst, was ich tue“, rief ich, zog sie aufmunternd lächelnd an mich und wünschte mich weit fort.

Petra lachte laut auf, streckte das Sektglas in die Luft, als sei es eine Lampe, mit der sie die Welt und ihre Herrlichkeiten ausleuchten wollte.

„Würden wir sonst so miteinander tanzen?“, fragte ich.

Das verzweifelte Flackern in Waltrauds Augen amüsierte mein beschwipstes Gehirn. Auf ihrer kindlichen Psyche ließ sich spielen wie auf einer Klaviatur.

In jener Nacht trank ich wie ein Besessener, rauchte, redete Sachen, an die ich mich schon Sekunden später nicht mehr erinnerte.

Thomas Brendel hatte mal gesagt, dass alle, die Dope nehmen, den Tag fürchten, an dem sie auf den Teufelstripp müssten. Das hat mich schwer beeindruckt. Es klang, als sei man den Mechanismen hilflos ausgeliefert, als seien Verstand und Wille ausgeschaltet. Da blieb ich lieber beim Wein. Das waren kleine, dosierbare Untergänge. So etwas hatte man im Griff.

Ich habe es dann nicht übers Herz gebracht, Waltraud zu widersprechen. Ich spürte, dass sie die Nacht nicht allein sein wollte. Vielleicht habe ich es auch irgendwann zum Ende der Party selbst so gewollt; so in der Art, Waltraud sei eine Sünde wert.

Als wir am Morgen nebeneinander aufwachten, wusste ich nicht, was da geschehen war. Eine fremde Frau lag in meinem Bett, und ihr verbrauchter Atem schlug mir ins Gesicht. Wahrscheinlich waren meine eigenen Gerüche keine Spur besser. Aber wir sprachen ohnehin kaum.

Eine zermürbende Leere hing schwer im Raum, und doch schwebte etwas über uns, eine Affinität, die mich erstaunte. Und die mich abstieß, die Gräben zwischen uns auszuheben schien, Wälle aufwarf.

Auf meinem Nebelspaziergang hatte ich kurz bei Müller-Nythards vorbeigeschaut, um wenigstens für eine Stunde unter Leute zu kommen. Petra wollte wissen, ob Wally heute schon bei mir gewesen sei. Und als ich verneinte, ließ sie wie nebenbei zu Peter fallen, dann habe sie wohl doch recht gehabt, dass es Waltraud und Gernot waren in diesem roten 912er vorhin.

„Hoffentlich macht sie keinen Fehler.“ Petra schaute mich aus den Augenwinkeln an. „Aber ich habe mir gleich gedacht, dass sie sich von diesem Idioten nicht lösen kann. Sei bloß vorsichtig, Lloyd.“

„Du könntest dich auch verguckt haben“, gab Peter zu bedenken. Und Petra fauchte lächelnd zurück: „Unsinn! Ich vergucke mich nie!“ Und sie riet mir, mich nicht zu sehr in Waltraud zu engagieren. Sie spiele gerne mit gezinkten Karten. Aber das solle ich für mich behalten.

„Müssen wir nicht bald los?“, fragte Peter leicht ungehalten.

„Ich habe gesagt, dass wir erst um 16 Uhr kommen.“ Petra war noch nicht mit dem Nägellackieren fertig. Sie ließ die Finger in der Luft spielen, als wärme sie sie auf für ein Klavierkonzert.

„Ihr wollt fort? Dann will ich nicht stören.“ Ich erhob mich.

„Du kommst natürlich mit“, rief Petra, ihre Nägel wie eine Kostbarkeit betrachtend. Ihr Vater feiere seinen 63. Geburtstag, nur im Familienkreis, aber ich hätte ihrer Mutter so gut gefallen! Nein, das habe sie wirklich betont. Sie sei begeistert, wenn ich mitkäme.

„Na, mein lieber Lloyd“, meinte Peter daraufhin, „da hast du wohl keine andere Wahl. Gegen die Frauen des Nythardclans ist man machtlos. Das ist mir inzwischen klar geworden.“ Petra lachte, als sei es ein Kompliment gewesen. Und sie sagte zu Peter: „Machst du bitte das Kind zurecht. Meine Nägel sind noch nicht ganz trocken.“

Charlotte saß oben im Kinderzimmer vor dem Fernseher und betrachtete, den Schüssen und dem Gewieher nach zu urteilen, einen saftigen Western.

„Oh, wie schön, dass Sie mitgekommen sind, Lloyd“, frohlockte Frau Nythard und eilte zum Sideboard, um ein weiteres Gedeck für mich herauszunehmen. „Setzt euch doch, Kinder, Vater wird gleich da sein. Er wollte nur schnell aus dem Büro ein paar Unterlagen holen. Ihr kennt ihn ja. Sogar an seinem Geburtstag – ja, setzen Sie sich nur hier her, Lloyd – gönnt er sich keine Ruhe. Dabei hat sein Arzt ihm dringend angeraten, kürzer zu treten.“ Er habe nämlich gerade erst – „Tinie! Kommst du bitte?“ – einen neuen Schrittmacher eingesetzt bekommen. Aber er wisse natürlich alles besser. „Tinie! Wo bist du denn!“ Sie hatte die letzten Worte in den Flur hinausgesungen. Mein Herz begann zu schlagen, Schritte erklangen, Köpfe fuhren herum, und alles blickte zur Terrassentür.

„Lasst euch nicht stören.“ Es war nicht Christine, es war der Alte aus dem Schrott. Mit einem krachenden Geräusch rammte er ein rostiges Objekt auf die erlesene Kaffeetafel, sodass einige der Zuckerblüten vor Schreck hinter dem Baumkuchen in Deckung gingen. Kleine Rostpartikel schneiten herab. Frau Nythard starrte entsetzt herüber.

„Ihr habt ja wohl nichts dagegen, wenn ich dem Geburtstagskind auch meine Aufwartung mache.“ Es war keine Frage, eher eine Feststellung, fast schon eine Zurechtweisung. Meine Blicke flogen zwischen dieser merkwürdigen Erscheinung und dem verrosteten Ding hin und her.

„Na, junger Mann“, schnarrte er, „Sie fragen sich sicher, was der alte Trottel da für einen Murks hingedonnert hat, wie?“

Nicht einmal die Rattenfellmütze hatte er abgenommen.

„Sagen Sie's geradewegs heraus. Macht mir gar nichts. Im Gegenteil: Wahrheit ist hier ein seltenes Gut. Man ist froh, wenn mal ein kleines Stückchen davon auf den Tisch kommt.“

Frau Nythard war auferstanden.

„War das nötig, Vater“, lächelte sie hilflos. „Konntest du das nicht woanders hinstellen? Schau doch nur, das schöne weiße Tafeltuch! Es ist hin.“

Als wäre es eine Antwort, ließ der Alte einen donnernden Furz raus, grinste zufrieden, und mir kam es vor, als habe er es tatsächlich mit Absicht getan: Eine Antwort auf das Klagen seiner Tochter.

„Aber Victor!“ Frau Nythards Blick entschuldigte sich bei mir. Petra war herbeigeeilt, und sie schien den Gegenstand des Anstoßes entfernen zu wollen, besann sich dann aber eines anderen. Stattdessen ordnete sie die Blüten wieder auf den Kuchen.

„Ich habe es `Tanz ums Verrostete Kalb´ genannt.“ Der Alte hatte sich eine Zuckerblüte geangelt, ein giftig türkisfarbenes Etwas, schob sie sich in den Mund und kaute malmend darauf herum, dass es knackte, als brächen ihm gerade sämtliche Zähne aus.

In irgendeiner Ecke hockte Peter und grinste vor sich hin. Das Kunstwerk, es sollte ja wohl eins sein, prunkte immer noch unangetastet inmitten der geschmackvollen Dekoration wie ein aus der Unterwelt emporgestiegener Erzgeist, der, vom Tageslicht geblendet, einen Augenblick wartet, ehe er sich zu drehen anfängt und alles hinwegtanzt, was sich ihm in den Weg stellt.

Der Schöpfer dieses Miniaturgolems hatte sich neben mich auf den Stuhl fallen lassen. Der Geruch von heißem Eisen, von glühenden Schweißnähten wehte mir entgegen. Der Alte aus dem Schrott betrachtete liebevoll seinen ehernen Homunkulus, als warte er auf dessen erste Regung.

„Wussten Sie, junger Freund“, wandte er sich mir zu, „dass die Erde zu fast einem Drittel aus Eisen besteht? Dass Eisen somit eine Grundsubstanz dieser irren Welt darstellt? Und dass das Herz dieses verkommen Balles sozusagen aus Eisen ist?“

Ich starrte ihn an. Woher kam nur diese blecherne Stimme? Wer sprach da eigentlich? Ich hatte seine Lippen beobachtet, doch die metallenen Geräusche kamen nicht von dort. Und je genauer ich hinhörte, umso mehr glaubte ich festzustellen, dass die Worte direkt aus seinem Herzen kamen! Oder, vielleicht, aus der Brusttasche seines Jacketts. Und als er sagte: „Rost ist das Symbol dieser Welt. Er verkörpert Vergänglichkeit und Einheit. Der Rost schweißt die Einzelteile zusammen, ehe alles endgültig zerfällt“, war ich mir sicher: Seine Worte tönten aus der Gegend seines Herzens. Sein Mund machte nur die Bewegungen.

Er musste mein Erstaunen, meine Bestürzung verspürt haben. Er schnarrte: „Meine Stimme verwirrt Sie wohl, wie?“ Er hob die Hände und nestelte an seinem Cowboyhalstuch herum.

„Victor, bitte!“, flehte Frau Nythard ungehört.

„Sehen Sie!“

Er hatte das Tuch aufgeknöpft. Sogar Peter vergaß zu grinsen. Die Stille im Raum hatte alle in ein vibrierendes Standbild verwandelt. Es war der Alte, der die Regentschaft übernommen hatte. Wie bei einer Hinrichtung war die Aufmerksamkeit in unerträglicher Weise auf den einen Augenblick gebündelt. Wann kam der Ruck? Wann sauste das erlösende Beil? Frau Nythard hielt mit der sonnenverbrannten Hand ihre Gurgel umspannt.

Dann fiel das Tuch. Eine Narbe kroch über den Hals wie ein bläulicher Tausendfüßler, und an einem Band war ein kleines Döschen befestigt, von dem dünne Drähte, eben die Drähte, die ich damals schon bemerkt hatte, in den Kragen der Jacke führten.

„Es ist ein Mikrofon“, plärrte die Stimme. „Ich habe keinen Kehlkopf mehr. Krebs.“ Frau Nythard ordnete fahrig ihre Brombeerhaare.

„Aber Medizin und Technik machen es möglich. Er konnte mich nicht besiegen!“ Und unter einem listigen Hähähä tippte er mit dem Finger auf das Mikro, und aus seiner Brusttasche trommelte ein dumpfes Ploppen, eine Art wilder Herzschlag.

„Nur keine Angst“, sagte er, „es kommt nur das heraus, was ich sage!“ Er beugte sich mir zu. „Und unter uns gesagt: Man hält mich hier für verrückt!“

„Aber Victor!“ Frau Nythard war ganz flatterig.

„Sei still! Es stimmt doch! Oder etwa nicht?“ Seine Augen funkelten. Erstmals schien er aufgerührt. Seine Fäuste ballten sich, entspannten sich aber gleich wieder. Draußen fuhr ein Wagen vor.

Das Geburtstagskind hatte ein verdächtig rotes Gesicht. Mit quirligen Steppschritten kam er ins Zimmer gerannt, ganz Freude und voller Temperament, von einer Beweglichkeit, die man häufig an kleinen dicken Männern beobachtet. Ein stilles Genießen scheint ihnen fremd zu sein; als sei Ruhe gleichbedeutend mit verlorener Zeit.

„Na, da bin ich ja noch rechtzeitig eingetroffen“, rief er und klatschte sich selbst Beifall.

„Herzlichen Glückwunsch zum Geburtstag, Paps!“ Petra hatte sich auf ihren Vater geworfen und küsste ihn heftig.

„Holla, holla!“, rief er, „so bin ich ja lange nicht mehr geküsst worden! Das lasse ich mir gefallen, Petilein!“

„Wenn du mich noch einmal so nennst, küsse ich dich nie wieder“, rief Petra, lachend zwar, aber es klang tödlich ernst.

„Oh, was haben wir denn da?“ Herr Nythard hatte die Skulptur entdeckt. Er tat ein paar Schritte, blieb davor stehen und fragte: „Das ist ja wohl auch für mich?“ Er schaute den Alten an, dann nahm er das Ding in die Hände, drehte es und meinte: „Interessant. Wie heißt es?“

„Tanz ums verrottete Kalb“, rief Peter von seinem Sessel.

„Ach, der Herr Schwiegersohn. Grüß dich, Peter. Wie sagtest du? Tanz ums Goldene Kalb?“ Er zog die Augenbrauen in die Höhe, und er wirkte wie ein dicker Priester, der mit Erstaunen die Beichte eines Sünders seiner Gemeinde entgegennimmt und dabei an seinen Kalbsbraten denkt.

„Ums verrostete Kalb“, grunzte die Schepperstimme neben mir und setzte als Schlusspunkt einen Furz hinter seine Worte.

Erst einige Flaschen Sekt lösten den Knoten in der Runde ein wenig. Der Alte hatte sich zurückgezogen, nicht ohne sich ein paar der schrillen Zuckerblüten in die Taschen zu sammeln.

Als ich spät abends nach Hause kam, hockte eine Gestalt zusammengekauert auf der Eisentreppe, und zwei Augen voller Angst schauten mich an. Als Waltraud mich erkannte, versuchte sie zu lächeln, aber es reichte allenfalls für ein verzerrtes Grinsen.

„Was ist denn los“, fragte ich und stöhnte in Gedanken, denn ich ahnte, was gleich passieren würde. Sie zitterte vor Kälte – oder Angst.

Ich merkte, dass ich eine Melodie pfiff, als ich an Waltraud vorbei die Treppe hinaufstieg. Meinen Wunsch nach einem heißen Bad und dem Versinken in einen traumlosen Schlaf konnte ich abschreiben. Irgendwas musste passiert sein. Ich sah stundenlange Gespräche vor mir.

Sie könne mit keinem so gut reden wie mit mir, hatte sie mir kürzlich gestanden. Niemand höre ihr richtig zu. Nur ich. Ich sei so stark, als könne mir nichts etwas anhaben!

Als ich das Licht anknipste, stach mir ein von frischen Schrammen durchkreuzter veilchenfarbener Fleck auf ihrer Wange in die Augen. Sie sei gestürzt, erzählte Waltraud mir. Sie habe ihren Schlüssel verloren, und bei dem Versuch, in das offene Toilettenfenster zu klettern, sei sie abgerutscht. Ob sie bei mir bleiben könne?

Was sollte ich machen! Mir lag auf der Zunge, sie solle bitte einen Schlüsseldienst bemühen, aber irgendwas hielt mich davon ab. Ich kochte erst einmal einen Kaffee. Den hatte ich dringend nötig. Sie hockte sich derweil auf Opa Astenbecks Thron, – was ich ihr nicht erlaubt hatte – zog ihre Beine unter den Körper, ein Arm steckte verdreht hinter dem Rücken, und es wirkte, als wolle sie sich gänzlich in sich zurückziehen.

Was mochte sich hinter den Schrammen und blauen Flecken verbergen, überlegte ich, während das Kaffeewasser zu summen begann. Kurz hatte ich die Idee, sie habe sich selbst verstümmelt, um mein Mitleid zu erzwingen, um einen Grund zum Bleiben vorweisen zu können. Am Vortag hatte ich sie nämlich weggeschickt mit den Worten, ich könne nur malen, wenn ich allein in der Wohnung sei.

Doch ich verwarf die Selbstzerstümmlungstheorie. Außerdem kochte jetzt das Kaffeewasser und ich musste mich darum kümmern.

Während wir kurz darauf den Kaffee tranken, betrachtete ich die Schrammen. Es waren drei deutlich abgegrenzte Spuren, gleichmäßig wie Notenlinien.

„Dornen eines Rosenbusches“, flüsterte sie, als wolle sie meine Zweifel ausräumen. „Du glaubst mir nicht, stimmt´s?“

Wieder dieser furchtsame Blick. Was ängstigte sie so? Der Rosenstrauch würde sie ja wohl kaum verfolgen.

Ich schaute den blauen Fleck genauer an. Er wurde immer größer, ging an den Rändern in einen modrigen Grünton über. Taufrisch war der jedenfalls nicht mehr. Und plötzlich sah ich die Fete vom Sommer wieder vor Augen, die Szene in Müller-Nythards Garten. Ich fragte: „War es Gernot?“

Waltraud zuckte zusammen, als hätte ich sie geschlagen, und stieß ein leises Quieken aus. Die Kaffeetasse klapperte in ihrer Hand. Da merkte ich, dass Wally ihre Tasse mit links hielt.

„Was ist mit deinem anderen Arm“, fragte ich. Ärger stieg in mir hoch. Und als sie immer noch nichts sagte, sich nur stärker zusammenzog, erhob ich mich und ging auf sie zu.

„Was ist mit dem Arm? Ich tue dir doch nichts. Raus mit der Wahrheit! Es war doch der Kerl, oder? Zeig schon her!“ Ich griff nach ihrem Arm und zog ihn hinter ihrem Rücken hervor. Sie stöhnte aus tiefster Kehle. Ich betrachtete mir das Elend. Der kleine Finger stand völlig absurd seitwärts heraus, überhaupt, die ganze Hand wirkte in sich verschoben wie die Skulptur eines Kubisten.

„Wie ich Verlogenheit hasse“, rief ich, denn die Sachlage schien mir vollkommen klar. „Warum gibst du es nicht zu?“

Als Antwort stöhnte sie erneut.

Notgedrungen bin ich mit ihr ins Krankenhaus gefahren. Das Röntgenbild bestätigte einen komplizierten Handwurzelbruch. Sie musste gleich dortbleiben. Vermutlich hätten sich Knochensplitter so verschoben, dass eine Operation nötig werde. Doch erst müsse die Schwellung abklingen.

Als sie in ein Zimmer gelegt worden war, sagte sie: „Versprichst du mir, dass du jeden Tag kommst?“ Und ich dürfe niemandem davon erzählen. Ja, es sei Gernot gewesen. Er habe sie die Treppe hinuntergeworfen.

„Er ist einfach gekommen! Ich habe es nicht gewollt! Du musst es mir glauben...“ Und leise hängte sie an: „Bist du nun böse auf mich?“

„Ach was“, brummte ich, und sie flüsterte: „Hast du mich jetzt nicht mehr ... lieb?“

Was sollte ich ihr auf eine solche Frage erwidern? Ich konnte ihr, zumal in einer solchen Situation, wohl kaum mitteilen, dass ich sie noch nie auch nur so etwas Ähnliches wie geliebt hatte. Ich fragte: „Brauchst du noch was? Ein Buch vielleicht? Oder? Wirklich Nichts? Gut.“

Dann bin ich gegangen.

Sie hatte natürlich aus freien Stücken Kontakt mit diesem Gernot aufgenommen. Petra hatte ganz richtig beobachtet. Aber mir war's egal.

In den nächsten Tagen habe ich einige Male versucht zu malen, doch die Ergebnisse waren grausam; wie sollte dieses Geschmier jemals jemanden vom Hocker hauen?

Wütend auf mich selbst, ballerte ich die Pinsel in die Ecke und ersäufte die Erkenntnis meiner Unfähigkeit in Wein. Mit der Flasche in der Hand rannte ich wieder einmal, so oft in jener Zeit, durch die Wohnung und fragte mich, wo mein Talent geblieben sei? Ich konnte doch früher malen! Warum klappte denn jetzt nichts mehr?

Ich zerfledderte Kunstbände. Suchte nach Inspiration. Warf sie wieder fort. Sammelte die verfluchten Pinsel aus der Ecke hervor, quetschte Unmengen von Farbe auf die Leinwände, als quetschte ich mich selbst aus, als wollte ich das Letzte aus mir herausholen; doch es war anscheinend nichts drin.

Innerlich wie ausgehöhlt, schmiss ich mich aufs Bett und betrank mich anständig, spürte, wie sich meine Beine aufzulösen begannen, meine Arme allmählich formlosen Schwämmen glichen, mein Körper von den Laken aufgesogen wurde. Schließlich kroch ich auf allen Vieren zur Toilette, schaffte es nicht und erbrach mich mitten in das Badezimmer, würgte, bis nichts mehr herauskam. Völlige Leere. Ich starrte auf die stinkende Brühe, die mich umfloss, und das Gesicht des Selbstmörders von der Bischofsmühle schimmerte wie ein Wasserzeichen durch meine Gedanken. Irre ist er geworden, fuhr es mir durch den Kopf. Irre! Und deshalb hat er sein Leben von sich geworfen. Merkt man, wenn man verrückt wird? Oder kriegen es nur die anderen mit?

Und ich lachte, glaubte zumindest, dass ich lachte, doch was sich wie ein verzweifeltes Lachen anfühlen wollte, war nur ein letzter Stoß Galle.

Endlich raffte ich mich auf, zog meinen kraftlosen Körper am Waschbecken hoch und musste mir das hohle Starren einer Fratze gefallen lassen. Mit einem zitternden Faustschlag löschte ich ihr das Leben aus. Glassplitter flogen wie Konfetti durch die Luft. Die blutende Hand wickelte ich in ein Handtuch, und das verwundete Tier zog sich ins Bett zurück.

Waltraud war zu einer Woche Klinik verurteilt worden.

Und ein Idiot ist jeden Tag zu ihr getrabt, hat ihr wertloses Chichi mitgebracht, worüber sie sich vor Freude fast überschlug:

Ein kleines Porzellanschweinchen, ein Kleeblatt in Gießharz und ähnlichen Tand. Sie baute die Sachen andächtig auf dem altarartigen Nachtschrank auf, als wären es allesamt Splitter vom Kreuze Christi.

Und jedes Mal diese Tortur, endlich wieder wegzukommen.

„Bitte, bleib doch noch. Nur fünf Minuten." Und ich musste mich auf den Bettrand hocken und ihre klebrige Hand halten.

Es sei eine kaputte Tasse gewesen, sagte ich, als sie besorgt meinen Verband streichelte. Die dusseligen Krankenschwestern betrachteten uns mit einem milden Lächeln. Schön, wie die beiden sich gernhaben, leuchtete aus ihren Blicken.

„Jetzt weiß ich, dass du mich wirklich liebst", gestand Waltraud mir bei einem dieser quälerischen Besuche. Das Schweinchen erstickte in ihrer schweißfeuchten Hand.

„Es stimmt doch Lloyd, oder?"

Und ich habe ja gesagt, und anschließend bin ich wie gemartert durch die Gegend gerannt, verfluchte meine Feigheit und schwor mir, Waltraud beim nächsten Besuch reinen Wein einzuschenken. Und mit jedem Mal, wo ich es wieder vertagte, wurde die Hürde größer und größer, eine unüberwindliche Mauer.

An einem Bild zu arbeiten hatte ich aufgegeben. Um nicht wieder zu trinken, lief ich stundenlang durch das Grau der Dezembertage ohne zu wissen, wo ich hinwollte. Das Zeitgefühl war mir abhandengekommen. Nur am Rande bekam ich mit, dass die Grenze zur DDR irgendwann geöffnet worden war, dass beide Deutschlands unter trunkener Freude zu bersten drohten wie überreife Eiterbeulen. Was ging es mich an? Es war mir egal, es stieß mich eher ab.

Der Langelinienwall zog sich verlassen in endlose Länge. Eine Amsel flatterte vor mir auf, landete ein paar Meter vor mir, flog erneut ein Stück. Die Bäume waren kahl, standen schwarz und starr und glänzten vor Nässe. Totempfähle einer längst vergangenen Zeit. Braungelbe Blätter vermoderten in schwarzen Pfützen, wirkten wie alte Fensterlederfetzen.

Mit wem könnte ich reden? Wer könnte zuhören? Wer mich verstehen?

Hinter meinen Augen brannte es.

Das also war der Neuanfang. Meine große Karriere als Maler. Ich war zum Opfer meiner eigenen Träume geworden. Hatte Begeisterung mit Kraft verwechselt. Es war an der Zeit, mir einzugestehen, dass ich zu spät aufgebrochen war, dass man sein Leben nicht zurückkurbeln konnte wie einen Film.

Aber es gab doch Leute, die es in noch höherem Alter geschafft hatten. Was war bei denen anders?

Zum ersten Mal im Leben spürte ich den existenziellen Drang, mit jemandem zu sprechen.

Da besuchte ich ihn.

Ich benutzte die Gartenpforte, denn ich wollte vermeiden, dass mich jemand von den Nythards bemerkte. Ein Zusammentreffen hätte ich nicht ertragen. Selbst Christine schien ihren Reiz für mich verloren zu haben.

Rauch war mir schon von der Straße her in die Nase gestiegen, als wolle er mir den Weg weisen. Ich schlich den Pfad entlang, doch diesmal bog ich nach rechts ab, drang in die Metallgebirge, die Täler und Hohlwege seines Reiches ein. Der Geruch von Rost, diese Mischung aus Kraft und Verfall, war allgegenwärtig.

Als ich vor seiner Werkstatt stand, hatte ich das Gefühl, umkehren zu müssen. Ein leises Pingping, das Geräusch eines Hammers, der auf Metall schlägt, hielt mich zurück. Hephaistos war am Werk.

Ich atmete durch, straffte meinen Körper, drückte die Klinke nieder.

In jenem Augenblick, erinnere ich mich genau, war ich erfüllt vom Gefühl, das ich als kleines Kind am Heiligen Abend verspürt hatte, eine Art schwebender Teppich, gewebt aus feierlicher Furcht, vibrierender Erwartung und magischem Zauber. Und man steht da und wartet und weiß: gleich wird sich die dunkle Ahnung in lichtes Sehen verwandeln.

Als ich die Tür vorsichtig aufdrückte, drängte sich mir Wärme entgegen. An der gegenüberliegenden Seite, flankiert von Stahlregalen, loderte ein offenes Feuer, warf sein rotes Licht in den Raum, ließ die rostigen Metalle glühen und spuckte von Zeit zu Zeit Funken wie Wunderkerzen in die Luft. Es schien hier drinnen viel geräumiger zu sein, als ich von außen vermutet hatte.

Jetzt war das Pingping verstummt. Victor Auerbach hatte den Hammer auf dem Amboss abgelegt und wischte sich die Hände an seiner Lederschürze ab, während er sich kurz umdrehte. Dann ging er zu einer Stellage und angelte ein Stück Blech heraus, strich mit der Hand darüber, als wolle er eine Maserung erfühlen, nickte vor sich hin und brachte es zu einer Werkbank, neben der zwei Gasflaschen warteten. Nun nahm er das Metallstück, auf dem er bei meinem Eintreten gerade herumgehämmert hatte, drehte die Ventile des Schweißgerätes auf und entfachte die Flamme.

Erst jetzt entdeckte ich den Eisentorso, ein zweibeiniges Geschöpf, das trotz des sicher großen Gewichtes auf nur einer Fußspitze zu schweben schien, ein waghalsiges Ding, ähnlich dem Geschenk an Herrn Nythard, nur viel größer. Und es war erst bis zur kantigen Hüfte fertig. Hilfsstreben bewahrten es vor dem Umstürzen.

Der Alte veränderte die Luftzufuhr am Schweißgerät und die Flamme zischte blau auf, veränderte die Farbe ins Weißliche. Er schien zufrieden und platzierte eine Art Stativ neben der Skulptur, legte sein Eisenteil mit dessen Hilfe richtig an, trat zurück, prüfte, korrigierte, dann nahm er Schweißgerät und Schmelzdraht, Insignien seiner Macht, in die Hände, Funken sprühten und spröde Eisenstücke wuchsen zu etwas Neuem zusammen. Kräftiger Geruch füllte die Werkstatt, heißes Metall, fast aromatisch.

Das Eisenstück saß. Die Gasflamme erlosch. Victor Auerbach schob die Rattenfellmütze in den Nacken, betrachtete sein Werk. Schließlich wandte er sich mir zu, zündete sich eine Zigarette an und hielt mir das Päckchen hin. Rothändle. In der Schmiede schien es noch wärmer geworden zu sein.

„Danke."

„Na, wie geht's?"

Heute erschrak ich nicht vor seiner Stimme. Zwischen all dem Eisen war sie mit ihrem metallenen Klang zu Hause.

„Gut. Danke." Es war nicht gelogen. In diesem Augenblick ging es mir wirklich gut.

Er wechselte hinüber zum Kamin, legte Holz nach.

„Grässlich draußen, wie?" Er schürte das Feuer. Funken stoben. Es war richtig gemütlich. Kein Holz ringsumher, nur Metall und nackte Steine, und doch...

Ich nickte. Grässlich da draußen. Aber hier...

„Und wie komme ich zu der Ehre?", sprach er weiter. „Sonst verirrt sich kein Mensch in meine Schmiede. Ich glaube fast, man hat Angst davor." Er lachte, schien sich regelrecht über irgendetwas zu freuen. „Wohl so eine Art Atelierbesuch, wie? Sie sind doch der Künstler, von dem hier alle quasseln, oder?“ Er schaute mich geradewegs an. Und ich dachte: Mich bezeichnet man als Künstler, dabei bringe ich nichts zustande, und ihn, der wirklich etwas schafft, ihn nennt man insgeheim einen Verrückten.

„Um es gleich zu sagen“, fuhr er fort, „ich kann das Wort Künstler nicht leiden. Hat was Maniriertes. Die alten Griechen nannten die Kunst techné, was Handwerk und Kunstfertigkeit bedeutet. Das wird der Sache eher gerecht. Ich bin Handwerker.“

„Und ich Maler“, glaubte ich sagen zu müssen.

„Gut“, kam es zurück, er trat auf mich zu und reichte mir die Hand. „Ich heiße Victor.“

Rau und warm fühlte sich seine Haut an. Ich nannte meinen Namen. Er drückte zu, lächelte dabei fast spöttisch, sagte: „Grahl? Wohl der heilige Gral, den keiner findet, wie?“

Dann wandte er sich wieder seiner Skulptur zu. „Das hier ist mein Liebling. Werde ihn Apocalypso nennen.“ Er lachte scheppernd. „Der Tanz in den Untergang. Calypso war mal *in*, wie man heute sagt, nach dem Krieg, ein Modetanz, ziemlich lebhafte Geschichte.“

Mir fiel auf, dass wieder Tanzen im Titel vorkam. Wie beim Tanz ums Verrostete Kalb. Noch während ich überlegte, ob ich ihn daraufhin ansprechen sollte, erzählte er: „Musst wissen, heiliger Grahl, beim Tanz ist alles vereint: Entstehung, Leben, Untergang. Im Hinduismus bedeutet der Tanz Shiwas die ewige Bewegung des Universums, ein symbolischer Tanz, in dem Shiwa sowohl der Schöpfer als auch der Erhalter und Zerstörer der Welt ist. Aber soweit braucht man gar nicht zu gehen. Du als Maler kennst ja sicher das Wort Totentanz, oder? War in der Renaissance ein angesagtes Thema. Irre was? Wiedergeburt und Totentanz. Und all die anderen Tänze: Kriegstänze, Brauttänze, Kinderreigen, zu allen Anlässen wird getanzt. Selbst in den Untergang. Denk nur an die vielen Tanzveranstaltungen in Kriegszeiten. Habe es selbst erlebt. Man will noch einmal die Freude und Leichtigkeit des Lebens auskosten, die Schrecken für Augenblicke vergessen, ehe alles in Scherben geht. Deshalb werde ich ihn Apocalypso nennen – erschrocken?“

„Nein, nein“, antwortete ich, „es klingt nur ein bisschen frustrierend. Tanz in den Untergang.“

„Es ist die Wahrheit, das Leben. Warum sich was vormachen? Das Leben ist ein Tanz, in allen seinen Spielarten.“

Er hatte damit begonnen, Rohre herauszusuchen, zu prüfen, sie aneinander zu halten. Dann begann er aufs Neue: „Gab mal eine Zeit, da war ich verdammt runter mit den Nerven. Sah meinen persönlichen Untergang direkt vor Augen.“

Er trommelte mit den Fingern gegen das Cowboytuch. Das Ploppen klang wie ein kurzer, wilder Galopp.

„Hatte gerade meine erste Kehlkopfoperation hinter mir und es war fraglich, ob ich überhaupt durchkäme, geschweige denn, ob ich jemals wieder würde arbeiten können. Ist bald 23 Jahre her, und ich lebe immer noch. Ha! Habe weitergetanzt. Und ich bin überzeugt, dass ich das zum großen Teil meiner Arbeit hier verdanke.“ Er streichelte den Torso der Eisenskulptur.

„Wenn mein Apocalypso fertig ist, wird er nur auf der Fußspitze stehen. Alles genau berechnet. Ausbalanciert. Der wird wirken, als schwebe er über der Erde.“

„Haben Sie schon immer solche Metallskulpturen zusammengeschweißt? Wie sind Sie überhaupt darauf gekommen?“

„Kannst mich ruhig duzen. Wie ich darauf gekommen bin?“ Er hatte die richtigen Teile gefunden, alles passte zusammen.

„Nachdem ich aus der Klinik entlassen worden war, bin ich immer durch die Gegend gelaufen. War ein Wetter wie im Augenblick, trübe, kalt, feucht. Habe mich genauso gefühlt. Hatte keine Ahnung, wie es weitergehen sollte. Habe dann eines Tages etwas beobachtet.“

Er fing an, die Rohre zu erhitzen, trat einen Blasebalg, dass die Flammen aufloderten wie hochgescheuchtes Federvieh. Das Eisen begann zu glühen, dunkelrot, dann immer heller, orange, gelb, fast weiß. Welche Kraft das Feuer besaß! Sogar Eisen musste sich seiner Kraft ergeben.

„Mich quälte das Gefühl“, fuhr er fort, „überflüssig zu sein, zu nichts mehr nutze. Verstehst du? Komme also eines Tages durch eine Straße, weiß nicht mal mehr, welche, ist ja auch egal, und beobachte ein Mädchen, wie alt mochte es gewesen sein? Fünfzehn vielleicht, oder sechzehn. Und dieses Mädchen werkelte in irgendeinem Vorgarten herum. Hatte Rohre, solche wie diese“, er nickte zum Feuer, „in die Erde eingelassen und war damit beschäftigt, einen alten Kühlschrank oben draufzumontieren. Es hat mich fasziniert, mit welchem Ernst, mit welcher Grazie, trotz der schweren Arbeit, sie es machte. Ich glaube, es standen noch ein paar Jungen dort herum, ebenso davon gefesselt wie ich. Und irgend so ein Spießer schien vor Wut zu beben und tönte was von Sperrmüll, und da..." Er nahm das Eisenrohr aus dem Feuer, die Flammen fielen zusammen, der Blasebalg hatte sich in einen schlafenden Hund verwandelt, die Hühner saßen erschöpft auf der Stange, und Victor Auerbach klemmte das Werkstück in einen großen Schraubstock, um es zu biegen, „...und da hat das Mädchen, übrigens schön wie eine junge Diana, und so handelte sie dann auch, eine Schaufel zur Hand genommen und damit einen..." jetzt musste Victor Auerbach schmunzeln, und da erkannte ich sein Gesicht, erkannte ihn selbst wieder, „..feuchten Hundehaufen gegen die jungfräuliche Hauswand des Spießbürgers geschleudert. Es wird jedenfalls sein Haus gewesen sein. Und ich nehme auch an, dass der Haufen das Produkt eines giftigen Pekinesen war, der an der Leine des Kerls hing wie ein Wischmopp."

„Es stimmt", sagte ich.

„Es stimmt? Woher willst du das wissen?" Er hatte sich erstaunt umgedreht und schaute mir skeptisch in die Augen.

„Ich war einer der Jungen, die da am Rande herumstanden."

Victor Auerbach kniff die Augen leicht zusammen, als könne er so die Wahrheit besser sehen.

„Aha...", sagte er und drehte sich zu seinem Werkstück zurück.

„Das Mädchen hieß Anita", sprach ich wie in Gedanken.

„Hieß?", fragte Victor Auerbach, „wieso hieß? Sie wird wohl immer noch Anita heißen, oder?" Seine blecherne Stimme klang plötzlich noch seltsamer.

Ja, hieß, dachte ich, und ich sah einen kleinen Bauchnabel, so klein, als sei er gar nicht wirklich notwendig gewesen, als sei er nur der Vollständigkeit halber hinzugefügt...

„Sie ist tot."

Als ich das sagte, fühlte ich mich, als habe Victor Auerbach mir eins seiner glühenden Eisen in die Brust geschoben. Erstmals, so schien es mir, war mir die Bedeutung der Worte wirklich aufgegangen.

Victor Auerbach schien das bemerkt zu haben. Jedenfalls gestattete er uns einige Minuten des Schweigens. Nur sein Hammer ging auf und nieder und ließ das Metall singen, brachte es in Form. Als er fertig war, brummte er: „Tot also. Hm ... Gerade sie, die mir die Kraft gegeben hat, wieder an mich zu glauben. Irgendein junges Mädchen. Nicht zu fassen..." Er hob die Faust mit dem Hammer in die Nähe der Augen, ließ sie wieder sinken.

„Ha!", rief er dann, unbeholfen wie ein Flusspferd im Treibsand. „Sehe sie heute noch vor mir: grauer Pullover, wahrscheinlich vom Vater geklaut, jedenfalls ein paar Nummern zu groß, Haare, schwarz und glatt wie eine Madonna; und diese Augen! Wie von einer Göttin. – Und sie ist wirklich tot?"

Ich erzählte ihm, dass ihr bei einer Protestaktion gegen die Frankfurter Startbahn West jemand aus der Krone eines Baumes auf den Kopf gefallen war und ihr zartes Göttinnengenick geknickt hatte. Und immer noch kreiste in mir dieses Gefühl der Fassungslosigkeit.

Warum gerade sie?

Warum hatte es gerade Anita getroffen?

Warum war ausgerechnet ihr jemand aus der Krone eines Baumes auf den Kopf gestürzt?

Sie, die jeden Baum mühelos erklettern konnte?

5

Von Feuer, Tod und Leben

Später, in meiner Wohnung, schlug ich mit der flachen Hand auf den Lichtschalter, als wäre es die Klingel für eine Lokalrunde. Mit ein paar gewagten Tanzschritten drehte ich mich durchs Atelier, die Nachricht aus dem Briefkasten wie den Federbusch eines Cheerleaders durch die Luft wedelnd.

Herr Brendel bat mich anzurufen, sobald ich wieder zurück sei. Und wenn es die Nachricht vom Ende der Welt gewesen wäre, dachte ich in dem Augenblick, hätte es meinem Hochgefühl nichts anhaben können.

Nachdem ich mich einen Augenblick von meinem Fiebertanz, im Thron fläzend, erholt hatte, wählte ich Herrn Brendels Nummer. Meine Beine hielt ich gerade ausgestreckt, die Füße überkreuzt, wie es Cowboys in Western zu tun pflegen, wenn nichts auf der Welt sie erschüttern kann. Der Hausschlüssel wurde zum Zigarillo, und während es tutete, spielte ich spaßeshalber mit dem Gedanken, mir ein Halstuch á la Auerbach zuzulegen. Victor Auerbach hatte mich echt...

„Ja, Grahl hier! Osram Grahl. Ich sollte zurückrufen! Hoffentlich habe ich Sie nicht gestört - um diese Stunde?"

Hatte ich nicht. Herr Brendel gab den Hörer weiter, nachdem er ein paar Belanglosigkeiten durch die Leitung geschickt hatte. Es meldete sich eine melodische Altstimme: "Ja schön, dass Sie zurückrufen, Herr Grahl. Es geht um eine Ausstellung mit Ihren Werken. Ich plane gerade die Vorhaben des kommenden Jahres." Sie besaß eine wunderbare Stimme, die in mir sofort etwas zum Vibrieren gebracht hatte. Offenbar suchte Brendel die Frauen immer der Stimmen wegen aus, und es war mir fast egal, was sie sagte, wenn sie nur nicht aufhören würde, mit mir zu reden; und sie fragte, ob ich daran Interesse hätte, bei ihr auszustellen.

Ich erschrak. Wer, ich? Aber ja, natürlich, ich hätte Interesse, aber sicher doch, gar keine Frage, und schon hatte ich diese betörende Stimme, ehe ich es selbst begriff, in mein Atelier eingeladen, um ihr meine Bilder zu zeigen und sie begutachten zu lassen. Ja, Mitte Januar wäre prima, ja gut, und sicher würden wir vorher noch telefonieren, und: Aber ja, sie dürfe mich selbstverständlich für die Ausstellung einplanen, ja selbstverständlich, ja ich Ihnen auch, ich Ihnen auch! "Und vielen Dank für das Angebot. Auf Wiederhören!"

Der Hörer klackte auf die Gabel und mir wurde allmählich bewusst, dass ich soeben meine Vernissage verabredet hatte. In einem halben Jahr sollte Osram Grahl mit seinem hoffnungsvollen Werk an das Licht der Öffentlichkeit treten; und bereits im Januar wollte diese erotische Stimme vorbeikommen, um das Werk in Augenschein zu nehmen. Nur noch gut einen Monat hatte ich Zeit! Vier Wochen! 30 Tage! Was, 30 Tage nur noch? 30 läppische Tage?

Meine Euphorie löste sich schlagartig auf.

Und während ich so herumsaß und die Spitzen meiner Schuhe betrachtete, sah ich erneut die Schmiede von Victor Auerbach vor mir, erinnerte mich unserer Gespräche, und langsam kehrte ein Hauch Zuversicht zurück, es schaffen zu können.

Was hatte Victor noch geantwortet, als ich ihn fragte, ob er nicht ausstellen wolle? Er würde sich hüten, für die Meute zu arbeiten, die zum Sektglasschwenken in Galerien renne, und es sei ihm verdammt egal, ob irgendwelche bigotten Schafsköpfe seine Arbeiten verstünden. Und wenn er eines Tages unter dem Aufatmen und Kopfschütteln der Trauergemeinde dahinfahre: Es werde eine gute Fahrt werden. Und er werde aus der Himmelsgondel runtergucken und lachen!

Aber wenn ich ausstellen wolle, solle ich es machen, hatte er gerufen. Hauptsache, du malst kein Zeug nach dem Geschmack der Bande! Hauptsache, du malst deine Bilder! Hauptsache, du kümmerst dich einen Scheißdreck um deren Lobhudelei.

Zwei Tage darauf wurde Waltraud aus dem Krankenhaus entlassen. Ob ich sie nach Hause fahren könne?

Ich hatte zugestimmt.

Ihre Hand war eine Gipskeule. Da sie nichts tragen konnte außer der Tüte mit meinen albernen Geschenken, schleppte ich die Reisetasche wie ein Lakai neben ihr her.

Auf dem Weg zum Auto (Waltraud erzählte alle möglichen Krankenhausgeschichten, ich hörte gar nicht richtig hin), fiel mir wieder ein, dass ich ihr noch immer nicht gesagt hatte, dass für mich Schluss sei mit dieser Beziehung, die keine war, Schluss, Sense, Feierabend. Doch ihr fröhliches Geschnatter und ihre leuchtenden Augen verschafften ihr noch eine gnädige Frist.

Und in vierzehn Tagen war Heilig Abend!

Peter hatte am Abend zuvor angerufen und gefragt, ob ich nicht Lust hätte, über Weihnachten und Neujahr mit auf die Skihütte von Paul Wilhelmi zu fahren. „Du weißt doch, der aufgedrehte Bursche von der Party damals.“

Ich hatte zugesagt. Es kam mir sehr gelegen. Sentimentale Stunden unter dem Christbaum waren mir zuwider. Und so hatte ich einen guten Grund, mir nicht im Dohlenweg die endlosen Geschichten von früher anhören zu müssen.

Kurz darauf erfuhr ich dann leider, dass auch Waltraud mitkommen werde. Doch zu dem Zeitpunkt konnte ich nicht mehr absagen. Alles war bereits geregelt.

Die Tage verflogen mit Einkäufen für Waltraud – sie habe immer noch solche Schmerzen und könne nichts tragen – und Besuchen bei Victor Auerbach. Sein Apocalypso wuchs Stück für Stück in die Höhe. Zum Sommer, schnarrte er, werde die Figur vollendet sein.

Doch sein Optimismus schien mir recht gewagt. Ich hatte den Eindruck, als seien Probleme mit der Statik aufgetreten. Er hatte Teile wieder losgeschweißt und in anderem Winkel erneut angefügt. Und noch immer brauchte der apokalyptische Tänzer Stützstreben.

„Wenn der letzte Teil montiert ist“, ächzte Victor, „erst dann ist alles im Lot. Labilität des Tanzes! Wie bei einem echten Tänzer.“ Den brauche man auch nur anzustupsen, um ihn zum Stolpern zu bringen. Sein Lautsprecher schepperte vor Lachen und Anstrengung.

Hatte er sich mit der Figur möglicherweise übernommen?

Nachmittags schaute ich wieder einmal im Dohlenweg vorbei. Wenn ich schon über die Festtage verreiste, solle ich doch wenigstens vorher noch einmal zu einer schönen Tasse Kaffee vorbeikommen. Man sehe mich ja sonst vorher gar nicht mehr. Und dabei hätten sie sich so darauf gefreut, mit ihrem Osram unter dem Baum zu sitzen. Und der Weihnachtsmann habe auch schon etwas für mich abgegeben.

Wie sie es immer wieder schafften, einem ein schlechtes Gewissen einzuflößen! War ihnen eigentlich klar, was sie sich selbst all die Jahre damit zerstört hatten?

Mutter werkelte in der Küche herum, als ich ankam. Der süße Duft von frisch gebackenem Kuchen wehte mir entgegen, und mit einem feinen Lächeln im Gesicht zerteilten ihre schmalen, altersfleckigen Hände die Nussrolle in genau abgemessene Scheibchen.

„Na, mein Junge“, sagte Vater und schien mir durch seine dunkle Brille genau in die Augen zu sehen. „Irmel hat extra für dich gebacken.“ Und fast schon spitzbübisch hängt er an, die Schulter seiner Frau drückend: „Für mich gibt sie sich nie so viel Mühe.“

Mutter drehte sich um und seufzte: „Ach Odin, du machst dir doch nichts aus Kuchen. Aber Osram hat immer so gern Nussrolle gegessen. So gern. Weißt du es noch?“, fragte sie mich. „Zu jedem Geburtstag musste ich dir eine Haselnussrolle backen.“

War es tatsächlich so gewesen? Ich konnte mich nicht daran erinnern.

„Komm mal mit, Junge“, unterbrach Vater meinen Gedanken. Er führte mich auf die Terrasse, wo ein Tännchen stand. "Nun, wie gefällt er dir?“ Und sein leicht zur Seite geneigter Kopf forderte mich auf, den Baum zu beschreiben und seinen Wuchs zu loben. Seine Finger tasteten währenddessen die Nadelzweige ab, und er nickte.

Einen Moment standen wir wortlos da. Ja, sagte er dann wie zu sich selbst, wo nur die Zeit geblieben sei. Jetzt, wo es jeden Tag aus sein könne, denke man über vieles nach. Frage sich, ob man nicht zu häufig Fehler gemacht habe im Leben. Und ob ich der Meinung sei, sie seien gute Eltern gewesen? Aber nein, ich müsse nicht antworten. Nein, nein, lass es. Eigentlich habe er das gar nicht fragen wollen. Aber er müsse eben oft daran denken. Daran denken, ob er zu streng gewesen sei.

„Wenn man das Augenlicht verloren hat, Osram, dann sieht man ganz andere Dinge, ganz andere Dinge. Verstehst du?“ Und manchmal denke er, er hätte diese Peitsche damals nicht benutzen sollen. Aber es war ja auch nur für ein paar Male, oder? Und auch er habe von seinem... Na ja, es sei ja wohl erwiesen, dass das Vorbild der Eltern von den Kindern wiederholt würde, frei nach dem Motto: Wer selbst die Rute spürte, sie gleich dem Vater führte. Nein, dieser Spruch sei nicht von Voltaire. Den habe er selbst erdacht. Er lächelte, und eine Spur Stolz, gemustert mit einigen Tupfern Erleichterung vibrierte in seiner Stimme mit. In diesem Augenblick rief Mutter, wo wir denn steckten, der Kaffee werde ja kalt.

Und so gingen wir ins Wohnzimmer zurück, ehe ich etwas hätte antworten müssen. Aber ich nahm mir vor, nach der Reise Zeit zu finden, um mit ihm über früher zu sprechen. Ich gebe zu, Vaters Eingeständnis eigener Fehler hatte mich sehr berührt. Wohl auch, weil es vollkommen unerwartet kam.

Mutter sei sehr traurig, dass ihr Osram am Heiligen Abend nicht komme, raunte Vater mir noch zu, ehe wir ins Esszimmer traten. Und sie habe darauf bestanden, unten zu heizen. Sonst säßen sie ja im Winter immer oben im kleinen Zimmer. Da sei es schön warm und so gemütlich. Und unten sei es ja auch für sie beide viel zu groß geworden, seit die Söhne das Haus verlassen hätten.

Auf der Kredenz entdeckte ich ein Paket elektrischer Christbaumkerzen. Sicherheitsgeprüft.

„Wollt ihr etwa künstliche Kerzen an den Baum stecken", fragte ich. Ich hatte diese Dinger schon immer als stimmungstötend empfunden. Hell waren sie wie kleine Scheinwerfer, und meistens ersetzten sie während der Weihnachtszeit die Zimmerbeleuchtung, sodass sie bald nichts Besonderes mehr darstellten.

„Ich finde echte Kerzen ja auch viel schöner", sagte Mutter. Das weihnachtliche Lichtermeer ihrer Kindheit! Ach, wie sei es damals in der Dorfkirche immer so feierlich gewesen! So feierlich! Zwei große Bäume, höher als das Kreuz, und der Küster habe sich beim Anzünden immer mit Wachs bekleckert! Was habe man sich das Lachen verbeißen müssen! Denn Lachen durfte man natürlich nicht! Und ich solle doch zulangen! Und jedes Mal habe er böse geguckt, Teufmann gerufen und mit der Faust gefuchtelt! Aber es sei einfach zu komisch gewesen. Und ob mir denn der Kuchen wie früher schmecke? Ach, so etwas Komisches, und sie spazierte weiter durch ihre Erinnerungen. Und in der Christmesse sei alles so feierlich gewesen. Das bekämen sie ja heute nicht mehr hin. Die Kirchen seien neuerdings immer so hell wie Bahnhofshallen. Und ob ich noch Kaffee wolle? Und gesungen hätten sie früher auch schöner, mit so viel Gefühl. Richtig zum Weinen sei es gewesen.

„Ich verstehe dich nicht, Irmel", warf Vater ein, „unser Kirchenchor singt doch auch ganz fantastisch." Und der neue Kantor habe enorm viel geleistet. Ein ganz junger Bursche übrigens. Sein Vater sei Konzertmeister in ... „Wo war es noch gleich, Irmel?"

In der Küche, sagte Mutter, klein auf ihrem Stuhl sitzend, habe sie noch mehr Kaffee. Und die ganz jungen Kinderchen hätten während der Christmesse immer vor die Tür gemusst. Pipi machen. Kein Wunder, was werden sie aufgeregt gewesen sein wegen der Bescherung.

Bei diesem Stichwort kramte ich meine Geschenke hervor. Für Mutter hatte ich, da die Ausgabe von Gestundete Zeit immer noch nicht verfügbar gewesen war, ein anderes Buch von Ingeborg Bachmann ausgesucht: Malina. Wovon es handelte, wusste ich nicht, aber es würde ihr schon gefallen. Und für Vater war's eine Flasche Armagnac.

Da zog Vater einen Briefumschlag aus der Jackentasche, reich dekoriert mit goldenen Sternen, überreichte ihn mir und sagte: „Für dich, mein Junge. Wir haben dir etwas hineingelegt. Ich hoffe, du hast dafür Verwendung.“ Und mit verschmitztem Unterton hängte er an: „Aber erst Heiligabend öffnen!“

Mutter fragte, ob wir denn wenigstens einen Baum dort oben hätten?

Dann bin ich aufgestanden. Ich müsse noch packen, ließ ich fallen.

Auf dem Weg zur Haustür flüsterte Mutter, sie habe wieder die Flammen gesehen! Es sei so schrecklich. Was sie nur machen solle! Ich habe als Antwort und zur Beruhigung meines grummelnden Gewissens beruhigend ihre Hand gedrückt. Klein war sie; wie die eines Kindes.

Was hätte ich Mutter auch sagen sollen? Womit hätte ich sie schon beruhigen können? Womit? Da war es besser, man sagte nichts.

An der Tür wünschten sie mir ein besinnliches Fest und ein gesegnetes Neues Jahr, und, ach, es sei ja so schön, dass sie mich noch einmal gesehen hätten. Ihr Osram! Und diesmal bestehe ja aller Grund, in besonderer Dankbarkeit und Freude das Fest zu begehen. Man habe es doch eigentlich nicht mehr für möglich gehalten, dass man die Öffnung des Brandenburger Tores noch erleben werde. Das sei das eigentliche Weihnachtsgeschenk in diesem Jahr! Endlich sei das letzte Zeichen des Krieges beseitigt, und die Tore des Janustempels könnten zugemauert werden. Wie es der Friedenskaiser Augustus getan habe! Ja, Osram, Frieden auf Erden! Nun sei er greifbar nahe, greifbar nahe... „Also, mein Junge, nochmals: dir ein gesegnetes, friedliches Fest!“

„Und fahr schön vorsichtig, Osram“, fügte Mutter an, „und frohe Weihnachten und einen guten Rutsch!“

Ich wünschte ihnen desgleichen und dachte daran, dass ich mir nichts aus dem ganzen Zirkus um das Fest machte. Dann warf ich Wagentür zu, startete den Motor und winkte aus dem heruntergekurbelten Fenster, mit den Gedanken schon beim Kofferpacken.

Meine Eltern standen in der Tür und winkten zurück, Vater in Richtung des Vorgartens, wo damals Anitas Skulptur stand, Mutter mit einem Taschentuch, weiß wie ihre Haare.

Peter hatte mir angeboten, in ihrem Mercedes mitzufahren. Ich nahm den Vorschlag an und war früh am Morgen mit meiner Reisetasche aufgekreuzt. Müller-Nythards Koffer drängelten sich schon im Flur. Peter steckte in einem sportlichen Grobstrickpullover, an dessen Kragen eine Sonnenbrille baumelte, und er würgte an einem Paar Ski herum, als wolle er es zerstören. Irgendwas mit der Bindung stimme nicht. Die kleine Charlotte saß kreischend auf einem Koffer und ritt ihn zuschanden.

„Nicht so laut, Charlottchen", mahnte Peter kraftlos, woraufhin das Kind wie eine Sirene juchzte.

„Hast du meinen Kosmetikkoffer gesehen?", rief Petra von irgendwo aus den Tiefen der Wohnung.

Ein Taxi rollte durch die Straße und hielt vor dem Haus. Waltraud. Oh nein, sie würde also auch mit uns im selben Wagen sitzen. Das hätte ich mir eigentlich denken können. Wäre ich bloß selbst gefahren.

„Hilfst du mir, Schatz", rief sie jetzt auch noch quer über die Straße. Der Taxifahrer hatte ihre sackartige Tasche einfach auf den Gehweg geworfen. Ich schlenderte hin.

„Pappi, Pappi", hörte ich Charlotte kreischen, „darf ich den Mercedes aufschließen?" Schon raste sie mit dem Schlüssel an uns vorbei zum Wagen.

„Dass diese Weiber auch immer den halben Kleiderschrank mitschleppen müssen", lachte Peter grimmig und wuchtete zwei Kofferungetüme die Freitreppe hinunter.

„Hast du nun meinen Kosmetikkoffer oder nicht?", schoss Petras Stimme wie eine gefiederte Schlange aus der Haustür hinter uns her.

„Was weiß ich denn, wo du deinen Mist versteckt hast", zischte Peter gereizt, aber noch immer mit einer Art Lächeln vor sich hin und knallte mit dem Schienenbein gegen die Aluminiumkante des Gepäckstücks. „Na-ha-hein, Liebste, ich weiß nicht, wo dein Zeug ist", rief er dann irrsinnig laut zurück und ließ die Lasten beim Wagen zu Boden knallen, zog die Augenbrauen hoch bis zum Haaransatz, rieb sich die von den Koffergriffen rot gewordenen Hände und hüpfte storchartig auf einem Bein.

Charlottchen tobte auf dem Beifahrersitz herum. Peter drückte auf den Knopf des Kofferraumes. Er gehorchte nicht.

„Hast du etwa die Tür verriegelt, Charlottchen“, rief er. Das Mädchen hüpfte daraufhin noch eine Spur ausgelassener, ein kleiner Sprungteufel mit Goldzöpfen.

„Charlotte! Ob du die Tür verriegelt hast?“ Peter klopfte mit weißen Knöcheln gegen die Fensterscheibe.

Jetzt stand Waltraud neben uns: „Hallo Peter, ach, was für ein herrlicher Tag!“

„Kind, mach auf!“

„Wie kam denn nur der Kosmetikkoffer ins Kinderzimmer? Hattest du ihn dort abgestellt, Peter? Na, egal, Hauptsache, er ist da.“ Mit einem Angriffslachen stürmte Petra in langen Schritten auf uns zu. Wie sie diesen Stechschritt trotz der hohen Hacken hinbekam, wird mir bis zum Tode ein Rätsel bleiben.

„Hallo Lloyd“, Küsschen… „Hallo Wally!“ Küsschen.

„Mensch, Peter, du hast ja noch nichts im Wagen verstaut!“ Petras Lippen glühten in kämpferischem Rot.

„Sie hat den Wagen von innen verriegelt! – Mach endlich auf, Charlotte!“

Inzwischen hing das Kind bäuchlings über der Kopfstütze des Fahrersitzes. Auf dem rosa Kinderschlüpfer tanzten Entchen einen Reigen.

„Weshalb hast du ihr auch den Schlüssel gegeben! So etwas Trotteliges!“

Ein älterer Herr trat aus dem Nachbarhaus und blieb stehen, zog fast süchtig die frische Luft in seine behaarten Nüstern, den Hut in der Hand.

„Guten Morgen“, rief er wohlgemut, „und jetzt soll es wohl in den großen Winterurlaub gehen?“

„Ja, guten Tag, Doktor Birnbaum, wir sind gerade beim Einladen, wie Sie sehen.“ Peter bemühte sich um einen ausgeglichenen Tonfall.

Dr. Birnbaum nickte. „Ach, da ist ja auch das kleine Charlottchen.“ Er trommelte mit den Fingerspitzen an das Fenster, als wolle er Fische anlocken. „Ein süßes Kind. Na dann, viel Spaß, und Ski heil!“ Er wirbelte seinen Hut durch die Luft und schritt davon, die Hände wie Goethe auf dem Rücken faltend.

Peters Faust krachte an die Beifahrerscheibe. Wenn sie nicht gleich öffne, breche er den Wagen auf!

Charlotte kurbelte jetzt das Fenster einen Spaltbreit herunter und rief durch den Schlitz: „Ihr müsst erst einkaufen! Ich bin die Parfümerie Douglas! Was wünschen Sie, mein Herr?“

„Mach endlich auf! Sonst fährst du nicht mit! Hast du gehört?“

Sofort schloss sich das Fenster und Charlotte begann erneut die Sprungkraft der Sitzfederung zu testen.

„Dieses schreckliche Kind“, zischte Petra. Waltraud fand den Morgen scheinbar nicht mehr so herrlich. Ratlos flatterte ihr Blick von einem zum anderen, die verbundene Hand hilflos in Vorhalte. Ich zündete mir eine Zigarette an. Das hier konnte dauern.

„Gib mir auch eine, Lloyd“, seufzte Petra. „Danke!“ Sie inhalierte so tief, dass fast nichts wieder herauskam.

„Wenn du ihr schon den Schlüssel gegeben hast, dann musst du wohl oder übel einkaufen! Jedenfalls habe ich keine Lust, ewig hier in der Kälte herumzustehen. – Dieser Mann...“ Sie schüttelte den Kopf.

Wieder glitt die Scheibe eine provozierende Idee herunter. Das Kind klemmte am Spalt und fragte in lieblichem Tonfall: „Was wünschen der Herr heute?“

Einen Augenblick schien die Zeit erwartungsvoll zu zittern. Dann bohrte Peter seine Fäuste in die Taschen, schaute kurz in die gespannten Gesichter, als fürchte er den Ausbruch eines boshaften Gelächters. Endlich beugte er sich zum Fenster, das sich ein Stückchen weiter geöffnet hatte, und grunzte heiser: „Einen Lippenstift!“

„Wie bitte? Ich kann Sie nicht verstehen. Sie reden aber auch sehr leise, mein Herr! Was wünschten Sie?“

Peters Rücken hatte sich in Spannbeton verwandelt. Petra rauchte inzwischen fast amüsiert.

„Einen Lip-pen-stift“, kam es jetzt erheblich lauter.

„Und welche Farbe darf es sein? Für eine ältere Dame oder für eine jüngere?“

„Für eine jüngere.“

„Für eine jüngere Dame also. Mal sehen.“ Endlos wühlte sie herum, als finde sie das Passende nicht. Peter trat von einem Fuß auf den anderen, wie jemand, der nötig austreten muss. Endlich rief Charlotte erfreut: „Wie wäre es mit diesem hier?“ Sie reckte einen Lippenstift in die Höhe und ließ ihn hinter der Scheibe tanzen.

Da rief, nein, schrie Petra: „Wo hast du den her? Mein neuer Lippenstift! 45 Mark hat das Ding gekostet. Gib ihn sofort raus! Dieses kleine Biest! Natürlich ist das der Grund, warum das Beautycase im Kinderzimmer war!“

„Möchten Sie den Stift nun haben, mein Herr?“

„Ja, in Herrgotts Namen.“

Wie eine Souffleuse flüsterte die Kleine: „Du musst erst fragen, was er kostet!“

„Und was kostet er?“

„45 Mark! Soll ich ihn als Geschenk einpacken?“

„Ja bitte! Äh, nein danke, ich nehme das Ding gleich so.“ Peter streckte seine Hand aus, um die kostbare Ware in Empfang zu nehmen.

„45 Mark, der Herr“, flötete das kleine Charlottchen.

Wie verwundet drehte sich Peter herum und starrte für einen Moment in den Himmel, dann wühlte er in der Hosentasche, zog ein Fünfzigpfennigstück heraus und steckte es in den Spalt.

„Aber, mein Herr! Das sind doch keine 45 Mark!“

Der gepeinigte Kunde stöhnte auf. Petra fluchte. Sie hatte sich an der eigenen Zigarette verbrannt. Peter zog inzwischen Scheine aus der Geldklammer und steckte sie entkräftet in den Fensterspalt.

„Danke, mein Herr. Beehren Sie uns bald wieder.“

Petra schnappte sich den Lippenstift und steckte ihn ein. Die Verriegelung klackte, Sesam öffnete sich.

„Pappi, Mami, kommt herein! Fahren wir bald los?“

Charlotte schaute mit einem seltsamen Lächeln hinter ihrer Fröhlichkeit hervor; doch niemand achtete mehr auf sie oder schenkte ihr ein Wort. Es war, als seien alle stumm geworden.

Wie ein Roboter verlud Peter schweigend die Gepäckteile. Ich half ihm. Zweimal rannte er dann ums Auto, als liefe er einen magischen Kreis ab, atmete tief durch und rief endlich: „Einsteigen! Die Damenwelt nach hinten, die Einzelkämpfer nach vorn.“

Damit war ich sehr einverstanden. Waltraud hatte sich bereits auf dem Rücksitz untergebracht. Doch Petra quittierte Peters Ausruf mit einem „Pfff...“

„Komm doch auch nach hinten, Lloyd“, lockte Waltraud, „ich verstehe gar nicht, warum Männer immer vorn sitzen wollen.“

Also hockte ich dann zwischen Waltraud und dem kleinen Charlottchen, das mich in den nächsten Stunden mit Schokoladegeschmier einbalsamierte. Ansonsten verlief die Fahrt glatt bis zum Stau am Biebelrieder Dreieck. Peter ließ den automatischen Sendersuchelauf Amok rotieren. Irgendwo musste doch eine Umfahrung empfohlen werden. Immer, wenn man es nicht brauche, wimmele es von Hinweisen, aber jetzt....

„Und alles nur wegen dieser Drecks-Trabis. Guck sie dir an. Kriechen herum, dass kein vernünftiges Auto mehr durchkommt! Was die hier bloß alle wollen!“

Niemand reagierte auf seine Schimpftirade. Und immer noch kein Umleitungshinweis. Stattdessen verkündete die Ansagerin ohne sichtliche Anteilnahme, dass in den Alpen mit Schneefällen auch in den nächsten Tagen nicht zu rechnen sei. Eine Warmfront von...

Mit einer wütenden Bewegung brachte Peter die Ansagerin zum Schweigen. Das Radio war verstummt.

Es lag dann tatsächlich kein Schnee in Filzmoos. Während wir die Dunkelheit des Ortes durchkreuzten und auf sämtlichen Straßen wendeten, weil wir den Hinweis zur Hütte nicht fanden; während wir verzweifelt in allen Ecken nach Dr. Paul Wilhelmis Wegbeschreibung fischten und uns gegenseitig stillschweigend zu Feinden erklärten, weil wir schon wieder über dieselbe Kreuzung mit den bunten Skiplakaten fuhren, streichelten die Spinnenfinger der Scheinwerfer ungerührt saftig grüne Matten. Frühlingshaft gekleidete Menschen bummelten vor einem Hotel herum. Hanneshof las ich. Es sah einladend aus, und ich dachte, wie gerne würde ich jetzt aus dem Wagen flüchten und durch das helle Portal rennen, mich in einem Einbettzimmer vergraben und meine Ruhe haben. Und mit Schrecken ging mir auf, dass ich nun tagelang ein Bett mit Waltraud würde teilen müssen, sollten wir diese verdammte Hütte doch noch finden.

Wir fanden sie.

„Na, endlich!“ Peter sprang aus dem Wagen, plötzlich von guter Laune durchströmt, und er schleuderte seine Glieder, um sie zu entkrampfen. „Da ist sie!“

In der Hütte stand feuchtkalte Luft. Der Lichtschalter hielt sich hinter einem Gebinde von Kornähren und entfärbten Blumen verborgen. Nach einigem Suchen spürten wir ihn auf. Und ehe jemand es entdeckte und zu schreien anfing, fegte Peter mit der Hand den Mäusedreck vom Esstisch.

„Ist doch saugemütlich hier!“

Petra stand mitten in der Bauernstube, starrte die Holzwände an, die rot-weiß karierten Vorhänge, die Bauernmalereien an den Möbeln und sagte kein Wort.

Jetzt, im Nachhinein, kommen mir die zwei Tage, die ich in der Hütte zubrachte, wie eine Aneinanderreihung belangloser Bildchen vor. Sie habe ja gleich gesagt, man solle nach Davos fahren. An diesen Satz von Petra erinnere ich mich; und an das Weiß in Waltrauds aufgerissenen Augen, als Charlotte ihr ein wenig Mäusedreck wie Kleinodien in die Hand legte und fragte, was das denn nur wieder sei? Und auch an Peters Bemühungen, den Clown zu spielen, um die Stimmung zu retten; an die Flaschen, die wir rankarrten, um den fehlenden Schnee durch Alk zu ersetzen. Und an die Flasche Strohrum, die wir Heiligabend endlich irgendwo ausgruben, als der Vorrat an Getränken („Warum hast du auch keinen Sekt mitgenommen!“) versiegt war. Hier und da lagen ein paar Geschenke herum. Doch so richtig Lust zur Bescherung verspürte wohl niemand.

Die Nachricht kam gegen Mittag.

Peter hing wieder einmal an dem archaischen Transistorradio, das keinen vernünftigen Sender preisgeben wollte, und er schien alles daran zu setzen, die Wetterlage durch böse Blicke zu verändern.

In Ermangelung einer Klingel wurde kräftig an die Tür geklopft. Der Absender des Telegramms war Herr Brendel. Anfangs erschienen mir die Sätze so absurd, dass ihr Sinn nicht bis in mein Bewusstsein vordrang. Als der Raum langsam Wände und Fenster und Türen zurückbekam, nahm ich auch Peters Stimme wieder wahr.

„Was ist denn, Lloyd? Warum redest du nicht?“

Hatte er schon die ganze Zeit vor mir gestanden? Hatte er mich schon länger an den Schultern gefasst? Ich weiß es nicht. Mir war, als starrte ich in eine tiefhängende Wolke und spürte dennoch einen Brandwind im Gesicht, der leicht nach Nusskuchen roch. Ich glaube, sogar Charlotte war leise. Oder sie war gar nicht in der Hütte.

Peter hat mir dann angeboten, mich zu fahren. Das sei doch selbstverständlich.

Ich nahm die Bahn. Die Welt: Ein absurdes Theater. Egal, wohin ich blickte: Überall sah ich buntes Weihnachtspapier und betrunkene Soldaten, die nach Hause fuhren, dazu Lärm in den Gängen, Gesänge, Deutschland, einig Vaterland, euch ist ein Kind geboren, Landschaften, die vorbeifliegen, eine Brücke jagt dem Zug entgegen und saust über ihn hinweg und davon, ein Ort nach dem anderen, und mit ihnen Lichter, oft in spitzem Dreieck angeordnet, Würzburg, Bebra, Servicewagen, Fulda, ein Kind, das ständig über die Sitzlehne herüberstarrt und `Mami, warum guckt der Mann so?´ fragt, Göttingen, 'Darf ich mal? Danke!' Hannover, hinaus auf den Bahnsteig, Penner, Punker, Bierdosen, Verspätung für den Zug nach Hildesheim. Und eisige Luftströme, die mit zerfetzten Zeitungen leichtes Spiel hatten. Dazu verlauste Tauben überall.

Ich wartete. Der Anschlusszug erschien einfach nicht. Egal, ich kam sowieso zu spät. Jahrzehnte zu spät. Nichts war mehr zu ändern. Unausgesprochenes würde unausgesprochen bleiben. Ich hatte jetzt alle Zeit – und wurde dennoch das Gefühl nicht los, die Zeit sitze mir im Nacken.

Der Zug kam schließlich doch.

Hildesheim.

Am Bahnhofsvorplatz – warum sind sie immer so ungastlich? – nahm ich ein Taxi. Ich gab die Adresse von Victor Auerbach an. Wohin sollte ich sonst? Allein in meine Wohnung? Allein – in den Dohlenweg?

Victor Auerbach war nicht da. Die Schmiede lag im Dunkeln, auch Nythards Haus war verwaist. Und das Taxi war abgefahren. Der einsetzende eisige Nieselregen legte sich allmählich wie ein feuchtes Tuch auf mich. Zweiter Weihnachtstag. Da hatte es bei uns früher immer gespickten Rinderbraten mit Pfifferlingen gegeben. Bei uns im Dohlenweg. Bei uns. Woraus bestand dieses `Bei uns´ eigentlich? Aus ein paar blassen Bildern? Gefühlsresten? Rumorender Sehnsucht? Egal was: Es klang alles anders als noch vor ein paar Stunden. Ich schaute ins Nichts und sah die Vergangenheit. Mutter sitzt wieder am Flügel und spielt Weihnachtslieder. Alle singen, und Ortlieb stößt mich an und wir müssen kichern, weil Opa Astenbeck herumbrummt wie eine riesige eingesperrte Hummel.

Auch bei Herrn Brendel ist alles wie tot. Wo stecken die Leute nur? War denn niemand Weihnachten zu Hause?

Mit der Reisetasche auf der Schulter schlich ich weiter, bis ich merkte, dass ich mich scheute, hinzugehen. In das Haus.

„Frohe Weihnachten", wünschte mir der Wirt der Kneipe, in der ich mir dann einen doppelten Weinbrand bestellte. Er musterte mich, linste an dem winzigen Plastiktannenbäumchen mit den bunten Kerzen vorbei, das auf der Zapfarmatur stand, zog die Stirn in Falten wie ein Mops und sagte, den Blick dabei in die Runde werfend: „Ist immer so viel los an den Festtagen. Keiner hält es zu Hause aus."

Erst jetzt bemerkte ich, wie voll es war. Leise rieselte der Schnee, teilte ein Kinderchor inklusive Whitackerstimme in amerikanischem Akzent mit, begleitet von Synthesizer, Schlagzeug und widerlichem Glöckchengebimmel. Dann Jingle bells. Es war zum Wahnsinnigwerden.

Nach einem zweiten Weinbrand machte ich mich auf den Weg. Der Regen hatte sich in Nylonschnüre verwandelt.

Ob sie noch im Haus waren?

Blödsinn, antwortete ich mir selbst und versuchte mir vorzustellen, wie es jetzt dort drinnen aussah. Im Geist wanderte ich durch die Räume, sah die Flammen, die sich durchs Zimmer fraßen, die ihre zuckenden Finger auf den Flur vorschoben, sah das Treppenhausquartett wie irre Feuervögel auflodern und vergehen. Von denen würde keiner wie Phönix aus der Asche steigen.

Und sie? Das Telegramm hatte nichts weiter verraten. Nur, dass es gebrannt hatte. Und dass beide...

Es waren doch elektrische Weihnachtskerzen! Sicherheitsgeprüft! Und überall diese Flammen, die nach mir greifen, Osram! Das reinste Fegefeuer. Und Vater hatte deren Auflodern nicht einmal sehen können! Warum hatte Mutter ihn nicht aus dem Haus geführt? Als sie alleine in dem kleinen Zimmer oben (da ist es viel gemütlicher, mein Junge, schön warm) gehockt und sich ein Frohes Fest gewünscht hatten.

Das Haus sah aus wie immer. Von außen schien alles unbeschädigt zu sein. Nur über dem Fenster im ersten Stock, dort, wo vor ewiger Zeit Opa Astenbeck gewohnt hatte, wo später Vaters Arbeitszimmer war, wo sie sich dann eine kleine Stube einrichteten, hatte der Rauch groteske Flecken auf den weißen Außenputz gemalt, dass es aussah, als mache sich gerade ein schwarzer Engel in weitem Gewand davon.

Also hatte es wirklich gestimmt.

Um es kurz zu machen: Ich habe immer wieder in Sizilien angerufen. Es hob niemand ab. Auch nicht am nächsten Tag, am übernächsten...

Dann das Bestattungsinstitut. Darf ich Ihnen mein ganz persönliches Beileid ausdrücken? Widerwärtiges Krötengesicht! Die Hand war kalt wie ein Fisch. Und man habe dunkelbraune Särge der Marke Funera gewählt. Sehr schönes Holz. Geschmackvolle Beschläge in Messing antik. Das werde eigentlich am häufigsten gewünscht. Oder wenn Sie doch lieber...? Nein! Sei so in Ordnung. Fotografie mit großen Kerzenleuchtern als Beleg seiner Aussagen. Diese Tragik. Gerade zum Fest. Und gleich beide. Ob weiße Satinkissen recht seien?

„Ja doch, Herrgottnochmal! – Verzeihen Sie bitte.“

Aber das sei doch verständlich, salbaderte der Kerl. Und man werde alles für mich regeln.

Und zur Polizei. Die musste noch abschließend die Brandursache und die genauen Begleitumstände untersuchen. Aber, herzliches Beileid übrigens, eigentlich sei die Sache klar. (Merke: Der Tod meiner Eltern war inzwischen eine Sache!) Irgendwer warf die Schlüssel auf den Tisch. Seien soeben freigegeben. Ich könne nun hineingehen.

Ich könne nun hineingehen...

Warum denn? Was gab´s da noch? Und wo steckte Ortlieb? Wieso kam er nicht? Zur Zeitung. Todesanzeige. Der Text weigerte sich, angemessen zu klingen; da bekam ich einen Musterordner vorgelegt.

Und immer noch kein Anschluss zum Monte Nero. Bis zur Beerdigung habe ich Ortlieb nicht erreicht. Sie fand am Samstag statt, einen Tag vor Silvester. Die ersten Knaller irgendwelcher Jugendlicher begleiteten meine Eltern in die Erde, und es klang, als schieße man ihnen Ehrensalut. Das empfand jemand hinter mir aber sehr geschmacklos. Als ob so was noch wichtig gewesen wäre.

Ich klingelte Bersinskis (Frau Kruttke hatte einen Bersinski geheiratet, einen hilfsbereiten Menschen) heraus. Sie mussten mit mir durchs Haus gehen. Wenn nicht die Notwendigkeit bestanden hätte, nach den Testamenten zu fahnden, wäre ich gar nicht reingegangen.

Hinter dem Briefschlitz lagen einige verspätete Weihnachtsgrüße. Herrliches Wetter hatte irgendein Fritz und wünschte einen guten Rutsch. Bei Edeka gab's Nieren im Angebot und im unteren Flur roch es brenzlich nach kaltem Rauch. Immer noch war alles feucht vom Löschwasser, und wenn man auf den Läufer trat, quoll Wasser hervor.

Strom gab's noch nicht wieder. Doch der freundliche Herr Bersinski hatte in Windeseile eine Werkstattlampe mit langem Kabel geholt, bis ihm einfiel, dass die ja auch nicht gehen konnte. Er brachte dann eine Stabtaschenlampe.

Vaters dunkle Brille fand ich hinter dem Schirmständer; nicht weit davon entfernt lag der kopflose Rabe. Der Falke hing verkehrt herum an der Wand, die Maus in Hochhalte, wie um sie vor irgendetwas zu retten.

Mein herrlicher Falke! Wusstet ihr, dass es ein Göttervogel ist, ihr Enakssöhne?

Die Elster lachte wie eh und je. Drecksvieh! Mit patschenden Schritten ging's nach oben.

Die Tür zum Zimmer stand offen. Hier hatten sie also ihr Ende gefunden. Vaters Regal mit den Ordnern, systematisches Leben in Dokumenten und Belegen: weg. Sein schöner Stammbaum: verschwunden. Die Fotos, die Notizbücher: verloren. Das Sofa, auf dem sie gesessen hatten, war fast verkohlt. Nur ein heller Schatten saß dort, eine Stelle, die kaum geschwärzt war, der schemenhafte Umriss eines Körpers. Ein Rest Malina. Sie hatte wohl darauf gesessen. Immer diese Flammen, Osram!

Es bestand kein Zweifel, dass kein Testament mehr vorhanden war. Vater hatte ja alles in seinen Ordnern aufbewahrt.

Silvester habe ich in meiner Wohnung herumgehockt, habe nicht gemerkt, wann das neue Jahr begann, nicht die Knallerei gehört, habe das Telefon ausklingeln lassen und die ganze Zeit auf meinem Thron gesessen und das weiße Rechteck des Papiers angestarrt, das vor meinen Füßen auf dem Boden lag, das Ergebnis der Untersuchungen der Gerichtsmedizin. Mutter hatte demnach offenbar einen Schlaganfall erlitten, und Vater sei bei dem Versuch, zum Telefon ins Erdgeschoss zu eilen gegen den Baum geraten, habe ihn mit sich gerissen, und die Kerzen hätten dann den

Rest erledigt. Bei dem Versuch, Hilfe herbeizuholen, ist er die Treppe hinabgestürzt, hat den Raben mit sich gerissen und auch am Falken keinen Halt mehr finden können: Genickbruch! Und oben machten sich die Flammen über...

Der Gedanke war unerträglich.

Während ich auf dem Thron hockte, kamen in den ersten Tagen des Januar langsam die Festtagsflüchtlinge zurück. Victor Auerbach hatte bislang noch nicht einmal von dem Unfall gehört, als ich ihn an jenem Tag besuchte, an dem ich erstmals meinen Bau verließ und ihm stundenlang bei der Arbeit zusah. Zwischendurch erfuhr ich, dass er an den Festtagen zum Grab seiner Frau gefahren war. Er machte das jedes Jahr.

„Bin eben auch nur ein alter Narr", sagte er. „Bin genauso abgehauen wie du. Narren, alle beide." Abgehauen war ich also. Victor hatte es gesagt.

Ortlieb war offensichtlich auch abgehauen. Seit jenen Weihnachtstagen ist er spurlos verschwunden. Man hatte nach ihm gesucht. Kein Ergebnis. In der Sternwarte auf dem Monte Nero war alles aufgeräumt. Als habe er eine längere Reise angetreten. Als ich das hörte, wusste ich, wohin er aufgebrochen war. Der weiße Gipfel hatte endlich gesiegt.

Ich konnte meinen Bruder gut verstehen; und dieses Eingeständnis war für mich wie ein Punkt, den man irgendwann als Befreiungsschlag hinter einen verqueren Satz sticht.

Also war ich als einziger der Familie übriggeblieben. Schiffbrüchig auf einer Planke im ewigen Ozean. War es das, weshalb ich mich in die Arbeit stürzte? Um diese Gedanken aus dem Kopf zu bekommen? Nicht Tag und Nacht daran zu denken?

Ich füllte eine Leinwand nach der anderen mit verrenkten Gestalten, die den Bildern zu entfliehen suchten, wilde Figuren, nicht bereit, sich halten zu lassen. Ich verspürte weder Hunger noch Durst, und Waltraud, die einmal kurz vorbeikam, floh sofort mit erschrockenen Augen.

Anfang Februar kamen Herr Brendel und Frau Grenz-Jacobi vorbei. Ich habe nicht weiter auf sie geachtet und aus dem Fenster gestarrt, wo nichts zu sehen war.

Sie sind wieder gegangen; später fand ich ein paar Plastiktaschen mit Lebensmitteln in der Küche. Und da merkte ich, dass mein Magen wie ein verschnürtes, gefesseltes Tier zu zerren begann. Ich habe ein paar Würstchen roh verschlungen und sie kurz danach wieder herausgewürgt.

Dann bin ich in das tiefe Loch eines traumlosen Schlafes gefallen, und irgendwann fing ein roter Schatten an zu wachsen, ein glühendes Feuer, und als ich aus der Lücke zwischen Kommode und Bett hervorkroch und die Augen öffnete, strahlte mir eine Abendsonne ins Gesicht. Ich bin ins Bad gewankt und habe mich unter die Dusche gestellt. Das heiße Wasser spülte meine Benommenheit allmählich fort wie meinen Schweiß, meinen eigenen Gestank, in dessen Wolke ich wochenlang existiert hatte. Selbst das Kribbeln unter der Haut gab nach einem kurzen Comeback-Versuch sein Unwesen auf.

Ich habe mir ein Ei gekocht, Brot getoastet, Käse gefunden und aufgeschnitten, mich ins Atelier gehockt und das Ei aufgeklopft. Doch der Film meiner neuen Ruhe war erst hauchdünn, zerriss unter der leisesten Beanspruchung. Beispiel: Ich stieß den Löffel in das Ei, und flüssiges Eiweiß vermengt mit weichem Dotter schoss hervor wie der Eiter eines gründlichen Abszesses, den man ausdrückt. Und schon war Luzifer zur Stelle. Als ich schaute, wo das Geschoss nach meinem wilden Wurf gelandet war, sah ich das glibberige Eiweiß an einem meiner Bilder herunterlaufen, entdeckte die Splitter der Schale auf den verrenkten Gliedmaßen einer der Figuren, und es wirkte, als habe sie soeben die Schale durchbrochen und sich aus dem Gehäuse des Eis geschält. Dass ich mir die Lippen an dem heißen Kaffee verbrannte, habe ich erst kurz darauf bemerkt. Wie fasziniert war ich plötzlich von dem Bild. Genau das hatte mich an den Gestalten gestört! Wild und roh waren sie gewesen, doch nun war etwas hinzugetreten, was ihnen gefehlt hatte, was aber zu ihnen gehörte: Sie waren verletzlich geworden hinter ihren drohenden Gebärden, verletzlich wie frisch geschlüpfte Vögel.

Und schon war ich in der Küche, griff mir den Zehnerpack Gutshofeier, rannte zurück ins Atelier, legte die Bilder auf den Boden, eins neben das andere, und dann vom Thron auf den Tisch geklettert. Dort oben stand ich dann inmitten von kaltem Kaffee und Käse, Farbtuben und Terpentin und habe ein Ei nach dem anderen auf die Bilder gefeuert, habe sie mit wachsender Begeisterung zerplatzen sehen, bin wieder hinabgesprungen und habe das Geschmier mit der Farbe vermengt und mit den bloßen Händen hineingearbeitet. Und als ich die Spuren meiner Finger in alledem entdeckte, ihre Zickzacklinien und abrupten Kratzer, habe ich mit dem Pinsel auf sie reagiert und weitergemalt, andere Striche, Kreise, Punkte hinzugefügt, Zeichen einer geheimen Magie, Ursprache einer unverbrauchten Welt, die hinter den Scherben einer toten Zivilisation zu atmen begann. Zum ersten Mal hatte Luzifer etwas Gutes bewirkt.

Nachdem dieser Ausbruch jedoch vorbei war, fiel ich in eine eisige Trägheit zurück.

Irgendwann habe ich auf Anraten von Herrn Brendel gewisse Formalitäten erledigt, die nach dem Tode meiner Eltern unumgänglich seien.

Von Ortlieb hatte man nichts Neues melden können. Niemand glaubte, dass er noch von irgendwo zurückkehren werde.

Seltsam: Ich empfand weder Schmerz noch Trauer, wenn ich an ihn dachte. War er nicht den Weg gegangen, den er sich selbst gewählt hatte? Sein offensichtlicher Tod war für ihn der Zielpunkt seines Lebens gewesen, den er sich selbst ausgesucht hatte. Und, dessen war ich sicher, er war in aller Ruhe und frei von jeder Verzweiflung dorthin gegangen, ganz anders, als die Eltern ihre letzten Sekunden erlitten haben mussten. Immer wieder sah ich die Packung elektrischer Kerzen, hörte mich zu ihnen sagen, wie scheußlich ich sie fände.

Nur deshalb? Hatten sie nur meinetwegen echte Kerzen ... ?

Und ganz nebenbei wurde es Frühling.

Das Haus im Dohlenweg habe ich gemieden. Den Schlüssel hatten Bersinskis bekommen, die ab und zu nach dem Rechten sahen. Sie teilten mir auch mit, dass sie das Fenster hatten reparieren lassen. Die Rechnung lag bei.

Als ich eines Tages von einem meiner täglichen Spaziergänge heimkehrte, wartete Waltraud auf mich. Sie schaute mich an, als käme ich direkt vom Ende der Welt zurück, und fragte: „Wie geht es dir, du Armer?“ und griff nach meiner Hand.

Gut, sagte ich und entdeckte ein paar Schrammen auf ihrer Stirn, während ich in meinen Taschen nach dem Haustürschlüssel wühlte.

Sie habe eine Kleinigkeit zu essen eingekauft, erfuhr ich von ihr. Sie folgte mir unaufgefordert in die Wohnung. Ich sagte, dass ich keinen Hunger hätte.

„Aber du musst doch etwas zu dir nehmen! Wie ein Gespenst siehst du aus! Lloyd, Lieber, bitte, ich mache uns einen leckeren Salat.“

Berge von Nahrungsmitteln hatte sie herbeigeschleppt, Käse und Schinken, Tomaten und weiß der Himmel, was sonst noch. Oliven! Als wolle sie eine Gaststätte eröffnen. Sie marschierte geradewegs in die Küche. Ihr Geklapper zerstörte die Stille. Ich war kurz davor, ein Messer an ihr auszuprobieren.

In meinem Thron hockend, schaute ich durch die Bilder hindurch, war innerlich erstarrt wegen dieses Herumgewerkels in der Küche, dieser leisen, eifrigen, aufdringlichen Geräusche.

Irgendwann lief Waltraud durch das Atelier und trug mit spitzen Fingern den schimmelüberwucherten Rest vom Käse hinaus, den Herr Brendel damals mitgebracht hatte. Und gerade war sie zurückgekehrt, da fielen Petra und Peter wie vom Himmel. Sie wollten nur mal kurz hereinschauen, wie es mir gehe.

„Ach, die Wally ist ja auch da.“

Waltraud hatte nichts Besseres zu tun, als die beiden zu einem kleinen Imbiss in meine Wohnung einzuladen. Und dieses unerträgliche Getue, als sei sie die Frau des Hauses!

Ich habe übrigens sehr wohl bemerkt, dass die drei sich hinter meinem Rücken zuzwinkerten. Es war ein abgekartetes Spiel: Dem armen Leidenden müsse man endlich unter die Arme greifen, ihn aus seiner Qual erlösen. Mit einem geselligen Salatessen! Und, ach, was für ein Zufall! Peter habe gerade Sekt im Auto. Den wolle er nur schnell reinholen. Und wahrscheinlich auch das der reinste Zufall: Die Flaschen waren eisgekühlt.

„Du hast doch nichts gegen ein Gläschen?“, fragte er mich und drückte mir die Hand auf die Schulter, als wolle er mich am Aufspringen hindern. Zum ersten Mal seit ihrer Ankunft bewegte ich den Kopf und blickte von unten in Peters schlaufenförmigen Nasenlöcher, die aus dieser Perspektive irgendwie obszön wirkten.

„Macht, was ihr wollt“, sagte ich und schwor mir in diesem Augenblick, nun endgültig die Karten auf den Esstisch zu knallen und Waltraud klaren Wein einzuschenken. Warum sollte nur ich leiden?

„Hast du die alle in der kurzen Zeit gemalt?“, dehnte sich Sekunden später Peters Stimme. Er war mit den Flaschen zurück, wie mir sein Spiegelbild in der Glastür meiner Vitrine verriet, und betrachtete interessiert das Bild auf dem Etikett. Und Waltraud, die mit der Salatschüssel ins Atelier kam, antwortete in stolzem Ton, ganz Muse des Künstlers: „Ja, hat er."

Petra war soeben auf die Eierschalen aufmerksam geworden und zog ein angewidertes Gesicht. Als sie das Ploppen des Korkens hörte, entspannten sich ihre Züge und sie eilte an den Tisch.

„Ah!", rief Peter, „der Salat! Schon optisch ein Genuss!" Sie setzten sich.

„Osram, Lieber, komm doch auch, mh?"

Waltraud schaute betont unaufdringlich herüber. Und während sie sich in aufmunterndem Singsang witzige Belanglosigkeiten zuwarfen, um den armen Trauernden aus dem Schatten der Schmerzes in die Sonne zu locken, beobachtete ich ein Dreigespann alberner Physiognomien, ein Kabinett absurder Masken, in denen ich aber auch nichts entdeckte, was mir etwas bedeutete.

Man unterhielt sich im Plauderton. Ihre Mutter habe ganz scheußliche Kristallgläser von dieser Hertha geschenkt bekommen, lachte Petra heraus. Und mir fiel dazu Ortliebs kristallener Berg ein. Mit welcher Konsequenz hatte mein Bruder sein Leben zu Ende geführt, mit welcher Ernsthaftigkeit. Vor meinem inneren Auge entstand sein Gesicht – und dann starrte ich in die Fratzen der anderen: Peter begutachtete meine Bilder mit einem Blick, als habe er sich versehentlich in eine Lada-Verkaufshalle verirrt. Sein Stuhl kippelte, und ich wünschte, er würde umfallen, umfallen, umfallen. Petra hielt sich trinkend ihr Sektglas wie das Visier einer gläsernen Ritterrüstung vors Gesicht, dass der Mund zu einer plattgetretenen Tomate aufquoll, und weil sie dabei ins Glas schielte, bot sie das Bild eines betrunkenen Pelikans. Aber Waltraud erst! Fast konnte man glauben, ein übergroßer Madenkopf glotze einen an mit engstehenden Augen und mahlenden Kiefern, starre über das Salatblatt hinweg, dem sie mit der Gabel den Todesstoß versetzt hatte, und, auf beide Ellenbogen gestützt, erschien sie mir plötzlich lauernd und gefräßig in ihren mechanischen Bewegungen. Als gebe es kein Entrinnen vor dieser Maschinerie, die sich mir entgegenzufressen drohte, um auch mich am Ende zu verschlingen, weil sie unersättlich war.

In aller Ruhe erhob ich mich und sagte gefasst und ruhig, vielleicht sogar mit einem leichten Lächeln, wie Ortlieb es getan hätte:

„Haut alle ab! Warum verschwindet ihr nicht einfach wieder und nehmt den ganzen Mist mit?“

Erstaunt schauten sie mich an. Machte er Witze?

„Raus, aber zackig!“ Meine Stimme musste jetzt etwas Gefährliches bekommen haben, denn die drei sahen recht betroffen aus, fast schon erschüttert. Und als ich jetzt mein „Raus mit euch, ihr Blutsauger und Intriganten!“ schmetterte und zur Bekräftigung die Flasche Sekt an die Wand donnerte, dass es nur so knallte, zischte und spritzte, fuhren sie auseinander wie eine schlecht inszenierte Posse: Peter ruderte mit den Armen vor Schreck in der Luft herum, ohne Halt zu finden, Petra pladderte sich eisigen Sekt in den Ausschnitt, dass sich ihr Gesicht vor Überraschung unendlich in die Länge zog, und Waltraud war ein grüner Kinnbart gewachsen, dem Essig und Öl enttropfte, und ihre Augen hatten sich in zwei faltige, große Bauchnabel verwandelt mit je einem dunklen Fussel in der Mitte.

Und im Vorbeigehen, leicht, beschwingt, fast wie beschwipst – obwohl ich keinen Tropfen angerührt hatte – warf ich Waltraud ein "Mit uns ist übrigens auch Finis!" zu und verließ die Wohnung. Im Hinausgehen habe ich noch Peters *Mein Gott, der ist ja gemeingefährlich* aufgefangen. Und Petra hängte ein *Der ist total verrückt geworden* an.

„Wenn *die Wahrheit sagen* Verrücktsein ist, dann bin ich gerne verrückt“, rief ich auf der Straße, und eine ältere Dame zog schnell das Dreirad mitsamt Enkelkind, dem ich in Ermangelung eines anderen Wesens im Vorbeigehen über den Kopf gestreichelt hatte, in die nächste Toreinfahrt.

„Nein“, rief ich ihr zu, „keine Angst, gute Frau, ich bin kein bisschen verrückt! Die anderen sind's, die anderen!“

Da hastete sie mit Dreirad und kleinem Mädchen fort, ehe ich das Kind verschlänge. Die Pedale des Dreirads flitzten wie wild im Kreis und schlugen dem Kind an die Füße, dass es zu jaulen begann.

Der Apocalypso war erheblich gewachsen, als ich in die Schmiede stürmte. Das fiel mir sogleich auf. Und Victor stutzte einen Moment bei meinem temperamentvollen Auftritt.

„Heiliger Grahl, wer oder was ist dir denn in die Glieder gefahren?“

„Ich bin soeben verrückt geworden!“ Der Amboss bekam von mir einen Klaps auf den Hintern. Vor Überraschung vergaß er zu wiehern.

Zum ersten Mal habe ich Victor Auerbach lauthals lachen gehört, als ich ihm die Geschichte erzählte.

„Richtig so“, rief er, „genau richtig. Mensch Meier, Osram Grahl! Das war ja wohl 'ne Nummer!“ Und vor Freude oder vielleicht auch nur aus Versehen krachte ein Furz.

„Wie ich sehe, kommst du gut voran!“ Ich hatte mir eine Zigarette angezündet und ritt auf dem Amboss, von wo ich ihn bei der Arbeit beobachtete.

„Es geht“, sagte er. „Ist aber mehr Arbeit, als ich angenommen hatte. Doch den Termin halte ich ein. Spätestens im August, vielleicht September, ist das letzte Stück geschweißt! Darauf verwette ich meine Mütze, wenn 'se überhaupt einer haben will! Und dann wird er tanzen, mein lieber heiliger Grahl! Du wirst es erleben!“

Er war regelrecht euphorisch geworden; möglicherweise hatte er sich durch meine Hochstimmung anstecken lassen. Und ich denke, trotz allem, was noch passieren sollte: Er hat seinen Apocalypso bauen müssen.

„Mitte August werde ich ausstellen“, erzählte ich ihm.

„Du hast gemalt?“, fragte er, und schweißte lauter kleine Stäbe zu den Rippen des Tänzers zusammen. Und als ich nickte, wollte er wissen, wie ich mit den Bildern zufrieden sei, und wovon sie handelten.

Ich beschrieb sie ihm, ließ die Eier noch einmal fliegen, meine Finger die archaischen Minuskeln malen, und er schaute meiner Darbietung mit leuchtenden Augen zu.

„Gut, heiliger Grahl, klingt gut“, sagte er und meinte, diese Sache mit den Zeichen erinnere ihn einen Fingerhut voll an die Malerei auf Anitas Kühlschrank. Funken stieben auseinander wie bei einem Vulkanausbruch.

„Die Petra war früher mal ein ganz nettes Kind“, erzählte er später, aber irgendwann sei die ganze Familie von einem Bazillus heimgesucht worden. Ständig seien sie in Bewegung, ohne irgendwo anzukommen, hampelten auf der Stelle herum, als fürchteten sie den Tag, an dem sie zur Besinnung kämen. Weil ihnen an diesem Tage nämlich das große Kotzen in die Gurgel steigen würde. Vor der Leere, in der sie nicht mal ihr eigenes Echo hören werden. Weil keins da wäre. Besäßen doch nichts, wenn man ihnen den Krimskrams, den ganzen Ramsch, wegnähme. Deshalb rafften sie auch alles zusammen: Möbel, Autos, Schmuck und Schnick und Schnack und mehr. Und Hummerschwänze mit Kapern gefüllt in Marmeladensauce! Oder Krebsbacken. Oder was wisse er. Und ständig gehe das Mundwerk! Vor lauter Gequassel merken sie nicht, dass sie nichts zu sagen haben. Möchte man am liebsten mit dem Schweißgerät eine Antwort drauf geben, nur ein bisschen dazwischenfackeln – und er schweißte, dass die Funken nur so stoben.

6

Die Fliegen

Erstaunliche Beobachtung: Am zweiten Durnholzer Abend lag ich in meinem Bett und dachte, in mir könne sich beides entwickeln, entweder eine schwere Krankheit, oder aber ich würde am nächsten Morgen aufstehen und das Kratzen im Hals, das Frieren und das Fieber wären verschwunden. Diese Ambivalenz, die seit einiger Zeit mein Leben zu bestimmen versuchte! Mir war vollkommen schleierhaft, worin die Ursache dafür bestand.

Auch in jener Nacht waren meine Sinne zu verwirrt, als dass ich es genau hätte klassifizieren können. Zu frisch noch waren die fürchterlichen fünf Monate, die auf den 'Bruch' mit Waltraud folgten.

Wenn ich dieses knappe halbe Jahr, das zwischen dem Bruch mit ihr und meiner Flucht nach Durnholz lag, mit einem Adjektiv beschreiben sollte, dann würde ich mich wohl an den Namen von Victor Auerbachs Standbild anlehnen: apokalyptisch.

Um es gleich vorwegzusagen: Dass ich diesen Begriff ausgesucht hätte, stand überhaupt nicht im Zusammenhang mit Husseins damaligen Überfall auf Kuwait; oder nur ein wenig, ganz am Rande. Und für mich war das Erschrecken über diese Okkupation nicht mehr als ein Reflex mit dem linken Augenlid - etwa wie das Zucken beim Nahen einer Gewitterfliege - im Verhältnis zu der Entsetzlichkeit dieser fünf Monate. Und doch: Wie gering war die Bedeutung dieser fünf Monate gegenüber den Ereignissen, die mich nach meiner Rückkehr aus Durnholz erst noch ereilen sollten.

Doch zurück zu jenem Abend, an dem ich den funkensprühenden Vater des Apocalypso verließ.

Als ich im Dunkeln in meine Wohnung kam, die Tür aufdrückte und den Lichtschalter betätigte, saß sie da, bleich und reglos wie eine aufgewärmte Leiche.

Ich habe mich nicht einmal gewundert, bin einfach an Waltraud vorbei ins Badezimmer gegangen und habe geduscht. Ich würde sie nicht beachten, überlegte ich mir, sie nicht ansprechen, nicht antworten, überhaupt: sie gar nicht sehen. Dann würde sie schon von alleine gehen.

Einer mitleidigen Regung nachgebend, ließ ich eine kleine Lampe brennen und ging zu Bett. Der Schlaf war tatsächlich nahezu traumlos.

Morgens saß Waltraud noch immer an eben der Stelle auf dem Sessel, wo meine Augenwinkel sie am Abend zuvor erfasst hatten. Also trank ich meinen Kaffee in der Küche, Hunger hatte ich keinen, und danach machte ich mich auf einen Spaziergang. Sollte sie doch ruhig dort hocken. Irgendwann würde sie schon die Nase voll haben und verschwinden.

Als ich am Nachmittag zurückkehrte, hatte sich ihr rechter Arm etwas in der Haltung verändert.

Die ganze Aktion erschien mir lächerlich, grotesk, absurd. Was erwartete sie von mir? Dass ich mich ihr wieder in Liebe zuwenden würde?

Ich besuchte Victor Auerbach, konnte aber meine Gedanken nicht richtig unter Kontrolle bringen. Immer wieder sah ich sie wie eine Kröte in meinem Sessel hocken. Wer weiß, dachte ich, wozu sie fähig ist? Möglicherweise zerschnitt sie in diesem Moment die Gemälde, die ich in den nächsten Tagen rahmen wollte.

Diese Vorstellung bekam etwas so Quälendes, dass ich schließlich in die Wohnung rannte, um mir Gewissheit zu verschaffen.

Als ich sie immer noch kaum verändert vorfand, tat ich so, als wolle ich nur schnell etwas holen, schlenderte ins Badezimmer, und weil ich keine Ahnung hatte, was ich da solle, rieb ich mich ordentlich mit Rasierwasser ein. Vielleicht würde sie denken, ich hätte ein Rendezvous, wenn ich so duftete, und zöge sich endlich zurück.

Ich bin sofort wieder gegangen. Natürlich wurmte es mich, dass sie einfach in meinem Atelier hockte und nicht zu gehen gedachte, doch ich sagte mir, dass sie genau das beabsichtige, dass sie mich mürbe machen wolle. Was heißt 'wolle'! Sie hatte es ja schon geschafft, denn ich ertappte mich bei den Überlegungen, was ich unternehmen könnte, wenn sie nicht gehen würde. Ich konnte aus diesem Grunde schließlich nicht die Feuerwehr rufen! Und sie eigenhändig aus der Wohnung zu zerren, verbot sich von ganz allein. Nachher hieße es noch, ich hätte Hand an sie gelegt.

Wahrscheinlich ist diese innere Zerfahrenheit mit ein Grund dafür, dass an diesem Abend die Sache mit Petra passierte. Ich war einfach nicht mehr zu klaren Entscheidungen fähig, habe nur noch auf Reize reagiert.

Um nicht jedes Mal in die Wohnung zu müssen, wenn ich feststellen wollte, ob Waltraud verschwunden war, hatte ich auf die Außenklinke meiner Wohnungstür einen aufrechtstehenden Zigarettenstummel platziert.

Fünfmal bin ich vorbeigegangen, und er stand immer noch unverändert da. Beim sechsten Mal kam Petra im Cabrio vorbei, Verdeck trotz der nicht sehr hohen Temperatur geöffnet, bremste, setzte den Wagen scharf zurück und lud mich ein.

„Mensch, Lloyd“, schrie sie lachend, um den Kampf mit dem Fahrtwind zu gewinnen, „das war ja eine gelungene Vorstellung gestern.“ Sie schaute herüber, umkurvte im letzten Augenblick einen Radfahrer, als ich "Pass auf!" gesagt hatte, und rief: „Peter hat sich gar nicht wieder beruhigen können vor Lachen. Du kannst aber auch böse gucken. Davon hatte ich überhaupt keine Ahnung.“ Dieses Temperament! Und ob ich mit Wally gesprochen hätte?

„Wieso?“, fragte ich.

„Weil sie noch eine Zeitlang auf dich warten wollte. Sie war ja weiß wie fetter Speck.“ Petra nahm eine Kurve in rasantem Tempo, Häuser stoben auseinander, und meine Schuhe hatten die Fußmatte beinahe durchstoßen.

„Na ja, dann war sie wohl schon gegangen, als du nach Hause gekommen bist.“ Es klang wie eine Feststellung, und ich habe sie bei dieser Annahme gelassen.

„Hast du heute Abend schon etwas vor, oder hättest du Lust, einer Strohwitwe beim Zeittotschlagen behilflich zu sein?“

„Wieso?“, fragte ich.

„Weil ich gerade aus Hannover zurückkomme. Vom Flughafen. Peter musste geschäftlich dringend an den Golf. Weiß der Himmel, warum so plötzlich. Aber bei denen ist ja alles immer so unerhört wichtig!“ Und sie zerlachte den Nachtwind.

„Charlotte ist bei meinen Eltern. Ich kann also tun und lassen, was ich will! – Hast du Hunger?“

„Wieso?“, fragte ich.

„Na ja, wir könnten vielleicht 'ne Kleinigkeit zusammen essen gehen. Und hinterher muss ich dir eine CD von Viktor Lazlo vorspielen. Magst du ihre Musik?“

Sie schaute mich von der Seite an; ich hingegen fixierte die Fahrbahn. Würde die Taube es noch schaffen? Im letzten Augenblick schloss ich die Augen.

„Wieso...“, sagte ich.

„Wieso 'wieso'? Nanu, was war das?“ Sie drehte sich um und wunderte sich über die Federn, die hinter dem Wagen im Fahrtwind wirbelten. Sie fragte: „War ich das?“

Wir sind dann zu einem Italiener gegangen. Zuerst hatte ich gar nichts essen wollen, doch als ich Tomate mit Basilikum und Mozzarella entdeckte, habe ich es mir bestellt. Doch die Tomaten besaßen keinerlei Aroma. Wahrscheinlich Holländer, keine Sizilianer. Der Wein dagegen war sehr lecker. Frascati.

„Gut, dass ich wenigstens dich aufgegabelt habe“, rief Petra. „Ich habe schon befürchtet, mich zu Tode langweilen zu müssen.“

„Bei euerm großen Bekanntenkreis?“, tauchte ich aus meinen südlichen Bildern auf. „Du brauchst doch nur jemanden anzurufen.“

Da lachte sie abrupt. Ihre Unterlippe zitterte.

„Die? Das sind doch alles Schlafmittel. Reden über Sport oder Geschäfte. Zum Sterben. Ich habe schon viel zu viele öde Abende mit denen verbracht. Langweilig und sinnlos, eine Stunde wie die andere, ohne Unterschied, endlos. Tage, Monate, Jahre: immer gleich. Das ganze Leben. Und bald werde ich dreißig.“ Sie kippte sich des Glas in einem Zug in den Mund, spülte die letzten Worte gleichsam hinfort, riss eine Zigarette aus der Packung und stieß sie in das Feuer meines Streichholzes.

„Und der Dichter? Stephan, oder wie er heißt?“

„Ach, Stephan“, sagte sie und entließ den Rauch in kurzen spitzen Stößen, „der ist zwar nett, aber irgendwie steht er mit einem seiner Flügelschuhe immer in verlorenen Welten; und außerdem ist er schwul. Und seitdem er mit Heinz zusammen ist, kann man ihn gänzlich abschreiben.“ Ihr Lächeln wirkte, als trotze sie kleinen Daumenschrauben.

„Manchmal, Lloyd“, sagte sie, „weiß ich gar nicht, wozu der ganze Rummel gut sein soll, der sich Leben nennt.“ Zigarettenasche fiel in ihren Wein, löste sich in kleine graue Teilchen auf und sank auf den Grund. „Es passiert einfach nichts!“

„Und Peter? Euer Haus? Das Kind?“ Ich fühlte mich unwohl bei ihrer Selbstvivisektion, denn ich hatte solche Offenbarungen von Petra niemals erwartet.

„Ach, vergiss es. Vergiss am besten auch, was ich eben gesagt habe. Ist alles Blödsinn. Komm, lass uns trinken!“

Der Schnitt war wieder zugenäht, ehe sie das Geschwür herausgeschnitten hatte: Es konnte weiter Metastasen setzen.

Wir bestellten noch einen halben Liter, tranken, aber aßen beide kaum etwas. Die Unterhaltung war ins Stocken geraten. Ein paar Belanglosigkeiten quälten sich über den Tisch, überflüssige Worte, an die ich mich nicht erinnere; und weil wir uns offenbar nichts weiter zu sagen hatten, tranken wir aus und fuhren.

Dass Petra noch Auto fahren konnte, war verwunderlich. Ich hätte es nicht geschafft. Und sie fuhr recht flott. Die Stelle, wo einst das Hipetuk stand, flog vorbei, eine rote Ampel sauste kometenhaft in die Nacht, der Fahrtwind wurde zum Orkan. Was raste sie so? Und über die Innerstebrücke! Ich schloss die Augen. Der Wind zerrte an meinen Haaren, als wolle er sie ausreißen. So ging die wilde Fahrt noch eine Weile weiter, dann bremste sie. Der Motor jaulte kurz auf, röchelte und starb. Ich öffnete meine Augen, verließ den Todesstuhl. Sie lief vorweg, öffnete die Haustür und dirigierte mich in das Wohnzimmer.

Schränke klackten, Gläser bimmelten, ein Sektkorken ploppte.

„Waltraud war ja ziemlich fertig gestern“, hörte ich sie dann aus der Küche rufen, als ich mich auf das pinkrote Sofa warf und meinen Kopf gegen die hohe Seitenlehne fallen ließ. Mein Nacken versteifte sich erneut. Warum musste sie Waltraud erwähnen? Gerade hatte ich sie vergessen.

Und Petra fand, sie passe auch gar nicht zu mir.

Ich riss die Augen auf. Vor mir ragte Petra unvermittelt in die Höhe, ein Gesicht, das nichts verriet, schaute mich an. Petra reichte mir den Sektkelch und setzte sich neben mich. Ihre Beine! Mein Gott, wie lang die Dinger waren! Besonders, wenn sie sie so übereinander schlug und den roten Schuh auf den Zehen schaukeln ließ, als schwenke ein Torero sein Tuch.

„Im Prinzip ist sie nur ein naives Puttchen", meinte sie. „Habe mich... salute!... schon lange gewundert, was du... mh, lecker ...von ihr willst." Sie sprang plötzlich auf, wollte nun doch erst schnell Viktor Lazlo auflegen, 'My delicious poisons'! Und sie stöckelte zur Stereoanlage. Im Vorbeigehen dimmte sie das Licht. Mit einem Gelenkknacken beugte sie die Knie und suchte nach der CD. Und ob ich eigentlich wisse, dass sie von ihrem Vater verführt worden sei?

„Viktor Lazlo?"

Dieses helle Auflachen! Wie Möwengeschrei. Wally natürlich! Kurz bevor der bei einem Unfall ums Leben kam. „Ach, da ist sie ja." Sie stieg wieder in die Höhe und legte Viktor Lazlo in die kleine Lade, die sie gierig verschlang.

Von dem, was dann in den anschließenden Minuten passierte, stehen mir nur noch eine Hand voll Bilder, schrille Blitzlichter, zur Verfügung, Fragmente, die mir heute wie der Startschuss, nein eher wie eine Startexplosion in die folgenden Wochen erscheinen.

Petras Parfum betäubte mich, ihre Lippen bewegten sich, doch ich hörte keine Worte; dann, ohne dass einer von uns beiden den ersten Schritt unternommen hätte, fielen wir übereinander her, unvermittelt und unabänderlich, zwei Bestien, die sich gegenseitig vor Lebenshunger zerfleischten. Die pinkrote Recamiere glühte wie eine rossige Stute. Ein schwarzer Lederrock flog zu Boden, und ich sehe Petra über mir, ihre Krallen graben sich in meine Schultern, wir wirbeln herum, ich nun in ihrem Rücken, an ihr, in ihr, und während Hundertschaften kleiner Teufel in meinen Lustzentren ihr Unwesen trieben, wurden meine Gedanken von den Folterknechten meines Gehirns zum Glühen gebracht; und in diesem glühenden, verbrennenden Licht sah ich die Szenen vor mir, Bilder aus den Sümpfen des Unterbewussten, sah dieses verfluchte Pony dahinjagen, sah sie, sie, sie – es war entsetzlich! Und trotz dieser Bilder habe ich einfach weitergemacht, bin in Petra eingedrungen, als könnte ich dadurch die Bilder zerstören. Es war eher ein wüstes Ringen, aus dem kein Sieger hervorgehen würde, und mittendrin das Telefon, das gnadenlos bimmelte, das keiner abnahm, ein wirbelndes Sektglas, das seinen Inhalt ausspuckte, Petras Kopf, der sich hin und her warf, meine Finger, die sich in ihre Hinterbacken krallten, ihre Strümpfe zerrissen, bis plötzlich abrupt das Ende da war.

Wie zwei Boxer in der Pause zwischen zwei Runden lagen wir an den entgegengesetzten Enden der Recamiere und maßen uns mit unerklärlichen Blicken. Stille. Dann wieder das Telefon, jetzt fast Erlösung. Völlig grundlos lachte Petra auf und nahm ab.

„Hallo? Ach, arme Wally, du bist es.“ Sie zwinkerte mir zu. „Na, ein bisschen erholt? Nein, ich weiß auch nicht, wo er steckt. Ja, das finde ich auch. Oh, du, das geht jetzt leider nicht. Ich bin gerade dabei, aus dem Haus zu... Das ist doch dummes Zeug. Wie bitte? Leg dich hin und schlaf, ja? Und morgen meldest du dich wieder, o. k.? Du, ich muss jetzt Schluss machen, ... ja. Bis dann. Ja ja ja.“ Sie legte auf, da war ich schon in der Tür.

„Wo willst du hin?“

Ich habe nichts geantwortet.

Wieder einmal rannte ich durch die Nacht. Dass überall der Flieder blühte, was bedeutete das schon? Von mir aus hätte sofort alles um mich verdorren können. Ich besaß nicht einmal die Kraft, Victor Auerbach zu besuchen. Die einzige Hoffnung, die ich besaß, war, dass Waltraud die Wohnung endlich verlassen hatte.

Der Zigarettenstummel lag am Boden. Sie war tatsächlich fort. Der leere Sessel starrte mich an. Er wirkte schamlos nackt ohne sie. Aber ich war erleichtert. Ich habe mich ungewaschen und bekleidet aufs Bett geworfen und bin sofort in einen tiefen Schlaf gefallen, der mich in einem Traum aussetzte, auf einem Weg, den ein heller, fast transparenter Wandschirm verstellte. Wie in einem Schattenspiel erkannte ich darauf die Projektion der Welt: eine arkadische Landschaft! So, wie ich sie mir immer gewünscht habe. Und dort, mitten in dieser Landschaft sitzt jemand. Nur die Umrisse kann ich sehen. Dieser Jemand scheint zufrieden zu sein, ist einfach da, ein Teil der Welt, ruhig wie ein Baum, ein Stein, ein Tier, schaut offensichtlich in die weite Landschaft, die er malt. Ich mühe mich ab, über den Rand des Wandschirmes zu schauen, da dreht sich die Gestalt um und fragt: „Was willst du? Dies hier geht dich nichts an. Lass mir meine Ruhe, denn dies hier ist nicht dein Leben. Du hast deine Chancen gehabt. Du kommst zu spät.“

„Zu spät? Wieso zu spät?“, frage ich erstaunt, und die Stimme sagt: „Du hättest früher anfangen müssen zu leben.“

„Früher? Was meinst du damit? Ich lebe doch!“

„Was ich mit früher meine?“, sagt die Stimme fast ausdruckslos. „Ich meine die Situationen, die du missachtet hast; in der Vergangenheit, immer wieder. So viele Situationen hast du ausgeschlagen, alles hast du immer anders gemacht.“

„Ich verstehe dich nicht! Wann denn? Was denn nur? Sag doch, was du meinst mit deinem `in der Vergangenheit´!“

„Zum Beispiel damals, als du Thomas Brendel allein nach Berlin gehen ließest; als du wie ein Blinder die Ehe heraufbeschworen hast; dein Urlaub mit Sonja; oder als du nichts aus dem Besuch auf dem Monte Nero lerntest, ach, so viele Gelegenheiten! Und alle hättest du dazu nutzen können, auf die andere Möglichkeit hinüber zu schwenken. Denn nur deshalb bin ich da, um diese andere Möglichkeit stellvertretend für dich zu leben. Bis du den Platz übernimmst. Falls du es jemals schaffen solltest. Aber du hast dich nie zu deinem Leben bekannt.“

Da erst merke ich, dass der Jemand auf der anderen Seite mit einer Stimme spricht, die meiner ähnelt. Aber ich bin immer noch unsicher. Ich frage: "Wer bist du denn?", und habe eine Ahnung.

„Wer ich bin? Hast du das immer noch nicht kapiert?"

„Bitte, lass mich dich sehen, rufe ich“, und schlage gegen die transparente Wand; doch sie ist hart, sie vibriert nicht einmal unter meinen Schlägen.

„Hör auf zu hämmern, es hat doch keinen Sinn.“ Die Stimme besitzt fast keinen Klang mehr.

„Sag mir“, schreie ich fast, „wer du bist, dass du es so gut hast, dass du dort sitzen und malen kannst, wie ich es immer wollte; wie ich es immer ersehnt habe...“

„Wer ich bin? Aber das ist doch klar“, sagt die Stimme, „ich bin der, der du hättest sein können, deine andere Möglichkeit, jene Lebensmöglichkeit, die lange für dich offenstand, die für jeden Menschen offen steht. Doch du hast sie nicht gewählt. Nie. Und irgendwann läuft die letzte Chance einfach ab.“

„Und“, flüstere ich, „wann ist es bei mir soweit?“

Da sagt der Jemand, der ich hätte sein können: „Deine letzte Möglichkeit ist heute verstrichen, vorhin, als du mit der Frau deines Freundes geschlafen hast. Du hast den Bogen überspannt. Es tut mir leid um dich."

„Aber es ist einfach über mich, über uns gekommen! Ich wollte es eigentlich gar nicht!"

„Genau das ist es! Du hast zu oft das getan, was du eigentlich nicht wolltest. Ist dir das nicht klar geworden? Irgendwann hättest du anfangen müssen das zu tun, ***was*** du wolltest! Aber du bist nur einer von vielen. Meist sitzen wir hier vergebens, denn kaum einer schafft es, uns abzulösen. Kaum einer!"

Erst jetzt sehe ich die Unmengen von Menschen in jener anderen Welt. Eine unüberschaubare Menge verpasster Chancen. Und langsam verlosch das Licht meiner potentiellen Existenz, und ich blieb auf dieser Seite der Möglichkeit zurück.

Irgendwann hättest du anfangen müssen...

Mit diesem Urteilsspruch hatte der Schlaf seine Tore geöffnet und mich aus seinen Gärten vertrieben.

So lag ich da im ersten Morgenlicht des keimenden Tages, lag da und starrte über mich, doch zu wissen, dass es nur ein Traum war, hat mich nicht erleichtert. Ich kam einfach nicht gegen seine Bilder an, meine eigenen Bilder.

Die schwarzen, krabbelnden Punkte an der Decke habe ich aus der Dunkelheit hervorkriechen sehen, ohne dass mir ihr lautloses Hin und Her gleich bewusst geworden wäre. Doch dann lenkten sie mich von den zermürbenden Gedanken ab, wurden immer wirklicher: Zu ganzen Scharen wuchsen sie heran, immer mehr und mehr, und ich hielt sie zuerst für jenes schwarze Flimmern, das ich wegen meines schwachen Blutdrucks oft vor Augen sehe. Doch mit zunehmendem Tageslicht wurden sie erschreckend wirklich, flogen, krochen, kreuchten über mir herum: tausende winzige Fliegen.

Ich habe versucht, sie zu zerdrücken, doch die Biester waren zu raffiniert: Sie entwischten meinen Fingern, die sie zerreiben wollten, meiner sich heranschleichenden Hand, die immer zu spät gegen die weiße Wand schlug. Kaum eine habe ich töten dürfen. Es war, als bildete ich mir ihre Existenz nur ein!

Habe ich nur versucht, ein Phantom zu erlegen? Ich rieb mir die Augen, schloss sie, öffnete sie langsam. Doch die Fruchtfliegen ließen sich nicht beirren. Sie hockten, von kurzen Kamikazeflügen unterbrochen, nach wie vor über mir herum, als machten sie sich über mich lustig.

Und wieder bin ich unter die Dusche gerannt. Wenigstens hier war ich von ihrer Gegenwart erlöst.

Als ich bald darauf in die Küche kam, waren sie dort auch schon. Ich bin zurückgelaufen zum Badezimmer, um die Tür zuzuwerfen. Wenigstens meine Dusche sollte ihnen nicht zum Opfer fallen. In diesem Augenblick schrillte das Telefon. Ich erschrak.

Ob ich eine Frau Strack kennte?

„Strack?“, fragte ich entsetzt, denn die Fliegen hatten nun auch schon das Atelier erobert.

„Eine Frau Waltraud Strack. Hören Sie? Wir haben aus ihren Worten nur Ihren Namen herausgehört.“

„Wer sind Sie denn?“, fragte ich und wedelte mit der Hand. Sie blieben einfach sitzen! Man kam nicht dagegen an.

„St. Bernward Krankenhaus. Kennen Sie eine Frau Strack?“

Ich hatte nicht gewusst, dass Waltraud mit Nachnamen Strack hieß! Oder hatte ich es nur vergessen?

„Ja“, sagte ich, „ich kenne sie.“ Nein, dachte ich, ich kenne sie gar nicht, ich weiß nur, wen sie meinen. Und es dämmerte mir, dass da wieder etwas passiert sein musste. Und überall die Fliegen! Selbst meinen Bildern zollten sie keinerlei Respekt. Auf den Eierschalen hockten sie, auf den Farbtuben, einfach überall! Ein aussichtsloser Kampf.

„Hallo? Sind Sie noch dran?“

„Ja“, brachte ich hervor, „ja ja ja!“, und ich fragte: „Was ist mit ihr?“

„Würde es Ihnen etwas ausmachen, vorbeizukommen? Frau Strack hat einen Suizidversuch nur knapp überlebt. Sie nannte lediglich Ihren Namen. Wir haben keine direkten Angehörigen von ihr ermitteln können. Bitte, melden Sie sich doch an der Information. Dort weiß man Bescheid. Auf Wiederhören.“

„Ja...“, sagte ich in eine tote Leitung.

Das Spiel fing von vorn an. Wieder bin ich hingerannt, wieder habe ich die Mullbinden zweier verbundener Hände gehalten, wieder ja gesagt, geheuchelt, es tue mir leid. Was hätte ich auch sagen sollen? Nachher brachte sie sich womöglich noch erfolgreich um!

Auf dem Rückweg habe ich sechs Kartons Wein gekauft. Ein Sonderangebot, die Flasche zu 2,99 DM. Frascati. Die Pakete habe ich wie eine Mauer aufgestapelt, eine Brustwehr gegen die Welt.

Und die dämlichen Fliegen habe ich einfach übersehen. Es wäre ein sinnloser Kampf geworden. Nach einer Flasche Wein nahmen sie sogar etwas Lächerliches an, kleine dumme Biester! Was konnten sie mir schon anhaben, solange wenigstens mein Badezimmer von ihnen verschont blieb?

Die Tage verbrachte ich damit, in einer – wo nahm ich nur die Kraft her? – fast gelösten Stimmung Rahmen für meine Bilder anzufertigen. Es waren recht einfache, aber wirkungsvolle Konstruktionen. Aus gehobelten Vierkanthölzern schnitt ich die Schenkel zurecht, sägte sie sogar auf Gehrung, was ihnen einen professionellen Anstrich gab, und nagelte sie auf den Rändern der Keilrahmen fest. Ach, wie die Figuren meiner Bilder unter den Schlägen erzitterten! Ganze Stücke der zerbrechlichen Eierschalen platzten ab und fielen mir zu Füßen. Es knackte und knirschte bald unter meinen Schuhen.

Mit schwarzer Plakafarbe strich ich die Rahmen dick ein, damit auch der letzte Schimmer des Holzes und der störende Anblick der krummgeschlagenen Nägel getilgt war. Es war eine anstrengende Arbeit, doch nach drei Wochen hatte ich es bereits geschafft.

Als ich meine gesammelten Werke betrachtete, stellte ich fest, dass meinen Bildern die Signierung fehlte. Mit Kadmiumrot dunkel, einer sehr teuren Farbe von der herrlichen Leuchtkraft frischen Blutes, setzte ich meinen Namen auf die Bilder, unten rechts. Bei allen an die gleiche Stelle. Dann musste ich wirklich lachen: Ich versuchte aus Versehen meinen Pinsel im Weinglas auszuwaschen! Ein Glück, dass ich nicht im Gegenzug den Terpentinbecher ausgetrunken habe!

Seltsamerweise fühlte ich mich danach sehr wohl. Und so beschloss ich, Victor Auerbach einen Besuch abzustatten. Lange war ich nicht mehr bei ihm gewesen.

Um den Abschluss meiner Ausstellungsvorbereitungen mit ihm zu feiern, stopfte ich die beiden letzten Flaschen Frascati in die Jackentaschen, auf jeder Seite eine.

Dann ereignete sich erneut etwas Komisches! Victor Auerbachs Garten hatte sich völlig verändert: Die Schmiede war verschwunden, überhaupt, das ganze Grundstück war nicht wiederzuerkennen! Die Rosthalden, die Schrottgebirge: wie vom Erdboden verschluckt. Ich dachte noch, na, so ein Schlawiner, reißt alles ab und verduftet, ohne mir ein Sterbenswörtchen davon zu verraten! Bis ich merkte, dass ich auf dem falschen Grundstück gelandet war! Also habe ich auf dem Absatz kehrt gemacht, einem erstaunten Burschen, der aus dem Haus gelaufen kam, "Nichts für ungut" zugerufen und bin zurück auf die Straße, die, das war mir früher stets entgangen, recht steil bergan führte. Natürlich habe ich die richtige Pforte dann gleich gefunden.

Erstaunlich, dachte ich schmunzelnd, wie das üppige Grün des Sommers doch alles verändert! Rennt man, von dieser wuchernden Maskerade getäuscht, in einen anderen Garten! Was würde Victor lachen, wenn ich ihm davon erzählte!

Als ich bei der Schmiede angekommen war und das kleine Fenster oben in der Wand entdeckte, kam ich auf die Idee, ihn ein wenig zu erschrecken! Also habe ich flugs irgendwelches Gerümpel aufgetürmt und bin hinaufgeklettert. Gerade wollte ich gegen die Scheiben trommeln, da geriet das arglistige Bauwerk unter meinen Füßen ins Rutschen, und mit Getöse landete ich auf dem Boden. Ich schaute an mir herunter und stellte fest: Ich hatte mich nicht einmal verletzt! Gerade war ich dabei, die beiden unversehrten Frascatiflaschen unter dem Schrott hervorzuangeln, da flog die Tür auf, und Victors Füße standen vor mir.

„Heiliger Grahl! Was ist das denn jetzt wieder.“ Er packte mein Handgelenk und zog mich in die Höhe.

„Ich wollte gerade bei dir fensterln“, lachte ich.

Doch er fand es scheinbar gar nicht so ulkig, drehte sich einfach um und kehrte in die Schmiede zurück. Ich hinterher.

„Was ist denn, Victor?“, rief ich. Doch er stand kommentarlos am Waschbecken und spülte seine Hände ab. Schaute mich nicht einmal an! Die Rattenfellmütze drehte mir das haarige Hinterteil zu.

Als Victor mich immer noch nicht beachtete, spazierte ich durch den Raum und blieb vor dem Apocalypso stehen. Gewaltig war der gewachsen! Hatte sich zu einem stattlichen Monstrum entpuppt. Erinnerte mich an die Klettergerüste, die auf Kinderspielplätzen stehen!

Das war die Idee! Ich spuckte in die Hände und beginne mit dem Aufstieg. Und der eherne Knabe fängt mir zu Ehren sogleich zu tanzen an, und ich freue mich noch, was für einen Temperamentsbrocken dieser Victor da gebastelt hat, will ihm deshalb ein Kompliment zurufen, drehe mich schon zu ihm um, da starre ich im Vorbeifliegen in seine entsetzten Augen ... „Sei bloß vorsichtig!“, ruft Ortliebs Stimme, während die unzähligen Teile stellaren Materials aus dem All herniederstürzen.

"Nanu, wo steckt mein Bruder nur?", denke ich und ziehe den Kopf ein. Eine Schraube pfeift vorbei, Rohrstücke jagen auf mich zu.

„Es ist ein Asteroidenhagel“, mahnt Ortliebs Stimme, „sei vorsichtig, ihr Einschlag kann die Welt verändern. Du weißt es doch, selbst die Saurier sind deswegen ausgestorben und sie waren viel größer, unendlich viel stärker als du. Alles werden die Asteroiden vernichten; selbst die Träume.“

Hinter dem Rocco di sposalizio innocento in Deckung gegangen, sehe ich ihn endlich.

„Wo willst du hin, Ortlieb“, rufe ich, „bleib doch hier.“

Unaufhörlich verdichtet sich der Eisenregen, sprengt ganze Brocken aus dem Fels, und meine Zuflucht zerbröckelt unaufhörlich.

„Ich bringe meine Träume in Sicherheit“, ruft mein Bruder, und er klingt schon sehr weit entfernt, „dort hinauf werde ich sie schaffen.“

Erst jetzt erkenne ich, dass er auf den weißen Berg steigt. Da erhebt sich ein dumpfes Brausen, schwillt gefährlich an, und als ich meinen Blick nach oben richte, sehe ich ihn direkt auf mich zujagen: groß und schwer und unerbittlich. Und ich weiß, er wird mich treffen: Victor Auerbachs Apocalypso. Doch dann steht Victor da, stellt sich dem Ding in den Weg, und ohne mich anzusehen sagt er: „Es ist mein Apocalypso. Geh zur Seite: Ich werde ihn in Empfang nehmen.“ Und ein ohrenbetäubendes Bersten lässt mich die Augen schließen.

Als ich sie wieder öffnete, herrscht Dunkelheit. Nichts regt sich; von nirgendwo ein Geräusch. Weltraumstille. Auf meinem Kopf klebt ein nasser, kalter Pelz, der meinen Puls in die Schläfen zurücktreibt. Das gleichförmige Buppern ist alles, was noch zu existieren scheint. Es hypnotisiert mich, und allmählich falle ich ins Nichts zurück.

Ein leises Geräusch hat mich dann an einem dünnen Faden aus der Tiefe hochgezogen. Langsam nahm es Gestalt an, schälte sich zusehends aus der Amorphität heraus und wurde ein metallischer Klang, fein und klar und beruhigend. Ich öffnete die Augen und sah nichts, denn irgendetwas lag mir auf dem Gesicht. Und ein brennender Schmerz übernahm das Regiment meiner Gedanken. Er hatte sich in meine Schläfe gebohrt wie eine Zecke. Endlich gelang es mir zu begreifen, dass ein nasses, kaltes Tuch auf meiner Stirn und meinen Augen lag. Seine Kälte schien in meinen ganzen Körper auszustrahlen. Ich fror, hörte ein Geräusch, das den Rhythmus meines Zitterns besaß.

Was ist das nur für ein Geklingel, dachte ich und verlor den Gedanken sofort wieder im Malstrom der Schmerzen, wurde ein Opfer des Pochens, dem meine Stirn ausgeliefert war.

Die Zeit strich vorbei, ohne Notiz von mir zu nehmen. Ich lag einfach nur da. Der gefräßige Schmerz in meinem Kopf sammelte sich und bezog Stellung auf meiner linken Schläfe, grub sich dort ein und ließ sich durch nichts vertreiben. Ich neigte den Kopf ein wenig, reckte ihn in den Nacken, versuchte ihm durch das Bewegen meiner Augenlider, meines Unterkiefers, meiner Wangen die Schärfe seiner Stiche zu nehmen. Vergebens. Der Schmerz blieb Sieger. Ich hatte keine andere Wahl, als mich zu ergeben. Ein gnädiger Dämmerzustand, das Balancieren auf dem Rand des Schlafes, ließ meinen Zustand erträglicher werden.

So muss ich lange dagelegen haben. Erst als der Lappen von meiner Stirn abgehoben wurde, kam ich zurück. Victors Gesicht schwebte über mir und seine Blicke fielen herab auf meine Schläfe, die sofort ihre Klopfzeichen aufnahm.

„Na, wieder im Lande?“, sagte er. „Dachte schon, du wolltest gar nicht mehr aufwachen.“

Es scheint unglaublich, aber erst in diesem Moment tauchte ein schwaches Bild von dem auf, was geschehen war. Erst jetzt erinnerte ich mich daran, dass der Apocalypso getanzt hatte. Seine Generalprobe sozusagen.

„Du hast ein ganz schönes Ding abbekommen“, sagte Victor, „kannst von Glück sprechen, dass dir nicht mehr passiert ist. Dachte schon: Jetzt ist es um ihn geschehen. Aber der Apocalypso hatte ein Einsehen und drehte sich, dass nur eine Ecke über deine Stirn geschrammt ist. Habe was draufgepinselt, damit es sich nicht entzündet. Zeig mal her.“ Er beugte sich über mich und inspizierte meinen Kopf.

„Na ja, wird schon wieder werden“, schnarrte seine Blechstimme.

„Gib mir einen Spiegel“, bat ich.

Er ging hinüber zu einem Waschbecken und nahm den Spiegel von der Wand. Es war Victor Auerbachs Schlaf- und Wohnzimmer, in dem ich mich befand. Karg eingerichtet war es wie eine Mönchszelle. Ein Tisch, zwei unterschiedliche Stühle direkt auf dem Holzfußboden; einen Teppich besaß er nicht. Ein Kocher mit zwei Platten, Waschbecken mit Spiegel, ein Schrank und zwei Bilder; sonst war es leer. Bis auf das Bett, in dem ich lag.

Was soll ich mit so viel Krempel, hatte er eines Tages gesagt, eine Wohnung bekommt ihre Gemütlichkeit, ihren Charakter nicht durch Möbel und Krimskrams, sondern durch die Menschen, die dort wohnen. Ihre Gedanken und Gefühle, ihre Liebe und Hoffnung sind die Möbel, in denen es sich wohnen lässt.

Zwei leere Flaschen Wein standen auf dem Tisch. Frascati.

„Ich habe sie nicht ausgetrunken, sondern ausgegossen“, murmelte er und verstellte mir den Blick durch seinen Spiegel.

„Sah erst schlimmer aus, als es ist“, hörte ich ihn sagen, „hat geblutet wie verrückt. Wie verrückt! War auch verrückt, was du da angestellt hast.“

Ein hohlwangiges Gesicht schaute mich aus dem Spiegel an, und über dem linken Auge kroch eine breite Schramme über die Stirn. Meine alte Narbe! Das Gummieis. Der Schlag mit der Hose. Jetzt hatte der Apocalypso sie entdeckt, hatte sie, die schon fast verwachsen gewesen war, erneut aufgerissen.

„Sie lässt mich nicht los“, stöhnte ich und sank ins Kissen.

„Was ist los?“, fragte Victor und hängte den Spiegel zurück.

„Sie gibt mich nicht frei, sie hat mich fest im Griff. Überall hockt sie und streckt ihre Finger nach mir aus.“

„Geht's dir noch gut?“, fragte er, „was redest du da für wirres Zeug? Wer lässt dich nicht los?“

„Die Vergangenheit und ihre Henkershelferin, die Erinnerung.“ Das Hämmern im Kopf trommelte voll Begeisterung über diesen Satz. „Jahrelang denke ich nicht daran, es scheint nicht mehr zu existieren, verstehst du? Wie ein großes langes Aufatmen. Doch dann, aus irgendeinem Grund ist es wieder da. Nichts ist jemals vorbei. Keine temps perdu, nichts."

Da forderte Victor mich auf, von meiner Vergangenheit zu erzählen.

„Ich erinnere mich vieler Dinge einfach nicht, auch wenn ich es will", sagte ich. „Manchmal tue ich etwas, und Minuten später ist nichts mehr davon da, einfach verschwunden. Einmal habe ich mir tatsächlich einen Knoten ins Taschentuch gemacht, um etwas nicht zu vergessen. Und weißt du, was passiert ist? Ich wusste auf Teufel komm raus nicht mehr, aus welchem Grund ich diesen verfluchten Knoten hineingeschlungen hatte. Schlimmer noch, ich war sogar erstaunt über den Knoten! Selbst, dass ich ihn angebracht hatte, war mir entfallen. Ist so etwas noch normal? – Nur, wenn ich es nicht will, schleichen sich die Erinnerungen an wie Raubkatzen."

„Dann schreib doch alles auf, was dir wichtig erscheint. Führ von mir aus Tagebuch. Unternimm irgendetwas dagegen. Aber Saufen, hörst du, ist keine Möglichkeit, damit klarzukommen. Hättest dich mal sehen sollen. Vorgestern Abend. Deine Augen! Lachte ja schon die Fratze des Deliriums heraus! Mann, Mann."

Und dann zog er einen Stuhl heran, stellte ihn schräg hinter meinen Kopf, damit ich ihn nicht sehen sollte, wie beim Psychiater, und ließ mich erzählen. Geduldig und ohne mich zu unterbrechen saß er da, rauchte ab und zu, ein erfahrener Mentor mit Rattenfellmütze und Blechhals.

Später kochte er eine undefinierbare Suppe, trüb wie ein Ententeich, doch sie schmeckte erstaunlich gut.

„Und du bist nie wieder im Haus deiner Eltern gewesen?", fragte er dann.

Ich nickte und schlürfte Suppe vom Löffel. Ja, ich war nicht mehr dort.

„Möchtest du noch etwas?" Er stand mit der Kelle in der Hand am Plattenkocher. Ich nickte.

„Weißt du", brummte er, „geh hin. Geh einfach hinein. Irgendwann, bald. Übermorgen, nächste Woche. An einem sonnigen Tag. Spazier durch die Zimmer, setz dich, schau dir alles an, lass es auf dich wirken, auch wenn's dich zuerst zerreißen will. Und schreib dir alles auf: was du denkst, was du fühlst, Erinnerungen, alles.

Schau dir an, was von deinem Elternhaus übriggeblieben ist. Unterhalt dich mit ihnen. Denn sie sind noch da; in gewisser Weise. Und das mit den Christbaumkerzen: Sie selbst haben sich dafür entschieden. Nicht du! Kapiert?"

An dem Tag, als ich das Haus im Dohlenweg besuchte, habe ich mit den Zetteln angefangen. Zumindest habe ich es versucht. Frau Bersinski gab mir den Schlüssel, sagte, sie habe die Zimmerpflanzen zu sich herübergeholt, damit sie nicht vertrockneten.

Es war ein warmer Julitag. Die Luft zitterte, und den Gärten entströmte der volle Geruch des Sommers. Irgendwo verkündete eine träge Kirchturmuhr den Mittag. Der schwarze Todesengel über dem Fenster war verblasst.

Hinter der Haustür lagen ein paar Reklameblätter verstreut, Sonderangebote, die das Leben lebenswert zu machen versprachen. Ich legte sie auf die Garderobe neben Vaters dunkle Brille. Frau Bersinski musste sie dort deponiert haben. Ich schloss für einen Moment die Augen, um meinen Herzschlag zu beruhigen.

Es wurde dann einfacher, als ich gedacht hatte. Beinahe wie ein Rundgang durch ein Museum. Sogar der schimmelige Geruch fügte sich ins Bild. Ich öffnete die Fenster und ließ den Sommer herein. Spatzen schimpften um die Wette und jagten sich quer durch den Garten, sausten über das Unkraut der Beete hinein in die Deckung der Apfelbäume. Den einen dort hinten hatte Vater mit uns gepflanzt. Wie groß er geworden war. Größer als der, in dem ich mit Anita einst das Wettklettern veranstaltet hatte. In der Ecke der Haselnussbusch. Und unter dem Fenster Mutters Geißblattstrauch. Sein Duft schwebte über allem.

Diese Eindrücke notieren? Ich hatte einen kleinen Schreibblock dabei.

Nein, dachte ich, an das hier würde ich mich auch so erinnern.

Der Kühlschrank war leer. Ein paar Teller standen in der Spüle, eine Kuchenplatte, ein paar Krümel, nicht einmal verschimmelt. Eher mumifiziert. Haselnussrolle.

Der Falke hing immer noch mit dem Rücken nach unten, trug noch immer die Maus über sich. Der kopflose Rabe hatte sich auf dem Fensterbrett zur Ruhe begeben, sein Haupt wie mit den Krallen festhaltend.

Der Brandgeruch war noch nicht verweht, die Läufer auf den Treppen aber getrocknet. In der 'kleinen' Stube hatte sich bis auf die neuen Fenster nichts verändert.

Es war mir möglich, die helle Stelle auf dem Sofa in Ruhe anzuschauen, Ingeborg Bachmanns Malina, von den Flammen zerlesen und vom Wasser verklebt. Gegenüber verkohlte Holzreste: das Regal, und überall ein schwarz-krustiger Belag; wohl die Papierasche aus Vaters Ordnern, vom Wasser in Brei verwandelt und nun zu einer rissigen Kruste getrocknet. Ein Stückchen Kabel, verkohlt. Das war vom Christbaum übriggeblieben. '*Sie* haben sich dazu entschieden', hatte Victor gesagt. Der Satz begann Wirkung zu zeigen.

Dann ging ich in Mutters kleines Zimmer. Das halb hohe Bücherregal, ein Tischchen, ein Lehnstuhl, Bügelbrett und ein Korb mit etwas Wäsche, die immer noch aufs Bügeln wartete. Auch hier öffnete ich das Fenster.

In Gedanken angelte ich das eine oder andere Buch aus dem Regal. Viele Gedichtbände. Lenau, Heine, Trakl, Bachmann. Daneben ihre eigenen Bücher mit den kleinen Schlössern, denen sie Gedichte und Erlebnisse, Gedanken und Gefühle anvertraut hatte. Vielleicht so etwas wie ein Vermächtnis.

Ich nahm eins heraus, und die Zeit hatte das Schloss zermürbt, denn es bot keinen Widerstand. Auch viele andere zumeist ältere Bücher ließen sich öffnen, ohne dass man den Verschlüssen Gewalt antun musste. Warum hatte Mutter überhaupt abschließbare Tagebücher benutzt? Ich dachte daran, dass Mutter letztlich ebenso verschlossen gewesen war wie diese Bücher. Unbemerkt hatte sie ein nach innen gekehrtes Leben geführt, verborgen vor den Blicken der Außenwelt. Hatte sie das getan, was Victor mir empfohlen hatte? Alles aufgeschrieben, was sie bewegte, bedrückte, erfreute?

Ich blätterte einige Bände durch. Alles Gedichte. Seitenweise, Bücherweise, ein wahres Lebenswerk. Wie produktiv Mutter gewesen war.

In den älteren Tagebüchern, wie alle, nicht Tag für Tag, sondern nach Bedarf geführt, mehrten sich in ihrer runden Handschrift die prosaischen Einträge.

Diese frühen Seiten erwiesen sich als eine, wenn auch oft in Mutters poetischer Art verschlüsselte Fundgrube von der Geschichte der Grahls. Ganz anders als Vater hatte sie nicht Daten und kurze Stichpunkte zu Papier gebracht, sondern Beobachtungen und Gefühle, welche die Ereignisse umrankten wie ein Gewächs, das sie schützend umschließt.

Mit einer Hand voll Tagebüchern habe ich mich auf die Terrasse gesetzt. Da mich die Sonne blendete, holte ich mir Vaters dunkle Brille aus dem Flur. Die Bügel musste ich etwas auseinanderbiegen, dann passte sie.

Nach vielen Gedichten und Beschreibungen über ihre Beobachtungen stieß ich wieder auf ihr 'Ist nichts, was bleibt'. Fast ein Vierteljahrhundert war vergangen, seit ich es zum ersten Mal gelesen hatte. Und mir fiel plötzlich wieder ein, dass mir dieses Gedicht damals so gut wie nichts gesagt hatte.

Doch an diesem Tag spürte ich hinter den Zeilen einen unausgesprochenen Kummer, nur angedeutet, nicht beim Namen genannt, und ich überlegte, wen sie mit diesem Er gemeint haben konnte, mit dem sie einen kurzen Blick getauscht hatte.

Ebenso gaben mir die Worte `und mehr´ zu denken. Was mehr? Eine empfindsame Frau wie Mutter hätte niemals in diesem Stil, dieser andeutenden Form, ein Liebeslied an Vater gedichtet. Jedenfalls nicht mehr in jenen Jahren, an die ich mich noch so gut erinnerte. Oder besang sie die verloren gegangene Liebe zu Vater? Das wäre eine Erklärung. Eine Elegie auf die Vergänglichkeit der Liebe.

Aber diese Überlegungen wollten mich allesamt nicht überzeugen.

Ich blätterte weiter. Immer wieder tauchten, durch Mutters Gedanken evoziert, eigene Erinnerungen auf. In einem anderen Buch fand ich zum Beispiel die Notiz: *Erwald Brendel und seine Frau statteten uns einen Besuch ab* – und plötzlich waren sie wieder da, die Bilder jenes Abends! Das Schweigen! Natürlich. Und ich hatte auf dem Flur gestanden und ihr Gespräch belauscht.

Ich las weiter. *Er hat sich sehr verändert. Von dem verträumten Jungen von damals ist kaum etwas geblieben.*

Verträumter Junge? Die Fotos fielen mir wieder ein. Ich erinnerte mich an das Gartenfest. Sie kannten sich ja schon aus der Zeit vor dem Krieg. Gerne hätte ich die Bilder noch einmal angeschaut, doch auch sie waren verbrannt.

Was hatten die Fotos gezeigt? Vater war darauf gewesen, und Mutter, wenn auch nur in Seitenansicht, und Erwald Brendel. Jetzt sah ich es wieder deutlich vor Augen: Vater im weißen Anzug, irgendwo am Rande, und Brendel; hatte er nicht Mutter direkt angesehen?

Der verträumte Junge von damals. War Mutter einst heimlich in Erwald Brendel verliebt gewesen?

Noch einmal las ich die Zeilen daraufhin durch, ließ das Foto in Gedanken auferstehen. Warum hatte Vater so, so skeptisch, nein eher fast schon eifersüchtig hinüber geschielt?

Und nun, einmal in Gang gekommen, tauchten die Eintragungen aus Vaters kleinen Notizbüchern wieder auf: *Brendel war da. Saß in meinem Sessel* oder so ähnlich hatte da gestanden. Von wann stammten diese Eintragungen noch? Geburtsurkunden hatte ich gefunden, und meinen Namen: Richtig, ich hatte ja eigentlich Osmar heißen sollen. Opa Astenbeck hatte mir einen anderen Namen gegeben, ohne dass er es beabsichtigt hatte.

Es war ärgerlich, aber ich bekam die Zeitabläufe nicht mehr zu fassen. Was war vorher, was später? Was hatte Vater alles geschrieben, in einem Tonfall, der eine unterschwellige Animosität, zumindest einen Argwohn ahnen ließ? *Brendel aus der Kriegsgefangenschaft...*

Ja, er war gerade aus der Gefangenschaft zurückgekehrt. Zu ärgerlich, dass die Fotos verbrannt waren. Heute hätte ich sicher mehr aus den Blicken, den Gesten ablesen können. Sollte Vater am Ende nur die zweite Herzenswahl von Mutter gewesen sein? Aber er hatte doch Brendel immer als seinen lieben Erwald bezeichnet! Wie konnte das zusammenstimmen?

Ich dachte, möglicherweise war Vaters Freundlichkeit Brendel gegenüber nur die Gunst des Siegers, der dem unterlegenen Nebenbuhler eine von Triumph nicht ganz saubere Gnade entgegenbrachte. Ein langes, spätes Auskosten seines Erfolges?

Das alles kam mir dann doch etwas absurd vor.

Ich blätterte weiter in den Tagebüchern. Gedichte über `Träge Träume´, die wie Opium seien und `Verlorene Sommerbilder´, über `Kindlichen Übermut´ und `Die Stille der Zeit´ folgten. Und all' das hatte sie in ihren einsamen Stunden geschrieben.

Stunden saß ich so da und las die Zeilen, die mir ein neues Bild meiner Mutter malten.

Als die Sonne sich über die Schrebergärten hinter unserem Haus senkte, als ein leichter Brandgeruch von dort herüberwehte, blätterte ich das älteste Buch durch. Hier hatte sie bisweilen Gedichte anderer Schriftsteller hineingeschrieben, Verse, die ihr besonders gefallen haben mochten. *Verklärter Herbst* las ich, blieb an manchen gefühlsüberquellenden Zeilen hängen. *Ich sah des Sommers letzte Rose stehn, sie war, als ob sie bluten würde, rot...*

Offensichtlich war Mutter ein sehr melancholischer Charakter gewesen. Immer handelte es von Verlust und Ende, sei es der Sommer oder die Liebe oder sonst was.

Doch dann stieß ich auf eine Notiz, die einen anderen Impetus besaß: *Er war da* – und es sah aus, als würden die Buchstaben vor Freude springen. Dann folgte, merklich ruhiger, ein Gedicht.

Verzicht

Es ist, als weht aus einem andren Sein
Zu mir ein Blütenlachen, schwerclos und rein.
Laut ruf ich ja, werf´ glühend mich hinein!
Ewiger Augenblick -
Dann Ewigkeiten Nein.

Durch die lange Lektüre waren meine Sinne derart geschärft, dass dieser Fünfzeiler wie eine Offenbarung auf mich niederstürmte und eine Gewissheit schuf: Im Kontext der anderen Eintragungen, der Erinnerungen an die Fotos, an die im Reservoir der Erinnerung gesammelten Einzelheiten konnte nur eins hinter allem verborgen sein: eine andere Liebe. Mutter musste jemanden verzehrend und unerfüllt geliebt haben. Und ich fand nur eine Antwort: Erwald Brendel. Er fügte sich in das Bild wie das letzte Steinchen in ein römisches Mosaik. War er Mutters große Liebe gewesen, ehe sie Vater erhörte? Und er: Hatte er sie geliebt?

Mittlerweile war es Abend geworden. Vom Steinberg wehte ein kühler Wind herunter, und ich beschloss dieses letzte Tagebuch mitzunehmen. Noch hatte ich nicht alles gelesen, nicht alles entschlüsselt. Aber eins war mir klar geworden: Mutters Leben war alles andere gewesen als das ewige Wischen mit Taschentüchern oder das so oft gehörte Schnüffeln. Ihr Leben hatte sich in einer vor unseren schnellen Blicken abgeschirmten Welt vollzogen.

Wie wenig ich weiß von den Menschen, die mich täglich umgaben! Und die mich noch umgeben. Von ihren Träumen und Hoffnungen, Lüsten und Lastern. Wollte Vater nicht eigentlich Arzt werden? Irgendwann hatte ich etwas in der Richtung gelesen. Auch bei ihm: nicht in Erfüllung gegangen. Stempel drauf. Fertig.

Niemals fertig! Er hat nur nicht darüber geredet. Hat es mit sich selbst ausgetragen. Oder besser: herumgetragen. Und ich wusste nichts davon. Wahrscheinlich wussten sie ebenso wenig von mir. Keiner kennt den anderen. Eine frappierende Tatsache. Sie sind das, was wir in ihnen sehen, und irgendwann werden sie dann zu dem, was wir von ihnen halten. Ebenso eine Tatsache.

Als ich in meine Wohnung kam, waren die Wände schwarz von den Fliegen. Auch das eine Tatsache. Ich zuckte mit den Schultern und nahm mir vor, sie einfach nicht zu beachten.

In den nächsten Tagen kam ich nicht dazu, mich auf weitere Expeditionen in die Vergangenheit von Mutters Tagebüchern zu begeben. Gespräche mit Frau Grenz-Jacobi standen ins Haus. Die Einladungen zur Ausstellung mussten entworfen und besprochen werden.

Sie trug einen Kurzhaarschnitt. Doch das verführerische Wesen, das ich hinter ihrer Stimme vermutet hatte, entdeckte ich nicht. Sie war recht mollig, und ihre aufmerksamen Augen blitzten durch Brillengläser.

Aber eins war sie in jedem Falle: geschäftstüchtig. Da sie nun einmal von meinen Bildern überzeugt sei, wie sie betonte, galt ihr ganzes Bestreben einem Gelingen der Vernissage. Wie ein weiblicher General hing sie über ihrem Schreibtisch, auf dem ein Ordner mit Einladungen zu ehemaligen Ausstellungen lag. Mir kam kein einziger der Namen bekannt vor. Und bald würde ich dazugehören. Sollte man sich darüber freuen?

Frau Grenz-Jacobi betrachtete die Aufstellung meiner Bilder. Ich hatte sie extra ihretwegen ausgemessen, und nun ging es darum, wie man sie am besten auf die Räume verteilte.

„Wenn die Vernissagebesucher eintreten“, sagte sie, „müssen sie gleich durch das erste Bild, die Visitenkarte der Ausstellung sozusagen, in Bann geschlagen werden. Verstehen Sie? Es muss die Leute packen und darf sie nicht mehr loslassen. Wie bei diesem Konzert mit dem Paukenschlag. Aufwachen müssen sie, die Augen aufreißen. Und keiner darf rausgehen, ohne das Gefühl in der Brust zu verspüren, etwas Besonderes zu verlassen – und etwas davon besitzen zu wollen. Wir wollen ja schließlich verkaufen."

Dann ging´s um die Presse. Eine Ankündigung der Ausstellung lag bereits fertig auf dem Tisch. Frau Grenz-Jacobi kenne eine Journalistin, die jetzt fürs Feuilleton der HAZ rezensiere, recht gut: Lys Horvay.

„Sie hat eine bekannt spitze Feder, zugegeben. Etliche haben das schon zu spüren gekriegt." Aber, wie gesagt, man kenne sich.

Wir sind dann in meine Wohnung gefahren und haben die Bilder inspiziert. Sie seien alle großartig, sagte sie immer wieder (vielleicht etwas zu häufig); doch es fehle noch das eine, das den Leuten die Lider wegreiße, wie sie sich ausdrückte.

„Vielleicht liegt es an den Farben", meinte sie. „Sie sind alle sehr dunkel, sehr pessimistisch. Die Menschen brauchen so etwas wie Hoffnung. Aufbauendes. Bilder, die sie gerne immer wieder betrachten."

„Es sind die Stimmungen, in denen ich sie gemalt habe", erwiderte ich und gab ihr recht.

„Diese Eierschalen", fing sie wieder an, „ein genialer Coup. Endlich mal etwas Neues. Aber die Farben." Sie wechselte vor den Bildern hin und her. „Irgendetwas Glühendes müsste dabei sein, dann würde sich das gesamte Œuvre unvergesslich in die Gemüter einmeißeln."

Wir sind so verblieben, dass ich ein zusätzliches Bild malen würde; und vielleicht hier und da noch ein paar farbige Glanzlichter auf die anderen Bilder setzte.

„Aber nur, wenn es sich mit der Aussage der Werke vereinbaren lässt", sagte sie, „die Wahrhaftigkeit geht vor."

Natürlich werde es das, antwortete ich. Ein verhaltenes Glühen hatte mich erfasst. Endlich war ich meinem Ziel nahe.

"Und welchen Titel schlagen Sie für die Ausstellung vor?", fragte sie und hat mich dabei allwissend durch funkelnde Brillengläser fixiert.

Sie schlug dann 'Neue Bilder vom Menschen' vor. Das werde die Leute reizen. Letztlich sei der Mensch das einzig Interessante auf dieser Welt. Da habe ich sie zum ersten und einzigen Mal lachen gehört, und beim Hinausgehen empfahl sie mir Paral gegen die Fliegen.

In den nächsten Wochen hatte ich ständig den Eindruck, die Zeit glitsche mir durch die Finger wie frisch gefangene Tintenfische. Längst war mir das Gefühl für meine Malerei abhandengekommen, ohne dass es mir aufgefallen wäre. Nur ein Gedanke bestimmte mich: ein farbenfrohes Meisterwerk zu schaffen. Wie Renoirs Moulin de la Galette oder Van Goghs Sonnenblumen. Und es sollte dem Publikum den Atem rauben.

Entgegen Victor Auerbachs Mahnung hatte ich mir wieder Wein gekauft. Ohne das Zeug gelang mir einfach nichts. Und: Hatte nicht auch Utrillo nur im Suff diese fantastischen Bilder geschaffen? Als er später in die ruhigen Gewässer eines gemäßigten, belanglosen Lebens eingefahren war: Was hatte er da noch mit seinem einst genialen Pinsel, mit seinem inzwischen vertrockneten Geist geschaffen? Nichts mehr. Nur oberflächlichen Montmartre-Kitsch.

Und ich habe recht behalten. Neun Tage vor der Vernissage gelang mir das Bild. Mein Frascati-Meisterwerk, sozusagen. Ein Mensch, der sich im Taumel stürzender Massen wie in Ekstase windet, und um ihn herum explodierende Gerüste, eine berstende Welt, Abgesang an die Technik, die den Menschen nie glücklich zu machen vermocht hatte. Fontanehaft. Letztlich ein apokalyptisches Bild. Aber mit einem Hauch Hoffnung. Ein Tanz. Und als ich auf dem Titelblatt irgendeiner Zeitung von Husseins Überfall auf Kuwait las (Wer war Hussein? Hatte vorher noch nie von ihm gehört!), spielte ich ein wenig mit den Attributen des Krieges, integrierte ein paar martialische Versatzstücke, stark verfremdet, setzte sozusagen eine abstrakte Kriegsmaschinerie in Bewegung, und das Bild gewann dadurch unerhört an Wirkung.

Es hat ihr sehr gefallen. Davon hätte ich ruhig noch mehr malen können, waren Frau Grenz-Jacobis Worte. Vielleicht das nächste Mal. Man könne ja in der Einführung darauf hinweisen.

Funkelnde Glanzpapiereinladungen wurden begutachtet und verschickt:

OSRAM GRAHL
NEUE BILDER VOM MENSCHEN

Wie unverschämt gut das tat! Die Gemälde wurden verladen, entladen, es wurde gehängt und umgehängt, begutachtet, beschriftet. Rote Punkte lagen bereit. Stolz ließ meine Rippen fast zerbrechen. Für Mutters Tagebuch, für Victor Auerbach blieb keine Zeit. Der Steigflug des Erfolges, das gespreizte Federkleid aus Eitelkeit hatten mich restlos betäubt.

Tagelang kämpfte ich mit den Gedanken, was ich anziehen sollte! Ganz in Schwarz? Die Königin der Farben, wie Renoir gesagt hatte? Und obendrein ein Hauch Existenzialismus (für unsere Zeit nicht das Verkehrteste)? Oder besser doch bunt schillernd?

Ich habe mich für Schwarz entschieden. Petra hat mir bei der Investitur geholfen. Die zerfetzende Nacht von damals war wie ein Wunderwerk hinter schimmernden Nebeln verschwunden. Keiner sprach darauf an. Als sei nie etwas geschehen.

Mit prall gefüllten Einkaufstüten drängten wir uns aus der Boutique. Bei einem anschließenden Gläschen Sekt - man müsse ja schließlich den erfolgreichen Einkauf begießen - erfuhr ich, dass Müller-Nythards einen neuen Wagen bekämen. Oder vielmehr einen alten. Ein Das-war-schon-lange-Peters-Traum-Auto! Für exklusive Autos verpfände er glatt seine Seele!

„Udo – du erinnerst dich doch an ihn? – importiert neuerdings Oldtimer direkt aus Kalifornien." Man reiße sie ihm regelrecht aus den Fingern. Absoluter Trend. Und extra für sie habe er ein erstklassig erhaltenes Cadillac Cabrio aufgetan. Das habe Geschmack! Peter wisse noch nichts davon. Und ich dürfe ihm auf keinen Fall etwas verraten, denn es sei eine Überraschung.

„Wo steckt Peter überhaupt", fragte ich. „Ich habe ihn seit Ewigkeiten nicht mehr getroffen."

„Immer unterwegs", rief sie, „im Augenblick irgendwo in Afrika. Vorher Südamerika. Die Geschäfte scheinen bestens zu laufen." Er komme wenigstens herum. Aber neulich habe er richtig abgespannt ausgesehen. Jetlag, sagt er. Der Schlafrhythmus gewöhne sich einfach nicht daran.

„Vielleicht bekommt er deshalb auch in letzter Zeit immer mehr graue Haare. Das gefällt mir überhaupt nicht. Er muss sie tönen, wenn ich ihm nicht weglaufen soll, habe ich ihm gesagt."

Die folgenden Tage purzelten wie bunte, sektbeschwingte Clowns vorbei. Ausstellungsankündigung in der Hildesheimer Allgemeinen! Das tat gut: *Osram Grahls vielversprechendes Werk.* Na also!

Ich tanzte durch das Atelier, und die Fliegen erhoben sich vor Verwunderung wie eine dunkle Gewitterwolke in die Luft. Auf dem Tisch: ein glänzender Stapel Einladungen. An der Tür: mein Plakat. Es war eine Wonne, dies alles immer wieder zu sehen, zu lesen, zu küssen, zu verschlingen.

Dann Sonntag, 19. August.

Eigentlich weiß ich nicht mehr viel davon. Die Besucher trödelten herbei, alle in Vernissage-Schwarz, als trage man etwas zu Grabe. Viel verwegener Schmuck an vielen alternden Körpern.

Ich kannte niemanden. Bis Petra unter vollen Segeln hereinbrauste. Ihr Lachen: eine Galleonsfigur. Danach Peter. Und im Kielwasser schaukelte Waltraud hinterher.

Heute hieß ich nicht 'Hallo Lloyd', sondern recht lauthals 'Mein lieber Osram'. Ja, die anderen hatten es gehört. Besucher schauten wie zufällig herüber. Das war also der Künstler. Mittendrin Frau Grenz-Jacobi. Die Hände in der heißen Luft waschend, begrüßte sie alle und jeden. Unter den Kostümachseln Schweißflecke. Zwei junge Mädchen schlängelten sich durch die Kunstgemeinde, auf den Tabletts Gläser mit Orangensaft und Sekt. Von den Bildern selbst war bald nicht mehr viel zu sehen.

Niemals hätte ich mit diesem Andrang gerechnet. Die Galeristin reckte sich, rief: „Susanne Liebes!" Eins der Tablettmädchen kam herbei; Sektgläser wurden angereicht, man nickte sich zu. Frau Grenz-Jacobi schien eher unruhig zu sein; trotz des Andrangs. Dann endlich ein aufatmendes: „Ach, lieber Professor Terck!", und sie eilte erleichtert davon, um den Mann in Empfang zu nehmen, der die einleitenden Worte sprechen würde.

Peter schob sich an den Wänden entlang, ließ seine Blicke wandern, betrachtete die Bilder aus nächster Nähe, warf sogar Blicke hinter die Bilder. Und Petra hatte gesagt, er interessiere sich keinen Fatz für Kunst!

„Na, was sagst du dazu?", fragte ich ihn. Wirklich erstaunlich, wie grau er an den Stirnseiten geworden war.

Es sei zu überlegen, meinte Peter, ob man nicht auch solche Aluminiumleisten in der Wohnung anbringen solle. Das wirke sehr modern. Und es gebe beim Umhängen der Bilder nicht immer diese dusseligen Löcher. Erst neulich habe er mit Gips und Spachtel den Teppichboden versaut.

Ein Räuspern ging durch den Raum. Frau Grenz-Jacobi brachte mit dem Ring ihr Glas zum Klingen. Nun sollte die Begrüßung der Gäste erfolgen. Flutwellen brandeten zu den besten Standorten. Ich wurde durch ein verheißungsvolles Lächeln herbeizitiert: der Künstler. Schon ließ irgendjemand ständig sein Blitzlicht zucken. Ich versuchte zur Galeristin durchzukommen und blieb an einer Drachenbrosche hängen, die die massiven Brüste einer Besucherin schmückte. Entschuldigung! Keine Ursache, Herr Grahl! Lächeln auch hier. Verhaltenes Klatschen: der Künstler erreicht leicht stolpernd das Ziel. Gerade in diesem Moment: Blitzlicht! Dann der Handschlag des Herrn Professor: ebenso schlaff wie seine Fliege und seine Ausführungen. Sein Mundgeruch dagegen sehr kräftig. Aber die Worte! Gleichförmig flossen sie dahin! Selbst mir fiel es schwer zuzuhören.

„Das Dilemma der modernen Kreativität ist die Auflösung der Sensibilität, hat T. S. Elliot einmal gesagt."

War der Mensch erkältet? Oder weshalb säuselte er derartig vornehm.

„ ... das nichtssagende Vokabular stereotyper Zeichen in einer Welt .... "

Hoffentlich entpuppte dieser Experte sich nicht als ein Fehlgriff.

„ ... das moderne Kunstwerk und seine Authentizität durch gekonnten Einsatz inkohärenter und rudimentärer Formen, symbolhafte Metaphern einer desillusionierten, instabilen Welt, die einer neuen Mythologisierung ... "

Die ersten Besucher flohen, scheinbar in kontemplative Betrachtung der Gemälde versunken, erst gleitend, dann schreitend, erlösenden Nebenräumen zu. Andere lauschten, mit schräggeneigten Köpfen und erhobenen Augenbrauen Interesse und Intellekt bekundend, den Betrachtungen des Professors. Waltraud hingegen betrachtete ihren Künstler mit einer ungesunden Mixtur aus Frust und Freude, Petra gab sich einer kritischen Betrachtung ihrer über die Zähne gespannten Lippen im Taschenspiegel hin, während Peter völlig in der Betrachtung seiner Fingernägel aufging, die er heimlich reinigte.

„... um auf diese Weise das Nichtsymbolisierbare symbolisieren zu können ... “ Sprach der Experte über meine Bilder?

In diesem Augenblick wurde ich angestoßen. „Presse“, flüsterte Frau Grenz-Jacobi mir zu.

„... materialisiert sich letztlich in den Splittern der Eierschalen eines neuen Archetypus primitiver Direktheit, vitale Zeichen einer visionären Kraft ... “

Sie trug ein helles Kostüm, die mittelblonden Haare waren zum Pferdeschwanz gebunden.

„Ist das diese Horvay?“, fragte ich flüsternd. Frau Grenz-Jacobi neigte bestätigend das Haupt.

Jetzt schien die Journalistin uns entdeckt zu haben, denn sie schaute herüber. Unsicher war die nicht. Zurückhaltend offenbar auch nicht. Geradezu ungeniert war der Blick. Außerdem sah die Frau verdammt interessant aus. Besonders dieser Blick! Er konnte einen nervös machen.

Um mich von ihren magischen Augen unverfänglich lösen zu können, tat ich so, als müsse ich mir eben schnell etwas notieren. Ich fischte eine der Einladungskarten aus der Tasche und schrieb ein paar Worte drauf, steckte sie wieder ein. Der Professor nickte mir zu; wahrscheinlich dachte er, ich notiere mir seine Sinnlosigkeiten.

Hätte mich in diesem Moment jemand gefragt, ob Lys Horvay das ist, was man allgemein als hübsch bezeichnet, ich hätte es nicht sagen können. Ich hätte wahrscheinlich gar nichts sagen können; aber ich musste fast zwanghaft immer wieder hinschauen, quer durch die hüstelnde, sich vor Langeweile windende Menge. In der Mitte des Raumes trafen sich unsere Blicke. Was war das, was mich an ihrem Gesichtsausdruck schon damals irritierte?

In jener Durnholzer Nacht, in der ich über Lys Horvay nachdachte, konnte ich lange nicht schlafen. Ich schaltete die Nachttischlampe ein und nahm ihr Foto zur Hand. Auch hier: der seltsame Ausdruck im Gesicht. Vielleicht doch nicht traurig, sondern eher bedrückt. Als würde sie mich und mein hinterhältiges Treiben durchschaut haben. Als hätte sie von der Sache mit den Papieren gewusst. Dabei war es zu dem Zeitpunkt, als das Bild aufgenommen worden ist, noch gar nicht geschehen. Erst einige Zeit später habe ich diese Papiere Thomas Brendel zugespielt. Und während ich das Foto anstarrte, brannte wieder dieser eine Gedanke in mir: Warum hast du es nur getan?

Seit der Vernissage ließ Lys Horvay mich nicht mehr los. Vor allem ihr eigenartiges Lächeln, das so wenig froh wirkte.

Unter dem Vorwand, ich müsse wegen der Presse noch dableiben, hatte ich Waltraud an jenem Abend fortgeschickt. „Es wird länger dauern", sagte ich, und drängte sie, sich Peter und Petra anzuschließen. „Ich komme nachher vorbei", beschwor ich Waltraud und suchte Lys Horvay mit Blicken. Ob ich auch wirklich nachher komme, wollte Waltraud wissen? Und ob sie noch einen kleinen Imbiss vorbereiten solle? Sie habe Krabben eingekauft! Die äße ich doch so gerne. Ja, ja, rief ich, und dachte: Warum haut sie nicht endlich ab?

Lys Horvay hatte die Runde durch die Ausstellung fast vollendet.

„Du kannst ja bei Petra warten, ich hole dich dort ab", beschwor ich Waltraud. Und genau in dem Augenblick, als sich Lys Horvay umdreht und ich zum ersten Mal ihre herrliche Nackenlinie sehe, als sie sich umdreht und ihr Blick meinen trifft, reckt Waltraud ihren Kopf zu mir empor und küsst mich. Ganz sicher hatte sie die Blicke zwischen Lys Horvay und mir beobachtet.

Als ich wieder hinüberschaute, war Lys Horvay weitergegangen. Jetzt diskutierte sie mit dem Mundgeruch des Professors. Frau Grenz-Jacobi hatte bereits zwei rote Punkte geklebt, und Waltraud war endlich mit Peter und Petra verschwunden. Ich atmete auf, schnappte das letzte Glas vom Tablett und überlegte, wie es weitergehen sollte. Da mich ihr Blick trotz aller Faszination verunsichert hatte, konnte mich nicht davon abbringen, sie kennenzulernen.

Doch sie war es, die mich angesprochen hat.

„Sie sind also Osram Grahl." Das war keine Frage, sondern eine Feststellung. „Ich habe schon einiges von Ihnen gehört", fuhr sie fort.

„Von mir gehört?" Sicherlich war das keine besonders intelligente Erwiderung.

„Ja", sagte sie. Und die ganze Zeit lag auf ihrem Gesicht dieses Lächeln, das eigentlich keins ist.

„Und was haben Sie von mir gehört?"

„Vielleicht sollten Sie lieber fragen: Von wem haben Sie etwas gehört?“ Sie schaute mir unablässig in die Augen, während sie weitersprach: „Sie kennen doch einen Thomas Brendel, nicht wahr?“

Auch das war ein Merkmal von ihr: Dinge mit einer geradezu obszönen Direktheit anzusprechen. Zuerst wusste ich nichts zu entgegnen. Der Name hatte nach einem Moment der Erstarrung eine Lawine von Gefühlen in mir losgetreten. Und so wiederholte ich bloß mechanisch: „Thomas Brendel?“

„Sie waren früher Freunde, wenn ich es richtig behalten habe.“

„Ja“, antwortete ich, „wir waren früher Freunde. Es ist sehr lange her.“ Zwanzig Jahre, hängte ich in Gedanken an. Zwanzig Jahre. Danach hatte ich keinen Freund mehr gehabt.

„Ich kenne ihn recht gut“, sagte Lys Horvay. „Sicher wissen Sie, dass er als Fotoreporter einen Namen hat. Wir haben einige Jahre für dieselbe Zeitung gearbeitet. Er hat oft von Osram Grahl erzählt.“

Thomas Brendel hatte oft von mir erzählt? Herrgott, warum denn? Was denn?

„Hätten Sie Lust, nachher mit mir ein Glas Wein trinken zu gehen?“, fragte sie. Und mit ihrer ruhigen Stimme fügte sie an: „Die plötzliche Erwähnung des Namens, nehmen Sie es mir bitte nicht übel, scheint Sie ein wenig aus der Fassung gebracht zu haben.“

„Ich hatte es nicht erwartet“, sagte ich, „es kam sehr überraschend.“ Und mehr zu mir selbst, nur einen Gedanken aussprechend, fügte ich an: „Ich musste oft an ihn denken. Wir haben uns aus den Augen verloren.“

„Er hat auf Sie gewartet“, sagte sie.

In diesem Augenblick kam Herr Brendel in die Ausstellungsräume. Einige schnelle Blicke in die Runde werfend, eilte er zu Frau Grenz-Jacobi; sie wechselten einen Mund voll Worte, dann schaute er herüber, kam auf uns zu und sagte: „Guten Tag, Frau Horvay, hallo Osram.“ Seine Hand steckte wie immer in der linken Hosentasche, das Jackett war geknöpft. Er wirkte abgespannt, versuchte es mit einem lockeren Tonfall zu überspielen.

„Wie ich höre, hat die Ausstellungseröffnung alle Erwartungen übertroffen! Deine Werke haben beeindruckt“, und er schaute in die Runde, um seinen Worten das nötige Gewicht zu verleihen.

„Kann ich dich einen Augenblick sprechen? Sie entschuldigen uns doch?“ Er nahm mich beiseite und fragte, ob ich wisse, wo Peter zu finden sei. Er habe gehofft, ihn hier anzutreffen.

„Er ist vor zehn Minuten gegangen“, antwortete ich. „Ich nehme an, er wird inzwischen zu Hause sein.“

„Schon zu Hause also. Gut. Wirklich, eine fantastische Ausstellung. Du kannst stolz darauf sein.“ Er hatte noch einige Worte hinzugefügt, an die ich mich nicht mehr erinnere. Irgendetwas zu den Bildern vielleicht, zu Verkäufen. Ich habe nur halb hingehört, denn ich schaute hinüber zu Lys Horvay, hoffte, sie werde es sich nicht anders überlegen und gehen.

Herr Brendel hatte meine Blicke bemerkt. Er sagte, und ein mühsam wirkendes Lächeln erschien auf seinem Gesicht, er habe noch zu tun und müsse leider sofort wieder los. Ein kurzes Nicken an Lys' Adresse, schon war er fort.

An jenem Tag war ich noch vollkommen ahnungslos, wusste nicht, was Lys Horvay schon zu diesem Zeitpunkt bekannt war. Sonst hätte ich den Ausdruck in ihrem Gesicht sicher anders gedeutet. Aber so glaubte ich in diesem dünnen Hauch von Nachdenklichkeit, der mit dem zarten Lächeln den Platz getauscht hatte, ein Anzeichen dafür zu entdecken, dass sie sich anders entschieden hatte und nun nicht mehr zu einem Glas Wein mit mir ausgehen wollte. Doch diese Besorgnis erwies sich dann als völlig aus der Luft gegriffen.

Da sich die Ausstellungsräume allmählich geleert hatten, verabschiedete auch ich mich von Frau Grenz-Jacobi, die meine Gespräche mit Lys Horvay offensichtlich als Pressearbeit interpretiert hatte, denn sie zischelte mir zum Schluss zu: „Sie machen das sehr gut. Die Horvay scheint Gefallen an Ihnen und den Bildern gefunden zu haben. Ein unschätzbarer Vorteil. Bleiben Sie am Ball.“

Lys hat Schlegels Weinstuben vorgeschlagen. „Gehen wir?“, fragte sie.

„Gehen wir!“, gab ich zurück.

Der Sommerabend ließ uns zu Fuß laufen. Überall brodelte das Leben. Als hielte es niemanden in seiner Wohnung. Als müsse man heute noch schnell an sich raffen, was zu fassen war. Autohupen und Fahrradklingeln gaben Konzerte: Die Stadt war aufgeplatzt vor Leben.

„Eigentlich hätte ich in der Redaktion sein sollen“, sagte Lys Horvay, „aber ein Kollege hat mit mir getauscht... passen Sic doch auf!“ Ihre Hand riss mich zur Seite. Reifen quietschten. „Glück gehabt“, stieß sie hervor. „Dachte schon, er würde Sie erwischen! Wo haben Sie nur Ihre Augen!“

Welche Frage!

Wir waren auf den Bürgersteig gesprungen.

„Hier habc ich meine ersten Ölfarben gekauft!“ Ich zeigte auf einen Laden für Kunst- und Bürobedarf, rief: „Was habe ich damals für einen Unsinn auf die Leinwände gepinselt! Einmal hat Thomas mich besucht und gemeint, ich malte nur pseudoheile Kacke, die schon über hundert Jahre tot sei.“ Wir lachten.

„Ja“, meinte sie, „davon hat er mir erzählt.“

„Er hat sich noch daran erinnert?“, fragte ich erstaunt und freute mich über das warme Geriesel, das mir über den Rücken lief. Als Dreingabe genoss ich Lys Horvays Rocksaum, der ab und an mein Bein berührte. Eine geradezu quälerische Leichtigkeit durchströmte mich.

„Hier stand damals das Hipetuk.“ Ich musste einfach reden, sonst wäre ich am Glück erstickt.

„Ich war leider noch zu jung, als es seine große Zeit hatte“, sagte sie. „Aber ich habe so viel davon gehört, dass ich beinahe glaube, ich hätte früher selbst dort gesessen. Sie beide waren ziemlich häufig dort, oder?“

„Ständig!“ Wie gut es tat, über ihn zu reden. Und ich hätte in jenem Augenblick jeden für verrückt erklärt, der mir hätte verraten wollen, was noch kommen sollte. Was ich tun würde! Ihm antun würde!

„Wo lebt Thomas eigentlich“, hatte ich Lys gefragt, als wir die hohe Mauer am Pfaffenstieg entlangliefen.

„Darauf zu antworten, ist nicht einfach“, meinte sie. „Eigentlich müsste man sagen: in seiner Arbeit. In seiner Aufgabe. Ich habe noch nie einen Menschen gesehen, der so darin aufgeht. Immer ist er unterwegs, den Augiasstall auszumisten, wie er es nennt. Aber seine Adresse ist nach wie vor in Berlin. Diese Stadt! Wie besessen ist er von ihr.“

„Das war er schon immer. Ich sollte ja unbedingt mit ihm dort hinziehen.“

„Ich weiß.“

Sie wusste auch das.

„Aber vor kurzem hat er mit dem Gedanken zu spielen begonnen, wieder nach Hildesheim zu gehen.“ Kurz schaute sie herüber. War es ein feines Seufzen, was ich zu hören glaubte? Wie das Regen eines Sprosses, der die Erdkrume noch nicht durchstoßen hat?

Die Atmosphäre hatte sich gewandelt. Ein leichtes Krampfen erwachte in meiner Brust. War das wieder die verwünschte Eifersucht?

„Er kommt mit seinem Vater nicht zurecht“, nahm Lys Horvay den Faden wieder auf, „hat lange Zeit sehr darunter gelitten. Aber inzwischen ist er hoffentlich darüber hinweg. Ich wünsche es ihm. Er hat anscheinend akzeptiert, dass es für ihn keinen Vater gibt, wie er ihn sich vorstellt. Und sein Vater habe kein Interesse an ihm. Sagt Thomas. Sie sind sich fremd geworden. Aber letztendlich: Genau weiß ich es nicht. Und er sicher auch nicht. Die Vergangenheit hat feine Wurzeln, und meist sehen wir nur die oberirdischen Triebe, und sie zu kappen, macht die Sache nur schwieriger. Thomas konnte sich nie damit abfinden, dass sein Vater...“ Sie brach mitten im Satz ab. Und obwohl ich schwieg, wollte sie den Gedanken offenbar nicht zu Ende führen.

Schlegels Weinstuben strahlten ihre Gemütlichkeit in den Abend aus. Wir setzten uns an ein geöffnetes Fenster. Lys bestellte uns eine Flasche Bordeaux. Roten. Trank ich sonst nie. Heute schmeckte er mir.

„Warum sind Sie wieder nach Hildesheim gezogen?“, fragte ich in die Stille hinein. „Ich nehme doch an, Sie haben vorher auch in Berlin gelebt?“

Wir stießen an.

„Ist das nicht ein schlechter Tausch?“, führte ich den unterbrochenen Satz fort, „Ich könnte mir vorstellen, dass gerade jetzt Berlin für eine Journalistin ein viel interessanteres Pflaster ist als dieses verschlafene Hildesheim.“

Sie erzählte etwas von einem Haus, das sie geerbt habe, doch aus einem vagen Gefühl heraus glaubte ich, dass sie den eigentlichen Grund verschwieg.

Dagegen war ein Club alter Herren umso lauter. Mit Vehemenz diskutierten sie, sodass man einfach zuhören musste. Dieser Hussein sei ein Verbrecher, wusste jemand, und Busch werde sich das nicht gefallen lassen! Und wieder einer wollte an der Spitze eines Weltheeres hinziehen, wenn er noch einmal jung wäre, und er führte seinen Krückstock wie eine Wunderwaffe.

Auch Lys Horvay lauschte interessiert. „Sie werden niemals erwachsen“, seufzte sie, „fangen an zu lamentieren, wenn die Sache längst gelaufen ist. Hätten lieber all' die Jahre Augen, Ohren und den Mund aufmachen sollen. Jetzt ist die Sache eh am Laufen. Dabei habe man sich die Seele aus dem Leib geschrieben über einschlägige Exporte, die das Außenhandelsgesetz zum Libretto für eine komische Oper degradiert haben, und keiner liest es. Die wollen es gar nicht wissen! Zumindest habe ich oft den Eindruck.“ Sie trank einen Schluck. Dann sprach sie weiter: „Irgendwie kommt mir der ganze Tag unwirklich vor. Die irre Ausgelassenheit der Menschen, dieser zur Schau getragene Friede überall. Und jeder weiß, was dort unten los ist, dass es ein Schwelbrand ist, dem nur der Windstoß fehlt, um richtig loszubrennen.“

„Glauben Sie denn, dass es zum Krieg kommen könnte? Ich denke, es wird eher orientalisches Säbelrasseln sein, oder?“

„Für das Säbelrasseln hat Hussein aber reichlich viele Soldaten, finden Sie nicht? Und alle bestens ausgerüstet: Waffen, Fahrzeuge, dazu Technologien zur Herstellung von Kampfstoffen, chemische, biologische und vielleicht auch atomare. Generalprobe Kurdistan! Kennen Sie die Bilder? Und alle haben ihm das Teufelszeug geliefert, die ganze westliche Welt hat sich daran dumm und dämlich verdient, tut es noch, trotz UN und Resolutionen, und man übt bigotten Lippenschluss. Wussten Sie, dass sogar ein Unternehmer dieser Stadt, das ist so gut wie sicher, gegen die einschlägigen Bestimmungen verstößt und verbotene Technologie liefert? Auch heute noch? In den Irak? Natürlich über Drittländer. Man ist ja nicht dumm.“

„Aus Hildesheim?“

Sie nickte.

„Das gibt's ja nicht. Davon würde man doch was wissen!“

Es gebe Unterlagen. „Aber lassen wir das. Wie sind Sie mit der Ausstellung zufrieden? Mit Ihren Bildern?“

„Ach, wissen Sie“, sagte ich, „die große Befriedigung ist ausgeblieben. Wenn ich's recht überlege, hatte das ganze eher Ähnlichkeit mit einer Comedy-Show. Allein schon die Ausführungen des Kunstexperten! Da verlieren doch selbst Interessierte jegliche

Lust an der Kunst. Sie sollten mal eine Rezension über Kunstexperten schreiben!“ Sie lächelte.

Ich habe sie später zu ihrer Wohnung begleitet. Trotz der vorgerückten Stunde schien es sich kaum abgekühlt zu haben. Eine Nacht für Liebespaare. Und sie ging neben mir, atmete neben mir, lachte neben mir! Ich hätte die ganze Nacht an ihrer Seite wandern können, bis hinein in den Sonnenaufgang.

„Ihre Freundin wird sicherlich wütend sein.“

Zuerst begriff ich den Sinn der Worte nicht. „Meine Freundin? Wütend?“

„Na, weil sie so lange warten musste. Das war nicht ganz fair von Ihnen.“

„Ach so. Nein, das war nicht meine Freundin“, hatte ich endlich begriffen. „Längst vorbei. Unliebsame Nachwehen.“

Keine Reaktion. Was ging in ihrem Kopf vor? Unauffällig schielte ich hinüber. Die Biegung ihres Nackens wirkte auf mich wie eine Sehnsuchtslinie!

Ich schloss die Augen und speicherte das Bild ab. Ich würde es nicht wieder hergeben.

„Warum haben Sie gerade hergeschaut?“

Entging ihr denn nichts?

„Ihr Profil“, mehr brachte ich nicht heraus.

„Mein Profil? Was ist damit?“

Am liebsten hätte ich meine Gefühle in die Nacht geschrien und sie damit zum Bersten gebracht! Doch ich sagte lediglich: „Es erinnert mich an eine Skulptur. Wenn ich nur darauf käme, an welche.“

Irgendwann in den nächsten Wochen habe ich Lys Horvay besucht. Einfach so, ohne Ankündigung.

Es war unerträglich gewesen, immer nur durch ihre Straße zu laufen, ohne sie zu treffen. Kein einziges Mal habe ich sie gesehen, nie erschien ihr Gesicht am Fenster.

Victor Auerbach gestand ich, dass ich mich verliebt hätte. Ich habe es nicht länger für mich behalten können.

„Na sowas.“ Das war alles, was er darauf sagte.

Offenbar hatte er an diesem Tag keine Zeit für Besucher. Er schweißte und schweißte ohne Unterbrechung. Geradezu fanatisch.

Wurde sein verrückter Apocalypso denn niemals fertig? Erst jetzt schaute ich ihn genauer an.

„Nur noch der Kopf", grummelte er, auf einem Gerüst balancierend.

Das Ding war erschreckend hoch geraten, würde mit dem Schädel durch die Decke wollen, wenn es erst einmal einen hatte.

„Sie heißt Lys Horvay", konnte ich mir nicht verkneifen zu sagen.

„Aha", grunzte er. Hatte er mich überhaupt verstanden? Offenbar gab´s Probleme mit dem Apokalypso. Allein schon wie er schwankte! Ich fragte zweifelnd: „Glaubst du, dass es was wird?"

„Mit Lys Horvay?"

„Nein", sagte ich, „mit deinem Apocalypso. Er macht einen recht wankelmütigen Eindruck."

Victor Auerbach lachte scheppernd.

„Wankelmütig? Pah! Tanzen wird er, tanzen! Du wirst es erleben, heiliger Grahl! Wart's ab."

„Sie ist eine Journalistin", kehrte ich zu Lys Horvay zurück, „schreibt über Kunst."

Das wisse er.

„Du kennst sie? Warum hast du das nicht gleich gesagt?"

„Hast mich nicht gefragt."

„Schön und intelligent ist sie."

„Warum gehst du dann nicht zu ihr? Was willst du bei mir?" Er furzte.

Da habe ich Victor verlassen, mir aus einer Flasche Wein etwas Mut besorgt und bin mit einer weiteren Flasche, einem Burgunder, zu ihr gegangen.

Sie habe wenig Zeit, waren ihre Begrüßungsworte. Sie lief mit Papieren hin und her, und ich solle mich setzen, während sie endlos kopierte, und es tue ihr leid, aber sie sei in Eile, wühlte hier und kramte dort, wo nur der Schnellhefter sei? und ich deponierte den einsamen Wein auf einer freien Ecke irgendeines Möbelstücks. Es war kein Wohnzimmer, sondern ein Büro. Alles lag voller Papiere. Wo sollte ich mich da setzen? Und sie müsse, rief Lys Horvay, eben mal schnell zum Wagen runterflitzen. Schon war ich allein. Ich sah mich um. Alles weiß gestrichen; kaum Möbel, grauer Teppichboden, und überall bunt verstreut: ihre Schuhe. Mehrere Kaffeetassen mit eingetrocknetem Rest; ein Haufen Kleidung, aus dem unten vier Stuhlbeine hervorschauten, dass es aussah wie ein Fabelwesen. Und an der Wand ein großes Foto: Lys Horvay im Luftsprung auf der Rialtobrücke, lachend, schwebend, leicht wie ein fliegendes Seidentuch.

Ein Werk von Thomas Brendel? Galt ihm dieser Blick, der mir aus dem Foto entgegengeworfen wurde?

Wieder das feine Krampfen im Magen.

„Da ist er!“ Lys Horvay brauste herein, wedelte mit dem Schnellhefter, kopierte seinen Inhalt und quälte mich mit den Verheißungen ihres Rückens.

„Wenn Sie wollen“, sagte sie, ohne sich umzuschauen, „können Sie hier auf mich warten. Ich muss für eine halbe Stunde in die Redaktion. Das hier abliefern.“

Natürlich hat Osram Grahl gewartet. Hunderte von Büchern beobachteten ihn dabei. Das fabelhafte Wäschestapeltier lauerte in der Ecke, und immer wieder dieses Rialtobild, aus dem sie mich zu beobachten schien.

Es war mir unmöglich stillzusitzen. Hatte sie all die Bücher gelesen?

Meine Blicke streiften beim Herumwandern die Buchrücken, lasen Titel, die mir gleich wieder entfielen, weil ich an Lys Horvay dachte, so sehr, dass ich ihren Namen vor mir zu sehen glaubte, bis ich erkannte, dass er dort wirklich geschrieben stand. Hatte sie tatsächlich dieses Buch geschrieben?

`Die letale Lust an der Leere´ - Zur Seelenlage der Deutschen.

In dem Augenblick wurde ich abgelenkt. Von einem anderen Namen, den ich nur zu gut kannte: Brendel. Direkt unter dem Buch über die tödliche Lust stand dieser Name auf dem Rücken eines Ordners.

Natürlich hatte ich nicht vorgehabt, in ihren Papieren herumzuschnüffeln. Und wäre mir der Name nicht regelrecht in die Augen gesprungen, hätte ich es auch unterlassen. Und obendrein: Ich hatte angenommen, es handele sich um Thomas Brendel. Doch als ich den Aktenordner geöffnet, die ersten Sätze gelesen hatte, überkam mich das Gefühl, in einem üblen Film geraten zu sein. Es waren Recherchen, Dokumente, Ordersätze, Schriftverkehr. Beweise für die Praktiken der Firma Brendel Import/Export. Belege für unsaubere Geschäfte, hier und da mit unverständlichen Kürzeln bezeichnet. War das die Hildesheimer Firma, von der Lys Horvay gesprochen hatte? Vaters lieber Erwald Brendel!

Mutters 'lieber Erwald'?

Mein Gönner?

Plötzlich dieses Gefühl, der Boden gleite davon. Und jeden Augenblick konnte Lys Horvay zurückkehren! Mich beim Verschlingen der Papiere überraschen!

Mit bebenden Händen habe ich den Stapel kopiert. Dreizehn Seiten. Und als ich damit fertig war und die Beute in die Taschen gestopft hatte, flog ich am ganzen Körper, war nass wie geduscht und musste zur Beruhigung jetzt unbedingt eine Zigarette rauchen. Hatte aber keine! Also bin ich aus der Wohnung gerannt, um irgendwo welche zu kaufen.

Ich schreibe es meiner Aufgeregtheit zu, dass ich vergaß, den Ordner wieder ins Regal zu stellen. Und natürlich kam ich dann ohne Schlüssel nicht wieder in die Wohnung hinein.

Oder hatte ich den Ordner doch zurückgesteckt? Am besten machte ich mich aus dem Staub und wollte gerade los, da hüpften ihre Schritte die Treppenstufen hoch.

„Nanu? Sie sind ausgegangen?“

„Ich habe mir Zigaretten geholt. Die Tür ist zu.“

„Und ich habe meinen Schlüssel in der Wohnung gelassen, weil Sie da waren.“ Sie musste lachen. „Aber Sie brauchen doch deswegen nicht aufgeregt zu sein! Sie zittern ja regelrecht.“

Natürlich hatte sie einen Zweitschlüssel deponiert. Sie habe sich schon häufiger ausgeschlossen! Wieder lachte sie, machte kehrt und lief die Treppe hinab, eine Minute verstrich, sie kam zurück, stieß den Reserveschlüssel ins Schloss: „So, hinein mit Ihnen!“

Sie hat mir dann keinerlei Vorhaltungen gemacht. Wir haben sogar in aller Ruhe über den Fall Brendel gesprochen, und sie sagte, sie wisse nicht, was sie mit den Unterlagen anfangen solle, zumal die letzten Beweise noch ausstünden. Vor allem wegen Thomas sei sie unschlüssig. Sollte sie eine Sache ins Rollen bringen, die sich nachher als nicht haltbar erwies?

Und wenn Thomas davon erführe, sagte sie, würde er mit Sicherheit sofort abfliegen, um die Recherchen fortzusetzen. Und er sei, das wisse sie nur zu gut, so hartnäckig, dass er bereit sei, sein Leben deshalb aufs Spiel zu setzen.

„Jahrelang haben ihn seine Vermutungen nicht in Ruhe gelassen. Nichts hat er herausgebracht. Doch mit diesen Unterlagen... Nein, er ist zu sehr mit den Gefühlen bei der Sache. Er darf es nicht erfahren. Hier“, sie war aufgestanden, hatte aus einer Schublade einige kleinformatige Audiokassetten herausgenommen, „sogar wenn er im Auto sitzt, arbeitet er. Manchmal muss ich an Sisyphus denken. Niemals steht er still. Arbeitet sein Leben auf. 'Vielleicht wird ein Buch draus', hat er gesagt. Ich glaube eher, er sucht nach der Quelle seiner ewigen Rastlosigkeit. Die Kassetten hat er bei seinem letzten Besuch liegen gelassen.“ Sie schob die Lade wieder zu.

„Nein“, sagte sie, auf die Akte Brendel zurückkommend, „diese Aufgabe müssen wohl andere erledigen. Nur weiß ich noch nicht wer. Ich selbst werde es nicht tun.“

An meinen Besuch bei Lys Horvay schloss sich eine Reihe unerträglicher Tage an. Meine Gedanken drehten sich fortwährend um ein und dieselbe Sache: Brendel, mein Gönner, ein infamer Geschäftemacher? Peter, sein luziferischer Gehilfe?

Konnte es mich da beruhigen, dass selbst Lys noch Zweifel hatte? Und immer wieder Thomas Brendel. Wie ein transparenter Schatten bewegte er sich ständig im Hintergrund.

Dieses Bild von Lys Horvay aus Venedig! Dieses Lächeln auf dem Foto, das nur ihm, ihm gegolten haben konnte! Würde er denn immer, mein ganzes Leben hindurch, Sieger bleiben? Würde stets er das bekommen, wonach ich mich sehnte?

Ich habe die Stunden nicht zählen können, weil sie nicht existierten, die Tage, die ich in meiner Wohnung herumhockte und an sie dachte, umkreist von Schwärmen ekelhafter Fruchtfliegen.

In meiner Wohnung?

Es war ja Brendels Wohnung! Sie gehörte nicht mir! Nichts gehörte mir! Außer dieser gottverdammten Sehnsucht! Und Ortlieb, den ich plötzlich vermisste, zum ersten Mal in meinem Leben vermisste, hatte mich auf dem Monte Nero unter dem Geflacker zahlloser Sterne gefragt: Welche Sehnsüchte hast du?

Die Erinnerung an diese Tage wühlte mich so auf, dass ich vom Bett in meinem Pensionszimmer bei Maria Oberstaller sprang und eine Flasche Soave aus dem Nachtschrank fischte, wo ich sie vor fremden Blicken versteckt hielt. Schon drehte ich den Korkenzieher hinein und konnte es kaum erwarten, das Zeug ins Glas sprudeln zu sehen.

`Und welche Sehnsüchte hast du, Osram?´

War es wirklich Bruckners vierte Sinfonie, die ich hörte? War es nur die Wirkung des Weins? In Vino veritas?

'Wir haben es uns doch irgendwie anders vorgestellt, oder? Was meinst du...'

Aber wie, Ortlieb? Wie soll man die Vorstellungen denn aus den trüben Gewässern des Lebens herausfischen? Man sieht sie einfach nicht! Ganze Dickichte an Schlinggewächsen wuchern empor, greifen mit trügerischen Armen nach allem, ziehen jeden hinunter in den schmierigen Schlamm des Bodens, der ihnen die Kraft zum Leben spendet und uns umbringt. Wie kommt man in die freien Gewässer, Ortlieb? Muss man es so wie du machen? Ist das ein Weg? Der einzige Weg vielleicht....

Und wieder dreht sich der Korkenzieher in das nachgiebige Fleisch des Korkens. Michelangelo hatte einst den Marmor 'Fleisch' genannt. Mit Willen und Kraft hat er sein eigenes und das Marmor-Fleisch besiegt, hat tage-, wochen-, monatelang gearbeitet, gewusst, wie es werden würde, und hat aus diesen formlosen Quadern seine genialen Bilder geschaffen. Mir dagegen genügte es, Korken aus Flaschenhälsen zu ziehen; die Bilder kamen dann von ganz alleine – Spiegelbilder, die immer nur meine verkorkste Geschichte spiegelten.

Und wieder das Ploppen des Korkens, dieses schäbige und zugleich herrliche Geräusch. Mit der geöffneten Soaveflasche stand ich in der Dunkelheit des Zimmers. Irgendwo brummte eine Fliege. Das Ploppen hatte sie wohl aufgescheucht. Wie gierig ihr Summen klang! Wie ausdauernd! Ich würde sie zerquetschen müssen, wenn sie mich weiter mit diesem Gesumme nervte! Würde ihr die hauchzarten Flügel ausreißen! Würde endlich mal der Sieger sein. Sieger über eine Fliege? Was für ein Unsinn ging mir denn da durch den Schädel! War ich bereits auf dem Weg, wahnsinnig zu werden? Hatte der Alkohol mein Hirn schon durchlöchert, dass ich nicht mehr in der Lage war, wie ein normaler Mensch zu agieren? Und ich sah mein Spiegelbild, sah einen unrasierten, zerzausten Kerl mit trüben Augen und einer Soaveflasche in der Hand, sah und verabscheute ihn, erkannte mich selbst nicht mehr ... Wo war ich nur geblieben? Das da war ich nicht, wollte ich nicht sein, niemals, nie mehr, nie wieder!

Mit der Flasche tastete ich mich zum Fenster, öffnete es, stemmte mich gegen den Wind, der das Tal hernieder stürmte, und goss den Wein hinaus. Und er fiel, vom Wind verweht, zerstäubt, pladderte wie ordinäres Regenwasser irgendwo hin; keine Funken sprühten, keine Gnome sprangen auf, kein Teufel, der drohte – nichts. Er rann einfach weg, versickerte zwischen namenlosen Steinen und war verschwunden. Die Sterne lachten, und in ihrem leichten Licht hing der Teufelsfinger reglos im Formalin. Schlief er? Ich schüttelte den Glaszylinder. Da fuhr er erschrocken auf und taumelte in der Flüssigkeit herum, wie ich kurze Zeit zuvor in der Nacht herumgetaumelt bin.

Weil ich es nicht in meiner, in Brendels Wohnung, ausgehalten hatte und um mich von Lys, von Thomas, von dem nagenden Gefühl in der Brust abzulenken, hatte ich mich mit Mutters Tagebuch auf eine Parkbank gesetzt. Dort las ich die Stellen, von denen ich mir Klarheit erhoffte.

War Mutter wirklich in Brendel verliebt gewesen? Ich forschte nach, las wiederholt die Gedichte, die Eintragungen. Hatte ich vielleicht etwas übersehen, was absolute Gewissheit schenken würde?

Ich blätterte eine Zeit lang, dann hatte ich die Seite gefunden. Ja, da stand sie, diese eigenartige Zeile: *Aus einem and'ren Sein!* Aus einem anderen Sein? Aber aus welchem Sein denn? Konnte Mutter nicht einfach Klartext schreiben? Meinte sie das Sein eines anderen Menschen oder ein anderes Sein ihrer eigenen Person?

Mit fahrigen Fingern blätterte ich weiter.

`Nun weiß ich es.´

Nackt stand dieser Satz auf einer Seite, die ich bisher noch nicht entdeckt hatte.

`Nun weiß ich es.´ Was wusste sie? Was?

Eintragungen folgten, die für mich absolut sinnlos blieben. Vater war in Osnabrück. Vater kam zurück. Dann wieder eine Andeutung: *`Und wenn es alles ist, was davon bleibt, es bleibt und wächst: Die Wirklichkeit! Anders ist sie als der Traum.´*

Warum sprach Mutter immer in Rätseln wie eine Pythia?

`Anfang März´ stand noch darunter. Ein Jahr später bin dann ich auf diese verquere Welt gekommen. Oder ging es schon um den März meiner Geburt?

Ich habe das Tagebuch ärgerlich zur Seite geworfen. Nichts war daraus zu ersehen. Brendel war ein Jugendschwarm gewesen. Davon konnte man wohl ausgehen, auch wenn Mutter es hinter Andeutungen zu verbergen suchte.

Ich klappte das Tagebuch zu und machte mich auf den Heimweg. An einem Kiosk kaufte ich mir eine Flasche Bauerntrunk. Billiges Zeug. Doch etwas anderes hatten die nicht da. Und mit jedem Schluck, den ich dann zu Hause in meinen Hals kippte, nahmen die Gedanken Form an (wenn man in einem derartigen Zustand überhaupt von Form reden kann). Mutter und Brendel, dachte ich. Und ich dachte an Thomas, schloss die Augen, ballte die Fäuste, sah das Venedigfoto, hörte es fast schon, das Lachen von Lys Horvay.

Und plötzlich war ich nur noch angewidert von dem alten Brendel und von seinem Sohn. Sollten sie mich doch in Ruhe lassen! Was mischten die sich in alles ein? Warum mussten die in alles ihre Finger stecken?

Und ein Gedanke fasste in mir Fuß und ließ mich nicht mehr los. Immer wieder lief ich im Atelier auf und ab, umkreiste die Papiere, die ich bei Lys Horvay kopiert hatte. Natürlich hatte er ein Recht darauf, den Inhalt zu kennen! Und wenn er hinfliegen wollte? Bitte, er war alt genug, die Lage einzuschätzen. Schon immer war er auf dieser Spur! Und er wird nicht ruhen, bis er die Wahrheit weiß. Und der vorletzte Schluck vom Bauerntrunk hat mir die nötige Entschlusskraft verliehen. Ich habe die Papiere in einen Umschlag gesteckt, an ihn adressiert und abgeschickt.

Danach habe ich die Flasche leergetrunken.

Was dann kam, waren Kopfschmerzen! Seit dem nächsten Tag wollten sie mich nicht mehr verlassen. Weil ich es in meiner Wohnung nicht ausgehalten habe, bin ich in den Dohlenweg gelaufen. Immerzu musste ich an den Brief denken. War ich tatsächlich so infam gewesen und hatte ihn abgeschickt? Oder war das alles nur ein böser Traum, erfunden von meiner Eifersucht und einer Überdosis Wein? Am Ende war ich mir nicht mehr sicher, ob ich den Brief an Thomas Brendel wirklich abgeschickt hatte. Was war da unten am Golf eigentlich wirklich los? Was würde ihn dort erwarten? Ich wusste nichts, kannte nur die Schlagzeilen. Wo hatte ich ihn womöglich hingejagt?

Mit einer Zeitung, die ich mir an einem Kiosk gekauft hatte, erreichte ich den Dohlenweg. Wie friedlich hier alles schien! Vorgärten mit gepflegten Rabatten, gestutzte Hecken, bei Kruttkes Haus wie bei allen anderen. Keine Spur von Aufruhr, nichts Unbotmäßiges, nur Ordnung und gestutzte Hecken: Wo einst Anitas Kühlschrankskulptur die tote Stille störte, blühte eine Stockrose, an der Wurzel mit braunem Torfmull säuberlich bedeckt. Ich musste weiter, konnte mir die Totenrose nicht länger ansehen, konnte nicht länger im Dohlenweg bleiben, weil er mir fast schon bedrohlich erschien! Als hielte sich hinter seiner entsetzlichen Geruhsamkeit eine unbekannte Gefahr verborgen.

Irgendwo habe ich mich hingehockt und die Zeitung überflogen, habe von beginnenden Truppenbewegungen, von Waffenschiebereien, von flüchtenden Menschen gelesen, vom Hurra der mohammedanischen Welt, von UN-Sitzungen, US-Truppen und Weltsicherheitsrat.

Sicherheit der Welt?

'Nun können sie die Türen des Janustempels zumauern', hatte Vater gesagt! Und er hatte wirklich an den Frieden auf Erden geglaubt in jenem Moment.

Ich rannte nach Hause, schaltete das Fernsehgerät ein, warf mich in einen Sessel, ließ meine Finger über die Fernbedienung tanzen. Keine Nachrichten. Dafür das Glücksrad. Umschalten. Eine Musiksendung. Volksmusik. Oder was man den Leuten als Volksmusik verkaufen wollte. Omas, die mechanisch lächelnd Viertel klatschten. Na, das passte. Da unten brodelte es, und hier spielte die Blasmusik. Auf einem anderen Sender auch Musik und halbnackte Mädchen, die Schlangentänze aufführten, verzaubert von einem kurzgeschorenen Sänger, der sich auf eigenwillige Bewegungen verstand. Dann der nächste Videoclip. Poison Ivy. Wie bitte? Poison Ivy? Und schon lösten sich aus dem Regenbogenqualm Gestalten, die wie sinnlos auf ihre Gitarren einschlugen. Ich versuchte den Sänger mit geschärften Blicken aus dem Qualm herauszusezieren. War er es? Jetzt eine Großaufnahme. Und da erkannte ich die schiefen Zähne, die immer noch wie hingeworfen in seinen Kiefern steckten: Herbert Pahlke. Hardrocker und Anachronist Pahlke! Und doch: Der Teufel hatte es geschafft. War nach der zehnten Klasse aus der Schule gegangen, um Musiker zu werden. Viele hatten geschmunzelt. Ich hatte gelacht. Und nun war er es, der lachte. Wütend ließ ich den Fernseher sterben.

Und wieder vergingen Tage, von denen ich nichts mehr weiß, außer dass ich mir täglich Zeitungen kaufte, aus denen ich erfuhr, dass bereits viele Europäer aus dem Irak flüchteten, dass etliche aber von Hussein als `Gäste´ festgehalten wurden.

Und wieder neue Resolutionen.

War Thomas Brendel schon dort?

Eine Großaufnahme: Kinder schrien sich die Seele aus dem Leib vor begeisterter Erregung, hielten ein Spruchband in die Sonne: Tod den Amerikanern. Und die Väter der Kinder fanatisch lachend! Im Hintergrund vermummte Mütter. Hass! Hass! Hass! Er sprang mir aus jeder Faser des Bildes entgegen. Wo kam dieser Hass so plötzlich her? Nichts hatte man davon gewusst.

Am Abend der Wiedervereinigung rief Petra an. War es wirklich schon wieder dritter Oktober? Ich hatte es nicht mitbekommen.

„Nimm dir für nächsten Samstag nichts vor." Fete sei angesagt. „Du kommst natürlich."

Der Cadillac war fertig. Chicago-Party! Im Stil der fünfziger Jahre. Ich solle mich entsprechend zurechtmachen. Sie hätten etwas ganz Verrücktes vorbereitet. Nein, noch werde nichts verraten.

„Bis Sonnabend, Lloyd!"

Wie absurd das alles war. Des Teufels General gab eine Chicago-Party, während sein Syndicat beim Golf-Spiel abräumte. Und all das *w*ar erst vierzehn Tage her! Tatsächlich erst vierzehn Tage? Erst vierzehn Tage.

Ich frage mich, warum ich nicht auf meine Gefühle gehört habe.

Warum bin ich hingegangen zu dieser Fete?

Um mich zu betäuben?

Inzwischen weiß ich, dass meine Gedanken etwas anderes wollten. Mehrmals war ich dicht davor, zum Telefon zu greifen, Lys anzurufen, von dem Brief an Thomas zu erzählen, alles zu erklären, es rückgängig zu machen.

Rückgängig machen? Aber es ist doch längst zu spät, er ist schon dort. Und doch: Musste ich nicht wenigstens versuchen, ihn zu retten, auch wenn ich sie dadurch verlieren würde?

Verlieren! Wie soll man jemanden verlieren, der gar nicht zu einem gehört?

Ich bin aus dem Haus gelaufen, um mir endlich Klarheit zu verschaffen. Hin zu Lys Horvay! Und wieder bin ich nur durch ihre Straße geschlichen, als wolle ich die Sache von dem Zufall abhängig machen, ob ich ihr eventuell begegnete.

Wir haben uns nicht getroffen.

Am Freitag fiel mir ein, dass ich noch nicht wusste, was ich zur Chicago-Party anziehen sollte. Ich lief durch die Stadt, ohne zu wissen, woher ich etwas Passendes bekommen sollte. Was zog man zu so etwas an?

Da kam mir die Idee, im Dohlenweg auf dem Boden herumzukramen. Waren die alten Kleiderschränke nicht voll von abgelegten Anzügen, Hüten, Schuhen? Mutter hatte nie etwas weggeworfen.

Und ich wurde fündig. Auch wenn sich die Ärmel des Sakkos als zu kurz erwiesen und die Hosenbeine weit waren wie Röcke: Vaters weißer Anzug war der Knaller. Dazu ein Hut, sogar Gamaschen. Und mein schwarzes Hemd, das ich sowieso immer trug. Irgendein heller Lappen als Krawatte würde sich finden lassen: Langsam fing die Sache an, mir teuflisch Freude zu bereiten. Die zarten Fühler der Skrupel hatte ich abgelegt und auf dem Dachboden zurückgelassen.

Rannten die Kerle damals in Chicago nicht immer mit Whisky herum? Aber natürlich! Hunderte von Filmen belegten das. Ich öffnete Vaters Barschrank. Es gab nur einen Scotch. Egal. Die Flasche musste mit.

Im Schlafzimmer meiner Eltern zog ich mich um. Eine Serviette avancierte zum Schlips!

Ich bewunderte mein Gegenüber im Spiegel: Na bitte: Al Capone! Besonders, als ich mir noch Pomade in die Haare geknetet hatte. Geradezu köstlich! Und die dunkle Brille machte das Bild perfekt.

Dieser Gipfel der Perversität! Vaters Brille! Es ist mir einfach nicht aufgefallen. Ich war wie blind.

In jenen Tagen fing meine Wahrnehmung, mein Realitätssinn an aufzuweichen. Was war denn Wirklichkeit, was Alp, was Traum? Was hatte ich getan, was bildete ich mir nur ein?

Und plötzlich musste ich doch wirklich lachen! Ein Gedanke hatte mich erfasst: Am Ende war ich tatsächlich Al Capone, der nur den albernen Traum hatte, irgendein Osram Grahl zu sein!

Ich schaute in den Spiegel des Schlafzimmerschrankes. Wer stand da überhaupt und schaute mir entgegen? Wer rief, schon vom Whisky, den er wie Wein in sich hineinkippte, hemmungslos beflügelt: 'Prost, mein Freund!'?

Wer auch immer es war, Al Capone hat ihn einfach stehen gelassen und ist gegangen. Den Whisky hat er eingesteckt. Das Zeug schenkte eine wunderbare Art von Berauschtheit! Kräftiger, kühner, waghalsiger, als alle Weine der Welt es je vermocht hatten.

Um das Cadillac-Cabrio scharten sich Schwärme von Filmkomparsen. Ein Taxi glitt heran, der Türschlag flog auf und ein weiß gekleideter Mann stieg aus, glasige Augen hinter dunkler Brille versteckt, schwarzes Hemd, Zigarette im Mundwinkel. Mit lockeren, nicht ganz sicheren Schritten näherte er sich der bunten Menge, Hand in der weiten Hosentasche.

Marilyn Monroes etwas engstehenden Augen entdeckten ihn als erste.

„Al Capone!“

Sie hatte ihn fast schluchzend erkannt. Ungerührt schob sich der Bursche in die Menge, registrierte nebenbei ein Meer von pomadisierten Herrenfrisuren, schaute gelangweilt über die Verlockungen ausgiebiger Dekolletés hinweg. Am Steuer des Cadillac-Cabrios saß Fred Astaire, Strohhut tief im Nacken, sein Stöckchen wie eine Flinte auf dem Schoß. Neben ihm klemmten zwei Schöne auf dem Beifahrersitz, eine mit einer Kappe voller Federn, deren Spitzen die aufgepumpten Brüste von einer Isabella, die Al Capone irgendwie bekannt vorkam, kitzelten. Isabella, die in einer schwarzen Wursthaut steckte, hatte sich das Gesicht totgeschminkt. Strapse schlängelten sich unter dem emporstrebenden Rocksaum hervor.

„Hallo, Fred!“

„Oh, hallo Al! Was sagst du zu dem neuen Schlitten, alter Gauner?“

Roberto Valentino, der verdammte Ähnlichkeit mit einem gewissen Udo hatte, steuerte ein Chromlächeln von der anderen Seite des Wagens bei.

„Der hat Geschmack“, sagte Al grinsend und schaute sich um. „Gibt's in diesem Laden was zu trinken?“

„Aber natürlich! Soviel du willst, was du willst! Alles da! Kommt, Kinder!“

Auf Kommando flatterte der Schwarm ins Haus. Irgendwo klimperte träge ein Piano. An der Bar drängte sich ein Sortiment aus Schurken und ihren Bräuten. Was der Kasper dazwischen wollte, war wohl niemandem klar. Sein kalkig weiß geschminktes Gesicht mit den traurigen Augen tauchte überall auf. Ein Fotoapparat, von bunten Aufklebern übersäht, mit kleinen Federn besteckt, hüpfte vor den riesigen Knöpfen auf seiner Brust.

„Na, mein Freund“, sprach Al Capone ihn im Vorbeischlendern an, „du hast dich wohl in der Party geirrt!“ Als Antwort drückte der Narr auf den Auslöser und kicherte. Weg war er.

Al warf der Barfrau einen tiefen Blick zu und nahm sich ein Glas vom Tablett, das sie ihm hinhielt. Was sie für lange dunkelrote, fast schon braune Krallen besaß! Al hob den Kopf, ließ die Augen über die Schenkel des überspitzten Dreiecks eines nabeltiefen Kleidausschnitts wandern, um endlich an tabascoroten Lippen hängen zu bleiben.

„Nicht schlecht“, kam heiser ein Gurren daraus hervor. „Könnte man ja direkt in Versuchung kommen.“

Al Capone tat, als habe er nichts gehört. Er kannte die Frau zur Genüge. Sein Blick wanderte durch den Raum, blieb an einem Schild hängen, das über der Theke hing: Bonnie´s Clyde Bar. In der gegenüberliegenden Ecke der Bar schlichen die schlanken Finger des Pianisten im Schleppschritt über die Tasten. Ein Pferdeschwanz taumelte im Rhythmus mit. War das nicht ein bekannter Sonettendichter? Klavierspielen konnte er also auch.

Einige Paare drehten sich nach der trägen Melodie, als schliefen sie bereits.

„Heute Abend wird hier ein Verbrechen passieren“, raunte die Barfrau Al Capones Rücken zu. „Sogar mehrere. Ich hoffe, du bist drauf vorbereitet.“ Er drehte sich um, nahm einen Schluck.

„Ein Verbrechen? Was für ein Verbrechen?“

Doch sie zuckte nur mit den nackten Schultern.

„Lass dich überraschen, mein Freund. Schon den Cadillac gesehen? Hat doch entschieden mehr Geschmack als ein Lloyd, wie?"

Was sollte diese dumme Bemerkung? Al Capone zog seine Luckys aus der Tasche, ließ einen Blick durch den Raum wandern. War ziemlich voll geworden in den letzten Minuten, dachte er und begutachtete drei hübsche Grazien, langstelzige Flamingos, die in perfektem, gazedünnem New Look am Piano standen und den Spieler abzulenken versuchten. Wo war eigentlich Marilyn geblieben? Hatte sie ihren Gorilla dabei?

Der Mann am Klavier intonierte einen Calypso Mambo. Gewagte Tänze setzten ein. Fred Astaire ließ Hut und Stöckchen wirbeln, umrundete Isabellas Kurven, gierig knurrend und schnurrend wie eine hungrige Großkatze.

Al war es egal. Alles war ihm Schnuppe an diesem Tag. Er strich durch den Salon des Löwen und stellte fest, dass seine Beine wackelig wurden. Das Whiskyglas in Vorhalte, strich er in den Wintergarten. Eine pechschwarze Pomadenlocke wühlte sich auf dem Sofa in die Verwüstungen eines dunkelroten Kleides hinein. Wie Manschetten leuchtete das weiße Fleisch über dem Rand der halterlosen Strümpfe.

Draußen war die Dämmerung über Chicago hereingebrochen, stellte Al fest und dachte kurz und schmerzlich an Sizilien, die Heimat seiner Vorfahren, die er nur ein einziges Mal gesehen hatte. Ewig war es her. Nun lebte er hier, in einer Welt, in der noch in dieser Nacht ein Verbrechen passieren würde. Wahrscheinlich, dachte Al, und er musste grinsen, handelte es sich um irgendeine Albernheit, ein Partyspiel. Sie blieben hier doch, neben aller Gefährlichkeit, Kinder.

Ein Schuss riss ihn aus seinen Gedanken. Irgendeine Frauenstimme kreischte auf. Das Klavier war verstummt. Al musste erneut grinsen. Nun ist er tot, dachte er. Schießen einfach auf den Pianisten.

Eine gellende Stimme, die er sehr gut kannte, rief die Gäste herbei. Neben ihm wurde ein dunkelrotes Kleid gerichtet, eine Pomadenlocke in Form gebracht.

Al schnippte die Kippe aus dem Fenster und schlenderte ebenfalls an die Bar zurück.

Dem dumpfen Gefühl, das eben in ihm erwacht war, als er an Sizilien hatte denken müssen, würde er mit einem weiteren Glas Whisky zu Leibe zu rücken. Doch vorläufig war die Barfrau damit beschäftigt, eine Ansprache zu halten. Alles hatte sich herbeigedrängt.

„Liebe Freunde", rief die etwas schrille, fast gackernde Stimme der Barfrau, „ich muss Euch leider eine schreckliche Mitteilung machen: Unter uns befindet sich ein verbrecherisches Paar."

Al Capone stutzte. Soeben war aus der Barfrau ein identisches Bild herausgetreten: Zwei tabascorote Münder bewegten sich wie ein Ballet. Er rieb sich unter der dunklen Brille die Augen, doch es änderte sich nichts. Alles im Raum schien eine Doublette zu besitzen. Auf der Theke drehten sich zwei Revolver, schoben sich ineinander, um sich gleich darauf wieder voneinander zu trennen. Al schloss die Augen. Er nahm wahr, dass sich die Rufe des Erstaunens gelegt hatten. Vorsichtig schaute er auf. Die Barfrau senkte gerade die beiden Arme, die ihrer rechten Schulter entwuchsen, und flüsterte fast:„Bonnie und Clyde sind unter uns!"

Oh-Rufe erschollen, Gelächter.

„Aber etwas ist mit ihnen geschehen: Ein verrückter Chemiker hat sie mit einem neuartigen Toxin infiziert, einem diabolischen Aphrodisiakum!"

Oho-Rufe stiegen auf, ein aufgeregtes Drängeln setzte ein.

„Immer, wenn das Licht ausgeht, wirkt es wie ein Startschuss, und sie können nicht mehr an sich halten. Sie werden durch die Dunkelheit dieses Raumes gleiten und ihre Opfer suchen, um sie zu vergewaltigen, und diese Opfer seid ihr, ihr alle, die ihr eine harmlos-friedliche Party feiert."

Die Aufregung wuchs, Alkohol, verkappte Gier und Begeisterung trieb allen Röte in die Wangen.

„Hier drin", riefen die beiden Barfrauen und hielten vier Sektkühler in die Luft, „befinden sich ebenso viele Lose wie Gäste, in dem Lanson-Kühler für Gentlemen, im Pommery für die Ladies. Auf allen steht: Gast. Nur auf jeweils einem Zettel ist etwas anderes geschrieben: Bonnie im Pommery und Clyde im Lanson! Jeder wird jetzt ein Los ziehen! Und wer Bonnie Parker oder Clyde Barrow geworden ist, darf das natürlich nicht sagen. Ich werde etwas ruhige Musik auflegen, und die Party nimmt ihren Lauf. Ihr tanzt, geht herum, macht, was ihr wollt, und sobald das

Licht erlischt - wir haben leider einen Defekt in der Stromversorgung ... " - aufbrausendes Lachen - „ ... schlagen die beiden zu. Und die Opfer müssen so, genauso liegen bleiben, wie sie Bonnie and Clyde verlassen haben und ein kräftiges Stöhnen ausstoßen! Erst dann geht das Licht wieder an. Und natürlich: Alle im Raum, auch die Gäste, verharren in der Stellung, in der sie sich gerade befinden!" Erregtes Gelächter.

„Egal, in welcher Stellung?", rief ein vierschrötiger Rausschmeißertyp, der dem Konterfei eines Dr. Paul Wilhelmi gefährlich ähnelte. Oh, wie brüllte man vor Freude.

„In jeder Stellung! Selbstverständlich! Denn unser großartiger Fred Astaire wird hiermit von mir beauftragt, als Inspektor zu fungieren (ärgerliche Blicke von Fred, Isabella zupfte den Ausschnitt gerade): Jetzt heißt er Inspektor Garret! Und er muss nur durch Betrachten des Szenarios mit seinem unerhört scharfen Blick herausfinden, wer Bonnie und Clyde sind! Er verkörpert heute Abend das Gesetz, ist der Garant für Sicherheit und Ordnung! Und jetzt: Holt euch die Zettel."

Al Capone war gar nicht wohl. Er gedachte, sich ohne Zettel in den Wintergarten abzusetzen. Der Vorbote eines Würgens hatte sich soeben angekündigt. Die Wände hoben sich bereits und schwebten auf ihn zu, Gesichter mutierten zu entstellten Fratzen.

Man hielt ihn am Arm fest. Es war die Barfrau! Offenbar hatte sie sein Vorhaben durchschaut.

Wo er denn hin wolle, fragte sie und stieß ihm den Sektkühler vor die Brust. Er fischte einen Zettel heraus. Egal, er konnte ja auch mit dem Zettel in der Abgeschiedenheit des Wintergartens auf das Abklingen des taumeligen Gefühls warten.

Ein Saxophon setzte ein. Offenbar waren alle Zettel verteilt. Die Party durfte beginnen, die Verbrechen konnten passieren.

Al Capone stand am Fenster, stützte sich auf einer Korbstuhllehne ab, schloss die Augen und wünschte sich, jemand anderes zu sein, woanders zu sein. Vielleicht sollte er wieder einmal nach Sizilien fahren. Kaum auszuhalten, wie sein Kopf schmerzte. Er dröhnte inzwischen wie eine Baumaschine. Al lockerte die Krawatte, wunderte sich, wie dunkel die Nacht heute war, bis er feststellte, dass er eine Sonnenbrille aufhatte. Wieso? Er steckte sie in die Brusttasche.

Immer noch brannte das Licht. Einige sehr geschickte Gäste hatten sich hinter Möbeln in Sicherheit gebracht. Und hockten da nicht welche unter den Pianos? Die Barfrauen schwebten mit leuchtenden Augen hinter den Theken, ihre Hände an Schaltern. Plötzlich absolute Finsternis. Nur, gedämpft, aufgeregtes Raunen. Die Musik dudelte ungerührt weiter: Frank Sinatra watete durch den Moonriver.

Bald würde es Neumond sein, dachte der Mann im Wintergarten und er bemühte sich zu ergründen, welches der richtige Mond sei. Er erinnerte sich daran, dass er als Kind den Mann im Mond tatsächlich gesehen hatte. Mit Kiepe und allem. Und immer noch hatten Bonnie und Clyde nicht vergewaltigt. Doch dann das rhythmische Gestöhne einer Männerstimme. Bonnie war also schneller gewesen. Und gleich darauf ein zweites, fast ersticktes Stöhnen, das eher an das Quieken eines agilen Schweinchens erinnerte.

Das Licht flackerte, ging wieder an, und Frank Sinatra verstummte.

Am Boden lag, elegant gespreizt, Roberto Valentino und starrte in die Höhe. Das andere Opfer lag auf der pinkfarbenen Recamiere: Der vierschrötige, vor Wollust dampfende Kerl, der Dr. Wilhelmi so ähnlich sah. Sein Hemd war aus der Hose gezerrt, sodass ein schwarz behaarter Schmerbauch mit einem wahren Krater von Nabel hervorquoll. Und man konnte deutlich sehen, dass ihn das Spiel enorm erregt hatte.

Der Mann im Wintergarten schloss die Augen. Der widerliche Bauchnabel schwebte wie ein Negativbild vorbei. Er musste an einen anderen Bauchnabel denken, einen winzig kleinen, zum Schluchzen schönen, doch wo, wo hatte er ihn nur gesehen? Seine Fäuste ballten sich. Er hörte nicht, dass der Inspektor lachend ausrief, da stimme aber was nicht. Es könnten nicht zwei Männer Opfer sein! Und Clyde, wer immer es auch sei, möge seine Opfer genauer abtasten, um das Geschlecht herauszufinden, was ein lautes Gebrüll zur Folge hatte.

Al schaute weiter aus dem Fenster in die Nacht. Er sah nicht, wie das fette Lustopfer sich keuchend aufrappelte, hörte nicht, dass es rief, das sei ja ekelhaft, und die erste Runde gelte nicht. Sie müsse wiederholt werden.

Der Mann, der wie Al Capone aussah, stand taub und stumm und wie versteinert da, und die Umwelt trat allmählich immer weiter zurück, verlor an Schärfe und Lautstärke, und es kam ihm vor, als befände er sich draußen in der Finsternis im Anflug auf die Sterne, die er mit hochgerissenen Lidern seit Minuten anstarrte, als bestünde er nur noch aus Augen.

In seinem Rücken, irgendwo weit fort, setzte Musik ein, Stimmen rauschten sinnlos wie die Einsamkeit des Windes in verlassenen Straßen, das Licht der Welt hinter ihm erlosch. Langsam schoben sich die Sicheln der Monde zusammen. Und gleichzeitig regte sich ein Gefühl in dem Schatten, denn mehr war es nicht, was dort am Fenster stand, und wurde zu Angst, einfache klare Angst; vor dem endlosen Himmel da draußen; vor der Welt, die sich immer nur um sich selbst drehte; vor dem Wahnsinn in seinem Rücken. Vor sich selbst.

Inzwischen hatten die Triebtäter wieder zugeschlagen. Bunte Lampen flammten auf: Wieder lagen zwei Männer verkrümmt im Raum. Eine Frauenstimme rief, das mache keinen Spaß, wenn Stephan als Clyde agiere; dann kämen die Frauen zu kurz. Er solle lieber Klavier spielen. Zustimmendes Gemurmel erhob sich, das plötzlich erstarb. Die Gesichter der Partygäste drehten sich mechanisch um, folgten dem Blick des Gastgebers, der zur Tür des Wintergartens wies.

„Was ist“, fragte Peter erstaunt, „was hast du vor?“

Ich habe nichts gesagt. Warum auch? Sie hätten es ohnehin nicht verstanden, hätten nicht begriffen, dass es an Irrsinn grenzte, in ihrer Welt normal bleiben zu wollen. Das war wohl selbst für Narren mit Fotoapparaten unmöglich: auch er war verschwunden.

Ich warf das schneeweiße Sakko fort und ließ die glotzende Horde bei ihrem idiotischen Spiel zurück, das sie bis zu ihrem Tod weitertanzen konnte. Von einem Tischchen auf dem Flur schnappte ich mir Petras Wagenschlüssel.

Nein, die Angst war nicht gewichen. Und jetzt wäre es ein Leichtes zu sagen, ich hätte bereits eine Ahnung gehabt. Hinterher lässt sich alles mit allem in Verbindung bringen. Eigenartigerweise waren meine Trunkenheit und der Kopfschmerz fort, als ich in immer höherem Tempo durch die Nacht fuhr. Am Ende bin ich regelrecht gerast. Vielleicht doch eine Ahnung.

Ich habe ihn noch tanzen sehen. Es war eine wundersame Pirouette, fast schwerelos, graziös trotz seiner Schwere. Doch dann der Sturz. Ich stand in der Tür, und das Bersten des Metalls in meinen Ohren wollte nicht aufhören, brandete wieder und wieder auf. Endlich Stille...

Nicht einmal seine Rattenfellmütze hatte der Apocalypso ihm gelassen. Achtlos lag sie auf dem Fußboden. Ich hob sie auf. Victor Auerbachs Brustkasten war nicht ganz zerquetscht, denn der Amboss hatte einen Teil der Energie aufgefangen. Aber es war völlig unmöglich, das teuflische Monstrum von ihm herunterzuwälzen, -zuhebeln, -zubeten. Allein würde ich es niemals schaffen.

„Ich hab's gleich, Victor", rief ich ohne jede Hoffnung und wunderte mich, warum niemand kam. Hatten sie denn drüben im Haus nichts gehört? Von diesem ohrenbetäubenden Krachen? Wie ein Irrer stemmte ich mich gegen den Apocalypso, doch er rührte sich keinen Millimeter. War zu nichts zu bewegen. Die Leichtigkeit, das Schwerelose waren dahin.

Und immer Victors Augen.

„Ich hole schnell Hilfe", sagte ich zu seinem hageren Gesicht, „einen Arzt", und stopfte Victor die Mütze unter den Kopf, „einen Krankenwagen", und rannte hinüber zum Haus.

Alle Fenster schwarze Höhlen. Marbella! Bestimmt tanzten sie gerade La Bostella, hüpften und lachten. Und ich kam nicht einmal hinein zum Telefon.

Da entdeckte ich den kleinen Tänzer. Man hatte ihn nicht im Haus behalten, sondern als Zierde in den Garten gestellt.

Die Scheibe platzte mit wahnwitzigem Getöse. Der Rettungsdienst meldete sich und versprach, sofort zu kommen. Ein Sofakissen unter dem Arm, rannte ich zurück. Sie seien gleich da, beschwor ich Victor, der unter dem Tänzer klemmte wie eine kleine alte Maus unter dem tückischen Bügel der Falle. Ich kniete mich hin und hob seinen Kopf an, schob das Kissen darunter.

Und nun?

Warten.

Es war fürchterlich, nichts weiter tun zu können.

„Jeden Augenblick kommen sie, Victor, nur ein paar Minuten noch", rief ich, weil die Stille mir meine Ohnmacht in die Ohren schrie.

Da sagte er blechern und langsam mit seiner Schepperstimme: „Weshalb der Aufstand. Komme ja doch nicht mehr lebend raus aus meiner Schmiede. Wozu auch."

Ich hockte mich neben ihn.

„Natürlich schaffst du es. Gleich werden Sie da sein!"

Wo sie nur blieben? Warum kamen sie denn nicht!

„Hast du es gesehen, heiliger Grahl? Er hat getanzt. Ein verrückter Apocalypso ist es geworden. Wohl etwas zu verrückt, wie?"

Da mein Hals dicht wurde, nickte ich nur.

„Man weiß vorher nie, wie sie werden. Irgendwann, während man sie erschafft, fangen sie an zu leben, entwickeln sich von alleine, und wir führen sie nur noch aus. Mein Apocalypso scheint mir über den Kopf gewachsen zu sein. Habe die Kontrolle wohl verloren. Macht nichts, sollte sowieso mein letztes Werk sein. Der alte Narr kann abtreten." Er hustete.

„Wieso bist du - überhaupt hier, heiliger Grahl? Ich dachte, du hockst - bei dieser Lys Horvay herum, hältst Händchen, knabberst Kekse und - hast den alten Trottel längst vergessen."

Und immer noch kein Krankenwagen. Einmal glaubte ich kurz, das Martinshorn zu hören. Es war wohl nur Einbildung. Ich dachte: Wenn er jetzt stürbe, wäre es das erste Mal, dass ich beim Sterben zur Stelle wäre.

„Red' nicht so ein Zeug, Victor", bat ich ihn. „Ich war nur ein einziges Mal bei ihr." Und ich erzählte ihm in kurzen Sätzen von der Geschichte mit den Papieren.

„Kannst doch noch anrufen, musst du sogar, alles versuchen, was - noch möglich ist." Er hustete, und es klang fürchterlich durch den Lautsprecher. Ich versuchte, seinen Kopf bequemer zu legen, holte aus dem Schlafzimmer, in dem er mich gepflegt hatte, eine Decke.

„Ganz schöne Schweinerei, was du da gemacht hast, wie? Darfst dich nicht davor drücken. Gibt zu viele auf der Welt, die das tun. Mach den Mund auf! Fahr hin, es gibt immer eine Möglichkeit, es ist nicht zu spät, heiliger Grahl, heiliger ... " Er verzog das Gesicht, schloss die Augen. Sein Atem ging sehr flach, sehr ruckartig. Ich schob die Decke so gut es ging unter ihn. Irgendwo draußen, glaubte ich, schlugen Autotüren. Sie werden es endlich sein. Da sagte Victor: „Weißt du, was ich mal werden wollte?

Wirst dich totlachen: Wettläufer! Ich! Mit meinen krummen Sichelbeinen. Und nur, weil ein Großmaul aus meiner Klasse schneller war, einer, den ich nicht leiden konnte, dem ich aus unerfindlichen Gründen die Pest an den Leib wünschte. Irre, wie? Hab' trainiert, mich gequält mit dem Unsinn, ohne jede Chance. Hab' jahrelang unter diesem Blödsinn gelitten, geraucht, gesoffen, mein halbes Leben. Ich hätte die Welt geopfert, um es zu erreichen, mich zu beweisen. Was habe ich mich damals gehasst. Wie soll einer die Welt lieben, der sich selbst nicht leiden kann? Und dann der Krebs. Und dann Anita. Das hat gewirkt, heiliger Grahl. Plötzlich konnte ich wieder Ja sagen; zu mir, zu meiner persönlichen, krummbeinigen Geschichte. Mich ihr stellen. Denn entfliehen kann man ihr sowieso nicht. Dann besser dem Feind ins Gesicht sehen, ihn zum Freund machen. Sich mit dem Verstand zu betrachten, zu durchdringen, zu zerpflücken, hineinzuschauen, wo der Nerv der eigenen Geschichte eigentlich verläuft, ihn bloßzulegen und ihn zu akzeptieren." Er legte eine Pause ein. Die vielen Worte hatten ihn angestrengt, das Sprechen fiel ihm schwer. Und dennoch begann er erneut.

„Die eigene Fäulnis will keiner riechen", keuchte er. Der einzelne nicht und nicht das ganze Volk. Verstehst du? Unsere Geschichte, Drittes Reich, Juden! Was haben wir uns in den reinigenden Wassern der Sühne gebadet, darin geplanscht vor den Augen der Welt! Aber an die eigentlichen Fäulnisherde sind wir nicht herangegangen. Die haben wir schön umlaufen. Wie sonst sollte man erklären, dass die CDU-Regierung sich jahrelang mit Händen und Füßen gegen die Bezeichnung Ossietzky-Universität in Oldenburg sträubte? Oder ein Brechthaus in Augsburg! Auf Teufelkommraus hat man sich dagegen gewehrt, ist mit Polizei gegen Studenten losgezogen, die am Bohnhof anstatt Fuggerstadt *Brechtstadt* hinklebten. Genauso war ich auch. Vielleicht wollte ich deswegen rennen, damit sich wenigstens etwas bewegte, und wenn's nur die Beine waren. Erst Anita hat mir den Anstoß gegeben. Kannst du dir das vorstellen? Was für ein Gefühl es ist, nach all dem Krampf, nicht mehr ständig der Welt beweisen zu wollen, was man nicht beweisen konnte, weil man's nicht war? Sag, kannste dir das vorstellen?"

Ich nickte und knurrte: „Ich kann's mir gut vorstellen, Victor."

„So richtig kapiert habe ich es erst heute“, keuchte er weiter, „die letzte Lektion hat er mir erteilt.“ Er nickte zum Eisenkoloss, der auf seinem Leben kniete.

„Er hat seine Rolle gespielt, und jetzt habe ich es begriffen. Ich wollte mir beweisen, dass ich ihn zum Tanzen bringe. Sein Tanz war sozusagen der letzte Akt der Offenbarung. Es gibt weiter nichts mehr für mich zu wissen und zu tun.“

Draußen schlugen Türen.

„Sie kommen“, rasselte er, "mich zu holen...". Er schaute in mein Gesicht. Seine Hand war eiskalt. „Tat dem alten Trottel gut, heiliger Grahl, dass er die letzten Kilometer nicht allein laufen musste.“

Stimmen näherten sich, suchten draußen herum zwischen den Schrotthalden und Rostbergen, Erzschluchten und Eisentälern nach der Höhle des alten Burschen mit der Rattenfellmütze und der Blechstimme. Draußen irrlichterte der Kegel einer starken Taschenlampe in der Finsternis.

Ich löste gerade seine Finger von meiner Hand, als sie hereinkamen. Victor Auerbach war tot.

Ich bin durch die Stadt gefahren, hin zu Lys Horvays Wohnung. Ich wollte sofort reinen Tisch machen, Klarheit in mein Leben bringen; Thomas Brendel, wenn es nicht längst zu spät war, zurückhalten.

Es war kurz nach zwölf, als ich entdeckte, dass in ihrer Wohnung kein Licht brannte. Vielleicht schlief sie schon, dachte ich, und drückte auf die Klingel, bereit, sie zu wecken. Lange rührte sich nichts. Endlich flammte die Beleuchtung im Treppenhaus auf. Aber es war eine andere Bewohnerin, die nach Diskobesuch aussah. Wo ich hinwolle, hat sich mich gefragt. Ich habe ihr gesagt, wen ich suchte.

Die sei nicht da, bekam ich zu hören.

„Wissen Sie, wann sie zurückkommt oder wo ich sie erreichen kann?“

Sie wusste nur etwas von einem Krankenhaus.

In welchem?

Nein, keine Ahnung. Sie zuckte die Achseln und ging.

Ehe das Schloss der Haustür schnappte, bin ich hinein, habe das Versteck des Reserveschlüssels endlich gefunden und die

Wohnung betreten. Den genauen Wortlaut der Notiz, die ich hinterließ, habe ich vergessen. Deshalb weiß ich bis heute nicht, ob ich Thomas Brendels Kassetten erwähnte. Aber ein Foto von ihr schaute unter einem Stapel Papier hervor. Ihr Blick, dieses Lächeln: Ich konnte es nicht liegen lassen.

Dann bin ich wieder hinunter auf die Straße gelaufen. Noch die Bilder der Chicago-Party im Kopf, sah ich den Apocalypso immer und immer wieder tanzen, stürzen, sah Victor Auerbach in seiner Falle, sah am Ende Lys Horvay, zermürbte mich wegen dieser Krankenhausgeschichte, glaubte, Lys sei unumstößlich lebensgefährlich erkrankt. Meine Gedanken liefen Sturm. Was hatte ich zu tun? Was konnte ich tun? Hier, in dieser Stadt, würde es mir unmöglich sein, zu klaren Entscheidungen zu gelangen. Ständig würden sie mich belagern, mich besuchen, was von mir wollen, an mir zerren. Ich musste fort.

In meiner Wohnung angekommen, habe ich in die Reisetasche geworfen, was mir in die Finger kam, ihr Bild, die Kassetten, den Teufelsfinger auch. Als ich das Notebook sah, fielen mir Victors Worte wieder ein: Schreib alles auf! Also warf ich auch das Notebook in Petras Auto.

Dann bin ich losgefahren.

Ein lautes Gehupe und Geblinke hat mich bald darauf aus meinen Gedanken gerissen: Hinter mir befand sich ein Cadillac-Cabrio, vollgestopft mit lachenden Fratzen. Wollten die mich einholen? Mich stoppen?

Angst hatte mich gepackt, Angst davor, sie könnten Petras Auto erkennen, mich erkennen, mich stoppen und zu sich hineinzerren. Da war mir klar, dass ich das alles hinter mir lassen musste, um mich von ihnen, von dem ganzen verkommenen Morast zu befreien. Als sei der Teufel hinter mir her, habe ich Gas gegeben, um ihnen zu entrinnen.

7

Alexandra

Irgendwann einmal hat Victor Auerbach zu mir gesagt, ich sei immer geflohen. Vor allem: Vor Entscheidungen, vor Menschen, vor dem Leben selbst.

Ich gebe zu, da war was dran. Immer, wenn ich hätte da sein sollen, war ich weg. Immer fand ich einen Platz, an dem das Leben pflegeleichter war. Auch damals, an jenem Tag, den zu verdrängen ich über viele Jahre eine große Kunstfertigkeit an den Tag und besonders an die Nacht gelegt habe. Denn gerade nachts, wenn die gewöhnlichen Sinne herabgedimmt, die anderen, inneren, seelischen geschärft werden, wollen sich bestimmte Bilder nicht vertreiben lassen. Und genau diese Bilder haben mich unterschwellig begleitet, bedrängt, verfolgt, und wenn sie nicht im Brennpunkt meines Bewusstseins standen, so blieben sie dennoch bei mir wie ein Wasserzeichen, das durch die dünne Oberfläche meiner Seele schimmert.

Warum gelang es mir erst in Durnholz, diese Erinnerungen aus dem Sumpf des Unterbewusstseins hervorzuziehen? Sie in Ruhe zu betrachten? Die leisen Geräusche auszuhalten?

Vielleicht war einfach der Zeitpunkt gekommen. Vielleicht hatte ich begriffen, dass da etwas in mir wucherte, was bösartig werden konnte. Ein psychisches Melanom, wenn es so etwas gibt. Und wenn auch der Gang zum Arzt von Todesangst begleitet wird: Er kann das Leben retten. Vielleicht war es so. Vielleicht habe ich gespürt, dass es lebensnotwendig ist, sich seinem Schicksal zu zeigen. Wie auch immer: An jenem Tag in Durnholz habe ich es endlich gewagt, jenen Tag ans Licht zu holen; habe ich mich gezwungen, mich des leisen Klopfens zu erinnern, dieses Klopfens, das mich nie losgelassen hat.

Ja, es hatte leise geklopft. Und ohne das ich \`herein´ gerufen hätte, war die Tür aufgegangen - und dann folgt das Bild, das niemals unscharf wird. Diese Leichtigkeit der Bewegung! Nichts von jenem Gelärme, das sonst bei Kindern unvermeidlich ist: Sie schien ohne Lautstärke auszukommen. Drei Hüpfer nur, schon saß sie auf der Lehne meines Schreibtischstuhles.

Seit Jahren schon gab es für sie nur das Thema Pferde. Wahrscheinlich ist das bei allen kleinen Mädchen so. Sie lebte fast nur noch auf einem Reiterhof in der Nähe.

Was soll ich lange drum herumreden: Sie hatte mit neun Jahren das geschafft, was mich Jahrzehnte gekostet hatte. Es war ihr gelungen, ihren Traum vom Pferd in die Realität umzusetzen: Man habe ihr eins der Ponys zur Pflege und zum Reiten anvertraut. Das erfuhr ich an diesem Tag. Und am Dienstag werde sie ausreiten. Zum ersten Mal. Und ich solle bitte mitkommen und meine Toch ter reiten sehen.

Es war zu Pfingsten, genauer gesagt, früher Pfingstsonntag Abend oder später Pfingstsonntag Nachmittag oder auch umgekehrt. Nein, doch eher schon Abend. Die hohen Fenster standen offen, und das Muhen irgendwelchen schwarzbunten Milchviehs, das hinter dem blühenden Rhododendrengebirge weidete, wehte in den weiten Taschen einer Frühsommerbrise mit herein. Und das Laub der Blutbuche vor dem Gutshof rauschte wie das Blut in meinen Adern.

Das sei toll, sagte ich. Und wo eigentlich die anderen seien? Dass Elsbeth mit ihren Studienkollegen nach Südfrankreich gefahren war und erst übermorgen zurückkehren würde, wusste ich. Den Rest erfuhr ich von Alexandra.

Doch was sie eigentlich wollte, war, dass ich am Dienstagmorgen mitkäme, um ihr bei ihrem ersten Ausritt zuzusehen. Es seien schließlich noch Ferien. Und ich möge bitte ja sagen.

Dienstagmorgen habe sie gesagt?

Ich hätte ihr gleich mit 'nein' antworten können, denn ich wusste, dass ich nicht mit zum Reiten fahren würde.

Wann denn am Dienstag, fragte ich stattdessen, als müsse ich unter Hunderten von Terminen nach einer Lücke forschen.

Dabei gab es nur einen einzigen Termin. Seit Tagen schon. Und den lebte ich in Gedanken bereits in allen Richtungen durch und aus. Das Prickelnde dieses Termins war, dass ich mich nicht mal mehr an das Gesicht erinnerte. Dazu war ich zu beschwipst gewesen, an jenem Abend, an dem ich diese Frau ein paar Tage zuvor in irgendeiner Kneipe kennenlernte.

Und während die Verlockungen eines Dates mit irgendeiner Frau durch mein Lustzentrum geisterten, saß meine Tochter auf der Armlehne meines Sessels und bat mich, bei ihrem ersten Ausritt zuzuschauen.

Wie hat Victor noch gesagt? Sie hat mir beigebracht, sich meiner eigenen vermurksten Geschichte zu stellen, denn entfliehen kann man ihr sowieso nicht, dieser sorgsam verborgenen Geschichte, von der man zu keinem spricht; die man scheut wie das Nachdenken über einen Schmerz im Leib, den man als Vorboten einer tödlichen Krankheit längst entlarvt zu haben glaubt.

Alexandra hatte meinen Kopf zwischen ihre Hände genommen und mich so dazu gebracht, sie anzuschauen. Ich glaube, sie sagte etwas von acht Uhr. Und immer noch ihre Augen. Sie wollen nicht aufhören, mich zu fixieren.

Das geflüsterte `Sag ja´.

Ich habe Alexandra vorsichtig zur Seite geschoben und ein Lächeln aufgetrieben. Und während ich ihr etwas von einem uralten, wichtigen, unumgänglichen Termin vorschwatzte, lächelte sie mich auf eine Art an, in der eine Mischung von Mitleid mit einem armen Lügner und gleichzeitigem Bedauern über diese Unaufrichtigkeit und auch Zuneigung enthalten zu sein schien. Es war verwandt mit dem Lächeln, das mich an Lys Horvy nervös gemacht hatte. Erst in Durnholz bin ich darauf gekommen. Das Foto von der Ausstellungseröffnung hatte mich auf die Fährte gesetzt.

„Okay“, hatte Alexandra nur gesagt, „schade, aber es macht nichts.“

Ich würde ein anderes Mal mitkommen, versprach ich, und dann könne sie mir alles zeigen. So, und jetzt müsse ich...

Sie nickt nur, und leise wie sie gekommen war, flog sie wieder fort.

Am nächsten Tag passierte, soweit ich mich erinnere, nichts Aufregendes. Alexandra war offensichtlich den ganzen Tag über im Reitstall, der, gerade eine Handvoll Kilometer entfernt, bequem mit dem Fahrrad erreichbar war. Als ich morgens in die Küche hinuntertrödelte, stand heißer Kaffee in der Thermoskanne auf einem gedeckten Frühstückstisch, den ich sofort mit einer Welle schlechten Gewissens betrachtete, erst recht, als ich auf meinem Teller den Zettel fand: Guten Morgen und guten Appetit, du Schlafnase. Bin beim Reiten. Alex.

Aber auch, wenn ich eine oder zwei Stunden eher aufgestanden wäre, ich hätte sie nicht mehr gesehen. Sie war eine echte Frühaufsteherin. Später habe ich es mir auch angewöhnt.

Irgendwann am Nachmittag kamen Helga, Gerd und Helgas Tochter Silvi, die mit uns in der Wohngemeinschaft lebten, von irgendwo zurück. Als ich den Wagen auf der Einfahrt heranrollen sah, habe ich mich auf mein Zimmer begeben und damit begonnen, meine Vorkehrungen für den Abend zu treffen.

Seit der Reise mit Sonja damals an der Côte d´Azur hatte sich in mir etwas verändert. Immer stärker fand ich Gefallen an kurzlebigen, unverbindlichen Abenteuern. Und nun stand ein Ausflug dieser Art bevor.

Als ich die Haustür mit federnden Schritten verließ und die Freitreppe hinuntersprang, kam Alexandra das Rondell hochgebraust, Reitkappe auf dem Kopf, fliegende Haare im Wind, Striegeltasche am Arm und ein glückliches Lächeln im Gesicht. Ich bekam einen Klaps mit der Gerte.

„Hey, Paps, da sehe ich dich ja doch noch mal“, rief sie und sprang vom Fahrrad direkt vor meine Füße, „und vergiss deine Tasche nicht.“ Sie stellte das Rad an die Wand.

„Bitte?“

„Du hast deine Konferenzunterlagen vergessen.“ Sie grinste und flitzte ins Haus. Und ich bin hineingegangen, habe meine sinnlose Aktenmappe geholt, um ein letztes Fünkchen Glaubwürdigkeit spazieren zu tragen, und Gerd, den ich im Flur traf, wollte es nicht einleuchten, wieso ein Lehrer in den Pfingstferien noch dazu zur Abendstunde auf eine Tagung müsse.

Es war einfach lächerlich! Und es ist erleichternd, dies endlich auszusprechen. Vielleicht rede ich darum seit Minuten laut, obwohl ich alleine bin! Vielleicht spreche ich die Sätze deshalb mit deutlich vernehmbarer Stimme vor mich hin, während ich sie niederschreibe – ein doppeltes Entledigen.

Ich will mich bei den Verlockungen jener eben erwähnten Nacht nicht lange aufhalten. Das Ganze schien durchaus meinen hungrigen Augen, meinen wüsten Vorstellungen, meinen gierigen Händen und meinem leeren Herzen zu genügen. Später dann bekam ich als Dessert auch noch eine Lebensgeschichte serviert, auf die ich keinerlei Appetit verspürte. Und doch musste ich mir anhören, dass sie immer nur verlassen werde und ähnliche Jammerarien, derentwegen ich nun wirklich nicht zu ihr gefahren war; doch ich nickte brav, flüsterte: du Arme! und ließ meine Finger über ihre Haut spazieren, während ich geflissentlich jenen Hoffnungsschimmer in ihren Augen übersah, der durch mein geheucheltes Verständnis für ihre albernen Sorgen entstand.

Als sie dann bei Morgengrauen vor Glück oder Erleichterung oder aus irgendeiner tiefsitzenden Verzweiflung oder einfach nur aus Gewohnheit zu heulen begann, als ihre Tränen den ganzen banalen Kummer und das Makeup wegschwemmten, wollte ich nur noch fort, stotterte was von Familienfeier und wand mich aus ihren Armen.

Nein, ich will Valerie – oder hieß sie Veronika? – nein, Vera war ihr Name, ich will dieser armen Vera nicht unrecht tun. Dass besagte Vera, ach Unsinn, Verena hieß sie, Verena, jetzt hab´ ich's endlich, dass diese Verena meinen Autoschlüssel versteckte, um zu verhindern, wieder jemanden fortfahren und sich allein zurückbleiben zu sehen, bürdet ihr keinerlei Schuld auf. Schließlich wusste sie nichts von Alexandra, ahnte nicht, dass ich mittlerweile fieberte, es doch noch schaffen zu können und meine Tochter davonreiten zu sehen.

Ich habe es nicht mehr geschafft.

Das Gutshaus glänzte weiß in der Vormittagssonne, als ich ankam und feststellte, dass ihr Fahrrad bereits fort war. Niemand befand sich im Haus, niemand außer mir und den Fliegen, vielen Fliegen, einem ganzen Schwarm, Hunderte vielleicht, die gierig über dem Frühstückstisch kreisten, über halb gegessenen Eiern, in denen die Löffel steckten, über Käsescheiben, die sich an den Rändern zu wellen begannen, über halb geleerten Kaffeetassen.

Helga, Gerd und Silvi waren sofort ins Krankenhaus gefahren. Doch es war zu spät. Sie hatte sich bei dem Sturz vom Pony innerlich verletzt, sei nicht rechtzeitig genug eingeliefert worden.

Nicht rechtzeitig genug. Trotz Reitkappe.

Zu spät also.

Und in mir verloren alle Sätze ihren Sinn, zerbrachen und ließen nichts als Scherben zurück.

8

Das Ende des Fingers

Es war schon hell, als ich am Morgen jenes Tages erwachte, an dem ich Durnholz verließ. Ich öffnete das Fenster und schaute eine Zeitlang hinüber zu den Bergen. Am Himmel hingen Wolken wie weiße Baldachine. Ein leichter Luftzug fingerte an den Gardinen.

Ich musste an Alexandra denken beim Anblick einer kleinen, eigenwillig dahinsegelnden Wolke. Nein, ich fühlte mich ganz und gar nicht unwohl an jenem Morgen. Beinahe schon leicht.

In solchen Minuten hält man es für völlig ausgeschlossen, dass hinter der nächsten, sonnenbeglänzten Ecke des Lebens ein neuer, finsterer Weg beginnen könnte.

In aufpolierter Stimmung verließ ich das Fenster und packte meine Reisetasche. Als ich gerade Foto, Kassetten, dösenden Teufelsfinger und dies und das verstaute, klopfte es leise an die Tür. Ich rief mein `Bitte einen Augenblick´, deckte etwas über den Glaszylinder, ging hinüber und öffnete.

Es war Maria Oberstaller. Im Morgenmantel stand sie vor mir und schaute mich recht verwundert an. Zu meinem großen Erstaunen stellten sich ihre Haare als frappierend lang heraus, jetzt, wo sie nicht zu einem Knoten zusammengefasst waren.

„Sie wollen fort?“, fragte sie.

Ich nickte. Erst in dem Augenblick fiel mir auf, dass ich keine Ahnung hatte, wie spät es war. Ich schaute auf die Uhr: Sie stand.

Maria Oberstaller sagte, sie wolle mir mein Frühstück bereiten, und ehe ich Einspruch erheben konnte, war sie schon verschwunden.

Mir zu Ehren fuhr sie dann ein Festmahl auf: Eier, Marmelade mit handgeschriebenem Etikett, nur von Eingeweihten zu entziffern, Tiroler Speck, Käse. Und wieder schlug sie mit dem Schneebesen die Milch auf, bis mein Wohlbefinden wie süßer Schaum schmeckte.

Weil ich gestern nichts bekommen hätte, müsse ich nun die doppelte Menge essen, gab sie bekannt, als sie sich zu mir an den Tisch setzte und ebenfalls eine Tasse Kaffee trank, oder vielmehr eine Tasse heißer Milch mit einem Schuss Kaffee.

Als ich dann die Rechnung entgegennahm, kamen zu meiner Überraschung lediglich zwei Nächte zusammen. Nur zwei Nächte? Nicht mehr? Dem Gefühl nach waren es mindestens vierzig Jahre gewesen.

Kurz darauf packte ich den Wagen, winkte und fuhr ab.

Die Sonne hatte sich hinter eine Wolkenwand verzogen. Egal, Hauptsache es blieb trocken.

Ohne jede Eile rollte ich dahin. Ein kleines Tier mit erstaunlich langem Hals hüpfte im Zickzack über die Fahrbahn und verschwand auf wundersame Weise in einer geschlossenen Felswand. Unten am Bach zerrten zwei Jungen das rostige Fahrradgestell aus dem Wasser. Sie schienen großen Spaß dabei zu empfinden. Ihr Lachen reichte bis hinauf zur Straße, übertönte mein Motorgebrumm.

Vielleicht war es aber auch nur Einbildung. Oder irgendeine Erinnerung. Eigentlich befanden sich die beiden zu weit entfernt, als dass ich das Gelächter im Auto hätte hören können.

Dann die Abzweigung zum Penser Joch. Zu beiden Seiten der Straße spulte sich eine friedfertige Landschaft ab. Rechts glitten steilere Berglehnen ins Tal, an denen hier und da Kühe zu hängen schienen.

Ich kam sehr gut voran. Sterzing, Brenner, Grenze, Innsbruck. Dann die Autobahn, an München vorbei, auf Würzburg zu.

Die Fahrt bot mir reichlich Zeit um nachzudenken. Mein Gehirn liebt es, wenn sich um mich herum die Dinge bewegen, wenn es beim Arbeiten von ständig neu auftauchenden Reizen angeregt wird. Die äußere Bewegung scheint einen direkten Einfluss auf die Aktivität der grauen Zellen zu nehmen. Auch Kafka kannte dieses Phänomen. Er wanderte mit Vorliebe in den ersten Morgenstunden durch die Prager Altstadt, weil sein Geist als Stimulans nach Bewegung verlangte. Und Maurizio Pastati schrieb seine herrlichen Sonette auf dem Sozius einer Moto Guzzi.

Darum fällt es mir an diesem Ort hier auch so schwer, so entsetzlich schwer, meine Gedanken zu fangen und in eine Form zu bringen, ihnen Richtung und Klarheit zugeben. Es ist alles so scheußlich eng hier.

Manchmal beschleicht mich unter dem Eindruck dieser Umgebung die bedrückende Vision, im trüben Wasser eines Tümpels zu fischen, in dem vor urlanger Zeit der letzte pfeilschnelle Gedanke seine Flossen bewegte.

Dahingegen war die Fahrt an jenem Tag der Rückkehr nach Deutschland wie ein Fest für meine zerebralen Zellen. Wieder einmal bewegte mich die Frage, was Mutter wohl gemeint haben konnte mit ihrem `Aus einem andren Sein´? Ein bemerkenswerter Satz, der so gehaltvoll zu sein scheint und dann so wenig Sinn herausrücken will. Ich sortierte hin und her, wählte aus und kombinierte, versuchte der Magie des Satzes Reales zu entreißen. Wanderte durch meine Erinnerung und stieß auf Vater. War er damals nicht in Osnabrück gewesen? Ich meinte, es irgendwo gelesen zu haben. War nicht von einem Lehrgang die Rede? Aber wo hatte das gestanden? In Mutters Tagebuch war es nicht, dessen war ich mir sicher. Ich musste es anderswo gelesen haben.

Und gerade in dem Augenblick, wo die Erinnerung die passenden Mosaiksteinchen herausrücken wollte, krachte es im Getriebe oder im Motor, oder in allen beiden; von der Lautstärke her kam das letzte in Frage.

Eigenartigerweise ärgerte es mich nicht einmal. Zu sehr war ich von meinen Gedanken gefesselt. Ich ließ den Wagen an die Seite auf den Pannenstreifen rollen und blieb einfach dort sitzen. Ein aufmerksamer Beobachter hätte mir sicherlich angesehen, wie es in meinem Kopf arbeitete. Da tauchten Bilder auf, Versatzstücke schoben sich zu einem kompletten Bühnenbild zusammen, Orakelsprüche bekamen einen Sinn, Rollen wurden neu verteilt: *`Als ich nach Hause komme, sitzt er in meinem Stuhl!´*

Und der *`Er´* taucht wieder auf: *`Er, ein Blick und mehr...´*

Und dann Vaters Frage: *`Muss man bei einer Frühgeburt auf etwas Besonderes achten?*

`Wieso eigentlich eine Frühgeburt?´, hatte der Arzt erstaunt gefragt. Konnte das nicht nur eins bedeuten: Ich war gar keine Frühgeburt? Vater sollte es lediglich glauben? Zu dem Termin nämlich, als die Frühgeburt gezeugt wurde, war er in Osnabrück oder sonst wo, nur nicht beim Zeugen.

`Es wächst in mir: die Wirklichkeit!´ Mutter hatte gar nichts verschleiert, sie hatte es wörtlich ausgedrückt: Ich wuchs in ihr. Nur: Der Vater war, nein, ich musste wohl...

Erst in diesem Moment, in dieser unglaublichen, geradezu monströsen Sekunde wurde mir klar, was sich wie ein absurdes Hieroglyphenspiel präsentiert hatte!

Ein Klopfen an die Fensterscheibe riss mich aus der neuen Wahrheit heraus. Ich kurbelte die Scheibe runter. Ein Polizistenschnauzbart – es gibt augenscheinlich keine Polizeibeamten mehr ohne Oberlippenbart – meinte, ich könne hier nicht einfach rasten, und es verlangte ihn nach meinen Papieren. Ob mir der Betriebsstoff (Betriebsstoff!) ausgegangen sei?

Der Wachtmeister war im Übrigen nicht unfreundlich, wirkte allerdings etwas irritiert. Er blätterte in meinem Ausweis, als habe er vor, ihn zu zerwirken. Ob die Angaben noch stimmten? Er schielte mich mit sehr hellen, wässrigen Augen über den Rand des Dokumentes an.

Nein, dachte ich. Es stimmt wohl nicht mehr alles so ganz, was da steht, aber ich nickte. Was sollte ich diesem Menschen erzählen, dass ich seit ein paar Sekunden, sozusagen, im Besitz eines neuen Vaters war? Gerade zu dem Zeitpunkt, wo der alte endlich seinen Platz gefunden hatte!

Notgedrungen musste ich die restliche Strecke mit der Bahn zurücklegen. Der letzte Auftritt in diesem Theaterstück stand ja noch aus. Und immer wieder der Gedanke: Hatte Vater, ich meine den Chef, es all die Jahre gewusst? Geahnt? Gefürchtet? Er begann mir leid zu tun. Hoffentlich hat er es nicht gewusst, dachte ich. Und Mutter? Für sie war daraus wohl eine lebenslange Schuld erwachsen, die sie mit sich herumschleppen musste, ohne sie mit ihrem Taschentuch je fortwischen zu können.

Draußen schwebte Göttingen durch die um sich greifende Dämmerung. Eine spröde Ruhe hatte in mir Platz genommen. Und mit jedem Kilometer, den die Bahn sich durch den Abend fraß, traten die Figuren immer deutlicher an ihre richtigen Plätze.

Und Thomas Brendel? Und Lys? Was war mit denen? Ich gebe es unumwunden zu: Da wollte der dumpfe Druck im Magen nicht verschwinden.

Als ich in Hildesheim eintraf, war es schon dunkel. Aus einer unerfindlichen Regung heraus kaufte ich mir mehrere Zeitungen, die mich dann beim Gehen störten. Und weil die Titelzeilen recht bedeutungslos klangen, warf ich die Blätter fort, ohne sie gelesen zu haben.

Ich rannte durch die abendlichen Straßen und musste plötzlich an den Tag denken, an dem ich Thomas Brendel kennengelernt hatte, damals auf dem Berghölzchen, als er mit seiner verrückten Locke wie aus dem Nichts auftauchte.

Und je länger ich an Thomas Brendel dachte, umso mehr verstärkte sich dieses bedrückende Gefühl, das nun im Zentrum meines Magens zu wohnen schien. Dann tauchte die Einmündung zu der Straße auf, in der Lys Horvay – und vielleicht – Thomas Brendel wohnte.

In Gedanken hatte ich diese Szenen mehrmals durchgespielt, erprobt, in die Gewalt zu bekommen versucht. Doch dann ragte das Haus vor mir empor, und ich wusste nichts mehr. Ging einfach weiter. Zündete mir sicherheitshalber eine Zigarette an, kehrte am anderen Ende der Straße wieder um, wagte einen Blick nach oben, wo ihre Wohnung lag und suchte Licht. Ja es brannte. Sie war zu Hause.

Auf der gegenüberliegenden Straßenseite blieb ich stehen, um meine Gefühle zu sortieren. Die Krankheit war wohl doch nicht tödlich gewesen. Sie lebte. Und er? War er in den Tod gereist, wohin ich ihn geschickt hatte?

Ich habe keine Ahnung, wie lange ich dort unten gestanden und das Fenster wie eine magische Fläche angestarrt habe. Vielleicht war es eine Art Trance, aus der ich herausgerissen wurde, als sich das Fenster plötzlich öffnete und ihr Gesicht erschien. Mit Schrecken stellte ich fest, dass Lys Horvay irgendwie anders wirkte als in meiner Erinnerung, fast fremd, wie unbekannt. Mit kräftigem Ruck hatte sie den Fensterflügel geöffnet, und langsam wurde mir klar, dass diese Stimme, die ich da vernahm, ihr gehörte, dass sie mit jemandem sprach, denn nun erklang eine Männerstimme, eine Männerstimme die ich ebenfalls kannte, deren Klang seit `Die Stones sind besser´ in mein Hirn unlöschbar eingebrannt ist, und dann erkenne ich seinen Kopf, seine Lennon-Trotzki-Brille mit den runden Gläsern! Und dieses ewig nicht mehr gesehene Profil. Vielleicht war er etwas magerer als sonst, noch magerer. Und auch die Strickmütze, die er trug, irritierte mich ein wenig. Aber er war´s. Ich hatte ihn gesehen. Er lebte. Und plötzlich fühlte ich mich gefasst und ruhig. Der Magendruck hatte sich aufgelöst, ich atmete frei auf.

Diese Feststellung ist nicht ohne Bedeutung, um richtig beurteilen zu können, was dann in den nächsten Stunden passieren sollte. Deshalb betone ich es noch einmal: Ich war seit dieser Minute von großer innerer Ruhe erfüllt!

Die Reisetasche auf der Schulter, habe ich mich in meine Wohnung begeben. Ich fühlte mich leicht, fast perlend, von prickelnder Frische wie ein Glas Sekt.

Die Metalltreppe klackerte unter meinen Tritten, als ich zu meiner Wohnungstür emporstieg. Ich öffnete, und dann quoll mir eine atemraubende, übelriechende, süßliche Gaswolke entgegen.

Ich ließ das Licht aufflammen: Die Wände waren schwarz von Fliegen, und der Geruch von Verwesung und Fäulnis hing in der Luft. Es war mir fast unmöglich zu atmen.

Den Grund dieses Zustandes entdeckte ich in der Küche: Seit Wochen hatte ich den Mülleimer nicht mehr ausgeleert. Ganze Fliegengenerationen mussten dort herangewachsen sein.

Ich riss das Fenster auf, und um zu verhindern, dass noch mehr Viehzeug hereingeflattert kam, knipste ich das Licht aus.

Nun bist du also wieder hier, dachte ich, als ich am Fenster lehnte und in die Nacht schaute. Und jetzt? Was sollte jetzt kommen? Willst du in dieser Wohnung bleiben? Kannst du das überhaupt, nach allem, was du inzwischen weißt? Wirst du nicht fortziehen müssen? Wie du es dein ganzes Leben lang gemacht hast? Immer wieder fort?

Ja, fort. Was sollte ich noch in dieser Stadt? Und während ich darüber nachdachte, was zu tun sei, begann ich mechanisch, die Tasche auszupacken, zog alles Mögliche hervor, das Foto, ein verwirrtes Durnholzer Nachttischdeckchen, Wäsche, die Kassetten, den Teufelsfinger.

Als ich das Zeug betrachtet, dachte ich: Eigentlich sind es nur noch Fundstücke aus der Vergangenheit! Ich sollte sie in ein Museum stellen.

Vorläufig aber platzierte ich die Dinge auf dem Fensterbrett und betrachtete sie fast schon mit einer gewissen Distanziertheit. Mir war, als gehörten sie nicht mehr richtig zu meinem Leben.

Nochmals muss ich an dieser Stelle betonen, und zwar mit allem Nachdruck betonen, dass sich mein Inneres, meine mentale Verfassung in jener Stunde durch eine erstaunliche Ruhe und große Gelassenheit auszeichnete. Auch hatte ich nichts getrunken.

Das zusammen ist für die Beurteilung der Situation und der Schuld, die man mir nachweisen will, von einiger Bedeutung – denn genau in diesem Moment hörte ich die Stimmen.

Wer trieb sich da in der Nacht auf dem Grundstück herum?

Im Schutz des Fensterrahmens beugte ich mich ein wenig vor und erkannte unter meinem Fenster im Mondschatten des Hauses einen Jaguar. Und in diesem Augenblick verließen zwei Gestalten den Bürotrakt schräg gegenüber und keuchten heran, damit beschäftigt, Aktenstapel durch die Dunkelheit zum Jaguar zu schleppen. Dort angekommen, kramte Herr Brendel - denn er war es mit seinem Adlatus Peter - in der Hüfte abgeknickt, weil er von den Ordnern behindert wurde, mit einer notdürftig freigemachten Hand in der Hosentasche herum, um nach dem Schlüssel zu fischen. Seltsam steif drückte er seinen Körper an den Wagen, damit er den störrischen Kofferraumdeckel hochklappen konnte.

Er schafft es nicht, ging mir durch den Kopf, er kann es gar nicht schaffen! Und als hätten die Aktenstapel meine Gedanken aufgefangen, geriet die ganze Geschichte ins Rutschen. Noch versuchte Brendel durch ein hilfloses Herumbiegen der Hüfte, einer Art manirierten Hula-Hoop-Tanzes, das Unglück zu verhindern, doch die Dinge entzogen sich seiner Kontrolle, machten sich selbständig, waren nicht aufzuhalten: Die Aktenordner polterten zu Boden und Brendel öffnete, jetzt ärgerlich schnaubend, das Schloss. Der Kofferraumdeckel federte recht gemächlich empor, das Innenlicht flammte auf, riss die Dunkelheit entzwei, und ich wollte erst nicht glauben, was ich nun zu sehen bekam.

In diesen drei, vier Sekunden flogen wie im Zeitraffer Bilder vorbei: Zwei Jungen entdecken einen Raum mit Scheußlichkeiten in Formalin, Schritte, die in das Zimmer schleichen, die jemandem gehören, der etwas sucht. Ein nie gesehener Chemiker namens Luther, der, seltsam gesichtslos und doch voller Bedeutung, immer wieder auftaucht. Eine Firma aus unserer Stadt.

In derartigen Momenten starker Eindrücke ist das Gehirn offensichtlich zu ungeahnten Kombinationen und Schlüssen fähig. Nur so ist zu erklären, dass mir praktisch wie aus dem Nichts die ganze Wahrheit vor Augen stand. Die grauen Zellen bedienten sich der grauen Vergangenheit und mischten neue Bilder hinzu, sodass eine grelle Realität entstand, die von Atemzug zu Atemzug an Absurdität gewann: Dort unten, im unnachsichtigen Licht des Kofferraumdeckels bewegte sich eine Hand, und an dieser Hand fehlte ein Finger, der Zeigefinger. Und die Hand, die besagte Hand gehörte Brendel.

Mein Gott, fuhr es in meinem Kopf herum, du hast all die Jahre seinen Finger wie eine Reliquie aufbewahrt! Seinen von Giften oder Kampfstoffen angefressenen Finger, von seinen eigenen Giften angenagt und dann von seinem Chefbiochemiker und Geheimnisträger Luther – von wem sonst? – sauber abgetrennt, damit dieser todbringende Stoff sich nicht im ganzen Körper ausbreite und ihn völlig zerstöre.

Wohlgemerkt: Trotz dieser irrwitzigen Erkenntnis hatte ich meine Ruhe nicht verloren. Es ist mir deshalb unerklärlich, wie es passieren konnte. Vielleicht war es eine unachtsame Wendung des Körpers, ein unbemerktes Stoßen; vielleicht doch ein Haltsuchen.

Es muss etwas in der Art gewesen sein. Aber ich weiß es nicht, kann nur beteuern, dass es außerhalb jeder Absicht lag. Wenn überhaupt, so müssten Sachverständige und Wissenschaftler herausfinden, ob ein Körper, unabhängig vom Bewusstsein, das heißt, nicht vom Willen gesteuert, dennoch zielgerichtet aktiv werden kann. Eine Art vegetativen Handelns, für das kein Gericht der Welt auf Schuld erkennen dürfte.

Erst das Klirren riss mich aus meinen Gedanken.

Der Blick nach unten nötigte mir folgendes Bild auf: Mit einem Turm von Akten vor der Brust stand Peter Müller neben dem Wagen und starrte auf ein Nest von Leitzordnern, in dem, embryonal verbogen, der Körper Brendels ruhte.

Ein leises Gestöhne, als wache er nach durchzechter Nacht mit einem Kater auf, drang aus Brendels Mund, und allmählich färbten sich seine Schläfe und der hellblaue Kragen des Businesshemdes rot. Und neben der linken Hand des Verletzten, zu jenem Zeitpunkt musste man ihn ja noch als solchen bezeichnen, glänzte im Mondlicht der Teufelsfinger. Ausgerechnet neben der linken Hand. Als habe ein allwissendes Geschick zum Schluss die Dinge wieder an den richtigen Platz rücken wollen.

Noch am selben Abend ist Brendel gestorben.

Mich haben sie mit einem ebenso unschönen wie unnötigen Trick überwältigt. Dabei hatte ich mich überhaupt nicht zur Wehr gesetzt. Dennoch hielt es irgendjemand offenbar für unerlässlich, mir mehrmals in die Wade zu treten und einen unschuldigen Knopf von meinem Hemd zu reißen.

Sei´s drum. Noch ist keine Anklage gegen mich erhoben worden. Man ermittle noch. Es wurde mir gesagt, man mache eine Anklage auch von einem in Auftrag gegebenen Gutachten abhängig. Zwar sprächen die Fingerabdrücke auf den Glasresten und die Aussage eines Zeugen eine eindeutige Sprache, doch solle mir in jedem Falle Gerechtigkeit widerfahren. Als ob in deren Büchern und Herzen irgendeine Form von Gerechtigkeit vorgesehen ist, die meinem Fall entspräche!

Auf Peter, der besagte Zeuge, und die übrige Bagage werde ich natürlich nicht zählen. Offenbar versucht man die Wahrheit zu beugen. Peter sei gerade überraschend hinzugekommen, als sein Chef die Akten aus dem Bürogebäude brachte, heißt es. Und er habe ganz genau gesehen, wie aus meinem Fenster ein glänzender Gegenstand auf Brendel geschleudert wurde. Es tue ihm leid, das aussagen zu müssen und damit eventuell seinen Freund Osram Grahl zu belasten, aber er wolle seinem Gewissen keine Falschaussage aufbürden. Im Übrigen, und um der Staatsanwaltschaft bei der Klärung dieses Falles zu helfen, müsse Gerechtigkeit halber gesagt werden, dass der verdächtigte Osram Grahl schon früher – man habe es seinerzeit für Künstlerallüren gehalten – durch bizarre, von Aggressivität geprägte Handlungen aufgefallen sei. Aussagen verschiedener Zeugen, unter anderem von einer Waltraud Strack, könnten das belegen.

Ach, ihr tue das alles ja so leid, beteuerte Waltraud bei einem kurzen Besuch hier in dieser Einrichtung. Aber was solle sie denn machen? Hätte ich doch damals in meiner Wohnung nur nicht so seltsam, geradezu unberechenbar reagiert, als ich die Flasche Sekt an die Wand knallte! Und Peter meine, es würde sehr schwierig werden, mich hier rauszuholen.

Wäre es nur nicht so eng in diesem Raum! Das eine kleine Fenster, durch das man nichts sieht außer einer Betonwand und einem Stückchen Himmel von der Größe eines leeren Kuchenblechs. Das alles ist dazu angetan, einen Menschen verrückt zu machen. Wie soll man unter diesen Umständen nachdenken können? Und dennoch: Ich habe es geschafft, weit über vierhundert Seiten zu schreiben. Genau gesagt vierhundertundzweiundzwanzig

Seiten. Sinnlose Seiten. Ja, sinnlos. Seit gestern weiß ich es, weiß ich, dass all mein Bemühen keinen Sinn hatte. Und trotzdem habe ich heute zu Ende geschrieben. Um es am Ende einfach nur loszuwerden.

Man hat mich gefragt, weshalb ich von morgens bis abends sitze und schreibe. Ich habe nicht geantwortet. Ich rede nicht mit diesen Menschen hier. Weder mit einem neugierigen Dr. Jansen, noch mit diesem Burschen, der sich als Geistlicher ausgibt, um mich unter dem Deckmantel christlicher Nächstenliebe auszuspionieren. Ich werde auf keinen hereinfallen. Ich schweige beharrlich. Wie ich es mein ganze Leben hindurch trainiert habe. Sprachlosigkeit als Waffe. Nun kommt es mir zugute. Was sollte ich auch mit ihnen reden? Leben sie doch alle in einer anderen Welt. Sie reden von Urlauben und Schützenfesten, von Offenheit und Vertrauen, von Frauen, Sex und Autos. Oder über Gerichtsverhandlungen und Paragraphen.

Letzteres interessiert mich nun schon gar nicht mehr, auch wenn ich mich in einem gewissen, jenseits irdischer Gerechtigkeit liegendem Sinn schuldig fühle. Immerhin ist ein Mensch durch mich ums Leben gekommen, mein und Thomas Brendels natürlicher Vater, um diese ungeheuerliche Wahrheit beim Namen zu nennen, sie auszusprechen, die Sprachlosigkeit zu durchbrechen, die hinter allem wie ein Steuermann hockt. Auch interessiert es mich nicht, die Machenschaften dieses Menschen vor die geilen Augen der Öffentlichkeit und die Gerichte zu zerren.

Nein, was mir die Kraft nimmt, ist etwas gänzlich anderes. Ich werde ein Bild nicht los, ein Bild, das über zwanzig Jahre alt ist und dennoch nicht verblasst, das Bild von einem Rosenmontag auf einem Schulhof in einer anderen Zeit. Immer wieder sehe ich es, sehe ich ihn, der zu mir sagt: Komm mit mir nach Berlin. Und ich höre es wieder und immer wieder: Komm mit! Du weißt, wie ich zu finden bin. Und dann dreht er sich ein letztes Mal um und geht davon, geht über diesen mondkalten Schulhof des Andreanums, durch dieses grausame Tor.

Du weißt, wie ich zu finden bin!

Nein, Thomas, ich habe es nicht gewusst.

Das ist wohl letztlich der eigentliche Grund, der mich in den endlosen Stunden und Nächten hinter diesen Mauern dazu angetrieben hat, eine Seite nach der anderen mit der Geschichte meines

Lebens zu füllen. Vielleicht ist es der Wunsch, von jenem Menschen, der früher mein Freund war, von dem einzigen Menschen, der für mich noch wichtig ist, besser verstanden und vielleicht sogar mit Nachsicht beurteilt zu werden. Um eines Tages vielleicht wieder zu ihm zu finden.

Darin lag meine armselige Zuversicht.

Aber Thomas Brendel war schon immer für eine Überraschung gut: Gestern ist er einfach an Lungenkrebs gestorben.

Epilog

Es ist leider wahr: Ich hatte nur zwei Freunde in meinem Leben. Von dem einen lernte ich, dass es so etwas wie Freundschaft gibt, von dem zweiten, dass man sich um Freunde bemühen muss, will man sie nicht verlieren. Denn auch Freunde können nur geben, was man zu empfangen bereit und fähig ist. Auch das habe ich zu spät begriffen.

Den einen habe ich verloren, als ich noch an Engel glaubte.
Als ich mich dann nach Jahren auf die Fährte des Teufels setzte, als die Zukunft schon etwas Verquältes anzunehmen begann, verspielte ich auch die zweite Freundschaft. Zu spät erst habe ich gemerkt, dass die Teufel verdammt wie Menschen aussehen, was aber eher glaubhaft macht, dass die Menschen mehr Teuflisches als Göttliches in sich tragen. Und es existierten Seiten in meinem Charakter, die dem Diabolischen durchaus nicht abgeneigt waren, die vielleicht sogar nach diesen finsteren Bereichen menschlicher Existenz verlangten; und eine Gegenkraft besaß ich nicht. Ich kannte keine Ideale. Wen wundert's da, wenn man sich nach Seinesgleichen umsieht?

Zwei Freunde hatte ich; und beide hießen sie Thomas. Woran glaubten sie? Aus welchem Glauben schöpften sie ihre Kraft? Glaubten sie überhaupt an etwas? An sich? An Gott? Den Menschen? Das Gute? Vernunft? Oder an so etwas wie Liebe?
An mich wohl eher nicht.

Der zweite Band der Spicy-Septologie

Roman, Taschenbuch, 422 Seiten
ISBN: 978-3-7541-4052-9

Eine junge Frau wird mit einer Holzskulptur erschlagen und in einem kleinen Tempel im Luitpoldhain in Hof fast schon aufgebahrt. Schnell ist der Mörder ermittelt, ein geistig Behinderter aus der Nachbarschaft, der Holzskulpturen herstellt. Mirjam Boback, freie Journalistin, hat ihre Zweifel. Für sie spricht eigentlich alles gegen eine Täterschaft des jungen Mannes. Den Ermittlungsbehörden reichen die Beweise hingegen aus. Da beginnen Mirjam Boback und Johannes Scharff, genannt Spicy Joe, mit ihren Recherchen und stoßen auf ein erschreckendes Geheimnis, das bis zum Balkankrieg in den 90er Jahre des letzten Jahrhunderts zurückreicht.

epubli

ISBN 978-3-7549-2666-6
www.epubli.de